UCZTA DLA WRON

Cykl
PIEŚŃ LODU I OGNIA

GRA O TRON

STARCIE KRÓLÓW

NAWAŁNICA MIECZY

Tom I. Stal i śnieg
Tom II. Krew i złoto

UCZTA DLA WRON

Tom I. Cienie śmierci
Tom II. Sieć spisków

TANIEC ZE SMOKAMI
(w przygotowaniu)

George R.R. Martin

UCZTA DLA WRON

Cienie śmierci

Przełożył Michał Jakuszewski

ZYSK I S-KA
WYDAWNICTWO

Tytuł oryginału
A Feast for Crows

Ilustracja na okładce
Martin McKenna

Redakcja
Bogumiła Widła

Wydanie I

ISBN 83-7298-953-2
ISBN 978-83-7298-953-6

Zysk i S-ka Wydawnictwo
ul. Wielka 10, 61-774 Poznań
tel. (0-61) 853 27 51, 853 27 67, fax 852 63 26
Dział handlowy, tel./fax (0-61) 855 06 90
sklep@zysk.com.pl
www.zysk.com.pl

Dla Stephena Bouchera,
czarodzieja Windows, smoka DOS-a,
bez którego pomocy
musiałbym napisać tę książkę kredkami

Żelazne Wyspy
Blacktyde
Stara Wyk
Orkmont
Dziesięć Wież
Harlaw
Wielka Wyk
Słony Klif
Pyke
Bliźniaki
Zielone Widły
Przylądek Orłów
Seagard
Ironman's Bay
Królewski trakt
Stare Kamienie
Niebieskie Widły
Fairmarket
Banefort
Czerwone Widły
Klęczący Mężczyzna
Kamienny Nurt
Riverrun
Turnia
Wysokie Serce
Żołędziowy Dwór
Ashemark
Piękna Wyspa
Złoty Ząb
Pinkmaiden
Sarsfield
Hornvale
Kamienny Sept
Kayce
Casterly Rock
Głęboka Jaskinia
Feastfires
Lannisport
Czarny Nurt
złoty trakt
Srebrne Wzgórze
Cornfield
REACH
Crakehall
Tumbleton
PN
nadmorski trakt
Jezioro Czerwone
Mander

PROLOG

— Smoki — mruknął Mollander. Podniósł z ziemi wyschnięte jabłko i zaczął je przerzucać sobie z ręki do ręki.

— Rzuć je — poprosił Alleras zwany Sfinksem. Wyjął z kołczanu strzałę i nałożył ją na cięciwę.

— Chciałbym kiedyś zobaczyć smoka. — Roone był z nich najmłodszy. Tęgiemu chłopakowi brakowało jeszcze dwóch lat do wieku męskiego. — Bardzo bym chciał.

A ja bym chciał zasnąć w ramionach Rosey — pomyślał Pate, wiercąc się niespokojnie na ławie. Całkiem możliwe, że jutro dziewczyna będzie należała do niego. *Zabiorę ją ze Starego Miasta. Za wąskie morze, do jednego z Wolnych Miast.*

Tam nie było maesterów i nikt nie będzie go oskarżał.

Słyszał śmiech Emmy, dobiegający zza zamkniętych okiennic na piętrze. Jego dźwięk mieszał się z brzmieniem niższego głosu mężczyzny, którego tam przyjmowała. Była najstarszą z dziewek pracujących „Pod Piórem i Kuflem", jak nic miała już czterdziestkę, ale nadal była ładna, choć raczej pulchna. Rosey była jej córką. Miała piętnaście lat i dopiero niedawno zakwitła. Emma ogłosiła, że dziewictwo Rosey będzie kosztowało złotego smoka. Pate zdołał zaoszczędzić dziewięć srebrnych jeleni oraz garnuszek miedzianych gwiazd i grosików, ale to w niczym mu nie pomogło. Prędzej wykluje prawdziwego smoka, niż zaoszczędzi złotego.

— Za późno się urodziłeś na smoki, chłopcze — oznajmił Roone'owi Armen Akolita. Armen nosił na szyi rzemień przeciągnięty przez ogniwa z cyny, ołowiu, stopu tych dwóch metali oraz miedzi. Jak większość akolitów wydawał się sądzić, że nowicjusze mają na ramionach rzepy zamiast głów. — Ostatni smok dokonał żywota za panowania Aegona Trzeciego.

— Ostatni smok w Westeros — nie ustępował Mollander.

— Rzuć jabłko — powtórzył Alleras. Z ich Sfinksa był przystojny młodzian. Wszystkie dziewki służebne starały się mu przypodobać. Nawet Rosey dotykała niekiedy jego ramienia, podając mu wino. Pate zgrzytał wówczas zębami i starał się udawać, że tego nie widzi.

— Ostatni smok w Westeros był ostatnim smokiem w ogóle — upierał się Armen. — Wszyscy to dobrze wiedzą.

— Jabłko — odezwał się ponownie Alleras. — Chyba że masz zamiar je zjeść.

— Proszę. — Mollander podskoczył lekko, ciągnąc za sobą szpotawą nogę, obrócił się w powietrzu i na wysokości łokcia rzucił jabłkiem prosto w wiszącą nad Miodowiną mgłę. Gdyby nie noga, zostałby rycerzem, tak jak jego ojciec. W grubych ramionach i szerokich barach miał mnóstwo siły. Jabłko poleciało daleko i szybko…

…ale nie tak szybko jak strzała, która pomknęła w pogoń za nim, długie na jard drzewce ze złotego drewna, zaopatrzone w szkarłatne pierzysko. Pate nie zauważył, jak uderzyła w jabłko, ale usłyszał to — cichy łoskot niosący się nad rzeką, a potem plusk.

Mollander zagwizdał.

— Trafiłeś w sam środek. Słodkie.

Ale nawet nie w połowie tak słodkie jak Rosey. Pate kochał jej orzechowe oczy, pączki piersi i to, że zawsze się uśmiechała na jego widok. Kochał dołeczki na jej policzkach. Czasami obsługiwała gości boso, żeby czuć trawę pod stopami. Za to również ją kochał. Kochał jej czysty, świeży zapach i loki za uszami. Kochał nawet palce u jej nóg. Pewnego dnia pozwoliła, żeby pomasował jej stopy i pobawił się nimi. Przy każdym palcu opowiadał zabawną historyjkę, żeby skłonić ją do chichotania.

Być może lepiej będzie, jak zostanie po tej stronie wąskiego morza. Za zaoszczędzone pieniądze mógłby kupić osła i jechaliby na nim z Rosey na zmianę, podróżując po Westeros. Ebrose mógł uważać, że Pate nie zasługuje na srebrne ogniwo, ale chłopak potrafił nastawić złamaną kość i zbić gorączkę, używając pijawek. Prostaczkowie będą mu wdzięczni za pomoc. Jeśli nauczy się strzyc włosy i golić brody, będzie mógł nawet zostać balwierzem. *To mi wystarczy* — powtarzał sobie. — *Jeśli tylko będę miał Rosey.* Dziewczyna była jedynym, czego pragnął na świecie.

Nie zawsze tak było. Kiedyś marzył o tym, że zostanie maesterem, zamieszka w zamku i wstąpi na służbę u jakiegoś hojnego lorda, który będzie go szanował za jego mądrość, a w podzięce za wyświadczone usługi zaoferuje mu pięknego, białego rumaka. Jakże szlachetnie by na nim wyglądał, z uśmiechem spoglądając z góry na mijanych na trakcie prostaczków...

Pewnej nocy „Pod Piórem i Kuflem", wypiwszy dwa kufle okrutnie mocnego cydru, Pate pochwalił się, że nie zawsze będzie nowicjuszem.

— To prawda — zawołał na całą izbę Leniwy Leo. — Będziesz byłym nowicjuszem pasającym świnie.

Dopił zalegające na dnie kufla męty. Oświetlony blaskiem pochodni taras gospody stanowił wyspę światła pośród bezmiaru porannej mgły. Bliżej morza widać było odległe światło Wysokiej Wieży otulone mglistym mrokiem jak niewyraźny, pomarańczowy księżyc. Jej blask nie podniósł go jednak na duchu.

Alchemik powinien już się zjawić. Czy to wszystko było jakimś okrutnym żartem, czy może coś mu się stało? To nie byłby pierwszy przypadek, gdy pomyślny los odwrócił się nagle od Pate'a. Wydawało mu się, że miał szczęście, gdy wyznaczono go do pomocy staremu arcymaesterowi Walgrave'owi przy krukach. Nawet mu się nie śniło, że wkrótce będzie również przynosił staruszkowi posiłki, zamiatał jego pokoje i ubierał go co rano. Wszyscy się zgadzali, że Walgrave więcej zapomniał o krukarstwie, niż większość maesterów miała się kiedykolwiek nauczyć, Pate był więc przekonany, że może liczyć przynajmniej na ogniwo z czarnego żelaza. Okazało się jednak, że Walgrave nie może mu go dać. Staruszek był już jedynie tytularnym arcymaesterem. Ongiś naprawdę wybitny mędrzec, teraz często nosił pod szatami zafajdaną bieliznę, a przed pół rokiem kilku akolitów znalazło go, gdy płakał w bibliotece, nie potrafiąc znaleźć drogi do swych pokojów. Na miejscu Walgrave'a pod czarną maską zasiadał maester Gormon, ten sam, który kiedyś oskarżył Pate'a o kradzież.

Na rosnącej przy rzece jabłoni rozśpiewał się słowik. Jego słodki głos był miłym wytchnieniem od ochrypłych głosów i ciągłego *quork* kruków, którymi opiekował się przez cały dzień. Białe kruki znały jego imię i gdy tylko go zobaczyły, powtarzały do siebie: „Pate, Pate, Pate". Chciało mu się krzyczeć, kiedy to słyszał. Wielkie, białe ptaszyska były dumą arcymaestera Walgrave'a, który chciał, żeby go zjadły po śmierci. Pate czasami podejrzewał, że chcą pożreć również i jego.

Być może winny był okrutnie mocny cydr — Pate nie miał dziś zamiaru pić, lecz Alleras stawiał, by uczcić miedziane ogniwo, a poczucie winy sprawiło, że chłopak był spragniony — ale niemal wydawało mu się, że słowik śpiewa: „Złoto za żelazo, złoto za żelazo, złoto za żelazo". Było to raczej dziwne, bo to właśnie usłyszał Pate od nieznajomego owej nocy, gdy Rosey ich sobie przedstawiła.

— Kim jesteś? — zapytał go wówczas.

— Alchemikiem — odpowiedział mężczyzna. — Potrafię zamienić żelazo w złoto.

Nagle w jego dłoni znalazła się moneta. Zatańczyła między jego palcami, miękkie, żółte złoto zalśniło w blasku świeczek. Po jednej jej stronie wyobrażono trójgłowego smoka, a po drugiej podobiznę jakiegoś nieżyjącego króla.

Złoto za żelazo — przypomniał sobie Pate. — *Nigdzie nie zrobisz lepszego interesu. Pragniesz jej? Kochasz ją?*

— Nie jestem złodziejem — odrzekł człowiekowi, który zwał się alchemikiem. — Jestem nowicjuszem z Cytadeli.

— Gdybyś zmienił zdanie, za trzy dni wrócę tutaj ze smokiem — zapowiedział alchemik, pochylając głowę.

Minęły trzy dni i Pate wrócił „Pod Pióro i Kufel", nadal nie do końca wiedząc, kim jest. Zamiast alchemika znalazł tu jednak Mollandera, Armena i Sfinksa, którym towarzyszył Roone. Gdyby się z nimi nie napił, wzbudziłby ich podejrzenia.

Gospody nigdy nie zamykano. Stała na wysepce na Miodowinie już od sześciuset lat i przez cały ten czas ani razu nie zamknięto jej drzwi przed klientami. Choć wysoki, drewniany budynek pochylał się nieco na południe, tak jak niekiedy nowicjusze po większym kuflu, Pate podejrzewał, że będzie tu stał kolejnych sześćset lat, oferując wino, ale i okrutnie mocny cydr żeglarzom rzecznym i morskim, kowalom i minstrelom, kapłanom i książętom, a także nowicjuszom i akolitom z Cytadeli.

— Stare Miasto to nie cały świat — oznajmił Mollander, stanowczo zbyt głośno. Był synem rycerza, a do tego urżnął się jak bela. Odkąd dotarła do niego wieść, że jego ojciec poległ w bitwie nad Czarnym Nurtem, upijał się prawie co wieczór. Choć byli daleko od walk, bezpieczni za murami Starego Miasta, wojna pięciu królów dotknęła ich wszystkich… choć arcymaester Benedict twierdził uparcie, że nigdy nie było ich aż pięciu, jako że Renly'ego Baratheona zabito, nim Balon Greyjoy zdążył się ukoronować.

— Ojciec zawsze mawiał, że świat jest większy od lordowskich zamków — ciągnął Mollander. — Smoki to z pewnością najmniejszy z cudów, jakie można znaleźć w Qarthu, Asshai i Yi Ti. Są tam rzeczy, o jakich nam się nie śniło. Marynarskie opowieści…

— …opowiadają marynarze — przerwał mu Armen. — Marynarze, mój drogi Mollanderze. Idę o zakład, że jeśli pójdziesz do portu, znajdziesz tam ludzi, którzy opowiedzą ci, że zaznali miłości z syreną albo spędzili rok w brzuchu ryby.

— A skąd wiesz, że to nieprawda? — Mollander zaczął chodzić po trawie, szukając kolejnych jabłek. — Musiałbyś sam zajrzeć do tego brzucha, byś mógł przysiąc, że tam nie byli. Jeśli jeden żeglarz coś opowiada, można go wyśmiać, zgadzam się, ale jeśli wioślarze z czterech różnych statków powtarzają tę samą opowieść w czterech różnych językach…

— To nie jest ta sama opowieść — sprzeciwił się Armen. — Smoki w Asshai, smoki w Qarthu, smoki w Meereen, dothrackie smoki, smoki uwalniające niewolników... każda z tych historii różni się od poprzedniej.

— Tylko w szczegółach. — Gdy Mollander się napił, robił się jeszcze bardziej uparty, a nawet na trzeźwo był nieustępliwy. — Wszystkie mówią o smokach i o młodej, pięknej królowej.

Pate'a obchodził wyłącznie smok zrobiony z żółtego złota. Myślał o tym, co się stało z alchemikiem. *Trzeciego dnia. Powiedział, że tu wróci.*

— Masz jabłko tuż obok nogi — zawołał do Mollandera Alleras. — A mnie zostały w kołczanie jeszcze dwie strzały.

— Pierdolę twój kołczan. — Mollander podniósł leżący na ziemi owoc. — Jest robaczywe — poskarżył się, ale i tak je rzucił. Strzała trafiła w jabłko, kiedy zaczęło spadać, i przecięła je na pół. Jedna połówka spadła na dach wieżyczki, zleciała z łoskotem na dach głównego budynku, odbiła się i upadła w odległości stopy od Armena.

— Jeśli się przetnie robaka na pół, to będą dwa robaki — poinformował ich akolita.

— Gdybyż tylko tak było z jabłkami. Wtedy nikt nie musiałby głodować — stwierdził Alleras z typowym dla siebie delikatnym uśmiechem. Sfinks zawsze się uśmiechał, jakby znał jakiś sekretny żart. Nadawało mu to łobuzerski wygląd, harmonizujący z wystającym podbródkiem, dwiema zatokami na czole oraz gęstymi, czarnymi jak smoła, kręconymi włosami, które strzygł bardzo krótko.

Alleras zostanie maesterem. Przybył do Cytadeli dopiero przed rokiem, a już zdążył wykuć trzy ogniwa łańcucha. Co prawda Armen miał ich więcej, ale potrzebował roku na zdobycie każdego z nich. Niemniej on również osiągnie cel. Roone i Mollander nadal pozostawali nowicjuszami o różowych szyjach, ale Roone był bardzo młody, a Mollander wolał pić, niż czytać.

Natomiast Pate…

Spędził w Cytadeli już pięć lat. Gdy się tu zjawił, miał ich zaledwie trzynaście. Mimo to jego szyja nadal pozostawała tak samo różowa jak w dniu, kiedy przybył tu z zachodnich ziem. Już dwukrotnie był przekonany, że jest gotowy. Za pierwszym razem poszedł do arcymaestera Vaellyna, by zademonstrować mu swą wiedzę o niebie, i w ten sposób dowiedział się, jak Vaellyn zasłużył na przezwisko „Ocet". Minęły dwa lata, nim Pate ponownie zebrał się na odwagę. Tym razem zgłosił się do starego, dobrotliwego arcymaestera Ebrose'a, słynącego z cichego głosu i lekkiego dotyku. Niestety, jego westchnienia okazały się równie bolesne, jak złośliwe docinki Vaellyna.

— Jeszcze tylko jedno jabłko — obiecał Alleras. — Potem podzielę się z wami swoimi podejrzeniami w kwestii tych smoków.

— Niby skąd mógłbyś wiedzieć coś, o czym ja nie wiem? — zdziwił się Mollander. Wypatrzył jabłko rosnące na drzewie, podskoczył w górę, złapał gałąź, ściągnął ją w dół, zerwał owoc i rzucił go. Alleras naciągnął cięciwę do ucha, obracając się z gracją, by śledzić lecący cel. Wypuścił strzałę, gdy jabłko zaczęło spadać.

— Za ostatnim razem zawsze chybiasz — zauważył Roone. — Nietknięty owoc wpadł z pluskiem do rzeki. — Widzisz?

— Kiedy człowiek trafia za każdym razem, przestaje ćwiczyć — odparł Alleras. Odwiązał cięciwę i schował łuk do skórzanego futerału. Łuczysko wykonano z drewna złotego serca, legendarnego, rzadkiego drzewa rosnącego na Wyspach Letnich. Pate próbował kiedyś je naciągnąć, ale bez powodzenia. *Sfinks wygląda na szczupłego, jednakże w tych jego chudych ramionach jest siła* — pomyślał. Alleras przerzucił nogę przez ławę i sięgnął po kielich z winem.

— Smok ma trzy głowy — oznajmił cicho z przeciągłym dornijskim akcentem.

— Czy to zagadka? — zainteresował się Roone. — W opowieściach sfinksy zawsze zadają zagadki.

— To nie zagadka.

Alleras pociągnął łyk wina. Jego towarzysze popijali z kufli okrutnie mocny cydr, z którego słynęła gospoda „Pod Piórem i Kuflem", lecz on wolał niezwykłe słodkie wina z ojczyzny swej matki. Nawet w Starym Mieście tego rodzaju trunki nie były tanie.

To Leniwy Leo przezwał Allerasa „Sfinksem". Sfinks to trochę tego, a trochę tamtego: twarz człowieka, ciało lwa, skrzydła jastrzębia. Podobnie było z Allerasem. Jego ojciec był Dornijczykiem, matka zaś czarnoskórą Letniaczką. Skórę miał ciemną jak drewno tekowe, a oczy barwy onyksu, podobnie jak zielone marmurowe sfinksy stojące przed główną bramą Cytadeli.

— Żaden smok nigdy nie miał trzech głów, chyba że na tarczach i chorągwiach — oznajmił stanowczo Armen Akolita. — To tylko heraldyczna figura, nic więcej. Poza tym wszyscy Targaryenowie nie żyją.

— Nieprawda — sprzeciwił się Alleras. — Żebraczy Król miał siostrę.

— Myślałem, że rozbili jej głowę o mur — zdziwił się Roone.

— Nie — zaprzeczył Alleras. — To Aegonowi, synkowi księcia Rhaegara, dzielni ludzie Lannisterskiego Lwa rozbili głowę o mur. Mówimy o siostrze Rhaegara, która urodziła się na Smoczej Skale przed jej upadkiem. Nazywa się Daenerys.

— Zrodzona w Burzy. Teraz sobie przypominam. — Mollander uniósł wysoko kufel, chlapiąc resztką cydru. — No to wypijmy za nią! — Przełknął płyn, odstawił puste naczynie i otarł usta grzbietem dłoni. — Gdzie Rosey? Nasza prawowita królowa zasługuje na jeszcze jedną kolejkę, nieprawdaż?

— Ciszej, durniu — skarcił go Armen Akolita z wyraźnie zaniepokojoną miną. — Nie powinieneś nawet żartować o takich sprawach. Nigdy nie wiadomo, kto nas podsłuchuje. Pająk wszędzie ma uszy.

— Ach, nie zlej się w portki, Armenie. Chciałem wznieść toast, nie bunt.

Pate usłyszał chichot.

— Zawsze wiedziałem, że jesteś zdrajcą, Skacząca Żabko — odezwał się cichy, chytry głos za jego plecami. Leniwy Leo siedział rozparty wygodnie u wejścia na stary, zbity z desek mostek. Miał na sobie atłasowy strój w zielono-złote pasy oraz czarną, jedwabną półpelerynę, spiętą na ramieniu nefrytową różą. Wino, którym oblał sobie przód bluzy, było mocne i czerwone, sądząc z koloru plam. Na jedno oko opadał mu kosmyk rudoblond włosów.

Mollandera wyraźnie poirytował jego widok.

— W dupę z tym. Idź sobie. Nie chcemy cię tutaj.

Alleras położył mu dłoń na ramieniu, żeby go uspokoić.

— Leo — przywitał go Armen, marszcząc brwi. — Wasza lordowska mość. Myślałem, że masz zakaz opuszczania Cytadeli jeszcze przez…

— Trzy dni — dokończył Leniwy Leo, wzruszając ramionami. — Perestan twierdzi, że świat ma czterdzieści tysięcy lat. Mollos, że pięćset tysięcy. Co w porównaniu z tym znaczą trzy dni? — Choć na tarasie było kilkanaście wolnych stolików, Leo przysiadł się do nich. — Postaw mi kielich złotego arborskiego, Skacząca Żabko, a może nie powiem ojcu, jaki toast wzniosłeś. Płytki nie sprzyjały mi dziś „Pod Planszą Hazardzisty”, a ostatniego jelenia wydałem na kolację. Prosię w sosie śliwkowym, nadziewane kasztanami i białymi truflami. Człowiek musi się najeść. A co wy jedliście, chłopaki?

— Baraninę — mruknął Mollander tonem sugerującym, że nie jest z tego szczególnie zadowolony. — Zjedliśmy na spółkę gotowany udziec barani.

— Jestem pewien, że to był sycący posiłek. — Leo spojrzał na Allerasa. — Lordowski syn powinien być hojny, Sfinksie. Słyszałem, że zdobyłeś miedziane ogniwo. Chciałbym za to wypić.

— Stawiam tylko przyjaciołom — odparł z uśmiechem Alleras. — A poza tym nie jestem lordowskim synem. Mówiłem ci, że moja matka zajmowała się handlem.

Orzechowe oczy Leo błyszczały od wina i złośliwości.

— Twoja matka była małpą z Wysp Letnich. Dornijczycy ruchają wszystko, co ma dziurę między nogami. Bez obrazy. Może i jesteś brązowy jak orzech, ale przynajmniej się kąpiesz. Nie to co nasz świniarczyk w plamy.

Wskazał na Pate'a.

Jeśli przywalę kuflem w jego gębę, może wybiję mu z połowę zębów — pomyślał Pate. Świniarczyk zwany Pate'em Plamą był bohaterem tysiąca sprośnych opowieści, prostakiem o dobrym sercu i pustej głowie, któremu zawsze udawało się przechytrzyć tłuste paniątka, butnych rycerzy oraz nadętych septonów, którzy stawali mu na drodze. W jakiś sposób jego głupota okazywała się rodzajem nieokrzesanego sprytu i na koniec Pate Plama zawsze zasiadał na lordowskim tronie albo lądował w łożu z córką jakiegoś rycerza. To jednak były tylko opowieści. W rzeczywistości świniarczykom nigdy nie powodziło się tak dobrze. Pate czasami myślał, że matka musiała go nienawidzić, jeśli nadała mu takie imię.

Alleras przestał się uśmiechać.

— Przeproś go.

— Niby jak? — obruszył się Leo. — Do cna mi zaschło w gardle.

— Każdym wypowiedzianym słowem przynosisz wstyd swojemu rodowi — oznajmił Alleras. — Hańbisz Cytadelę przez to, że jesteś jednym z nas.

— Wiem o tym. Postaw mi trochę wina, żebym mógł w nim utopić swą hańbę.

— Najchętniej wyrwałbym ci ozór z korzeniami — warknął Mollander.

— Doprawdy? I jak wtedy mógłbym wam opowiedzieć o smokach? — Leo ponownie wzruszył ramionami. — Kundel ma rację. Córka Obłąkanego Króla żyje i udało się jej wykluć trzy smoki.

— Trzy? — zdumiał się Roone.

Leo poklepał go po dłoni.

— Więcej niż dwa, a mniej niż cztery. Na twoim miejscu nie ubiegałbym się jeszcze o złote ogniwo.

— Odczep się od niego — ostrzegł Mollander.

— Cóż za rycerska Skacząca Żabka. Jak sobie życzysz. Każdy marynarz z każdego statku, który znalazł się w promieniu trzystu mil od Qarthu opowiada o tych smokach. Kilku zapewnia nawet, że je widziało. Mag jest skłonny im wierzyć.

Armen wydął wargi w grymasie dezaprobaty.

— Marwyn ma nie po kolei w głowie. Arcymaester Perestan byłby pierwszym, który ci to powie.

— Arcymaester Ryam mówi to samo — poparł go Roone.

Leo ziewnął.

— Morze jest mokre, słońce gorące, a cała menażeria nienawidzi mastifa.

Ma drwiące przezwisko dla każdego — pomyślał Pate. Nie mógł jednak zaprzeczyć, że Marwyn bardziej przypomina mastifa niż maestera. *Wygląda, jakby miał ochotę kogoś ugryźć.* Mag różnił się od innych maesterów. Opowiadano, że zadaje się z kurwami i wędrownymi czarodziejami, rozmawia z włochatymi Ibbeńczykami i czarnymi jak smoła Letniakami w ich ojczystych językach, a także składa ofiary dziwacznym bogom w małej świątyni dla marynarzy, znajdującej się w porcie. Ludzie mówili też, że widzieli go w dolnym mieście, na szczurzych arenach i w czarnych burdelach, gdzie spotykał się z komediantami, minstrelami, najemnikami, a nawet żebrakami. Niektórzy szeptali, że kiedyś zatłukł człowieka gołymi pięściami.

Kiedy Marwyn wrócił do Starego Miasta po ośmioletnim pobycie na wschodzie, gdzie badał odległe krainy, poszukiwał zaginionych ksiąg oraz uczył się sztuki czarnoksiężników i władców cieni, Vaellyn Ocet przezwał go „Marwynem Magiem" Ku potężnej irytacji Vaellyna wkrótce to przezwisko powtarzało już całe Stare Miasto.

— Zostaw zaklęcia i modlitwy kapłanom albo septonom. Skup umysł na poznaniu prawd, którym można ufać — poradził kiedyś Pate'owi arcymaester Ryam. Jednakże pierścień, laskę i maskę Ryama zrobiono z żółtego złota, a w jego łańcuchu maestera nie było ogniwa z valyriańskiej stali.

Armen spojrzał wzdłuż swego nosa na Leniwego Leo. Jego nos doskonale się nadawał do tego celu: był długi, cienki i spiczasty.

— Arcymaester Marwyn wierzy w wiele dziwnych rzeczy — oznajmił — ale nie ma więcej dowodów na istnienie smoków niż Mollander. Wszystko to tylko żeglarskie opowieści.

— Mylisz się — oznajmił Leo. — W pokojach Maga pali się szklana świeca.

Na oświetlonym blaskiem pochodni tarasie zapadła cisza. Armen potrząsnął z westchnieniem głową. Mollander parsknął śmiechem. Sfinks wbił w Leo spojrzenie wielkich, czarnych oczu. Roone wyglądał na zdezorientowanego.

Pate słyszał o szklanych świecach, chociaż nigdy nie widział, żeby któraś z nich się paliła. Były one najsłabiej strzeżoną tajemnicą Cytadeli. Opowiadano, że przywieziono je do Starego Miasta z Valyrii, tysiąc lat przed Zagładą. Słyszał, że są cztery takie świece. Jedna była zielona, trzy czarne, a wszystkie wysokie i powyginane.

— Co to są szklane świece? — zainteresował się Roone.

Armen Akolita odchrząknął.

— Ostatniej nocy przed złożeniem ślubów akolita musi odbyć czuwanie w krypcie. Nie wolno mu zabrać żadnej lampy, kaganka, pochodni czy ogarka... tylko obsydianową świecę. Musi spędzić całą noc po ciemku, chyba że uda mu się zapalić tę świecę. Niektórzy próbują tego dokonać. Głupi i uparci, ci, którzy studiowali tak zwane wyższe tajemnice. Często kaleczą sobie palce, bo brzegi tych świec są ponoć ostre jak brzytwy. Potem z krwawiącymi palcami muszą oczekiwać świtu, dumając nad swym niepowodzeniem. Mądrzejsi po prostu kładą się spać albo spędzają noc na modlitwie, lecz co rok znajduje się kilku takich, którzy muszą spróbować.

— Istotnie. — Pate słyszał te same opowieści. — Ale co za pożytek ze świecy, która nie daje światła?

— To jest lekcja — wyjaśnił Armen. — Ostatnia lekcja, jaką musimy opanować, zanim włożymy na szyję łańcuch maestera. Szklana świeca ma symbolizować prawdę i naukę, które są czymś rzadkim, pięknym i kruchym. Nadaje się im kształt świec, aby nam przypomnieć, że maester musi być źródłem światła wszędzie, gdzie służy, a są ostre po to, byśmy pamiętali, że wiedza jest niebezpieczna. Mędrcy mogą stać się arogancy z powodu swej wiedzy, a maester zawsze musi być skromny. Szklana świeca przypomina nam również o tym. Nawet gdy złoży już śluby, wdzieje łańcuch i wyruszy na służbę, będzie pamiętał, jak czuwał w ciemności i w żaden sposób nie był w stanie zapalić świecy... albowiem nawet dla tych, którzy posiedli wiedzę, niektóre rzeczy nie są możliwe.

Leniwy Leo parsknął głośnym śmiechem.

— Chcesz powiedzieć, że nie są możliwe dla ciebie. Na własne oczy widziałem płonącą świecę.

— Nie wątpię, że jakąś świecę widziałeś — zgodził się Armen. — Może była z czarnego wosku.

— Wiem, co widziałem. Jej światło było jasne i niesamowite, znacznie jaśniejsze niż blask świecy z wosku albo łoju. Na ścianach było widać niezwykłe cienie, a płomień w ogóle nie migotał, nawet gdy otworzyłem drzwi i do środka wdarł się przeciąg.

— Obsydian się nie pali — upierał się Armen, krzyżując ramiona na piersi.

— To smocze szkło — wtrącił Pate. — Prostaczkowie zwą je smoczym szkłem.

Z jakiegoś powodu wydawało mu się to ważne.

— Tak — zgodził się Alleras Sfinks. — A jeśli na świecie znowu są smoki...

— Smoki i jeszcze mroczniejsze rzeczy — dodał Leo. — Szare owce zamknęły oczy, ale mastif widzi prawdę. Dawne moce się budzą. Cienie wracają do życia. Wkrótce zacznie się wiek cudów i grozy, epoka bogów i bohaterów. — Przeciągnął się z leniwym uśmiechem. — Uważam, że warto wychylić za to kolejkę.

— Dość już wypiliśmy — sprzeciwił się Armen. — Ranek nadejdzie szybciej, niżbyśmy chcieli, i arcymaester Ebrose będzie wykładał o właściwościach moczu. Jeśli ktoś chce wykuć srebrne ogniwo, lepiej, żeby nie opuścił tego wykładu.

— Z pewnością nie mam zamiaru wam przeszkadzać w kosztowaniu szczyn — zapewnił Leo. — Osobiście wolę smak złotego arborskiego.

— Jeśli mam wybierać między szczynami a twoim towarzystwem, będę pił szczyny — skwitował Mollander, wstając od stołu. — Chodź, Roone.

Sfinks sięgnął po futerał z łukiem.

— Ja też pójdę już spać. Pewnie przyśnią mi się smoki i szklane świece.

— Wszyscy idziecie? — Leo wzruszył ramionami. — No cóż, Rosey tu zostanie. Może obudzę naszą małą słodyczkę i zrobię z niej kobietę.

Alleras zauważył wyraz twarzy Pate'a.

— Jeśli nie ma nawet miedziaka na kielich wina, nie może mieć smoka na dziewczynę — uspokoił go.

— Aha — poparł go Mollander. — A poza tym, żeby zrobić z dziewczyny kobietę, trzeba najpierw być mężczyzną. Chodź z nami, Pate. Stary Walgrave obudzi się ze świtaniem i będzie chciał, żebyś go zaprowadził do wychodka.

O ile będzie dziś pamiętał, kim jestem. Arcymaester Walgrave bez trudu odróżniał od siebie kruki, ale z ludźmi szło mu gorzej. Niekiedy zdawał się sądzić, że Pate jest kimś o imieniu Cressen.

— Za chwilę — odpowiedział przyjaciołom. — Jeszcze tu trochę posiedzę.

Świt jeszcze nie nadszedł. Alchemik nadal mógł się zjawić i Pate zamierzał tu na niego zaczekać.

— Jak sobie życzysz — zgodził się Armen. Alleras obrzucił Pate'a przeciągłym spojrzeniem, a potem zarzucił sobie łuk na szczupłe ramię i ruszył za resztą w stronę mostu. Mollander był tak pijany, że musiał się trzymać ramienia Roone'a, by się nie przewrócić. Cytadela nie była daleko, w linii lotu kruka, ale żaden z nich nie był krukiem, a Stare Miasto było prawdziwym labiryntem krzyżujących się ze sobą uliczek oraz zaułków, wąskich i krętych.

— Ostrożnie — usłyszał Pate głos Armena w tej samej chwili, gdy mgła pochłonęła czterech młodzieńców. — Noc jest wilgotna i bruk będzie śliski.

Gdy pozostali już poszli, siedzący po przeciwnej stronie stołu Leniwy Leo obrzucił Pate'a kwaśnym spojrzeniem.

— Jakie to smutne. Sfinks umknął z całym swym srebrem, skazując mnie na towarzystwo Pate'a Plamy, pasterza świń. — Przeciągnął się i ziewnął. — Powiedz mi, jak się ma nasza mała, śliczna Rosey?

— Śpi — odparł krótko Pate.

— Nie wątpię, że nago. — Leo wyszczerzył zęby w uśmiechu. — Myślisz, że naprawdę jest warta smoka? Chyba któregoś dnia będę musiał to sprawdzić.

Pate wiedział, że lepiej nie odpowiadać na zaczepkę.

Jednakże Leo nie potrzebował odpowiedzi.

— Myślę, że jak już rozprawiczę tę dziewkę, jej cena spadnie na tyle, że nawet świniarczyk będzie mógł sobie na nią pozwolić. Powinieneś być mi wdzięczny.

Powinienem cię zabić — pomyślał Pate, nie był jednak aż tak pijany, by narazić się na pewną śmierć. Leo uczył się walki, ponoć znakomicie władał używanym przez zbirów z Braavos mieczykiem oraz sztyletem… a nawet gdyby Pate zdołał jakimś cudem go zabić, i tak kosztowałoby go to głowę. On miał tylko imię, a Leo również nazwisko, i to nazwisko brzmiało Tyrell. Jego ojcem był ser Moryn Tyrell, komendant Straży Miejskiej Starego Miasta. Mace Tyrell, lord Wysogrodu i namiestnik południa był jego kuzynem. A stary człowiek Starego Miasta, lord Leyton Hightower, który miał wśród swych licznych tytułów również tytuł „protektora Cytadeli", był zaprzysiężonym chorążym rodu Tyrellów. *Nie ma się czym przejmować* — powiedział sobie Pate. — *On mówi to wszystko tylko po to, żeby mnie zranić.*

Na wschodzie mgła już jaśniała. *To świt* — uświadomił sobie Pate. — *Nadszedł świt, a alchemik się nie zjawił.* Nie wiedział, czy ma się śmiać czy płakać. *Jeśli odłożę je z powrotem na miejsce i nikt niczego nie zauważy, czy nadal będę złodziejem?* To było kolejne pytanie, na które nie znał odpowiedzi, podobnie jak na te, które zadawali mu kiedyś Ebrose i Vaellyn.

Kiedy podniósł się z ławy, okrutnie mocny cydr uderzył mu do głowy. Musiał się złapać dłonią blatu, żeby nie stracić równowagi.

— Zostaw Rosey w spokoju — rzucił na pożegnanie. — Lepiej zostaw ją w spokoju, bo inaczej mogę cię zabić.

Leo Tyrell odgarnął znad oka kosmyk włosów.

— Nie pojedynkuję się ze świniarczykami. Idź sobie.

Pate odwrócił się i wszedł na most. Jego buty uderzały głośno o zmurszałe deski. Gdy znalazł się po drugiej stronie, niebo na wschodzie było już różowe. *Świat jest szeroki* — pomyślał. *Gdybym kupił tego osła, i tak mógłbym wędrować po traktach i bocznych drogach Siedmiu Królestw, przystawiając prostaczkom pijawki i usuwając im gnidy z włosów. Albo mógłbym zaciągnąć się na jakiś statek jako wioślarz i popłynąć do Qarthu przy Nefrytowych Bramach, żeby na własne oczy zobaczyć te cholerne smoki. Nie muszę wracać do starego Walgrave'a i jego kruków.*

Mimo to nogi z jakiegoś powodu niosły go w stronę Cytadeli.

Gdy przez chmury na wschodzie przebił się pierwszy snop słonecznego światła, w Marynarskim Sepcie w porcie zabrzmiały dzwony. Po chwili dołączyły do nich dzwony Lordowskiego Septu, potem Siedmiu Sanktuariów zbudowanych w ogrodach na drugim brzegu Miodowiny, a na koniec Gwiezdnego Septu, który przez tysiąc lat był siedzibą Wielkiego Septona, nim Aegon wylądował w Królewskiej Przystani. Ich muzyka była potężna. *Ale nie tak słodka jak trele jednego małego słowika.*

Słyszał też przebijający się przez brzmienie dzwonów śpiew. Jak co rano, czerwoni kapłani zgromadzili się przed swą skromną świątynią w porcie, żeby przywitać słońce. *Albowiem noc jest ciemna i pełna strachów.* Pate ze sto razy słyszał, jak wykrzykują te słowa, błagając swego boga, R'hllora, by uratował ich przed ciemnością. Pate'owi w pełni wystarczało Siedmiu, ale słyszał, że Stannis Baratheon modli się teraz przy nocnych ogniskach. Na swych chorągwiach zastąpił koronowanego jelenia gorejącym sercem R'hllora. *Jeśli Stannis zdobędzie Żelazny Tron, wszyscy będziemy się musieli nauczyć słów pieśni czerwonych kapłanów* — pomyślał Pate. To jednak nie wydawało się prawdopodobne. Tywin Lannister rozbił Stannisa i jego R'hllora nad Czarnym Nurtem. Wkrótce policzy się z baratheońskim uzurpatorem i zatknie jego głowę na palu nad jedną z bram Królewskiej Przystani.

Słońce rozproszyło nocną mgłę i wokół Pate'a ukazało się Stare Miasto, które wyłoniło się z poprzedzającego świt mroku niczym zjawa. Pate nigdy nie był w Królewskiej Przystani, ale wiedział, że to miasto składa się głównie z lepianek, pełno w nim błotnistych ulic, słomianych strzech i drewnianych ruder. Stare Miasto zbudowano zaś z kamienia i wszystkie jego ulice, nawet najnędzniejsze zaułki, pokrywał bruk. Miasto nigdy nie wyglądało piękniej niż o świcie. Wzdłuż zachodniego brzegu Miodowiny wznosił się szereg Domów Cechowych, wspaniałych niczym pałace. Dalej w górę rzeki, na obu jej brzegach, widać było kopuły i wieże Cytadeli, połączone ze sobą kamiennymi mostami i otoczone pomniejszymi budynkami. W dół rzeki, pod czarnymi, marmurowymi murami i łukowatymi oknami Gwiezdnego Septu stały rezydencje pobożnych obywateli, skupiające się tam na podobieństwo dzieci zgromadzonych u stóp starej matrony.

A dalej, tam gdzie Miodowina przechodziła w Zatokę Szeptów, wznosiła się Wysoka Wieża. Jej światło lśniło jasno na tle świtu. Zbudowano ją na urwiskach Wyspy Bitewnej, a jej cień padał na miasto niczym miecz. Rodowici mieszkańcy Starego Miasta potrafili na podstawie tego cienia określać godzinę. Niektórzy zapewniali, że ze szczytu wieży widać całe Westeros, aż po Mur. Być może właśnie dlatego lord Leyton nie zszedł stamtąd od z górą dziesięciu lat. Wolał władać swym miastem spomiędzy chmur.

Nadrzeczną drogą przejechał z turkotem rzeźnicki wózek. Pięć przewożonych na nim prosiaków kwiczało rozpaczliwie. Pate zszedł mu z drogi i ledwie uniknął oblania nieczystościami, gdy jakaś mieszczka opróżniła nocnik przez okno. *Kiedy zostanę maesterem w zamku, będę mógł jeździć konno* — pomyślał. Potem potknął się o kamień brukowy i zadał sobie pytanie, kogo próbuje oszukać. Nie będzie nosił łańcucha ani zasiadał u lordowskiego stołu. Nie dostanie też wielkiego, białego rumaka. Dożyje swych dni, słuchając, jak kruki powtarzają *quork*, i usuwając plamy z gówna z bielizny arcymaestera Walgrave'a.

Gdy opadł na jedno kolano, by zetrzeć błoto z szat, usłyszał jakiś głos.

— Dzień dobry, Pate.

Stał nad nim alchemik.

Pate się wyprostował.

— Minęły trzy dni... mówiłeś, że będziesz „Pod Piórem i Kuflem".

— Byłeś z przyjaciółmi. Nie chciałem wam przeszkadzać. — Alchemik nosił podróżny płaszcz z kapturem, brązowy i nieprzyciągający spojrzenia. Wschodzące słońce wyglądało zza dachów nad jego ramieniem i trudno było dostrzec ukrytą pod kapturem twarz. — Czy już zdecydowałeś, kim jesteś?

Czy musi mnie przypierać do muru, żebym to powiedział?

— Chyba jestem złodziejem.

— Tak też myślałem.

Najtrudniej było opaść na ręce i kolana, żeby wyciągnąć pancerną szkatułę spod łoża arcymaestera Walgrave'a. Choć była ona solidnie wykonana i okuta żelazem, zamek był rozbity. Maester Gormon podejrzewał Pate'a, ale to nie była prawda. Walgrave sam wyłamał zamek, gdy zgubił klucz.

W środku Pate znalazł mieszek srebrnych jeleni, kosmyk żółtych włosów, przewiązany wstążeczką, malowaną miniaturę kobiety przypominającej Walgrave'a (miała nawet wąsy) oraz rycerską klepsydrową rękawicę ze stali. Walgrave twierdził, że kiedyś należała ona do księcia, choć nie przypominał już sobie którego. Gdy Pate nią potrząsnął, wypadł z niej klucz.

Jeśli go podniosę, zostanę złodziejem — pomyślał wtedy. Klucz był stary i ciężki, wykonany z czarnej blachy stalowej. Ponoć można nim było otworzyć wszystkie drzwi w Cytadeli. Takie klucze mieli tylko arcymaesterzy. Inni nosili je przy sobie albo ukrywali w jakimś bezpiecznym miejscu, ale gdyby Walgrave schował swój klucz, nikt by go już więcej nie zobaczył. Pate schował klucz do kieszeni i ruszył ku drzwiom, ale w połowie drogi zawrócił, żeby zabrać też srebro. I tak już został złodziejem, więc nie miało znaczenia, czy ukradnie mało czy dużo.

— Pate — zawołał za nim jeden z białych kruków. — Pate, Pate, Pate.

— Masz dla mnie smoka? — zapytał alchemika.

— Jeśli przyniosłeś to, czego chciałem.

— Pokaż mi go. Chcę go zobaczyć.

Pate nie zamierzał dać się oszukać.

— Nie na nadrzecznej drodze. Chodź.

Chłopak nie miał czasu na zastanowienie się. Alchemik ruszył przed siebie. Musiał podążyć za nim albo na zawsze utracić Rosey i smoka. Wybrał to pierwsze. Po drodze wsunął dłoń do rękawa i poczuł klucz, bezpiecznie ukryty w tajnej kieszeni, którą tam sobie przyszył. W szatach maestera było pełno kieszeni. Wiedział o tym już od dzieciństwa.

Musiał się śpieszyć, żeby nadążyć za dłuższymi krokami alchemika. Weszli do zaułka, minęli róg, przecięli stary Złodziejski Rynek i ruszyli dalej uliczką Szmaciarską. W końcu mężczyzna skręcił w kolejny zaułek, węższy od poprzedniego.

— Wystarczy — odezwał się Pate. — Nikogo tu nie ma. Zróbmy to tutaj.

— Jak sobie życzysz.

— Chcę zobaczyć smoka.

— Oczywiście.

Moneta pojawiła się w jego dłoni. Alchemik przesunął ją

płynnym ruchem wzdłuż nasad palców, tak samo jak wtedy, gdy Rosey ich sobie przedstawiła. Smok błyszczał w porannym słońcu i na palce alchemika padał złoty blask.

Pate wyrwał mu go z dłoni. Złoto było ciepłe w dotyku. Uniósł monetę do ust i ugryzł ją, bo widział, że inni tak robili. Prawdę mówiąc, nie był pewien, jak powinno smakować złoto, ale nie chciał wyjść na głupka.

— Gdzie klucz? — zapytał uprzejmie alchemik.

Pate się zawahał.

— Czy chcesz zdobyć jakąś księgę?

Niektóre z valyriańskich zwojów przechowywanych w zamkniętych piwnicach były ponoć jedynymi ocalałymi egzemplarzami na całym świecie.

— Nie twój interes, czego chcę.

— To prawda.

Stało się — pomyślał Pate. — *Wróć „Pod Pióro i Kufel", obudź Rosey pocałunkiem i powiedz jej, że należy do ciebie.* Nadal jednak zwlekał.

— Pokaż mi swoją twarz — zażądał.

— Jak sobie życzysz

Alchemik zdjął kaptur.

Był zwyczajnym mężczyzną o nieprzyciągających uwagi rysach. To była zwykła, młoda twarz o pełnych policzkach pokrytych cieniem zarostu. Na prawym policzku uwidaczniała się słaba blizna. Miał haczykowaty nos i gęste, kędzierzawe, czarne włosy, owijające się ciasno wokół uszu. Pate nie poznawał tej twarzy.

— Nie znam cię.

— Ani ja ciebie.

— Kim jesteś?

— Nieznajomym. Nikim. Naprawdę.

— Och.

Pate'owi zabrakło słów. Wyjął klucz i wsunął go w dłoń mężczyzny. Nagle dziwnie zakręciło mu się w głowie. *Rosey* — powtórzył sobie stanowczo.

— To by było wszystko — dodał na pożegnanie.

Gdy pokonał połowę długości zaułka, bruk niespodziewanie zakołysał się pod jego stopami. *Kamienie są mokre i śliskie* — pomyślał, ale nie to było powodem. Czuł, że serce wali mu w piersi jak młot.

— Co się dzieje? — zapytał. Kolana ugięły się pod nim. — Nie rozumiem.

— I już nie zrozumiesz — oznajmił smutny głos.

Bruk wybiegł mu na spotkanie. Pate próbował wezwać pomocy, ale głos również odmówił mu posłuszeństwa.

Umierając, myślał o Rosey.

PROROK

Prorok topił ludzi na Wielkiej Wyk, gdy przybyli jeźdźcy, by zawiadomić go o śmierci króla.

Był zimny, pochmurny poranek, a morze przybrało barwę ołowiu, podobnie jak niebo. Pierwsi trzej mężczyźni ofiarowali życie Utopionemu Bogu bez cienia strachu, ale czwarty był słabej wiary i zaczął się szamotać, gdy jego płuca zapragnęły powietrza. Stojący po pas w wodzie Aeron złapał nagiego młodzieńca za ramiona i wepchnął jego głowę z powrotem pod wodę, nie pozwalając mu zaczerpnąć oddechu.

— Miej odwagę — rozkazał. — Z morza przyszliśmy i do morza musimy wrócić. Otwórz usta i nasyć się bożym błogosławieństwem. Wypełnij płuca wodą, byś mógł umrzeć i narodzić się na nowo. Opór w niczym ci nie pomoże.

Chłopak jednak go nie usłyszał, gdyż miał głowę całkowicie zanurzoną bądź też wiara opuściła go do reszty. Zaczął wierzgać i miotać się tak gwałtownie, że Aeron musiał wezwać pomocy. Czterech jego utopionych złapało nieszczęśnika i zanurzyło go w wodzie.

— Panie Boże, któryś dla nas utonął — zaintonował kapłan głosem głębokim jak morze — pozwól, by twój sługa Emmond narodził się na nowo z morza, jako i ty uczyniłeś. Pobłogosław go solą, pobłogosław go kamieniem, pobłogosław go stalą.

Wkrótce było po wszystkim. Z ust młodzieńca nie wydobywały się już pęcherzyki powietrza, a z jego kończyn uleciała siła. Emmond pływał twarzą w dół w płytkiej wodzie, blady, zimny i spokojny.

Wtedy właśnie Mokra Czupryna uświadomił sobie, że na kamienistym brzegu obok jego utopionych pojawiło się trzech jeźdźców. Znał Sparra, starca o ostrych rysach i załzawionych oczach, którego drżący głos stanowił prawo na tej części Wielkiej Wyk. Towarzyszył mu syn, Steffarion, a także drugi młodzieniec, który ciemnoczerwony, podszyty futrem płaszcz spiął sobie na ramieniu zdobną broszą w kształcie czarno-złotego rogu wojennego Goodbrotherów. *To jeden z synów Gorolda* — uznał natychmiast kapłan w myślach. Żona Goodbrothera dała mu trzech wysokich synów w późnym okresie życia, po dwunastu córkach. Powiadano, że nikt nie potrafi odróżnić tych synów od siebie. Aeron Mokra Czupryna nawet nie zamierzał próbować. Czy był to Greydon, Gormond czy Gran, nie będzie tracił dla niego czasu.

Warknięciem wydał rozkaz i jego utopieni podnieśli martwego chłopaka za ręce i nogi, żeby zanieść go na brzeg. Kapłan podążył za nimi, ubrany jedynie w foczą skórę osłaniającą intymne części. Kiedy wyszedł na zimny, mokry piasek i gładkie kamyki, ociekał wodą i pokrywała go gęsia skórka. Jeden z utopionych podał mu grubą szatę z samodziału w zielone, niebieskie i szare cętki, kolory morza i Utopionego Boga. Aeron przywdział szatę i wyciągnął na nią włosy. Były czarne i mokre, żadne ostrze nie tknęło ich od chwili, gdy oddało go morze. Opadały mu na ramiona na podobieństwo wystrzępionego, klejącego się płaszcza, sięgając poniżej pasa. Aeron wplótł sobie w nie wodorosty, podobnie jak w splątaną, niestrzyżoną brodę.

Jego utopieni otoczyli nieżywego chłopaka kręgiem i wznieśli modły. Norjen poruszał jego ramionami, a Rus ukląknął nad nim, wypompowując mu z płuc wodę. Wszyscy jednak rozstąpili się przed Aeronem, który rozsunął palcami zimne wargi Emmonda, by przekazać mu pocałunek życia. Powtarzał go raz po raz, aż wreszcie morska woda wypłynęła strumieniem z ust. Młodzieniec zaczął kasłać i parskać. Rozchylił powieki, odsłaniając wypełnione strachem oczy.

Jeszcze jeden wrócił. Ludzie mówili, że to znak łaski Utopionego Boga. Każdy kapłan tracił od czasu do czasu człowieka, nawet Tarle Po Trzykroć Utopiony, którego ongiś uważano za tak świętego, że przypadł mu zaszczyt ukoronowania króla.

Ale Aeronowi Greyjoyowi to się dotąd nie zdarzyło. Był Mokrą Czupryną, widział podwodne komnaty boga i wrócił między żywych, by o nich opowiedzieć.

— Wstań — powiedział plującemu wodą chłopakowi, klepiąc go po nagich plecach. — Utonąłeś i wróciłeś między nas. To, co jest martwe, nie może umrzeć.

— Lecz odradza. — Młodzieniec zakasłał gwałtownie, uwalniając płuca od kolejnej porcji wody. — Odradza się. — Za każde słowo musiał płacić bólem, ale tak już był urządzony ten świat. Mężczyzna musiał walczyć, żeby żyć. — Odradza się. — Emmond podniósł się chwiejnie. — Twardsze. I silniejsze.

— Należysz teraz do boga — oznajmił mu Aeron. Pozostali utopieni zebrali się wokół chłopaka, kolejno witając go w bractwie szturchnięciem i pocałunkiem. Jeden z nich pomógł mu wdziać szatę w niebieskie, zielone i szare cętki, a drugi podał pałkę wystruganą z wyrzuconego na brzeg drewna.

— Należysz teraz do morza i morze cię uzbroiło — rzekł Aeron. — Modlimy się, byś dzielnie walczył tą pałką z wszystkimi wrogami naszego boga.

Dopiero teraz kapłan zwrócił się ku trzem jeźdźcom, którzy przyglądali się mu z siodeł.

— Przyjechaliście tu się utopić, szlachetni panowie?

Sparr zakasłał.

— Utopiono mnie jako młodego chłopca — odparł. — A mojego syna w dzień jego imienia.

Aeron prychnął pogardliwie. Nie wątpił, że Steffariona Sparra oddano Utopionemu Bogu wkrótce po urodzeniu. Wiedział też, w jaki sposób to uczyniono. Zanurzono niemowlę w balii wypełnionej morską wodą, tak szybko, że główka ledwie mu się zmoczyła. Nic dziwnego, że żelaznych ludzi podbito, choć ongiś władali wszędzie tam, gdzie było słychać szum fal.

— To nie było prawdziwe utopienie — oświadczył jeźdźcom. — Ten, kto nie umrze naprawdę, nie może liczyć na to, że się odrodzi po śmierci. Po co tu przybyliście, jeśli nie po to, by dowieść swej wiary?

— Syn lorda Gorolda ma dla ciebie wieści — odparł Sparr, wskazując na młodzieńca w czerwonym płaszczu.

Chłopak wyglądał na najwyżej szesnaście lat.

— A którym z jego synów jesteś? — zapytał Aeron.

— Gormondem. Jestem Gormond Goodbrother, jeśli łaska.

— To o łaskę Utopionego Boga musimy wszyscy zabiegać. Czy byłeś utopiony, Gormondzie Goodbrother?

— W mój dzień imienia, Mokra Czupryno. Ojciec kazał mi cię odnaleźć i przyprowadzić do siebie. Musi się z tobą zobaczyć.

— Jestem tutaj. Niech lord Gorold przyjedzie i nasyci swe oczy.

Aeron przyjął z rąk Rusa skórzany bukłak, świeżo wypełniony morską wodą. Kapłan wyciągnął zatyczkę i upił łyk.

— Rozkazano mi dostarczyć cię do donżonu — upierał się młody Gormond, nadal siedząc na koniu.

Boi się zsiąść, żeby sobie nie zmoczyć butów.

— Trudzę się tu dla boga.

Aeron Greyjoy był prorokiem i nie zamierzał pozwolić, żeby pomniejsi lordowie rozkazywali mu jak poddanemu.

— Do Gorolda przyleciał ptak — oznajmił Sparr.

— Ptak maestera, z Pyke — potwierdził Gormond.

Czarne skrzydła, czarne słowa.

— Kruki latają nad słoną wodą i twardym kamieniem. Jeśli te wieści mnie dotyczą, przekaż mi je teraz.

— Są przeznaczone wyłącznie dla twoich uszu, Mokra Czupryno — odparł Sparr. — O takich sprawach nie będę mówił w obecności tych ludzi.

— „Ci ludzie" to moi utopieni, słudzy boga, tacy sami, jak ja. Nie mam tajemnic przed nimi ani przed naszym bogiem, przy którego świętym morzu stoję.

Jeźdźcy wymienili spojrzenia.

— Powiedz mu — rozkazał Sparr. Młodzieniec w czerwonym płaszczu zebrał się na odwagę.

— Król nie żyje — oznajmił po prostu. Trzy krótkie słowa, ale samo morze zadrżało na ich dźwięk.

W Westeros było czterech królów, Aeron nie musiał jednak pytać, o którego z nich chodzi. Na Żelaznych Wyspach władał tylko Balon Greyjoy, nikt inny. *Król nie żyje. Jak to możliwe?* Aeron widział najstarszego ze swych braci przed niespełna księżycem po powrocie z wyprawy na Kamienny Brzeg. Podczas nieobecności kapłana szpakowate włosy Balona zrobiły się w połowie białe, król garbił się też wyraźniej niż wtedy, gdy drakkary odpływały. Mimo to nie sprawiał wrażenia chorego. Życie Aerona Greyjoya wspierało się na dwóch potężnych słupach, a te trzy proste słowa zburzyły jeden z nich. *Został mi tylko Utopiony Bóg. Niech mnie uczyni silnym i niestrudzonym jak morze* — pomyślał.

— Powiedz mi, w jaki sposób umarł mój brat.

— Jego Miłość przechodził przez most na Pyke. Spadł z niego i rozbił się na skałach.

Twierdza Greyjoyów wznosiła się na skalistym przylądku, jej donżony i wieże zbudowano na potężnych, kamiennych wyniosłościach wystających ponad morskie fale. Mosty łączyły Pyke w jedną całość: kute w kamieniu łuki albo rozkołysane konstrukcje z konopnego sznura i desek.

— Czy w chwili jego śmierci szalał sztorm? — zapytał Aeron.

— Zaiste, szalał — potwierdził młodzieniec.

— To Bóg Sztormów strącił go w dół — uznał kapłan. Od niezliczonych tysiącleci morze i niebo toczyły ze sobą wojnę. Z morza wywodzili się ludzie z żelaznego rodu oraz ryby, które dostarczały im pożywienia nawet podczas najsroższych zim, a sztormy przynosiły tylko ból i żałobę. — Mój brat Balon znowu uczynił nas wielkimi i w ten sposób zasłużył na gniew Boga Sztormów. Ucztuje teraz w podwodnych komnatach Utopionego Boga, a syreny spełniają wszelkie jego zachcianki. Nam, którzy zostaliśmy na tym suchym padole nieszczęść, przypadnie w udziale dokończenie jego wielkiego dzieła. — Zatkał bukłak zatyczką. — Porozmawiam z twoim panem ojcem. Jak daleko stąd do Hammerhorn?

— Osiemnaście mil. Możesz pojechać ze mną na jednym koniu.

— Jeden pojedzie szybciej niż dwóch. Oddaj mi swojego wierzchowca i niech Utopiony Bóg cię błogosławi.

— Weź mojego, Mokra Czupryno — zaoferował Steffarion Sparr.

— Nie. Jego koń jest silniejszy. Zsiadaj, chłopcze.

Młodzieniec wahał się przez pół uderzenia serca, potem zsunął się z siodła i rzucił wodze Mokrej Czuprynie. Aeron wsunął w strzemię bosą, czarną stopę i wskoczył na koński grzbiet. Nie lubił koni — były stworzeniami z zielonych krain i pomagały osłabiać ludzi — ale musiał ustąpić przed wymogami konieczności. *Czarne skrzydła, czarne słowa.* Zbliżał się sztorm, Aeron słyszał to w szumie fal, a sztormy zawsze przynosiły tylko zło.

— Spotkamy się w Pebbleton pod wieżą lorda Merlyna — oznajmił swym utopionym, zawracając konia.

Droga była trudna, wiodła przez wzgórza, lasy i kamieniste wąwozy. Często odnosił wrażenie, że wąska ścieżka znika mu z oczu. Wielka Wyk była największą z Żelaznych Wysp, tak rozległą, że posiadłości niektórych tutejszych lordów nie graniczyły ze świętym morzem. Jednym z nich był Gorold Goodbrother. Jego twierdza wznosiła się na Twardych Wzgórzach. Na całych wyspach żadne miejsce nie leżało dalej od królestwa Utopionego Boga. Prostaczkowie Gorolda trudzili się w jego kopalniach, w mrocznych, wykutych w skale głębinach. Niektórzy z nich nigdy w życiu nie oglądali na oczy słonej wody. *Nic dziwnego, że są karłowaci i zboczeni.*

Podczas jazdy Aeron zaczął myśleć o braciach.

Z lędźwi Quellona Greyjoya, lorda Żelaznych Wysp, zrodziło się dziewięciu synów. Harlon, Quenton i Donel byli dziećmi jego pierwszej żony, kobiety z rodu Stonetree. Balon, Euron, Victarion, Urrigon i Aeron byli potomkami drugiej, która pochodziła z rodu Sunderlych z Saltcliffe. Za trzecią żonę Quellon pojął dziewczynę z zielonych krain, która urodziła mu chorowitego idiotę imieniem Robin. O tym bracie lepiej było zapomnieć. Kapłan nie pamiętał Quentona ani Donela, którzy umarli w wieku niemowlęcym. Harlona sobie przypominał, ale tylko niejasno. Pamiętał, że ten jego brat siedział w pozbawionym okien pokoju w wieży i przemawiał coraz cichszym głosem, w miarę jak szara łuszczyca zmieniała jego język i wargi w kamień. *Pewnego dnia będziemy razem ucztować w podwodnych komnatach Utopionego Boga. Nas czterech i Urri też.*

Z lędźwi Quellona Greyjoya zrodziło się dziewięciu synów, ale tylko czterech z nich dożyło wieku męskiego. Tak to już było na tym zimnym świecie, gdzie mężczyźni łowili ryby w morzu, grzebali w ziemi i umierali, a kobiety na łożach krwi i bólu wydawały na świat krótko żyjące dzieci. Aeron był ostatnim i najmniej wartym z czterech krakenów, a Balon najstarszym i najśmielszym. Ten gwałtowny, nieustraszony chłopak żył tylko po to, by przywrócić ludziom z żelaznego rodu ich starożytną chwałę. Kiedy miał dziesięć lat, wspiął się na Krzemienne Urwiska, do nawiedzanej wieży Ślepego Lorda. Gdy skończył trzynaście, potrafił już sobie poradzić z wiosłami drakkara i nikt nie przerastał go biegłością w tańcu palców. W wieku piętnastu lat popłynął z Dagmerem Rozciętą Gębą na Stopnie i spędził całe lato na łupiestwie. Zabił tam pierwszego wroga i zdobył dwie pierwsze morskie żony. Kiedy miał siedemnaście lat, został kapitanem własnego statku. Był wszystkim, czym powinien być starszy brat, choć nigdy nie okazał Aeronowi nic poza wzgardą. *Byłem słaby i pełen grzechów. Nawet na wzgardę nie zasługiwałem. Lepsza wzgarda Balona Odważnego niż miłość Eurona Wroniego Oka.* A jeśli nawet starość i żałoba sprawiły, że Balon z upływem lat zgorzkniał, uczyniły go też bardziej zdeterminowanym niż ktokolwiek na świecie. *Urodził się jako lordowski syn, a zginął jako król zamordowany przez zazdrosnego boga* — pomyślał Aeron. — *A teraz nadciąga sztorm, jakiego te wyspy nigdy jeszcze nie widziały.*

Noc dawno już zapadła, gdy kapłan wreszcie ujrzał żelazne szczyty wieżyczek Hammerhorn, sięgające ku sierpowi księżyca. Warownia Gorolda była masywna i potężna, wielkie kamienie, z których ją zbudowano, wydobyto z majaczącego za zamczyskiem urwiska. U stóp murów ziały wejścia do jaskiń i starożytnych kopalń, przypominające czarne, bezzębne usta. Żelazną bramę Hammerhorn zamykano na noc i Aeron musiał walić w nią kamieniem, aż wreszcie obudził strażnika.

Młodzieniec, który wpuścił go do środka, wyglądał jak wykapany Gormond, na którego koniu przyjechał tutaj Aeron.

— Którym z braci jesteś? — zapytał kapłan.

— Granem. Ojciec czeka na ciebie w środku.

Komnata była wilgotna, wietrzna i pełna cieni. Jedna z córek Gorolda podała kapłanowi róg *ale*. Druga poruszyła pogrzebaczem tlący się słabo ogień, który dawał więcej dymu niż ciepła. Gorold Goodbrother był pogrążony w cichej rozmowie ze szczupłym mężczyzną w pięknych, szarych szatach, który nosił na szyi łańcuch z wielu metali, świadczący, że jest maesterem z Cytadeli.

— Gdzie Gormond? — zapytał Gorold na widok Aerona.

— Wraca na piechotę. Odeślij kobiety, panie. I maestera również.

Aeron nie darzył miłością maesterów. Ich kruki były stworzeniami Boga Sztormów, a po tym, co spotkało Urriego, nie ufał też ich uzdrawianiu. *Prawdziwy mężczyzna nie wybrałby życia w poddaństwie ani nie wykułby łańcucha służby, by nosić go na szyi.*

— Gysello, Gwin, zostawcie nas — rozkazał krótko Goodbrother. — Ty również, Gran. Maester Murenmure zostanie.

— Odejdzie — upierał się Aeron.

— To moja komnata, Mokra Czupryno. Nie ty będziesz decydował, kto ma odejść, a kto zostać.

Ten człowiek mieszka za daleko od morza — pomyślał Aeron.

— W takim razie ja odejdę — oznajmił Goodbrotherowi. Odwrócił się i ruszył w stronę drzwi. Suche sitowie szeleściło pod spękanymi podeszwami jego bosych czarnych stóp. Wyglądało na to, że na próżno pokonał długą drogę.

Dotarł już prawie do wyjścia, gdy nagle maester odchrząknął.

— Na Tronie z Morskiego Kamienia zasiada Euron Wronie Oko — rzekł.

Mokra Czupryna odwrócił się. W komnacie nagle zrobiło się zimniej. *Wronie Oko jest na drugim końcu świata. Balon odesłał go przed dwoma laty i przysiągł, że jeśli wróci, zapłaci za to życiem.*

— Opowiedz mi o tym — zażądał ochrypłym głosem.

— Wpłynął do Lordsportu nazajutrz po śmierci króla i zagarnął zamek oraz koronę jako najstarszy z braci Balona — wyjaśnił Gorold Goodbrother. — A teraz rozsyła kruki, wzywając kapitanów i królów ze wszystkich wysp na Pyke, by ugięli kolan i uznali go za swego króla.

— Nie. — Aeron Mokra Czupryna nie zwykł ważyć słów. — Tylko pobożny mąż może zasiadać na Tronie z Morskiego Kamienia. Wronie Oko nie czci niczego poza własną dumą.

— Byłeś niedawno na Pyke i rozmawiałeś z królem — zauważył Goodbrother. — Czy Balon wspominał coś o sukcesji?

Wspominał. Rozmawiali w Morskiej Wieży, za oknami zawodził wicher, a z dołu dobiegał nieustanny łoskot fal. Balon potrząsnął głową z rozpaczy, gdy usłyszał, co Aeron miał do powiedzenia o jego ostatnim żyjącym synu.

— Wilki uczyniły go miękkim, tak jak się obawiałem — stwierdził król. — Modlę się do boga, by go zabiły, żeby nie mógł stanąć na drodze Ashy.

Na tym właśnie polegała ślepota Balona. Widział w swej szalonej, upartej córce odbicie siebie i był przekonany, że Asha może odziedziczyć po nim tron. Mylił się i Aeron próbował mu to wytłumaczyć.

— Kobieta nigdy nie będzie władała ludźmi z żelaznego rodu, nawet taka kobieta jak Asha — powtarzał, ale Balon potrafił być głuchy na to, czego nie chciał słuchać.

Nim kapłan zdążył odpowiedzieć Goroldowi Goodbrotherowi, maester znowu otworzył gębę:

— Tron z Morskiego Kamienia należy do Theona albo do Ashy, jeśli książę nie żyje. Tak mówi prawo.

— Prawo zielonych krain — skwitował ze wzgardą Aeron. — Cóż ono dla nas znaczy? Jesteśmy żelaznymi ludźmi, synami morza, wybrańcami Utopionego Boga. Nigdy nie będzie nami władała kobieta ani bezbożny mężczyzna.

— A co z Victarionem? — zapytał Gorold Goodbrother. — On ma za sobą Żelazną Flotę. Czy Victarion spróbuje sięgnąć po tron, Mokra Czupryno?

— Euron jest starszym bratem… — zaczął maester.

Aeron uciszył go jednym spojrzeniem. Zarówno w małych rybackich osadach, jak i w wielkich kamiennych warowniach tego rodzaju spojrzenie Mokrej Czupryny sprawiało, że dziewczęta czuły się słabo, a dzieci uciekały z wrzaskiem do matek. Wystarczyło też z nawiązką, by uciszyć poddanego noszącego łańcuch na szyi.

— Euron jest starszy — przyznał kapłan — ale Victarion pobożniejszy.

— Czy dojdzie między nimi do wojny? — zapytał maester.

— Żelaźni ludzie nie mogą przelewać krwi żelaznych ludzi.

— To opinia godna pobożnego człowieka, Mokra Czupryno — zauważył Goodbrother. — Twój brat jej jednak nie podziela. Kazał utopić Sawane'a Botleya za to, że powiedział, iż Tron z Morskiego Kamienia prawnie należy do Theona.

— Jeśli go utopili, to nie przelali krwi — zauważył Aeron.

Maester i lord wymienili spojrzenia.

— Muszę jak najszybciej wysłać wiadomość na Pyke — stwierdził Gorold Goodbrother. — Mokra Czupryno, chciałbym cię prosić o radę. Czy mam złożyć mu hołd, czy odrzucić jego pretensje?

Aeron pociągał się za brodę, pogrążony w myślach. *Widziałem sztorm i jego imię brzmi Euron Wronie Oko.*

— Na razie niech twoją odpowiedzią będzie cisza — poradził lordowi. — Muszę się pomodlić o inną odpowiedź.

— Módl się, ile chcesz — odezwał się maester — ale to nie

zmieni prawa. Prawowitym dziedzicem jest Theon, a po nim Asha.

— Cisza! — ryknął Aeron. — Zbyt długo już ludzie z żelaznego rodu słuchali, jak noszący łańcuchy maesterzy ględzili o zielonych krainach i ich prawach. Pora już, byśmy znowu zaczęli słuchać morza. Byśmy zaczęli słuchać głosu boga.

Po pełnej dymu komnacie echem się poniósł jego głos, tak potężny, że ani Gorold Goodbrother, ani jego maester nie odważyli się odpowiedzieć. *Utopiony Bóg jest ze mną* — pomyślał Aeron. — *Wskazał mi drogę.*

Goodbrother zaoferował mu na noc wygodną gościnę w zamku, ale kapłan odmówił. Rzadko sypiał pod zamkowym dachem, a nigdy tak daleko od morza.

— Wygód zaznam w podwodnych komnatach Utopionego Boga. Zrodziliśmy się, by cierpieć, bo tylko cierpienie może nas uczynić silnymi. Potrzebuję jedynie świeżego konia, który zaniesie mnie do Pebbleton.

Goodbrother z radością spełnił jego życzenie. Wysłał z kapłanem swego syna Greydona, by ten wskazał Aeronowi najkrótszą drogę przez wzgórza ku morzu. Kiedy wyruszali w drogę, została jeszcze godzina do świtu, ale ich wierzchowce były wytrzymałe i stąpały pewnie, mogli więc pomimo ciemności posuwać się szybko naprzód. Aeron zamknął oczy i odmówił bezgłośną modlitwę. Po chwili zaczął przysypiać w siodle.

Dźwięk był cichy, zgrzyt zardzewiałych zawiasów.

— Urri — wymamrotał i obudził się, pełen strachu. *Tu nie ma żadnych zawiasów, nie ma drzwi ani Urriego.* Rzucony topór uciął mu połowę dłoni, kiedy Urri miał czternaście lat i bawił się w taniec palców, podczas gdy jego ojciec i starsi bracia popłynęli na wojnę. Trzecia żona lorda Quellona — dziewczyna o wielkich, miękkich piersiach i brązowych oczach łani — pochodziła z rodu Piperów z zamku Pinkmaiden. Zamiast uzdrowić rękę Urriego zgodnie z dawnymi zwyczajami za pomocą ognia i morskiej wody, oddała go swemu maesterowi z zielonych krain, który przysięgał, że potrafi przyszyć odcięte palce. Zrobił to, a potem stosował eliksiry, kataplazmy i zioła, ale dłoń uległa martwicy i Urri zapadł na gorączkę. W chwili gdy maester oderżnął mu rękę, było już za późno.

Lord Quellon nie wrócił z ostatniej wyprawy. Utopiony Bóg w swej łaskawości przyznał mu śmierć na morzu. Wrócił za to lord Balon, ze swymi braćmi Euronem i Victarionem. Gdy usłyszał, jaki los spotkał Urriego, uciął maesterowi trzy palce kuchennym tasakiem i kazał wdowie po ojcu przyszyć je z powrotem. Kataplazmy i eliksiry okazały się w przypadku maestera równie mało skuteczne jak w przypadku Urrigona. Umarł w gorączce, a trzecia żona lorda Quellona wkrótce podążyła za nim, gdy położna wyjęła z jej macicy martwo urodzoną córkę. Aeron cieszył się z tego. To jego topór uciął Urriemu palce, gdy tańczyli razem taniec palców, jak przystało braciom i przyjaciołom.

Nadal wstydził się wspomnienia o tym, co wydarzyło się w latach po śmierci Urriego. W wieku szesnastu lat zwał się mężczyzną, ale w rzeczywistości był tylko chodzącym bukłakiem wina. Śpiewał, tańczył (ale nie taniec palców, nigdy więcej), szydził, gadał od rzeczy i kpił ze wszystkiego. Grał na dudach, żonglował, jeździł konno i potrafił wypić więcej niż wszyscy Wynchowie, Botleyowie i połowa Harlawów. Utopiony Bóg każdemu daje jakiś dar, nawet jemu: nikt nie potrafił szczać dalej i dłużej niż Aeron Greyjoy. Udowadniał to na każdej uczcie. Pewnego razu postawił swój nowy drakkar przeciw stadu kóz, zakładając się, że ugasi ognisko domowe własnym kutasem. Żarł potem kozinę przez cały rok, a drakkarowi nadał nazwę „Złocisty Sztorm", choć Balon zagroził, że powiesi go na maszcie statku, kiedy usłyszał, jakiego rodzaju taran jego brat zamierza zamontować na dziobie.

Na koniec „Złocisty Sztorm" zatonął nieopodal Pięknej Wyspy podczas pierwszego buntu Balona, przecięty na pół przez potężną galerę o nazwie „Furia", gdy Stannis Baratheon wciągnął Victariona w pułapkę i rozbił Żelazną Flotę. Bóg jednak nie uznał Aerona za straconego i zaniósł go na brzeg. Jacyś rybacy wzięli go do niewoli i zaprowadzili w łańcuchach do Lannisportu. Resztę wojny spędził w trzewiach Casterly Rock, dowodząc, że krakeny potrafią szczać dłużej i dalej niż lwy, dziki i kurczaki.

Tamten człowiek nie żyje. Aeron utonął i na nowo narodził się z morza jako prorok boga. Nie bał się żadnego śmiertelnika, nie bał się ciemności... ani wspomnień, które są kośćmi duszy. *Dźwięk otwieranych drzwi, zgrzyt zardzewiałych zawiasów. Znowu zjawił się Euron.* To nie miało znaczenia. Był kapłanem Mokrą Czupryną, ulubieńcem boga.

— Czy dojdzie do wojny? — zapytał Greydon Goodbrother, gdy na wzgórza padły pierwsze promienie słońca. — Czy brat będzie walczył z bratem?

— Jeśli Utopiony Bóg zechce. Bezbożnik nie może zasiadać na Tronie z Morskiego Kamienia.

Wronie Oko będzie walczył, to pewne. Z pewnością nie pokona go żadna kobieta, nawet Asha. Kobiety stworzono po to, by toczyły swe bitwy w połogu. A Theon, nawet jeśli jeszcze żył, również nie rokował nadziei. Wiecznie uśmiechnięty, ulegający nastrojom chłopak. W Winterfell dowiódł poniekąd swej wartości, ale Wronie Oko nie był kalekim chłopcem. Pokłady okrętu Eurona pomalowano na czerwono, by ukryć ślady krwi, która wsiąkła w deski. *Victarion. Victarion musi zostać królem albo sztorm zabije nas wszystkich.*

Kiedy słońce wynurzyło się zza horyzontu, Greydon pożegnał go, by zanieść wiadomość o śmierci Balona swym kuzynom mieszkającym w wieżach w Głębokiej Kopalni, Wroniej Twierdzy i w Trupim Jeziorze. Aeron jechał dalej sam, mijając wzgórza i doliny. W miarę jak zbliżał się do morza, kamienisty szlak stawał się coraz szerszy. Zatrzymywał się w każdej wiosce i domostwach pomniejszych lordów, żeby do nich przemówić.

— Z morza się zrodziliśmy i do morza musimy wrócić — przypominał zebranym. Jego głos był głęboki jak ocean, potężny niczym huk fal. — Bóg Sztormów w swym gniewie strącił

Balona z jego zamku, ale nasz król ucztuje teraz w podwodnych komnatach Utopionego Boga. — W tym momencie unosił ręce. — Balon nie żyje! Król nie żyje! Ale król nadejdzie znowu! To, co jest martwe, nie może umrzeć, lecz odradza się, twardsze i silniejsze! Król narodzi się na nowo!

Niektórzy ze słuchających odrzucali motyki i kilofy, żeby podążyć za nim. Gdy usłyszał huk fal, za jego koniem szło już kilkunastu ludzi, którzy poczuli dotknięcie boga i zapragnęli utopienia.

W Pebbleton mieszkało kilka tysięcy rybaków, których chaty skupiały się przy podstawie kwadratowej twierdzy z wieżyczką w każdym rogu. Na Aerona czekało czterdziestu jego utopionych, którzy rozbili na szarej, piaszczystej plaży namioty z foczych skór i sklecili schronienia z wyrzuconego na brzeg drewna. Dłonie mieli szorstkie od morskiej wody, pełne blizn od sieci i lin, stwardniałe od wioseł, kilofów oraz toporów, ale teraz ściskali w tych dłoniach twarde jak żelazo drewniane pałki. Bóg użyczył im tej broni ze swego podmorskiego arsenału.

Zbudowali dla kapłana schronienie tuż powyżej linii zasięgu wód przypływu. Aeron wczołgał się tam z radością, gdy tylko utopił swych nowych wyznawców. *Mój Boże* — modlił się w duchu. — *Przemów do mnie w łoskocie fal i powiedz mi, co powinienem uczynić. Kapitanowie i królowie czekają na twoje słowo. Kto będzie naszym królem w miejsce Balona? Zaśpiewaj do mnie w języku lewiatana, żebym mógł poznać jego imię. Wyjaw mi, o panie pod falami, kto ma siłę potrzebną, by walczyć ze sztormem na Pyke.*

Choć Aeron Mokra Czupryna czuł się zmęczony jazdą do Hammerhorn, nie mogąc zasnąć, wiercił się niespokojnie w swym schronieniu z wyrzuconego na brzeg drewna zadaszonym czarnymi wodorostami. Chmury przesłoniły księżyc i gwiazdy nad morzem zapanowała ciemność równie nieprzenikniona jak ta, która spowijała jego duszę. *Balon faworyzował Ashę, dziecko jego ciała, ale ludźmi z żelaznego rodu nie może władać kobieta. To musi być Victarion.* Z lędźwi Quellona Greyjoya zrodziło się dziewięciu synów, a Victarion był z nich najsilniejszy. Mocarny jak byk, nieustraszony i obowiązkowy. *I to właśnie jest niebezpieczne.* Młodszy brat był winien posłuszeństwo starszemu, a Victarion nie był człowiekiem, który odważyłby się pożeglować przeciwko tradycji. *Ale nie darzy Eurona miłością. Od czasu śmierci tej kobiety.*

Z zewnątrz dobiegał go przebijający się przez chrapanie jego utopionych i zawodzenie wichru łoskot fal, uderzenia młota jego boga wzywające go do boju. Aeron wyszedł z szałasu w zimną noc. Nagi stanął na plaży — blady, chudy, wysoki — i nagi wszedł do czarnego, słonego morza. Woda była lodowata, ale on nie wzdrygnął się przed pieszczotą swego boga. Fala uderzyła go w pierś tak mocno, że aż się zachwiał. Następna przetoczyła się nad jego głową. Czuł smak soli na wargach i otaczającą go obecność boga. Uszy wypełniała mu chwała jego pieśni. *Z lędźwi Quellona Greyjoya zrodziło się dziewięciu synów, a ja byłem najmniej wartym z nich, słabym i strachliwym jak dziewczyna. Ale to już przeszłość. Tamten człowiek utonął, a bóg uczynił mnie silnym.* Zimne, słone morze otoczyło go, wzięło w objęcia, przeniknęło słabe, ludzkie ciało i dotknęło kości. *Kości* — pomyślał. — *Kości duszy. Kości Balona i Urriego. Prawda kryje się w naszych kościach, albowiem ciało ulega rozkładowi, a kości trwają. A na wzgórzu Naggi, kości Komnaty Szarego Króla...*

Chudy, blady i drżący Aeron Mokra Czupryna wygramolił się na brzeg jako człowiek mądrzejszy od tego, który przed chwilą wszedł do morza. Znalazł odpowiedź w swych kościach, jasno ujrzał stojącą przed sobą drogę. Noc była tak zimna, że wracając do szałasu, odnosił wrażenie, iż z jego ciała bucha para, ale w sercu płonął mu ogień. Zasnął natychmiast i snu nie zakłócał mu już zgrzyt żelaznych zawiasów.

Kiedy się obudził, był słoneczny, wietrzny dzień. Aeron pożywił się rosołem z małży oraz wodorostami pieczonymi nad ogniskiem. Gdy tylko skończył śniadanie, Merlyn wyszedł ze swej wieży w towarzystwie sześciu zbrojnych.

— Król nie żyje — zawiadomił go Mokra Czupryna.

— Wiem o tym. Przyleciał do mnie ptak. A teraz też drugi. — Merlyn był łysym, pulchnym, pękatym mężczyzną, który kazał się tytułować „lordem" na modłę zielonych krain i ubierał się w futra oraz aksamity. — Jeden kruk wzywa mnie na Pyke, a drugi do Dziesięciu Wież. Wy, krakeny, macie za dużo ramion. Rozrywacie człowieka na strzępy. I co mi powiesz, kapłanie? Dokąd mam wysłać drakkary?

— Mówisz do Dziesięciu Wież? Który z krakenów cię tam wzywa?

Dziesięć Wież było siedzibą lorda Harlawa.

— Księżniczka Asha. Żegluje do domu. Czytacz rozsyła kruki, wzywając wszystkich jej przyjaciół do Harlaw. Twierdzi, że Balon pragnął, by to ona zasiadła na Tronie z Morskiego Kamienia.

— Utopiony Bóg rozstrzygnie, kto na nim zasiądzie — odparł kapłan. — Klęknij, bym mógł cię pobłogosławić.

Lord Merlyn opadł na kolana, a Aeron otworzył bukłak i wylał mu na łysinę strużkę morskiej wody.

— Panie Boże, któryś dla nas utonął, pozwól, by twój sługa Meldred narodził się na nowo z morza. Pobłogosław go solą, pobłogosław go kamieniem, pobłogosław go stalą. — Woda spływała po tłustych policzkach Merlyna, mocząc jego brodę i futro z lisów. — To, co jest martwe, nie może umrzeć — dokończył Aeron — lecz odradza się, twardsze i silniejsze.

Merlyn wstał.

— Zostań tu i wysłuchaj mnie, byś mógł przekazać słowo boże innym — powiedział mu jeszcze kapłan.

W odległości trzech stóp od brzegu fale omywały zaokrąglony, granitowy głaz. Aeron Mokra Czupryna stanął na nim, żeby cała jego trzódka mogła go zobaczyć i wysłuchać jego słów.

— Z morza się zrodziliśmy i do morza musimy wrócić — zaczął, tak samo jak już setki razy przedtem. — Bóg Sztormów w swym gniewie strącił Balona z jego zamku, ale nasz król ucztuje teraz w podwodnych komnatach Utopionego Boga. —

Uniósł ręce. — Żelazny król nie żyje! Ale król nadejdzie znowu! To, co jest martwe, nie może umrzeć, lecz odradza się, twardsze i silniejsze! Król narodzi się na nowo!

— Król nadejdzie! — wykrzyknęli utopieni.

— Nadejdzie. Musi nadejść. Ale kto nim będzie? — Mokra Czupryna nasłuchiwał przez moment, lecz odpowiedziały mu tylko fale. — Kto zostanie naszym królem?

Utopieni zaczęli stukać jedną pałką o drugą.

— Mokra Czupryna! — krzyczeli. — Król Mokra Czupryna! Król Aeron! Chcemy Mokrą Czuprynę!

Aeron potrząsnął głową.

— Jeżeli ojciec ma dwóch synów i pierwszemu daje topór, a drugiemu sieć, to z którego z nich chce zrobić wojownika?

— Topór jest dla wojownika, a sieć dla morskiego rybaka — zawołał Rus.

— Zaiste — zgodził się Aeron. — Bóg zabrał mnie w morskie głębiny i utopił bezwartościowego nędznika, którym byłem. A kiedy przywrócił mnie do życia, dał mi oczy, żebym widział, uszy, żebym słyszał, i głos, żebym głosił jego słowo, stał się jego prorokiem i nauczył jego prawdy tych, którzy o niej zapomnieli. Nie stworzył mnie po to, bym zasiadał na Tronie z Morskiego Kamienia… i Eurona Wroniego Oka też nie. Słyszałem głos boga, który mówił: „Bezbożnik nie może zasiadać na moim tronie!”.

Merlyn skrzyżował ramiona na piersi.

— Czy więc to ma być Asha? Czy może Victarion? Odpowiedz nam, kapłanie!

— Utopiony Bóg wam odpowie. Ale nie tutaj. — Aeron wskazał palcem na białą, pulchną twarz Merlyna. — Nie szukaj odpowiedzi u mnie ani w stanowionych przez ludzi prawach. Szukaj jej w morzu. Rozwiń żagle i wyciągnij wiosła, panie, by wyruszyć na Starą Wyk. Niech tak postąpią wszyscy kapitanowie i królowie. Nie płyńcie na Pyke, pokłonić się bezbożnikowi, ani na Harlaw, by wdawać się w babskie spiski. Skierujcie dzioby swych łodzi ku Starej Wyk, gdzie wznosi się Komnata

Szarego Króla. Wzywam was tam w imię Utopionego Boga. Wzywam was wszystkich! Zostawcie swe komnaty i chaty, swe zamki i twierdze, i wróćcie na wzgórze Naggi, na królewski wiec!

Merlyn gapił się na niego zdumiony.

— Królewski wiec? Prawdziwego królewskiego wiecu nie było od…

— …od zbyt dawna! — zawołał Aeron głosem pełnym bólu. — W zaraniu dziejów ludzie z żelaznego rodu wybierali swych królów, wynosząc na tron najgodniejszych spośród siebie. Pora już, byśmy wrócili do dawnych zwyczajów, bo tylko one uczynią nas znowu wielkimi. To na królewskim wiecu wybrano na wielkiego króla Urrasa Żelazną Stopę i włożono mu na czoło koronę z wyrzuconego na brzeg drewna. Sylas Płaski Nos, Harrag Siwy, Stary Kraken — królewski wiec wyniósł ich wszystkich. A teraz na wiecu wybierzemy człowieka, który dokończy dzieła króla Balona i odzyska dla nas nasze swobody. Powtarzam, nie płyńcie na Pyke ani do Dziesięciu Wież Harlawów, lecz na Starą Wyk. Odnajdźcie wzgórze Naggi i kości komnaty Szarego Króla, albowiem w tym świętym miejscu, gdzie księżyc utonął i powrócił, wybierzemy godnego króla, pobożnego króla. — Aeron ponownie uniósł kościste dłonie. — Słuchajcie! Słuchajcie fal! Słuchajcie boga! On do nas przemawia, a jego słowa brzmią: „Króla może wybrać tylko królewski wiec!”.

Odpowiedział mu ryk. Utopieni znowu zaczęli stukać pałkami.

— Królewski wiec! — krzyczeli. — Królewski wiec, królewski wiec! Króla może wybrać tylko królewski wiec!

Hałas był tak straszliwy, że z pewnością usłyszeli go nawet Wronie Oko na Pyke i obmierzły Bóg Sztormów w swej komnacie pośród chmur. Aeron Mokra Czupryna wiedział, że może być z siebie zadowolony.

KAPITAN STRAŻY

— Malinowe pomarańcze już przejrzały — zauważył znużonym tonem książę, gdy kapitan wytoczył go na taras.

Potem nie odzywał się przez kilka godzin.

Miał rację z tymi pomarańczami. Kilka owoców spadło z gałęzi i rozprysło się na bladoróżowym marmurze. Ich ostra, słodka woń wypełniała nozdrza Hotaha przy każdym oddechu. Z pewnością książę również czuł ten zapach, gdy siedział pod drzewami w fotelu na kółkach, który skonstruował dla niego maester Caleotte. Poduszki fotela wypełniono gęsim puchem, a stukoczące kółka wykonano z hebanu i żelaza.

Przez dłuższy czas słychać było tylko dzieci pluskające się w stawach oraz fontannach, a w pewnej chwili również miękkie *plask*, gdy na taras upadła kolejna pomarańcza. Potem kapitan usłyszał gdzieś daleko w pałacu cichy stukot uderzających o marmur butów.

Obara. Znał jej kroki: długie, pośpieszne i gniewne. Jej wierzchowiec z pewnością stał teraz w stajni przy bramie, spieniony i krwawiący od ostróg. Zawsze jeździła na ogierach i ponoć przechwalała się, że potrafi sobie poradzić z każdym koniem w Dorne… a także z każdym mężczyzną. Kapitan słyszał też inne kroki: szybkie, ciche szuranie maestera Caleotte'a, który starał się za nią nadążyć.

Obara Sand zawsze chodziła zbyt szybko. *Stara się dogonić coś, czego nigdy nie zdoła schwytać.* Tak kiedyś powiedział córce książę, w obecności kapitana.

Gdy wreszcie pojawiła się w potrójnym łuku wejścia, Areo Hotah zagrodził jej drogę halabardą. Głownię oręża osadzono na drzewcu z drewna jarzębiny, długim na sześć stóp, nie mogła go więc wyminąć.

— Ani kroku dalej, pani. — W jego basie pobrzmiewał silny norvoski akcent. — Książę nie życzy sobie, żeby mu przeszkadzać.

Twarz Obary była przedtem niewzruszona jak kamień, a teraz zrobiła się jeszcze twardsza.

— Stoisz mi na drodze, Hotah. — Obara była najstarszą ze Żmijowych Bękarcic, grubokościstą kobietą dobiegającą trzydziestki, o blisko osadzonych oczach i myszowatych, brązowych włosach, które odziedziczyła po matce, kurwie ze Starego Miasta. Pod płaszczem w brunatno-złote cętki, uszytym z piaskowego jedwabiu, miała znoszony strój do konnej jazdy z miękkiej, brązowej skóry. To było wszystko, co miała w sobie miękkiego. U jednego biodra nosiła zwinięty bicz, a na plecach okrągłą tarczę ze stali i miedzi. Włócznię zostawiła na zewnątrz. Areo Hotah cieszył się przynajmniej z tego. Choć Obara była silna i szybka, wiedział, że nie może się z nim mierzyć... ale ona o tym nie wiedziała, a on nie chciał, żeby jej krew spłynęła na bladoróżowy marmur.

— Pani Obaro, próbowałem ci powiedzieć... — odezwał się maester Caleotte, przestępując z nogi na nogę.

— Czy wie o śmierci mojego ojca? — zapytała Obara, zwracając się do Hotaha. Maesterowi poświęcała nie więcej uwagi, niż poświęciłaby jej musze, gdyby jakaś okazała się na tyle głupia, by bzykać obok jej ucha.

— Wie — potwierdził kapitan. — Przyleciał do niego ptak.

Śmierć przybyła do Dorne na skrzydłach kruka, spisana małymi literami i zapieczętowana twardym, czerwonym lakiem. Caleotte musiał wyczuć, co zawiera list, dał go bowiem Hotahowi do przekazania. Książę mu podziękował, ale przez bardzo długi czas nie otwierał pieczęci. Siedział całe popołudnie z listem na kolanach, patrząc na bawiące się dzieci. Czekał tak, aż wreszcie słońce zaszło i zrobiło się na tyle chłodno, że musieli wrócić do środka. Potem spoglądał na gwiazdy odbijające się w wodzie. Dopiero gdy wzeszedł księżyc, Doran wysłał Hotaha po świecę, by przeczytać list ciemną nocą pod pomarańczowymi drzewami.

Obara dotknęła bicza.

— Tysiące ludzi zmierzają przez piaski na Szlak Kości, by pomóc Ellarii odwieźć go do domu. Septy są przepełnione, a czerwoni kapłani zapalili swe świątynne ognie. W domach rozkoszy kobiety oddają się każdemu chętnemu mężczyźnie i nie chcą brać za to pieniędzy. W Słonecznej Włóczni, na Złamanym Ramieniu, na brzegach Zielonej Krwi, wszędzie, wszędzie kobiety wyrywają sobie włosy, a mężczyźni krzyczą z gniewu. Usta wszystkich powtarzają to samo pytanie. Co zrobi Doran? W jaki sposób brat pomści naszego zamordowanego księcia? — Podeszła bliżej do kapitana. — A ty mi mówisz, że on nie życzy sobie, by mu przeszkadzać!

— Nie życzy sobie, by mu przeszkadzać — powtórzył Areo Hotah.

Kapitan straży dobrze znał księcia, którego strzegł. Ongiś, dawno temu przybył tu z Norvos jako barczysty chłopak z gęstą, ciemną czupryną. Teraz miał białe włosy, a jego ciało naznaczyły blizny po licznych bitwach... ale nadal był silny i zawsze ostrzył halabardę, tak jak uczyli go brodaci kapłani. *Obara nie przejdzie* — obiecał sobie.

— Książę patrzy na bawiące się dzieci. Nie wolno mu przeszkadzać, kiedy to robi.

— Hotah — warknęła Obara Sand — zejdź mi z drogi albo wyrwę ci tę halabardę i...

— Kapitanie — padł rozkaz zza jego pleców. — Przepuść ją. Porozmawiam z nią.

Głos księcia brzmiał ochryple.

Areo Hotah wyprostował halabardę i odsunął się na bok. Obara obrzuciła go przeciągłym spojrzeniem i wyszła na taras. Maester podążał za nią szybkimi kroczkami. Caleotte miał najwyżej pięć stóp wzrostu i był łysy jak jajo. Twarz miał tak gładką i pulchną, że trudno było ocenić jego wiek, przybył tu jednak przed kapitanem, a nawet służył matce księcia. Pomimo wieku i tuszy nadal zachował sprawność. Nie brakowało mu też sprytu, ale był potulny. *Nie może się mierzyć z żadną ze Żmijowych Bękarcic* — pomyślał kapitan.

Książę siedział na swym krześle w cieniu pomarańczowych drzew. Dręczone chorobą nogi wyprostował przed sobą, a pod oczyma miał wielkie worki... choć Hotah nie potrafił powiedzieć, czy to żałoba czy podagra nie pozwalała mu zasnąć. Na dole, w stawach i fontannach, nadal bawiły się dzieci. Najmłodsze z nich miały nie więcej niż pięć lat, najstarsze dziewięć bądź dziesięć. Połowa to były dziewczynki, a połowa chłopcy. Hotah słyszał, jak pluskają się w wodzie i krzyczą do siebie wysokimi, przenikliwymi głosami.

— Całkiem niedawno ty byłaś takim dzieckiem, Obaro — zauważył książę, gdy opadła na jedno kolano przed jego fotelem na kółkach.

Prychnęła pogardliwie.

— To było dwadzieścia lat temu, czy może prawie dwadzieścia. Do tego byłam tu krótko. Jestem pomiotem kurwy, pamiętasz? — Doran nie odpowiedział, wstała więc i wsparła ręce na biodrach. — Mojego ojca zamordowano.

— Zginął w pojedynku podczas próby walki — odparł książę. — Zgodnie z prawem to nie jest morderstwo.

— Był twoim bratem.

— W istocie.

— Co zamierzasz uczynić w sprawie jego śmierci?

Doran Martell odwrócił z wysiłkiem fotel w jej stronę. Choć miał dopiero pięćdziesiąt dwa lata, wyglądał znacznie starzej. Pod płóciennymi szatami ukrywało się miękkie, zdeformowane ciało, a obrzękłe i poczerwieniałe od podagry stawy wyglądały groteskowo: lewe kolano przypominało jabłko, prawe melon, a palce nóg ciemnoczerwone winogrona, tak dojrzałe, że wydawało się, iż pękną przy najlżejszym dotyku. Drżał nawet od ciężaru narzuty, choć znosił ból bez słowa skargi. Kapitan słyszał kiedyś, jak Doran mówił córce: „Milczenie jest przyjacielem księcia. Słowa są jak strzały, Arianne. Gdy już je wypuścisz, nie możesz ich przywołać z powrotem".

— Napisałem do lorda Tywina...

— Napisałeś? Gdybyś był choć w połowie takim mężczyzną jak mój ojciec...

— Nie jestem twoim ojcem.

— Wiem o tym — odparła Obara ociekającym wzgardą głosem.

— Chciałabyś, abym wyruszył na wojnę.

— Zdaję sobie sprawę, że to niemożliwe. Nie musisz nawet wstawać z tego fotela. Pozwól, żebym ja pomściła ojca. Masz zastęp stacjonujący w Książęcym Wąwozie. Lord Yronwood ma drugi na Szlaku Kości. Daj mi jeden z nich, a Nym niech weźmie drugi. Ona ruszy królewskim traktem, podczas gdy ja wykurzę lordów pogranicza z ich zamków, a potem skręcę na Stare Miasto.

— A w jaki sposób zamierzasz je utrzymać?

— Wystarczy mi, jak je złupię...

— Czy to złota pragniesz?

— Pragnę krwi.

— Lord Tywin przyśle nam głowę Góry.

— A kto nam przyśle głowę lorda Tywina? Góra zawsze był jego ulubieńcem, doskonale o tym wiesz.

Książę wskazał na sadzawki.

— Obaro, spójrz na te dzieci, jeśli łaska.

— Nie proś mnie o łaskę. Łaską byłaby dla mnie szansa wbicia włóczni w brzuch lorda Tywina. Każę mu zaśpiewać *Deszcze Castamere*, a potem wypruję mu flaki i poszukam w nich złota.

— Spójrz na nie — powtórzył książę. — Rozkazuję ci.

Kilkoro starszych dzieci leżało twarzami w dół na gładkim, różowym marmurze, opalając się w słońcu na brąz. Troje budowało zamek z piasku, ozdobiony wielką iglicą przypominającą Włócznię, wieżę Starego Pałacu. Około dwadzieściorga zgromadziło się wokół wielkiego stawu, by obserwować walki, podczas których mniejsze dzieci siedziały na plecach większych, usiłując wrzucić przeciwnika do wody. Gdy jedna z walczących par padała, zaraz po plusku rozlegał się gromki śmiech. Na ich oczach śniada dziewczynka ściągnęła jasnowłosego chłopca z pleców brata. Chłopak runął do wody głową naprzód.

— Twój ojciec bawił się kiedyś w tę samą grę, tak samo jak ja przed nim — zaczął książę. — Dzieliło nas dziesięć lat, więc dawno już opuściłem stawy, kiedy się tu zjawił, ale zawsze przyglądałem się mu, kiedy przyjeżdżałem odwiedzić matkę. Był bardzo wojowniczy, nawet jako mały chłopiec, i szybki jak wodny wąż. Nieraz widziałem, jak przewracał chłopaków znacznie większych od siebie. Przypomniał mi o tym tego dnia, gdy wyjeżdżał do Królewskiej Przystani. Przysiągł, że zrobi to jeszcze raz. W przeciwnym razie nigdy nie pozwoliłbym mu pojechać.

— Nie pozwoliłbyś? — powtórzyła ze śmiechem Obara. — Jakbyś mógł go powstrzymać. Czerwona Żmija z Dorne jeździł, dokąd chciał.

— To prawda. Gdybym tylko mógł cię jakoś pocieszyć…

— Nie przyszłam tu po pocieszenie. — Jej głos był pełen wzgardy. — Gdy ojciec przyszedł mnie zabrać, matka nie chciała mnie oddać. Powiedziała: „To dziewczynka i do tego chyba nie twoja. Miałam tysiąc innych mężczyzn". Rzucił włócznię na podłogę i uderzył matkę w twarz grzbietem dłoni, aż się rozpłakała. Rzekł mi: „Chłopcy czy dziewczęta, sami musimy toczyć swe walki, ale bogowie dają nam wybór broni". Wskazał na włócznię, a potem na łzy matki. Wybrałam włócznię. Ojciec powiedział: „Mówiłem, że jest moja" i zabrał mnie stamtąd. Nim minął rok, matka zapiła się na śmierć. Mówią, że płakała w chwili śmierci. — Obara podeszła bliżej do siedzącego w fotelu księcia. — Pozwól mi zrobić użytek z włóczni. Nie proszę o nic więcej.

— Prosisz o bardzo wiele, Obaro. Muszę się z tym przespać.

— Zbyt długo już spałeś.

— Być może masz rację. Wyślę słowo do ciebie, do Słonecznej Włóczni.

— Pod warunkiem że to słowo będzie brzmiało „wojna".

Obara odwróciła się na pięcie i odeszła krokiem równie gniewnym, jak przybyła. Skierowała się do stajni po świeżego rumaka, by pocwałować z powrotem.

Maester Caleotte został na miejscu.

— Książę? — zapytał pękaty człowieczek. — Czy bolą cię nogi?

Książę uśmiechnął się blado.

— A czy słońce jest gorące?

— Czy przynieść miksturę przeciwbólową?

— Nie. Muszę zachować jasność umysłu.

Maester zawahał się.

— Mój książę, czy... czy to rozsądne pozwolić lady Obarze wrócić do Słonecznej Włóczni? Z pewnością będzie podburzać mieszkańców. Prości ludzie kochali twojego brata.

— Wszyscy go kochaliśmy. — Doran przycisnął palce do skroni. — Nie. Masz rację. Ja też muszę wrócić do Słonecznej Włóczni.

Pękaty człowieczek wyraźnie się zawahał.

— Czy to rozsądne?

— Nierozsądne, ale konieczne. Lepiej pchnij gońca do Ricassa i każ mu przygotować moje apartamenty w Wieży Słońca. Zawiadom moją córkę Arianne, że przybędę.

Moja mała księżniczka. Kapitan tęsknił za nią dotkliwie.

— Zobaczą cię — ostrzegł maester.

Kapitan go rozumiał. Przed dwoma laty, kiedy zamienili Słoneczną Włócznię na spokój i izolację Wodnych Ogrodów, podagra księcia Dorana nie była nawet w połowie tak dokuczliwa. Mógł jeszcze wówczas chodzić, choć tylko powoli, wspierając się na lasce i krzywiąc z bólu przy każdym kroku. Książę nie chciał, by jego wrogowie ujrzeli, jak bardzo słaby się stał, a w Starym Pałacu i jego mieście cieni było pełno oczu. *Oczu i schodów, na które nie zdoła wejść* — pomyślał kapitan. — *Musiałby nauczyć się latać, by zasiąść na szczycie Wieży Słońca.*

— Powinni mnie zobaczyć. Ktoś musi rozlać oliwę na wzburzone fale. Dornijczykom trzeba przypomnieć, że nadal mają księcia. — Uśmiechnął się blado. — Choć jest on tylko starym podagrykiem.

— Jeśli wrócisz do Słonecznej Włóczni, będziesz musiał

udzielić audiencji księżniczce Myrcelli — zauważył Caleotte. — Będzie z nią jej biały rycerz... a wiesz, że on śle listy do swej królowej.

— Pewnie śle.

Biały rycerz. Kapitan zmarszczył brwi. Ser Arys przybył do Dorne ze swą księżniczką, tak jak Areo Hotah kiedyś ze swoim księciem. Nawet ich imiona brzmiały dziwnie podobnie. Areo i Arys. Na tym jednak podobieństwa się kończyły. Kapitan opuścił Norvos i tamtejszych brodatych kapłanów, a ser Arys Oakheart nadal służył Żelaznemu Tronowi. Hotah zawsze odczuwał lekki smutek na widok rycerza w długim, srebrnym płaszczu, którego spotykał, gdy książę wysyłał go do Słonecznej Włóczni. Przeczucie mówiło mu, że pewnego dnia zmierzą się w walce i Oakheart zginie, gdy halabarda kapitana rozpłata mu czaszkę. Przesunął dłonią po gładkim drzewcu, zadając sobie pytanie, jak blisko jest ten dzień.

— Popołudnie już się prawie kończy — mówił książę. — Zaczekamy do rana. Dopilnuj, żeby moja lektyka była gotowa o świcie.

— Wedle rozkazu.

Caleotte pokłonił się, a kapitan odsunął się na bok, żeby go przepuścić. Potem słuchał milknących w oddali kroków.

— Kapitanie? — odezwał się cicho książę.

Hotah podszedł do niego, owijając jedną rękę wokół drzewca halabardy. Drewno pod jego dłonią wydawało się gładkie niczym skóra kobiety. Gdy podszedł do fotela, stuknął końcem halabardy o marmur, by oznajmić swe przybycie, ale książę patrzył tylko na dzieci.

— Czy miałeś braci, kapitanie? — zapytał. — W Norvos, kiedy byłeś młody? Albo siostry?

— Dwóch braci i trzy siostry — potwierdził Hotah. — Byłem najmłodszy.

Najmłodszy i niechciany. Jeszcze jedna gęba do wykarmienia, przerośnięty chłopak, który jadł za dużo i szybko wyrastał z ubrań. Nic dziwnego, że sprzedali go brodatym kapłanom.

— Ja byłem najstarszy — zauważył książę. — A mimo to jestem ostatni. Kiedy Mors i Olyvar umarli w kołyskach, straciłem już nadzieję, że będę miał braci. W chwili narodzin Elii miałem dziewięć lat i byłem giermkiem służącym na Słonym Brzegu. Gdy kruk przyniósł wiadomość, że moja matka zległa o miesiąc za wcześnie, byłem już wystarczająco duży, by zrozumieć, że to znaczy, iż dziecko nie przeżyje. Nawet kiedy lord Gargalen powiedział mi, że mam siostrę, oznajmiłem mu, iż ona niedługo umrze. Ale przeżyła, dzięki łasce Matki. A po roku na świat przyszedł Oberyn, z płaczem i wierzgając nóżkami. Byłem dorosłym mężczyzną, gdy bawili się w tych stawach. A teraz ja tu siedzę, a ich już nie ma na świecie.

Areo Hotah nie wiedział, co rzec. Był tylko kapitanem straży, a choć minęło już tyle lat, nadal pozostawał obcy w tym kraju z jego bogiem o siedmiu obliczach. „Służ. Słuchaj. Broń". Tak brzmiała przysięga, którą złożył jako szesnastoletni chłopak, w dniu gdy poślubił swą halabardę. Proste śluby dla prostych ludzi, jak mawiali brodaci kapłani. Nie uczono go służenia radą pogrążonym w żałobie książętom.

Nadal szukał odpowiednich słów, gdy kolejna pomarańcza spadła z drzewa z głośnym plaśnięciem w odległości najwyżej stopy od księcia. Doran wzdrygnął się, słysząc ten dźwięk, jakby z jakiegoś powodu sprawił mu on ból.

— Starczy już tego — westchnął. — Starczy. Zostaw mnie, Areo. Daj mi jeszcze parę godzin popatrzyć na dzieci.

Gdy słońce zaszło, zrobiło się chłodno i dzieci wróciły do domu na kolację, ale książę nadal siedział pod drzewami pomarańczowymi, spoglądając na spokojne stawy i leżące dalej morze. Służący przyniósł mu misę fioletowych oliwek z podpłomykami, serem i pastą z ciecierzycy. Doran zjadł trochę i wypił kielich ciężkiego, słodkiego wzmocnionego wina, które uwielbiał. Potem nalał sobie drugi kielich. Dopiero w ciemnych godzinach poprzedzających świt, sen znalazł go w końcu w fotelu. Kapitan stoczył go wtedy ze skąpanej w blasku księżyca galerii, przejeżdżając obok szpaleru żłobionych kolumn, a potem pod pełnym wdzięku łukiem. W końcu dotarł do wielkiego łoża w nadmorskiej komnacie, nakrytego czystą, białą pościelą. Książę jęknął, gdy kapitan go przenosił, ale bogowie byli łaskawi i się nie obudził.

Cela, w której spał Hotah, sąsiadowała z komnatą księcia. Hotah usiadł na wąskiej pryczy, wyjął z wnęki osełkę i kawałek impregnowanej szmatki, a następnie zabrał się do roboty. „Pamiętaj, żeby twoja halabarda zawsze była ostra" — powiedzieli mu brodaci kapłani tego dnia, gdy go napiętnowali. Zawsze ich słuchał.

Ostrząc halabardę, Hotah myślał o Norvos, o górnym mieście na wzniesieniu i o dolnym, leżącym nad rzeką. Po dziś dzień pamiętał brzmienie trzech dzwonów; niskie tony Nooma, od których drżały mu kości; dumny, silny głos Narraha; srebrzysty śmiech słodkiej Nyel. Usta znowu wypełnił mu smak zimowego ciastka, pełnego imbiru, orzeszków sosnowych i kawałków wiśni, a także smak *nahsy*, którą je popijał — sfermentowanego koziego mleka podawanego z dodatkiem miodu w żelaznym kubku. Ujrzał matkę w sukni z kołnierzem z futra wiewiórek. Wkładała ją tylko raz do roku, gdy szli obejrzeć niedźwiedzie tańczące na Schodach Grzesznika. Czuł odór płonących włosów, jak w chwili, kiedy brodaty kapłan przystawił mu piętnujące żelazo do środka piersi. Ból był tak straszliwy, że Areo Hotah myślał, iż serce przestanie mu bić. Nie wzdrygnął się jednak. Na znaku halabardy włosy nigdy mu nie odrosły.

Dopiero gdy oba ostrza były tak wyostrzone, że mógłby się nimi golić, kapitan położył na łóżku swą żonę z jarzębinowego drewna i żelaza. Potem ziewnął, ściągnął brudne ubranie, rzucił je na podłogę i wyciągnął się na wypchanym słomą sienniku. Myśl o piętnie sprawiła, że zaczęło go swędzieć, musiał się więc podrapać, zanim zamknął oczy. *Trzeba było pozbierać te spadłe pomarańcze* — pomyślał i zapadł w sen, marząc o ich słodko-cierpkim smaku i o lepkim, czerwonym soku na palcach.

Świt nadszedł za szybko. Pod stajniami czekała już najmniejsza z trzech konnych lektyk, wykonana z cedrowego drewna i wyposażona w czerwone, jedwabne zasłony. Kapitan wyznaczył do eskorty dwudziestu z trzydziestu stacjonujących w Wodnych Ogrodach włóczników. Reszta zostanie tutaj, żeby strzec terenów i dzieci. Niektóre z nich były synami i córkami wielkich lordów albo bogatych kupców.

Choć książę zapowiadał, że chce ruszyć w drogę o brzasku, Areo Hotah wiedział, że Doran będzie zwlekał. Maester pomógł mu się wykąpać i owinąć opuchnięte stawy lnianymi bandażami nasączonymi łagodzącymi ból miksturami, a kapitan w tym czasie przywdział koszulę z miedzianych łusek, stosowną do jego rangi, na którą zarzucił obszerny ciemnobrązowo-żółty płaszcz z piaskowego jedwabiu, żeby osłonić miedź przed słońcem. Dzień zapowiadał się upalnie. Kapitan dawno już wyrzekł się ciężkiej peleryny z końskiego włosia oraz nabijanej ćwiekami, skórzanej bluzy, które nosił w Norvos. W Dorne w podobnym stroju można by się ugotować. Zachował jednak żelazny półhełm z grzebieniem z zaostrzonych kolców, ale teraz zawijał go w pomarańczowy jedwab, przekładając tkaninę między kolcami. W przeciwnym razie głowa rozbolałaby go od rozgrzewającego metal słońca, nim zdążyliby dotrzeć do pałacu.

Książę nadal nie był gotowy do wyjazdu. Zdecydował, że spożyje przed drogą śniadanie: malinową pomarańczę oraz jajecznicę z mewich jaj na szynce i z ostrą papryką. Potem oczywiście musiał się pożegnać z kilkorgiem dzieci, które stały się jego ulubieńcami: chłopakiem Daltów, licznym miotem lady Blackmont oraz pucołowatą sierotą, której ojciec sprzedawał kiedyś tkaniny i korzenie na całej długości Zielonej Krwi. Rozmawiając z dziećmi, Doran przykrył nogi wspaniałym, myrijskim kocem, by oszczędzić młodym oczom widoku obrzękniętych, zabandażowanych stawów.

Gdy wreszcie wyruszyli, było południe. Książę jechał w lektyce, a maester Caleotte na ośle. Reszta szła pieszo. Pięciu włóczników maszerowało przodem, pięciu tyłem i po pięciu po obu stronach lektyki. Areo Hotah zgodnie ze swoim zwyczajem szedł z lewej strony księcia, dźwigając na ramieniu halabardę. Trakt ze Słonecznej Włóczni do Wodnych Ogrodów biegł brzegiem morza, więc świeża, chłodna bryza studziła ich podczas drogi przez jałową, czerwonobrązową okolicę pełną skał, piasku oraz karłowatych, wypaczonych drzewek.

W połowie drogi dogoniła ich druga ze Żmijowych Bękarcic. Kobieta wyłoniła się niespodziewanie spoza wydmy. Dosiadała złocistego, piaskowego rumaka o grzywie przypominającej delikatny, biały jedwab. Lady Nym nawet na koniu była pełna gracji. Przywdziała błyszczące, liliowe szaty, a na nie narzuciła kremowo-miedzianą, jedwabną pelerynę, która unosiła się przy każdym podmuchu wiatru, wskutek czego wydawało się, że jej właścicielka zaraz odleci. Nymeria Sand miała dwadzieścia pięć lat i była smukła jak wierzba. Proste, czarne włosy splatała drutem z czerwonego złota w długi warkocz, a nad ciemnymi oczyma miała dwa symetryczne zakola, zupełnie jak jej ojciec. Wysokie kości policzkowe, pełne usta i mlecznobiała skóra sprawiały, że znacznie przerastała urodą starszą siostrę... ale matką Obary była kurwa ze Starego Miasta, a w żyłach Nym płynęła najszlachetniejsza krew starożytnego Volantis. Towarzyszyło jej dwunastu konnych włóczników. Ich okrągłe tarcze błyszczały w słońcu, gdy zjeżdżali za nią z wydmy.

Książę wcześniej uniósł i podwiązał zasłony lektyki, by się cieszyć wiejącą od morza bryzą. Lady Nym podjechała do niego i ściągnęła wodze ładnej złocistej klaczy, każąc jej jechać powoli obok lektyki.

— Cóż za szczęśliwe spotkanie, stryju — oznajmiła śpiewnym głosem, jakby sprowadził ją tu przypadek. — Czy mogę cię odprowadzić do Słonecznej Włóczni?

Choć kapitan szedł z drugiej strony lektyki, słyszał każde słowo kobiety.

— Bardzo by mnie to uradowało — odparł książę Doran, choć Areo nie słyszał w jego głosie zadowolenia. — Podagra i żałoba nie są zbyt dobrymi towarzyszami drogi.

Kapitan wiedział, że książę chciał przez to powiedzieć, iż każdy najdrobniejszy nawet kamyk na drodze staje się gwoździem wbitym w jego obrzęknięte stawy.

— Na podagrę nic nie mogę poradzić — odparła — ale mój ojciec nie uznawał żałoby. Bardziej przypadała mu do gustu zemsta. Czy to prawda, że Gregor Clegane przyznał się do zabójstwa Elii i jej dzieci?

— Wyryczał te słowa tak głośno, że słyszał go cały dwór — przyznał książę. — Lord Tywin obiecał nam jego głowę.

— A Lannister zawsze płaci swe długi — zauważyła lady Nym. — Wygląda jednak na to, że lord Tywin chce nam zapłacić naszą własną monetą. Nasz słodki ser Daemon przysłał do mnie ptaka. Przysięga, że ojciec parę razy połaskotał tego potwora podczas walki. Jeśli to prawda, ser Gregor jest już w gruncie rzeczy trupem i to nie dzięki Tywinowi Lannisterowi.

Książę wykrzywił twarz w grymasie. Kapitan nie potrafił określić, czy spowodował to ból w stawach czy słowa bratanicy Dorana.

— Całkiem możliwe.

— Możliwe? Ja bym powiedziała, że pewne.

— Obara chce, żebym ruszył na wojnę.

Nym parsknęła śmiechem.

— Tak, chciałaby puścić z dymem Stare Miasto. Nienawidzi go równie mocno, jak nasza młodsza siostra je kocha.

— A czego ty byś chciała?

Nym obejrzała się przez ramię na swych jadących kilkanaście długości konia za nią towarzyszy.

— Kiedy wieść do mnie dotarła, leżałam w łożu z bliźniaczkami Fowlerów — usłyszał kapitan. — Znasz dewizę tego rodu? „Pozwólcie mi wzlecieć!". To wszystko, o co cię proszę, stryju. Pozwól mi wzlecieć. Nie potrzebuję potężnej armii. Wystarczy mi jedna słodka siostra.

— Obara?

— Tyene. Obara jest za głośna. Tyene jest tak słodka i niewinna, że żaden mężczyzna nie będzie jej podejrzewał. Obara chciałaby zamienić Stare Miasto w stos pogrzebowy dla ojca, ale ja nie jestem aż taka chciwa. Wystarczy mi życie czworga ludzi. Złotych bliźniaków lorda Tywina za dzieci Elii. Starego lwa za samą Elię. I na koniec małego króla za mojego ojca.

— Chłopiec nie zrobił nam nic złego.

— Jest bękartem zrodzonym ze zdrady, kazirodztwa i cudzołóstwa, jeśli wierzyć lordowi Stannisowi. — Z jej głosu zniknął figlarny ton. Kapitan spojrzał na nią, mrużąc powieki. Jej siostra Obara miała bicz u pasa i nosiła włócznię tam, gdzie każdy mógł ją zobaczyć. Lady Nym była nie mniej groźna, choć starannie ukrywała swe noże. — Tylko królewska krew może być zapłatą za zamordowanie mojego ojca — dodała.

— Oberyn zginął w pojedynku, walcząc za sprawę, która nie powinna go obchodzić. Nie nazwałbym tego morderstwem.

— Możesz to nazywać, jak chcesz. Wysłaliśmy im najwspanialszego mężczyznę w Dorne, a oni odsyłają nam worek kości.

— Wykroczył poza wszystko, o co go prosiłem. Gdy jedliśmy pomarańcze na tarasie, powiedziałem mu: „Przyjrzyj się temu młodemu królowi i jego radzie, oceń ich siły i słabości. Znajdź nam przyjaciół, jeśli można ich tam znaleźć. Dowiedz się o śmierci Elii, czego tylko zdołasz, ale nie prowokuj nadmiernie lorda Tywina". Tak brzmiały moje słowa. Oberyn roześmiał się tylko i odpowiedział: „Kiedyż to prowokowałem kogokolwiek… nadmiernie? Lepiej ostrzeż Lannisterów, żeby nie prowokowali mnie". Pragnął sprawiedliwości za śmierć Elii, ale nie chciał zaczekać…

— Czekał już siedemnaście lat — przerwała mu lady Nym. — Gdyby to ciebie zabito, ojciec poprowadziłby chorągwie na północ, nim jeszcze twój trup zdążyłby ostygnąć. Gdybyś to ty zginął, na pograniczu już w tej chwili włócznie padałyby gęsto jak deszcz.

— Nie wątpię w to.

— Nie powinieneś też wątpić, mój książę, że ja i moje siostry nie będziemy czekały na zemstę siedemnaście lat.

Spięła klacz ostrogami i popędziła cwałem w stronę Słonecznej Włóczni. Jej ludzie pognali za nią.

Książę wsparł się na poduszkach i zamknął oczy, Hotah wiedział jednak, że Doran nie śpi. *Dręczy go ból.* Przez chwilę zastanawiał się, czy nie zawołać maestera Caleotte'a, ale gdyby książę chciał jego pomocy, wezwałby go sam.

Popołudniowe cienie były już długie i ciemne, a słońce czerwone i obrzękłe jak stawy księcia, gdy wreszcie ujrzeli na wschodzie wieże Słonecznej Włóczni. Pierwsza pojawiła się na horyzoncie smukła Włócznia, wysoka na sto pięćdziesiąt stóp i ukoronowana iglicą z pozłacanej stali, która zwiększała jej wysokość o dodatkowe trzydzieści stóp. Druga była potężna Wieża Słońca z kopułą ze złota i barwionego szkła, a na koniec ciemnobrązowy Piaskowy Okręt, wyglądający jak jakaś monstrualna dromona, która obróciła się w kamień po wyrzuceniu na piasek przez morskie fale.

Słoneczną Włócznię dzieliło od Wodnych Ogrodów tylko dziewięć mil przybrzeżnego traktu, lecz mimo to leżały one w dwóch różnych światach. Tam nagie dzieci bawiły się w blasku słońca, na wykładanych płytkami dziedzińcach rozbrzmiewała muzyka, a powietrze przesycała ostra woń cytryn i malinowych pomarańczy. Tutaj w powietrzu unosił się zapach pyłu, potu i dymu, a noce dźwięczały chórem licznych głosów. Słonecznej Włóczni nie zbudowano z różowego marmuru, jak Wodne Ogrody, lecz z cegły i słomy, a w mieście dominowały rozmaite odcienie brązu. Starożytna twierdza rodu Martellów wznosiła się na wschodnim końcu niewielkiego cypla z kamienia i piasku. Z trzech stron otaczało ją morze, a na zachodzie, w cieniu potężnych murów Słonecznej Włóczni, widać było zbudowane z cegieł sklepy oraz pozbawione okien chaty, które przytuliły się do zamku, tak jak pąkle przywierają do kadłuba galery. Na zachód od nich wyrosły stajnie, gospody, winne szynki i domy rozkoszy. Wiele z nich otaczały oddzielne mury, pod którymi pojawiły się kolejne rudery. „I tak dalej, i tak dalej, i tak dalej" — jak powiedzieliby brodaci kapłani. W porównaniu z Tyrosh, Myr, czy Wielkim Norvos miasto cieni wydawało się tylko nędzną dziurą, było to jednak jedyne prawdziwe miasto, jakie mieli ci Dornijczycy.

Lady Nym dotarła tu kilka godzin przed nimi. Z pewnością zawiadomiła strażników, że się zjawią, gdyż Potrójna Brama była otwarta. Tylko w tym miejscu bramy były usytuowane jedna za drugą, żeby goście mogli przedostać się przez wszystkie trzy Kręte Mury, docierając wprost do Starego Pałacu, zamiast przebijać się przez całe mile wąskich zaułków, ukrytych dziedzińców i hałaśliwych bazarów.

Książę Doran zasunął zasłony w lektyce, gdy tylko zobaczyli Włócznię, ale prostaczkowie i tak wykrzykiwali jego imię. *Żmijowe Bękarcice zdrowo ich podjudziły* — pomyślał zaniepokojony kapitan. Zostawili za sobą nędzne chaty pierwszego półksiężyca i przejechali przez drugą bramę.

— Przejście dla księcia Dorana! — zagrzmiał Areo Hotah, uderzając w bruk końcem halabardy. — Przejście dla księcia Dorne!

— Książę nie żyje! — rozległ się z tyłu przenikliwy kobiecy krzyk.

— Do włóczni! — ryknął z balkonu jakiś mężczyzna.

— Doranie! — zawołał ktoś szlachetnie urodzony. — Do włóczni!

Hotah dał już sobie spokój z wypatrywaniem krzyczących. Tłum był zbyt gęsty, a okrzyki wznosiła co trzecia osoba.

— Do włóczni! Zemsta za Żmiję!

Gdy dotarli do trzeciej bramy, strażnicy musieli odpychać ludzi na boki, żeby zrobić przejście dla lektyki księcia, a tłum zaczął w nich rzucać różnymi przedmiotami. Jakiś obdarty urwis zdołał się przedrzeć między włócznikami, trzymając w dłoni na wpół zgniły owoc granatu, ale gdy zobaczył na swej drodze Areo Hotaha z gotową do użytku halabardą, wypuścił owoc i umknął w popłochu. Jednakże inni, którzy stali dalej, ciskali cytrynami, limonami i pomarańczami.

— Wojna! Wojna! Do włóczni! — krzyczeli ludzie. Jeden ze strażników oberwał w oko cytryną, a u stóp samego kapitana rozprysła się pomarańcza.

Z lektyki nie dobiegła jednak żadna odpowiedź. Doran Martell skrył się za osłoną z jedwabiu do chwili, gdy wszyscy znaleźli się za potężniejszymi fortyfikacjami zamku, a krata opadła za nimi z grzechotliwym łomotem. Krzyki milkły powoli w dali. Księżniczka Arianne wyszła na zewnętrzny dziedziniec, by przywitać ojca. Towarzyszyła jej połowa dworu: stary ślepy seneszal Ricasso; kasztelan, ser Manfrey Martell; młody maester Myles, odziany w szare szaty i noszący jedwabistą, perfumowaną brodę; czterdziestu dornijskich rycerzy w powłóczystych, lnianych szatach ufarbowanych na pół setki różnych odcieni. Małej Myrcelli Baratheon towarzyszyła jej septa oraz ser Arys z Gwardii Królewskiej, pocący się w swej białej, emaliowanej zbroi płytowej.

Księżniczka Arianne ruszyła w stronę lektyki. Na nogach miała sandały z wężowej skóry, zapięte aż na udach. Jej czarne loki opadały gęstą grzywą do krzyża, a na czole nosiła taśmę z miedzianych słońc. *Nadal jest maleńka* — pomyślał kapitan. Wszystkie Żmijowe Bękarcice były wysokie, natomiast Arianne wdała się w matkę, która miała zaledwie pięć stóp i dwa cale wzrostu. Jednakże pod ozdobionym klejnotami paskiem i warstwami lejącego, fioletowego jedwabiu oraz żółtego brokatu kryło się ciało kobiety, zmysłowe i pełne krągłości.

— Ojcze — odezwała się, gdy zasłony w lektyce się rozchyliły. — Słoneczna Włócznia raduje się z twego powrotu.

— Tak, słyszałem oznaki tej radości. — Książę uśmiechnął się blado i objął policzek córki zaczerwienioną, obrzękłą dłonią. — Dobrze wyglądasz. Kapitanie, bądź tak uprzejmy i pomóż mi wysiąść.

Hotah zawiesił sobie halabardę na plecach i uniósł księcia w ramionach. Trzymał go delikatnie, żeby nie podrażnić obolałych stawów. Mimo to Doran Martell stłumił westchnienie bólu.

— Rozkazałam kucharzom przygotować na wieczór ucztę — oznajmiła Arianne. — Będą wszystkie twoje ulubione dania.

— Obawiam się, że nie zdołam oddać im sprawiedliwości. — Książę rozejrzał się powoli po dziedzińcu. — Nie widzę Tyene.

— Prosiła, żebym jej pozwoliła zamienić z tobą słówko na

osobności. Odesłałam ją do sali tronowej, żeby tam na ciebie zaczekała.

— Proszę bardzo — zgodził się z westchnieniem książę. — Kapitanie! Im prędzej załatwię tę sprawę, tym wcześniej będę mógł odpocząć.

Hotah zaniósł go po długich, kamiennych stopniach do Wieży Słońca, do wielkiej, okrągłej komnaty pod kopułą. Ostatnie promienie popołudniowego słońca wpadały do środka przez grube okna z wielobarwnego szkła, pstrząc jasny marmur diamentami w połowie setki różnych kolorów. Czekała tam na nich trzecia ze Żmijowych Bękarcic.

Siedziała ze skrzyżowanymi nogami na poduszce pod podwyższeniem, na którym ustawiono krzesła, podniosła się jednak, gdy ich ujrzała. Miała na sobie obcisłą suknię z jasnoniebieskiego brokatu z rękawami z myrijskich koronek. Wyglądała w niej niewinnie jak sama Dziewica. Była zajęta haftowaniem. W jednej ręce trzymała kawałek materiału, a w drugiej parę złotych igieł. Jej włosy również były złote, a oczy wyglądały jak głębokie, niebieskie sadzawki. Mimo to z jakiegoś powodu przypominały kapitanowi oczy jej ojca, choć Oberyn miał oczy czarne niczym noc. *Wszystkie córki księcia Oberyna odziedziczyły jego żmijowe ślepia* — uświadomił sobie nagle Hotah. — *Ich kolor nie ma znaczenia.*

— Stryju — przywitała go Tyene Sand. — Czekałam na ciebie.

— Kapitanie, posadź mnie na krześle.

Na podwyższeniu ustawiono dwa krzesła, które różniły się od siebie jedynie tym, że jedno miało na oparciu intarsjowaną złotem włócznię Martellów, a drugie gorejące rhoynijskie słońce, które powiewało nad masztami okrętów Nymerii, gdy jej flota przybyła do Dorne. Kapitan posadził księcia pod włócznią i oddalił się.

— Czy aż tak bardzo cię boli? — Głos lady Tyene brzmiał delikatnie, a ona sama sprawiała wrażenie słodkiej jak letnie truskawki. Jej matka była septą i Tyene otaczała aura niemal nieziemskiej niewinności. — Czy jest coś, co mogłabym zrobić, żeby złagodzić twe cierpienia?

— Powiedz, czego ode mnie chcesz i daj mi odpocząć. Jestem zmęczony, Tyene.

— Haftuję to dla ciebie, stryju. — Tyene rozwinęła chustkę, nad którą pracowała. Wyobraziła na niej swego ojca. Książę Oberyn siedział na piaskowym rumaku, zakuty w czerwoną zbroję. Uśmiechał się. — Kiedy skończę, będzie należała do ciebie. Pomoże ci o nim pamiętać.

— Na pewno nie zapomnę twojego ojca.

— Dobrze to wiedzieć. Wielu się nad tym zastanawiało.

— Lord Tywin obiecał nam głowę Góry.

— To wielka uprzejmość… ale katowski miecz nie jest odpowiednim końcem dla dzielnego ser Gregora. Tak długo modliliśmy się o jego śmierć, że sprawiedliwość wymaga, by on również się o nią modlił. Znam truciznę, której użył ojciec. Żadna nie jest od niej wolniejsza ani bardziej bolesna. Wkrótce możemy usłyszeć krzyki Góry nawet tutaj, w Słonecznej Włóczni.

— Obara domaga się ode mnie wojny — stwierdził z westchnieniem książę Doran. — Nym wystarczy morderstwo. A czego ty chcesz?

— Wojny — odparła Tyene. — Ale nie takiej, jakiej pragnie moja siostra. Dornijczycy najlepiej walczą na własnej ziemi. Dlatego uważam, że powinniśmy naostrzyć włócznie i czekać. Gdy Lannisterowie i Tyrellowie na nas uderzą, wykrwawimy ich w wąwozach i pochowamy w ruchomych piaskach, jak robiliśmy to już setki razy.

— Jeśli na nas uderzą.

— Och, będą musieli, bo w przeciwnym razie królestwo znowu podzieli się na części, tak jak było w czasach, nim zaślubiliśmy smoki. Tak mi mówił ojciec. Powiedział, że musimy być wdzięczni Krasnalowi za to, że przysłał nam Myrcellę. Jest taka ładniutka, nie sądzisz? Też chciałabym mieć takie loki. Jest urodzoną królową, zupełnie jak jej matka. — Na policzkach Tyene pojawiły się dołeczki. — Byłabym zaszczycona, gdybym mogła zorganizować zaślubiny i załatwić wykonanie koron. Trystane i Myrcella są tacy niewinni, więc pomyślałam sobie, że najlepsze byłoby białe złoto... ze szmaragdami, bo one pasują do jej oczu. Och, mogą być diamenty albo perły, pod warunkiem że odbędą się i ślub, i koronacja. Potem będziemy tylko musieli ją ogłosić Myrcellą Pierwszą Tego Imienia, królową Andalów, Rhoynarów i Pierwszych Ludzi, prawowitą dziedziczką Siedmiu Królestw Westeros... i czekać na nadejście lwów.

— Prawowitą dziedziczką? — żachnął się książę.

— Jest starsza od brata — wyjaśniła Tyene, jakby rozmawiała z półgłówkiem. — Zgodnie z prawem to jej powinien przypaść Żelazny Tron.

— Zgodnie z dornijskim prawem.

— Kiedy dobry król Daeron poślubił księżniczkę Myriah i uczynił nas częścią swego królestwa, zgodziliśmy się, że w Dorne zawsze będą obowiązywały dornijskie prawa. A tak się składa, że Myrcella przebywa w Dorne.

— To prawda — przyznał z niechęcią Doran. — Muszę to przemyśleć.

— Za dużo myślisz, stryju — stwierdziła poirytowana Tyene.

— Czyżby?

— Tak mówił ojciec.

— To Oberyn myślał za mało.

— Niektórzy myślą dlatego, że boją się działać.

— Między strachem a ostrożnością jest różnica.

— Och, w takim razie muszę się modlić, bym nigdy nie zobaczyła, jak się boisz, stryju. Mógłbyś zapomnieć o oddychaniu.

Uniosła rękę...

Kapitan uderzył z łoskotem halabardą o marmurową posadzkę.

— Pani, posuwasz się za daleko. Zejdź z podwyższenia, jeśli łaska.

— Nie zrobię mu krzywdy, kapitanie. Kocham stryja i wiem,

że on kochał mojego ojca. — Tyene opadła przed księciem na jedno kolano. — Powiedziałam wszystko, co miałam do powiedzenia, stryju. Wybacz, jeśli cię uraziłam, ale moje serce pękło na drobne kawałeczki. Czy nadal mnie kochasz?

— Zawsze.

— W takim razie daj mi swe błogosławieństwo i odejdę.

Doran zawahał się pół uderzenia serca, nim położył rękę na głowie bratanicy.

— Bądź odważna, dziecko.

— Jak mogłabym nie być? W końcu jestem jego córką.

Gdy tylko Tyene wyszła, na podwyższenie wbiegł maester Caleotte.

— Mój książę, czy ona nie... proszę, pokaż mi rękę. — Najpierw obejrzał wewnętrzną powierzchnię dłoni, a potem odwrócił ją grzbietem ku górze i obwąchał palce księcia. — Nie, w porządku. Wszystko w porządku. Nie ma zadrapań, więc...

Książę cofnął dłoń.

— Maesterze, czy mógłbyś mi przynieść trochę makowego mleka? Wystarczy mały naparsteczek.

— Makowe mleko. Tak, oczywiście.

— Tylko zaraz — popędził go łagodnym tonem Doran Martell. Caleotte pobiegł ku schodom.

Słońce już zaszło. Kopułę wypełniało ciemnoniebieskie światło zmierzchu, a diamenty na posadzce gasły. Książę siedział na podwyższeniu pod włócznią Martellów. Jego twarz pobladła z bólu. Po długim milczeniu spojrzał na Areo Hotaha.

— Kapitanie, czy moi strażnicy są mi wierni? — zapytał.

— Są.

Areo nie wiedział, co innego mógłby odpowiedzieć.

— Wszyscy? Czy tylko niektórzy?

— To dobrzy ludzie. Dobrzy Dornijczycy. Zrobią, co im rozkażę. — Stuknął halabardą w podłogę. — Przyniosę ci głowę każdego, kto cię zdradzi.

— Nie chcę głów. Chcę posłuszeństwa.

— Masz je. — *Służ. Słuchaj. Broń. Proste śluby dla prostego człowieka.* — Ilu ludzi będzie potrzeba?

— Decyzję zostawię tobie. Niewykluczone, że kilku pewnych ludzi posłuży nam lepiej niż kilkudziesięciu. Chcę, by wszystko zrobiono tak szybko i cicho, jak to tylko możliwe, bez przelewu krwi.

— Szybko, cicho i bez przelewu krwi, tak jest. Jak brzmią twoje rozkazy?

— Znajdziesz córki mojego brata, zatrzymasz je i zamkniesz w celach na szczycie Włóczni.

— Żmijowe Bękarcice? — Kapitanowi zaschło w gardle. — Wszystkie... wszystkie osiem, mój książę? Nawet te najmniejsze?

Książę zastanowił się.

— Dziewczynki Ellarii są za małe, żeby same mogły stanowić zagrożenie, ale są tacy, którzy mogliby spróbować wykorzystać je przeciwko mnie. Najlepiej byłoby mieć je pod ręką. Tak, te najmniejsze też... ale najpierw Tyene, Nymerię i Obarę.

— Wedle rozkazu, książę. — Było mu ciężko na sercu. *Mojej małej księżniczce to się nie spodoba* — pomyślał. — A co z Sarellą? Jest już dorosłą kobietą, ma prawie dwadzieścia lat.

— Jeżeli nie wróci do Dorne, nie mogę nic w jej sprawie zrobić. Zostaje mi tylko modlić się, by okazała się rozsądniejsza niż jej siostry. Zostawmy ją jej... grze. Zajmij się pozostałymi. Nie będę mógł zasnąć, dopóki się nie dowiem, że są pod strażą.

— Tak jest. — Kapitan się zawahał. — Gdy ta wieść się rozejdzie, ludzie na ulicach zawyją.

— Całe Dorne zawyje — zgodził się Doran Martell ze znużeniem w głosie. — Modlę się tylko, by lord Tywin usłyszał to wycie w Królewskiej Przystani i zrozumiał, jakiego wiernego przyjaciela ma w Słonecznej Włóczni.

CERSEI

Śniło się jej, że siedzi na Żelaznym Tronie, wysoko ponad wszystkimi.

Dworacy byli wielobarwnymi myszami rojącymi się w dole. Klękali przed nią wielcy lordowie i dumne damy. Młodzi, śmiali rycerze kładli miecze u jej stóp, błagając ją o łaskę, a królowa uśmiechała się do nich. Ale nagle znikąd pojawił się karzeł. Wyciągnął rękę, wskazując na nią, i ryknął gromkim śmiechem. Lordowie i damy również zaczęli chichotać, zasłaniając usta dłońmi. Dopiero wtedy królowa uświadomiła sobie, że jest naga.

Ogarnęło ją przerażenie. Spróbowała osłonić się dłońmi, ale gdy skuliła się, by ukryć swój wstyd, zadziory i ostrza Żelaznego Tronu wbiły się w jej ciało. Stalowe zęby szarpały jej pośladki, a po nogach spływała czerwona krew. Im silniej się szamotała, tym bardziej pochłaniał ją tron. Wyrywał strzępy ciała z jej piersi i brzucha, przecinał skórę na rękach i nogach, aż wreszcie zalśniły śliską czerwienią.

A jej brat cały czas tańczył na dole, śmiejąc się głośno.

Echa jego wesołości nadal wypełniały jej uszy, gdy poczuła lekkie dotknięcie na ramieniu i obudziła się nagle. Przez pół uderzenia serca ta dłoń wydawała się jej częścią koszmaru. Cersei krzyknęła i odsunęła się gwałtownie, ale to była tylko Senelle. Na bladej twarzy służącej malowało się przerażenie.

Nie jesteśmy same — uświadomiła sobie królowa. Nad jej łożem majaczyły cienie, wysokie sylwetki odziane w błyszczące pod płaszczami kolczugi. Uzbrojeni mężczyźni nie powinni tu przebywać. *Gdzie są moi strażnicy?* W sypialni było ciemno, jedynym źródłem światła była lampa trzymana wysoko przez jednego z intruzów. *Nie mogę okazywać strachu.*

— Czego ode mnie chcecie? — zapytała Cersei, odgarniając zmierzwione podczas snu włosy.

W krąg światła wszedł jakiś mężczyzna i królowa zauważyła, że jego płaszcz jest biały.

— Jaime?

Śnił mi się jeden brat, ale to drugi przyszedł mnie obudzić.

— Wasza Miłość — to nie był głos jej brata. — Lord dowódca rozkazał nam cię przyprowadzić.

Mężczyzna miał kręcone włosy, tak samo jak Jaime, ale loki jej brata były koloru kutego złota, a czupryna tego człowieka była czarna i wysmarowana tłuszczem. Cersei gapiła się na niego, zbita z tropu. Intruz wymamrotał coś o wychodku i kuszy, a potem wymienił imię jej ojca. *To wciąż jest sen* — pomyślała królowa. — *Nie obudziłam się, a koszmar się nie skończył. Zaraz spod łoża wylezie Tyrion i zacznie się ze mnie śmiać.*

To jednak było szaleństwo. Jej karłowaty brat siedział zamknięty w ciemnicy i miał dzisiaj umrzeć. Spojrzała na swe dłonie, obracając je, by się upewnić, że wszystkie palce są na miejscu. Przesunęła dłonią po ramieniu. Miała tam gęsią skórkę, ale nie było ran. Nie dostrzegła też skaleczeń na nogach ani na podeszwach stóp. *To był sen, tylko sen. Za dużo wczoraj wypiłam, te obawy to po prostu humory zrodzone z wina. O zmierzchu to ja będę się śmiała. Moje dzieci będą bezpieczne, tron Tommena będzie bezpieczny, a mój mały, wypaczony* valonqar *straci głowę i zgnije w grobie.*

Obok łoża przystanęła Jocelyn Swyft, która wcisnęła jej w dłoń kubek. Cersei upiła łyk. To była woda z kawałkami wyciśniętej cytryny, tak kwaśnymi, że je wypluła. Usłyszała, że wicher grzechocze okiennicami i z nagłą, dziwną klarownością dostrzegła, iż Jocelyn drży jak liść. Bała się tak samo jak Senelle. Nad łożem stał ser Osmund Kettleblack, a za nim ser Boros Blount z lampą. Przy drzwiach czekali lannisterscy zbrojni z pozłacanymi grzebieniami w kształcie lwów na hełmach. Oni również sprawiali wrażenie wystraszonych. *Czy to możliwe?* — zadała sobie pytanie królowa. — *Czy to może być prawda?*

Wstała i pozwoliła, żeby Senelle narzuciła jej szlafrok na ramiona, ukrywając jej nagość. Cersei sama zawiązała pas. Palce miała sztywne i niezgrabne.

— Mój pan ojciec ma przy sobie strażników dniem i nocą — oznajmiła niewyraźnym głosem, jakby język jej spuchł. Pociągnęła kolejny łyk wody z cytryną, przepłukując nią usta, żeby odświeżyć oddech. Do środka trzymanej przez ser Borosa lampy wpadła ćma. Cersei słyszała furkot jej tłukących o szkło skrzydełek i widziała ich cień.

— Strażnicy byli na posterunku, Wasza Miłość — zapewnił Osmund Kettleblack. — Znaleźliśmy pod kominkiem ukryte drzwi. Tajne przejście. Lord dowódca wszedł do niego, żeby sprawdzić, dokąd prowadzi.

— Jaime? — Ogarnęło ją przerażenie, gwałtowne jak sztorm. — Powinien być z królem...

— Chłopcu nic się nie stało. Ser Jaime wysłał dwunastu ludzi, żeby nad nim czuwali. Jego Miłość śpi spokojnie.

Oby jego sny były słodsze od moich, a przebudzenie nie tak brutalne.

— Kto strzeże króla?

— Ten zaszczyt przypadł ser Lorasowi, Wasza Miłość.

Nie była z tego zadowolona. Tyrellowie byli tylko zarządcami wyniesionymi przez smoczych królów znacznie ponad przyrodzoną im pozycję. Ich próżność ustępowała jedynie ich ambicji. Ser Loras mógł być piękny jak marzenie dziewicy, ale pod białym płaszczem był Tyrellem z krwi i kości. Bardzo możliwe, że plugawy owoc tej nocy zasadzono i wyhodowano w Wysogrodzie...

Tego podejrzenia nie waży się jednak wypowiedzieć na głos.

— Zaczekajcie chwilę. Muszę się ubrać. Ser Osmundzie, udasz się ze mną do Wieży Namiestnika. Ser Borosie, zbudź strażników więziennych i upewnij się, że karzeł nadal siedzi w celi.

Nie chciała wymawiać jego imienia. *On nigdy nie odważyłby się podnieść ręki na ojca* — powtarzała sobie, musiała się jednak upewnić.

— Jak Wasza Miłość rozkaże.

Blount oddał lampę ser Osmundowi. Cersei nie zmartwiła się, widząc jego plecy. *Ojciec nie powinien przywracać mu białego płaszcza.* Ten człowiek okazał się tchórzem.

Gdy wyszli z Warowni Maegora, niebo nabrało już ciemnokobaltowego odcienia, choć było jeszcze widać gwiazdy. *Wszystkie oprócz jednej* — pomyślała Cersei. — *Jasna gwiazda zachodu spadła i noce będą teraz ciemniejsze.* Zatrzymała się na moście zwodzonym przebiegającym nad suchą fosą i spojrzała na żelazne kolce umieszczone na jej dnie. *Nie odważyliby się okłamywać mnie w takiej sprawie.*

— Kto go znalazł?

— Jeden z jego strażników — odparł ser Osmund. — Lum. Poczuł zew natury i znalazł jego lordowską mość w wychodku.

Nie, to niemożliwe. Lwy nie giną w ten sposób. Królowa czuła się dziwnie spokojna. Przypomniała sobie, jak straciła w dzieciństwie pierwszy ząb. Nie bolało, ale pustka w ustach wydawała się tak dziwna, że musiała co chwila dotykać tego miejsca językiem. *A teraz w świecie zrobiła się dziura po moim ojcu, a takie dziury zawsze wymagają wypełnienia.*

Jeśli Tywin Lannister naprawdę nie żył, nikt nie był bezpieczny… a zwłaszcza jej syn na swym tronie. Kiedy lew pada, jego miejsce próbują zająć pośledniejsze zwierzęta, szakale, sępy i dzikie psy. Będą próbowały odepchnąć ją na bok. Zawsze tak było. Musi działać szybko, tak jak po śmierci Roberta. To mogła być robota Stannisa Baratheona, który posłużył się jakimś pionkiem. Niewykluczone, że było to preludium do kolejnego ataku na miasto. Miała nadzieję, że tak jest. *Niech przyjdzie. Zmiażdżę go, jak zrobił to ojciec, ale tym razem nie ujdzie z życiem.* Nie bała się Stannisa, podobnie jak Mace'a Tyrella. Nie bała się nikogo. Była córką Skały, lwicą. *Koniec z gadaniem o zmuszaniu mnie do małżeństwa.* Casterly Rock należało teraz do niej, a wraz z nim cała potęga rodu Lannisterów. Nikt już nie będzie jej lekceważył. Nawet gdy Tommen nie będzie już potrzebował regentki, pani Casterly Rock pozostanie jedną z najpotężniejszych osób w kraju.

Wschodzące słońce oblało wierzchołki wież jaskrawoczerwoną barwą, ale za murami nadal panowała noc. W zewnętrznym zamku było tak cicho, że mogłaby uwierzyć, iż nie pozostał w nim nikt żywy. *I tak powinno się stać. Nie godzi się, by Tywin Lannister umierał sam. Taki człowiek zasługuje na świtę, która będzie mu usługiwała w piekle.*

Pod drzwiami Wieży Namiestnika stało czterech strażników w czerwonych płaszczach i ozdobionych podobiznami lwów hełmach.

— Nikt nie może wejść ani wyjść bez mojego pozwolenia — oznajmiła im. Rozkazywanie przychodziło jej z łatwością. *Ojciec również miał stal w głosie* — rzekła do siebie.

Wieżę wypełniał dym z pochodni, który drażnił jej oczy, ale Cersei nie płakała. Jej ojciec również by tego nie zrobił. *Jestem jedynym prawdziwym synem, jakiego miał.* Wchodząc na górę, drapała obcasami kamienne stopnie. Ciągle słyszała szamoczącą się w lampie ser Osmunda ćmę. *Zgiń wreszcie* — pomyślała poirytowana królowa. — *Wleć w płomień i skończ z tym.*

Na górze stali dwaj kolejni strażnicy w karmazynowych płaszczach. Czerwony Lester wymamrotał słowa kondolencji, gdy królowa przechodziła obok niego. Zdyszała się mocno i czuła, jak serce tłucze jej w piersi. *To przez te schody* — przyszło jej na myśl. — *W tej przeklętej wieży jest za dużo schodów.* Miała ochotę kazać ją zburzyć.

W korytarzu pełno było głupców, którzy rozmawiali szeptem, jakby lord Tywin spał i bali się go obudzić. Strażnicy i służący odsuwali się od niej trwożnie, trzepiąc ozorami. Widziała ich różowe dziąsła i poruszające się języki, ale wypowiadane przez nich słowa miały dla niej równie mało sensu co odgłos trzepoczącej się ćmy. *Co oni tu robią? Skąd się dowiedzieli?* To ją powinno się zawiadomić pierwszą. Była królową regentką. Czy o tym zapomnieli?

Przed sypialnią namiestnika stał ser Meryn Trant w białej zbroi i płaszczu. Zasłonę hełmu miał uniesioną, a worki pod oczyma nadawały mu wygląd zaspanego.

— Wygoń stąd tych ludzi — rozkazała Cersei. — Czy mój ojciec nadal jest w wychodku?

— Przenieśli go na łoże, pani.

Ser Meryn otworzył przed nią drzwi.

Przez szpary w okiennicach do środka przedostawało się poranne światło. Jego złociste snopy padały na rozrzucone na podłodze sypialni sitowie. Jej stryj Kevan klęczał przed łożem. Próbował się modlić, ale słowa nie chciały wyjść mu z ust. Wokół kominka tłoczyli się zbrojni. Za paleniskiem było widać otwarte szeroko tajne drzwi, o których mówił ser Osmund. Nie były większe od klapy pieca. Mężczyzna musiałby się przez nie przeczołgać. *Ale Tyrion jest tylko półmężczyzną.* Rozgniewała ją ta myśl. *Nie, karzeł jest zamknięty w ciemnicy.* To nie mogła być jego robota. *Stannis* — powiedziała sobie. — *To Stannis za tym stoi. Nadal ma w mieście zwolenników. On albo Tyrellowie...*

Zawsze opowiadano o tajnych przejściach w Czerwonej Twierdzy. Maegor Okrutny rozkazał ponoć zabić ludzi, którzy zbudowali zamek, by zachować w tajemnicy istnienie tych tuneli. *W ilu jeszcze sypialniach są ukryte drzwi?* Cersei wyobraziła sobie nagle karła z mieczem w ręku, wyczołgującego się zza arrasu w sypialni Tommena. *Tommen jest dobrze strzeżony* — przekonywała samą siebie. Ale to samo można było powiedzieć o lordzie Tywinie.

Przez chwilę nie mogła poznać umarłego. Miał włosy jej ojca, to prawda, ale to z pewnością był ktoś inny, drobniejszy i znacznie starszy. Szlafrok miał uniesiony do piersi, tors poniżej pasa był nagi. Bełt trafił go w podbrzusze, między pępkiem a męskością. Wbił się tak głęboko, że wystawały tylko pióra. Włosy łonowe zesztywniały od zaschniętej krwi. Również pępek wypełniała krzepnąca krew.

Zmarszczyła nos pod wpływem smrodu.

— Usuńcie ten bełt! — rozkazała. — To jest królewski namiestnik!

I mój ojciec. Mój pan ojciec. Czy powinnam krzyczeć i wyrywać sobie włosy? Powiadano, że Catelyn Stark rozdrapała sobie twarz na krwawe strzępy, gdy Freyowie zabili jej wspaniałego Robba. *Czy to by ci się spodobało, ojcze?* — pragnęła go zapytać. — *Czy może wolałbyś, żebym była silna? Czy płakałeś nad swoim ojcem?* Dziadek umarł, gdy miała tylko rok, ale znała jego historię. Lord Tytos straszliwie się roztył i pewnego dnia serce mu pękło, gdy wchodził po schodach do swej kochanki. Jej ojciec przebywał wówczas w Królewskiej Przystani, gdzie służył Obłąkanemu Królowi jako namiestnik. Jeśli nawet płakał, gdy zawiadomiono go o śmierci ojca, to postarał się, by nikt nie widział jego łez.

Czuła, że jej paznokcie wbijają się w skórę wnętrza dłoni.

— Jak mogliście go tak zostawić? Mój ojciec był namiestnikiem trzech królów. W całej historii Siedmiu Królestw nie było większego człowieka. Dzwony muszą zabić dla niego, tak jak biły dla Roberta. Trzeba go wykąpać i ubrać stosownie do jego pozycji, w gronostaje, złotogłów i karmazynowy jedwab. Gdzie jest Pycelle? Gdzie on się podział? — Spojrzała na strażników. — Puckens, przyprowadź tu wielkiego maestera Pycelle'a. Musi się zająć lordem Tywinem.

— Już tu był, Wasza Miłość — odparł Puckens. — Przyszedł, obejrzał go i poszedł po milczące siostry.

Mnie wezwali na końcu. — Ta myśl rozgniewała ją tak bardzo, że niemal zabrakło jej słów. — *A Pycelle pobiegł wysłać wiadomość, zamiast pobrudzić sobie miękkie, pomarszczone rączki. Nie ma z niego żadnego pożytku.*

— Znajdźcie maestera Ballabara — rozkazała. — Albo maestera Frenkena. Wszystko jedno, którego.

Puckens i Krótkie Ucho pobiegli wykonać jej rozkaz.

— Gdzie mój brat? — spytała.

— Wszedł do tunelu. Jest tam szyb z drewnianymi szczeblami wprawionymi w kamień. Ser Jaime poszedł sprawdzić, jak głęboko sięga.

On ma tylko jedną rękę — chciała do nich krzyknąć. — *To jeden z was powinien tam wejść. Ludzie, którzy zamordowali ojca, mogli czekać na niego na dole.* Jej bliźniaczy brat zawsze był zbyt porywczy, a utrata ręki najwyraźniej nie nauczyła go ostrożności. Cersei już miała zamiar rozkazać strażnikom pójść za nim i przyprowadzić go na górę, gdy nagle wrócili Puckens i Krótkie Ucho, prowadząc między sobą jakiegoś siwowłosego mężczyznę.

— Wasza Miłość — odezwał się Krótkie Ucho. — Ten człowiek podaje się za maestera.

Nieznajomy pokłonił się nisko.

— W czym mogę służyć Waszej Miłości?

Jego twarz wydawała się skądś znajoma, ale Cersei nie przypominała sobie, gdzie go widziała. *Jest stary, ale młodszy od Pycelle'a. Ma jeszcze trochę sił.* Mężczyzna był wysoki, choć nieco się garbił, a wokół śmiałych, niebieskich oczu miał zmarszczki. *Ale szyję ma nagą.*

— Nie nosisz łańcucha maestera.

— Odebrali mi go. Nazywam się Qyburn, Wasza Miłość. To ja opatrywałem rękę twojego brata.

— Chciałeś powiedzieć, jego kikut?

Teraz go sobie przypominała. Przybył z Jaimem z Harrenhal.

— To prawda, że nie mogłem ocalić dłoni ser Jaimego. Ale moja sztuka uratowała resztę jego kończyny, a być może również i życie. Cytadela pozbawiła mnie łańcucha, ale nie mogła odebrać mi wiedzy.

— Wystarczysz mi — skwitowała. — Ostrzegam, że jeśli mnie zawiedziesz, stracisz coś więcej niż łańcuch. Usuń bełt z brzucha mojego ojca i przygotuj go dla milczących sióstr.

— Jak moja królowa rozkaże. — Qyburn podszedł do łoża, zatrzymał się i obejrzał. — A co mam zrobić z dziewczyną, Wasza Miłość?

— Z dziewczyną? — Cersei dotąd nie zauważyła drugiego ciała. Podeszła do łoża, odrzuciła na bok zakrwawione narzuty i ujrzała ją. Była naga, zimna i różowa… pomijając twarz, która zrobiła się czarna, jak lico Joffa na uczcie weselnej. W szyję wpił się łańcuch z połączonych ze sobą złotych dłoni, zaciśnięty tak mocno, że przeciął skórę. Cersei syknęła jak rozgniewana kotka.

— Co ona tu robi?

— Znaleźliśmy ją tutaj, Wasza Miłość — odparł Krótkie Ucho. — To kurwa Krasnala.

Jakby to tłumaczyło, skąd się tu wzięła.

Mój pan ojciec nie zadawał się z kurwami — pomyślała Cersei. — *Po śmierci naszej matki nigdy już nie tknął kobiety.* Obrzuciła zbrojnego lodowatym spojrzeniem.

— To nie... po śmierci swego ojca lord Tywin wrócił do Casterly Rock i znalazł... kobietę tego rodzaju... odzianą w jedną z sukien swej matki i noszącą jej klejnoty. Zdarł je z niej razem ze wszystkim. Przez dwa tygodnie prowadzano ją nago po ulicach Lannisportu, gdzie musiała wyznawać każdemu napotkanemu mężczyźnie, że jest złodziejką i nierządnicą. Tak lord Tywin Lannister zwykł się obchodzić z kurwami. Nigdy by... Ta kobieta była tu w jakimś innym celu, nie... nie po to...

— Może jego lordowska mość chciał ją przesłuchać, żeby wydobyć z niej informacje o jej pani — zasugerował Qyburn. — Słyszałem, że Sansa Stark zniknęła tej samej nocy, gdy zamordowano króla.

— Tak jest. — Cersei z ulgą uczepiła się tej sugestii. — Na pewno ją przesłuchiwał. Nie ma wątpliwości.

Wyobraziła sobie twarz Tyriona, usta wykrzywione w małpim uśmiechu poniżej resztek nosa. *A najlepiej szło mu przesłuchiwanie jej nago, z szeroko rozrzuconymi nogami* — wyszeptał karzeł w jej myślach. — *Ja też lubiłem ją przesłuchiwać w tej pozycji.*

Królowa odwróciła się. *Nie będę na nią patrzeć.* Nagle poczuła, że nie może nawet przebywać w tej samej izbie z martwą kobietą. Odepchnęła Qyburna na bok i wyszła na korytarz.

Do ser Osmunda dołączyli jego bracia Osney i Osfryd.

— W sypialni namiestnika leży martwa kobieta — poinformowała Kettleblacków Cersei. — Nikt nie może się dowiedzieć, że tam była.

— Tak jest, pani. — Ser Osney wciąż miał lekkie ślady na policzku w miejscu, gdzie podrapała go inna z kurew Tyriona. — A co mamy z nią zrobić?

— Nakarmcie nią psy. Zróbcie z niej swoją kochankę. Co mnie to obchodzi? Nigdy jej tu nie było. Każę wyciąć język każdemu, kto odważy się twierdzić, że tu była. Zrozumiano?

Osney i Osfryd wymienili spojrzenia.

— Tak jest, Wasza Miłość.

Wróciła z nimi do środka i przyglądała się, jak zawijają dziewczynę w okrwawione koce lorda Tywina. *Shae, nazywała się Shae.* Ostatni raz rozmawiały ze sobą w noc poprzedzającą próbę walki karła, gdy uśmiechnięty dornijski wąż zaproponował, że będzie go bronił. Shae prosiła o jakieś klejnoty, które dał jej Tyrion, a Cersei była w stanie obiecać jej to i owo. Wspomniała o rezydencji w mieście i o małżeństwie z rycerzem. Królowa powiedziała jednak jasno, że kurwa nic od niej nie dostanie, dopóki nie powie, gdzie jest Sansa Stark.

— Byłaś jej służącą. Chcesz mi wmówić, że nic nie wiedziałaś o jej planach? — zapytała. Shae wyszła zapłakana.

Ser Osfryd przerzucił sobie zawiniętego w koce trupa przez ramię.

— Przynieś mi później ten łańcuch — rozkazała Cersei. — Uważaj, żebyś nie zadrapał złota.

Osfryd skinął głową i ruszył ku drzwiom.

— Nie, nie przez dziedziniec. — Wskazała na tajne przejście. — Tam jest szyb prowadzący do lochów. Tamtędy.

W chwili gdy ser Osfryd opadł na jedno kolano przed kominkiem, wewnątrz rozjarzyło się światło i królowa usłyszała stukot. Z szybu wyszedł Jaime, zgięty wpół jak stara baba. Jego buty wzbiły w powietrze obłoki sadzy z ostatniego ognia lorda Tywina.

— Zejdźcie mi z drogi — rozkazał Kettleblackom.

Cersei podbiegła do niego.

— Znalazłeś ich? Znalazłeś zabójców? Ilu ich było?

Z pewnością musiał być więcej niż jeden. Jeden człowiek nie zdołałby zabić jej ojca.

Jej brat bliźniak miał wynędzniałą twarz.

— Szyb schodzi do komnaty, w której zbiega się sześć tuneli. We wszystkich są żelazne bramy, zamknięte na zamki i łańcuchy. Muszę znaleźć klucze. — Rozejrzał się po sypialni. — Ten, kto to zrobił, może nadal ukrywać się w tunelach. To prawdziwy labirynt, w dodatku pogrążony w mroku.

Wyobraziła sobie skradającego się w korytarzach między ścianami Tyriona, na podobieństwo jakiegoś monstrualnego szczura. *Nie. Nie bądź głupia. Karzeł siedzi w celi.*

— Rozbijcie ściany młotami. Zburzcie całą wieżę, jeśli będzie trzeba. Chcę, żebyście ich znaleźli. Kimkolwiek są. Chcę, by zginęli.

Jaime objął ją, ściskając jedyną dłonią jej krzyż. Pachniał popiołem, ale jego włosy lśniły złocistym blaskiem w promieniach porannego słońca. Pragnęła przyciągnąć jego twarz do swojej i pocałować go. *Później* — powiedziała sobie. — *Później przyjdzie do mnie, szukając pocieszenia.*

— Jesteśmy jego dziedzicami, Jaime — wyszeptała. — Nam przypadnie w udziale dokończenie jego dzieła. Musisz zająć miejsce ojca jako namiestnik. Z pewnością teraz to rozumiesz. Tommen będzie cię potrzebował...

Odepchnął ją i uniósł rękę, podsuwając jej kikut pod oczy.

— Namiestnika zwą ręką króla. Ręka bez ręki? To kiepski dowcip, siostro. Nie proś mnie o to, żebym rządził.

Ich stryj usłyszał jego odmowę. Podobnie jak Qyburn i Kettleblackowie, którzy właśnie przepychali swe brzemię przez kominek. Słyszeli to nawet strażnicy, Puckens, Hoke Końska Noga i Krótkie Ucho. *Wieczorem będzie już o tym wiedział cały zamek.* Cersei poczuła, że do jej policzków napływa ciepło.

— Rządził? Nic nie mówiłam o rządzeniu. Ja będę sprawowała rządy, dopóki mój syn nie osiągnie wieku męskiego.

— Nie wiem, kogo mi żal bardziej — odparł jej brat. — Tommena czy Siedmiu Królestw.

Spoliczkowała go. Jaime uniósł rękę, by się osłonić, szybko jak kot... ale ten kot miał kikut zamiast prawej dłoni. Jej palce zostawiły czerwony ślad na jego policzku.

Ich stryj wyprostował się nagle, słysząc ten dźwięk.

— Wasz ojciec leży tu martwy. Okażcie choć tyle przyzwoitości, by wyjść ze swą kłótnią na zewnątrz.

Jaime pochylił głowę w geście przeprosin.

— Wybacz nam, stryju. Moja siostra jest chora z żalu. Zapomniała się.

Zapragnęła spoliczkować go po raz drugi. *Musiałam być szalona, sądząc, że mógłby być namiestnikiem* — pomyślała. Prędzej zlikwiduje ten urząd. Wszyscy namiestnicy sprawiali jej tylko kłopoty. Jon Arryn umieścił w jej łożu Roberta Baratheona, a przed śmiercią zaczął węszyć wokół niej i Jaimego. Eddard Stark kontynuował dzieło Arryna. To jego machinacje zmusiły ją do pozbycia się Roberta szybciej, niżby tego chciała, zanim jeszcze zdążyła się policzyć z jego nieznośnymi braćmi. Tyrion sprzedał Myrcellę Dornijczykom, uczynił jednego z synów Cersei zakładnikiem, a drugiego zamordował. A gdy do Królewskiej Przystani wrócił lord Tywin…

Następny namiestnik będzie znał swoje miejsce — obiecała sobie. To będzie musiał być ser Kevan. Jej stryj był niestrudzony, roztropny i niezachwianie posłuszny. Będzie mogła na nim polegać, tak jak jej ojciec. *Ręka nie sprzecza się z głową.* Musiała władać królestwem, ale będzie potrzebowała nowych ludzi, którzy pomogą jej w tym zadaniu. Pycelle był zniedołężniałym lizusem, Jaime utracił całą odwagę wraz z prawą dłonią, a Mace'owi Tyrellowi i jego sługusom Redwyne'owi oraz Rowanowi nie można było ufać. Całkiem możliwe, że mieli w tym udział. Lord Tyrell z pewnością zdawał sobie sprawę, że nie będzie władał Siedmioma Królestwami, dopóki żył Tywin Lannister.

Będę musiała postępować z nim bardzo ostrożnie — upomniała siebie w duchu. W mieście roiło się od jego ludzi. Udało mu się nawet umieścić jednego ze swych synów w Gwardii Królewskiej, a córkę planował ulokować w łożu Tommena. Nadal doprowadzała ją do furii myśl, że ojciec zgodził się zaręczyć jej syna z Margaery Tyrell. *Jest dwa razy starsza od niego i już dwukrotnie owdowiała.* Mace Tyrell twierdził, że jego córka nadal jest dziewicą, ale Cersei raczej w to wątpiła. Joffreya zamordowano, nim zdążył odbyć pokładziny, ale najpierw była żoną Renly'ego... *Mężczyzna może woleć smak hipokrasu, lecz jeśli postawi się przed nim kufel* ale, *osuszy go bez oporów.* Będzie musiała poprosić lorda Varysa, żeby dowiedział się czegoś na ten temat.

Stanęła jak wryta. Zapomniała o Varysie. *Powinien tu być. Zawsze jest na miejscu.* Gdy tylko w Czerwonej Twierdzy wydarzyło się coś ważnego, eunuch zjawiał się, jakby znikąd. *Jest tu Jaime i stryj Kevan, Pycelle przyszedł i poszedł... ale Varysa nie ma.* Poczuła, że jej kręgosłupa dotknął zimny palec. *On był w to zamieszany. Na pewno obawiał się, że ojciec zamierza go ściąć, więc uderzył pierwszy.* Lord Tywin nigdy nie darzył miłością mizdrzącego się starszego nad szeptaczami. A jeśli ktokolwiek znał tajemnice Czerwonej Twierdzy, to z pewnością właśnie starszy nad szeptaczami. *Na pewno dogadał się z lordem Stannisem. W końcu zasiadali razem w radzie Roberta.*

Cersei podeszła do ser Meryna Tranta, który stał na straży przed wejściem do sypialni.

— Trant, przyprowadź tu lorda Varysa. Jeśli będzie się wyrywał i piszczał, przywlecz go siłą, ale nie zrób mu krzywdy.

— Wedle rozkazu, Wasza Miłość.

Gdy tylko jeden z królewskich gwardzistów się oddalił, wrócił drugi. Ser Boros Blount wbiegł na schody i sapał teraz ciężko, a twarz miał czerwoną.

— Zniknął — wydyszał, ujrzawszy królową. Opadł na jedno kolano. — Krasnal... cela jest otwarta, Wasza Miłość... nigdzie go nie ma...

To był proroczy sen.

— Wydałam wyraźne rozkazy — rzekła. — Miał być strzeżony dniem i nocą...

Pierś Blounta falowała ciężko.

— Jeden z klucznikow również uciekł. Nazywał się Rugen. Dwaj pozostali zasnęli.

Tylko najwyższym wysiłkiem powstrzymała się od krzyku.

— Mam nadzieję, że ich nie obudziliście, ser Borosie. Niech sobie śpią.

— Śpią? — Spojrzał na nią. Na jego twarzy o obwisłych policzkach malowało się zmieszanie. — Tak jest, Wasza Miłość. A jak długo mają…

— Na wieki. Dopilnuj, żeby już nigdy się nie obudzili, ser. Nie będę tolerowała strażników, którzy zasypiają na służbie.

On się ukrywa w tunelach. Zabił ojca, tak samo jak matkę i Joffa. Królowa wiedziała, że karzeł przyjdzie również po nią, tak jak zapowiedziała starucha w swym mrocznym namiocie. *Roześmiałam się jej w twarz, ale ona miała moc. Ujrzała w kropli krwi moją przyszłość. Moją zgubę.* Poczuła, że kolana się pod nią uginają. Ser Boros spróbował złapać ją za ramię, ale królowa wzdrygnęła się przed jego dotykiem. On również mógł służyć Tyrionowi.

— Zostaw mnie — warknęła. — Idź już!

Powlokła się chwiejnym krokiem w stronę krzesła.

— Wasza Miłość? — odezwał się Blount. — Podać ci szklankę wody?

To krwi potrzebuję, nie wody. Krwi Tyriona, krwi valonqara. Pochodnie zawirowały wokół niej. Cersei zamknęła oczy i ujrzała uśmiechającego się do niej karła. *Nie* — pomyślała. — *Nie, już prawie udało mi się ciebie pozbyć.* Ale jego palce zamknęły się wokół jej szyi i poczuła, że zaczynają się zaciskać.

BRIENNE

— Szukam trzynastoletniej dziewicy — oświadczyła siwowłosej kumoszce u wiejskiej studni. — Jest szlachetnie urodzona i bardzo piękna. Ma niebieskie oczy i kasztanowate włosy. Podróżuje w towarzystwie zażywnego rycerza około czterdziestki albo może błazna. Widziałaś ją?

— Nie przypominam sobie, ser — odparła kobieta, pocierając czoło kostkami dłoni. — Ale będę miała oczy otwarte.

Kowal również jej nie widział, podobnie jak septon z wioskowego septu, świniopas ze swymi świniami, dziewczyna wyrywająca cebule w ogrodzie ani nikt z prostych ludzi, których Dziewica z Tarthu znalazła pośród lepianek Rosby. Nie dawała jednak za wygraną. *To jest najprostsza droga do Duskendale* — powtarzała sobie. *Jeśli Sansa tędy przejeżdżała, ktoś musiał ją zauważyć.* Pod bramami zamku zadała to samo pytanie dwóm włócznikom noszącym na tarczach trzy czerwone szewrony na gronostaju — herb rodu Rosbych.

— Jeśli w dzisiejszych czasach wędruje traktem, nie pozostanie dziewicą zbyt długo — stwierdził starszy ze zbrojnych. Młodszy pragnął się zaś dowiedzieć, czy dziewczyna ma kasztanowate włosy również między nogami.

Tutaj nie znajdę pomocy. Dosiadając klaczy, Brienne zauważyła na skraju wioski chudego chłopaka dosiadającego tarantowatego konia. *Nie rozmawiałam z nim* — pomyślała, ale chłopak zniknął za septem, nim zdążyła do niego dotrzeć. Nie zadała sobie trudu, żeby go ścigać. Zapewne nie wiedział więcej od pozostałych. Rosby było niewiele więcej niż miejscem, gdzie trakt stawał się szerszy. Sansa nie miała powodu, by się tu zatrzymywać. Brienne wróciła na szlak i skierowała się na północny wschód, mijając jabłkowe sady i pola jęczmienia. Wkrótce wioska i zamek zostały daleko z tyłu. Powtarzała sobie, że to w Duskendale znajdzie Sansę. *Jeśli w ogóle tędy przejeżdżała.*

— Znajdę tę dziewczynę i będę jej bronić. Ze względu na jej panią matkę. I na ciebie — oświadczyła Jaimemu w Królewskiej Przystani. To były szlachetne słowa, ale te przychodziły łatwo. Czyny były trudniejsze. Zbyt wiele czasu zmitrężyła w mieście i dowiedziała się tam za mało. *Trzeba było ruszyć w drogę wcześniej... ale dokąd?* Sansa Stark zniknęła w noc śmierci króla Joffreya i jeśli ktokolwiek od tej pory ją widział albo domyślał się, dokąd mogła się udać, milczał jak zaklęty. *Przynajmniej w rozmowie ze mną.*

Brienne była przekonana, że dziewczyna opuściła miasto. Gdyby nadal przebywała w Królewskiej Przystani, złote płaszcze z pewnością by ją wytropiły. Musiała gdzieś się ukrywać... ale „gdzieś" to szerokie pojęcie. *Co bym zrobiła, gdybym była niedawno zakwitłą dziewicą, samotną i przerażoną, uciekającą przed straszliwym niebezpieczeństwem?* — zadała sobie pytanie. — *Gdzie bym szukała schronienia?* Dla niej odpowiedź na to pytanie była łatwa. Wróciłaby na Tarth, do ojca. Ale ojca Sansy ścięto na jej oczach. Jej pani matka również nie żyła, zamordowano ją w Bliźniakach. Winterfell, wielką twierdzę Starków, splądrowano i spalono, a jej mieszkańców wycięto w pień. *Sansa nie ma domu, nie ma ojca, matki ani braci.* Mogła przebywać w następnym miasteczku albo płynąć statkiem do Asshai. Obie te możliwości wydawały się równie prawdopodobne.

Nawet gdyby Sansa Stark postanowiła wrócić do domu, to jak mogłaby się tam dostać? Na królewskim trakcie nie było bezpiecznie. Nawet dziecko z pewnością by o tym wiedziało. Fosę Cailin, która zamykała drogę przez Przesmyk, zdobyli żelaźni ludzie, a w Bliźniakach siedzieli Freyowie, którzy zamordowali brata Sansy i jej panią matkę. Dziewczyna mogłaby popłynąć morzem, gdyby miała pieniądze, ale port w Królewskiej Przystani nadal leżał w ruinie, a rzeka pełna była szczątków zniszczonych nabrzeży oraz spalonych i zatopionych galer.

Brienne wypytywała ludzi w porcie, nikt jednak sobie nie przypominał, żeby w noc śmierci króla Joffreya odpływał jakiś statek. Kilka kupieckich jednostek kotwiczyło w zatoce i wyładowywało towary łodziami, ale większość płynęła do Duskendale. Ruch w tamtejszym porcie był większy niż kiedykolwiek.

Klacz Brienne wyglądała słodko i utrzymywała niezłe tempo. Na trakcie było więcej wędrowców, niż Brienne się spodziewała. Bracia żebrzący człapali przed siebie z miseczkami dyndającymi na rzemieniach u szyj. Młody septon minął ją cwałem na klaczce godnej największego z lordów. Potem spotkała grupę milczących sióstr, które potrząsnęły głowami, gdy Brienne zadała im swe pytanie. Karawana zaprzężonych w woły wozów wlokła się na południe, wioząc zboże i worki pełne wełny. Później Brienne spotkała świniopasa poganiającego stado świń oraz starą kobietę w konnej lektyce w towarzystwie eskorty zbrojnych jeźdźców. Brienne pytała wszystkich, czy nie widzieli trzynastoletniej, szlachetnie urodzonej dziewczyny o niebieskich oczach i kasztanowatych włosach. Nikt jej nie widział. Wypytywała też o drogę przed sobą.

— Do Duskendale jest w miarę bezpiecznie — odpowiedział jej pewien mężczyzna — ale dalej w lasach grasują banici i złamani.

Tylko żołnierskie sosny i drzewa strażnicze były jeszcze zielone. Liściaste drzewa przywdziały rdzawozłote płaszcze albo zrzuciły odzienie, wyciągając ku niebu nagie brązowe konary. Z każdym powiewem wiatru nad traktem unosiły się gęste chmary suchych liści. Zeschłe liście szeleściły też pod kopytami wielkiej, gniadej klaczy, którą podarował jej Jaime Lannister. *Znaleźć dziewczynę zaginioną w Westeros to jak znaleźć jeden liść na wietrze.* Zadawała sobie pytanie, czy ta misja nie była jakimś okrutnym żartem ze strony Jaimego. Być może Sansa Stark już nie żyła, ścięta za współudział w zabójstwie króla Joffreya i pochowana w bezimiennym grobie. Jak lepiej ukryć jej zamordowanie, niż wysyłając wielką, głupią dziewkę z Tarthu na jej poszukiwania?

Jaime by tego nie zrobił. Był ze mną szczery. Dał mi miecz i nadał mu imię Wierny Przysiędze. Nie miało to zresztą znaczenia. Brienne obiecała lady Catelyn, że przyprowadzi jej córki, a ta obietnica była równie wiążąca jak złożona umarłym. Jaime twierdził, że młodsza dziewczynka dawno nie żyje, a Arya, którą wysłali na północ, żeby poślubiła bękarta Roose'a Boltona, to oszustka. Została tylko Sansa. Brienne musiała ją znaleźć.

Wkrótce przed zmierzchem wypatrzyła płonące nad strumieniem ognisko. Dwaj mężczyźni piekli nad nim pstrągi. Broń i zbroje oparli o drzewo. Jeden z nich był stary, a drugi nieco młodszy. Młodszy wstał, by ją przywitać. Miał pokaźny brzuch, rozciągający sznurówki nakrapianej kurtki z jeleniej skóry. Podbródek i policzki porastała mu kosmata, niestrzyżona broda barwy starego złota.

— Pstrągów starczy dla trzech, ser — zawołał do niej.

Brienne nie pierwszy raz wzięto za mężczyznę. Zdjęła hełm, pozwalając, by jej włosy opadły luźno. Były żółte, koloru brudnej słomy, i niemal tak samo łamliwe. Długie i cienkie, powiewały wokół jej ramion.

— Dziękuję, ser.

Wędrowny rycerz przyglądał się jej z tak skupioną miną, że uświadomiła sobie, iż na pewno jest krótkowzroczny.

— Ach, więc to dama? Z mieczem i w zbroi? Bogowie, bądźcie łaskawi, Illy, zobacz, jaka wielka.

— Ja też ją wziąłem za rycerza — przyznał starszy mężczyzna, odwracając pstrąga.

Gdyby Brienne była mężczyzną, zaliczałaby się do wysokich, jak na kobietę była olbrzymia. Całe życie słyszała, że zwą ją dziwolągiem. Była szeroka w barach i jeszcze szersza w biodrach. Nogi miała długie, ramiona grube, a na jej piersi mięśnie zaznaczały się silniej niż biust. Dłonie też miała duże, a stopy ogromne. Do tego była brzydka. Miała piegowatą, końską twarz i zęby, które wydawały się niemal za duże, żeby zmieścić się w ustach. Nie trzeba jej było o tym wszystkim przypominać.

— Dobrzy rycerze — przywitała ich — czy nie widzieliście

na trakcie trzynastoletniej dziewczyny? Ma niebieskie oczy i kasztanowate włosy. Może jej towarzyszyć zażywny mężczyzna o czerwonej twarzy, około czterdziestki.

Krótkowzroczny wędrowny rycerz podrapał się po głowie.

— Nie przypominam sobie. Jakie to są kasztanowate włosy?

— Rudobrązowe — wyjaśnił starszy. — Nie, nie widzieliśmy jej.

— Nie widzieliśmy jej, pani — powtórzył młodszy. — Zsiądź z konia, proszę. Ryby są już prawie gotowe. Czy jesteś głodna?

Tak się składało, że była. Musiała też jednak być ostrożna. Wędrowni rycerze nie cieszyli się dobrą sławą. Powiadano, że wędrowny rycerz i rycerz rabuś to dwie strony jednego miecza. *Ci dwaj nie wyglądają zbyt groźnie* — pomyślała.

— Czy mogę poznać wasze imiona, dobrzy rycerze?

— Mam zaszczyt zwać się ser Creighton Longbough — odparł brzuchaty rycerz. — Ten sam, o którym śpiewają minstrele. Być może słyszałaś o moich czynach nad Czarnym Nurtem. Mój towarzysz to ser Illifer Bez Grosza.

Jeśli rzeczywiście istniała pieśń opiewająca dokonania Creightona Longbougha, Brienne nigdy jej nie słyszała. Ich imiona mówiły jej równie mało co ich herby. Ser Creighton miał na zielonej tarczy tylko brązową głowicę oraz głęboki ślad po uderzeniu topora. Ser Illifer nosił rozpromienioną tarczę o trójkątach złotych i gronostajowych, choć jego wygląd sugerował, że malowane złoto i malowany gronostaj były jedynymi, jakie w życiu posiadał. Miał jak nic sześćdziesiątkę, a wyglądająca spod kaptura pełnego łat płaszcza z samodziału twarz była chuda i zapadnięta. Nosił kolczugę, ale plamki rdzy pokrywały ją na podobieństwo piegów. Brienne była o głowę wyższa od obu mężczyzn, a do tego miała lepszego konia i lepszą broń. *Jeśli będę się bała takich jak oni, równie dobrze mogę od razu zamienić miecz na parę drutów do dziergania.*

— Dziękuję, dobrzy rycerze — rzekła. — Z chęcią spożyję z wami posiłek.

Brienne zsunęła się z siodła, zdjęła je z grzbietu klaczy, a potem napoiła ją i spętała, żeby mogła spokojnie się popaść. Broń, tarczę i juki położyła pod wiązem. Tymczasem pstrąg zdążył się już upiec. Ser Creighton podał jej rybę i Brienne usiadła ze skrzyżowanymi nogami na ziemi, żeby ją zjeść.

— Jedziemy do Duskendale, pani — poinformował ją Longbough, rozdzierając palcami własnego pstrąga. — Lepiej by było, gdybyś nam towarzyszyła. Na traktach nie jest bezpiecznie.

Brienne mogłaby mu opowiedzieć o czyhających na traktach niebezpieczeństwach więcej, niż chciałby usłyszeć.

— Dziękuję, ser, ale nie potrzebuję opieki.

— Nalegam. Prawdziwy rycerz musi bronić słabą płeć.

Dotknęła rękojeści miecza.

— To mnie obroni, ser.

— Miecz jest wart tylko tyle, co ten, kto nim włada.

— Władam nim całkiem nieźle.

— Skoro tak mówisz. Uprzejmość nie pozwala mi spierać się z damą. Odprowadzimy cię bezpiecznie do Duskendale. Bezpieczniej wędrować we troje niż samotnie.

Wyruszyliśmy z Riverrun we troje, a mimo to Jaime stracił rękę, a Cleos Frey życie.

— Wasze wierzchowce nie dotrzymają kroku mojemu.

Kasztanowaty wałach ser Creightona był stary, miał łękowaty grzbiet i zaropiałe oczy, a chudy koń ser Illifera wyglądał, jakby za chwilę miał paść z głodu.

— Mój rumak dobrze mi służył nad Czarnym Nurtem — upierał się ser Creighton. — Przelałem tam morze krwi i zdobyłem tuzin okupów. Słyszałaś o ser Herbercie Bollingu, pani? Już go więcej nie spotkasz. Położyłem go trupem. Przekonasz się, że gdy słychać szczęk mieczy, ser Creighton Longbough nigdy nie pozostaje z tyłu.

Jego towarzysz zachichotał ironicznie.

— Daj spokój, Creigh. Takie jak ona nie potrzebują takich jak my.

— Takie jak ona?

Brienne nie była pewna, co chciał przez to powiedzieć.

Ser Illifer wskazał krzywym, kościstym palcem na jej tarczę. Choć farba na niej była spękana i obłaziła, herb było widać wyraźnie: czarny nietoperz na polu podzielonym ukośnie na srebrne i złote.

— Nosisz fałszywą tarczę, do której nie masz prawa. Dziadek mojego dziadka pomógł zabić ostatniego z Lothstonów. Od tego czasu nikt nie ważył się pokazać z tym nietoperzem, czarnym jak czyny tych, którzy go nosili.

Ser Jaime zabrał tę tarczę ze zbrojowni w Harrenhal. Brienne znalazła ją w stajni razem z klaczą, podobnie jak wiele innych darów: siodło, uzdę, kolczugę i hełm wielki z zasłoną, sakiewki ze złotem i ze srebrem oraz dokument, cenniejszy niż obie.

— Straciłam własną tarczę — wyjaśniła.

— Prawdziwy rycerz jest jedyną tarczą, jakiej potrzebuje dziewica — oznajmił stanowczo ser Creighton.

Ser Illifer zignorował jego słowa.

— Bosy człowiek szuka butów, a zziębnięty płaszcza. Któż jednak odziałby się w hańbę? Tego nietoperza nosił ser Lucas, zwany Rajfurem, oraz jego syn, Manfryd od Czarnego Kaptura. Pytam, czemu ktoś miały nosić takie godło, chyba że jego grzech jest jeszcze bardziej plugawy... i świeższy. — Wyjął sztylet, brzydki kawał taniego żelastwa. — Nienaturalnie wielka i silna kobieta, która ukrywa swe barwy... Creigh, poznaj Dziewicę z Tarthu, która poderżnęła królewskie gardło Renly'ego.

— To kłamstwo.

Renly Baratheon był dla niej kimś więcej niż królem. Kochała go od chwili, gdy przybył do Tarthu podczas nieśpiesznego objazdu, którym uczcił osiągnięcie wieku męskiego. Jej ojciec podjął go ucztą i rozkazał Brienne na nią przyjść. W przeciwnym razie ukryłaby się w swoim pokoju jak jakieś ranne zwierzę. Była wówczas w wieku Sansy i bała się chichotów bardziej niż mieczy. Oznajmiła lordowi Selwynowi: „Na pewno wiedzą o róży. Będą się ze mnie śmiali”. Gwiazda Wieczorna nie zamierzał jednak ustąpić.

Renly Baratheon potraktował Brienne z pełną uprzejmością, jakby była normalną, ładną panną. Zatańczył z nią nawet i w jego ramionach czuła się pełna wdzięku, a jej stopy fruwały nad podłogą. Inni również błagali ją o taniec, idąc za jego przykładem. Od tego dnia pragnęła jedynie być blisko lorda Renly'ego, służyć mu i chronić go. Ale w końcu go zawiodła. *Skonał w moich ramionach, ale ja go nie zabiłam* — pomyślała. Jednakże ci wędrowni rycerze z pewnością tego nie zrozumieją.

— Oddałabym życie za króla Renly'ego i zginęłabym szczęśliwa — oznajmiła. — Nie skrzywdziłam go. Przysięgam na mój miecz.

— Tylko rycerz może przysięgać na miecz — sprzeciwił się ser Creighton.

— Przysięgnij na Siedmiu — zasugerował ser Illifer Bez Grosza.

— Niech i tak będzie. Nie skrzywdziłam króla Renly'ego. Przysięgam na Matkę. Niech nigdy nie zaznam miłosierdzia, jeśli kłamię. Przysięgam na Ojca i błagam, by osądził mnie sprawiedliwie. Przysięgam na Dziewicę i Staruchę, na Kowala i Wojownika. I przysięgam na Nieznajomego. Oby mnie natychmiast zabrał, jeśli kłamię.

— Nieźle przysięga, jak na dziewczynę — przyznał ser Creighton.

— Zaiste. — Ser Illifer Bez Grosza wzruszył ramionami. — No cóż, jeśli skłamała, bogowie ją ukarzą. — Schował sztylet. — Staniesz pierwsza na warcie.

Wędrowni rycerze zasnęli, a Brienne niespokojnie spacerowała wokół małego ogniska, nasłuchując buzowania płomieni. *Powinnam ich zostawić, dopóki mogę.* Nie znała tych ludzi, nie mogła się jednak zdobyć na to, by porzucić ich bez obrony. Nawet ciemną nocą traktem wędrowali jeźdźcy, a w lesie słychać było dźwięki, które mogły pochodzić od sów i polujących lisów bądź też z innych źródeł. Brienne chodziła więc wokół ogniska, trzymając w pochwie poluzowany miecz.

Jej warta okazała się łatwa. Dopiero potem, gdy ser Illifer obudził się, by ją zmienić, zaczęły się trudności. Brienne rozłożyła koc na ziemi, zwinęła się na nim i zamknęła oczy. *Nie zasnę* — powiedziała sobie, choć była zmęczona do szpiku kości. Nigdy nie potrafiła spać spokojnie w obecności mężczyzn. Nawet w obozie Renly'ego zawsze istniało ryzyko gwałtu... nauczyła się tego pod murami Wysogrodu, a potem znowu, gdy wpadli z Jaimem w ręce Dzielnych Kompanionów.

Ziemia była zimna i chłód przenikał przez koc, sięgając do kości Brienne. Wkrótce wszystkie jej mięśnie już odrętwiały, od szczęki aż po palce nóg. Zastanawiała się, czy Sansa Stark również marznie, gdziekolwiek mogła przebywać. Lady Catelyn mówiła jej, że Sansa jest łagodną dziewczyną, lubiącą cytrynowe ciastka, jedwabne suknie i pieśni o rycerskich czynach. Jednakże ta dziewczyna widziała, jak jej ojcu ścięto głowę, a potem zmuszono ją do poślubienia jednego z jego zabójców. Jeśli choć połowa opowieści mówiła prawdę, karzeł był najokrutniejszym z Lannisterów. *Jeśli rzeczywiście otruła króla Joffreya, Krasnal z pewnością ją do tego zmusił. Była na dworze sama i nie miała przyjaciół.* W Królewskiej Przystani Brienne odszukała niejaką Brellę, która była jedną ze służących Sansy. Kobieta powiedziała jej, że między Sansą a karłem było bardzo niewiele ciepła. Być może dziewczyna uciekła nie tylko przed oskarżeniem o morderstwo, lecz również przed mężem.

Jeśli nawet Brienne coś się śniło, gdy obudziła się o świcie, nic już nie pamiętała. Nogi miała sztywne od zimnej ziemi jak kłody drewna, ale nikt jej nie molestował, a jej rzeczy były nietknięte. Wędrowni rycerze już wstali. Ser Illifer oprawiał wiewiórkę na śniadanie, a ser Creighton stał pod drzewem, odlewając się zdrowo. *Wędrowni rycerze* — pomyślała. — *Są starzy, próżni, tłuści i krótkowzroczni, ale porządni z nich ludzie.* Pocieszyła ją myśl, że można jeszcze znaleźć takowych na świecie.

Zjedli na śniadanie pieczoną wiewiórkę, pastę z żołędzi i kiszone ogórki. Ser Creighton uraczył Brienne opowieścią o swych czynach nad Czarnym Nurtem, gdzie ponoć usiekł dwunastu straszliwych rycerzy, o których nigdy w życiu nie słyszała.

— Och, to była niezwykła walka, pani — mówił. — Niezwykła i krwawa.

Przyznał, że ser Illifer również walczył dzielnie, ale jego towarzysz mówił niewiele.

Gdy nadeszła pora, by ruszyć w drogę, wędrowni rycerze zajęli pozycje z obu jej boków, jak zbrojni eskortujący jakąś wielką panią... pomimo że pani była od nich zdecydowanie wyższa, a do tego miała lepszą broń i zbroję.

— Czy ktoś tędy przejeżdżał, gdy staliście na straży? — zapytała Brienne.

— Na przykład trzynastoletnia dziewica o kasztanowatych włosach? — odpowiedział pytaniem ser Illifer Bez Grosza. — Nie, pani. Nikogo nie widziałem.

— Ja widziałem kilku ludzi — przyznał ser Creighton. — Najpierw wiejskiego chłopaka na tarantowatym koniu, a po godzinie sześciu pieszych z drągami i kosami. Zauważyli ognisko i zatrzymali się, żeby się przyjrzeć naszym koniom, ale pokazałem im stal i kazałem ruszać w drogę. Wyglądali na łotrzyków i do tego zdesperowanych, ale nie aż tak, żeby zaczynać z ser Creightonem Longboughem.

Nie — pomyślała Brienne. — *Nie aż tak.* Odwróciła się, żeby ukryć uśmiech. Na szczęście ser Creighton tak się przejął własną opowieścią o epickim boju z Rycerzem od Czerwonego Kurczaka, że nie zauważył wesołości dziewczyny. Dobrze było mieć towarzyszy na trakcie, nawet takich jak ci dwaj.

Było południe, gdy Brienne usłyszała głosy dobiegające gdzieś spomiędzy nagich, brązowych pni.

— Co to jest? — zapytał ser Creighton.

— Głosy modlących się ludzi.

Brienne znała tę pieśń. *Błagają Wojownika o opiekę i proszą Staruchę, żeby oświetliła im drogę.*

Ser Illifer Bez Grosza wydobył sfatygowany miecz i ściągnął wodze, by zaczekać na nieznajomych.

— Są już blisko.

Śpiew wypełniał las z siłą pobożnego grzmotu. I nagle źródło dźwięku pojawiło się na trakcie przed nimi. Przodem szła grupa braci żebrzących, obdartych, brodatych mężczyzn w szatach z samodziału. Niektórzy z nich byli bosi, inni mieli sandały. Za nimi podążało chyba z sześćdziesięciu oberwańców: mężczyzn, kobiet i dzieci. Prowadzili ze sobą łaciatą maciorę oraz stadko owiec. Kilku mężczyzn niosło topory, ale więcej było takich, którzy mieli tylko proste drewniane pałki albo maczugi. Pośrodku grupy toczył się dwukołowy wóz ze zmurszałego, poszarzałego drewna, wyładowany czaszkami i odłamkami kości. Na widok wędrownych rycerzy bracia żebrzący stanęli jak wryci. Śpiew ucichł.

— Dobrzy rycerze — przywitał ich jeden z nich. — Matka was kocha.

— I was również, bracie — odparł ser Illifer. — Kim jesteście?

— Braćmi ubogimi — wyjaśnił potężnie zbudowany mężczyzna z toporem. Choć w lesie panował jesienny chłód, on nie nosił koszuli. Na piersi miał wyciętą siedmioramienną gwiazdę. Takie same gwiazdy wycinali w swym ciele andalscy wojownicy, gdy po raz pierwszy przeprawili się przez wąskie morze, by podbić królestwa Pierwszych Ludzi.

— Zmierzamy do miasta — oznajmiła wysoka kobieta zaprzężona do wozu — by zanieść te święte kości do Błogosławionego Baelora oraz poprosić króla o wsparcie i opiekę.

— Przyłączcie się do nas, przyjaciele — zaproponował chudy człowieczek w wytartej szacie septona, noszący na szyi zawieszony na rzemieniu kryształ. — Westeros potrzebuje każdego miecza.

— Zmierzamy do Duskendale — oznajmił ser Creighton. — Ale może moglibyśmy odprowadzić was bezpiecznie do Królewskiej Przystani.

— Jeśli macie nam czym zapłacić — dodał ser Illifer, który najwyraźniej był praktycznym człowiekiem, mimo że zasłużył na przydomek „Bez Grosza".

— Wróble nie potrzebują złota — odpowiedział septon.

— Wróble? — powtórzył zdziwiony ser Creighton.

— Wróbel to najskromniejszy i najpospolitszy z ptaków, tak jak my jesteśmy najskromniejszymi i najpospolitszymi z ludzi. — Septon miał chudą twarz o ostrych rysach oraz krótką, brązową brodę z plamami siwizny. Rzadkie włosy zaczesał sobie do tyłu i związał w kucyk, a jego bose stopy były czarne, sękate i twarde jak korzenie drzew. — To są kości świętych zamordowanych za wiarę. W służbie Siedmiu nie ulękli się nawet śmierci. Niektórzy umarli z głodu, innych torturowano. Profanuje się septy, a dziewice i matki gwałcą bezbożnicy oraz czciciele demonów. Nawet milczące siostry nie uniknęły ataków. Nasza Matka Na Górze płacze głośno z bólu. Czas już, by wszyscy namaszczeni rycerze opuścili świeckich panów, by bronić naszej Świętej Wiary. Jeśli kochacie Siedmiu, pojedźcie z nami do miasta.

— Z pewnością ich kocham — potwierdził Illifer — ale potrzebuję jedzenia.

— Tak jak wszystkie dzieci Matki.

— Jedziemy do Duskendale — oznajmił bez ogródek ser Illifer.

Jeden z braci żebrzących splunął, a jakaś kobieta jęknęła.

— Jesteście fałszywymi rycerzami — stwierdził potężny mężczyzna z gwiazdą na piersi. Kilku innych uniosło w górę pałki.

— Nie sądźcie, albowiem osąd należy do Ojca — uciszył ich septon. — Niech odejdą w pokoju. Oni również są braćmi ubogimi, zagubionymi na tej Ziemi.

Brienne podjechała bliżej.

— Moja siostra również się zgubiła. Trzynastoletnia dziewczyna o kasztanowatych włosach. Ładna dla oka.

— Wszystkie dzieci Matki są ładne dla oka. Niech Dziewica czuwa nad biedną dziewczyną… i nad tobą też, jak sądzę.

Septon zarzucił sobie na ramię jeden ze sznurów przytroczonych do wozu i zaczął ciągnąć. Bracia żebrzący natychmiast podjęli pieśń. Brienne i wędrowni rycerze siedzieli na koniach, obserwując mijającą ich powoli procesję, która kierowała się wzdłuż kolein traktu do Rosby. Śpiew cichł powoli w oddali.

Ser Creighton uniósł jeden pośladek nad siodło i podrapał się po tyłku.

— Jaki człowiek mógłby zabić świętego septona?

Brienne wiedziała jaki. Przypominała sobie, że w pobliżu Stawu Dziewic Dzielni Kompanioni powiesili septona za nogi na gałęzi i ćwiczyli strzelanie z łuku do jego ciała. Zastanawiała się, czy jego kości również były na tym wozie razem z resztą.

— Tylko głupiec mógłby zgwałcić milczącą siostrę — ciągnął ser Creighton. — Czy choćby jej dotknąć... powiadają, że one są żonami Nieznajomego, a ich kobiece części są zimne i mokre jak lód. — Zerknął na Brienne. — Uch... wybacz.

Brienne spięła klacz i ruszyła w stronę Duskendale. Ser Illifer po chwili podążył za nią, a ser Creighton zamykał kolumnę.

Po trzech godzinach spotkali inną grupę zmierzającą w kierunku Duskendale. Kupcowi i jego służącym towarzyszył kolejny wędrowny rycerz. Kupiec dosiadał jabłkowitej klaczy, a służący na zmianę ciągnęli wóz. Czterech trudziło się przy sznurach, a dwóch pozostałych szło obok kół, ale gdy usłyszeli konie, otoczyli wóz pierścieniem, ściskając w rękach gotowe do użytku jesionowe drągi. Kupiec wydobył kuszę, a rycerz miecz.

— Wybaczcie, że jestem podejrzliwy — zawołał kupiec. — Jednakże czasy są niespokojne, a ja mam za obrońcę tylko dobrego ser Shadricha. Kim jesteście?

— Ależ — odparł urażonym tonem ser Creighton — jestem sławny ser Creighton Longbough i właśnie wracam z pola bitwy nad Czarnym Nurtem. A to jest mój towarzysz, ser Illifer Bez Grosza.

— Nie zrobimy wam krzywdy — zapewniła Brienne.

Kupiec przyjrzał się jej z niedowierzaniem.

— Pani, powinnaś siedzieć bezpiecznie w domu. Czemu nosisz taki nienaturalny strój?

— Szukam siostry. — Nie ważyła się wymieniać imienia Sansy, która była oskarżona o królobójstwo. — To piękna, szlachetnie urodzona dziewica. Ma niebieskie oczy i kasztanowate włosy. Może podróżować w towarzystwie zażywnego rycerza około czterdziestki albo pijanego błazna.

— Na traktach pełno jest pijanych błaznów i zbezczeszczonych dziewic. A jeśli chodzi o zażywnych rycerzy, trudno jest uczciwemu człowiekowi zachować brzuch, gdy tak wielu wkoło głoduje… choć widzę, że twojemu ser Creightonowi głód nie doskwiera.

— Mam grube kości — obruszył się ser Creighton. — Czy pojedziemy razem przez pewien czas? Nie wątpię w męstwo ser Shadricha, ale on nie jest zbyt wysoki, a trzy miecze to więcej niż jeden.

Cztery miecze — pomyślała Brienne, ale nie odezwała się ani słowem.

Kupiec spojrzał na swego strażnika.

— I co ty na to, ser?

— Och, tych trojga nie musimy się bać. — Ser Shadrich był żylastym człowieczkiem o lisiej twarzy, ostrym nosie i wiechciu pomarańczowych włosów. Dosiadał smukłego, kasztanowatego rumaka. Choć nie mógł mieć więcej niż pięć stóp dwa cale wzrostu, był bardzo pewny siebie. — Jeden jest stary, drugi gruby, a ten wielki to kobieta. Mogą jechać z nami.

— Skoro tak mówisz.

Kupiec opuścił kuszę. Gdy ruszyli w dalszą drogę, wynajęty rycerz zwolnił, przechodząc na tył kolumny, i obejrzał Brienne od stóp do głów, jakby była połciem dobrej, solonej wieprzowiny.

— Trzeba przyznać, że wyrośnięta z ciebie dziewka — stwierdził.

Drwiny ser Jaimego raniły ją głęboko, ale słowa małego człowieczka nie obeszły jej prawie w ogóle.

— W porównaniu z niektórymi można by mnie nawet nazwać olbrzymką.

Parsknął śmiechem.

— Tam, gdzie to ważne, jestem wystarczająco duży, dziewko.

— Kupiec nazwał cię Shadrichem.

— Jestem ser Shadrich z Cienistego Wąwozu. Niektórzy zwą mnie Szaloną Myszą. — Odwrócił tarczę, by pokazać jej swój herb: wielką białą mysz o straszliwie czerwonych oczach na polu podzielonym w skos na brązowe i niebieskie. — Brąz symbolizuje ziemie, po których wędrowałem, a błękit rzeki, które przekroczyłem. Mysz to ja.

— A czy jesteś szalony?

— Och, z pewnością. Zwyczajna mysz ucieka od krwi i wojny. Szalona ich szuka.

— Ale mam wrażenie, że rzadko je znajduje.

— Znalazłem ich pod dostatkiem. To prawda, że nie jestem turniejowym rycerzem. Oszczędzam męstwo na pole bitwy, kobieto.

Brienne przemknęło przez głowę, że „kobieta" jest odrobinę lepsza od „dziewki".

— To znaczy, że wiele cię łączy z dobrym ser Creightonem.

Ser Shadrich roześmiał się.

— Och, wątpię w to... ale niewykluczone, że z tobą łączy mnie wspólna misja. Szukasz siostry, tak? Z niebieskimi oczyma i kasztanowatymi włosami? — Znowu się roześmiał. — Nie jesteś jedynym myśliwym w tym lesie. Ja również szukam Sansy Stark.

Brienne uczyniła ze swej twarzy maskę ukrywającą jej trwogę.

— Kim jest ta Sansa Stark i dlaczego jej szukasz?

— Ależ z miłości, oczywiście.

— Z miłości? — Na jej czole pojawiły się głębokie zmarszczki.

— Zaiste. Z miłości do złota. W przeciwieństwie do twojego dobrego ser Creightona rzeczywiście walczyłem nad Czarnym Nurtem, ale po pokonanej stronie. Okup mnie zrujnował.

Wiesz, kim jest Varys, mam nadzieję? Eunuch oferuje pełną sakiewkę złota za tę dziewczynę, o której nigdy nie słyszałaś. Nie jestem chciwy. Jeśli jakaś przerośnięta dziewka pomoże mi znaleźć to niegrzeczne dziecko, podzielę się z nią otrzymaną od Pająka nagrodą.

— Myślałam, że pracujesz dla tego kupca.

— Towarzyszę mu tylko do Duskendale. Hibald jest równie skąpy co bojaźliwy. A jest bardzo bojaźliwy. I co ty na to, dziewko?

— Nie znam żadnej Sansy Stark — upierała się Brienne. — Szukam siostry, szlachetnie urodzonej dziewczyny…

— …o niebieskich oczach i kasztanowatych włosach, tak jest. A kim jest ten rycerz, który jej towarzyszy? A może mówiłaś, że to błazen? — Ser Shadrich nie czekał na odpowiedź. I całe szczęście, bo nie potrafiłaby mu jej udzielić. — Pewien błazen zniknął z Królewskiej Przystani w noc śmierci króla Joffreya… tęgi mężczyzna o nosie pokrytym popękanymi żyłkami, niejaki ser Dontos Czerwony, dawniej mieszkający w Duskendale. Modlę się o to, żeby nikt nie wziął twojej siostry i jej pijanego błazna za młodą Starkównę i ser Dontosa. To byłoby bardzo niefortunne.

Wbił pięty w boki rumaka i pojechał truchtem naprzód.

Nawet przy ser Jaimem Lannisterze Brienne rzadko czuła się tak beznadziejnie głupia. *Nie jesteś jedynym myśliwym w tym lesie.* Brella powiedziała jej, że Joffrey pozbawił ser Dontosa ostróg, ale lady Sansa ubłagała go, żeby darował mu życie. *Pomógł jej w ucieczce* — uznała Brienne, usłyszawszy tę opowieść. — *Muszę znaleźć ser Dontosa, a odnajdę też Sansę.* Powinna była przewidzieć, że inni wpadną na taki sam pomysł. *Niektórzy mogą nawet być jeszcze mniej godni zaufania od ser Shadricha.* Mogła jedynie mieć nadzieję, że ser Dontos dobrze ukrył Sansę. *Ale jeśli tak zrobił, jak zdołam ją odnaleźć?*

Pochyliła ramiona i jechała dalej, pogrążona w zamyśleniu.

Zapadał już zmierzch, gdy dotarli do gospody, wysokiego drewnianego budynku zbudowanego w miejscu złączenia dwóch rzek na starym, kamiennym moście. Ser Creighton powiedział im, że tak właśnie nazywa się gospoda: „Stary Kamienny Most”. Oberżysta był jego znajomym.

— To niezły kucharz, a w pokojach nie ma więcej pcheł niż gdzie indziej — zapewnił. — Kto chce się dziś przespać w ciepłym łożu?

— Nie my, chyba że twój znajomy oferuje noclegi za darmo — odparł ser Illifer Bez Grosza. — Nie mamy mu czym zapłacić.

— Ja mogę zapłacić za nas troje.

Brienne nie brakowało pieniędzy. Zadbał o to Jaime. Miała w jukach sakiewkę wypchaną srebrnymi jeleniami i miedzianymi gwiazdami, a także drugą, mniejszą, w której były złote smoki oraz pergamin nakazujący wszystkim wiernym poddanym króla udzielić pomocy okazicielce tego dokumentu, Brienne z rodu Tarthów. Podpisano go dziecinnym pismem Tommena Pierwszego Tego Imienia, króla Andalów, Rhoynarów i Pierwszych Ludzi, władcy Siedmiu Królestw.

Hibald również chciał się tu zatrzymać. Rozkazał swym ludziom zostawić wóz obok stajni. Zza romboidalnych szyb gospody sączyło się ciepłe, żółte światło. Brienne usłyszała rżenie ogiera, który zwęszył jej klacz. Gdy zaczęła rozwiązywać siodło, w drzwiach pojawił się chłopiec stajenny.

— Pozwól mi to zrobić, ser — powiedział.

— Nie jestem rycerzem — odparła. — Ale klacz możesz zabrać. Pamiętaj ją dobrze nakarmić, wyszczotkować i napoić.

Chłopak poczerwieniał.

— Wybacz, pani. Myślałem...

— To częsta pomyłka.

Brienne wręczyła mu wodze i podążyła za pozostałymi do gospody. Juki przerzuciła sobie przez ramię, a posłanie niosła pod pachą.

Główna sala gospody miała wysypaną trocinami podłogę z desek. Cuchnęło tu chmielem, dymem i mięsem. Nad ogniem skwierczał kawał mięsiwa, którym chwilowo nikt się nie zajmował. Za stołem siedziało sześciu miejscowych. Rozmawiali ze sobą, ale umilkli, gdy tylko zjawili się obcy. Brienne czuła na sobie ich spojrzenia. Choć miała kolczugę, płaszcz i kurtkę, równie dobrze mogłaby być naga.

— Tylko popatrz, kto przyszedł — odezwał się jeden z mężczyzn i Brienne wiedziała, że nie mówi o ser Shadrichu.

Pojawił się oberżysta. Trzymał w obu dłoniach po trzy kufle i rozlewał *ale* przy każdym kroku.

— Czy masz pokoje, dobry człowieku? — zapytał kupiec.

— Może i mam — przyznał karczmarz. — Ale tylko dla tych, którzy mają pieniądze.

Ser Creighton zrobił oburzoną minę.

— Naggle, czy tak witasz starego druha? To ja, Longbough.

— Poznaję cię. Jesteś mi winien siedem jeleni. Pokaż mi trochę srebra, a ja pokażę ci łóżko.

Oberżysta postawił kolejno kufle na stole, rozlewając na blat jeszcze więcej piwa.

— Zapłacę za jeden pokój dla siebie i za drugi dla moich obu towarzyszy.

Brienne wskazała na ser Creightona i ser Illifera.

— Ja też wezmę pokój dla mnie i dla dobrego ser Shadricha — oznajmił kupiec. — Moi ludzie prześpią się w stajni, jeśli nie masz nic przeciwko temu.

Oberżysta przyjrzał się im uważnie.

— Może i mam, ale chyba się zgodzę. Chcecie kolację? Na rożnie piecze się smaczna koza.

— Sam ocenię, czy jest smaczna — stwierdził Hibald. — Moim ludziom wystarczy chleb i resztki.

Zasiedli do kolacji. Brienne również zjadła porcję koziny, ale najpierw poszła za oberżystą na górę, wcisnęła mu w dłoń kilka monet i zostawiła bagaże w drugim z pokojów, które jej pokazał. Zamówiła też mięso dla ser Creightona i ser Illifera, ponieważ podzielili się z nią pstrągami. Wędrowni rycerze i kupiec popili posiłek piwem, lecz Brienne wychyliła tylko kubek koziego mleka. Wsłuchiwała się w toczone przy stole rozmowy w płonnej nadziei, że usłyszy coś, co pomoże jej odnaleźć Sansę.

— Przybywasz z Królewskiej Przystani — zagadnął jeden z miejscowych Hibalda. — Czy to prawda, że Królobójca został kaleką?

— Prawda — potwierdził Hibald. — Stracił prawą rękę.

— Ehe — poparł go ser Creighton. — Słyszałem, że odgryzł mu ją wilkor, jeden z tych potworów z północy. Stamtąd nigdy nie przyszło nic dobrego. Nawet ich bogowie są dziwaczni.

— To nie był wilk. — Brienne niespodziewanie usłyszała własny głos. — Rękę uciął mu najemnik z Qohoru.

— Niełatwo jest walczyć lewą ręką — zauważył Szalona Mysz.

— E tam — żachnął się ser Creighton Longbough. — Tak się składa, że obiema rękami walczę równie dobrze.

— Och, w to nie wątpię.

Ser Shadrich uniósł kufel w salucie.

Brienne przypomniała sobie walkę, którą stoczyła z Jaimem Lannisterem w lesie. Tylko z najwyższym wysiłkiem zdołała powstrzymać jego ataki. *Był osłabiony po pobycie w lochu i miał ręce skute łańcuchami. Gdyby zachował pełnię sił i nie nosił łańcuchów, żaden rycerz w Siedmiu Królestwach nie zdołałby mu się oprzeć.* Jaime popełnił wiele niegodziwych uczynków, ale jak on walczył! Okaleczenie go było monstrualnym okrucieństwem. Co innego zabić lwa, a co innego odciąć mu łapę i zostawić go okaleczonego i oszołomionego.

Nagle poczuła, że nie zniesie już ani chwili dłużej panującego w izbie hałasu. Życzyła wszystkim dobrej nocy i poszła spać. Sufit w jej pokoju był niski i gdy weszła do środka z ogarkiem w dłoni, musiała się pochylić, żeby nie uderzyć się w głowę. Jedynym meblem było tu łoże wystarczająco szerokie dla sześciu osób, a na progu stał ogryzek łojowej świecy. Brienne zapaliła go od ogarka, zaryglowała drzwi i zawiesiła pas z mieczem na słupku łoża. Pochwa była prosta, wykonana z drewna obitego spękaną, brązową skórą, a jej miecz prezentował się jeszcze skromniej. Kupiła go w Królewskiej Przystani, by zastąpić ten, który ukradli jej Dzielni Kompanioni. *Miecz Renly'ego.* Świadomość, że go straciła, nadal sprawiała jej ból.

Miała też jednak drugi miecz, ukryty w posłaniu. Usiadła na łożu i wyjęła go. Złoto błyszczało żółto w blasku świecy, a rubiny tliły się czerwonym ogniem. Gdy Brienne wysunęła Wiernego Przysiędze ze zdobnej pochwy, oddech uwiązł jej w gardle. W głębi stali widać było czarno-czerwone zmarszczki. *Valyriańska stal, kuta przy użyciu zaklęć.* To był miecz godny bohatera. Gdy Brienne była małą dziewczynką, piastunka wypełniała jej głowę opowieściami o mężnych czynach, mówiąc jej o ser Galladonie z Morne, Florianie Błaźnie, księciu Aemonie Smoczym Rycerzu i innych sławnych mężach. Każdy z nich miał legendarny miecz i z pewnością Wierny Przysiędze należał do tego towarzystwa, nawet jeśli o niej nie można było tego powiedzieć.

— Będziesz broniła córki Neda Starka jego własną stalą — zapowiedział Jaime.

Brienne uklękła między łożem i ścianą, uniosła miecz i odmówiła bezgłośnie modlitwę do Staruchy, której złota lampa wskazywała ludziom drogę przez życie. *Prowadź mnie* — prosiła w duchu. — *Oświetl przede mną drogę, wskaż mi ścieżkę, która wiedzie do Sansy.* Zawiodła Renly'ego i lady Catelyn. Nie może zawieść Jaimego. *Powierzył mi ten miecz. Powierzył mi swój honor* — pomyślała.

Potem wyciągnęła się na łożu, najwygodniej jak mogła. Było szerokie, ale za krótkie, więc położyła się na nim po przekątnej. Słyszała dobiegający z dołu stukot kufli, a także głosy rozmawiających. Dały o sobie znać pchły, o których wspominał Longbough. Drapanie się pomagało jej zwalczyć senność.

Usłyszała wchodzącego na górę Hibalda. Po chwili rycerze podążyli za nim.

— ...nie dowiedziałem się, jak się nazywał — mówił ser Creighton, przechodząc obok jej drzwi — ale miał na tarczy krwawoczerwonego kurczaka, a miecz ociekał posoką...

Jego głos ucichł, ale gdzieś dalej otworzyły się i zamknęły drzwi.

Świeca się dopaliła. W „Starym Kamiennym Moście" zapadła ciemność. W gospodzie było tak cicho, że Brienne słyszała szum rzeki. Dopiero wtedy wstała, żeby pozbierać swoje rzeczy. Otworzyła drzwi, wytężyła słuch i zeszła boso na dół. Dopiero na dworze wzuła buty i pobiegła do stajni osiodłać gniadą klacz. Dosiadając jej, poprosiła bezgłośnie ser Creightona i ser Illifera o wybaczenie. Jeden ze służących Hibalda obudził się, gdy przejeżdżała obok, ale nie próbował jej zatrzymywać. Kopyta klaczy głośno uderzały o stary, kamienny most. Potem Brienne znalazła się między drzewami, zagłębiła w nieprzeniknioną ciemność, pełną duchów i wspomnień. *Jadę do ciebie, lady Sanso* — pomyślała, wjeżdżając w mrok. — *Nie obawiaj się. Nie spocznę, dopóki cię nie znajdę.*

SAMWELL

Czytając o Innych, Sam zauważył mysz.

Zaczerwienione oczy szczypały go mocno. *Nie powinienem ich tak często pocierać* — powtarzał sobie zawsze, kiedy to robił. Swędziały go od pyłu i zachodziły łzami, a tu, na dole, pył był wszechobecny. Jego małe obłoczki unosiły się w górę, gdy tylko Sam odwracał stronicę, a kiedy przenosił w inne miejsce stertę ksiąg, żeby sprawdzić, co się ukrywa pod nimi, powietrze wypełniały szare chmurki.

Nie wiedział, ile czasu minęło, odkąd ostatnio spał, ale gdy zabrał się do stosiku wystrzępionych, luźnych kart przewiązanych sznurkiem, z jego grubej, łojowej świecy został najwyżej cal. Sam był zmęczony jak pies, ale trudno mu było przerwać. *Jeszcze tylko jedna księga* — obiecywał sobie w duchu. — *Potem odpocznę. Jeden foliał, jeszcze tylko jeden. Jeszcze jedna stronica, a potem pójdę na górę odpocząć i coś zjeść.* Ale po jednej stronicy zawsze była następna i następna, a pod stosami kryły się kolejne księgi. *Zajrzę tylko do środka, żeby się przekonać, o czym to jest* — myślał i nim zdążył się zorientować, przeczytał już pół księgi. Nie miał w ustach nic od czasu tej miski zupy fasolowej z boczkiem, którą zjedli z Pypem i Grennem. *No, był jeszcze chleb z serem, ale tylko troszeczkę* — pomyślał. Właśnie w tej chwili zerknął na pusty półmisek i zauważył pożywiającą się okruszkami mysz.

Zwierzątko było o połowę dłuższe od jego małego palca, miało czarne oczka i delikatne, szare futerko. Sam wiedział, że powinien je zabić. Myszy wolały chleb z serem, ale jadły też papier. Znalazł na półkach i między stosami ksiąg mnóstwo ich odchodów, a na niektórych skórzanych oprawach pozostały ślady zębów.

Ale ona jest taka malutka. I głodna. Jak mógł jej żałować tych paru okruszków? *Ale z drugiej strony je księgi.*

Sam siedział na krześle już od wielu godzin, plecy go bolały, a nogi miał zupełnie odrętwiałe. Wiedział, że nie jest wystarczająco szybki, by złapać mysz, ale może udałoby mu się ją rozgnieść. Obok jego łokcia leżał masywny, oprawny w skórę tom: *Roczniki Czarnego Centaura* autorstwa septona Jorquena, który spisał szczegółową relację z dziewięciu lat, podczas których Orbert Caswell piastował stanowisko Lorda Dowódcy Nocnej Straży. Każdemu dniu jego służby poświęcił oddzielną stronicę i wydawało się, że wszystkie z nich zaczynały się tak samo: „Lord Orbert wstał o świcie i opróżnił kiszki". Jedynym wyjątkiem była ostatnia, która głosiła: „Rano lorda Orberta znaleziono w łożu martwego".

Żadna mysz nie może się równać z septonem Jorquenem. Sam bardzo powoli złapał księgę lewą dłonią. Wolumin był gruby i ciężki, a kiedy spróbował podnieść go jedną ręką, wyślizgnął się z jego tłustych palców i runął z łoskotem na stół. Mysz czmychnęła w pół uderzenia serca. Sam poczuł ulgę. Gdyby rozgniótł biedne stworzonko, dręczyłyby go potem koszmary.

— Ale nie powinnaś jeść książek — powiedział na głos. Może kiedy znowu tu przyjdzie, przyniesie jeszcze trochę sera.

Zaskoczyło go, że ze świecy zostało tak niewiele. Czy tę zupę jadł dzisiaj czy wczoraj? *Wczoraj. To musiało być wczoraj.* Ziewnął, gdy to sobie uświadomił. Jon będzie się zastanawiał, co się z nim stało, choć maester Aemon z pewnością go zrozumie. Zanim stracił wzrok, kochał księgi tak samo jak Samwell Tarly. Potrafił pojąć, że człowiek może czasem w nie wpaść, jakby każda stronica była dziurą prowadzącą do innego świata.

Sam wstał z wysiłkiem. Skrzywił się, czując szpilki i igły przeszywające jego łydki. Krzesło było bardzo twarde i jego brzeg wbijał się w tylną powierzchnię ud chłopaka pochylającego się nad księgą. *Muszę pamiętać, żeby przynosić poduszkę.* Jeszcze lepiej byłoby, gdyby mógł tu sypiać, w celi; znalazł ją na wpół ukrytą za czterema skrzyniami pełnymi luźnych stronic, które wypadły z ksiąg. Nie chciał jednak zostawiać maestera Aemona zbyt długo samego. Staruszek nie czuł się ostatnio zbyt dobrze i potrzebował pomocy, zwłaszcza z krukami. Co prawda, miał Clydasa, ale Sam był młodszy i lepiej sobie radził z ptakami.

Sam wszedł w tunele zwane przez braci robaczymi korytarzami, trzymając pod lewą pachą stos ksiąg i zwojów, a w prawej dłoni świecę. Na strome, kamienne stopnie prowadzące na powierzchnię padał snop bladego światła, więc Sam wiedział, że na górze jest dzień. Zostawił płonącą świecę w ściennej niszy i ruszył na górę. Zasapał się już przy piątym stopniu. Na dziesiątym zatrzymał się, żeby przełożyć księgi pod drugie ramię.

Gdy wyszedł na dwór, niebo miało kolor białego ołowiu. *Idzie na śnieg* — pomyślał, spoglądając w górę. Zaniepokoiła go ta perspektywa. Pamiętał noc na Pięści Pierwszych Ludzi. Upiory przyszły wówczas wraz ze śniegiem. *Nie bądź takim tchórzem* — powiedział sobie. — *Otaczają cię zaprzysiężeni bracia, nie wspominając już o Stannisie Baratheonie i jego rycerzach.* Widział wokół siebie wieże i donżony Czarnego Zamku, maleńkie w porównaniu z ogromną lodową ścianą Muru. W jednej czwartej jego wysokości pełzła powoli w górę niewielka armia, budująca nowe serpentynowe schody zmierzające na spotkanie ocalałej części starych. Odgłos pił i młotów odbijał się echem od lodu. Jon kazał budowniczym pracować dniem i nocą. Sam słyszał, jak niektórzy z nich skarżyli się przy kolacji, mówiąc, że lord Mormont nigdy nie kazałby im harować nawet w połowie tak ciężko. Jednakże bez wielkich schodów, na szczyt Muru można się było dostać jedynie we wciąganej za pomocą kołowrotu klatce, a choć Samwell Tarly nie znosił schodów, klatki nienawidził znacznie bardziej. Kiedy nią jechał, zawsze zamykał oczy, przekonany, że łańcuch zaraz się zerwie. Gdy tylko żelazna klatka zgrzytała o lód, serce przestawało mu na chwilę bić.

Dwieście lat temu były tu smoki — pomyślał nagle Sam, spoglądając na jadącą w dół klatkę. *Można było wlecieć na szczyt na ich grzbiecie.* Królowa Alysanne odwiedziła Czarny Zamek na swoim smoku, a jej król, Jaehaerys, przyleciał za nią na swoim. Czy to możliwe, że Srebrnoskrzydła zostawiła tu jajo? A może Stannis znalazł jakieś na Smoczej Skale? *Nawet jeśli ma jajo, to jak mógłby je wysiedzieć?* Baelor Błogosławiony modlił się nad swoimi smoczymi jajami, a inni Targaryenowie próbowali wykluć smoki za pomocą czarów. Ale zawsze kończyło się na farsie albo na tragedii.

— Samwellu — usłyszał ponury głos. — Właśnie po ciebie szedłem. Mam cię zaprowadzić do lorda dowódcy.

Na nos Sama spadł płatek śniegu.

— Jon chce się ze mną zobaczyć?

— Nie wiem, czy chce — odparł Edd Cierpiętnik Tollett. — Osobiście wolałbym nie oglądać połowy rzeczy, które widziałem, i nie widziałem też połowy rzeczy, które chciałbym zobaczyć. Chcenie nie ma tu nic do rzeczy. Ale lepiej do niego idź. Lord Snow życzy sobie z tobą porozmawiać, gdy tylko załatwi sprawę z żoną Crastera.

— Z Goździk.

— Tak jest. Gdyby moja mamka wyglądała jak ona, ssałbym cycek po dziś dzień. Ale ona miała baki.

— Większość kóz je ma — zgodził się Pyp, który wyszedł z Grennem zza rogu. Obaj trzymali w rękach łuki, a na plecach nieśli kołczany. — Gdzie byłeś, Zabójco? Nie zjawiłeś się na kolacji i cały pieczony wół się zmarnował.

— Nie nazywaj mnie Zabójcą. — Sam zignorował uwagę o wole. To był tylko Pyp. — Czytałem. Widziałem mysz...

— Nie mów Grennowi o myszach. On się ich boi.

— Nieprawda — zaprzeczył oburzony Grenn.

— Na pewno bałbyś się zjeść mysz.

— Mogę zjeść więcej myszy od ciebie.

Edd Cierpiętnik westchnął.

— Kiedy byłem młodym chłopcem, jedliśmy myszy tylko

z okazji specjalnych świąt. Byłem najmłodszy, więc zawsze przypadał mi ogon. Na ogonie w ogóle nie ma mięsa.

— Gdzie twój łuk, Sam? — zainteresował się Grenn. Ser Alliser przezwał go „Żubrem" i wydawało się, że młodzieniec z każdym dniem coraz bardziej upodabnia się do tego zwierzęcia. Gdy przybył na Mur, był potężny, ale powolny, miał gruby kark, pokaźne brzuszysko, rumianą twarz i poruszał się niezgrabnie. Choć jego szyja nadal robiła się czerwona, gdy Pyp namawiał go do jakiegoś szaleństwa, długie godziny ćwiczeń z mieczem i tarczą sprawiły, że brzuch zniknął, a ramiona i pierś zrobiły się szersze. Był teraz silny i kudłaty jak prawdziwy żubr. — Ulmer spodziewał się ciebie na strzelnicy.

— Ulmer — powtórzył zawstydzony Sam. Jedną z pierwszych zmian, jakie wprowadził Jon Snow jako lord dowódca, było zarządzenie codziennych ćwiczeń w strzelaniu z łuku dla całego garnizonu, wliczając w to zarządców i kucharzy. Jon oznajmił, że Straż kładła zbyt wielki nacisk na miecz, zaniedbując łuk. Był to przeżytek z czasów, gdy jeden brat na dziesięciu był rycerzem, a nie jeden na stu, jak obecnie. Sam dostrzegał sens tego rozkazu, ale nie znosił tych ćwiczeń niemal w równym stopniu jak wchodzenia na schody. Kiedy zakładał rękawice, nie mógł w nic trafić, a gdy je zdejmował, robiły mu się pęcherze na palcach. Łuki były niebezpieczne. Atłas zdarł sobie cięciwą pół paznokcia z kciuka.

— Zapomniałem.

— Złamałeś serce księżniczce dzikich, Zabójco — oznajmił Pyp. Ostatnio Val często obserwowała ich ze swej komnaty w Wieży Królewskiej. — Szukała cię.

— Nieprawda! Nie mów tak!

Sam rozmawiał z Val tylko dwa razy, gdy maester Aemon odwiedzał ją, by się upewnić, czy dzieci są zdrowe. Księżniczka była tak ładna, że w jej obecności często jąkał się i czerwienił.

— A czemu by nie miała tego robić? — zapytał Pyp. — Chce mieć z tobą dzieci. Może powinniśmy cię nazwać Samem Uwodzicielem.

Sam poczerwieniał. Wiedział, że król Stannis ma wobec Val pewne plany. Zamierzał uczynić z niej spoiwo, które przypieczętuje pokój między wolnymi ludźmi a mieszkańcami północy.

— Nie mam dziś czasu na strzelanie z łuku. Muszę się zobaczyć z Jonem.

— Z Jonem? Z Jonem? Czy znamy kogoś o tym imieniu, Grenn?

— On mówi o Lordzie Dowódcy.

— Aaach. O wielkim lordzie Snow. Oczywiście. A czemu chcesz się z nim widzieć? On nawet nie umie ruszać uszami. — Pyp zademonstrował, że to potrafi. Uszy miał wielkie i czerwone od mrozu. — Naprawdę został teraz lordem Snow. Jest cholernie szlachetnie urodzony i nie zadaje się z takimi jak my.

— Ma mnóstwo obowiązków — bronił go Sam. — Mur należy do niego i wszystko, co się z nim wiąże.

— Człowiek ma obowiązki również wobec przyjaciół. Gdyby nie my, to Janos Slynt mógłby zostać naszym Lordem Dowódcą. A on wysłałby Jona Snow na wyprawę nago na mule. Powiedziałby mu: „Zapychaj do Twierdzy Crastera i przywieź mi płaszcz oraz buty Starego Niedźwiedzia". Uratowaliśmy go przed tym, a teraz on ma za dużo obowiązków, żeby wypić z nami kubek grzanego wina przy ognisku?

— Obowiązki nie przeszkadzają mu ćwiczyć — zgodził się Grenn. — Prawie co dzień walczy z kimś na dziedzińcu.

Sam musiał przyznać, że to prawda. Kiedyś, gdy Jon przyszedł się naradzić z maesterem Aemonem, zapytał go, czemu poświęca tak wiele czasu na naukę szermierki.

— Stary Niedźwiedź nie ćwiczył zbyt wiele, gdy był Lordem Dowódcą — przypomniał przyjacielowi. W odpowiedzi Jon wcisnął mu w rękę Długi Pazur, żeby mógł poczuć jego lekkość i znakomite wyważenie. Potem kazał odwrócić miecz, by w ciemnym jak dym metalu zalśniły zmarszczki.

— Valyriańska stal — oznajmił. — Wykuta przy użyciu zaklęć, ostra jak brzytwa i prawie niezniszczalna. Szermierz powinien być tak dobry jak jego miecz, Sam. Długi Pazur to miecz z valyriańskiej stali, ale ja nie mam w sobie nic z Valyrianina. Półręki mógłby mnie zabić równie łatwo, jak ty rozgniatasz komara.

Sam oddał mu miecz.

— Kiedy próbuję rozgnieść komara, zawsze odlatuje i tylko uderzam się w ramię. To boli.

Jon parsknął śmiechem.

— Jak sobie życzysz. Qhorin zabiłby mnie równie łatwo, jak ty zjadasz miskę owsianki.

Sam lubił owsiankę, zwłaszcza słodzoną miodem.

— Nie mam teraz czasu — powiedział przyjaciołom, a potem zostawił ich i ruszył w stronę zbrojowni, przyciskając książki do piersi. *Jestem tarczą, która osłania krainę człowieka* — powtarzał sobie. Zastanawiał się, co mieszkańcy krainy człowieka by powiedzieli, gdyby sobie uświadomili, że osłaniają ich tacy jak Grenn, Pyp i Edd Cierpiętnik.

Wieżę Lorda Dowódcy strawił ogień, a w Wieży Królewskiej urządził swą kwaterę Stannis Baratheon, Jon Snow zamieszkał więc w skromnych pokojach Donala Noye'a za zbrojownią. Gdy przyszedł Sam, Goździk właśnie wychodziła. Dziewczyna otuliła się starym płaszczem, który jej dał, gdy uciekali z Twierdzy Crastera. Omal obok niego nie przebiegła, ale Sam złapał ją za ramię, upuszczając dwie księgi.

— Goździk.

— Sam.

Jej głos brzmiał ochryple. Goździk była szczupła, ciemnowłosa i miała wielkie, brązowe oczy łani. Niemal całkowicie zniknęła w starym płaszczu Sama, spod kaptura wyglądała najwyżej połowa jej twarzy. Mimo to dziewczyna drżała z zimna. Lico miała blade i wystraszone.

— Co się stało? — zapytał ją. — Jak się mają dzieci?

Wyrwała się mu.

— Dobrze, Sam. Dobrze.

— Przy dwójce to cud, że w ogóle możesz spać — zauważył Sam uprzejmym tonem. — Który to ostatnio płakał całą noc? Myślałem, że nigdy nie przestanie.

— To chłopak Dalli. Płacze, kiedy chce cycka. Mój... mój nie płacze prawie w ogóle. Czasami gaworzy, ale... — Oczy zaszły jej łzami. — Muszę już iść. Najwyższy czas ich nakarmić, bo inaczej mleko mi się przeleje.

Oddaliła się biegiem, zostawiając zdumionego Sama.

Musiał paść na kolana, żeby podnieść upuszczone księgi. *Nie trzeba było zabierać aż tylu* — powiedział sobie, strzepując kurz z *Nefrytowego kompendium* Colloquo Votara. Maester Aemon rozkazał mu znaleźć ten gruby tom, pełen opowieści i legend ze wschodu. Wolumin wyglądał na nieuszkodzony. Dzieło maestera Thomaxa, *Smoczy ród, historia rodu Targaryenów od wygnania do apoteozy, z rozważaniami dotyczącymi życia i śmierci smoków*, miało mniej szczęścia. Tom otworzył się, padając na ziemię, i kilka stronic pobrudziło się błotem, w tym również ładna ilustracja przedstawiająca Baleriona zwanego Czarnym Strachem, wykonana inkaustami o wielu barwach. Sam przeklinał swą niezgrabność i głupotę, wygładzając karty i strzepując z nich brud. Na widok Goździk zawsze robił się podekscytowany i nachodziły go różne... hmm, uczucia. Zaprzysiężony brat z Nocnej Straży nie powinien czuć tego, co on czuł, kiedy ją widział, zwłaszcza jeśli mówiła o piersiach i...

— Lord Snow czeka.

Przy drzwiach zbrojowni stali dwaj strażnicy w czarnych płaszczach i żelaznych półhełmach. Tym, który się odezwał, był Kudłaty Hal. Mully pomógł Samowi wstać, a ten wybąkał słowa podziękowania i ściskając rozpaczliwie księgi, wpadł do środka, mijając kuźnię z jej kowadłem i miechami. Na stole warsztatowym leżała na wpół ukończona kolczuga, a pod kowadłem wylegiwał się Duch, który ogryzał wołową kość, próbując się dobrać do szpiku. Wielki, biały wilkor spojrzał na Sama, ale nie wydał z siebie żadnego dźwięku.

Samotnia Jona znajdowała się za szeregami włóczni i tarcz. Gdy Sam wszedł do środka, Lord Dowódca czytał jakiś dokument. Na jego ramieniu przycupnął kruk Mormonta. Ptak gapił się na tekst, jakby on również go czytał, ale na widok Sama rozpostarł skrzydła i pofrunął do niego, wrzeszcząc:

— Ziarno, ziarno!

Sam przełożył księgi do drugiej ręki, wsadził dłoń do wiszącego przy drzwiach worka i wydobył stamtąd garść ziaren kukurydzy. Kruk wylądował mu na nadgarstku i wziął jedno z jego dłoni, dziobiąc tak mocno, że Sam pisnął z bólu i cofnął gwałtownie rękę. Kruk wzbił się w powietrze, a żółte i czerwone ziarna posypały się na wszystkie strony.

— Zamknij drzwi, Sam. — Jon wciąż miał blade blizny na policzku, w miejscu, gdzie orzeł próbował kiedyś wyrwać mu oko. — Czy to podłe ptaszysko przebiło ci skórę?

Sam położył książki na podłodze i zdjął rękawicę.

— Przebiło. — Nagle poczuł się słabo. — Krwawię.

— Wszyscy przelewamy krew dla Straży. Noś grubsze rękawice. — Jon podsunął mu nogą krzesło. — Usiądź i przyjrzyj się temu.

Podał mu dokument.

— Co to jest? — zapytał Sam. Kruk zaczął wyławiać ziarna z zaścielającego podłogę sitowia.

— Papierowa tarcza.

Czytając, Sam ssał zranioną dłoń. Bez trudu poznał pismo maestera Aemona. Stawiane przez niego litery były małe i równe, ale staruszek nie widział, w którym miejscu zrobił się kleks, i czasami zostawiał na papierze brzydkie plamy.

— List do króla Tommena?

— W Winterfell Tommen walczył z moim bratem Branem na drewniane miecze. Miał pod zbroją tyle wyściółki, że wyglądał jak nadziewana gęś. Bran obalił go na ziemię. — Jon podszedł do okna. — Ale teraz Bran nie żyje, a pulchny, różowolicy Tommen zasiada na Żelaznym Tronie i na jego złotych lokach spoczywa korona.

Bran żyje — pragnął mu powiedzieć Sam. — *Pojechał za Mur z Zimnorękim.* Jednakże słowa uwięzły mu w gardle. *Przysiągłem, że nikomu nie powiem.*

— Nie podpisałeś listu.

— Stary Niedźwiedź sto razy błagał Żelazny Tron o pomoc i przysłali mu Janosa Slynta. Żaden list nie sprawi, że Lannisterowie zapałają do nas większą miłością. Nie, jeśli usłyszą, że pomagamy Stannisowi.

— Tylko w obronie Muru, nie w jego buncie. — Sam pośpiesznie przeczytał list po raz drugi. — Tak jest tu napisane.

— Ta różnica może umknąć uwadze lorda Tywina. — Jon wziął list z rąk Sama. — Dlaczego miałby teraz nam pomóc? Nigdy dotąd tego nie robił.

— Z pewnością nie chciałby, żeby mówiono, że Stannis stanął w obronie królestwa, a król Tommen bawi się swoimi zabaweczkami — zauważył Sam. — To ściągnęłoby pogardę na ród Lannisterów.

— To śmierć i zniszczenie pragnę ściągnąć na ród Lannisterów, nie pogardę. — Jon uniósł list. — „Nocna Straż nie bierze udziału w wojnach toczonych w Siedmiu Królestwach — zaczął czytać. — Nasza przysięga każe nam bronić królestwa, a królestwu zagraża obecnie straszliwe niebezpieczeństwo. Stannis Baratheon udzielił nam wsparcia w walce z naszymi wrogami zza Muru, choć nie jesteśmy jego ludźmi...”.

— No bo nie jesteśmy — wtrącił Sam. — Prawda?

— Dałem Stannisowi prowiant i schronienie. Oddałem mu też Nocny Fort i pozwoliłem osiedlić w Darze pewną liczbę dzikich. To wszystko.

— Lord Tywin powie, że to za dużo.

— A Stannis mówi, że za mało. Im więcej dajesz królowi, tym więcej od ciebie żąda. Kroczymy po moście z lodu, mając po obu stronach przepaść. Wystarczająco trudno jest zadowolić jednego króla. Zadowolić dwóch jest niemal niemożliwe.

— Tak, ale... jeśli Lannisterowie zwyciężą i lord Tywin dojdzie do wniosku, że pomagając Stannisowi, zdradziliśmy króla, to może oznaczać koniec Nocnej Straży. On ma za sobą Tyrellów, z całą potęgą Wysogrodu. Do tego pokonał lorda Stannisa nad Czarnym Nurtem. — Samowi mogło się robić słabo na widok krwi, ale to nie znaczy, że nie wiedział, jak się wygrywa wojny. Ojciec dopilnował, by się tego nauczył.

— Czarny Nurt to była tylko jedna bitwa. Robb wygrał wszystkie swoje bitwy, ale i tak stracił głowę. Jeśli Stannis zdoła zdobyć poparcie północy…

Próbuje przekonać sam siebie — uświadomił sobie Sam. — *Ale nie jest w stanie.* Kruki odleciały z Czarnego Zamku w nawałnicy czarnych skrzydeł, wzywając północnych lordów, by opowiedzieli się za Stannisem Baratheonem i wsparli go swymi siłami. Sam wysłał większość z nich osobiście. Do tej pory wrócił tylko jeden ptak, ten wysłany do Karholdu. Ze wszystkich innych miejsc odpowiedziała im tylko cisza.

Nawet gdyby Stannisowi udało się w jakiś sposób pozyskać ludzi z północy, Sam nie wiedział, w jaki sposób mógłby się mierzyć z połączonymi siłami Casterly Rock, Wysogrodu i Bliźniaków. Jednakże bez północy jego sprawa z pewnością była skazana na klęskę. *Skazana tak samo jak Nocna Straż, jeśli lord Tywin uzna nas za zdrajców.*

— Lannisterowie mają na północy swoich stronników. Lorda Boltona i jego bękarta.

— Ale Stannis ma Karstarków. Jeżeli uda mu się zdobyć Biały Port…

— Jeżeli — powtórzył z naciskiem Sam. — A jeżeli nie… Lordzie Dowódco, nawet papierowa tarcza jest lepsza niż żadna.

Jon potrząsnął listem.

— Pewnie masz rację. — Westchnął, wziął w rękę gęsie pióro i nakreślił pod listem podpis. — Podaj mi lak.

Sam rozgrzał nad świecą laseczkę czarnego laku i skapnął kilka kropli na kartę. Jon przycisnął mocno kałużę laku pieczęcią Lorda Dowódcy.

— Po wyjściu zanieś to do maestera Aemona — rozkazał. — Powiedz mu, żeby wysłał ptaka do Królewskiej Przystani.

— Tak jest. — Sam zawahał się. — Lordzie Dowódco, jeśli mogę zapytać… Widziałem, jak Goździk stąd wychodziła. Była bliska łez.

— Val znowu ją tu przysłała, żeby błagała o życie Mance'a.

— Aha.

Val była siostrą kobiety, którą król za Murem uczynił swą królową. Stannis i jego ludzie zwali ją księżniczką dzikich. Jej siostra Dalla straciła życie podczas bitwy, choć nie tknął jej żaden oręż. Umarła, wydając na świat syna Mance'a Raydera. Sam Mance miał wkrótce podążyć za nią do grobu, jeśli wierzyć szeptom, które słyszał Sam.

— I co jej powiedziałeś?

— Że porozmawiam ze Stannisem, ale wątpię, by moje słowa cokolwiek dały. Pierwszym obowiązkiem króla jest bronić królestwa, a Mance je zaatakował. Jego Miłość z pewnością o tym nie zapomni. Mój ojciec mawiał, że Stannis Baratheon to sprawiedliwy mąż, ale nikt nigdy nie nazwał go wyrozumiałym. — Jon przerwał, marszcząc brwi. — Wolałbym osobiście ściąć Mance'a. Był kiedyś człowiekiem z Nocnej Straży. Zgodnie z prawem jego życie należy do nas.

— Pyp mówi, że lady Melisandre chce go oddać płomieniom, żeby odprawić jakieś czary.

— Pyp powinien nauczyć się trzymać język za zębami. Od innych słyszałem to samo. Królewska krew, żeby obudzić smoka. Ale nikt nie jest do końca pewien, gdzie Melisandre zamierza znaleźć śpiącego smoka. To bzdura. Krew Mance'a nie jest bardziej królewska od mojej. Mance nigdy nie nosił korony ani nie zasiadał na tronie. To zwykły zbójca, nikt więcej. Zbójecka krew nie ma w sobie mocy.

Siedzący na podłodze kruk uniósł głowę.

— Krew — wrzasnął.

Jon go zignorował.

— Postanowiłem odesłać stąd Goździk.

— Och. — Sam pokiwał głową. — Hmm, to... to dobrze, Lordzie Dowódco

Będzie dla niej lepiej, gdy wyjedzie w jakieś ciepłe, bezpieczne miejsce, daleko do Muru i od walk.

— Ją i jej chłopczyka. Będziemy musieli znaleźć nową mamkę dla jego mlecznego brata.

— Dopóki jej nie znajdziemy, można go karmić kozim mlekiem. Jest lepsze dla niemowląt od krowiego. — Sam gdzieś o tym czytał. Poruszył się nerwowo. — Lordzie Dowódco, przeglądając roczniki, znalazłem kolejnego chłopca, który dowodził Nocną Strażą. Czterysta lat przed podbojem. Osric Stark miał dziesięć lat, kiedy go wybrano, ale służył na tym stanowisku przez sześćdziesiąt. To już czwarty, wasza lordowska mość. Z całą pewnością nie jesteś najmłodszym lordem dowódcą, jakiego kiedykolwiek wybrano. Spośród tych, których do tej pory znalazłem, jesteś piątym w kolejności.

— Ale ci czterej młodsi byli synami, braćmi albo bękartami królów północy. Powiedz mi coś użytecznego. Opowiedz mi o naszych wrogach.

— Inni. — Sam oblizał wargi. — Wspomina się o nich w rocznikach, choć nie tak często jak się tego spodziewałem. Przynajmniej w tych woluminach, które znalazłem i przejrzałem. Wiem, że jest ich tam więcej. Niektóre ze starszych tomów rozpadają się na kawałki. Stronice kruszą się, gdy próbuję je odwracać. A naprawdę stare księgi… albo rozpadły się już w proch, albo są zagrzebane gdzieś, gdzie jeszcze nie dotarłem, albo… no cóż, niewykluczone, że nigdy ich nie było. Najstarsze historie, jakie znamy, spisano po przybyciu Andalów do Westeros. Pierwsi Ludzie zostawili po sobie tylko runy wyryte na skałach. Wszystko, co wydaje nam się, że wiemy o Erze Herosów, Erze Świtu i Długiej Nocy, pochodzi z relacji spisanych przez septonów tysiące lat później. Niektórzy arcymaesterzy z Cytadeli kwestionują prawdziwość wszystkich tych zapisów. W starych opowieściach pełno jest królów, którzy panowali całe stulecia, i rycerzy ruszających do boju na tysiąc lat przed tym, nim pojawili się pierwsi rycerze… znasz je wszystkie, Brandon Budowniczy, Symeon Gwiezdnooki, Nocny Król… mówimy, że jesteś dziewięćset dziewięćdziesiątym ósmym Lordem Dowódcą Nocnej Straży, ale najstarsza lista, jaką udało mi się znaleźć, wymienia sześciuset siedemdziesięciu czterech dowódców, co sugeruje, że spisano ją podczas...

— Dawno temu — przerwał mu Jon. — A co z Innymi?

— Znalazłem wzmiankę o smoczym szkle. W Erze Herosów dzieci lasu co rok przekazywały Nocnej Straży sto obsydianowych sztyletów. Większość opowieści zgadza się, że Inni nadchodzą, kiedy jest zimno. Albo kiedy nadchodzą, robi się zimno. Czasami pojawiają się w czasie śnieżyc i znikają, gdy niebo robi się czyste. Kryją się przed światłem słońca, wychodzą nocą... albo gdy się pojawiają, zapada noc. Niektóre opowieści mówią, że Inni jeżdżą na trupach zwierząt. Niedźwiedzi, wilkorów, mamutów, koni, wszystko im jedno, pod warunkiem że zwierzę nie żyje. Ten, który zabił Małego Paula, dosiadał martwego konia, więc to przynajmniej jest prawdą. Niektóre relacje wspominają też o gigantycznych lodowych pająkach. Nie wiem, czym one mogą być. Ludzi, którzy polegną w walce z Innymi, trzeba spalić, bo inaczej wstaną z grobu jako ich niewolnicy.

— Wszystko to już wiemy. Pytanie brzmi, jak z nimi walczyć.

— Jeśli wierzyć opowieściom, zbroi Innych nie ima się większość zwyczajnego oręża — odpowiedział Sam. — A ich miecze są tak zimne, że stal pęka w zetknięciu z nimi. Ogień jednak budzi w nich trwogę i są wrażliwi na obsydian. — Przypomniał sobie Innego spotkanego w nawiedzanym lesie, i to, jak się on roztopił, gdy Sam pchnął go obsydianowym sztyletem, który zrobił dla niego Jon. — Znalazłem też jedną opowieść o Długiej Nocy mówiącą, że ostatni bohater zabijał Innych mieczem ze smoczej stali. Ponoć nie mogli się jej oprzeć.

— Ze smoczej stali? — Jon zmarszczył brwi. — To znaczy z valyriańskiej?

— Też przyszło mi to do głowy.

— Czyli, że jeśli uda mi się przekonać lordów z Siedmiu Królestw, by oddali nam swoje valyriańskie miecze, będziemy uratowani? To nie powinno być trudne. — W jego śmiechu nie słyszało się wesołości. — A czy udało ci się dowiedzieć, kim są Inni, skąd przychodzą i czego chcą?

— Jeszcze nie, Lordzie Dowódco, ale możliwe, że po prostu czytam nieodpowiednie książki. Są tam setki tomów, na które jeszcze nie spojrzałem. Daj mi więcej czasu, a znajdę wszystko, co można znaleźć.

— Nie mamy więcej czasu — w głosie Jona brzmiał smutek. — Musisz spakować rzeczy, Sam. Będziesz towarzyszył Goździk.

— Towarzyszył? — Przez chwilę Sam nie mógł go zrozumieć. — Dokąd mam pojechać? Do Wschodniej Strażnicy, Lordzie Dowódco? Czy… dokąd…?

— Do Starego Miasta.

— Do Starego Miasta?

Jego głos zabrzmiał jak pisk. Horn Hill leżało niedaleko od Starego Miasta. *Dom.* Zakręciło mu się w głowie na tę myśl. *Ojciec.*

— Aemon popłynie z tobą.

— Aemon? Maester Aemon? Ale lordzie dowódco… on ma sto dwa lata, nie może… wysyłasz jego i mnie? Kto się zajmie krukami? A jeśli będą chorzy albo ranni, kto…

— Clydas. Służył Aemonowi przez wiele lat.

— Clydas jest tylko zarządcą, a do tego ma coraz słabszy wzrok. Potrzebujesz maestera. Maester Aemon jest bardzo słabego zdrowia, podróż morska… — Pomyślał o „Królowej Arbor" i omal nie udławił się językiem. — …może… jest stary i…

— Jego życiu będzie groziło niebezpieczeństwo. Zdaję sobie z tego sprawę, Sam, ale tutaj ryzyko jest większe. Stannis wie, kim on jest. Jeśli kobieta w czerwieni zażąda królewskiej krwi do swoich czarów…

— Och.

Sam pobladł.

— We Wschodniej Strażnicy dołączy do was Dareon. Mam nadzieję, że jego pieśni zdobędą nam na południu trochę rekrutów. „Kos" zabierze was do Braavos. Tam będziecie musieli znaleźć statek płynący do Starego Miasta. Jeśli nadal zamierzasz podać dziecko Goździk za swojego bękarta, wyślij ją z nim do Horn Hill. W przeciwnym razie Aemon załatwi jej posadę służącej w Cytadeli.

— Mojego b... b... bękarta. — To prawda, że tak powiedział, ale... *Tyle wody. Mogę się utopić. Statki często toną, a jesień to pora sztormów.* Ale będzie z nim Goździk, a dziecko będzie bezpieczne. — Tak, moja ma... matka i siostry pomogą jej zaopiekować się dzieckiem. — *Mogę wysłać list. Nie będę musiał jechać do Horn Hill.* — Dareon mógłby ją odwieźć do Starego Miasta równie dobrze jak ja. Co... co dzień po południu ćwiczyłem strzelanie z łuku pod nadzorem Ulmera, tak jak rozkazałeś... hmm, poza tymi dniami, kiedy byłem w podziemiach, ale przecież powiedziałeś, żebym się czegoś dowiedział o Innych. Od strzelania z łuku bolą mnie ramiona i robią mi się pęcherze na palcach. — Pokazał Jonowi pęknięty pęcherz. — Ale i tak ćwiczę. Trafiam teraz w cel częściej niż co drugi raz, lecz nadal jestem najgorszym łucznikiem w historii. Za to lubię opowieści Ulmera. Ktoś powinien je spisać i umieścić w książce.

— Ty to zrobisz. Nie wątpię, że w Cytadeli mają papier i inkaust... a także łuki. Liczę na to, że będziesz ćwiczył dalej. Sam, w Nocnej Straży są setki ludzi, którzy potrafią strzelać z łuku, ale tylko garstka takich, którzy umieją czytać i pisać. Musisz zostać moim nowym maesterem.

Wzdrygnął się, słysząc te słowa. *Nie, ojcze, proszę, nie będę już o tym wspominał, przysięgam na Siedmiu. Wypuść mnie, proszę, wypuść.*

— Lordzie Dowódco, mo... moja praca jest tutaj. Księgi...

— Będą na miejscu, kiedy do nas wrócisz.

Sam dotknął ręką szyi. Niemalże czuł tam dotyk dławiącego łańcucha.

— Lordzie Dowódco, w Cytadeli... każą uczniom kroić trupy. *Założą ci tam łańcuch na szyję. Jeśli chcesz nosić łańcuchy, chodź ze mną.* Sam przez trzy dni i trzy noce zasypiał, łkając, przykuty do ściany za rękę i nogę. Łańcuch na szyi był tak ciasny, że wrzynał mu się w skórę, a gdy tylko chłopak przetoczył się przez sen na niewłaściwy bok, nie mógł oddychać.

— Nie mogę nosić łańcucha.

— Możesz i będziesz. Maester Aemon jest stary i ślepy. Traci już siły. Kto zajmie jego miejsce, kiedy umrze? Maester Mullin z Wieży Cieni to raczej wojownik niż uczony, a maester Harmune ze Wschodniej Strażnicy jest częściej pijany niż trzeźwy.

— Gdybyś poprosił Cytadelę o więcej maesterów...

— Mam zamiar to uczynić. Będziemy ich potrzebowali jak najwięcej. Ale niełatwo będzie zastąpić Aemona Targaryena. — Jon miał zdziwioną minę. — Byłem pewien, że się ucieszysz. W Cytadeli jest tyle ksiąg, że nikt nie zdołałby przeczytać wszystkich. Świetnie tam sobie poradzisz, Sam. Wiem, że tak będzie.

— Nie. Mógłbym czytać księgi, ale m... maester musi uzdrawiać, a od widoku k... k... krwi robi mi się słabo. — Uniósł dłoń, żeby pokazać Jonowi, jak drży. — Jestem Samem Strachajłą, nie Samem Zabójcą.

— A czego właściwie się boisz? Że starcy będą cię besztać? Sam, widziałeś upiory szturmujące Pięść, falę żywych trupów o czarnych dłoniach i jaskrawoniebieskich oczach. Zabiłeś Innego.

— To s... s... s... smocze szkło go zabiło, nie ja.

— Cicho. Kłamałeś, knułeś i spiskowałeś, żeby uczynić mnie Lordem Dowódcą. Teraz masz mnie słuchać. Popłyniesz do Cytadeli i wykujesz łańcuch, a jeśli będziesz musiał w tym celu kroić trupy, to trudno. W Starym Mieście trupy przynajmniej nie będą się sprzeciwiać.

On nic nie rozumie.

— Wasza lordowska mość — zaczął Sam — mój o... o... o... ojciec, lord Randyll, on, on, on, on, on... maester żyje po to, by służyć. — Wiedział, że gada od rzeczy. — Żaden z synów rodu Tarlych nie będzie nosił łańcucha. Ludzie z Horn Hill nie kłaniają się poślednim lordom. — *Jeśli chcesz nosić łańcuchy, chodź ze mną.* — Jon, nie mogę okazać nieposłuszeństwa ojcu.

Nazwał go Jonem, ale Jona już nie było. Miał przed sobą lorda Snow o szarych, twardych jak lód oczach.

— Nie masz ojca — oznajmił lord Snow. — Masz tylko braci. Tylko nas. Twoje życie należy do Nocnej Straży. Dlatego idź spakować do worka bieliznę i co tam jeszcze chcesz zabrać do Starego Miasta. Wyjeżdżacie godzinę przed świtem. Wydam ci jeszcze jeden rozkaz. Od dziś nie będziesz już mówił, że jesteś tchórzem. W minionym roku spotkałeś więcej niebezpieczeństw niż większość ludzi w ciągu całego życia. Poradzisz sobie i z Cytadelą... ale masz stawić jej czoło jako zaprzysiężony brat z Nocnej Straży. Nie mogę ci rozkazać, żebyś był odważny, ale mogę ci nakazać, byś ukrywał swój strach. Wypowiedziałeś słowa, Sam. Pamiętasz?

„Jestem mieczem w ciemności". Ale on bardzo kiepsko radził sobie z mieczem, a ciemności się bał.

— S... spróbuję.

— Nie masz próbować. Masz mnie słuchać.

— Słuchać.

Kruk Mormonta załopotał wielkimi czarnymi skrzydłami.

— Wedle rozkazu, Lordzie Dowódco. Czy... czy maester Aemon wie?

— To był jego pomysł w takim samym stopniu jak mój. — Jon otworzył przed Samem drzwi. — Nie żegnaj się z nikim. Im mniej ludzi będzie o tym wiedziało, tym lepiej. Godzinę przed świtem, przy cmentarzu.

Sam nie pamiętał, jak wychodził ze zbrojowni. W następnej chwili brnął już przez błoto i plamy topniejącego śniegu ku pokojom maestera Aemona. *Mógłbym się ukryć* — myślał. — *Schować się w podziemiach pośród ksiąg. Mógłbym tam zamieszkać z myszą i wychodzić na dwór tylko po zmierzchu, żeby kraść żywność.* Wiedział, że to szalone myśli, jałowe i zrodzone z desperacji. Podziemia były pierwszym miejscem, w którym by go szukali. Ostatnie takie miejsce znajdowało się za Murem, ale to byłoby jeszcze większym szaleństwem. *Dzicy złapaliby mnie i zabili powoli. Mogliby nawet spalić mnie żywcem, tak jak kobieta w czerwieni chce spalić Mance'a Raydera.*

Znalazł maestera Aemona w ptaszarni i oddał mu list Jona. Potem wszystkie jego obawy wypłynęły z niego potężnym, zielonym strumieniem słów.

— On nic nie rozumie. — Sam bał się, że za chwilę zwymiotuje. — Jeśli przywdzieję łańcuch, mój pan o... o... o... ojciec... on, on, on...

— Mój ojciec zgłaszał takie same obiekcje, gdy postanowiłem poświęcić życie służbie — rzekł starzec. — To jego ojciec wysłał mnie do Cytadeli. Król Daeron spłodził czterech synów, a trzech z nich miało już własnych synów. Nadmiar smoków jest równie niebezpieczny jak ich brak. Tak powiedział Jego Miłość mojemu ojcu w dniu, gdy wyruszyłem w drogę. — Aemon dotknął pokrytą starczymi plamami dłonią łańcucha z wielu metali, który zwisał luźno z jego chudej szyi. — Łańcuch jest ciężki, Sam, ale mój dziadek miał rację. I twój lord Snow też ją ma.

— Snow — odezwał się jeden z kruków.

— Snow — powtórzył drugi.

— Snow, snow, snow, snow, snow — dołączyły do nich następne.

To Sam nauczył je to mówić. Zrozumiał, że nie znajdzie tu pomocy. Maester Aemon był w pułapce, tak samo jak on. *Umrze na morzu* — pomyślał zrozpaczony Sam. — *Jest zbyt wiekowy, by znieść taką podróż. Synek Goździk również może jej nie przeżyć. Nie jest taki duży i silny jak chłopak Dalli. Czy Jon chce zabić nas wszystkich?*

Rankiem Sam osiodłał klacz, na której przyjechał z Horn Hill, i poprowadził ją w stronę cmentarza przy wschodnim trakcie. Juki miał wypchane serem, kiełbasą i jajami na twardo, a także połową solonej szynki, którą Trzypalcy Hobb sprezentował mu na dzień imienia.

— Jesteś człowiekiem, który potrafi docenić dobrą kuchnię, Zabójco — oznajmił kucharz. — Przydałoby się nam tu więcej takich jak ty.

Szynka z pewnością mu pomoże. Było zimno, podróż do Wschodniej Strażnicy będzie długa, a w cieniu Muru nie uświadczyło się ludzkich osad ani gospód.

Godzinę przed świtem było ciemno i bezwietrznie. W Czarnym Zamku panowała niezwykła cisza. Pod cmentarzem czekały już na niego dwa dwukołowe wozy, a także Czarny Jack Bulwer w towarzystwie kilkunastu doświadczonych zwiadowców, twardych jak małe koniki, których dosiadali. Kedge Białe Oko zaklął głośno, gdy spojrzenie jego zdrowego oka padło na Sama.

— Nie przejmuj się nim, Zabójco — rzekł Czarny Jack. — Przegrał zakład. Mówił, że będziemy musieli wyciągnąć cię siłą spod jakiegoś łoża.

Maester Aemon był za słaby, żeby jechać konno, przygotowano więc dla niego wóz. Deski wyłożono grubą stertą futer i zmontowano skórzany daszek, chroniący przed deszczem i śniegiem. Goździk i dziecko mieli jechać razem z Aemonem. Na drugi wóz załadowano ich ubrania i dobytek, a także kufer z rzadkimi księgami, których — zdaniem Aemona — mogło nie być w Cytadeli. Sam spędził na ich poszukiwaniach połowę nocy, a i tak udało mu się znaleźć tylko co czwartą. *I całe szczęście, bo inaczej potrzebowalibyśmy trzeciego wozu.*

Po chwili pojawił się maester, opatulony w niedźwiedzie futro trzy razy większe od niego. Gdy Clydas prowadził go do wozu, staruszek zachwiał się na nogach pod wpływem nagłego podmuchu wiatru. Sam podbiegł do niego, by wesprzeć go ramieniem. *Następny taki podmuch może go zanieść za Mur.*

— Trzymaj się mojego ramienia, maesterze. To niedaleko.

Ślepiec skinął głową.

— W Starym Mieście zawsze jest ciepło. Jest tam taka gospoda na wyspie na Miodowinie. Chodziłem do niej, kiedy byłem młodym nowicjuszem. Miło by było wpaść tam znowu na cydr.

Gdy już wsadzili maestera na wóz, pojawiła się Goździk. W ramionach trzymała opatulone dziecko. Ukryte pod kapturem oczy miała czerwone od łez. Przyszedł też Jon w towarzystwie Edda Cierpiętnika.

— Lordzie Snow — zawołał do niego maester Aemon. — Zostawiłem dla ciebie księgę w mojej komnacie. Nazywa się *Nefrytowe kompendium*. Napisał ją volanteński poszukiwacz przygód, Colloquo Votar, który podczas swych podróży na wschód odwiedził wszystkie krainy położone wokół Morza Nefrytowego. Jest tam fragment, który może cię zainteresować. Kazałem Clydasowi zaznaczyć go dla ciebie.

— Z pewnością go przeczytam — zapewnił Jon Snow.

Z nosa maestera Aemona wypłynęła strużka jasnej wydzieliny. Ślepiec otarł ją grzbietem rękawicy.

— Wiedza jest bronią, Jon. Uzbrój się dobrze, zanim wyruszysz do boju.

— Zrobię to. — Zaczął sypać lekki śnieg, wielkie, miękkie płatki opadające leniwie z nieba. Jon spojrzał na Czarnego Jacka Bulwera. — Jedźcie tak szybko, jak tylko się da, ale nie podejmujcie głupiego ryzyka. Wieziecie starca i oseska. Pamiętaj, żeby nie marzli i nie byli głodni.

— I ty zrób to samo, wasza lordowska mość — odezwała się Goździk. — Zadbaj o to drugie dziecko. Znajdź mu nową mamkę, tak jak mówiłeś. Obiecałeś, że to zrobisz. Chłopczyk... chłopczyk Dalli... to znaczy mały książę... znajdź jakąś dobrą kobietę, żeby wyrósł duży i silny.

— Masz moje słowo — oznajmił z powagą Jon Snow.

— Nie nadawaj mu imienia. Nie waż się tego robić, dopóki nie skończy dwóch lat. Nadawanie imion dzieciom przy piersi przynosi pecha. Wrony, takie jak ty, mogą o tym nie wiedzieć, ale to prawda.

— Jak rozkażesz, pani.

Twarz Goździk wykrzywiła się w spazmie gniewu.

— Nie nazywaj mnie tak. Jestem matką, nie panią. Jestem żoną i córką Crastera, i jestem matką.

Edd Cierpiętnik wziął dziecko na ręce, a Goździk, wdrapawszy się na wóz, przykryła sobie nogi cuchnącymi stęchlizną futrami. Niebo na wschodzie było już raczej szare niż czarne. Leworęczny Lew chciał jak najszybciej wyruszyć w drogę. Edd oddał dziecko Goździk, która przystawiła je do piersi. *Możliwe, że ostatni raz w życiu widzę Czarny Zamek* — pomyślał Sam, dosiadając klaczy. Choć kiedyś go nienawidził, teraz miał rozdarte serce.

— No to ruszajmy — rozkazał Bulwer. Strzelono z bicza i wozy ospale potoczyły się koleinami. Śnieg sypał coraz gęściej. Sam zwlekał jeszcze przy Clydasie, Eddzie Cierpiętniku i Jonie Snow.

— No to do zobaczenia — odezwał się wreszcie.

— Do zobaczenia, Sam — odparł Edd Cierpiętnik. — Twoja łódź chyba raczej nie zatonie. Łodzie toną tylko wtedy, gdy ja jestem na pokładzie.

Jon śledził wzrokiem oddalające się wozy.

— Kiedy pierwszy raz widziałem Goździk — zaczął — stała wciśnięta plecami w mur Twierdzy Crastera. Chuda, ciemnowłosa dziewczyna z wielkim brzuchem, skulona ze strachu przed Duchem. Wilkor wpadł między jej króliki i pewnie się bała, że rozszarpie jej brzuch i pożre dziecko… ale to nie jego powinna się bać, prawda?

Prawda — pomyślał Sam. *Zagrożeniem był Craster, jej własny ojciec.*

— Ma więcej odwagi, niż jej się zdaje.

— Ty również, Sam. Życzę ci szybkiej, bezpiecznej podróży. Opiekuj się Goździk, Aemonem i dzieckiem. — Na twarzy Jona pojawił się dziwny, smutny uśmieszek. — I postaw kaptur. Masz we włosach topniejący śnieg.

ARYA

W oddali, nisko nad horyzontem, paliło się słabe światło, przebijające się przez spowijającą morze mgłę.

— Wygląda jak gwiazda — zauważyła Arya.

— Gwiazda domu — zgodził się Denyo.

Jego ojciec wydawał krzykiem rozkazy. Marynarze łazili w górę i w dół po trzech wysokich masztach i chodzili po olinowaniu, refując ciężkie, fioletowe żagle. Na dole wioślarze trudzili się przy dwóch wielkich szeregach wioseł. Pokłady pochyliły się z głośnym skrzypieniem, gdy galeasa „Córka Tytana" skierowała dziób w prawo i zaczęła zwrot na wiatr.

Gwiazda domu. Arya stała na dziobie, wspierając się jedną ręką o pozłacany galion, pannę z miską pełną owoców. Przez pół uderzenia serca pozwoliła sobie udawać, że to jest jej dom.

Ale to było głupie. Nie miała już domu, jej rodzice nie żyli, a wszystkich braci również zabito, poza tylko Jonem Snow, który był na Murze. Tam właśnie chciała popłynąć. Tak powiedziała kapitanowi, ale nawet żelazna moneta nie wystarczyła, żeby go przekonać. Aryi nigdy nie udawało się trafić tam, gdzie chciała dotrzeć. Yoren przysiągł, że odwiezie ją do Winterfell, ale ona wylądowała w Harrenhal, a Yoren w grobie. Kiedy uciekła z Harrenhal, zmierzając do Riverrun, Cytryn, Anguy i Tom Siódemka pojmali ją i zaprowadzili pod wzgórze. A gdy Ogar ukradł ją stamtąd, by zawlec ją do Bliźniaków, zostawiła go konającego nad rzeką i poszła do Solanek, żeby znaleźć statek do Wschodniej Strażnicy, ale…

Może w Braavos nie będzie tak źle. Stamtąd pochodził Syrio i może będzie tam Jaqen. To właśnie Jaqen dał jej żelazną monetę. Nie był jej prawdziwym przyjacielem, tak jak Syrio, ale co dobrego przynieśli jej przyjaciele? *Nie potrzebuję przyjaciół, dopóki mam Igłę.* Przesunęła kciukiem po gładkiej gałce miecza, życząc sobie…

Prawdę mówiąc, nie wiedziała, czego powinna sobie życzyć, tak samo jak nie wiedziała, co ją czeka za tym odległym światłem. Kapitan zgodził się ją przewieźć, ale nie miał czasu z nią rozmawiać. Niektórzy z marynarzy jej unikali, ale inni dawali jej prezenty: srebrny widelec, rękawiczki bez palców, filcowy kapelusz z opadającym rondem i skórzanymi łatami. Jeden z nich nauczył ją wiązać marynarskie węzły, a inny częstował naparsteczkami ognistego wina. Ci przyjaźni zwykli stukać się w pierś, powtarzając swe imię, dopóki Arya go nie zapamiętała, jednakże żadnemu z nich nie przyszło do głowy zapytać, jak ona się nazywa. Mówili na nią Sola, bo wsiadła na pokład w Solankach, nieopodal ujścia Tridentu. To pewnie było równie dobre imię jak każde inne.

Ostatnie z gwiazd zniknęły już z nieba… poza dwiema, w stronę których płynęli.

— Teraz są tam dwie gwiazdy.

— Dwoje oczu — wyjaśnił Denyo. — Tytan nas widzi.

Tytan z Braavos. Stara Niania opowiadała im o nim w Winterfell nieprawdopodobne historie. Był ponoć olbrzymem wysokim jak góra, a gdy tylko Braavos zagrażało jakieś niebezpieczeństwo, budził się do życia i wchodził do morza z czerwonym ogniem w oczach i głośnym zgrzytem kamiennych kończyn, by zmiażdżyć wrogów miasta.

— Braavosowie karmią go soczystym, różowym mięsem szlachetnie urodzonych dziewczynek — kończyła zawsze staruszka i Sansa piszczała wtedy jak głupia. Maester Luwin powiedział im jednak, że Tytan jest tylko posągiem, a opowieści Starej Niani to zwykłe bajki.

Winterfell spłonęło i upadło — powiedziała sobie Arya. Stara Niania i maester Luwin zapewne nie żyli, podobnie jak Sansa. Nie było sensu o nich myśleć. *Wszyscy muszą umrzeć.* To właśnie znaczyły słowa, których nauczył ją Jaqen H'ghar, dając jej wytartą żelazną monetę. Odkąd wypłynęli z Solanek, poznała więcej słów po braavosku. Umiała już powiedzieć „proszę", „dziękuję", „morze", „gwiazda" i „ogniste wino", ale jeszcze zanim tu przybyła, nauczyła się, że „wszyscy muszą umrzeć". Większość marynarzy z „Córki" znała parę słów w języku powszechnym, jako że nieraz spędzali noce na brzegu w Starym Mieście, Królewskiej Przystani i Stawie Dziewic, ale tylko kapitan i jego synowie mówili w nim wystarczająco dobrze, żeby z nią rozmawiać. Denyo był najmłodszym z tych synów, pulchnym, wesołym dwunastolatkiem, który sprzątał w kajucie ojca i pomagał najstarszemu bratu w prowadzeniu rachunków.

— Mam nadzieję, że wasz Tytan nie jest głodny — powiedziała Arya.

— Głodny? — zdziwił się Denyo.

— Mniejsza z tym. — Nawet jeśli Tytan rzeczywiście żywił się soczystym, różowym mięsem dziewczynek, Arya nie będzie się go bała. Była chuda i marny byłby z niej posiłek dla olbrzyma, a poza tym miała już prawie jedenaście lat, właściwie była dorosłą kobietą. *Zresztą Sola nie jest szlachetnie urodzona.* — Czy Tytan jest bogiem Braavos? — zapytała. — Czy może wierzycie tu w Siedmiu?

— W Braavos szanuje się wszystkich bogów. — Syn kapitana uwielbiał opowiadać o swoim mieście niemal równie mocno jak o statku ojca. — Twoich Siedmiu ma tam sept, zwany Septem Za Morzem, ale modlą się tam tylko marynarze z Westeros.

To nie jest moich Siedmiu. Oni byli bogami mojej matki i pozwolili Freyom zamordować ją w Bliźniakach. Zastanawiała się, czy znajdzie w Braavos boży gaj z czardrzewem rosnącym w jego sercu. Denyo mógłby to wiedzieć, ale nie ośmieliła się go zapytać. Sola pochodziła z Solanek, a co dziewczyna z Solanek mogła wiedzieć o dawnych bogach północy? *Dawni bogowie nie żyją* — powiedziała sobie. — *Tak samo jak matka, ojciec, Robb, Bran i Rickon. Wszyscy zginęli.* Pamiętała, jak dawno temu ojciec powiedział, że kiedy spada śnieg i wieje biały wiatr, samotny wilk umiera, ale stado przeżyje. *Wszystko mu się pokręciło.* Arya, samotny wilk, nadal żyła, a wilki ze stada pojmano, zabito i obdarto ze skóry.

— Księżycowe Śpiewaczki zaprowadziły nas do tego azylu, gdzie nie mogły nas znaleźć valyriańskie smoki — mówił Denyo. — Ich świątynia jest największa. Darzymy też szacunkiem Ojca Wód, ale jego dom buduje się na nowo za każdym razem, gdy bóg bierze sobie nową żonę. Pozostali bogowie mieszkają razem na wyspie pośrodku miasta. Tam właśnie znajdziesz... Boga o Wielu Twarzach.

Oczy Tytana były teraz jaśniejsze i bardziej oddalone od siebie. Arya nie znała Boga o Wielu Twarzach, ale jeśli on odpowiadał na modlitwy, mógł być bogiem, którego szukała. *Ser Gregor* — pomyślała. — *Dunsen, Raff Słodyczek, ser Ilyn, ser Meryn, królowa Cersei. Zostało tylko sześcioro.* Joffrey nie żył, Ogar zabił Pollivera, a Łaskotka wykończyła sama, tak samo jak tego głupiego, pryszczatego giermka. *Nie zabiłabym go, gdyby mnie nie złapał.* Ogar był umierający, kiedy zostawiła go na brzegach Tridentu, trawiła go gorączka wywołana raną. *Trzeba było dać mu dar łaski, wbić mu nóż w serce.*

— Sola, patrz! — Denyo wziął ją za rękę i odwrócił. — Widzisz? Tam.

Wyciągnął rękę.

Mgły rozstąpiły się przed nimi, dziób statku przeciął szare, wystrzępione zasłony. „Córka Tytana" pruła szarozielone wody, unosząc się na wypełnionych wiatrem, fioletowych skrzydłach. Arya słyszała w górze krzyki morskich ptaków. W miejscu wskazanym przez Denya z morza wyłaniała się seria skalistych wyniosłości. Ich strome stoki były porośnięte sosnami żołnierskimi i czarnymi świerkami. Jednakże na wprost przed nimi morze przebiło się przez barierę lądu i nad otwartą wodą górował Tytan. Jego oczy gorzały, a długie, zielone włosy łopotały na wietrze.

Stał w rozkroku nad cieśniną, jedną nogą na jednym wzniesieniu, a drugą na drugim. Jego ramiona wznosiły się ponad ich poszarpane szczyty. Nogi miał wykute z litego kamienia, tego samego czarnego granitu, z którego zbudowane były skały, na których stał. Jednakże biodra opinała mu pancerna spódniczka z pozieleniałego brązu. Napierśnik również miał z tego metalu, podobnie jak głowę w półhełmie z grzebieniem. Powiewające na wietrze włosy zrobiono z konopnych sznurów pomalowanych na zielono, a w jaskiniach, którymi były jego oczy, płonęły wielkie ogniska. Jedną dłonią Tytan wspierał się o szczyt wyniosłości po lewej, zaciskając na skale palce z brązu, a drugą unosił w górę, ściskając w niej rękojeść złamanego miecza.

Jest tylko odrobinę większy niż posąg króla Baelora w Królewskiej Przystani — powtarzała sobie, gdy byli jeszcze daleko na morzu. Kiedy jednak galeasa podpłynęła bliżej do linii rozbijających się na skałach fal, Tytan stał się jeszcze większy. Arya usłyszała ojca Denya, który swym niskim głosem zaczął wykrzykiwać rozkazy. Ludzie na rejach przystąpili do zwijania żagli. *Powiosłujemy między jego nogami.* Arya widziała wąskie szczeliny strzelnic dla łuczników w potężnym napierśniku oraz plamki gniazd morskich ptaków na ramionach i barkach. Zadarła głowę. *Baelor Błogosławiony nie sięgnąłby mu nawet do kolan. Tytan mógłby przejść ponad murami Winterfell* — pomyślała.

I nagle posąg wydał z siebie ogłuszający ryk.

Dźwięk był równie potężny jak jego źródło, przerażający jęk i zgrzyt, tak głośny, że zagłuszył nawet głos kapitana i plusk bijących o skaliste brzegi fal. Tysiąc morskich ptaków zerwał się w jednej chwili do lotu. Arya wzdrygnęła się trwożnie, ale zauważyła, że Denyo się śmieje.

— Zawiadamia Arsenał o naszym przybyciu — wyjaśnił krzykiem chłopak. — Nie ma się czego bać.

— Wcale się nie bałam — odkrzyknęła Arya. — To tylko przez ten hałas.

Wiatr i fale pchały szybko „Córkę Tytana" w stronę kanału. Dwa szeregi wioseł uderzały gładko o wodę, pokrywając jej powierzchnię białą pianą. Gdy padł na nich cień Tytana, przez chwilę wydawało się, że z pewnością rozbiją się o kamienie u jego stóp. Skulona obok Denya na dziobie Arya czuła słony smak w miejscach, gdzie bryzgi padły jej na twarz. Musiała patrzeć pionowo w górę, żeby zobaczyć głowę Tytana.

„Braavosowie karmią go soczystym, różowym mięsem szlachetnie urodzonych dziewczynek" — usłyszała znowu głos Starej Niani. Ale ona nie była już małą dziewczynką i nie będzie się bała głupiego posągu.

Niemniej jednak, gdy przepływali między nogami Tytana, trzymała jedną dłoń na rękojeści Igły. Na wewnętrznych powierzchniach potężnych kamiennych ud widać było kolejne szpary strzelnic, a gdy spojrzała w górę, by patrzeć, jak bocianie gniazdo statku przesuwa się pod posągiem z dobrymi dziesięcioma jardami zapasu, wypatrzyła pod pancernymi spódniczkami Tytana otwory machikuł. Zza żelaznych krat spoglądały na nich blade twarze.

Po chwili minęli posąg.

Wyłonili się z cienia, zostawiając za sobą porośnięte sosnami wzniesienia. Wiatr osłabł. Płynęli przez wielką lagunę. Przed nimi wznosiła się kolejna wysepka, skała wynurzająca się z wody na podobieństwo kolczastej pięści. Jej blanki pełne były skorpionów, ogniomiotów i trebuszy.

— Arsenał Braavos — oznajmił Denyo z dumą tak wielką, jakby sam go wybudował. — Mogą tu w jeden dzień zwodować wojenną galerę.

Arya widziała dziesiątki takich okrętów cumujących u nabrzeży i przycupniętych na pochylniach. Z niezliczonych drewnianych baraków wzniesionych na kamiennych brzegach wystawały malowane dzioby następnych. Okręty wyglądały jak psy w psiarni, chude, wredne i głodne, czekające, aż róg łowczego da sygnał do ataku. Arya próbowała je policzyć, ale było ich zbyt wiele, a za zakrętem brzegu widać było kolejne doki, baraki i nabrzeża.

Dwie galery wypłynęły im na spotkanie. Wydawało się, że ślizgają się po wodzie niczym ważki, z błyskiem jasnych wioseł. Kapitan zawołał coś do nich, a kapitanowie obu okrętów mu odpowiedzieli, lecz Arya nie zrozumiała słów. Zabrzmiał potężny róg. Galery minęły ich po obu stronach, tak blisko, że słyszała głuche uderzenia w bębny, rozbrzmiewające wewnątrz fioletowych kadłubów. *Bom bom bom bom bom bom bom bom* — zupełnie jak serca żywych istot.

Potem galery zostały z tyłu i Arsenał razem z nimi. Przed ich statkiem ciągnął się wodny przestwór groszkowego koloru, pokryty drobnymi falami. Wyglądał jak tafla barwionego szkła. Z wilgotnego serca tego obszaru wyrastało właściwe miasto, pełne kopuł, wież oraz mostów, szarych, złotych i czerwonych. Sto wysp Braavos na morzu.

Maester Luwin uczył ich o tym wielkim porcie, ale Arya zapomniała już wiele z tego, co mówił. Płaskie miasto — widziała to nawet z daleka, nie tak jak zbudowana na trzech wzgórzach Królewska Przystań. Jedynymi wzniesieniami były tu te, które ludzie zbudowali z cegły i granitu, brązu i marmuru. Brakowało też czegoś jeszcze, choć minęło parę chwil, nim zorientowała się czego. *To miasto nie ma murów* — przeszło jej przez myśl. Gdy jednak wspomniała o tym Denyowi, chłopak ją wyśmiał.

— Nasze mury są zrobione z drewna i pomalowane na fioletowo — wyjaśnił. — Galery są naszymi murami. Nie potrzebujemy innych.

Pokład za ich plecami zaskrzypiał. Arya odwróciła się i zobaczyła ojca Denya, który zatrzymał się za nimi. Miał na sobie długi kapitański płaszcz z fioletowej wełny. Kapitan kupiec Ternesio Terys miał gładko wygoloną, kwadratową, ogorzałą od wiatru twarz, a siwe włosy strzygł krótko. Podczas rejsu Arya często widziała, jak żartował ze swymi ludźmi, ale gdy marszczył brwi, marynarze uciekali przed nim jak przed sztormem. Teraz je marszczył.

— Nasz rejs dobiega końca — oznajmił Aryi. — Zmierzamy do Szachownicowego Portu, gdzie oficerowie celni morskiego lorda wejdą na pokład, żeby sprawdzić nasze ładownie.

To potrwa pół dnia, zawsze tak jest, ale nie ma potrzeby, byś czekała, aż raczą skończyć. Zabierz swoje rzeczy. Każę spuścić łódź na wodę i Yorko odwiezie cię na brzeg.

Na brzeg. Arya przygryzła wargę. Przepłynęła wąskie morze, żeby tu dotrzeć, ale gdyby kapitan ją o to zapytał, odpowiedziałaby, że woli zostać na pokładzie „Córki Tytana". Zdawała sobie sprawę, że Sola jest za mała, by poruszać wiosłem, ale mogła się nauczyć splatać liny, refować żagle i wytyczać kurs przez wielkie słone morza. Denyo zaprowadził ją kiedyś na bocianie gniazdo i wcale się nie bała, chociaż pokład na dole wydawał się malutki. *Potrafię też prowadzić rachunki i sprzątać kajutę.*

Ale galeasa nie potrzebowała drugiego chłopca okrętowego. Poza tym z twarzy kapitana z łatwością mogła wyczytać, że bardzo chce się jej pozbyć. Dlatego Arya skinęła tylko głową.

— Na brzeg — powtórzyła, choć miała tam spotkać jedynie obcych. — *Valar dohaeris.*

Dotknął dwoma palcami czoła.

— Błagam, byś zapamiętała Ternesia Terysa i przysługę, jaką ci wyświadczył.

— Zapamiętam — zapewniła cichym głosem Arya. Wiatr szarpał jej płaszczem, natarczywy jak duch. Pora, by ruszyła w drogę.

Kapitan powiedział, żeby zabrała swoje rzeczy, ale było ich bardzo niewiele. Tylko ubranie, które miała na sobie, małą sakiewkę z monetami, dary otrzymane od marynarzy, sztylet u lewego biodra i Igłę u prawego.

Łódź była gotowa do drogi wcześniej niż ona. U wioseł siedział Yorko. On również był synem kapitana, ale był starszy od Denya i nie tak przyjazny. *Nie pożegnałam się z Denyem* — pomyślała, schodząc do łodzi. Zastanawiała się, czy jeszcze kiedyś go zobaczy. *Trzeba było się z nim pożegnać.*

„Córka Tytana" malała z każdym ruchem wioseł Yorka, a miasto przed nimi rosło. Po prawej widziała port, labirynt pirsów i nabrzeży, przy których cumowały brzuchate statki wielorybnicze z Ibbenu, łabędzie statki z Wysp Letnich oraz tyle galer, że nie była w stanie ich zliczyć. Po lewej, w większej odległości, znajdował się drugi port, położony za pogrążającym się w wodzie cyplem. Nad wodę wystawały tam górne części na wpół zatopionych budynków. Arya nigdy jeszcze nie widziała tak wielu ogromnych gmachów w jednym miejscu. W Królewskiej Przystani była Czerwona Twierdza, Wielki Sept Baelora i Smocza Jama, ale w Braavos można było znaleźć chyba ze dwadzieścia świątyń, wież i pałaców, które były równie wielkie albo nawet większe. *Znowu będę myszką* — pomyślała z przygnębieniem. *Tak jak w Harrenhal, zanim stamtąd uciekłam.*

Z miejsca, w którym stał Tytan, miasto sprawiało wrażenie jednej wielkiej wyspy, ale gdy łódź podpłynęła bliżej, Arya zorientowała się, że składa się ono z wielu małych wysp połączonych łukami kamiennych mostów przeprowadzonych nad niezliczonymi kanałami. Za portem widać było ulice, przy których stały szare, kamienne domy wzniesione tak ciasno, że opierały się o siebie. Dla jej oczu wyglądały dziwnie. Miały trzy albo cztery piętra, były wysokie i bardzo wąskie, a ich ostro zakończone, kryte dachówką dachy przypominały spiczaste kapelusze. Nie wypatrzyła ani jednej strzechy i tylko kilka drewnianych domów, jakie znała z Westeros. *Nie mają tu drzew* — uświadomiła sobie. — *Braavos w całości zbudowano z kamienia. Szare miasto na zielonym morzu.*

Yorko ominął port od północy i wpłynął do wylotu wielkiego kanału, szerokiego, zielonego szlaku wodnego prowadzącego do samego serca miasta. Przepłynęli pod rzeźbionym łukiem kamiennego mostu, ozdobionego figurkami przedstawiającymi kilkadziesiąt różnych rodzajów ryb, krabów i kałamarnic. Przed nimi pojawił się drugi most, tym razem wyrzeźbiony w koronkowe, liściaste pnącza, a potem trzeci, który spoglądał na nich tysiącem malowanych oczu. Z obu stron mijali wyloty mniejszych kanałów, od których odchodziły następne, jeszcze mniejsze. Niektóre z domów zbudowano ponad kanałami, co zmieniało te ostatnie w coś w rodzaju tuneli. Pełno tu było smukłych łodzi uformowanych na podobieństwo węży wodnych o malowanych głowach i uniesionych w górę ogonach. Zauważyła, że nie napędzają ich wiosła, lecz tyczki, którymi poruszali stojący na rufach mężczyźni odziani w płaszcze barwy szarej, brązowej albo ciemnozielonej jak mech. Arya widziała też wielkie płaskodenne barki, załadowane stosami skrzyń i beczek. Potrzebowały po dwudziestu ludzi z tyczkami z obu burt. Były tam też zdobne pływające domy, oświetlane lampami z barwionego szkła. Ich okna zasłaniały aksamitne kotary, a dzioby zdobiły mosiężne galiony. W oddali widać było coś w rodzaju potężnej drogi z szarego kamienia, majaczącej nad budynkami i kanałami. Wspierała się na trzech szeregach potężnych łuków i biegła na południe, niknąc we mgle.

— Co to jest? — zapytała Arya, wyciągając rękę.

— Słodkowodna rzeka — wyjaśnił chłopak. — Dostarcza wodę z kontynentu. Dobrą, słodką wodę do naszych fontann. Biegnie nad bagnami i słonymi płyciznami.

Arya obejrzała się za siebie, ale portu i laguny nie było już widać. Przed nimi po obu stronach kanału wznosiły się szeregi potężnych posągów, poważnych, kamiennych mężczyzn w długich szatach z brązu, upstrzonych odchodami morskich ptaków. Niektórzy trzymali w rękach księgi, inni sztylety, a jeszcze inni młoty. Jeden dzierżył w uniesionej dłoni złotą gwiazdę. Jeszcze inny wylewał z odwróconego do góry dnem dzbana niekończący się strumień spływającej do kanału wody.

— Czy to bogowie? — zainteresowała się Arya.

— Morscy lordowie — wyjaśnił Yorko. — Wyspa Bogów jest dalej. Widzisz? Sześć mostów stąd, po prawej stronie. Świątynia Księżycowych Śpiewaczek.

To był jeden z gmachów, które Arya zauważyła jeszcze z laguny, potężna budowla z białego marmuru, przykryta wielką, posrebrzaną kopułą. Mlecznobiałe okna miały kształt księżyca we wszystkich fazach. Po obu stronach bramy stały posągi marmurowych panien, wysokich jak morscy lordowie. Dziewczęta podtrzymywały nadproże w kształcie sierpa księżyca.

Dalej wznosiła się następna świątynia, czerwony, kamienny gmach, surowy niczym forteca. Na szczycie wielkiej, czworokątnej wieży umieszczono żelazny piec szeroki na dwadzieścia stóp, w którym płonął ogień. Inne, mniejsze ognie paliły się po obu stronach mosiężnych wrót.

— Czerwoni kapłani kochają palić ognie — poinformował ją Yorko. — Ich bogiem jest Pan Światła, czerwony R'hllor.

Wiem. Arya pamiętała Thorosa z Myr, noszącego kawałki starej zbroi nałożone na szaty tak wyblakłe, że wyglądał raczej na różowego, nie czerwonego kapłana. Mimo to jego pocałunek przywrócił życie lordowi Bericowi. Arya przyglądała się mijanej świątyni, zadając sobie pytanie, czy braavoscy kapłani R'hllora również potrafią dokonać takiej sztuki.

Następną świątynią był wielki budynek z cegieł. Jego ściany pokrywały porosty. Arya mogłaby go wziąć za magazyn, gdyby Yorko nie wyprowadził jej z błędu.

— To jest Święty Azyl — poinformował chłopak. — Czcimy tu małych bogów, o których świat zapomniał. Słyszy się też czasem nazwę Labirynt.

Między złowrogimi, pokrytymi porostami murami Labiryntu biegł wąski kanał i tam właśnie chłopak skierował łódź w prawo. Minęli tunel i znowu wypłynęli w światło dnia. Po obu stronach mieli kolejne świątynie.

— Nie wiedziałam, że jest aż tylu bogów — odezwała się Arya.

Yorko chrząknął. Minęli zakręt i przepłynęli pod kolejnym mostem. Po lewej stronie pojawił się skalisty pagórek. Na jego szczycie wznosiła się świątynia bez okien, zbudowana z ciemnoszarego kamienia. Od jej drzwi odchodziły schody prowadzące do zadaszonej przystani.

Yorko wciągnął wiosła na pokład i łódź lekko uderzyła o kamienne nabrzeże. Chłopak złapał za wprawiony w kamień żelazny pierścień, żeby zatrzymać się tam na chwilę.

— Tu cię zostawię.

Pod dachem panował półmrok, a schody były strome. Kryty

czarnymi dachówkami dach świątyni był spiczasty, tak jak dachy domów nad kanałami. Arya przygryzła wargę. *Syrio pochodził z Braavos. Niewykluczone, że odwiedzał tę świątynię. Może on też wchodził na te schody.*

Złapała za pierścień i wyszła na nabrzeże.

— Wiesz, jak się nazywam — rzekł siedzący w łodzi Yorko.

— Yorko Terys.

— *Valar dohaeris.*

Odepchnął się wiosłem od brzegu i wypłynął na głębszą wodę. Arya śledziła go wzrokiem, gdy zawrócił w stronę, z której przypłynęli, a potem zniknął w cieniu mostu. Gdy plusk wioseł już umilkł, mogła niemal usłyszeć bicie własnego serca. Nagle znalazła się gdzie indziej... może w Harrenhal z Gendrym albo z Ogarem w lasach na brzegach Tridentu. *Sola jest głupim dzieciakiem* — powiedziała sobie. — *Ja jestem wilkiem i nie będę się bała.* Poklepała rękojeść Igły, na szczęście, i weszła na pogrążone w cieniu schody. Za każdym krokiem pokonywała dwa stopnie, żeby nikt nie mógł jej oskarżyć, że się boi.

Na szczycie czekała na nią para rzeźbionych, drewnianych drzwi wysokich na dwanaście stóp. Te po lewej wykonano z jasnego jak kość czardrewna, a te po prawej z błyszczącego hebanu. Pośrodku obojga wyrzeźbiono twarz księżyca: hebanową na drzwiach z czardrewna, z czardrewna na hebanowych. Ten widok z jakiegoś powodu przypomniał jej drzewo serce z bożego gaju w Winterfell. *Te drzwi na mnie patrzą* — pomyślała. Popchnęła oboje drzwi jednocześnie, opierając się o nie dłońmi w rękawiczkach, ale nie chciały ustąpić. *Zamknięte na klucz i zaryglowane.*

— Wpuśćcie mnie, głupki — zażądała. — Przepłynęłam wąskie morze. — Zacisnęła pięść i załomotała w drzwi. — Jaqen powiedział mi, żebym tu przypłynęła. Mam żelazną monetę. — Sięgnęła do mieszka i uniosła ją. — Widzicie? *Valar morghulis.*

Nikt jej nie odpowiedział, ale drzwi się otworzyły.

Uchyliły się do wewnątrz zupełnie bezgłośnie, mimo że nie

poruszała ich ludzka ręka. Arya postąpiła krok naprzód, a potem drugi. Drzwi zamknęły się za nią i na chwilę stała się ślepa. Trzymała w ręku Igłę, choć nie pamiętała, żeby ją wyciągała.

Pod ścianami paliło się kilka świec, lecz dawały tak niewiele światła, że Arya nie widziała nawet własnych stóp. Ktoś coś szeptał, za cicho, żeby mogła rozróżnić słowa. Ktoś inny płakał. Słyszała lekkie kroki, dźwięk skórzanych podeszew ślizgających się po kamieniu, drzwi, które gdzieś się otworzyły i zamknęły. *Woda. Słyszę też wodę.*

Jej oczy przyzwyczaiły się powoli do ciemności. W środku świątynia wydawała się znacznie większa niż na zewnątrz. Septy w Westeros miały siedem ścian i siedem ołtarzy dla siedmiu bogów, ale tutaj bogów było więcej. Pod ścianami widziała posągi, wielkie i złowrogie. U ich stóp paliły się migotliwym płomieniem czerwone świeczki, słabe jak odległe gwiazdy. Najbliżej Aryi stała marmurowa kobieta wysokości dwunastu stóp. Woda spływała z jej oczu niczym prawdziwe łzy, wypełniając miskę, którą ściskała w ramionach. Za nią znajdował się wyrzeźbiony z hebanu mężczyzna z głową lwa, zasiadający na tronie. Po drugiej stronie drzwi ogromny koń z brązu i żelaza stawał dęba, wsparty na dwóch potężnych nogach. Dalej wypatrzyła olbrzymią, kamienną twarz, blade niemowlę z mieczem, kudłatego, czarnego kozła wielkiego jak tur i zakapturzonego mężczyznę wspartego na lasce. Kolejne posągi były tylko ledwie widocznymi w mroku plamami. Tu i ówdzie paliły się pod nimi świece.

Arya ruszyła między szeregami długich, kamiennych ław, cicha jak cień. W dłoni ściskała miecz. Podłoga była tu z kamienia, czuła to pod stopami, nie z gładzonego marmuru, jak w Wielkim Sepcie Baelora, ale z czegoś bardziej szorstkiego. Minęła kilka szepczących do siebie kobiet. Było tu ciepło i duszno, tak duszno, że aż ziewnęła. Czuła woń świec. Ich zapach nie był znajomy, ale doszła do wniosku, że to jakieś dziwaczne kadzidło... gdy jednak zapuściła się dalej w głąb świątyni, świece zaczęły pachnieć śniegiem, sosnowymi igłami i gorącym gulaszem. *To dobre zapachy* — powiedziała sobie Arya i poczuła się odważniejsza. W wystarczającym stopniu, by schować Igłę do pochwy.

W samym środku świątyni znalazła wodę, której plusk słyszała: basen o średnicy dziesięciu stóp, czarny jak inkaust i oświetlony małymi, czerwonymi świeczkami. Siedział przy nim młodzieniec w srebrzystym płaszczu, płacząc cicho. Zanurzył dłoń w wodzie i po tafli przemknęły szkarłatne zmarszczki. Potem młodzieniec uniósł dłoń do ust i zaczął ssać palce, jeden po drugim *Na pewno jest spragniony.* Wzdłuż brzegu basenu ustawiono kamienne kubki. Arya napełniła jeden z nich wodą i zaniosła nieznajomemu, żeby mógł się napić. Kiedy podała mu naczynie, młodzieniec gapił się na nią przez dłuższą chwilę.

— *Valar morghulis* — powiedział wreszcie.

— *Valar dohaeris* — odrzekła.

Zaspokoił pragnienie, a potem z głośnym pluskiem wrzucił kubek do wody i podniósł się chwiejnie, trzymając się za brzuch. Przez chwilę Arya myślała, że młodzieniec zaraz się przewróci. Dopiero wtedy poniżej jego pasa zauważyła ciemną plamę, która szybko rosła.

— Jesteś ranny — zawołała, ale nieznajomy nie zwracał na nią uwagi. Powlókł się chwiejnym krokiem ku ścianie i wczołgał na twarde, kamienne łoże umieszczone w niszy. Arya rozejrzała się wokół i zobaczyła inne podobne wnęki. W niektórych spali starzy ludzie.

Nie — wyszeptał w jej głowie słabo już pamiętany głos. — *Są martwi albo umierający. Patrz oczyma.*

Jej ramienia dotknęła czyjaś dłoń.

Arya odwróciła się błyskawicznie, ale to była tylko mała dziewczynka, blade dziecko w szacie z kapturem, która zdawała się pochłaniać całą postać. Szata była czarna po prawej, a biała po lewej. Spod kaptura wyglądała wychudła, koścista twarz o zapadniętych policzkach i ciemnych oczach, które robiły wrażenie wielkich jak spodki.

— Nie chwytaj mnie — ostrzegła ją Arya. — Chłopaka, który zrobił to ostatnio, zabiłam.

Dziewczynka powiedziała kilka słów, których Arya nie zrozumiała.

— Nie znasz języka powszechnego? — zapytała, potrząsając głową.

— Ja znam — odezwał się inny głos za jej plecami.

Aryi nie podobało się, że wciąż ją tu zaskakują. Zakapturzony mężczyzna był wysoki i spowijała go większa wersja czarno-białej szaty, jaką nosiła dziewczynka. Jedynym, co dostrzegała pod kapturem, był słaby, czerwonawy błysk światła świec odbijającego się w jego oczach.

— Co to za miejsce? — zapytała go.

— Miejsce pokoju — odpowiedział łagodnym tonem. — Jesteś tu bezpieczna. To Dom Czerni i Bieli, dziecko. Ale rzadko się zdarza, by ktoś tak młody jak ty szukał łaski Boga o Wielu Twarzach.

— Czy on jest jak bóg południowców, ten o siedmiu twarzach?

— Siedmiu? Nie. On ma niezliczone twarze, tyle twarzy, ile jest gwiazd na niebie. W Braavos ludzie oddają cześć, komu zechcą... ale na końcu każdej drogi czeka na nich Ten o Wielu Twarzach. Nie obawiaj się, pewnego dnia ty również go spotkasz. Nie musisz się śpieszyć do jego objęć.

— Ja tylko chciałam znaleźć Jaqena H'ghara.

— Nie znam tego nazwiska.

Była zrozpaczona.

— Pochodził z Lorath. Włosy miał po jednej stronie białe, a po drugiej rude. Powiedział, że nauczy mnie swych tajemnic i dał mi to.

Nadal ściskała w pięści żelazną monetę. Kiedy otworzyła dłoń, okazało się, że pieniążek przylepił się do wilgotnej od potu skóry.

Kapłan przyjrzał się monecie, ale nie próbował jej dotknąć. Wielkooka dziewczynka również wpatrywała się w pieniążek.

— Powiedz mi, jak się nazywasz, dziecko — zażądał wreszcie zakapturzony mężczyzna.

— Sola. Przybyłam tu z Solanek nad Tridentem.

Choć nie widziała jego twarzy, w jakiś sposób wyczuła, że się uśmiechnął.

— Nie — rzekł kapłan. — Powiedz mi, jak się nazywasz.

— Gołąbek — odpowiedziała tym razem.

— Jak się naprawdę nazywasz, dziecko.

— Matka mówiła na mnie Nan, ale przezwali mnie Łasicą…

— Jak się nazywasz?

Przełknęła ślinę.

— Arry. Jestem Arry.

— To już bliżej. A naprawdę?

Strach tnie głębiej niż miecze — powiedziała sobie.

— Arya — za pierwszym razem wymówiła swe imię szeptem. Za drugim rzuciła mu je prosto w twarz. — Jestem Arya z rodu Starków.

— To prawda — zgodził się. — Ale w Domu Czerni i Bieli nie ma miejsca dla Aryi z rodu Starków.

— Proszę — powiedziała. — Nie mam dokąd pójść.

— Boisz się śmierci?

— Nie.

Przygryzła wargę.

— Przekonamy się.

Kapłan opuścił kaptur. Pod spodem nie miał twarzy, a tylko pożółkłą czaszkę. Do policzków przylegało jeszcze kilka pasemek skóry, a z pustego oczodołu wyłaził biały robak.

— Pocałuj mnie, dziecko — wychrypiał kapłan głosem suchym jak grzechot samej śmierci.

Wydaje mu się, że mnie przestraszy? Arya pocałowała go w miejsce, gdzie powinien być nos i przy okazji wyciągnęła mu z oka cmentarnego robaka, żeby go zjeść. Robak jednak rozpuścił się w jej dłoni niczym cień.

Żółta czaszka również się już rozpuszczała. Do Aryi uśmiechał się najmilszy staruszek, jakiego w życiu widziała.

— Nikt jeszcze nie próbował zjeść mojego robaka — powiedział jej. — Na pewno jesteś głodna, dziecko.

To prawda — pomyślała. — *Ale to nie jedzenia pragnę.*

CERSEI

Padał zimny deszcz, nadający murom i wałom Czerwonej Twierdzy ciemną barwę krwi. Królowa wzięła króla za rączkę i poprowadziła go stanowczo ku lektyce, która czekała już na nich z eskortą strażników.

— Wujek Jaime powiedział, że będę mógł pojechać konno i rzucać pieniądze prostaczkom — sprzeciwił się chłopiec.

— Chcesz się przeziębić? — Nie mogła podejmować takiego ryzyka. Tommen nigdy nie był taki zdrowy jak Joffrey. — Dziadek chciałby, żebyś podczas czuwania przy jego zwłokach wyglądał jak przystało królowi. Nie możemy przyjść do Wielkiego Septu cali mokrzy.

Wystarczy mi, że znowu muszę nosić żałobę — pomyślała. W czerni nigdy nie było jej do twarzy. Ze swoją jasną cerą wyglądała w czarnych strojach prawie jak trup. Cersei wstała godzinę przed świtem, żeby się wykąpać i uczesać włosy, nie zamierzała teraz pozwolić, by deszcz zmarnował jej wysiłki.

Gdy tylko Tommen znalazł się w lektyce, usiadł na poduszkach i zaczął wyglądać na deszcz.

— Bogowie płaczą po dziadku. Lady Jocelyn mówi, że krople deszczu to ich łzy.

— Jocelyn Swyft jest głupia. Gdyby bogowie mogli płakać, płakaliby po twoim bracie. Deszcz to deszcz. Zasuń kotarę, żeby nie padał do środka. To futro jest z soboli. Chcesz, żeby przemokło?

Tommen wykonał polecenie. Niepokoiła ją jego potulność. Król musiał być silny. *Joffrey sprzeczałby się ze mną. Zawsze trudno go było zastraszyć.*

— Nie garb się tak — powiedziała Tommenowi. — Siedź jak

król. Trzymaj plecy prosto i popraw koronę. Chcesz, żeby ci zleciała z głowy na oczach wszystkich lordów?

— Nie, mamo.

Chłopiec wyprostował się i uniósł rękę, żeby poprawić koronę. To była ta sama, którą nosił Joff, i była dla niego za duża. Zawsze miał skłonności do tycia, ale teraz jego twarz wydawała się chudsza. *Czy dobrze się odżywia?* Musi zapytać o to zarządcę. Nie mogła ryzykować, że Tommen zachoruje, ponieważ Myrcella była w rękach Dornijczyków. *Z czasem dorośnie do korony Joffreya.* Dopóki to się nie stanie, mogą potrzebować mniejszej, która nie będzie groziła pochłonięciem jego głowy. Trzeba pomówić o tym ze złotnikami.

Lektyka posuwała się powoli w dół, zjeżdżając z Wielkiego Wzgórza Aegona. Przed nią jechało dwóch gwardzistów królewskich — biali rycerze na białych koniach i z mokrymi, białymi płaszczami na ramionach. W tyle szło pięćdziesięciu lannisterskich gwardzistów obleczonych w złoto i czerwień.

Tommen wyglądał przez szparę między zasłonami na puste ulice.

— Myślałem, że będzie więcej ludzi. Kiedy umarł ojciec, wszyscy wyszli na ulice i patrzyli, jak przejeżdżamy.

— Boją się deszczu.

W Królewskiej Przystani nigdy nie kochano lorda Tywina. *Ale też on nigdy nie pragnął miłości.* Słyszała kiedyś, jak mówił Jaimemu: „Miłości nie można zjeść, kupić za nią konia ani ogrzać nią swych komnat w zimną noc". Jej brat miał wówczas nie więcej lat niż Tommen teraz.

W Wielkim Sepcie Baelora, wspaniałej marmurowej budowli wznoszącej się na szczycie wzgórza Visenyi, maleńka garstka żałobników ustępowała liczbą złotym płaszczom, które ser Addam Marbrand ustawił na placu. *Później przyjdzie ich więcej* — powiedziała sobie królowa, gdy ser Meryn Trant pomagał jej wysiąść z lektyki. Na ranne nabożeństwo wpuszczano tylko szlachetnie urodzonych i ich świty. Po południu odbędzie się drugie, dla gminu, a wieczorne modlitwy będą otwarte dla wszystkich. Cersei musi na nie wrócić, żeby prostaczkowie ujrzeli jej żałobę. *Tłum pragnie zobaczyć przedstawienie.* To było irytujące. Zajmowała się sprawami państwowymi, wygrywała wojnę, władała królestwem. Jej ojciec z pewnością by to zrozumiał.

Wielki Septon czekał na nich u szczytu schodów. Zgarbiony staruszek z siwą, kosmatą brodą garbił się tak mocno pod ciężarem zdobnych, haftowanych szat, że jego oczy znajdowały się na wysokości piersi królowej... ale korona, ażurowa ozdoba z ciętego kryształu i złotych nici dodawała do jego wzrostu dobre półtorej stopy.

Lord Tywin podarował mu tę koronę, by zastąpić tamtą, która zaginęła, gdy tłum zabił poprzedniego Wielkiego Septona. Wywlekli spasionego durnia z lektyki i rozerwali na strzępy tego samego dnia, gdy Myrcella odpłynęła do Dorne. *Był wielkim żarłokiem i łatwo nim było kierować. Ale ten...* Cersei przypomniała sobie nagle, że ten Wielki Septon zawdzięczał pozycję Tyrionowi. To była niepokojąca myśl.

Pokryta starczymi plamami dłoń duchownego wyglądała jak kurza łapka stercząca z rękawa ozdobionego złotą ślimacznicą oraz drobnymi kryształami. Cersei uklękła na mokrym marmurze i pocałowała jego palce, a potem kazała Tommenowi zrobić to samo. *Co on o mnie wie? Ile powiedział mu karzeł?* Wielki Septon uśmiechnął się do królowej, odprowadzając ją do septu... ale czy był to groźny uśmiech, pełen niewypowiedzianej wiedzy, czy tylko pozbawiony znaczenia tik rozciągający pomarszczone usta starca? Królowa nie mogła być tego pewna.

Przeszli przez Komnatę Lamp, oświetloną kulami z różnobarwnego szkła. Cały czas trzymała Tommena za rączkę. Po obu ich bokach szli Trant i Kettleblack. Z ich mokrych płaszczy ściekała woda, tworząca kałuże na posadzce. Wielki Septon szedł powoli, wspierając się na lasce z czardrewna, zakończonej kryształową kulą. Towarzyszyło mu siedmiu spośród Najpobożniejszych, odzianych w szaty ze srebrnogłowia. Tommen pod sobolowym futrem miał złotogłów, a królowa włożyła starą suknię z czarnego aksamitu, obszytą gronostajami. Nie było czasu na uszycie nowej, a nie mogła wdziać tej samej, którą nosiła dla Joffreya, ani tej, w której pochowała Roberta.

Przynajmniej nie będę musiała nosić żałoby po Tyrionie. Na tę okazję włożę karmazynowy jedwab i złotogłów, a we włosy wepnę rubiny — pomyślała. Obwieściła, że człowiek, który przyniesie jej głowę karła, otrzyma w nagrodę tytuł lordowski, bez względu na to, jak podłe będzie jego urodzenie i jak niska pozycja. Kruki zaniosły jej obietnicę do najdalszych części Siedmiu Królestw. Wkrótce wiadomość przekroczy wąskie morze i dotrze do Dziewięciu Wolnych Miast oraz do dalej położonych krain. *Krasnal nie umknie przede mną, choćby czmychnął na sam kraniec ziemi.*

Królewski orszak wkroczył przez wewnętrzne drzwi do ogromnego serca Wielkiego Septu i ruszył naprzód jednym z siedmiu szerokich przejść spotykających się pod kopułą. Z prawej i z lewej strony szlachetnie urodzeni żałobnicy padali na kolana, widząc króla i królową. Było tu wielu chorążych jej ojca oraz rycerzy, którzy walczyli u boku lorda Tywina w połowie setki różnych bitew. Ich widok dodał jej pewności siebie. *Nie jestem pozbawiona przyjaciół.*

Pod wyniosłą kopułą Wielkiego Septu, zbudowaną ze szkła, złota i kryształu, na kilkustopniowych marmurowych marach spoczywało ciało lorda Tywina Lannistera. U jego głowy pełnił straż Jaime, zaciskając jedyną dłoń na rękojeści wielkiego, złotego miecza, który dotykał sztychem posadzki. Jego płaszcz z kapturem był biały jak świeżo spadły śnieg, a łuski długiej kolczugi zrobiono z macicy perłowej zdobionej złotem. *Lord Tywin chciałby, żeby wdział barwy rodowe, złoto i karmazyn* — pomyślała Cersei. — *Zawsze się gniewał, gdy widział Jaimego w bieli.* Jej brat znowu zapuszczał brodę. Jego podbródek i policzki porastała szczecina nadająca twarzy nieokrzesany, grubiański wygląd. *Mógł chociaż zaczekać, aż pochowają ojca pod Skałą.*

Cersei wprowadziła króla na trzy niskie stopnie, by ukląkł obok ciała. Oczy Tommena były pełne łez.

— Płacz cicho — powiedziała mu, pochylając się nad nim. — Jesteś królem, nie mazgajowatym bachorem. Twoi lordowie patrzą na ciebie.

Chłopiec otarł łzy grzbietem dłoni. Miał oczy po matce, szmaragdowe, wielkie i błyszczące jak oczy Jaimego, kiedy był w jego wieku. Jej brat był bardzo ładnym chłopcem... ale był też wojowniczy, tak samo jak Joffrey. Był prawdziwym lwiątkiem. Królowa objęła ramieniem Tommena i ucałowała jego złote loki. *Będzie mnie potrzebował. Nauczę go, jak rządzić, i będę strzegła przed wrogami.* Niektórzy z nich byli tu w tej chwili, udając przyjaciół.

Milczące siostry zakuły lorda Tywina w pancerz, jakby miał po raz ostatni stanąć do bitwy. Miał na sobie swą najlepszą zbroję płytową, pokrytą ciemnokarmazynową emalią ze złotą inkrustacją na rękawicach, nagolenicach i napierśniku. Jego tarczki opachowe były złotymi słońcami, na obu ramionach przycupnęły złote lwice, a grzebień leżącego obok głowy hełmu stanowił lew ze wspaniałą grzywą. Na piersi umarłego spoczywał miecz, a na splecione na rękojeści dłonie włożono pozłacane kolcze rękawice. *Nawet po śmierci jego twarz wygląda szlachetnie* — pomyślała Cersei. — *Ale usta...* Kąciki ust jej ojca unosiły się lekko ku górze, nadając jego obliczu wyraz lekkiej wesołości. *Niedopuszczalne.* To była wina Pycelle'a, powinien był powiedzieć milczącym siostrom, że lord Tywin Lannister nigdy się nie uśmiechał. *Jest z niego równie mało pożytku, co z sutków na napierśniku.* Ten leciutki uśmieszek z jakiegoś powodu sprawiał, że lord Tywin wyglądał mniej groźnie niż za życia. Przyczyniał się do tego również fakt, że miał zamknięte oczy. Oczy jej ojca zawsze wyglądały niepokojąco: jasnozielone, niemal błyszczące, upstrzone plamkami złota. Potrafiły przejrzeć człowieka na wskroś, uświadomić mu, jak słaby, bezwartościowy i brzydki jest w głębi duszy. *Kiedy na kogoś patrzył, tamten o tym wiedział.*

Niespodziewanie wróciło do niej wspomnienie uczty, którą król Aerys wyprawił, gdy Cersei po raz pierwszy zjawiła się na dworze. Była wówczas dziewczyną zieloną jak letnia trawa. Stary Merryweather ględził coś o podniesieniu cła na wino. Wtedy lord Rykker powiedział:

— Jeśli potrzebujemy złota, niech Jego Miłość po prostu posadzi lorda Tywina na nocniku.

Aerys i jego totumfaccy zaśmiali się głośno, ale ojciec gapił się tylko na Rykkera nad pucharem wina. Nie spuszczał zeń wzroku jeszcze długo po tym, jak śmiech ucichł. Rykker odwrócił spojrzenie, zerknął ojcu w oczy, spróbował zignorować jego spojrzenie, wypił kufel *ale* i oddalił się z poczerwieniałą twarzą, pokonany przez parę nieugiętych oczu.

Oczy lorda Tywina zamknęły się na zawsze — pomyślała Cersei. — *Teraz to przed moim spojrzeniem będą się odwracać, marsa na moim czole muszą się lękać. Ja również jestem lwicą.*

Niebo na dworze było zachmurzone i w sepcie panował półmrok. Jeśli deszcz przestanie kiedyś padać, do środka wpadną skośne snopy światła, które po przejściu przez wiszące u sufitu kryształy spowiją zwłoki barwami tęczy. Lord Casterly Rock zasługiwał na tęcze. Był wielkim człowiekiem. *Ale ja będę większa od niego. Za tysiąc lat, gdy maesterzy będą pisać o naszych czasach, będą cię wymieniać tylko jako ojca królowej Cersei.*

— Mamo — Tommen pociągnął ją za rękaw. — Co tak nieładnie pachnie?

Mój pan ojciec.

— Śmierć.

Ona również czuła jej odór, słaby powiew rozkładu, który sprawiał, że miała ochotę zmarszczyć nos. Nie zwracała jednak na to uwagi. Siedmiu septonów w srebrnych szatach stało tuż za marami, błagając Ojca Na Górze, by osądził lorda Tywina sprawiedliwie. Kiedy skończyli, przed ołtarzem Matki zgromadziło się siedemdziesiąt siedem sept, które swym śpiewem błagały ją o łaskę dla zmarłego. Tommen zaczął się już wiercić i nawet królową bolały kolana. Zerknęła na Jaimego. Jej bliźniaczy brat stał nieruchomo, jak wyrzeźbiony z kamienia. Nie chciał spojrzeć siostrze w oczy.

Pośród ław klęczał ich stryj Kevan. Pochylił nisko plecy, a obok klęczał jego syn. *Lancel wygląda gorzej niż ojciec.* Choć miał dopiero siedemnaście lat, można go było wziąć za siedemdziesięciolatka. Miał poszarzałą, wychudłą twarz, zapadnięte policzki i podkrążone oczy, a włosy białe i łamliwe jak kreda. *Jak to możliwe, że Lancel żyje, a Tywin Lannister odszedł z tego świata? Czy bogowie do cna oszaleli?*

Lord Gyles kasłał jeszcze bardziej niż zwykle, osłaniając nos kwadratową chusteczką z czerwonego jedwabiu. *On również czuje ten smród.* Wielki maester Pycelle zamknął oczy. *Jeśli zasnął, przysięgam, że każę go wychłostać.* Po prawej stronie mar klęczeli Tyrellowie: lord Wysogrodu, jego odrażająca matka i nudna żona; jego syn Garlan i córka Margaery. *Królowa Margaery* — powtórzyła w myśli Cersei; wdowa po Joffie i przyszła żona Tommena. Powiadano, że była dwukrotnie zamężna i pozostała dziewicą, ale Cersei była skłonna w to wątpić. Margaery była bardzo podobna do swego brata, Rycerza Kwiatów. Królowa zastanawiała się, czy łączy ich ze sobą coś jeszcze. *Naszej małej róży zawsze towarzyszą liczne damy dworu, za dnia i nocą.* Były z nią i teraz, w liczbie prawie tuzina. Cersei pogrążona w zamyśleniu przyjrzała się ich twarzom. *Którą z nich najłatwiej zastraszyć, która jest najbardziej rozwiązła, najsilniej pożąda przywilejów? Której najłatwiej rozwiązać język?* Będzie musiała się tego dowiedzieć.

Poczuła ulgę, gdy śpiewy wreszcie umilkły. Wydawało się, że smród bijący od trupa ojca nasilił się jeszcze. Większość żałobników była na tyle uprzejma, by udawać, że wszystko jest w porządku, ale Cersei zauważyła, że dwie kuzynki lady Margaery marszczą te swoje małe, tyrellowskie noski. Kiedy królowa wracała z Tommenem przejściem między ławami, wydawało jej się, że słyszy, jak ktoś mruknął: „w wychodku" i zachichotał, gdy jednak odwróciła się, żeby zobaczyć, kto to był, patrzyło na nią morze poważnych twarzy. *Gdyby żył, nigdy nie odważyliby się z niego żartować. Narobiliby w gacie od jednego jego spojrzenia.*

Kiedy wrócili do Komnaty Lamp, żałobnicy otoczyli ich chmarą gęstą jak muchy, ochoczo zasypując Cersei bezużytecznymi kondolencjami. Obaj bliźniacy Redwyne'owie ucałowali jej dłoń, a ich ojciec cmoknął ją w policzek. Piromanta Hallyne obiecał, że w dniu, gdy kości jej ojca wyruszą na zachód, na niebie nad miastem pojawi się płonąca ręka, symbol urzędu namiestnika. W przerwie między atakami kaszlu lord Gyles poinformował ją, że wynajął mistrza kamieniarskiego. Miał on wykuć posąg lorda Tywina, który będzie pełnił wiekuistą straż przy Lwiej Bramie. Ser Lambert Turnberry pojawił się w przepasce na prawym oku. Poprzysiągł, że będzie ją nosił, dopóki nie przyniesie królowej głowy jej karłowatego brata.

Gdy tylko udało się jej uciec od tego głupca, wpadła na lady Falyse Stokeworth i jej męża, ser Balmana Byrcha.

— Moja pani matka przesyła najserdeczniejsze kondolencje — bredziła Falyse. — Lollys zległa w połogu i matka uznała, że musi z nią zostać. Błaga cię o wybaczenie. Prosiła też, bym cię zapytała... moja matka podziwiała twego zmarłego ojca bardziej niż któregokolwiek z mężczyzn. Jeśli Lollys urodzi chłopczyka, moja matka chciałaby mu dać na imię Tywin, jeśli... jeśli pozwolisz.

Cersei wbiła w nią pełne niedowierzania spojrzenie.

— Twoja przygłupia siostra dała się zgwałcić połowie Królewskiej Przystani, a Tanda chce zaszczycić bękarta imieniem mojego pana ojca? Nie sądzę.

Falyse wzdrygnęła się jak spoliczkowana, ale jej mąż pogłaskał tylko kciukiem gęste blond wąsy.

— Mówiłem lady Tandzie, że tak będzie. Znajdziemy dla bękarta Lollys bardziej... hmm... odpowiednie imię, masz na to moje słowo.

— Tylko o tym nie zapomnij.

Cersei odwróciła się do nich plecami i odeszła. Zauważyła, że Tommen wpadł w szpony Margaery Tyrell i jej babci. Królowa Cierni była tak niska, że Cersei przez chwilę myślała, iż to drugie dziecko. Nim zdołała uratować syna przed różami, tłum pchnął ją prosto na stryja. Gdy przypomniała mu, że mają się potem spotkać, ser Kevan pokiwał ze znużeniem głową i poprosił o pozwolenie odejścia. Lancel jednak został. Wyglądał jak żywy obraz człowieka z jedną nogą w grobie. *Ale czy się do niego kładzie, czy z niego wychodzi?*

Cersei rozciągnęła usta w wymuszonym uśmiechu.

— Lancelu, cieszę się, że widzę, iż czujesz się już znacznie lepiej. Raporty maestera Ballabara były bardzo niepokojące i obawialiśmy się o twoje życie. Sądziłabym jednak, że wyruszysz już w drogę do Darry, by objąć swą lordowską siedzibę.

Po bitwie nad Czarnym Nurtem jej ojciec uczynił Lancela lordem. To był ochłap rzucony Kevanowi.

— Jeszcze na to za wcześnie. W moim zamku siedzą banici. — Głos jej kuzyna był równie słaby, jak wąsy porastające jego górną wargę. Choć jego włosy zrobiły się białe, wąsy zachowały barwę rudoblond. Cersei często gapiła się na nie, gdy chłopak był w niej, poruszając miarowo biodrami. *Wyglądają jak plama brudu na wardze.* Często mu wówczas groziła, że zmyje je odrobiną śliny. — Ojciec mówi, że dorzecze potrzebuje silnej ręki — dodał.

Szkoda, że dostanie twoją — miała ochotę powiedzieć, uśmiechnęła się jednak tylko.

— Masz także się ożenić.

Przez wyniszczoną twarz młodego rycerza przemknął wyraz przygnębienia.

— Z Freyówną i to taką, której sobie nie wybrałem. Nie jest nawet dziewicą. To wdowa, z krwi Darrych. Ojciec mówi, że to mi ułatwi sprawę z chłopami, ale przecież wszyscy chłopi nie żyją. — Sięgnął po jej rękę. — To okrucieństwo, Cersei. Wasza Miłość wie, że kocham…

— …ród Lannisterów — dokończyła za niego. — Nikt w to nie wątpi, Lancelu. Oby żona dała ci silnych synów. — *Ale lepiej nie pozwalaj, żeby to jej dziadek urządzał wesele.* — Wiem, że dokonasz w Darry wielu szlachetnych czynów.

Lancel skinął głową z wyraźnie smutną miną.

— Gdy wydawało się, że mogę umrzeć, ojciec przyprowadził Wielkiego Septona, żeby się za mnie pomodlił. To dobry człowiek. — Oczy jej kuzyna były załzawione i błyszczące, oczy dziecka w twarzy starca. — Mówi, że Matka oszczędziła mnie w jakimś świętym celu, bym mógł odpokutować swe grzechy.

Cersei zastanawiała się, jak zamierza odpokutować to, co z nią robił. *Popełniłam błąd, pasując go na rycerza, a jeszcze większy, biorąc go do łoża.* Lancel był słabą trzciną, a jego nowa pobożność w najmniejszym stopniu nie podobała się Cersei. *Co ten płaczliwy dureń powiedział Wielkiemu Septonowi? I co powie swej małej Freyównie, gdy będą leżeli razem po ciemku?* Jeśli wyzna, że z nią spał, no cóż, z tym łatwo sobie poradzi. Mężczyźni zawsze kłamali, mówiąc o kobietach. Będzie to mogła wytłumaczyć jako przechwałki niedorostka oczarowanego jej urodą. *Ale jeśli wyśpiewa wszystko o Robercie i wzmocnionym winie...*

— Najlepszą pokutą jest modlitwa — oznajmiła mu Cersei. — Bezgłośna.

Zostawiła go, by mógł rozważyć te słowa, i przygotowała się na spotkanie z zastępem Tyrellów.

Margaery objęła ją jak siostra, Królowa uznała to za zarozumiałość, ale to nie było miejsce na czynienie jej wyrzutów. Lady Alerie i kuzynki zadowoliły się ucałowaniem jej palców. Lady Graceford, która była w zaawansowanej ciąży, poprosiła o pozwolenie nadania dziecku imienia Tywin, jeśli okaże się chłopcem, albo Lanna, jeśli urodzi się dziewczynka.

„Jeszcze jeden?" — omal nie jęknęła Cersei. Królestwo zaleje fala Tywinów. Zgodziła się tak uprzejmie, jak tylko mogła, udając zachwyt.

Natomiast lady Merryweather naprawdę ją ucieszyła.

— Wasza Miłość — powiedziała ze swym zmysłowym myrijskim akcentem. — Wysłałam słówko do swych przyjaciół za wąskim morzem, prosząc ich, by natychmiast pojmali Krasnala, jeśli tylko pokaże w Wolnych Miastach swą brzydką twarz.

— A czy masz za wodą wielu przyjaciół?

— W Myr wielu. W Lys i w Tyrosh również. To wpływowi ludzie.

Cersei mogła w to uwierzyć. Myrijka była stanowczo zbyt urodziwa: miała długie nogi i duże piersi, gładką, oliwkową cerę, pełne usta, wielkie, ciemne oczy oraz gęste, czarne włosy, które zawsze wyglądały, jakby przed chwilą wstała z łoża. *Nawet pachnie grzechem, jak jakiś egzotyczny lotos* — pomyślała.

— Oboje z lordem Merryweatherem pragniemy tylko służyć Waszej Miłości — wyszeptała kobieta ze spojrzeniem pełnym obietnicy, jak brzuch lady Graceford.

To ambitna kobieta, a jej lord jest dumny, ale biedny.

— Będziemy musiały jeszcze porozmawiać, lady... Taeno, zgadza się? Jesteś nadzwyczaj uprzejma. Z pewnością zostaniemy wielkimi przyjaciółkami.

Potem zaatakował ją lord Wysogrodu.

Mace Tyrell był najwyżej dziesięć lat starszy od Cersei, ale zawsze uważała go za kogoś z pokolenia lorda Tywina, nie własnego. Nie był tak wysoki jak jej ojciec, ale znacznie od niego masywniejszy, miał szeroką pierś i jeszcze większy brzuch. Włosy miał brązowe, ale w brodzie pojawiły się już plamki siwizny i bieli. Twarz często mu czerwieniała.

— Lord Tywin był wielkim człowiekiem, niezwykłym człowiekiem — oznajmił z namaszczeniem, ucałowawszy ją w oba policzki. — Obawiam się, że nigdy już nie zobaczymy drugiego takiego jak on.

Masz drugą taką jak on przed sobą, głupcze — pomyślała Cersei. — *Rozmawiasz z jego córką.* Potrzebowała jednak Tyrellów i potęgi Wysogrodu, żeby utrzymać Tommena na tronie.

— Będzie go nam bardzo brakowało — powiedziała więc tylko.

Tyrell położył dłoń na jej ramieniu.

— Nie ulega wątpliwości, że nikt spośród żywych nie jest godzien tego, by przywdziać zbroję lorda Tywina. Ale królestwo żyje i ktoś musi nim władać. Jeśli mogę ci w jakiś sposób pomóc w tej mrocznej godzinie, wystarczy, że mnie o to poprosisz, Wasza Miłość.

Jeśli chcesz zostać królewskim namiestnikiem, wasza lordowska mość, musisz się zdobyć na odwagę, by poprosić o to otwarcie. Królowa uśmiechnęła się. *Niech wyczyta z tego uśmiechu, co chce.*

— Z pewnością jesteś potrzebny w Reach, wasza lordowska mość.

— Mój syn Willas to zdolny chłopak — odparł Tyrell, odmawiając zrozumienia bardzo wyraźnej sugestii. — Może i ma niesprawną nogę, ale nie brakuje mu rozumu. A Garlan wkrótce obejmie rządy nad Jasną Wodą. We dwóch z pewnością poradzą sobie z Reach, gdyby miało się okazać, że jestem potrzebny gdzie indziej. Lord Tywin często powtarzał, że władanie królestwem zawsze musi stać na pierwszym miejscu. Z radością przynoszę ci też dobre wieści, Wasza Miłość. Mój stryj Garth zgodził się służyć jako starszy nad monetą, tak jak tego pragnął twój pan ojciec. Jedzie już do Starego Miasta, by wsiąść tam na statek. Będą mu towarzyszyli synowie. Lord Tywin wspomniał kiedyś, że znajdzie miejsce dla dwóch z nich. Być może w Straży Miejskiej.

Królowa zacisnęła rozciągnięte w uśmiechu usta tak mocno, że bała się, iż zęby jej popękają. *Miejsce w małej radzie dla Gartha Sprośnego i złote płaszcze dla dwóch jego bękartów... czy Tyrellom wydaje się, że oddam im królestwo na pozłacanym półmisku?* — mówiła sobie w duchu. Jego arogancja zaparła jej dech w piersiach.

— Garth dobrze mi służył jako lord seneszal, a przede mną mojemu ojcu — ciągnął Tyrell. — Przyznaję, że Littlefinger miał nosa do złota, ale…

— Wasza lordowska mość — przerwała mu Cersei. — Obawiam się, że zaszło jakieś nieporozumienie. Prosiłam już lorda Gylesa Rosby'ego, by zgodził się służyć jako nasz nowy starszy nad monetą, a on zaszczycił mnie swą zgodą.

Mace wybałuszył oczy.

— Rosby? Ten… pokasływacz? Ale… to już było uzgodnione, Wasza Miłość. Garth jedzie do Starego Miasta.

— W takim razie wyślij kruka do lorda Hightowera i poproś go, żeby dopilnował, by twój stryj nie wsiadł na statek. Bardzo byśmy nie chcieli, żeby Garth bez powodu wyruszał w niebezpieczny rejs po jesiennych morzach.

Uśmiechnęła się miło.

Na grubą szyję Tyrella wystąpił rumieniec.

— Ale… twój pan ojciec zapewnił mnie…

Zatkało go.

Nagle pojawiła się jego matka i wzięła go pod ramię.

— Najwyraźniej lord Tywin nie wtajemniczał w swe plany naszej regentki. Nie mam pojęcia dlaczego. Niemniej jednak, nie ma sensu czynić wyrzutów Jej Miłości. Królowa ma rację. Musisz napisać do lorda Leytona, nim Garth zdąży wsiąść na statek. Wiesz, że na morzu czuje się niedobrze i pierdzi od tego jeszcze bardziej. — Lady Olenna obdarzyła Cersei bezzębnym uśmiechem. — Jeśli w twojej radzie zasiądzie lord Gyles, zapach w komnacie będzie słodszy, choć przyznaję, że mnie to jego kasłanie by przeszkadzało. Wszyscy kochamy naszego starego stryjka Gartha, ale nie da się zaprzeczyć, że on zbyt często puszcza wiatry. Nie znoszę obrzydliwych zapachów. — Jej pomarszczona twarz zmarszczyła się jeszcze bardziej. — Prawdę mówiąc, poczułam w świętym sepcie coś nieprzyjemnego. Może ty również zwróciłaś na to uwagę?

— Nie — odparła zimno Cersei. — Mówisz, że to był jakiś zapach?

— Raczej smród.

— Być może brak ci twoich jesiennych róż. Zbyt długo już cię tu zatrzymywaliśmy.

Im prędzej pozbędzie się z dworu lady Olenny, tym lepiej. Lord Tyrell z pewnością wyśle spory oddział rycerzy, by bezpiecznie odprowadzili jego matkę do domu, a im mniej zbrojnych Tyrellów zostanie w mieście, tym lepiej będzie spała królowa.

— Przyznaję, że bardzo tęsknię za woniami Wysogrodu — zgodziła się staruszka — ale oczywiście nie mogę wyjechać, dopóki nie zobaczę ślubu mojej słodkiej Margaery z twoim kochanym Tommenem.

— Ja również z niecierpliwością oczekuję tego dnia — wtrącił donośnym głosem Tyrell. — Tak się składa, że już mieliśmy ustalić z lordem Tywinem datę. Być może moglibyśmy razem załatwić tę kwestię, Wasza Miłość.

— Wkrótce.

— Niech będzie wkrótce — zgodziła się lady Olenna, pociągając nosem. — Chodź, Mace. Zostawmy Jej Miłość jej... żałobie.

Jeszcze zobaczę twoją śmierć, starucho — obiecała sobie Cersei, gdy Królowa Cierni oddaliła się chwiejnym krokiem, odprowadzana przez dwóch swych strażników, wysokich na siedem stóp drągali, których dla zabawy przezwała Lewym i Prawym. *Przekonamy się, czy będzie z ciebie słodki trup.*

Nie ulegało wątpliwości, że staruszka jest dwa razy bystrzejsza od swego lordowskiego syna.

Królowa uratowała syna z rąk Margaery i jej kuzynek, a potem ruszyła ku drzwiom. Wreszcie przestało padać i w jesiennym powietrzu unosił się słodki, świeży zapach. Tommen zdjął koronę.

— Włóż ją z powrotem — rozkazała Cersei.

— Szyja mnie od niej boli — poskarżył się chłopiec, ale wykonał polecenie. — Czy już niedługo się ożenię? Margaery mówi, że zaraz po ślubie będziemy mogli pojechać do Wysogrodu.

— Nie pojedziesz do Wysogrodu, ale możesz się przejechać z powrotem do zamku. — Cersei skinęła na ser Meryna Tranta. — Przyprowadź Jego Miłości wierzchowca i zapytaj lorda Gylesa, czy łaskawie zgodzi się dzielić ze mną lektykę.

Wszystko działo się szybciej, niż się spodziewała. Nie mogła marnować czasu.

Tommen ucieszył się perspektywą jazdy, a lord Gyles — rzecz jasna — poczuł się zaszczycony jej zaproszeniem... choć, gdy Cersei poprosiła go, by został jej starszym nad monetą, rozkasłał się tak gwałtownie, że obawiała się, iż może skonać na miejscu. Matka natura okazała się jednak łaskawa i Gyles po chwili wrócił do siebie na tyle, że mógł przyjąć propozycję, a nawet zaczął wykasływać nazwiska ludzi, których chciał zastąpić, celników i faktorów wełny mianowanych przez Littlefingera, a nawet jednego z powierników kluczy.

— Nieważne, jak nazywa się krowa, ważne, czy daje mleko. A gdyby ktoś cię pytał, jesteś członkiem rady od wczoraj.

— Od wczo... — Zgiął się wpół w kolejnym ataku kaszlu. — Od wczoraj. Oczywiście.

Lord Gyles zasłaniał usta czerwoną, jedwabną chusteczką, jakby chciał ukryć krew w plwocinie. Cersei udała, że tego nie zauważa.

Kiedy umrze, znajdę kogoś innego. Być może sprowadzi z powrotem Littlefingera. Królowa nie wyobrażała sobie, by po śmierci Lysy Arryn Petyrowi Baelishowi pozwolono zbyt długo pozostać Lordem Protektorem Doliny. Jeśli wierzyć Pycelle'owi, tamtejsi lordowie już zaczynali się niepokoić. *Kiedy już odbiorą mu tego nieszczęsnego chłopca, lord Petyr wróci potulnie do mnie.*

— Wasza Miłość? — Lord Gyles zakasłał i otarł usta. — Czy mogę... — Znowu przerwał mu kaszel. — ...zapytać, kto... — Wstrząsnęła nim gwałtowna seria kaszlnięć. — ...kto zostanie królewskim namiestnikiem?

— Mój stryj — odparła z roztargnieniem w głosie Cersei.

Poczuła ulgę, gdy wreszcie ujrzała przed sobą potężną bramę Czerwonej Twierdzy. Zostawiła Tommena pod opieką giermków i z radością udała się do swych komnat, żeby odpocząć.

Ledwie zdążyła zdjąć buty, gdy do środka nieśmiało weszła Jocelyn, by zawiadomić królową, że pod drzwiami czeka Qyburn, prosząc o audiencję.

— Wpuść go — rozkazała Cersei. *Władcy nigdy nie odpoczywają* — pomyślała.

Qyburn był stary, ale w jego włosach wciąż było więcej popiołu niż śniegu, a bruzdy wokół ust, wywołane częstym śmiechem, nadawały mu wygląd ukochanego dziadka jakiejś małej dziewczynki. *Ale raczej obdartego dziadka.* Kołnierz szaty miał wystrzępiony, a jeden rękaw rozdarty i nieumiejętnie zszyty.

— Błagam Waszą Miłość o wybaczenie mojego wyglądu — powiedział. — Byłem w lochach, by zbadać sprawę ucieczki Krasnala, tak jak rozkazałaś.

— I czego się dowiedziałeś? — zapytała.

— Tej samej nocy oprócz lorda Varysa i twego brata zniknął również trzeci człowiek.

— Tak, klucznik. I co z nim?

— Nazywał się Rugen i był podklucznikiem opiekującym się ciemnicą. Główny podklucznik mówi, że to był tęgi, zawsze nieogolony mężczyzna o grubiańskiej mowie. Mianował go stary król, Aerys, Rugen zjawiał się tylko wtedy, gdy miał ochotę. W ostatnich latach ciemnica rzadko bywała zajęta. Wygląda na to, że inni strażnicy bali się go, ale żaden z nich nie wiedział o nim zbyt wiele. Rugen nie miał przyjaciół ani rodziny. Nie pił i nie odwiedzał burdeli. Cela, w której sypiał, była wilgotna i nędzna, siennik zbutwiały, a nocnik przepełniony.

— Wiem już o tym wszystkim.

Jaime przeszukał celę Rugena, a złote płaszcze ser Addama zrobiły to po raz drugi.

— Tak, Wasza Miłość — zgodził się Qyburn. — Ale czy wiedziałaś, że pod tym śmierdzącym nocnikiem był luźny kamień, a pod nim małe zagłębienie? Skrytka, w jakiej człowiek mógłby chować kosztowności, gdyby nie chciał, żeby ktoś je odkrył?

— Kosztowności? — To było coś nowego. — Masz na myśli pieniądze?

Od samego początku podejrzewała, że Tyrion zdołał w jakiś sposób przekupić tego klucznika.

— Z całą pewnością. Co prawda, skrytka była pusta, gdy ją znalazłem. Uciekając, Rugen z pewnością zabrał ze sobą zdobyty nieprawymi środkami skarb. Ale gdy przykucnąłem nad otworem z pochodnią w dłoni, zauważyłem jakiś błysk. Dlatego zacząłem grzebać w ziemi, aż wydobyłem to. — Qyburn otworzył dłoń. — Złotą monetę.

Faktycznie była złota, ale gdy tylko Cersei wzięła ją w rękę, zorientowała się, że coś z nią nie jest w porządku. *Jest za mała i za cienka* — uświadomiła sobie. Pieniążek był stary i wytarty. Po jednej jego stronie wyobrażono profil króla, a po drugiej odcisk ręki.

— To nie jest smok — zauważyła.

— Nie jest — zgodził się Qyburn. — To moneta sprzed podboju, Wasza Miłość. Ten król to Garth Dwunasty, a dłoń jest herbem rodu Gardenerów.

Z Wysogrodu. Cersei zacisnęła rękę na monecie. *Cóż to za zdrada?* Mace Tyrell był jednym z sędziów w procesie Tyriona i gromko domagał się jego śmierci. *Czy to był podstęp? Czy przez cały ten czas był w zmowie z Tyrionem, planując śmierć ojca?* Po śmierci Tywina Lannistera lord Tyrell stawał się oczywistym kandydatem na królewskiego namiestnika, ale...

— Nie wolno ci o tym nikomu wspominać — rozkazała.

— Wasza Miłość może ufać mojej dyskrecji. Każdy, kto służy w kompanii najemników, uczy się trzymać język za zębami, bo inaczej szybko może go stracić.

— Nie inaczej jest z tymi, którzy służą mnie. — Schowała pieniążek. Zastanowi się nad tym później. — A co z tą drugą sprawą?

— Z ser Gregorem? — Qyburn wzruszył ramionami. — Zbadałem go, zgodnie z twoim rozkazem. Żmija zatruł włócznię jadem mantykory ze wschodu. Mógłbym na to postawić własne życie.

— Pycelle jest innego zdania. Powiedział mojemu panu ojcu, że jad mantykory zabija, gdy tylko dotrze do serca.

— To prawda. Ale ten jad w jakiś sposób zagęszczono, żeby przedłużyć agonię Góry.

— Zagęszczono? A jak? Jakąś inną substancją?

— Niewykluczone, że było tak, jak sugeruje Wasza Miłość, choć w większości przypadków zanieczyszczanie trucizny zmniejsza jej moc. Powiedzmy, że przyczyna jest… nie tak naturalna. Myślę, że to było zaklęcie.

Czy on jest takim samym głupcem jak Pycelle?

— Chcesz mi wmówić, że Góra umiera z powodu czarnej magii?

Qyburn zignorował drwinę słyszalną w jej głosie.

— Umiera z powodu jadu, ale powoli, cierpiąc przy tym straszliwie. Próbowałem złagodzić jego ból, lecz z równie kiepskim skutkiem jak Pycelle. Obawiam się, że ser Gregor jest za bardzo przyzwyczajony do maku. Jego giermek powiedział mi, że Górę często dręczą straszliwe bóle głowy i że wypija wtedy mnóstwo makowego mleka, jak mniej potężni ludzie piją *ale*. Tak czy inaczej, żyły poczerniały mu na całym ciele, mocz ma zanieczyszczony ropą, a w jego boku trucizna wyżarła dziurę wielkości mojej pięści. Prawdę mówiąc, cud, że jeszcze żyje.

— To przez jego rozmiary — zasugerowała królowa, marszcząc brwi. — Gregor jest bardzo potężnie zbudowanym człowiekiem. A także bardzo głupim. Najwyraźniej za głupim, żeby wiedzieć, kiedy powinien umrzeć. — Uniosła kielich i Senelle znowu go napełniła. — Tommen boi się jego krzyków. Nawet mnie czasem budzą w nocy. Uważam, że już najwyższy czas, byśmy wezwali Ilyna Payne'a.

— Wasza Miłość, może pozwoliłabyś mi przenieść ser Gregora do lochów? — zasugerował Qyburn. — Jego krzyki przestaną cię niepokoić, a ja będę mógł zająć się nim swobodniej.

— Zająć się nim? — powtórzyła ze śmiechem. — Niech to zrobi ser Ilyn.

— Jak Wasza Miłość sobie życzy — zgodził się Qyburn. — Ale ta trucizna… warto by było dowiedzieć się o niej czegoś więcej, nieprawdaż? Prostaczkowie mawiają, że aby zabić rycerza, trzeba wysłać rycerza, a żeby uśmiercić łucznika, łucznika. Natomiast w walce z czarną magią…

Nie dokończył myśli, a tylko uśmiechnął się do Cersei.

Z całą pewnością nie jest Pycelle'em. Królowa zastanowiła się nad słowami Qyburna, próbując go ocenić.

— Dlaczego Cytadela pozbawiła cię łańcucha?

— Wszyscy arcymaesterzy są w głębi duszy tchórzami. Marwyn nazywa ich szarymi owcami. Byłem tak samo dobrym uzdrowicielem jak Ebrose, ale postanowiłem go przewyższyć. Ludzie z Cytadeli już od stuleci otwierali ciała umarłych, żeby poznać naturę życia. Ja zapragnąłem poznać naturę śmierci i w tym celu otwierałem ciała żywych. Za tę zbrodnię szare owce skazały mnie na hańbę i wygnanie... ale teraz rozumiem naturę życia i śmierci lepiej niż ktokolwiek w Starym Mieście.

— Naprawdę? — To ją zaintrygowało. — Zgoda. Góra należy do ciebie. Zrób z nim, co zechcesz, ale prowadź swe badania wyłącznie w ciemnicy. A kiedy umrze, przynieś mi jego głowę. Mój ojciec obiecał ją Dornijczykom. Książę Doran z pewnością wolałby osobiście zabić ser Gregora, ale nikt z nas nie uniknie w życiu rozczarowań.

— Znakomicie, Wasza Miłość. — Qyburn odchrząknął. — Ja jednak nie dysponuję takimi środkami jak Pycelle. Będą mi potrzebne pewne...

— Polecę lordowi Gylesowi dać ci tyle złota, ile będziesz potrzebował. Kup też sobie nowe szaty. Wyglądasz, jakbyś przyszedł tu z Zapchlonego Tyłka. — Spojrzała mu prosto w oczy, zastanawiając się, do jakiego stopnia odważy się mu zaufać. — Czy muszę dodawać, że byłoby dla ciebie bardzo niedobrze, gdyby choć słowo o twoich... poczynaniach... wydostało się poza te mury?

— Nie musisz, Wasza Miłość. — Qyburn uśmiechnął się do niej uspokajająco. — Twoje tajemnice są u mnie bezpieczne.

Gdy już wyszedł, Cersei nalała sobie kielich wzmocnionego wina i wypiła go, stojąc przy oknie. Patrzyła na wydłużające się na dziedzińcu cienie i myślała o monecie. *Złoto z Reach. Skąd podklucznik z Królewskiej Przystani mógłby mieć złoto z Reach, jeśli nie stąd, że zapłacono mu za śmierć ojca?*

Bez względu na wszelkie swe starania, gdy tylko wyobrażała sobie twarz lorda Tywina, widziała na niej głupi uśmieszek i czuła ohydny smród rozkładającego się trupa. Zastanawiała się, czy to możliwe, by za tym również stał Tyrion. *To małe i okrutne, tak samo jak on.* Czy jej karłowaty brat mógł uczynić Pycelle'a swym narzędziem? *Zamknął starego w ciemnicy, a nadzór nad nią sprawował ten Rugen* — pomyślała. Wszystkie sznurki splatały się ze sobą i nie podobało jej się to nawet w najmniejszym stopniu. *Nowy Wielki Septon również jest narzędziem Tyriona* — przypomniała sobie. — *A biedne ciało ojca było pod jego opieką od zmroku aż po świt.*

Jej stryj zjawił się punktualnie o zachodzie słońca. Miał na sobie pikowany wams z ciemnoszarej wełny, posępny jak jego oblicze. Jak wszyscy Lannisterowie, ser Kevan miał jasną cerę i blond włosy, choć w wieku pięćdziesięciu pięciu lat nie zostało mu ich już zbyt wiele. Nikt nigdy nie mógłby go nazwać przystojnym. Był gruby w pasie, garbił się lekko, a krótko przystrzyżona, żółta broda nie ukrywała wystającego, kwadratowego podbródka. Przypominał jej starego mastifa... ale stary, wierny mastif był akurat tym, czego potrzebowała.

Zjedli prostą kolację złożoną z buraków, chleba i krwistej wołowiny, popijając ją dzbankiem czerwonego dornijskiego. Ser Kevan mówił bardzo niewiele i prawie w ogóle nie dotykał kielicha. *Za dużo się martwi* — uznała Cersei. — *Trzeba dać mu jakieś zajęcie, żeby zapomniał o żałobie.*

Powiedziała mu to, gdy służba zabrała resztki posiłku i zostawiła ich samych.

— Wiem, jak bardzo ojciec na tobie polegał, stryju. Teraz ja również muszę na ciebie liczyć.

— Potrzebujesz namiestnika — odparł. — A Jaime ci odmówił.

Jest bezpośredni. Bardzo dobrze.

— Jaime... po śmierci ojca czułam się taka zagubiona... ledwie wiedziałam, co mówię. Jaime jest dzielny, ale, bądźmy szczerzy, trochę głupawy. Tommen potrzebuje kogoś bardziej doświadczonego. Kogoś starszego...

— Mace Tyrell jest starszy.

Cersei gniewnie rozwarła nozdrza.

— Nigdy. — Odgarnęła z czoła kosmyk włosów. — Tyrellowie żądają zbyt wiele.

— Byłabyś głupia, gdybyś mianowała Mace'a Tyrella swym namiestnikiem — zgodził się ser Kevan. — Ale jeszcze większą głupotą byłoby zrobić sobie z niego wroga. Słyszałem, co się wydarzyło w Komnacie Lamp. Mace nie powinien był poruszać takiego tematu w miejscu publicznym, ale ty również nie wykazałaś się rozsądkiem, zawstydzając go w obecności połowy dworu.

— Lepsze to, niż znosić kolejnego Tyrella w radzie. — Poirytowała ją jego przygana. — Rosby będzie dobrym starszym nad monetą. Widziałeś jego rumaki i lektykę z jej rzeźbami i jedwabnymi zasłonami? Jego konie są lepiej ubrane niż większość rycerzy. Tak bogaty człowiek nie powinien mieć trudności ze znalezieniem złota. A jeśli chodzi o pozycję namiestnika… któż dokończyłby dzieła mojego ojca lepiej niż jego brat, którego wtajemniczał we wszystkie swe poczynania?

— Każdy potrzebuje kogoś, komu mógłby zaufać. Tywin miał mnie, a przedtem też twoją matkę.

— Bardzo ją kochał. — Cersei nie chciała myśleć o martwej kurwie w jego łożu. — Wiem, że są teraz razem.

— Modlę się, by tak było. — Kevan przyglądał się jej twarzy przez dłuższą chwilę. — Prosisz mnie o wiele, Cersei.

— Nie o więcej niż mój ojciec.

— Jestem zmęczony. — Stryj sięgnął po kielich i wypił łyk wina. — Mam żonę, której nie widziałem od dwóch lat, muszę odbyć żałobę po zabitym synu, a mój drugi syn ma się ożenić i zająć pozycję lorda. Zamek Darry trzeba znowu uczynić silnym, zapewnić ochronę jego ziemiom, a leżące odłogiem grunty zaorać i obsiać. Lancel potrzebuje mojej pomocy.

— Tommen również. — Cersei nie spodziewała się, że Kevana będzie trzeba namawiać. *Ojcu nigdy nie demonstrował oporów.* — I królestwo.

— Królestwo. Tak jest. — Pociągnął kolejny łyk wina. — Zgoda. Zostanę i będę służył Jego Miłości…

— Znakomicie… — zaczęła, ale ser Kevan podniósł głos i mówił dalej, ignorując ją.

— …pod warunkiem że zrobisz mnie nie tylko namiestnikiem, lecz również regentem, a sama wrócisz do Casterly Rock.

Przez pół uderzenia serca Cersei mogła jedynie gapić się na niego.

— Ja jestem regentką — przypomniała mu.

— Byłaś. Tywin nie zamierzał pozwolić ci dłużej piastować tej funkcji. Mówił mi, że planuje odesłać cię na Skałę i znaleźć dla ciebie nowego męża.

Cersei poczuła, że narasta w niej gniew.

— Wspominał o tym, tak. Ale odpowiedziałam mu, że nie zamierzam ponownie wychodzić za mąż.

Jej stryja to nie wzruszyło.

— Jeśli jesteś zdecydowanie przeciwna ponownemu małżeństwu, nie będę cię do niego zmuszał. A jeśli chodzi o tę drugą sprawę… jesteś teraz panią Casterly Rock. Twoje miejsce jest tam.

Miała ochotę krzyknąć: „Jak śmiesz?", powstrzymała się jednak.

— Jestem także królową regentką — odpowiedziała tylko. — Moje miejsce jest u boku syna.

— Twój ojciec był innego zdania.

— Mój ojciec nie żyje.

— Ku mojemu żalowi i na nieszczęście dla całego królestwa. Otwórz oczy i rozejrzyj się wokół, Cersei. Królestwo leży w ruinie. Tywin być może zdołałby wszystko naprawić, ale…

— To ja wszystko naprawię! Z twoją pomocą, stryju — dodała łagodniejszym tonem. — Jeśli tylko zgodzisz się służyć mi tak wiernie jak służyłeś mojemu ojcu…

— Nie jesteś Tywinem. A twój ojciec zawsze uważał Jaimego za swego prawowitego dziedzica.

— Jaime… Jaime złożył śluby. On nigdy nie myśli. Śmieje

się tylko ze wszystkich i wszystkiego, i mówi, co mu przyjdzie do głowy. To przystojny dureń.

— I to właśnie on był twoim pierwszym kandydatem na królewskiego namiestnika. Jak to świadczy o tobie, Cersei?

— Już ci mówiłam, że byłam chora z żalu. Nie myślałam...

— Istotnie — zgodził się ser Kevan. — I dlatego właśnie powinnaś wrócić do Casterly Rock i zostawić króla pod opieką tych, którzy myślą.

— Król jest moim synem!

Cersei zerwała się z krzesła.

— Zaiste — przytaknął stryj. — Sądząc z tego, co mi wiadomo o Joffreyu, nadajesz się na matkę równie mało jak na władczynię.

Chlusnęła mu w twarz winem z kielicha.

Ser Kevan podniósł się z ociężałą godnością.

— Wasza Miłość. — Trunek spływał mu po policzkach i skapywał z krótko przystrzyżonej brody. — Czy mogę już odejść?

— Jakim prawem stawiasz mi warunki? Jesteś nie więcej niż jednym z domowych rycerzy mojego ojca.

— To prawda, że nie mam włości. Dysponuję jednak pewnymi dochodami i zaoszczędziłem parę kufrów monet. Mój ojciec nie zapomniał o wyposażeniu wszystkich swych dzieci, a Tywin potrafił nagradzać wierną służbę. Utrzymuję dwustu rycerzy i jeśli będzie trzeba, mogę podwoić tę liczbę. Są też wolni, którzy zbiorą się pod moją chorągwią, mam złoto potrzebne, by opłacić najemników. Nie byłoby rozsądnie mnie lekceważyć, Wasza Miłość... a najrozsądniej byłoby nie robić sobie ze mnie wroga.

— Grozisz mi?

— Doradzam ci.

— Powinnam cię zamknąć w ciemnicy.

— Nie. Powinnaś oddać mi tytuł regenta. Ale ponieważ nie chcesz tego zrobić, mianuj mnie kasztelanem Casterly Rock, a królewskim namiestnikiem zrób Mathisa Rowana albo Randylla Tarly'ego.

Obaj są chorążymi Tyrellów. Cersei zaniemówiła na tę sugestię. *Czy go przekupili?* — zadała sobie pytanie. — *Czy przyjął złoto od Tyrellów w zamian za zdradę rodu Lannisterów?*

— Mathis Rowan jest rozsądny, ostrożny i lubiany — ciągnął ser Kevan, nie zważając na jej minę. — A Randyll Tarly to najlepszy żołnierz w królestwie. W czasach pokoju byłby kiepskim namiestnikiem, ale po śmierci Tywina nikt nie zakończy tej wojny skuteczniej od niego. Lord Tyrell nie będzie mógł się obrazić, jeśli wybierzesz na namiestnika jednego z jego chorążych. Tarly i Rowan to zdolni ludzie… i lojalni. Jeśli mianujesz któregoś z nich, będzie należał do ciebie. Wzmocnisz siebie i osłabisz Wysogród, a mimo to Mace zapewne ci za to podziękuje. — Wzruszył ramionami. — Tak brzmi moja rada, możesz z niej skorzystać lub nie. Równie dobrze możesz mianować swoim namiestnikiem Księżycowego Chłopca. Nic mnie to nie obchodzi. Mój brat nie żyje, kobieto. Muszę go zabrać do domu.

Zdrajca — pomyślała. — *Sprzedawczyk.* Zastanawiała się, ile zapłacił mu Mace Tyrell.

— Opuszczasz swojego króla w chwili, gdy najbardziej cię potrzebuje — powiedziała mu. — Opuszczasz Tommena.

— Tommen ma matkę. — Zielone oczy ser Kevana spojrzały bez mrugnięcia wprost na nią. Pod jego podbródkiem ostatnia kropelka wina zadrżała i spadła. — Zaiste — dodał cicho po chwili — i ojca też, jak sądzę.

JAIME

Ser Jaime Lannister, od stóp do głów obleczony w biel, pełnił straż przy marach swego ojca, zaciskając pięć palców dłoni na rękojeści złotego miecza.

O zmierzchu wnętrze Wielkiego Septu Baelora wypełnił niesamowity półmrok. Ostatnie promienie słońca wpadały ukośnymi snopami przez wysoko umieszczone okna, oświetlając wysokie posągi Siedmiu posępnym, czerwonym blaskiem. Wokół ołtarzy paliły się wonne świece, a w transeptach gromadziły się głębokie cienie pełznące powoli po marmurowej posadzce. Echa wieczornego nabożeństwa ucichły, gdy ostatni żałobnicy opuszczali sept.

Balon Swann i Loras Tyrell zostali na miejscu, gdy wszyscy poza nimi już poszli.

— Nikt nie może bez przerwy stać na straży przez siedem dni i siedem nocy — stwierdził ser Balon. — Kiedy ostatnio spałeś, lordzie dowódco?

— Gdy mój pan ojciec jeszcze żył — odparł Jaime.

— Pozwól, bym cię dziś zastąpił — poprosił ser Loras.

— Nie był twoim ojcem. — *Nie zabiłeś go. Ja go zabiłem. Tyrion mógł wypuścić bełt, który pozbawił go życia, ale to ja wypuściłem Tyriona* — pomyślał. — Zostawcie mnie.

— Wedle rozkazu, lordzie dowódco — zgodził się Swann. Wydawało się, że ser Loras ma ochotę spierać się dalej, ale ser Balon wziął go za ramię i odciągnął. Jaime słuchał ech oddalających się kroków. Potem znowu został sam ze swym panem ojcem pośród świec, kryształów i słodkiego, mdłego zapachu śmierci. Plecy bolały go od ciężaru zbroi, a nogi miał niemal całkowicie odrętwiałe. Przesunął się lekko, zaciskając palce na rękojeści. Nie potrafił już władać mieczem, ale nadal mógł go trzymać. Czuł pulsujący ból w brakującej ręce. To było niemal zabawne. Miał więcej czucia w odciętej ręce niż w całym ciele, które mu zostało.

Moja ręka jest spragniona miecza. Muszę kogoś zabić. Na początek Varysa, ale najpierw trzeba będzie znaleźć kamień, pod którym się ukrył.

— Kazałem eunuchowi zaprowadzić go na statek, nie do twojej sypialni — tłumaczył trupowi. — Twoja krew splamiła jego ręce w równym stopniu jak... jak ręce Tyriona.

Chciał powiedzieć „w równym stopniu jak moje", ale słowa uwięzły mu w gardle. *Cokolwiek uczynił Varys, ja go do tego zmusiłem* — dodał w duchu.

Czekał owej nocy w komnatach eunucha, gdy w końcu zdecydował, że nie pozwoli, by jego mały brat zginął. Podczas oczekiwania ostrzył jedną ręką sztylet. Zgrzyt stali o kamień dziwnie dodawał mu otuchy. Gdy usłyszał kroki, stanął obok drzwi. Varys wszedł do środka, otoczony zapachem pudru i lawendy. Jaime podążył za nim, kopnął go w kolano od tyłu, obalił, klęknął na jego klatce piersiowej i wsunął sztylet pod miękki, biały podbródek, zmuszając eunucha do uniesienia głowy.

— No proszę, lord Varys — odezwał się miłym tonem. — Kto by się spodziewał, że cię tu spotkam?

— Ser Jaime? — wydyszał eunuch. — Przestraszyłeś mnie.

— Miałem taki zamiar. — Obrócił sztylet i po klindze spłynął strumyczek krwi. — Pomyślałem sobie, że mógłbyś mi pomóc w uwolnieniu brata z celi, zanim ser Ilyn zetnie mu głowę. Przyznaję, że jest brzydka, ale Tyrion ma tylko jedną.

— Tak... hmm... gdybyś zechciał... zabrać ten sztylet... tak, delikatnie, jeśli łaska, delikatnie, och, skaleczyłeś mnie... — Eunuch dotknął szyi i gapił się na krew na swych palcach. — Zawsze brzydziłem się widoku własnej krwi.

— Zaraz będziesz mógł się nią pobrzydzić do syta, chyba że mi pomożesz.

Varys usiadł z wysiłkiem.

— Twój brat… gdyby Krasnal zniknął w niewytłumaczalny sposób z celi, zaczęto by zadawać p… pytania. Obawiałbym się o swe ż… życie.

— Twoje życie jest w moich rękach. Nic mnie nie obchodzi, ile tajemnic znasz. Jeśli Tyrion zginie, zapewniam, że nie przeżyjesz go długo.

— Ach. — Eunuch oblizał krew z palców. — Prosisz mnie o straszną rzecz… wypuścić Krasnala, który zabił naszego pięknego króla… a może wierzysz w jego niewinność?

— Czy jest winien czy nie — odparł Jaime, dowodząc, jakim jest głupcem — Lannister zawsze płaci swe długi.

Te słowa przyszły mu z wielką łatwością.

Od tego czasu nie zasnął nawet na chwilę. I teraz widział twarz brata w blasku pochodni, usta rozciągnięte w uśmiechu pod kikutem nosa.

— Ty nieszczęsny, durny, ślepy, kaleki głupcze — warknął Tyrion przepojonym złośliwością głosem. — Cersei jest kurwą i kłamczuchą. Pierdoliła się z Lancelem, Osmundem Kettleblackiem, a całkiem możliwe, że również z Księżycowym Chłopcem. A ja jestem potworem, za którego wszyscy mnie uważają. Tak, zabiłem twojego obmierzłego syna.

Ale nie powiedział, że ma zamiar zabić też ojca. Gdyby to zrobił, powstrzymałbym go. Wtedy to ja byłbym zabójcą krewnych, nie on.

Jaime zastanawiał się, gdzie się teraz ukrywa Varys. Starszy nad szeptaczami rozsądnie nie wrócił do swych komnat. Przeszukano Czerwoną Twierdzę, ale nie udało się go nigdzie znaleźć. Niewykluczone, że eunuch wsiadł na statek razem z Tyrionem, by uniknąć niewygodnych pytań, na które musiałby odpowiedzieć, gdyby tu został. Jeśli tak się stało, obaj zapewne byli już na morzu i siedzieli w kajucie galery nad dzbanem złotego arborskiego.

Chyba że mój brat zamordował również Varysa i ukrył jego trupa gdzieś w podziemiach pod zamkiem. W takim przypadku mogą minąć lata, nim uda się odnaleźć jego kości. Jaime zszedł do lochów z kilkunastoma strażnikami wyposażonymi w pochodnie, sznury i lampy. Przez długie godziny łazili krętymi korytarzami, czołgali się przez wąskie tunele, przechodzili przez ukryte drzwi, wspinali się na tajne schody i schodzili w dół szybów opadających w nieprzeniknioną ciemność. Rzadko zdarzało mu się odczuwać kalectwo aż tak dotkliwie. Człowiekowi, który ma dwie ręce, wiele rzeczy przychodzi łatwo. Na przykład wspinanie się na drabiny. Nawet czołganie się sprawiało mu trudności. Nieprzypadkowo mówi się o chodzeniu na rękach i kolanach. Nie mógł też trzymać pochodni, wchodząc po drabinie, tak jak inni.

I wszystko to nic nie dało. Znaleźli tylko ciemność, pył i szczury. *A także czające się pod ziemią smoki* — pomyślał. Pamiętał pomarańczowy blask węgielków w paszczy żelaznego smoka. Piec ogrzewał komorę, do której schodził szyb. Spotykało się tam sześć tuneli. Posadzkę zdobiła podrapana mozaika przedstawiająca trójgłowego smoka rodu Targaryenów, ułożona z czarnych i czerwonych płytek. „Znam cię, Królobójco — zdawał się mówić potwór. — Byłem tu przez cały czas. Czekałem, aż do mnie przyjdziesz". Jaime odnosił wrażenie, że zna ten głos. Jego żelazne tony należały ongiś do Rhaegara, księcia Smoczej Skały.

Dzień był wietrzny, gdy Jaime żegnał się z Rhaegarem na dziedzińcu Czerwonej Twierdzy. Książę wdział czarną jak noc zbroję, z trójgłowym smokiem z rubinów na napierśniku.

— Wasza Miłość — błagał go Jaime — niech tym razem to Darry zostanie strzec króla albo może ser Barristan. Ich płaszcze są tak samo białe jak mój.

Książę Rhaegar potrząsnął głową.

— Mój królewski ojciec obawia się twego ojca bardziej niż naszego kuzyna Roberta. Pragnie mieć cię blisko siebie, żeby lord Tywin nie mógł mu zaszkodzić. Nie śmiem odebrać mu tej podpory w takiej chwili.

Jaimego wypełnił gniew, podchodząc mu do gardła.

— Nie jestem podporą. Jestem rycerzem Gwardii Królewskiej.

— W takim razie strzeż króla — warknął ser Jon Darry. — Kiedy wdziałeś ten płaszcz, poprzysiągłeś posłuszeństwo.

Rhaegar położył dłoń na ramieniu Jaimego.

— Po bitwie zamierzam zwołać radę. Zajdą zmiany. Chciałem to zrobić już dawno, ale… no cóż, nie ma sensu mówić o tym, co by było gdyby. Porozmawiamy, kiedy wrócę.

To były ostatnie słowa, jakie wypowiedział do niego Rhaegar Targaryen. Za bramami zebrała się już armia, a druga maszerowała w stronę Tridentu. Książę Smoczej Skały dosiadł rumaka, włożył wysoki czarny hełm i pojechał na spotkanie zguby.

Miał więcej racji, niż mu się zdawało. Po bitwie faktycznie zaszły zmiany.

— Aerys myślał, że nie stanie się mu nic złego, jeśli będzie mnie trzymał blisko siebie — powiedział Jaime trupowi ojca. — Czyż to nie zabawne?

Lord Tywin najwyraźniej się z nim zgadzał, gdyż uśmiechał się szerzej niż przedtem. *Chyba dobrze się czuje jako trup* — pomyślał Jaime.

To dziwne, ale nie czuł żalu. *Gdzie są moje łzy? Gdzie mój gniew?* Jaime Lannister zawsze był skory do gniewu.

— Ojcze — mówił dalej — to ty mi powiedziałeś, że u mężczyzny łzy są oznaką słabości, więc nie możesz się spodziewać, że będę po tobie płakał.

Rankiem obok mar przeszło tysiąc lordów i dam, a po południu kilka tysięcy prostaczków. Wszyscy włożyli ciemne ubrania i mieli smutne miny, Jaime jednak podejrzewał, że wielu z nich cieszy się skrycie z upadku wielkiego człowieka. Nawet na zachodzie lorda Tywina raczej szanowano, niż kochano, a w Królewskiej Przystani nadal pamiętano o splądrowaniu miasta.

Maester Pycelle sprawiał wrażenie najbardziej przygnębionego ze wszystkich żałobników.

— Służyłem sześciu królom — powiedział Jaimemu po drugim nabożeństwie, obwąchując trupa z niepewną miną — ale tutaj leży największy człowiek, jakiego znałem. Lord Tywin nie nosił korony, był jednak wszystkim, czym powinien być król.

Bez brody Pycelle wydawał się nie tylko stary, lecz również słabowity. *Ogolenie było najokrutniejszą rzeczą, jaką mógł mu uczynić Tyrion* — pomyślał Jaime, który wiedział, co to znaczy, gdy człowiek straci najistotniejszą część samego siebie, tę, która czyniła go tym, kim był. Broda Pycelle'a wyglądała wspaniale, biała jak śnieg i miękka jak jagnięca wełna, porastała policzki i podbródek, opadając niemal do pasa. Wielki maester często ją gładził, perorując. Nadawała mu aurę mędrca i ukrywała wiele odpychających szczegółów: luźną skórę zwisającą na szyi; małe drżące usta i brakujące zęby; brodawki, zmarszczki i starcze plamy tak liczne, że nie sposób ich było zliczyć. Pycelle próbował zapuścić ją na nowo, lecz z mizernym rezultatem. Z pomarszczonych policzków i słabego podbródka wyrastały tylko luźne kępki i kosmki, między którymi widać było plamistą, różową skórę.

— Ser Jaime, widziałem w swoim czasie straszliwe rzeczy — powiedział starzec. — Wojny, bitwy, plugawe morderstwa... gdy byłem chłopcem w Starym Mieście, szara zaraza zabrała połowę jego mieszkańców i trzy czwarte ludzi w Cytadeli. Lord Hightower spalił wszystkie statki w porcie, zamknął bramy i rozkazał swym strażnikom zabijać wszystkich, którzy będą próbowali ucieczki, mężczyzn, kobiety czy małe dzieci. Zamordowano go, kiedy zaraza się skończyła. Tego samego dnia, gdy otworzył bramy, ludzie ściągnęli go z konia i poderżnęli mu gardło. Tak samo potraktowano jego małoletniego syna. Po dziś dzień ciemni ludzie w Starym Mieście spluwają, gdy słyszą jego imię, ale Quenton Hightower uczynił to, co było konieczne. Twój ojciec również był tego rodzaju człowiekiem. Czynił to, co było konieczne.

— Czy dlatego ma taką zadowoloną minę?

— Ciało... — zaczął Pycelle. Oczy łzawiły mu od waporów bijących od trupa. — Gdy ciało wysycha, mięśnie się napinają i unoszą kąciki ust ku górze. To nie jest uśmiech, tylko... wysychanie, to wszystko. — Usunął łzy mruganiem. — Musisz mi wybaczyć. Jestem bardzo zmęczony.

Pycelle opuścił powolnym krokiem sept, wspierając się ciężko na lasce. *On również niedługo umrze* — uświadomił sobie Jaime. Nic dziwnego, że Cersei uważała go ze bezużytecznego.

Co prawda, jego słodka siostra uważała połowę ludzi na dworze za bezużytecznych albo za zdrajców. Pycelle'a, Gwardię Królewską, Tyrellów, samego Jaimego…a nawet ser Ilyna Payne'a, niemego rycerza, który pełnił funkcję kata. Był on odpowiedzialny za wymierzanie królewskiej sprawiedliwości i w związku z tym sprawował nadzór nad lochami. Ponieważ nie miał języka, z reguły zdawał się w tej sprawie na podwładnych, ale Cersei i tak winiła go za ucieczkę Tyriona. Mało brakowało, by Jaime jej powiedział: „To była moja wina, nie jego". Zamiast tego obiecał jej, że dowie się, czego tylko zdoła, od głównego podklucznika, starego garbusa nazwiskiem Rennifer Longwaters.

— Widzę, że zastanawiasz się, co to za nazwisko? — zapytał z chichotem staruszek, gdy Jaime zaczął go wypytywać. — Jest stare. Nie lubię się przechwalać, ale w moich żyłach płynie królewska krew. Pochodzę od księżniczki. Ojciec opowiedział mi o tym, gdy byłem jeszcze małym chłopczykiem. — Sądząc po pokrytej starczymi plamami łysinie oraz białych włosach porastających podbródek, Longwaters nie był małym chłopczykiem już od bardzo wielu lat. — Była najpiękniejszym ze skarbów Krypty Dziewic. Wielki admirał, lord Oakenfist, stracił dla niej serce, choć był już żonaty z inną kobietą. Nadała ich synowi bękarcie nazwisko Waters, by uhonorować ojca. Kiedy chłopiec dorósł, został wielkim rycerzem, podobnie jak potem jego syn. To właśnie on dodał „Long" do „Waters", żeby ludzie wiedzieli, że nie jest nieprawo urodzony. Mam w sobie odrobinę smoka.

— Aha, o mało nie wziąłem cię za Aegona Zdobywcę — odparł Jaime. „Waters" było nazwiskiem z reguły nadawanym bękartom nad Czarną Zatoką. Stary Longwaters zapewne pochodził od jakiegoś ubogiego rycerza z czyjejś straży domowej, nie od księżniczki. — Tak się jednak składa, że chcę porozmawiać o sprawach pilniejszych niż twój rodowód.

Longwaters pochylił głowę.

— O zbiegłym więźniu.

— I o zaginionym kluczniku.

— O Rugenie — podpowiedział staruszek. — Był podklucznikiem. Opiekował się trzecim poziomem lochów, ciemnicą.

— Opowiedz mi o nim — musiał zażądać Jaime. *Cóż za cholerna farsa.* Wiedział, kim był Rugen, nawet jeśli Longwaters nie miał tej świadomości.

— Był niechlujny, nieogolony i wulgarny. Muszę przyznać, że go nie lubiłem. Rugen był tu już, gdy przyznano mi tę pozycję, dwanaście lat temu. Mianował go jeszcze król Aerys. Trzeba powiedzieć, że rzadko zjawiał się w pracy. Wspominałem o tym w raportach, panie. Z całą pewnością wspominałem. Masz na to moje słowo, słowo człowieka królewskiej krwi.

Jeśli jeszcze raz wspomni o królewskiej krwi, to chyba trochę jej przeleję — pomyślał Jaime.

— Kto widział te raporty?

— Niektóre z nich trafiały do starszego nad monetą, inne do starszego nad szeptaczami, a wszystkie widzieli główny klucznik i królewski kat. W lochach zawsze tak było. — Longwaters podrapał się po nosie. — Ale Rugen zjawiał się, kiedy był potrzebny, panie. Trzeba to przyznać. Z ciemnicy rzadko się korzysta. Przed bratem waszej lordowskiej mości siedział tu przez pewien czas wielki maester Pycelle, a przed nim ten zdrajca, lord Stark. Było też trzech innych, nisko urodzonych, ale lord Stark oddał ich Nocnej Straży. Uważałem, że nie powinno się ich uwalniać, lecz papiery były w porządku. O tym również wspomniałem w raporcie, możesz być tego pewien.

— Opowiedz mi o tych dwóch klucznikach, którzy zasnęli.

— Klucznikach? — Longwaters pociągnął nosem. — To nie byli klucznicy. Tylko zwykli strażnicy. Korona wypłaca pensje dla dwudziestu strażników, panie, ale za moich czasów nigdy nie mieliśmy ich więcej niż dwunastu. Powinniśmy też mieć sześciu podkluczników, po dwóch na każdy poziom, mamy zaś zaledwie trzech.

— Ciebie i jeszcze dwóch?

Longwaters znowu pociągnął nosem.

— Ja jestem głównym podklucznikiem, panie. Stoję wyżej niż zwykli podklucznicy. Moim zadaniem jest prowadzenie rachunków. Jeśli wasza lordowska mość zechce spojrzeć na moje księgi, przekona się, że wszystko się zgadza. — Longwaters zajrzał do wielkiego, oprawnego w skórę woluminu, który leżał otwarty przed nim. — W obecnej chwili mamy czterech więźniów na pierwszym poziomie i jednego na drugim oraz brata waszej lordowskiej mości. — Staruszek zmarszczył brwi. — Który uciekł, oczywiście. Zaraz go wykreślę.

Wziął w rękę gęsie pióro i zaczął je ostrzyć.

Sześciu więźniów — pomyślał skwaszony Jaime. — *A płacimy pensje dwudziestu strażnikom, sześciu podklucznikom, głównemu podklucznikowi, klucznikowi i królewskiemu katu.*

— Chcę przesłuchać tych dwóch strażników.

Rennifer Longwaters przerwał ostrzenie pióra i popatrzył niepewnie na Jaimego.

— Przesłuchać, wasza lordowska mość?

— Słyszałeś, co powiedziałem.

— Słyszałem, panie, z całą pewnością słyszałem, ale... wasza lordowska mość może przesłuchiwać, kogo zechce, to prawda, i nie mam prawa mówić, że nie może. Ale, ser, jeśli mogę być tak śmiały, nie sądzę, żeby ci odpowiedzieli. Oni nie żyją, panie.

— Nie żyją? Na czyj rozkaz to zrobiono?

— Sądziłem, że twój albo... może króla? Nie pytałem o to. Nie... nie mam prawa wypytywać Gwardii Królewskiej.

To było jak sól wtarta w jego ranę. Cersei wykorzystała jego ludzi, by wykonali dla niej krwawą robotę. Ona i ci jej Kettleblackowie.

— Wy przeklęci durnie — warknął potem na Borosa Blounta i Osmunda Kettleblacka w lochu cuchnącym krwią i śmiercią. — Co wam strzeliło do głowy, żeby to zrobić?

— Wykonywaliśmy rozkaz, lordzie dowódco. — Ser Boros

był niższy niż Jaime, ale masywniej zbudowany. — Jej Miłość kazała nam to zrobić. Twoja siostra.

Ser Osmund wetknął sobie kciuk za pas do miecza.

— Powiedziała, że mają spać na wieki, więc spełniliśmy z braćmi jej życzenie.

To prawda. Jeden trup leżał twarzą w dół na blacie, jak pijany podczas uczty, ale głowę miał zanurzoną w kałuży krwi, nie wina. Drugi strażnik zdążył odsunąć się od ławy i wyciągnąć sztylet, nim ktoś wbił mu miecz między żebra. Jego śmierć trwała dłużej i była bardziej bolesna. *Powiedziałem Varysowi, żeby nikt nie ucierpiał z powodu tej ucieczki* — pomyślał Jaime. — *Ale to mojego brata i siostrę trzeba było o to poprosić.*

— Niedobrze się stało, ser.

Ser Osmund wzruszył ramionami.

— Nikt nie będzie po nich płakał. Idę o zakład, że byli w to zamieszani, razem z tym, który zniknął.

Nieprawda — mógłby mu powiedzieć Jaime. — *Varys dosypał im do wina proszku na sen.*

— Jeśli rzeczywiście tak było, moglibyśmy wyciągnąć z nich prawdę. — „...pierdoliła się z Lancelem, Osmundem Kettleblackiem, a całkiem możliwe, że również z Księżycowym Chłopcem...". — Gdybym miał podejrzliwą naturę, mógłbym sobie zadać pytanie, dlaczego tak pośpiesznie upewniliście się, że nie będziemy mieli szansy przesłuchać tych dwóch. Czyżbyście chcieli ich uciszyć, by nie mogli was wydać?

— My? — Kettleblack omal się nie udławił. — Zrobiliśmy tylko to, co nam kazała królowa. Słowo zaprzysiężonego brata.

— Przyprowadź tu Osneya i Osfryda — rozkazał Jaime, czując świąd w fantomowych palcach. — Posprzątajcie bałagan, którego narobiliście. A gdy następnym razem moja słodka siostra każe ci kogoś zabić, przyjdź najpierw do mnie. W innych przypadkach nie pokazuj mi się na oczy, ser.

Te słowa niosły się echem w jego głowie, gdy stał w mrocznym Sepcie Baelora. Wszystkie okna zrobiły się już czarne i widział przez nie blade światło odległych gwiazd. Słońce zaszło już na dobre. Smród śmierci robił się coraz silniejszy. Wonne świece niewiele pomagały. Fetor przypominał Jaimemu Lannisterowi wąwóz pod Złotym Zębem, gdzie w pierwszych dniach wojny odniósł chwalebne zwycięstwo. Następnego ranka wrony pożywiały się zwycięzcami i pokonanymi bez żadnej różnicy, tak jak po bitwie nad Tridentem pożywiały się ciałem Rhaegara Targaryena. *Ile jest warta korona, jeśli król może się stać strawą dla wron?*

Jaime podejrzewał, że w tej chwili wrony również krążą wokół siedmiu wież i wielkiej kopuły Septu Baelora. Ptaszyska z pewnością przecinały czarnymi skrzydłami nocne powietrze, szukając drogi wejścia do środka. *Każda wrona w Siedmiu Królestwach powinna ci złożyć hołd, ojcze. Dobrze je karmiłeś, od Castamere aż po Czarny Nurt* — ta myśl najwyraźniej zadowoliła lorda Tywina, gdyż jego uśmiech stał się jeszcze szerszy. *Niech to szlag, uśmiecha się jak pan młody na pokładzinach.*

To wydawało się tak groteskowe, że Jaime roześmiał się w głos.

Dźwięk poniósł się echem po transeptach, kryptach i kaplicach, jakby pochowani tam umarli również się śmiali. *Czemu by nie? Wszystko to jest bardziej absurdalne niż komediancka farsa. Czuwam przy zwłokach ojca, którego pomogłem zamordować, i wysyłam ludzi w pościg za bratem, któremu pomogłem uciec...* Rozkazał ser Addamowi Marbrandowi przeszukać Jedwabną.

— Zajrzyjcie pod każde łoże. Wiesz, jak bardzo mój brat lubi burdele.

Złote płaszcze znajdą więcej ciekawych rzeczy pod spódniczkami kurew niż pod ich łóżkami. Zastanawiał się, ile bękartów przyjdzie na świat w rezultacie tych bezsensownych poszukiwań.

Niespodziewanie jego myśli skierowały się ku Brienne z Tarthu. *Głupia, uparta, brzydka dziewka.* Zastanawiał się, gdzie może teraz być. *Ojcze, daj jej siłę.* To była niemal modlitwa... ale czy zwracał się do Ojca Na Górze, do boga, którego pozłacany posąg lśnił w blasku świec pod ścianą septu? Czy może do leżącego przed nim trupa? *Co to ma za znaczenie? Żaden z nich nigdy mnie nie słuchał.* Odkąd Jaime był wystarczająco duży, by nosić miecz, jego bogiem był Wojownik. Inni mężczyźni mogli być ojcami, synami i mężami, ale nigdy nie Jaime Lannister, którego miecz był równie złoty, jak jego włosy. Był wojownikiem i nigdy nie będzie nikim więcej.

Powinienem powiedzieć Cersei prawdę, przyznać, że to ja uwolniłem z celi naszego małego brata. W końcu w rozmowie z Tyrionem prawda przyniosła znakomity efekt. *Zabiłem twojego obmierzłego syna, a teraz zabiję też twego ojca.* Jaime słyszał w półmroku śmiech Krasnala. Odwrócił głowę i spojrzał w tamtą stronę, ale to tylko jego własny śmiech wrócił doń jako echo. Zamknął oczy, lecz natychmiast otworzył je z powrotem. *Nie mogę zasnąć* — przestrzegł sam siebie. Jeśli zaśnie, coś może mu się przyśnić. Och, jak Tyrion się śmiał. „...kurwą i kłamczuchą... pierdoliła się z Lancelem i z Osmundem Kettleblackiem...".

O północy Drzwi Ojca otworzyły się ze skrzypieniem zawiasów. Kilkuset septonów weszło gęsiego do środka, by odprawić modły. Niektórzy z nich nosili szaty liturgiczne ze srebrnogłowiu oraz diademy z kryształów przysługujące Najpobożniejszym. Ich skromniejsi bracia mieli kryształy zawieszone na rzemieniach na szyjach oraz białe szaty z tęczowymi pasami w siedmiu różnych kolorach. Przez Drzwi Matki przybyły ze swego klasztoru białe septy. Szły w siedmiu szeregach, śpiewając cicho. Przez Drzwi Nieznajomego weszły w jednym rzędzie milczące siostry. Służebnice śmierci były odziane w szaty barwy delikatnej szarości, a ich twarze skrywały się pod kapturami i chustami. Widać było tylko oczy. Pojawiła się również grupa braci w szatach brązowych, orzechowych i ciemnobrunatnych, a nawet uszytych z niefarbowanego samodziału. Wszyscy byli przepasani konopnymi sznurami. Niektórzy nosili na szyjach żelazne młoty Kowala, inni zaś żebracze miski.

Nikt z pobożnych nie poświęcał Jaimemu najmniejszej uwagi. Wszyscy okrążyli sept, modląc się kolejno przy każdym z siedmiu ołtarzy poświęconych siedmiu aspektom bóstwa. Każdemu z bogów składali ofiarę i do każdego śpiewali hymn. Ich głosy były słodkie i poważne. Jaime zamknął oczy, by się w nie wsłuchać, ale otworzył je z powrotem, gdy zaczął się chwiać na nogach. *Jestem bardziej zmęczony, niż mi się zdawało.*

Minęły lata, odkąd ostatnio odbył nocne czuwanie. *I byłem wówczas młodszy, miałem zaledwie piętnaście lat.* Nie nosił wtedy zbroi, tylko prostą, białą bluzę, a sept, w którym spędził noc, nie dorównywał wielkością nawet jednej trzeciej każdego z siedmiu transeptów Wielkiego Septu. Jaime położył wówczas miecz na kolanach Wojownika, a zbroję u jego stóp, następnie zaś uklęknął na szorstkiej kamiennej posadzce przed ołtarzem. Gdy nadszedł świt, kolana miał krwawiące i obolałe.

— Wszyscy rycerze muszą krwawić, Jaime — oznajmił na ten widok ser Arthur Dayne. — Krew jest pieczęcią naszego poświęcenia.

Potem dotknął jego ramienia Świtem. Jasny miecz był tak ostry, że nawet lekkie muśnięcie wystarczyło, by przeciąć bluzę Jaimego, który znowu zaczął krwawić. Ale nawet tego nie poczuł. Uklęknął jako chłopiec, a wstał jako rycerz. *Młody Lew, nie Królobójca* — pomyślał.

Ale to było dawno temu, a ów chłopiec już nie żył.

Nawet nie zauważył, kiedy modły się skończyły. Być może zasnął na stojąco. Kiedy pobożni wyszli, w Wielkim Sepcie ponownie zapadła cisza. Świece były serią gwiazd płonących w ciemności, mimo że w powietrzu unosił się odór śmierci. Jaime przełożył dłoń na rękojeści złotego miecza. Być może powinien jednak pozwolić, by ser Loras go zastąpił. *Cersei byłaby wściekła.* Rycerz Kwiatów był jeszcze prawie chłopcem, aroganckim i próżnym, ale miał w sobie zadatki wielkości, mógł w przyszłości dokonać czynów godnych Białej Księgi.

Biała Księga będzie czekała na Jaimego, gdy skończy czuwanie, jej otwarte stronice staną się niemym wyrzutem. *Prędzej porąbię tę cholerną księgę na kawałki, nim zgodzę się wypełnić ją kłamstwami.* Skoro jednak nie chciał kłamać, co mógł w niej napisać, jeśli nie prawdę?

Nagle zauważył, że obok niego stoi jakaś kobieta.

Znowu pada deszcz — pomyślał, widząc, że jest zupełnie mokra. Woda ściekała z jej płaszcza na posadzkę. *Jak się tu dostała? Nie słyszałem, żeby wchodziła.* Była ubrana jak dziewka karczemna, w gruby płaszcz z samodziału, kiepsko ufarbowany na cętkowany brąz i wystrzępiony po brzegach. Jej twarz zasłaniał kaptur, ale Jaime widział świeczki tańczące w zielonych sadzawkach jej oczu, a kiedy się poruszyła, poznał ją.

— Cersei — powiedział powoli, jak człowiek obudzony ze snu, zastanawiający się, gdzie jest. — Która to godzina?

— Godzina wilka. — Jego siostra opuściła kaptur i wykrzywiła twarz w grymasie. — Być może utopionego wilka. — Uśmiechnęła się do niego bardzo słodko. — Pamiętasz, jak pierwszy raz przyszłam do ciebie w ten sposób? To było w jakiejś okropnej gospodzie przy Łasicowym Zaułku. Przebrałam się za służącą, żeby oszukać strażników ojca.

— Pamiętam. To był Węgorzowy Zaułek. — *Czegoś ode mnie chce.* — Dlaczego przyszłaś tu o tej godzinie? Czego ode mnie pragniesz?

Jego ostatnie słowo poniosło się echem po sepcie, *...agnieszagnieszagnieszagnieszagnieszagniesz*, przechodząc powoli w szept. Przez chwilę Jaime pozwolił sobie mieć nadzieję, że chciała jedynie znaleźć pocieszenie w jego ramionach.

— Mów cicho. — Jej głos brzmiał dziwnie... była zdyszana, prawie przestraszona. — Jaime, Kevan mi odmówił. Nie chce być namiestnikiem. On... wie o nas. Powiedział mi to.

— Odmówił? — To go zaskoczyło. — Skąd może wiedzieć? Czytał to, co napisał Stannis, ale nie ma...

— Tyrion wiedział — przypomniała mu. — Kto wie, co ten obmierzły karzeł nawygadywał i komu. Stryj Kevan to jeszcze nic. Wielki Septon... to Tyrion dał mu koronę po śmierci tego grubasa. On również może wiedzieć. — Podeszła bliżej. — Musisz zostać namiestnikiem Tommena. Nie ufam Mace'owi

Tyrellowi. Co będzie, jeśli maczał palce w śmierci ojca? Mógł spiskować z Tyrionem. Bardzo możliwe, że Krasnal jest już w drodze do Wysogrodu.

— Nie jest.

— Zostań moim namiestnikiem — błagała. — Będziemy razem władać Siedmioma Królestwami, jak król i królowa.

— Byłaś królową Roberta, ale nie chcesz zostać moją.

— Zostałabym nią, gdybym się odważyła. Ale nasz syn...

— Tommen nie jest moim synem, podobnie jak Joffrey nim nie był. — Głos Jaimego brzmiał twardo. — Ich również oddałaś Robertowi.

Jego siostra wzdrygnęła się wyraźnie.

— Przysięgałeś, że zawsze będziesz mnie kochał. Dlaczego zmuszasz mnie do błagania?

Jaime czuł zapach jej strachu, przebijający się nawet przez smród rozkładającego się trupa. Pragnął wziąć ją w ramiona i pocałować, zatopić twarz w złotych lokach i obiecać, że nikt jej nigdy nie skrzywdzi... *Nie tutaj* — pomyślał. — *Nie w obecności bogów i ojca.*

— Nie — odparł. — Nie mogę tego zrobić. Nie chcę.

— Potrzebuję cię. Potrzebuję swej drugiej połowy. — Słyszał deszcz bębniący w okna wysoko na górze. — Jesteś mną, a ja tobą — dodała. — Chcę, żebyś był ze mną. I we mnie. Proszę, Jaime. Proszę.

Jaime obejrzał się, by się upewnić, że lord Tywin nie wstanie w gniewie z mar. Jego ojciec był jednak zimny i nieruchomy. Gnił.

— Jestem stworzony do pola bitwy, nie do zasiadania w radzie. A teraz może się okazać, że nie nadaję się nawet do tego.

Cersei otarła łzy wystrzępionym, brązowym rękawem.

— Niech i tak będzie. Jeśli chcesz pola bitwy, postaram się, żebyś je dostał. — Gniewnie postawiła kaptur. — Byłam głupia, że tu przyszłam. Byłam głupia, że cię kiedykolwiek kochałam.

Jej kroki niosły się głośnym echem w cichym sepcie. Zostawiła na marmurowej posadzce mokre ślady.

Świt zaskoczył Jaimego. Gdy szkło kopuły zaczęło się przejaśniać, na ścianach, posadzkach i kolumnach pojawiły się nagle tęcze, spowijając trupa lorda Tywina mgiełką wielobarwnego światła. Królewski namiestnik gnił już w widoczny dla oka sposób. Jego twarz nabrała zielonkawego odcienia, a oczy zapadły się głęboko, zmieniając się w dwie czarne jamy. Na policzkach pojawiły się pęknięcia, a ze spoin wspaniałej złoto-karmazynowej zbroi wyciekał ohydny płyn, który gromadził się pod ciałem.

Pierwsi zauważyli to septonowie wracający na poranne modły. Odśpiewali swe pieśni i odmówili modlitwy, cały czas marszcząc nosy. Jeden z Najpobożniejszych poczuł się tak słabo, że trzeba go było wyprowadzić z septu. Po krótkiej chwili pojawiła się grupa wymachujących kadzidłami nowicjuszy. Okadzili trupa tak skutecznie, że mary zniknęły za obłokami dymu. Ta perfumowana mgiełka pochłonęła wszystkie tęcze, ale słodkawy smród zgnilizny nadal się utrzymywał. Jaimemu zbierało się na wymioty.

Gdy drzwi się otworzyły, wśród pierwszych, którzy weszli do środka, byli Tyrellowie, jak przystało ich randze. Margaery przyniosła ze sobą wielki bukiet złotych róż. Położyła je ostentacyjnie u stóp mar lorda Tywina, ale zatrzymała jedną i kiedy zajęła miejsce, trzymała ją sobie pod nosem. *Dziewczyna jest tak samo bystra jak ładna. Tommen mógłby znaleźć znacznie gorszą królową. Inni znaleźli.* Damy towarzyszące Margaery poszły za jej przykładem.

Cersei zaczekała, aż wszyscy zajmą miejsca, i dopiero wtedy weszła do środka z Tommenem u boku. Towarzyszył im ser Osmund Kettleblack w pokrytej białą emalią zbroi płytowej oraz białym, wełnianym płaszczu.

„...pierdoliła się z Lancelem, Osmundem Kettleblackiem, a całkiem możliwe, że również z Księżycowym Chłopcem...".

Jaime widział kiedyś Kettleblacka nagiego w łaźni, widział czarne włosy na jego klatce piersiowej oraz jeszcze gęstsze kłaki między nogami. Wyobraził sobie tę pierś dotykającą piersi jego siostry, te włosy drapiące ich delikatną skórę. *Nie zrobiła-*

by tego. Krasnal kłamał — mówił sobie w duchu. Złote nici i czarny drut splecione ze sobą, mokre od potu. Wąskie policzki Kettleblacka zaciskające się przy każdym ruchu bioder. Jaime słyszał jęki siostry. *Nie. To kłamstwo. Kłamstwo.*

Cersei miała zaczerwienione oczy i pobladłą twarz. Weszła na stopnie i uklękła nad ich ojcem, ciągnąc za sobą Tommena. Chłopiec spróbował się wyrwać, widząc trupa, ale matka złapała go za rękę.

— Módl się — wyszeptała. Tommen spróbował wykonać polecenie, ale miał tylko osiem lat, a lord Tywin wyglądał strasznie. Król zaczerpnął rozpaczliwie powietrza w płuca, a potem się rozpłakał.

— Przestań! — warknęła. Tommen odwrócił głowę, zgiął się wpół i zwymiotował. Korona spadła mu z głowy i potoczyła się po marmurowej posadzce. Jego matka odsunęła się z niesmakiem i król natychmiast popędził w stronę wyjścia, tak szybko, jak tylko mogły go ponieść ośmioletnie nogi.

— Ser Osmundzie, zastąp mnie — rozkazał ostro Jaime, gdy Kettleblack odwrócił się, by podnieść koronę. Jaime wręczył mu złoty miecz i poszedł za swym królem. Złapał go w Komnacie Lamp, na oczach przeszło dwudziestu zaskoczonych sept.

— Przepraszam — płakał Tommen. — Jutro poradzę sobie lepiej. Matka mówi, że król musi świecić przykładem, ale od tego smrodu zrobiło mi się niedobrze.

Tak nie może być. Jest tu zbyt wiele ciekawych uszu i bystrych oczu.

— Lepiej wyjdźmy na dwór, Wasza Miłość. — Jaime wyprowadził chłopca na powietrze, tak świeże i czyste, jak to tylko możliwe w Królewskiej Przystani. Wokół placu stało czterdzieści złotych płaszczy, pilnujących koni i lektyk. Jaime odprowadził króla na bok, daleko od wszystkich, i posadził go na marmurowych schodach.

— Nie bałem się — zapewnił chłopiec. — Zrobiło mi się niedobrze od smrodu. Czy tobie nie było niedobrze? Jak to wytrzymałeś, ser wuju?

Czułem smród własnej gnijącej dłoni, kiedy Vargo Hoat kazał mi ją nosić na szyi.

— Człowiek może wytrzymać prawie wszystko, jeśli musi — powiedział swemu synowi Jaime. — *Czułem woń pieczonego ludzkiego mięsa, gdy król Aerys smażył człowieka w jego własnej zbroi.* — Na świecie jest pełno okropnych rzeczy, Tommenie. Można z nimi walczyć, śmiać się z nich albo... patrzeć, ale nie widzieć... schować się wewnątrz...

Chłopiec zastanowił się nad tym.

— Czasem... czasem chowałem się wewnątrz — wyznał —. kiedy Joffy...

— Joffrey. — Cersei stała nad nimi. Wiatr szarpał jej spódnicami. — Twój brat nazywał się Joffrey. On nigdy by mnie tak nie zawstydził.

— Nie chciałem tego zrobić. Nie bałem się, mamo. Ale twój pan ojciec pachniał tak okropnie...

— Myślisz, że dla mnie jego zapach był słodszy? Ja też mam nos. — Złapała go za ucho i pociągnęła w górę. — Lord Tyrell również go ma. A czy widziałeś, żeby rzygał w świętym sepcie? Czy widziałeś, żeby lady Margaery ryczała jak dziecko?

Jaime wstał.

— Cersei, dość już tego.

Rozwarła gwałtownie nozdrza.

— Ser? Czemu tu przyszedłeś? O ile pamiętam, poprzysiągłeś nie opuścić ojca, dopóki czuwanie się nie skończy.

— Już się skończyło. Spójrz na niego.

— Nie. Ma trwać siedem dni i siedem nocy, tak jak powiedziałam. Z pewnością lord dowódca nie zapomniał liczyć do siedmiu? Policz wszystkie palce, które masz u rąk, a potem dodaj dwa.

Ludzie zaczęli wychodzić na plac, uciekając przed wypełniającym sept fetorem.

— Cersei, ciszej — ostrzegł ją Jaime. — Idzie tu lord Tyrell.

To do niej dotarło. Królowa przyciągnęła Tommena do siebie. Mace Tyrell pokłonił się im uprzejmie.

— Mam nadzieję, że Jego Miłość nie jest chory?

— Tommena poraziła żałoba — wyjaśniła Cersei.

— Tak jak nas wszystkich. Czy mogę coś zrobić dla...

Wysoko na górze zakrakała głośno wrona. Ptaszysko siedziało na posągu króla Baelora, obsrywając jego świętą głowę.

— Możesz zrobić dla Tommena bardzo wiele, wasza lordowska mość — odparł Jaime. — Być może raczyłbyś zjeść z Jej Miłością wieczerzę po wieczornym nabożeństwie?

Cersei przeszyła go wściekłym spojrzeniem, ale tym razem miała na tyle rozsądku, by trzymać język za zębami.

— Wieczerzę? — Tyrell sprawiał wrażenie nieprzyjemnie zaskoczonego. — Zapewne... oczywiście, to będzie dla nas zaszczyt. Przyjdę z panią żoną.

Królowa rozciągnęła usta w wymuszonym uśmiechu i wypowiedziała kilka uprzejmych banałów. Gdy jednak Tyrell sobie poszedł, a Tommena odesłano do pałacu pod opieką ser Addama Marbranda, naskoczyła gniewnie na Jaimego.

— Jesteś pijany czy coś ci się śni, ser? Powiedz mi, czemu to muszę zapraszać na kolację tego chciwego głupca i jego infantylną żonę? — Nagły powiew wiatru poruszył jej złotymi włosami. — Nie mianuję go namiestnikiem, jeśli o to...

— Potrzebujesz Tyrella — przerwał jej Jaime. — Ale nie tutaj. Poproś go, żeby zdobył Koniec Burzy dla Tommena. Schlebiaj mu, powiedz, że jest ci niezbędny w polu, by zastąpić ojca. Mace uważa się za potężnego wojownika. Albo zdobędzie dla ciebie Koniec Burzy, albo spartoli robotę i wyjdzie na durnia. Tak czy inaczej, ty wygrasz.

— Koniec Burzy? — Cersei zrobiła zamyśloną minę. — Tak, ale... lord Tyrell oznajmił mi z nużącą jasnością, że nie opuści Królewskiej Przystani, dopóki Tommen nie poślubi Margaery.

Jaime westchnął.

— To niech się pobiorą. Miną lata, nim Tommen będzie wystarczająco dojrzały, by skonsumować małżeństwo... a do tej pory zawsze będzie można je rozwiązać. Daj Tyrellowi ten ślub, a potem wyślij go, żeby pobawił się w wojnę.

Na twarzy jego siostry pojawił się ostrożny uśmieszek.

— I oblężenia bywają niebezpieczne — wyszeptała. — Nasz lord Wysogrodu może nawet postradać życie na tej wyprawie.

— Istnieje takie ryzyko — przyznał Jaime. — Zwłaszcza jeśli tym razem zabraknie mu cierpliwości i spróbuje wziąć zamek szturmem.

Cersei przyjrzała mu się z uwagą.

— Wiesz co? — zapytała. — Przez chwilę brzmiałeś całkiem jak ojciec.

BRIENNE

Bramy Duskendale były zamknięte i zaryglowane. W poprzedzającym świt mroku rysowała się jasna sylwetka miejskich murów. Nad przedmurzem unosiły się obłoczki mgły przypominające widmowych wartowników. Pod bramą stało kilkanaście zaprzężonych w konie bądź woły wozów czekających na wschód słońca. Brienne zajęła miejsce w kolejce za ładunkiem rzep. Bolały ją łydki. Dobrze było zsiąść z konia i rozprostować nogi. Po chwili z lasu wytoczył się kolejny wóz. Gdy niebo zaczęło jaśnieć, kolejka ciągnęła się już na ćwierć mili.

Wieśniacy spoglądali na nią z ciekawością, ale nikt się do niej nie odzywał. *To ja powinnam zacząć rozmowę* — pomyślała Brienne, ale rozmawianie z nieznajomymi zawsze było dla niej trudne. Już jako mała dziewczynka była nieśmiała, lecz wiele lat pogardy pogorszyło tylko sprawę. *Muszę ich zapytać o Sansę. Jak inaczej ją znajdę?* Odchrząknęła.

— Dobra kobieto — zagadnęła wieśniaczkę siedzącą na wozie z rzepą — może widziałaś na trakcie moją siostrę? To młoda dziewica, trzynastoletnia. Ma ładne lico, niebieskie oczy i kasztanowate włosy. Możliwe, że towarzyszy jej pijany rycerz.

Kobieta potrząsnęła głową.

— W takim razie idę o zakład, że już nie jest dziewicą — zauważył jej mąż. — Czy biedactwo ma jakieś imię?

Brienne miała pustkę w głowie. *Trzeba było wymyślić dla niej jakieś imię.* Mogłoby być jakiekolwiek, ale jakoś żadne nie przychodziło jej na myśl.

— Nie ma imienia? No cóż, na traktach jest mnóstwo bezimiennych dziewcząt.

— A na cmentarzach jeszcze więcej — dodała jego żona.

Gdy nadszedł świt, na murach pojawili się strażnicy. Wieśniacy wdrapali się na wozy i potrząsnęli lejcami. Brienne dosiadła klaczy i obejrzała się za siebie. W kolejce przeważali wieśniacy wiozący do Duskendale warzywa i owoce na sprzedaż. Kilkanaście miejsc za nią czekało dwóch bogatych mieszczan dosiadających pięknych klaczek, a jeszcze dalej wypatrzyła chudego chłopaka na tarantowatym podjezdku. Nigdzie nie zauważyła dwóch rycerzy ani ser Shadricha zwanego Szaloną Myszą.

Strażnicy wpuszczali wozy do środka, prawie na nie nie patrząc, ale na widok Brienne zamarli w bezruchu

— Hej, ty, stój! — zawołał kapitan. Dwóch mężczyzn w długich kolczugach skrzyżowało włócznie, by zagrodzić jej drogę. — Co cię tutaj sprowadza?

— Szukam lorda Duskendale albo jego maestera.

Spojrzenie kapitana zatrzymało się na jej tarczy.

— Czarny nietoperz Lothstonów. Ten herb okrył się niesławą.

— Nie jest mój. Zamierzam przemalować tarczę.

— Tak? — Mężczyzna podrapał się po nieogolonym podbródku. — Tak się składa, że moja siostra się tym zajmuje. Znajdziesz ją w domu o malowanych drzwiach, naprzeciwko gospody „Pod Siedmioma Mieczami". — Skinął na strażników. — Przepuśćcie ją, chłopaki. To tylko dziewka.

Z bramy wychodziło się prosto na rynek, gdzie ci, którzy wjechali do miasta przed nią, wystawiali już na sprzedaż swoje rzepy, żółte cebule, a także worki jęczmienia. Inni sprzedawali broń oraz zbroje, i to bardzo tanio, sądząc po cenach, jakie wykrzykiwali, gdy przejeżdżała przez plac. *Po każdej bitwie razem z wronami zjawiają się łupieżcy* — przeszło jej przez myśl. Brienne mijała kolczugi wciąż jeszcze pokryte brązową krwią, powgniatane hełmy, wyszczerbione miecze. Można też było kupić elementy stroju: skórzane buty, futra, brudne opończe z podejrzanymi rozdarciami. Znała wiele z widocznych tam herbów. Pięść w pancernej rękawicy, łoś, białe słońce, topór o podwójnym ostrzu, wszystko to były północne znaki. Jednakże zginęli tu również ludzie Tarlych oraz wielu mieszkańców krain burzy. Widziała czerwone i zielone jabłka, tarczę ozdobioną błyskawicami Leygoodów, końskie rzędy z mrówkami Ambrose'ów. Na wielu odznakach, broszach i wamsach widziała też pieszego myśliwego lorda Tarly'ego. *Wrony nie dbają o to, kto jest przyjacielem, a kto wrogiem.*

Tarcze z drewna sosnowego i lipowego można było tu nabyć za grosze, ale Brienne mijała je obojętnie. Zamierzała zachować ciężką, dębową tarczę, którą otrzymała od Jaimego, tę samą, którą nosił w drodze z Harrenhal do Królewskiej Przystani. Sosnowa tarcza miała swoje zalety. Była lżejsza i w związku z tym łatwiej było ją nosić, a w miękkim drewnie prędzej mógł ugrzęznąć topór albo miecz przeciwnika. Jednakże dębina zapewniała lepszą ochronę, pod warunkiem że człowiek był wystarczająco silny, by dźwigać wykonaną z niej tarczę.

Duskendale zbudowano wokół portu. Na północ od miasta wznosiły się kredowe urwiska, a znajdujący się na południu skalisty cypel osłaniał kotwiczące tu statki przed sztormami nadchodzącymi od wąskiego morza. Zamek górował nad portem, jego kwadratowy donżon i wielkie baszty były widoczne z każdego punktu miasta. Po zatłoczonych, brukowanych uliczkach łatwiej było iść na piechotę niż jechać konno, więc Brienne zostawiła klacz w stajni i ruszyła w dalszą drogę, dźwigając tarczę na plecach, a posłanie pod pachą.

Siostrę kapitana łatwo było znaleźć. Gospoda „Pod Siedmioma Mieczami" była największa w miasteczku. Trzypiętrowy budynek sterczał ponad swymi sąsiadami, a dwuskrzydłowe drzwi domu po przeciwnej stronie ulicy zdobił pięknie namalowany obraz przedstawiający zamek w jesiennym lesie. Wszystkie drzewa pokrywały liście o złotych bądź rdzawych odcieniach. Na pnie prastarych dębów wspinał się bluszcz, nawet żołędzie przedstawiono z wielką pieczołowitością. Gdy Brienne przyjrzała się bliżej, zobaczyła ukrywające się w listowiu stworzenia: szczwanego rudego lisa, dwa wróble siedzące na gałęzi, a za zasłoną liści cień dzika.

— Twoje drzwi są bardzo ładne — powiedziała ciemnowłosej kobiecie, która otworzyła jej, gdy zapukała. — Co to za zamek?

— To wszystkie zamki — odpowiedziała siostra kapitana. — Jedynym zamkiem, jaki widziałam, jest Brunatny Fort przy porcie. Ten stworzyłam w głowie, wyobraziłam sobie, jak powinien wyglądać zamek. Smoka też nigdy nie widziałam ani gryfa czy jednorożca. — Siostra kapitana była kobietą o wesołym usposobieniu, ale gdy Brienne pokazała tarczę, jej twarz pociemniała.

— Moja stara mamcia mawiała, że wielkie nietoperze wylatywały z Harrenhal w bezksiężycowe noce, żeby porywać niegrzeczne dzieci, które potem lądowały w garnkach Szalonej Danelle. Czasem słyszę nocami, jak drapią w okiennice. — Possała przez chwilę ząb, pogrążona w zamyśleniu. — Co namalujemy na jego miejsce?

Godłem Tarthu była podzielona na cztery części różowo-lazurowa tarcza ozdobiona żółtym słońcem i sierpem księżyca, ale Brienne nie odważy się z nim pokazywać, dopóki ludzie będą ją uważać za morderczynię.

— Twoje drzwi przypomniały mi starą tarczę, którą kiedyś widziałam w zbrojowni ojca.

Najlepiej jak potrafiła, opisała siostrze kapitana herb.

Kobieta skinęła głową.

— Mogę to namalować od ręki, ale farba będzie musiała wyschnąć. Wynajmij pokój „Pod Siedmioma Mieczami", jeśli łaska. Rano przyniosę ci tarczę.

Brienne nie chciała zostawać na noc w Duskendale, niewykluczone jednak, że tak będzie lepiej. Nie wiedziała, czy miejscowy lord przebywał w zamku i czy zgodzi się ją przyjąć. Podziękowała malarce i przeszła przez brukowaną uliczkę do gospody. Nad drzwiami kołysało się siedem drewnianych mieczy zawieszonych na żelaznym gwoździu. Wapno, którym je pobielono, popękało już i obłaziło, ale Brienne widziała, co miały oznaczać. Symbolizowały siedmiu Darklynów, którzy nosili białe płaszcze Gwardii Królewskiej. Żaden inny ród w królestwie nie mógł się pochwalić tak wieloma gwardzistami. *Byli chwałą swego rodu. A teraz są szyldem nad gospodą* — pomyślała. Weszła do środka i poprosiła oberżystę o pokój i kąpiel.

Umieścił ją na pierwszym piętrze, a kobieta ze znamieniem koloru wątroby na twarzy przyniosła drewnianą balię, którą następnie napełniła gorącą wodą, wiadro po wiadrze.

— Czy w Duskendale są jeszcze jacyś Darklynowie? — zapytała Brienne, wchodząc do balii.

— No cóż, są Darke'owie. Sama jestem jedną z nich. Mój stary mówi, że to dlatego mam taki wredny charakter. — Roześmiała się. — W Duskendale wystarczy rzucić kamieniem, żeby trafić w jakiegoś Darke'a, Darkwooda albo Dargooda, ale Darklynów lordowskiej krwi już nie ma. Ostatnim był lord Denys, słodki, młody głupiec. Wiedziałaś, że Darklynowie byli w Duskendale królami przed przybyciem Andalów? Nigdy byś się tego nie domyśliła, patrząc na mnie, ale w moich żyłach płynie królewska krew. Wyobrażasz sobie? Powinnam kazać im mówić: „Wasza Miłość, podaj mi jeszcze kubek *ale*", „Wasza Miłość, trzeba opróżnić nocnik i przynieść jeszcze trochę szczap, Wasza Cholerna Miłość, bo ogień gaśnie". — Znowu się roześmiała, wytrząsając z wiadra ostatnie krople. — Gotowe. Czy woda jest wystarczająco gorąca?

— Może być.

Była co najwyżej letnia.

— Przyniosłabym więcej, ale się przeleje. Taka duża dziewczyna jak ty wypełni całą balię.

Tylko taką malutką jak ta — skomentowała w duchu Brienne. W Harrenhal mieli wielkie, kamienne wanny, a łaźnię wypełniały gęste obłoki unoszącej się z wody pary. Jaime przeszedł przez tę mgłę nagi jak w dzień imienia. Wyglądał w połowie jak trup, a w połowie jak bóg. *Wszedł do wanny ze mną* — przypomniała sobie z rumieńcem na twarzy. Złapała kawałek twardego, ługowego mydła i zaczęła się szorować pod pachami, próbując przypomnieć sobie twarz Renly'ego.

Gdy woda wystygła, Brienne była już tak czysta, jak to tylko możliwe. Włożyła to samo ubranie, które przed chwilą zdjęła, i zaciągnęła mocno na biodrach pas z mieczem, ale zbroję i hełm zostawiła, żeby nie wyglądać w Brunatnym Forcie zbyt groźnie. Przyjemnie było rozprostować nogi. Wartownicy przy zamkowej bramie nosili skórzane kurty z godłem przedstawiającym skrzyżowane młoty bojowe na tle białego krzyża ukośnego.

— Chcę porozmawiać z waszym lordem — oznajmiła Brienne.

Jeden z mężczyzn parsknął śmiechem.

— To będziesz musiała głośno krzyczeć.

— Lord Rykker pojechał do Stawu Dziewic z Randyllem Tarlym — wyjaśnił drugi. — Zostawił tu ser Rufusa Leeka jako kasztelana, żeby opiekował się lady Rykker i dziećmi.

Zaprowadzili ją do Leeka. Ser Rufus był niskim, krępym, siwowłosym mężczyzną o lewej nodze zakończonej kikutem.

— Wybacz, że nie wstaję — powiedział na powitanie. Brienne podała mu list, ale Leek nie umiał czytać i odesłał ją do maestera, łysego mężczyzny o piegowatej czaszce i sztywnych, rudych wąsach.

Gdy tylko maester usłyszał nazwisko Hollard, zmarszczył brwi w wyrazie irytacji.

— Jak często muszę śpiewać tę pieśń? — Na pewno zdradziła ją twarz. — Wydaje ci się, że jesteś pierwsza, która pyta tu o Dontosa? Raczej dwudziesta pierwsza. Złote płaszcze zjawiły się tu już parę dni po zamordowaniu króla, z nakazem podpisanym przez lorda Tywina. A co ty masz?

Brienne pokazała mu list z pieczęcią Tommena i jego dziecinnym podpisem.

— Hmmm — mruknął maester. — Hrrrr. — Potem sprawdził lak i oddał jej list. — Wydaje się, że jest w porządku. — Usiadł na stołku i wskazał Brienne drugi. — Nie znałem ser Dontosa. Kiedy opuścił Duskendale, był jeszcze chłopcem. To prawda, że Hollardowie byli kiedyś szlacheckim rodem. Znasz ich herb? Czerwień i róż Barrych, z trzema złotymi koronami na błękitnej głowicy. Darklynowie byli w Erze Herosów pomniejszymi królami, a trzech z nich wzięło sobie Hollardówny za żony. Potem inne, większe królestwa wchłonęły ich kraik, ale

Darklynowie przetrwali, a Hollardowie nadal im służyli... tak jest, nawet podczas rebelii. Słyszałaś o niej?

— Trochę.

Jej maester mawiał, że to Rebelia w Duskendale doprowadziła króla Aerysa do szaleństwa.

— W Duskendale ludzie nadal kochają lorda Denysa, pomimo nieszczęść, jakie na nich ściągnął. To lady Seralę winią, jego myrijską żonę. Nazywają ją Żmiją w Koronkach. Gdyby tylko lord Darklyn poślubił kobietę z rodu Stauntonów albo Stokeworthów... wiesz, jakie historie opowiadają prostaczkowie. Żmija w Koronkach sączyła jakoby w uszy męża myrijską truciznę, aż wreszcie lord Denys zbuntował się przeciwko swemu królowi i wziął go do niewoli. A jego dowódca zbrojnych, ser Symon Hollard usiekł ser Gwayne'a Gaunta z Gwardii Królewskiej. Przez pół roku Aerys był uwięziony w tych murach, a królewski namiestnik czekał pod Duskendale z potężną armią. Lord Tywin miał wystarczająco wielu żołnierzy, by zdobyć miasto szturmem, kiedy tylko zechciał, ale lord Denys wysłał mu wiadomość, że przy pierwszej próbie ataku zabije króla.

Brienne pamiętała, co wydarzyło się później.

— Ale króla uratowano — stwierdziła. — Barristan Śmiały wyprowadził go z miasta.

— To prawda — zgodził się maester. — Gdy tylko lord Denys stracił zakładnika, otworzył bramy i zakończył rebelię, nie chcąc, by lord Tywin wziął miasto szturmem. Ugiął kolan i poprosił o łaskę, lecz król nie był w łaskawym nastroju. Lord Denys stracił głowę, podobne jak jego bracia, siostra, stryjowie i kuzyni, cały ród Darklynów. Nieszczęsną Żmiję w Koronkach spalono żywcem, choć przedtem wyrwano jej język i kobiece części, dzięki którym jakoby uczyniła ze swego lorda niewolnika. Połowa Duskendale jeszcze dziś powie ci, że Aerys potraktował ją zbyt łagodnie.

— A co z Hollardami?

— Pozbawiono ich praw i wygubiono — odpowiedział maester. — Kiedy to się wydarzyło, wykuwałem łańcuch w cytadeli, ale czytałem relację z ich procesów i egzekucji. Ser Jon Hollard, zarządca, był żonaty z siostrą lorda Denysa i zginął razem z nią, tak samo jak ich młody syn, który był w połowie Darklynem. Robin Hollard był giermkiem, a gdy pojmano króla, tańczył wokół niego i szarpał go za brodę. Zginął łamany kołem. Ser Symona Hollarda zabił ser Barristan podczas ucieczki króla. Ziemie Hollardów skonfiskowano. Ich zamek zburzono, a wioski puszczono z dymem. Ród Hollardów wycięto w pień, tak samo jak ród Darklynów.

— Pomijając ser Dontosa.

— To prawda. Młody Dontos był synem ser Steffona Hollarda, bliźniaczego brata ser Symona. Ser Steffon zmarł na gorączkę kilka lat wcześniej i nie brał udziału w rebelii. Aerys i tak kazałby ściąć chłopaka, ale ser Barristan błagał o darowanie mu życia. Król nie mógł odmówić człowiekowi, który go uratował, więc Dontosa zabrano do Królewskiej Przystani jako giermka. O ile mi wiadomo, nigdy nie wrócił do Duskendale. Po cóż miałby to robić? Nie miał tu włości, rodziny ani zamku. Jeśli Dontos i ta dziewczyna z północy rzeczywiście pomogli w zamordowaniu naszego słodkiego króla, to wydaje mi się, że chcieliby się oddalić od sprawiedliwości o tyle mil, ile tylko można. Szukaj ich w Starym Mieście, jeśli musisz, albo za wąskim morzem. Szukaj ich w Dorne lub na Murze. Szukaj ich gdzie indziej. — Wstał. — Słyszę zew moich kruków. Wybacz, ale muszę już cię pożegnać.

Brienne miała wrażenie, że droga z powrotem do gospody trwała dłużej niż wędrówka do Brunatnego Fortu, ale może po prostu winien był jej nastrój. Nie znajdzie Sansy Stark w Duskendale, to wydawało się oczywiste. Jeśli ser Dontos zabrał ją do Starego Miasta czy za wąskie morze, jak zdawał się sądzić maester, nie miała szansy wykonać zadania. *Ale na co mogłaby liczyć w Starym Mieście?* — zadała sobie pytanie. — *Maester jej nie znał, tak jak nie znał Hollarda. Nie poszłaby do nieznajomych.*

W Królewskiej Przystani Brienne udało się odszukać jedną

z dawnych służących Sansy, która była obecnie praczką w burdelu.

— Przed lady Sansą służyłam lordowi Renly'emu i oboje okazali się zdrajcami — skarżyła się gorzko kobieta zwana Brellą. — Żaden lord mnie teraz nie przyjmie i muszę prać dla kurew.

Gdy jednak Brienne zapytała ją o Sansę, zgodziła się odpowiedzieć.

— Powiem ci to samo, co powiedziałam lordowi Tywinowi. Ta dziewczyna cały czas się modliła. Chodziła do septu i paliła świece, jak przystało damie, ale prawie każdej nocy chodziła też do bożego gaju. Na pewno wróciła na północ. Tam mieszkają jej bogowie.

Północ była jednak bardzo rozległa, a Brienne nie miała pojęcia, któremu z chorążych jej ojca Sansa byłaby najbardziej skłonna zaufać. *A jeśli posłucha zewu krwi?* Choć rodzeństwo Sansy zabito, Brienne wiedziała, że miała ona stryja i bękarciego przyrodniego brata, którzy służyli w Nocnej Straży. Jej wuj, Edmure Tully, był więźniem w Bliźniakach, ale jego stryj, ser Brynden, nadal bronił się w Riverrun. A młodsza siostra lady Catelyn władała Doliną. *Krew przyzywa krew.* Sansa mogła uciec do któregoś ze swych kuzynów. Ale do którego?

Mur z pewnością leżał za daleko, a poza tym był zimnym, złowrogim miejscem. A żeby dostać się do Riverrun, dziewczyna musiałaby przebyć rozdarte wojną dorzecze, potem zaś przemknąć się przez linie Lannisterów. Do Orlego Gniazda łatwiej byłoby dotrzeć, a lady Lysa na pewno z radością przywitałaby córkę siostry…

Brienne doszła do zakrętu zaułka i z jakiegoś powodu skierowała się w niewłaściwą stronę. Znalazła się w ślepej uliczce zakończonej małym, błotnistym podwórkiem. Trzy świnie ryły tu wokół otoczonej niskim, kamiennym murkiem studni. Jedno ze zwierząt pisnęło na jej widok, a stara kobieta czerpiąca wodę obejrzała podejrzliwie Brienne od stóp do głów.

— Czego tu szukasz?

— Gospody „Pod Siedmioma Mieczami".

— Musisz wrócić tam, skąd przyszłaś. Przy sepcie skręć w lewo.

— Dziękuję. — Brienne zawróciła i wpadła prosto na kogoś, kto wyszedł zza zakrętu. Nieznajomy klapnął na tyłek w błoto.

— Przepraszam — szepnęła. *To tylko chłopak.* Był chudy, miał proste, rzadkie włosy i jęczmień pod okiem.

— Coś ci się stało? — Wyciągnęła rękę, żeby pomóc mu wstać, lecz chłopak umknął przed nią na rękach i kolanach. Miał może z dziesięć lat, góra dwanaście, ale nosił długą kolczugę, a na plecach dźwigał miecz w skórzanej pochwie.

— Czy ja cię znam? — zapytała Brienne. Odnosiła wrażenie, że gdzieś już widziała jego twarz, lecz nie potrafiła sobie przypomnieć, gdzie.

— Nie. Nie znasz. Nigdy... — Wstał. — W... w... wybacz, pani. Nie patrzyłem. To znaczy patrzyłem, ale pod nogi.

Chłopak rzucił się do ucieczki, pędząc na łeb, na szyję w kierunku, z którego przyszedł.

Jego widok z jakiegoś powodu wzbudził podejrzliwość Brienne, ale nie miała zamiaru uganiać się za nim po uliczkach Duskendale. *Czekał dziś rano, pod bramą* — uświadomiła sobie. — *Dosiadał tarantowatego podjezdka.* Miała jednak wrażenie, że widziała go już przedtem. Ale gdzie?

Gdy Brienne wróciła do gospody, panował w niej tłok. Najbliżej kominka siedziały cztery septy w brudnych i zakurzonych od wędrówki strojach. Większość ław okupowali miejscowi, pochłaniający z misek gorący krabowy gulasz zagryzany chlebem. Gdy poczuła jego zapach, zaburczało jej w żołądku, ale nigdzie nie było wolnych miejsc.

— Pani, proszę, usiądź na moim miejscu — odezwał się nagle za nią czyjś głos. Dopiero gdy nieznajomy zeskoczył z ławy, Brienne uświadomiła sobie, że ma do czynienia z karłem. Człowieczek miał niespełna pięć stóp wzrostu. Jego kartoflowaty nos pokrywały liczne żyłki, a zęby miał czerwone od kwaśnego liścia. Był ubrany w szaty z brązowego samodziału, świadczące, że jest świętym bratem, a na jego grubej szyi wisiał żelazny młot Kowala.

— Siedź sobie — odparła. — Mogę postać równie dobrze, jak ty.

— Ehe, ale mnie trudniej będzie walnąć głową w sufit.

Karzeł przemawiał prostackim językiem, choć uprzejmie. Brienne widziała wygoloną łysinę na czubku jego głowy. Wielu świętych braci nosiło podobne tonsury. Septa Roelle tłumaczyła jej kiedyś, że chcą w ten sposób zademonstrować, iż nie mają nic do ukrycia przed Ojcem.

— A czy Ojciec nie widzi przez włosy? — zapytała wtedy Brienne. To było głupie. Była tępym dzieckiem, septa Roelle często jej to powtarzała. W tej chwili czuła się prawie tak samo głupio, zajęła więc miejsce małego człowieczka na końcu ławy, zamówiła gulasz i odwróciła się, żeby podziękować karłu.

— Czy służysz w jakimś świętym domu w Duskendale, bracie?

— To było bliżej Stawu Dziewic, pani, ale spaliły nas wilki — odparł mężczyzna, pogryzając piętkę chleba. — Odbudowaliśmy się, na miarę naszych możliwości, lecz potem przyszli ci najemnicy. Nie wiem, czyimi ludźmi byli. Zabrali świnie i zabili braci. Ja się schowałem w wydrążonej kłodzie, ale inni byli na to za duzi. Potrzebowałem sporo czasu, żeby ich wszystkich pochować, ale Kowal dał mi siłę. A kiedy skończyłem, wygrzebałem garść monet ukrytych przez starszego brata i ruszyłem sam w świat.

— Spotkałam na drodze braci idących do Królewskiej Przystani.

— Ehe, są ich na traktach setki. I to nie tylko bracia. Również septonowie i prostaczkowie. Wszyscy są wróblami. Może ja również nim jestem. Kiedy Kowal mnie stworzył, uczynił mnie wystarczająco małym. — Zachichotał. — A jak brzmi twoja smutna opowieść, pani?

— Szukam siostry. Jest szlachetnie urodzona, ma tylko trzynaście lat. To ładna dziewczyna o niebieskich oczach i kasztanowatych włosach. Mogłeś ją widzieć w towarzystwie mężczyzny. Rycerza albo może błazna. — Zawahała się. — Mam złoto dla tego, kto pomoże mi ją odnaleźć.

— Złoto? — Brat odsłonił w uśmiechu czerwone zęby. — Miska tego krabowego gulaszu byłaby dla mnie wystarczającą nagrodą, obawiam się jednak, że nie potrafię ci pomóc. Błaznów spotkałem wielu, ale ładnych dziewcząt znacznie mniej. — Uniósł głowę, zastanawiając się przez chwilę. — Przypominam sobie, że w Stawie Dziewic rzeczywiście widziałem trefnisia. Miał na sobie brudne łachmany, lecz spod nich wyglądał błazeński strój.

Czy Dontos Hollard nosił błazeński strój? — pomyślała. Nikt nigdy nie mówił Brienne, że tak było... ale z drugiej strony nikt jej nigdy nie powiedział, że tak nie było. Ale dlaczego miałby mieć na sobie łachmany? Czyżby po ucieczce z Królewskiej Przystani dwoje zbiegów spotkało jakieś nieszczęście? To wydawało się możliwe, gdyż na traktach było bardzo niebezpiecznie. *Ale może to wcale nie on.*

— A czy ten trefniś miał czerwony nos, pełen spękanych żyłek?

— Nie mógłbym przysiąc, że tak było. Przyznaję, że nie przyjrzałem mu się zbyt uważnie. Dotarłem do Stawu Dziewic po tym, jak pochowałem braci. Pomyślałem sobie, że znajdę statek i popłynę do Królewskiej Przystani. Pierwszy raz widziałem tego trefnisia w porcie. Wyglądał, jakby się czegoś bał, i wyraźnie unikał żołnierzy lorda Tarly'ego. Potem spotkałem go znowu, „Pod Śmierdzącą Gęsią".

— „Pod Śmierdzącą Gęsią"? — powtórzyła niepewnym głosem Brienne.

— To podejrzany lokal — przyznał karzeł. — Port w Stawie Dziewic patrolują ludzie lorda Tarly'ego, ale „Pod Gęsią" zawsze jest mnóstwo marynarzy, a oni często przemycają ludzi na pokłady swych statków, jeśli cena jest odpowiednia. Ten trefniś szukał statku, który przewiózłby trzy osoby na drugi brzeg wąskiego morza. Widziałem go tam często, jak rozmawiał z wioślarzami z galer. Czasami śpiewał zabawną piosenkę.

— Trzy osoby? Nie dwie?

— Trzy, pani. Tyle mogę przysiąc na Siedmiu.

Trzy osoby — pomyślała Brienne. — *Sansa, ser Dontos... i kto trzeci? Krasnal?*

— I czy ten trefniś znalazł statek?

— Nie potrafię ci tego powiedzieć — odparł karzeł. — Ale pewnej nocy gospodę odwiedzili żołnierze lorda Tarly'ego, pytając o niego, a po kilku dniach usłyszałem, jak jeden człowiek przechwalał się, że oszukał błazna i pokazywał na dowód złoto. Był pijany i stawiał wszystkim *ale*.

— Oszukał błazna — powtórzyła Brienne. — Co miał na myśli?

— Nie potrafię ci tego powiedzieć. Pamiętam, że zwano go Zręcznym Dickiem. — Karzeł rozpostarł dłonie. — Obawiam się, że to wszystko, co mogę ci zaoferować, poza modlitwami małego człowieczka.

Brienne dotrzymała słowa i kupiła mu miskę gorącego krabowego gulaszu... a do tego trochę świeżego ciepłego chleba i kielich wina. Karzeł zabrał się do jedzenia, stojąc u jej boku, a Brienne zastanawiała się nad jego słowami. *Czy to możliwe, że Krasnal się do nich przyłączył?* Jeśli to Tyrion Lannister stał za zniknięciem Sansy, nie Dontos Hollard, wydawało się logiczne, że będą musieli uciec za wąskie morze.

Mały człowieczek zjadł swoją miskę gulaszu, a na dodatek pochłonął też to, czego nie dojadła Brienne.

— Powinnaś więcej jeść — poradził. — Taka duża kobieta musi dbać o zachowanie sił. Do Stawu Dziewic nie jest daleko, ale na trakcie bywa teraz niebezpiecznie.

Wiem o tym. To właśnie na tej drodze zginął ser Cleos Frey, a ją i ser Jaimego pojmali Krwawi Komedianci. *Jaime próbował mnie zabić* — przypomniała sobie. — *Chociaż był słaby i wychudzony, a ręce miał w kajdanach.* I tak niewiele zabrakło, by mu się udało, ale to było, zanim Zollo uciął mu rękę. Zollo, Rorge i Shagwell zgwałciliby ją pół setki razy, gdyby ser Jaime nie powiedział im, że jest warta swej wagi w szafirach.

— Pani? Masz smutną minę. Czy myślałaś o siostrze? — Karzeł poklepał ją po dłoni. — Nie obawiaj się, Starucha oświetli ci drogę wiodącą do niej. A Dziewica ją ochroni.

— Modlę się, byś miał rację.

— Mam. — Pokłonił się. — Ale teraz muszę już ruszać. Droga do Królewskiej Przystani jest długa.

— Masz konia? Muła?

— Dwa muły. — Człowieczek parsknął śmiechem. — Noszę je na nogach. Zaniosą mnie wszędzie, dokąd zechcę dotrzeć.

Pokłonił się i poczłapał ku drzwiom, kołysząc się przy każdym kroku.

Brienne siedziała jeszcze przez pewien czas nad kielichem rozwodnionego wina. Rzadko pijała wino, ale przekonała się, że czasami pomaga ono na żołądek. *Dokąd chcę się udać?* — zapytała samą siebie. — *Do Stawu Dziewic, żeby poszukać człowieka zwanego Zręcznym Dickiem w gospodzie „Pod Śmierdzącą Gęsią"?*

Kiedy ostatnio widziała Staw Dziewic, miasto leżało w ruinie, jego lord zamknął się w zamku, a prostaczkowie zginęli, uciekli albo gdzieś się ukryli. Pamiętała spalone domy, puste ulice i rozbite bramy. Zdziczałe psy podążały za ich końmi, a w jeziorku, któremu miasteczko zawdzięczało swą nazwę, pływały rozdęte trupy, przypominające wielkie białe lilie wodne. *Jaime zaśpiewał „Sześć dziewic w stawie" i śmiał się, kiedy go błagałam, żeby się uciszył.* W Stawie Dziewic przebywał też Randyll Tarly, kolejny powód, żeby unikać tego miasta. Być może lepiej by było, gdyby wsiadła na statek i popłynęła do Gulltown albo Białego Portu. *Jedno nie przeszkadza drugiemu. Mogę odwiedzić tę gospodę, pogadać ze Zręcznym Dickiem, a potem wsiąść na statek i popłynąć na północ.* Gospoda zaczęła się opróżniać. Brienne rozerwała kawałek chleba, wsłuchując się w rozmowy toczone przy innych stołach. Większość z nich dotyczyła śmierci lorda Tywina Lannistera.

— Ponoć zamordował go własny syn — mówił jakiś miejscowy, sądząc z wyglądu, szewc. — Ten mały, obmierzły karzeł.

— A nowy król to jeszcze chłopiec — dodała najstarsza z czterech sept. — Kto będzie nami rządził, nim osiągnie wiek dojrzały?

— Brat lorda Tywina — stwierdził miejski strażnik. — Albo może ten lord Tyrell. Albo Królobójca.

— Tylko nie on — obruszył się oberżysta. — Nie ten wiarołomca.

Splunął w ogień.

Brienne pozwoliła, by chleb wypadł jej z rąk i strzepnęła okruchy ze spodni. Usłyszała już wystarczająco wiele.

Nocą śniło się jej, że znowu znalazła się w namiocie Renly'ego. Wszystkie świece gasły i otaczał ją gęsty chłód. W zielonej ciemności coś się poruszało, coś ohydnego i przerażającego, co mknęło ku jej królowi. Chciała go ratować, ale jej kończyny zesztywniały z zimna, i żeby choć podnieść rękę, potrzebowałaby więcej sił, niż ich miała. A potem zrobiony z cienia miecz przeciął zielony, stalowy naszyjnik zbroi i popłynęła krew. Wtedy Brienne zobaczyła, że umierającym królem wcale nie jest Renly, lecz Jaime Lannister. Zawiodła go.

Siostra kapitana znalazła ją na dole w gospodzie. Brienne piła właśnie kubek mleka z miodem i trzema surowymi jajami.

— Piękna robota — powiedziała, gdy kobieta pokazała jej świeżo pomalowaną tarczę. To był raczej obraz niż typowy herb. Jego widok sprawił, że Brienne cofnęła się myślą o wiele lat, do chłodnej, mrocznej zbrojowni ojca. Przypomniała sobie, jak przebiegała palcami po spękanej, wyblakłej farbie, po zielonych liściach drzewa i drodze spadającej gwiazdy.

Zapłaciła siostrze kapitana sumę o połowę wyższą od umówionej, a gdy opuszczała gospodę, kupiwszy najpierw od kucharza trochę sucharów, sera i mąki, zarzuciła sobie tarczę na ramię. Wyjechała z miasta przez północną bramę, i ruszyła powoli przed siebie, mijając pola oraz gospodarstwa rolne, na których doszło do najbardziej zaciętych walk, gdy na Duskendale uderzyły wilki.

Armią Joffreya dowodził tu lord Randyll Tarly, a składała się ona z ludzi z zachodu, z krain burzy oraz z rycerzy z Reach. Tych jego ludzi, którzy tu polegli, zaniesiono do miasta, by spoczęli w grobowcach bohaterów w septach Duskendale. Zabitych ludzi z północy, znacznie liczniejszych, pochowano we wspólnym grobie nad morzem. Na mogile znaczącej miejsce ich wiecznego spoczynku zwycięzcy zostawili grubo ciosaną drewnianą tablicę. Napis głosił tylko: TU LEŻĄ WILKI. Brienne zatrzymała się obok niego i odmówiła bezgłośną modlitwę za poległych, a także za Catelyn Stark, jej syna Robba i za wszystkich, którzy zginęli wraz z nimi.

Przypomniała sobie noc, gdy lady Catelyn dowiedziała się o śmierci synów, dwóch małych chłopców, których zostawiła w Winterfell, sądząc, że tam będą bezpieczni. Brienne zapytała ją wówczas, czy dostała wieści o synach, a ona odpowiedziała: „nie mam już żadnych synów poza Robbem". Głos lady Catelyn brzmiał tak, jakby ktoś wbił jej nóż w brzuch. Brienne wyciągnęła rękę nad blatem, chcąc ją pocieszyć, ale powstrzymała się, nim jej palce dotknęły dłoni starszej kobiety, bojąc się, że wzdrygnie się ona przed jej dotykiem. Lady Catelyn obróciła dłonie, by pokazać Brienne blizny na ich wewnętrznych powierzchniach i na palcach, gdzie ongiś nóż wbił się głęboko w jej ciało. Potem zaczęła opowiadać o córkach. Powiedziała: „Sansa była małą damą. Zawsze okazywała wielką uprzejmość i pragnęła się wszystkim przypodobać. Kochała opowieści o rycerskich czynach. Wyraźnie widać, że wyrośnie na kobietę znacznie piękniejszą niż ja. Często sama czesałam jej włosy. Były kasztanowate, bardzo gęste i miękkie… w świetle pochodni lśniły czerwonym blaskiem jak miedź".

Opowiadała też o Aryi, swej młodszej córce, lecz Arya zaginęła, zapewne już nie żyła. Ale Sansa… *Odnajdę ją, pani* — obiecała w myślach Brienne niespokojnemu cieniowi lady Catelyn. — *Nigdy nie przestanę jej szukać. Jeśli będzie trzeba, poświęcę życie, poświęcę honor i wszystkie marzenia, ale odnajdę ją.*

Za polem bitwy trakt biegł wzdłuż brzegu, między burzliwym, szarozielonym morzem a linią niskich wapiennych wzgórz. Brienne nie była jedynym wędrowcem na szlaku. Na odcinku wielu mil wzdłuż brzegu ciągnęły się rybackie wioski i rybacy tym traktem wozili ryby na rynek. Brienne minęła handlarkę ryb z córkami. Kobiety wracały do domu, niosąc na ramionach puste kosze. Była w zbroi, więc wzięły ją za rycerza, ale potem zobaczyły jej twarz. Dziewczyny zaczęły szeptać do siebie i spoglądać na nią dziwnie.

— Może widziałyście na trakcie trzynastoletnią dziewczynę? — zapytała je. — Szlachetnie urodzoną dziewicę o niebieskich oczach i kasztanowatych włosach? — Spotkanie z ser Shadrichem nauczyło ją ostrożności, ale musiała próbować. — Możliwe, że podróżuje w towarzystwie błazna.

Dziewczyny potrząsnęły tylko głowami i zachichotały, zasłaniając usta dłońmi.

W pierwszej wiosce, którą mijała, bosi chłopcy biegli za jej koniem. Brienne włożyła hełm, urażona chichotami rybaczek, więc wzięli ją za mężczyznę. Jeden z chłopców zaproponował, że sprzeda jej małże, drugi zaoferował kraby, a trzeci swoją siostrę.

Kupiła trzy kraby od drugiego z nich. Gdy opuściła wioskę, zaczął padać deszcz. Wiatr dął coraz silniej. *Idzie na sztorm* — pomyślała, spoglądając na morze. Krople deszczu spadały z głośnym brzękiem na stalowy hełm, aż Brienne rozbolały uszy, zawsze jednak było to lepsze, niż wypłynąć przy takiej pogodzie łodzią na morze.

Po godzinie drogi na północ trakt rozwidlał się w pobliżu zwaliska kamieni, które było wszystkim, co zostało ze starożytnego zamku. Prawe odgałęzienie biegło wzdłuż brzegu, wijąc się w stronę Szczypcowego Przylądka, posępnej krainy pełnej mokradeł i jałowych, porośniętych sosnami pustkowi, natomiast lewe wiodło przez wzgórza, pola i lasy do Stawu Dziewic. Deszcz padał coraz intensywniej. Brienne zsunęła się z siodła i sprowadziła klacz z traktu, by poszukać schronienia w ruinach. Pośród jeżyn, chwastów i dzikich wiązów można jeszcze było prześledzić kształt zamkowych murów, ale kamienie, które się na nie składały, leżały rozrzucone między odgałęzieniami traktu niczym dziecinne zabawki. Trzy wieże zamku zbudowano z szarego granitu, podobnie jak mury, jego blanki były zaś z żółtego piaskowca. *Trzy korony* — uświadomiła sobie nagle, spoglądając na nie przez zasłonę deszczu. — *Trzy złote korony.* To był zamek Hollardów. Zapewne tu właśnie przyszedł na świat ser Dontos.

Poprowadziła klacz przez gruzy ku głównemu wejściu do donżonu. Z jego drzwi zostały tylko zardzewiałe zawiasy, dach się jednak zachował i w środku było sucho. Brienne przywiązała klacz do uchwytu na pochodnię na ścianie, zdjęła hełm i potrząsnęła głową, uwalniając włosy. Gdy rozglądała się za jakimś suchym drewnem, by rozpalić ognisko, usłyszała odgłos kroków zbliżającego się konia. Instynkt nakazał jej schronić się w cieniu, by nie było jej widać z drogi. To właśnie na tym trakcie pojmano ją z ser Jaimem. Nie zamierzała przeżywać tego po raz drugi.

Jeździec był niewysokim mężczyzną. *Szalona Mysz* — pomyślała na jego widok. — *W jakiś sposób udało mu się mnie wytropić.* Jej dłoń powędrowała do rękojeści miecza. Zadała sobie pytanie, czy ser Shadrich uznał ją za łatwą zdobycz, tylko dlatego że jest kobietą. Ten sam błąd popełnił niegdyś kasztelan lorda Grandisona. Nazywał się Humfrey Wagstaff i był dumnym, sześćdziesięciopięcioletnim starcem o orlim nosie oraz pokrytej plamami łysinie. W dzień ich zaręczyn ostrzegł Brienne, że po ślubie będzie musiała się zachowywać, jak przystało kobiecie.

— Nie pozwolę, żeby moja pani żona pokazywała się w męskiej kolczudze — rzekł. — W tej sprawie będziesz musiała mnie posłuchać, bo inaczej będę zmuszony cię ukarać.

Miała wówczas szesnaście lat i wiedziała już, do czego służy miecz, ale mimo sprawności w ćwiczebnych walkach nadal była nieśmiała. Jednakże znalazła gdzieś odwagę, by powiedzieć ser Humfreyowi, że pozwoli się karać tylko mężczyźnie, który zwycięży ją w walce. Stary rycerz zrobił się fioletowy na twarzy, ale zgodził się przywdziać zbroję, by pokazać, gdzie jest jej miejsce. Walczyli tępą, turniejową bronią, więc buzdygan Brienne nie miał kolców. Mimo to złamała ser Humfreyowi obojczyk oraz dwa żebra, zrywając jednocześnie zaręczyny. Był trzecim i ostatnim kandydatem na jej męża. Ojciec już więcej nie nalegał

Jeżeli to rzeczywiście ser Shadrich ją śledził, niewykluczone, że będzie musiała walczyć. Nie zamierzała wchodzić z nim w spółkę ani pozwolić, żeby trafił za nią do Sansy. *Miał w sobie tę swobodną arogancję, charakterystyczną dla tych, którzy potrafią władać mieczem* — pomyślała. — *Ale był mały. Będę miała nad nim przewagę zasięgu i powinnam też być silniejsza.*

Brienne nie ustępowała siłą większości rycerzy. Stary dowódca zbrojnych jej ojca mawiał, że kobieta jej rozmiarów nie ma prawa być tak szybka. Bogowie obdarzyli ją również wytrzymałością i ser Goodwin uważał, że to szlachetny dar. Walka z mieczem i tarczą była męcząca, a zwycięstwo często przypadało w udziale temu, kto wytrzymał dłużej. Ser Goodwin nauczył ją walczyć ostrożnie, oszczędzać siły i pozwalać, by przeciwnicy wyczerpywali się wściekłymi atakami.

— Mężczyźni zawsze będą skłonni cię nie doceniać — mówił. — A duma będzie im kazała zwyciężyć cię szybko, żeby nikt nie mógł powiedzieć, iż kobieta zmusiła ich do wielkiego wysiłku.

Gdy Brienne ruszyła w świat, przekonała się, że wszystko to było prawdą. Nawet Jaime Lannister zaatakował ją w ten sposób, w lesie pod Stawem Dziewic. Jeśli bogowie będą łaskawi, Szalona Mysz popełni ten sam błąd. *Może to i doświadczony rycerz* — pomyślała — *ale nie jest Jaimem Lannisterem.* Wysunęła miecz z pochwy.

Jednakże to nie kasztanowaty rumak ser Shadricha pojawił się w miejscu rozwidlenia dróg, lecz stary, tarantowaty podjezdek z chudym chłopakiem na grzbiecie. Brienne zatrzymała się, zaskoczona tym widokiem. *To tylko jakiś chłopak* — pomyślała. Nagle jednak zauważyła ukrytą pod kapturem twarz. *Chłopak z Duskendale, ten, który wpadł na mnie na zakręcie. To on.*

Chłopak nawet nie spojrzał na ruiny zamku. Popatrzył na jedno odgałęzienie traktu, a potem na drugie. Po chwili wahania skierował wierzchowca ku wzgórzom i ruszył w dalszą drogę. Brienne odprowadzała go wzrokiem, aż zniknął za zasłoną deszczu. Nagle przypomniała sobie, że tego samego chłopaka widziała w Rosby. *Śledzi mnie* — uświadomiła sobie. — *Ale w tę grę może grać dwoje.* Odwiązała klacz, wdrapała się na siodło i ruszyła w pościg.

Młodzieniec spoglądał pod końskie nogi, patrząc, jak koleiny na trakcie wypełniają się wodą. Deszcz stłumił tętent kopyt klaczy Brienne, a kaptur z pewnością też odegrał swoją rolę. Ścigany nie obejrzał się ani razu, nim Brienne dogoniła go kłusem i uderzyła jego wierzchowca w zad płazem miecza.

Koń stanął dęba, chuderlawy jeździec zwalił się na ziemię, powiewając płaszczem jak parą skrzydeł. Gdy podniósł twarz z błota, mając między zębami ziemię i martwą, brązową trawę, zobaczył stojącą nad nim Brienne. To z całą pewnością był ten sam chłopak. Poznała jęczmień.

— Kim jesteś? — zapytała.

Usta młokosa poruszyły się bezgłośnie. Oczy miał wielkie jak kurze jajka.

— P... — zdołał tylko wykrztusić. — P... — Gdy się poruszył, jego kolczuga zagrzechotała głośno. — P... P...

— Proszę? — zapytała Brienne. — Czy chcesz powiedzieć „proszę"? — Dotknęła jego grdyki sztychem miecza. — Odpowiedz mi, proszę, kim jesteś i dlaczego mnie śledzisz?

— Nie p... p... proszę. — Wsadził sobie palec w usta i wyjął stamtąd grudę błota, a potem splunął. — P... P... Pod. Tak się nazywam. P... P... Podrick. P... Payne.

Brienne opuściła miecz. Poczuła nagły przypływ współczucia dla młokosa. Przypomniała sobie pewien dzień w Wieczornym Dworze i młodego rycerza z różą w dłoni. *Przyniósł ten kwiat dla mnie.* Tak przynajmniej powiedziała jej septa. Musiała jedynie przywitać go w zamku ojca. Miał osiemnaście lat i długie, rude włosy opadające na ramiona. Ona miała dwanaście lat i włożyła nową, ciasno sznurowaną suknię o gorseciku ozdobionym granatami. Oboje byli tego samego wzrostu, ale Brienne nie mogła spojrzeć mu w oczy ani wypowiedzieć prostych słów, których nauczyła ją septa. „Ser Ronnecie. Witam cię w zamku mojego pana ojca. Cieszę się, że wreszcie mogę ujrzeć twoją twarz".

— Dlaczego mnie śledzisz? — zapytała chłopaka. — Czy kazano ci mnie szpiegować? Służysz Varysowi czy królowej?

— Nie. Żadnemu z nich. Nikomu.

Brienne miała wrażenie, że Podrick ma około dziesięciu lat, ale bardzo kiepsko sobie radziła z oceną wieku dzieci. Niezmiennie wydawało jej się, że są młodsze niż w rzeczywistości, być może dlatego, że sama zawsze była duża jak na swój wiek. „Nienaturalnie duża — zwykła mawiać septa Roelle. — I podobna do mężczyzny".

— Na tej drodze jest zbyt niebezpiecznie dla samotnego chłopca.

— Nie dla giermka. Jestem jego giermkiem. Giermkiem namiestnika.

— Lorda Tywina?

Brienne schowała miecz.

— Nie. Nie tego namiestnika. Tego, który był przedtem. Jego syna. Walczyłem w bitwie u jego boku. Krzyczałem: „Półmężczyzna! Półmężczyzna!".

To giermek Krasnala — pomyślała. Brienne nawet nie wiedziała, że miał giermka. Tyrion Lannister nie był rycerzem. Przemknęło jej przez głowę, że pewnie można się było spodziewać, iż będzie miał młodocianego służącego albo i dwóch, pazia i podczaszego, kogoś, kto pomógłby mu się ubierać. Ale giermka?

— Dlaczego mnie śledzisz? — zapytała. — Czego chcesz?

— Chcę ją odnaleźć. — Chłopak wstał. — Jego panią. Szukasz jej. Brella mi powiedziała. Jest jego żoną. Nie Brella, lady Sansa. Pomyślałem sobie, że jeśli ją znajdziesz... — Wykrzywił twarz w grymasie nagłego bólu. — Jestem jego giermkiem — powtórzył. Deszcz spływał mu po twarzy. — Ale on mnie opuścił.

SANSA

Kiedyś, gdy była jeszcze małą dziewczynką, wędrowny minstrel zatrzymał się w Winterfell na całe pół roku. Był już stary, miał białe włosy i ogorzałe od wiatru policzki, ale śpiewał o rycerzach, przygodach i o pięknych damach. Kiedy odjeżdżał, Sansa płakała gorzkimi łzami, błagając ojca, żeby kazał mu zostać.

— Zaśpiewał nam już po trzy razy każdą pieśń, którą zna — odpowiedział łagodnym tonem lord Eddard. — Nie mogę go zatrzymywać wbrew jego woli. Nie ma potrzeby płakać. Obiecuję ci, że przyjadą tu inni minstrele.

Przez co najmniej rok nie zjawił się jednak żaden. Sansa modliła się do Siedmiu w sepcie i do starych bogów pod drzewem sercem, prosząc ich, żeby przysłali staruszka z powrotem albo — jeszcze lepiej — sprowadzili tu innego minstrela, młodego i przystojnego. Ale bogowie jej nie odpowiedzieli i w komnatach Winterfell zapanowała długa cisza.

To jednak było dawno, gdy była jeszcze głupiutką dziewczynką. Teraz była trzynastoletnią panną i już zakwitła. Wszystkie jej noce były pełne pieśni, a za dnia modliła się o ciszę.

Gdyby Orle Gniazdo zbudowano jak inne zamki, śpiew umarłego słyszałyby tylko szczury i klucznicy. Mury lochów były wystarczająco grube, by pochłonąć pieśni, podobnie jak krzyki. Ale podniebne cele zamiast murów miały powietrze i każdy zagrany przez umarłego akord odbijał się echem od kamiennych ramion Kopii Olbrzyma. A pieśni, które wybierał… śpiewał o Tańcu Smoków, o pięknej Jonquil i jej błaźnie, o Jenny ze Starych Kamieni i Księciu Ważek. O najpodlejszych zdradach i morderstwach, o wisielcach i krwawej zemście. Śpiewał o żałobie i smutku.

W całym zamku nie było miejsca, w którym Sansa mogłaby się skryć przed tą muzyką. Jej tony unosiły się w górę po krętych schodach wieży, znajdowały dziewczynę, gdy była naga w kąpieli, i zakradały się do jej sypialni, nawet jeśli zamykała szczelnie okiennice. Unosiły się w zimnym, rzadkim powietrzu i tak jak ono wypełniały ją dreszczem. Choć od dnia śmierci lady Lysy w Orlim Gnieździe nie padał śnieg, nocami zawsze było bardzo zimno.

Głos minstrela był silny i słodki. Sansa uważała, że brzmi jeszcze lepiej niż przedtem, stał się bogatszy, przepajały go ból, strach i tęsknota. Nie rozumiała, dlaczego bogowie obdarzyli tak pięknym głosem podobnie niegodziwego człowieka. *Na Paluchach wziąłby mnie siłą, gdyby Petyr nie kazał ser Lothorowi mnie strzec* — powtarzała sobie. — *I zagłuszał graniem moje krzyki, kiedy ciotka Lysa próbowała mnie zabić.*

To jednak nie pomagało jej w znoszeniu tych pieśni.

— Proszę — błagała lorda Petyra — czy nie możesz kazać mu przestać?

— Dałem słowo, słodziutka. — Petyr Baelish, lord Harrenhal, Najwyższy Lord Tridentu i lord protektor Doliny, uniósł wzrok znad listu, który pisał. Od chwili upadku lady Lysy napisał już chyba ze sto listów. Sansa widziała przylatujące i odlatujące kruki. — Wolę słuchać jego śpiewu niż płaczu.

To prawda, że jest lepiej, kiedy śpiewa, ale...

— Czy musi grać całą noc, panie? Lord Robert nie może spać. Płacze...

— ...za matką. Na to nie można nic poradzić, dziewka nie żyje. — Petyr wzruszył ramionami. — To już nie potrwa długo. Jutro lord Nestor ma wjechać na górę.

Sansa widziała już kiedyś lorda Nestora Royce'a, na ślubie Petyra z jej ciotką. Royce był kasztelanem Księżycowych Bram, wielkiego zamku, który wznosił się u podstawy góry i strzegł schodów wiodących do Orlego Gniazda. Weselnicy zatrzymali się u niego na noc, zanim ruszył w górę. Lord Nestor spojrzał na nią wszystkiego może za dwa razy, ale Sansa i tak bała się perspektywy jego przybycia. Był również wielkim zarządcą Doliny, zaufanym chorążym Jona Arryna i lady Lysy.

— On nie… nie pozwolisz lordowi Nestorowi zobaczyć się z Marillionem, prawda?

Przerażenie musiało się uwidocznić na jej twarzy, gdyż Petyr odłożył gęsie pióro.

— Wręcz przeciwnie. Będę nalegał, by to zrobił. — Skinął na Sansę, nakazując jej usiąść obok siebie. — Zawarliśmy z Marillionem porozumienie. Mord ma wielkie zdolności perswazji. A jeśli minstrel nas rozczaruje i zaśpiewa piosenkę, której nie chcemy usłyszeć, to, cóż, będziemy tylko musieli oboje oznajmić, że kłamie. Jak ci się zdaje, komu uwierzy lord Nestor?

— Nam?

Sansa chciałaby być tego pewna.

— Oczywiście. Nasze kłamstwa przyniosą mu korzyść.

W samotni było ciepło, ogień na kominku buzował wesoło, lecz mimo to Sansa zadrżała.

— Tak, ale… ale co, jeśli…

— Jeśli lord Nestor ceni honor wyżej niż zysk? — Petyr objął ją ramieniem. — Jeśli pragnie poznać prawdę, wymierzyć sprawiedliwość za zamordowanie swej pani? — Uśmiechnął się. — Znam lorda Nestora, słodziutka. Wydaje ci się, że pozwoliłbym mu skrzywdzić moją córkę?

Nie jestem twoją córką — pomyślała. — *Jestem Sansa Stark, córka lorda Eddarda i lady Catelyn. W moich żyłach płynie krew Winterfell.* Nie powiedziała jednak tego na głos. Gdyby nie Petyr Baelish, to ona uleciałaby w zimne, błękitne niebo i rozbiłaby się na kamieniach sześćset stóp w dole, nie Lysa Arryn. *Jest taki śmiały.* Sansa żałowała, że nie jest równie odważna. Chciała tylko wczołgać się z powrotem do łóżka, schować się pod kocem i zasnąć. Od chwili śmierci ciotki ani razu nie udało się jej przespać całej nocy.

— Czy nie mógłbyś powiedzieć lordowi Nestorowi, że jestem… niedysponowana… albo…

— Będzie chciał usłyszeć, co masz do powiedzenia o śmierci Lysy.

— Wasza lordowska mość, jeśli... jeśli Marillion powie, co naprawdę...

— Chciałaś powiedzieć, jeśli skłamie?

— Skłamie? Tak... jeśli skłamie... jeśli to będzie moja opowieść przeciwko jego opowieści, a lord Nestor zajrzy mi w oczy i zobaczy, jak bardzo się boję...

— Odrobina strachu będzie całkiem na miejscu, Alayne. Byłaś świadkiem okropnego wydarzenia. Nestor będzie wzruszony. — Petyr spojrzał jej w oczy, jakby widział je po raz pierwszy. — Masz oczy po matce. Szczere i niewinne. Błękitne jak morze w blasku słońca. Kiedy będziesz miała parę lat więcej, utonie w nich niejeden mężczyzna.

Sansa nie wiedziała, co na to powiedzieć.

— Musisz tylko powtórzyć lordowi Nestorowi to samo, co powiedziałaś lordowi Robertowi — ciągnął Petyr.

Robert to tylko mały, chorowity chłopiec — pomyślała. — *Lord Nestor to dorosły mężczyzna, srogi i podejrzliwy.* Robert nie był silny i trzeba go było chronić, nawet przed prawdą.

— Niektóre kłamstwa rodzą się z miłości — zapewnił ją wówczas Petyr. Postanowiła teraz mu o tym przypomnieć.

— Okłamaliśmy lorda Roberta po to, żeby go oszczędzić — powiedziała.

— A to kłamstwo oszczędzi nas. W przeciwnym razie oboje będziemy musieli opuścić Orle Gniazdo tymi samymi drzwiami co Lysa. — Znowu wziął w rękę gęsie pióro. — Napoimy go kłamstwami i złotym arborskim. Zapewniam cię, że przełknie i jedno, i drugie, a potem poprosi o więcej.

Mnie również poi kłamstwami — uświadomiła sobie Sansa. Były to jednak pocieszające kłamstwa i wyglądało na to, że płyną z dobroci serca. *Kłamstwo płynące z dobroci serca nie jest takie złe.* Gdyby tylko potrafiła w nie uwierzyć.

Nadal bardzo niepokoiło ją to, co usłyszała od ciotki tuż przed jej śmiercią.

— Ona bredziła — zapewnił Petyr. — Moja żona była obłąkana, sama to widziałaś.

Rzeczywiście widziała. *Ja tylko wybudowałam zamek ze śniegu, a ona chciała wypchnąć mnie za to przez Księżycowe Drzwi. Petyr mnie uratował. Kochał moją matkę i...*

I ją również? Jak mogła w to wątpić? Uratował jej życie.

Uratował życie Alayne, swojej córce — wyszeptał wewnętrzny głos. Ale Alayne była jednocześnie Sansą... a czasami wydawało się jej, że lord protektor również jest dwoma różnymi ludźmi. Był Petyrem, jej obrońcą, ciepłym, wesołym i miłym... ale był również Littlefingerem, lordem znanym jej z Królewskiej Przystani, który uśmiechał się chytrze i głaskał brodę, szepcząc coś do ucha królowej Cersei. A Littlefinger nie był przyjacielem Sansy. Kiedy Joff kazał ją pobić, to Krasnal ją bronił, nie Littlefinger. Kiedy tłum próbował ją zgwałcić, to Ogar zaniósł ją w bezpieczne miejsce, nie Littlefinger. Kiedy Lannisterowie wbrew jej woli wydali ją za Tyriona, to ser Garlan Dzielny ją pocieszał, nie Littlefinger. Littlefinger nigdy nie ruszył dla niej choć małym palcem.

Ale to on mnie stamtąd wydostał. Tyle dla mnie zrobił. Myślałam, że to był ser Dontos, mój biedny, stary, zapijaczony Florian, ale to od początku był Petyr. Littlefinger jest tylko maską, którą musi nosić. Czasem jednak Sansie trudno było się zorientować, gdzie się kończy prawdziwy człowiek, a zaczyna maska. Littlefinger i lord Petyr byli bardzo do siebie podobni. Być może uciekłaby od nich obu, ale nie miała dokąd pójść. Winterfell spalono i obrócono w gruzy, a Bran i Rickon byli zimnymi trupami. Robba zdradzono i zamordowano w Bliźniakach, razem z ich panią matką. Tyriona skazano na śmierć za zamordowanie Joffreya, a gdyby Sansa wróciła do Królewskiej Przystani, królowa ją również kazałaby ściąć. Ciotka, na której opiekę liczyła, próbowała ją zamordować. Wuj Edmure był więźniem Freyów, a jej stryjecznego dziadka Blackfisha oblegano w Riverrun. *Nie ma dla mnie żadnego innego miejsca* — pomyślała przygnębiona Sansa. — *I nie mam żadnego prawdziwego przyjaciela poza Petyrem.*

Tej nocy umarły zaśpiewał *Dzień, w którym powiesili Czarnego Robina*, *Łzy matki* i *Deszcze Castamere*. Potem na chwilę umilkł, ale gdy tylko Sansa zaczęła zasypiać, zaczął od nowa. Zaśpiewał *Sześć smutków*, *Spadłe liście* i *Alysanne*. *To takie smutne pieśni* — pomyślała Sansa. Kiedy zamknęła oczy, widziała go w jego podniebnej celi. Kulił się w kącie położonym najdalej od zimnego, czarnego nieba, przykryty futrem, a na piersi trzymał drewnianą harfę. *Nie powinnam się nad nim litować* — powiedziała sobie. — *Był próżny i okrutny, a wkrótce umrze.* Nie mogła go uratować. Zresztą czemu miałaby tego pragnąć? Marillion próbował ją zgwałcić, a Petyr uratował jej życie i to nie raz, a dwa razy. *Czasami trzeba skłamać.* To kłamstwa pozwoliły jej przetrwać w Królewskiej Przystani. Gdyby nie okłamywała Joffreya, jego królewscy gwardziści zbiliby ją do krwi.

Po *Alysanne* minstrel znowu umilkł i Sansa mogła godzinkę pospać. Gdy jednak na jej okiennice padł pierwszy blask świtu, dziewczyna usłyszała łagodne dźwięki *Mglistego poranka*, które natychmiast ją obudziły. To była w zasadzie pieśń wykonywana przez kobiety, lament matki, która o świcie, po jakiejś straszliwej bitwie, szuka wśród poległych ciała jedynego syna. *Matka płacze za zabitym synem* — pomyślała Sansa. — *A Marillion opłakuje swe palce i oczy.* Słowa niosły się przez ciemność i przeszywały ją niczym strzały.

Czyś widział go, dobry rycerzu?
Ma włosy koloru kasztanów.
Obiecał, że do mnie powróci,
Do Wendish Town, gdzie mieszkamy.

Sansa osłoniła uszy puchową poduszką, żeby nie słyszeć dalszego ciągu, ale w niczym jej to nie pomogło. Nadszedł już dzień, ona nie spała, a lord Nestor Royce wjeżdżał na górę.

Wielki zarządca i jego świta dotarli do Orlego Gniazda późnym popołudniem. Dolina przybrała już złote i czerwone barwy, a wiatr się wzmagał. Lordowi Nestorowi towarzyszył syn, ser Albar, oraz dwunastu rycerzy i dwudziestu zbrojnych. *Tylu nieznajomych.* Sansa przyglądała się niespokojnie ich twarzom, zastanawiając się, czy są przyjaciółmi czy wrogami.

Petyr przywitał gości odziany w czarny aksamitny wams z szarymi rękawami. Strój ten harmonizował z wełnianymi spodniami i przydawał mroczniejszego tonu jego szarozielonym oczom. U jego boku stał maester Colemon. Na jego długiej, chudej szyi zwisał luźno łańcuch z wielu metali. Choć maester był znacznie wyższy od lorda protektora, to ten drugi przyciągał spojrzenia. Petyr najwyraźniej zrezygnował na chwilę z uśmiechów. Wysłuchał z poważną miną Royce'a, który przedstawił towarzyszących mu rycerzy.

— Jesteście tu mile widzianymi gośćmi, panowie — oznajmił później. — Znacie oczywiście naszego maestera Colemona. Lordzie Nestorze, czy pamiętasz Alayne, moją naturalną córkę?

— Oczywiście.

Lord Nestor był łysiejącym mężczyzną o byczym karku i szerokiej klatce piersiowej, miał upstrzoną pasemkami siwizny brodę i twarz o srogim wyrazie. Pochylił w geście powitania głowę o całe pół cala.

Sansa dygnęła. Nie odważyła się nic powiedzieć w obawie, że coś pomyli. Petyr pomógł jej się wyprostować.

— Słodziutka, bądź taka miła i przyprowadź lorda Roberta do Górnej Komnaty, żeby przyjął gości.

— Tak, ojcze.

Jej głos wydawał się słaby i wysilony. *Głos kłamczuchy* — pomyślała, biegnąc przez schody i galerię do Księżycowej Wieży. — *Głos, który dowodzi winy.*

Gdy Sansa wpadła do komnaty Roberta Arryna, Gretchel i Maddy pomagały chłopcu wcisnąć się w spodnie. Lord Orlego Gniazda znowu płakał. Oczy miał zaczerwienione, rzęsy pozlepiane, a nos opuchnięty i cieknący. Pod jednym nozdrzem widać było smarki, a z dolnej wargi płynęła krew w miejscu, gdzie się ugryzł. *Lord Nestor nie może go zobaczyć w takim stanie* — pomyślała zdesperowana Sansa.

— Gretchel, przynieś mi miskę. — Wzięła chłopca za rękę i poprowadziła do łóżka. — Czy mój Słowiczek dobrze dzisiaj spał?

— Nie. — Pociągnął nosem. — Nie spałem ani trochę, Alayne. On znowu śpiewał, a drzwi w moim pokoju były zamknięte. Wołałem, żeby mnie wypuścili, ale nikt nie przyszedł. Ktoś mnie zamknął w pokoju.

— To bardzo nieładnie.

Sansa zanurzyła szmatkę w ciepłej wodzie i zaczęła myć jego twarz… delikatnie, bardzo delikatnie. Jeśli szorowało się Roberta zbyt brutalnie, mógł zacząć dygotać. Chłopiec był słabowity i niezwykle mały jak na swój wiek. Miał osiem lat, ale Sansa widywała większych pięciolatków.

Warga Roberta zadrżała.

— Chciałem pójść spać do ciebie.

Wiem o tym. Słowiczek był przyzwyczajony do zakradania się do łoża matki, dopóki nie wyszła za lorda Petyra. Po śmierci lady Lysy zaczął wędrować po Orlim Gnieździe w poszukiwaniu innych łóżek. Najbardziej przypadło mu do gustu to, w którym sypiała Sansa… i właśnie dlatego wczoraj wieczorem poprosiła ser Lothora Brune'a o zamknięcie drzwi. Nie miałaby nic przeciwko temu, gdyby chłopiec tylko spał, ale on próbował się wtulać w jej piersi, a kiedy dostawał ataku, często moczył się w łoże.

— Lord Nestor Royce przyjechał z Bram, żeby się z tobą spotkać.

Sansa wytarła mu smarki.

— Nie chcę się z nim spotykać — oświadczył. — Chcę, żebyś mi opowiedziała historię. O Skrzydlatym Rycerzu.

— Później — obiecała Sansa. — najpierw musisz się zobaczyć z lordem Nestorem.

— Lord Nestor ma pieprzyk — zaprotestował Robert, wiercąc się nerwowo. Bał się mężczyzn z pieprzykami — Mamusia mówiła, że jest okropny.

— Mój biedny Słowiczek. — Sansa pogłaskała go po włosach. — Wiem, że za nią tęsknisz. Lord Petyr też za nią tęskni. Kochał ją tak samo jak ty. — To było kłamstwo, ale płynące z dobroci serca. Jedyną kobietą, jaką kochał w życiu Petyr, była zamordowana matka Sansy. Wyznał to lady Lysie, zanim wypchnął ją przez Księżycowe Drzwi. *Była szalona i niebezpieczna. Zamordowała własnego pana męża i zrobiłaby to samo ze mną, gdyby Petyr mnie nie uratował.*

Robert jednak nie musiał o tym wiedzieć. Był tylko małym, chorowitym chłopcem, który kochał matkę.

— Proszę — rzekła Sansa. — Teraz wyglądasz, jak przystało lordowi. Maddy, przynieś jego płaszcz.

Był uszyty z jagnięcej wełny, miękki i ciepły, a jego piękny błękitny kolor podkreślał kremową barwę bluzy. Sansa zapięła Robertowi płaszcz na ramionach srebrną broszą w kształcie sierpu księżyca, a potem wzięła go za rękę. Tym razem chłopiec poszedł za nią posłusznie.

Górna Komnata była zamknięta od chwili śmierci lady Lysy i Sansa poczuła dreszcz, gdy znowu się w niej znalazła. Musiała przyznać, że długa sala jest wspaniała i śliczna, ale nie podobało jej się tu. Nawet w najlepszych chwilach było to blade i zimne miejsce. Wysmukłe kolumny przypominały z jakiegoś powodu kości palców, a niebieskie żyłki w białym marmurze kojarzyły się z żyłami na nogach starej baby. Choć na ścianach umieszczono pięćdziesiąt srebrnych uchwytów na pochodnie, paliło się może tylko z dziesięć żagwi. Na posadzce tańczyły cienie, gromadzące się w każdym kącie. Ludzkie kroki odbijały się echem od marmuru, Sansa słyszała też, jak wiatr grzechocze Księżycowymi Drzwiami. *Nie mogę na nie patrzeć* — powiedziała sobie — *bo zacznę dygotać tak samo jak Robert.*

Przy pomocy Maddy posadziła Roberta na jego tronie z czardrewna, podkładając mu pod siedzenie stos poduszek. Potem wysłała wiadomość, że jego lordowska mość może już przyjąć gości. Dwaj wartownicy w płaszczach koloru nieba otworzyli drzwi na drugim końcu komnaty i Petyr wprowadził gości do środka. Wszyscy ruszyli ku tronowi po długim, niebieskim dywanie rozwiniętym między szeregami białych jak kość kolumn.

Chłopiec piskliwym głosem przywitał lorda Nestora, nie wspominając nic o pieprzyku. Gdy wielki zarządca zapytał go o jego panią matkę, dłonie Roberta zaczęły leciutko drżeć.

— Marillion ją skrzywdził. Wyrzucił ją przez Księżycowe Drzwi.

— A czy wasza lordowska mość to widział? — zapytał ser Marwyn Belmore, tyczkowaty rudowłosy rycerz, który był kapitanem straży Lysy, dopóki Petyr nie zastąpił go ser Lothorem Brune'em.

— Alayne widziała — odparł chłopiec. — I mój pan ojczym.

Lord Nestor popatrzył na nią. Ser Albar, ser Marwyn, maester Colemon, wszyscy na nią patrzyli. *Była moją ciotką, ale chciała mnie zabić* — pomyślała Sansa. — *Zaciągnęła mnie do Księżycowych Drzwi i próbowała przez nie wypchnąć. Nie chciałam żadnego pocałunku. Ja tylko budowałam zamek ze śniegu.*

Oplotła się ramionami, żeby przestać dygotać.

— Wybaczcie jej, szlachetni panowie — rzekł cicho Petyr Baelish. — Nadal dręczą ją koszmary o tym dniu. Nic dziwnego, że nie może o tym mówić. — Stanął za nią i położył delikatnie dłonie na jej ramionach. — Wiem, że to dla ciebie bardzo trudne, Alayne, ale nasi przyjaciele muszą usłyszeć prawdę.

— Tak. — Gardło miała tak ściśnięte i suche, że mówienie niemal sprawiało jej ból. — Widziałam... byłam z lady Lysą, gdy... — Po jej policzku spłynęła łza. *To dobrze, łza jest dobra.* — ...kiedy Marillion... ją wypchnął.

Powtórzyła całą opowieść, ledwie słysząc wypływające ze swych ust słowa.

Nim dotarła do połowy, Robert się rozpłakał. Poduszki, na których siedział, poruszyły się niebezpiecznie.

— On zabił moją matkę! Chcę, żeby pofrunął! — Jego dłonie dygotały coraz mocniej, drżenie przeniosło się również na ramiona. Chłopiec szarpnął gwałtownie głową i zaczął dzwonić zębami. — Fruń! — wrzeszczał. — Fruń, fruń!

Robert miotał szaleńczo wszystkimi kończynami. Lothor Brune wszedł na podwyższenie akurat na czas, by złapać chłopca, gdy ten zsunął się z tronu. Maester Colemon zmierzał krok za Brune'em, chociaż nie mógł w niczym pomóc.

Sansa była tak samo bezradna jak wszyscy. Mogła tylko stać i czekać, aż atak minie. W pewnej chwili Robert kopnął ser Lothora w twarz. Brune zaklął, ale nie wypuścił chłopca, który nadal się miotał i zmoczył ubranie. Goście nie odzywali się ani słowem. Lord Nestor przynajmniej widział już przedtem te ataki. Minęła długa chwila, nim spazmy zaczęły się uspokajać, a widzom wydawała się ona jeszcze dłuższa. Na koniec mały lord był tak osłabiony, że nie był w stanie wstać.

— Lepiej zanieście jego lordowską mość do łóżka i puśćcie mu krew — rozkazał lord Petyr. Brune wziął chłopca w ramiona i wyniósł go z komnaty. Maester Colemon podążył za nim z posępną miną.

Gdy ich kroki ucichły w oddali, w Górnej Komnacie Orlego Gniazda zapadła cisza. Sansa słyszała nocny wicher zawodzący na zewnątrz i drapiący w Księżycowe Drzwi. Była bardzo zmarznięta i zmęczona. *Czy będę musiała to opowiadać jeszcze raz?* — zadała sobie pytanie.

Okazało się jednak, że jej opowieść była wystarczająco dobra. Lord Nestor odchrząknął.

— Od początku nie lubiłem tego minstrela — mruknął. — Mówiłem lady Lysie, żeby go odesłała. Powtarzałem jej to wiele razy.

— Zawsze udzielałeś jej dobrych rad, panie — zgodził się Petyr.

— Ale ona nic sobie z nich nie robiła — pożalił się Royce. — Słuchała mnie z niechęcią i nic sobie nie robiła z moich słów.

— Moja pani była zbyt ufna, by żyć na tym świecie. — W głosie Petyra było tyle czułości, że Sansa mogłaby uwierzyć, iż naprawdę kochał żonę. — Lysa nie potrafiła dostrzec zła, które jest w ludziach. Widziała tylko dobro. Marillion śpiewał słodkie pieśni i błędnie uznała, że to wyraża jego naturę.

— Nazwał nas świniami — poskarżył się ser Albar Royce. Był prostolinijnym rycerzem o szerokich barach, który golił podbródek, ale zapuścił gęste, czarne bokobrody, okalające jego nieładną twarz niczym żywopłoty. Był młodszą kopią swego ojca. — Ułożył piosenkę o dwóch świniach ryjących wokół góry w poszukiwaniu resztek pozostawionych przez sokoła. To my mieliśmy być tymi świniami, ale gdy mu to powiedziałem, wyśmiał mnie. Powiedział: „Ależ, ser, to tylko piosenka o świniach".

— Ze mnie również szydził — poparł go ser Marwyn Belmore. — Przezwał mnie „ser Pisiorkiem", a kiedy poprzysiągłem, że wytnę mu za to język, uciekł do lady Lysy i schował się za jej spódnicą.

— Robił to często — potwierdził lord Nestor. — Był tchórzem, ale łaskawość lady Lysy uczyniła go bezczelnym. Ubierała go jak lorda, dała mu złote pierścienie i pas wysadzany księżycowymi kamieniami.

— A nawet ulubionego sokoła lorda Jona. — Na wamsie rycerza, który to powiedział, widniało sześć białych świec rodu Waxleyów. — Jego lordowska mość kochał tego ptaka. Podarował mu go król Robert.

Petyr Baelish westchnął.

— To było niestosowne — przyznał — i położyłem temu kres. Lysa zgodziła się go odesłać. Dlatego właśnie spotkała się tu z nim tamtego dnia. Powinienem był jej towarzyszyć, ale nawet mi się nie śniło… gdybym nie nalegał… to ja ją zabiłem.

Nie — pomyślała Sansa. — *Nie możesz im tego powiedzieć, nie możesz, nie możesz.* Albar Royce potrząsnął jednak głową.

— Nie, panie, nie oskarżaj się.

— To była robota tego minstrela — zgodził się jego ojciec. — Każ go przyprowadzić, lordzie Petyrze. Zakończmy tę smutną sprawę.

Petyr Baelish wziął się w garść.

— Jak sobie życzysz, wasza lordowska mość — rzekł. Odwrócił się do swych strażników i wydał im rozkaz. Po chwili przywleczono z lochów minstrela. Towarzyszył mu klucznik Mord, monstrualny mężczyzna o małych, czarnych oczkach i asymetrycznej, naznaczonej blizną twarzy. W jakiejś bitwie ucięto mu ucho i część policzka, ale nadal zostało mu dwadzieścia kamieni ciała o białej, niezdrowej barwie. Ubranie na niego nie pasowało i cuchnęło obrzydliwie.

Natomiast Marillion wyglądał niemal elegancko. Ktoś go wykąpał i ubrał w parę błękitnych spodni oraz luźną, białą bluzę z bufiastymi rękawami, przepasaną srebrzystą szarfą — podarunkiem od lady Lysy. Na dłoniach miał białe, jedwabne rękawiczki, a biały, jedwabny bandaż oszczędził szlachetnie urodzonym gościom widoku jego oczu.

Mord stanął za nim z biczem w ręku. Gdy pchnął go nim w żebra, minstrel opadł na jedno kolano.

— Szlachetni panowie, błagam was o wybaczenie.

Lord Nestor skrzywił się.

— Przyznajesz się do zbrodni?

— Zapłakałbym, gdybym miał oczy. — Głos minstrela, nocą tak silny i pewny, był teraz tylko załamującym się szeptem. — Tak bardzo ją kochałem. Nie mogłem patrzeć, jak inny trzyma ją w ramionach, nie mogłem znieść myśli, że dzieliła z nim łoże. Nie chciałem skrzywdzić mojej słodkiej pani, przysięgam. Zaryglowałem drzwi, by nikt nam nie przeszkodził w chwili, gdy wyznam jej swą namiętność, ale pani Lysa była taka zimna... a kiedy wyznała, że nosi dziecko lorda Petyra... zawładnęło mną szaleństwo...

Sansa cały czas patrzyła na jego dłonie. Gruba Maddy twierdziła, że Mord uciął mu trzy palce, oba małe i jeden serdeczny. Jego małe palce rzeczywiście wydawały się nieco sztywniejsze od pozostałych, ale miał na dłoniach rękawiczki i trudno było zgadnąć, co się pod nimi kryje. *Może to tylko wymysł. Skąd Maddy mogłaby o tym wiedzieć?*

— Lord Petyr był dla mnie tak dobry, że pozwolił mi zatrzymać harfę — ciągnął ślepy minstrel. — Harfę i... język... żebym mógł nadal śpiewać swe pieśni... lady Lysa bardzo kochała mój śpiew...

— Zabierzcie tego nędznika albo sam go zabiję — warknął lord Nestor. — Niedobrze mi się robi, gdy na niego patrzę.

— Mord, odprowadź go z powrotem do podniebnej celi — rozkazał Petyr.

— Tak jest, panie. — Mord złapał brutalnie Marilliona za kołnierz. — Dość gadania.

Sansa ze zdumieniem zauważyła, że zęby klucznika są złote. Wszyscy przyglądali się, jak Mord pół pcha, pół wlecze minstrela ku drzwiom.

— Ten człowiek musi umrzeć — oznajmił ser Marwyn Belmore, gdy obaj wyszli. — Powinien wyfrunąć przez Księżycowe Drzwi w ślad za lady Lysą.

— Bez języka — dodał ser Albar Royce. — Bez swego kłamliwego, szyderczego języka.

— Wiem, że byłem dla niego zbyt łaskawy — zgodził się Petyr Baelish przepraszającym tonem. — Prawdę mówiąc, lituję się nad nim. Zabił z miłości.

— Z miłości czy z nienawiści, musi umrzeć — powtórzył Belmore.

— Wkrótce umrze — stwierdził bez ogródek lord Nestor. — Nikt nie wytrzymuje długo w podniebnych celach. Usłyszy zew błękitu.

— To możliwe — zgodził się Petyr Baelish. — Ale tylko Marillion potrafi odpowiedzieć, czy go usłucha. — Skinął dłonią i jego strażnicy otworzyli drzwi na przeciwległym końcu komnaty. — Szlachetni panowie, z pewnością czujecie się znużeni po wspinaczce. Przygotowano dla was pokoje, w których spędzicie noc, a w Dolnej Komnacie czekają jadło i wino. Oswellu, wskaż gościom drogę i dopilnuj, by mieli wszystko, czego im trzeba. — Spojrzał na Nestora Royce'a. — Wasza lordowska mość, czy zechcesz wypić ze mą w samotni puchar wina? Alayne, słodziutka, chodź, będziesz nam nalewać.

Na kominku w samotni płonął słaby ogień. Czekał tam na nich dzbanek wina. *Złote arborskie* — pomyślała Sansa. Napełniła puchar lordowi Nestorowi, a Petyr poruszył kłody żelaznym pogrzebaczem.

Lord Nestor zajął miejsce obok kominka.

— To jeszcze nie będzie koniec — oznajmił Petyrowi, jakby Sansy tu nie było. — Mój kuzyn pragnie osobiście przesłuchać minstrela.

— Spiżowy Yohn mi nie ufa — przyznał Petyr, odsuwając kłodę na bok.

— Przybędzie tu z większymi siłami. Symond Templeton z pewnością się do niego przyłączy i obawiam się, że lady Waynwood również.

— I lord Belmore, młody lord Hunter, Horton Redfort. Przyprowadzą ze sobą Silnego Sama Stone'a, Tollettów, Shettów, Coldwaterów oraz paru Corbrayów.

— Jesteś dobrze poinformowany. Których Corbrayów? Chyba nie lorda Lyonela?

— Nie, jego brata. Ser Lyn nie lubi mnie z jakiegoś powodu.

— Lyn Corbray to niebezpieczny człowiek — stwierdził z zawziętością w głosie lord Nestor. — Co zamierzasz zrobić?

— Nie zostaje mi nic innego, jak przywitać ich miło, jeśli tu przybędą.

Petyr poruszył raz jeszcze pogrzebaczem, a potem odłożył go na bok.

— Mój kuzyn zamierza pozbawić cię pozycji lorda protektora.

— W takim przypadku nie będę mógł go powstrzymać. Mój garnizon składa się z dwudziestu ludzi. Lord Royce i jego przyjaciele mogą zwołać dwadzieścia tysięcy. — Petyr podszedł do dębowego kufra stojącego pod oknem. — Spiżowy Yohn zrobi, co zechce — ciągnął, klękając. Otworzył skrzynię, wyjął z niego zwój i podał go lordowi Nestorowi. — Wasza lordowska mość, oto dowód miłości, jaką darzyła cię moja pani.

Sansa przyglądała się, jak Royce rozwija zwój.

— To... to niespodziewane, wasza lordowska mość.

Dziewczyna ze zdumieniem zauważyła łzy w jego oczach.

— Niespodziewane, ale zasłużone. Moja pani ceniła cię najwyżej ze swych chorążych. Mówiła, że jesteś kowadłem, które bierze na siebie przeznaczone dla niej ciosy.

— Kowadłem. — Lord Nestor poczerwieniał. — Naprawdę tak powiedziała?

— Powtarzała to często. A to... — Lord Petyr wskazał na zwój. — ...to jest dowód.

— Dobrze... dobrze jest to wiedzieć. Wiem, że Jon Arryn cenił moje usługi, ale lady Lysa... odrzuciła mnie, gdy poprosiłem ją o rękę, i obawiałem się... — Na czole lorda Nestora pojawiły się zmarszczki. — Widzę pieczęć Arrynów, ale podpis...

— Lysa padła ofiarą morderstwa, nim przedstawiono jej dokument do podpisu, podpisałem go więc jako lord protektor. Wiem, że tego właśnie by pragnęła.

— Rozumiem. — Lord Nestor zwinął dokument. — Jesteś... obowiązkowy, wasza lordowska mość. A także niepozbawiony odwagi. Niektórzy uznają tę decyzję za niestosowną i obciążą cię za nią winą. Tytuł kasztelana nigdy nie był dziedziczny. To Arrynowie otwierali Bramy, w dniach, gdy jeszcze nosili Sokolą Koronę i władali Doliną jako królowie. Orle Gniazdo było ich letnią siedzibą, ale kiedy zaczynały padać śniegi, dwór przenosił się na dół. Niektórzy powiedzą, że Bramy były równie królewskie jak Orle Gniazdo.

— W Dolinie nie było króla już od trzystu lat — przypomniał mu Petyr Baelish.

— Odkąd nadeszły smoki — zgodził się lord Nestor. — Ale nawet później Bramy pozostały zamkiem Arrynów. Jon Arryn był ich kasztelanem, dopóki żył jego ojciec. Gdy został lordem, przyznał ten zaszczyt swemu bratu Ronnelowi, a potem swemu kuzynowi Denysowi.

— Lord Robert nie ma braci, tylko odległych kuzynów.

— To prawda. — Lord Nestor ścisnął mocno dokument. —

Nie powiem, że na to nie liczyłem. Podczas gdy lord Jon władał królestwem jako namiestnik, ja sprawowałem rządy nad Doliną w jego imieniu. Zrobiłem wszystko, czego ode mnie żądał, i nie prosiłem o nic dla siebie, ale, na bogów, zasłużyłem na to!

— W istocie — zgodził się Petyr. — A lord Robert śpi spokojniej, wiedząc, że u stóp jego góry czuwa niezawodny przyjaciel. — Uniósł puchar. — Wznieśmy toast, wasza lordowska mość. Za ród Royce'ów, kasztelanów Księżycowych Bram… aż po wsze czasy.

— Tak jest, aż po wsze czasy!

Srebrne puchary uderzyły o siebie.

Później, znacznie później, gdy dzbanek złotego arborskiego był już pusty, lord Nestor wrócił do swoich rycerzy. Sansa zasypiała już na stojąco i chciała tylko wczołgać się do łóżka, ale Petyr złapał ją za rękę.

— Widzisz, jakich cudów można dokonać za pomocą kłamstw i złotego arborskiego?

Dlaczego chciało się jej płakać? To dobrze, że Nestor Royce był po ich stronie.

— A czy to wszystko były kłamstwa?

— Nie wszystko. Lysa często nazywała lorda Nestora kowadłem, choć wątpię, czy miał to być w jej ustach komplement. Jego syna zwała młotem. Wiedziała, że lord Nestor marzy o tym, by otrzymać Bramy na własność, zostać prawdziwym lordem, nie tylko tytularnym. Ale ona pragnęła mieć więcej synów i chciała, żeby ten zamek przypadł młodszemu bratu Roberta. — Wstał. — Rozumiesz, co tu się wydarzyło, Alayne?

Sansa wahała się przez chwilę.

— Dałeś lordowi Nestorowi Księżycowe Bramy, żeby być pewnym jego poparcia.

— To prawda — przyznał Petyr. — Jednak nasze kowadło to Royce, a to znaczy, że jest przesadnie dumnym i drażliwym człowiekiem. Gdybym zapytał lorda Nestora, czego żąda, nadąłby się jak gniewna ropucha, twierdząc, że znieważono jego honor. Ale w ten sposób… on nie jest aż taki głupi, lecz kłamstwa, którymi go napoiłem, były słodsze niż prawda. Chce wierzyć, że Lysa ceniła go wyżej niż innych chorążych. W końcu jednym z nich jest Spiżowy Yohn, a Nestor świetnie zdaje sobie sprawę, że pochodzi z młodszej gałęzi rodu Royce'ów. Pragnie dla swego syna czegoś więcej. Ludzie honoru często robią dla swych dzieci rzeczy, których nigdy by nie zrobili dla siebie.

Skinęła głową.

— Podpis… mogłeś kazać lordowi Robertowi, żeby podpisał dokument i przystawił swą pieczęć, ale…

— …podpisałem go sam, jako lord protektor. Dlaczego?

— Dlatego, że jeśli… cię usuną albo… albo zabiją…

— …prawa lorda Nestora do Bram staną się nagle wątpliwe. Zapewniam cię, że on to świetnie rozumie. Jesteś bystra, skoro to zauważyłaś. Ale w końcu tego oczekuję od własnej córki.

— Dziękuję. — Poczuła niedorzeczną dumę z tego, że sama to wszystko rozgryzła, lecz była też zbita z tropu. — Ale ja nie jestem twoją córką. Nie naprawdę. To znaczy udaję, że jestem Alayne, ale wiesz…

Littlefinger dotknął palcem jej ust.

— Wiem to, co wiem, i ty również to wiesz. Niektórych prawd lepiej nie wypowiadać na głos, słodziutka.

— Nawet gdy jesteśmy sami?

— Zwłaszcza gdy jesteśmy sami. Bo w przeciwnym razie nadejdzie kiedyś dzień, kiedy sługa wejdzie do komnaty niezapowiedziany albo strażnik pod drzwiami podsłucha coś, czego nie powinien usłyszeć. Czy chcesz mieć więcej krwi na swych ślicznych rączkach, kochanie?

Przed oczyma jej duszy pojawiła się nagle twarz Marilliona o oczach przewiązanych białym bandażem. Za nią widziała ser Dontosa przeszytego bełtami z kuszy.

— Nie — odparła. — Proszę.

— Kusi mnie, żeby powiedzieć, że to nie gra, córko, ale to oczywiście jest gra. Gra o tron.

Nigdy nie chciałam w nią grać. Ta gra była zbyt niebezpieczna. *Jedna pomyłka i czeka mnie śmierć.*

— Oswell… panie, Oswell zabrał mnie łodzią z Królewskiej Przystani, tej nocy, kiedy uciekłam. Na pewno wie, kim jestem.

— Zapewne tak, jeśli ma choć tyle rozumu, co pół owczego bobka. Ser Lothor również wie. Ale Oswell służy mi już od dawna, a Brune jest z natury skryty. Kettleblack ma oko na Brune'a, a Brune na Kettleblacka. Tłumaczyłem kiedyś Eddardowi Starkowi, żeby nie ufał nikomu, ale on nie chciał mnie słuchać. Jesteś Alayne i musisz nią być przez cały czas. — Dotknął dwoma palcami jej lewej piersi. — Nawet tutaj. W sercu. Potrafisz tego dokonać? Stać się moją córką również w sercu?

— Nie… — Omal nie powiedziała: „nie wiem, panie", ale nie to pragnął usłyszeć. *Kłamstwa i złote arborskie.* — Jestem Alayne, ojcze. Kim innym mogłabym być?

Lord Littlefinger pocałował ją w policzek.

— Masz bystrość po mnie i urodę po Cat, słodziutka. Cały świat będzie należał do ciebie. A teraz kładź się już spać.

Gretchel rozpaliła ogień na kominku i strzepnęła jej piernat. Sansa rozebrała się i wsunęła pod koce. *Dzisiaj nie będzie śpiewał* — modliła się. — *W zamku jest lord Nestor ze świtą. Nie odważy się.* Zamknęła oczy.

Nocą obudziła się, gdy do jej łóżka wgramolił się mały Robert. *Zapomniałam dziś powiedzieć Lothorowi, żeby go zamknął* — uświadomiła sobie. Nie mogła już nic na to poradzić, objęła go więc ramieniem.

— Słowiczku? Możesz zostać, ale postaraj się nie wiercić. Zamknij oczy i śpij, maleńki.

— Tak zrobię. — Przysunął się do niej i położył głowę między jej piersiami. — Alayne? Czy jesteś teraz moją mamą?

— Pewnie tak — odpowiedziała. Jeśli kłamstwo płynęło z dobroci serca, nie było w nim nic złego.

CÓRKA KRAKENA

Komnatę wypełniały gromkie głosy pijanych Harlawów. Wszyscy oni byli jej dalekimi kuzynami. Każdy z lordów powiesił swą chorągiew za ławami, na których siedzieli jego ludzie. *Jest ich za mało* — pomyślała Asha Greyjoy, spoglądając na galerię. — *Stanowczo za mało.* Ławy były w trzech czwartych puste.

To właśnie powiedział jej Qarl Panienka, gdy „Czarny Wicher" zmierzał do portu. Policzył drakkary cumujące pod zamkiem jej wuja i zacisnął usta.

— Nie przypłynęli — zauważył. — A przynajmniej przypłynęło ich za mało.

Miał rację, ale Asha nie mogła się z nim zgodzić, nie tam, gdzie mogli ją usłyszeć jej ludzie. Nie wątpiła w ich oddanie, ale nawet żelaźni ludzie zawahają się przed oddaniem życia za z góry przegraną sprawę.

Czyżbym miała tylko tylu przyjaciół? Widziała wśród chorągwi srebrne ryby Botleyów, kamienne drzewo rodu Stonetree, czarnego lewiatana Volmarków oraz pętle Myre'ów. Resztę stanowiły kosy Harlawów. Boremund umieścił swoją na jasnoniebieskim polu, Hotho otoczył bordiurą, a czterodzielną tarczę Rycerza kosa dzieliła z barwnym pawiem rodu jego matki. Nawet Sigfryd Srebrnowłosy nosił dwie kosy na polu podzielonym w skos. Tylko sam lord Harlaw miał srebrną kosę na czarnym jak noc polu, tak jak wyglądała ona w zaraniu dziejów; Rodrik, zwany Czytaczem, lord Dziesięciu Wież, lord Harlaw, Harlaw z Harlaw… jej ulubiony wuj.

Ustawiony na podwyższeniu tron należący do lorda Rodrika stał pusty. Nad nim wisiały dwie skrzyżowane kosy z kutego srebra, tak wielkie, że nawet olbrzym miałby trudności we władaniu nimi. Wyściełanego siedzenia poniżej nikt jednak nie zajmował. Asha nie była zaskoczona. Uczta już dawno się skończyła. Na ustawionych na kozłach stołach pozostały tylko kości i zatłuszczone półmiski. Reszta gości piła, a wuj Rodrik nigdy nie przepadał za towarzystwem kłótliwych pijaków.

Asha zwróciła się w stronę Trzyzębej, przeraźliwie starej kobiety, która pełniła funkcję ochmistrzyni wuja od czasów, gdy znano ją jako Dwunastozębą.

— Czy wuj poszedł do swoich ksiąg?

— Ehe, a gdzieżby indziej? — Kobieta była tak stara, że jakiś septon kiedyś powiedział, że na pewno karmiła piersią Staruchę. To było w czasach, gdy Wiarę jeszcze tolerowano na wyspach. Lord Rodrik trzymał wówczas w Dziesięciu Wieżach septonów, nie dla dobra swej duszy, lecz dla dobra ksiąg.

— Poszedł tam z Botleyem — dodała.

Sztandar Botleya — ławica srebrnych ryb na jasnozielonym polu — również wisiał w sali, choć Asha nie zauważyła wśród drakkarów jego „Szybkiej Płetwy".

— Słyszałam, że mój stryjaszek Wronie Oko kazał utopić starego Sawane'a Botleya.

— To jest lord Tristifer Botley.

Tris. Zadała sobie pytanie, co się stało ze starszym synem Sawane'a, Harrenem. *Na pewno wkrótce się tego dowiem. To może być niezręczna sytuacja.* Nie widziała Trisa Botleya od czasu… nie, lepiej o tym nie myśleć.

— A co z moją panią matką?

— Leży w łożu — odparła Trzyzęba. — W Wieży Wdowy.

Ehe, a gdzieżby indziej. Wdową, na cześć której nazwano wieżę, była jej ciotka. Lady Gwynesse zamieszkała tam na znak żałoby po mężu, którego zabito nieopodal Pięknej Wyspy podczas pierwszego buntu Balona Greyjoya.

— Zostanę tam tylko na czas trwania żałoby — brzmiały sławne słowa, które powiedziała bratu — choć zgodnie z prawem Dziesięć Wież powinno należeć do mnie, gdyż jestem od ciebie siedem lat starsza.

Minęło wiele lat, a pogrążona w żalu wdowa nadal tam mieszkała, od czasu do czasu mrucząc pod nosem, że zamek powinien być jej własnością. *A teraz lord Rodrik musi gościć pod swym dachem drugą owdowiałą, na wpół obłąkaną siostrę* — pomyślała Asha. — *Nic dziwnego, że szuka pociechy w księgach.*

Wciąż trudno jej było uwierzyć, że krucha, chorowita lady Alannys przeżyła męża, lorda Balona, który wydawał się tak twardy i mocny. Asha odpływała na wojnę z ciężkim sercem, obawiając się, że matka umrze przed jej powrotem. Nawet nie postała jej w głowie myśl, że to ojciec może zginąć. *Utopiony Bóg płata nam okrutne figle, ale ludzie są jeszcze gorsi od niego.* Niespodziewany sztorm i zerwana lina kosztowały Balona Greyjoya życie. *Tak przynajmniej mówią* — dodała w myślach.

Asha ostatnio widziała się z matką, gdy zatrzymała się w Dziesięciu Wieżach po świeżą wodę, płynąc na północ w zamiarze zaatakowania Deepwood Motte. Alannys Harlaw nigdy nie była pięknością, jaką opiewają minstrele, ale córka kochała jej silną, pełną pasji twarz oraz błysk wesołości w oczach. Jednakże podczas tej ostatniej wizyty lady Alannys siedziała na ławeczce w oknie wykuszowym, spowita w liczne futra, i gapiła się na morze. *Czy to moja matka, czy jej duch?* — pomyślała wówczas Asha, całując jej policzek.

Skóra lady Alannys była cienka jak pergamin, a długie włosy zbielały. Głowę nadal trzymała dumnie uniesioną, ale oczy miała mętne i nieprzejrzyste, a gdy zapytała o Theona, usta jej drżały.

— Czy przywiozłaś mojego małego chłopczyka? — dopytywała się. Theon miał dziesięć lat, gdy zabrano go do Winterfell jako zakładnika i wyglądało na to, że dla lady Alannys na zawsze pozostanie dziesięciolatkiem.

— Theon nie mógł przypłynąć — musiała jej powiedzieć Asha. — Ojciec wysłał go na wyprawę na Kamienny Brzeg.

Lady Alannys nic na to nie powiedziała. Skinęła tylko głową, ale łatwo można było zobaczyć, jak głęboko zraniły ją słowa córki.

A teraz muszę ją zawiadomić, że Theon nie żyje, i wbić w jej serce kolejny sztylet. Tkwiły tam już dwa takie noże, a na ich klingach były wypisane imiona Rodrik i Maron. Nocami nieraz się obracały, wywołując okrutny ból. *Zobaczę się z nią jutro* — przysięgła sobie Asha. Rejs był długi i męczący, nie miała w tej chwili sił na spotkanie z matką.

— Muszę porozmawiać z lordem Rodrikiem — oświadczyła Trzyzębej. — Zajmij się moją załogą, jak już rozładują „Czarny Wicher". Przyprowadzą jeńców. Chcę, żeby dostali ciepłe łoża i gorący posiłek.

— W kuchni jest zimna wołowina. I w wielkim, kamiennym garze musztarda ze Starego Miasta.

Staruszka uśmiechnęła się na myśl o tej musztardzie. Z jej dziąsła sterczał długi, brązowy ząb.

— To nie wystarczy. Mamy za sobą ciężką podróż. Chcę, żeby wypełnili brzuchy czymś gorącym. — Asha wsadziła kciuk za wysadzany ćwiekami pas. — Lady Glover i dzieciom nie powinno zabraknąć drewna ani ciepła. Umieść ich w jakiejś wieży, nie w lochach. Niemowlę jest chore.

— Niemowlęta często chorują. Większość z nich umiera, a potem ludziom jest smutno. Zapytam jego lordowską mość, gdzie umieścić te wilki.

Asha złapała staruchę za nos kciukiem i palcem wskazującym, a potem uszczypnęła ją mocno.

— Zrobisz, co ci każę. A jeśli to niemowlę umrze, nikomu nie będzie smutniej niż tobie.

Trzyzęba pisnęła z bólu i zapewniła, że będzie posłuszna. Asha puściła ją i poszła poszukać wuja.

Dobrze było znowu wędrować tymi korytarzami. Asha zawsze czuła się w Dziesięciu Wieżach jak w domu, w znacznie większym stopniu niż na Pyke. *To nie jeden zamek, ale dziesięć zamków połączonych w jedną całość* — pomyślała, zobaczywszy je po raz pierwszy. Pamiętała, jak biegała zdyszana po schodach, murach i krytych mostach, łowiła ryby na Długim Kamiennym Molu albo na całe dnie i noce zatapiała się w bogatym księgozbiorze wuja. Zamek zbudował dziadek jego dziadka i był on najnowszy na wyspach. Lord Theomore Harlaw stracił w kołysce trzech synów i obciążył winą zalane piwnice, wilgotne kamienne mury oraz odór saletry w starym Dworze Harlawów. Dziesięć Wież było bardziej przestronnym zamkiem, wygodniejszym i lepiej usytuowanym, ale lord Theomore był człowiekiem o zmiennych nastrojach, o czym mogła zaświadczyć każda z jego żon. Miał ich sześć, tak samo od siebie różnych jak jego dziesięć wież.

Wieża Ksiąg była najgrubszą z dziesięciu. Zbudowano ją na planie ośmiokąta z wielkich, ociosanych, kamiennych bloków. Schody kryły się tu wewnątrz grubych murów. Asha wspięła się szybko na czwarte piętro, do pokoju, w którym zwykł oddawać się lekturze jej wuj. *Co prawda nie ma tu żadnych pokojów, w których by nie zwykł tego robić* — pomyślała. Lorda Rodrika rzadko widywano bez księgi w rękach, czy to w wychodku, na pokładzie jego „Morskiej Pieśni", czy gdy udzielał audiencji. Asha często widywała, jak czytał na swym lordowskim tronie pod srebrnymi kosami. Wysłuchiwał każdej sprawy, z którą się do niego zgłaszano, ogłaszał swój osąd... i czytał parę słów, nim jego kapitan straży wprowadził następnego suplikanta.

Gdy znalazła wuja, siedział zgarbiony na krześle przy oknie. Wokół niego leżały zwoje, które mogły pochodzić z Valyrii z czasów przed jej zagładą, oraz ciężkie, oprawne w skórę woluminy zamknięte na zameczki z brązu i żelaza. Po obu stronach krzesła paliły się woskowe świece, grube i wysokie jak ramię mężczyzny, zatknięte w zdobne, żelazne lichtarze. Lord Rodrik Harlaw nie był ani szczupły, ani gruby; ani wysoki, ani niski; ani brzydki, ani przystojny. Włosy miał brązowe, podobnie jak oczy, ale krótko przystrzyżona, zadbana broda, którą lubił nosić, już posiwiała. Był zupełnie zwyczajnym człowiekiem, różniącym się od innych jedynie miłością do słowa pisanego, która tak wielu ludziom z żelaznego rodu wydawała się niegodna mężczyzny i zboczona.

— Wujaszku. — Asha zamknęła za sobą drzwi. — Co musiałeś przeczytać aż tak pilnie, że zostawiłeś swych gości bez gospodarza?

— *Księgę zaginionych ksiąg* arcymaestera Marwyna. — Oderwał wzrok od czytanego tomu i popatrzył na Ashę. — Hotho przywiózł mi egzemplarz ze Starego Miasta. Ma córkę, którą chciałby za mnie wydać. — Lord Rodrik postukał w księgę długim paznokciem. — Zobacz. Marwyn utrzymuje, że odnalazł trzy karty ze *Znaków i omenów*, wizji spisanych przez dziewiczą córkę Aenara Targaryena przed zagładą Valyrii. Czy Lanny wie, że tu jesteś?

— Jeszcze nie. — Lanny było imieniem, jakie nadał jej matce. Tylko Czytacz ją tak nazywał. — Niech sobie odpoczywa. — Asha zdjęła stos ksiąg ze stołka i usiadła na nim. — Zauważyłam, że Trzyzęba straciła dwa kolejne zęby. Czy nazywacie ją teraz Jednozębą?

— Rzadko się do niej odzywam. Boję się jej. Którą mamy godzinę? — Lord Rodrik wyjrzał przez okno, na skąpane w blasku księżyca niebo. — Już jest ciemno? Tak szybko? Nawet nie zauważyłem. Późno przypłynęłaś. Spodziewaliśmy się ciebie przed kilkoma dniami.

— Wiatry nam nie sprzyjały i musiałam też myśleć o jeńcach. O żonie i dzieciach Robetta Glovera. Najmłodsze z nich jeszcze ssie pierś, a lady Glover mleko wyschło podczas rejsu. Nie miałam innego wyboru, jak przybić „Czarnym Wichrem" do Kamiennego Brzegu i wysłać moich ludzi na poszukiwanie mamki. Znaleźli tylko kozę. Dziewczynka nie czuje się najlepiej. Czy w wiosce jest karmiąca matka? Deepwood gra ważną rolę w moich planach.

— Będziesz musiała zmienić plany. Przybyłaś za późno.

— I do tego jestem głodna. — Wyciągnęła długie nogi pod stołem, przewracając stronice najbliższej księgi, rozprawy jakiegoś septona dotyczącej wojny Maegora Okrutnego przeciwko Braciom Ubogim. — Aha, i spragniona. Przydałby mi się róg *ale*, wujaszku,

Lord Rodrik wydął wargi.

— Wiesz, że nikomu nie pozwalam jeść ani pić w mojej bibliotece. Księgi…

— …mogłyby ucierpieć — dokończyła ze śmiechem Asha.

Jej wuj zmarszczył brwi.

— Lubisz mnie prowokować.

— Och, nie miej takiej oburzonej miny. Nigdy jeszcze nie spotkałam mężczyzny, którego nie lubiłabym prowokować. Powinieneś już o tym wiedzieć. Ale starczy już o mnie. Dobrze się czujesz?

Wzruszył ramionami.

— Nie najgorzej. Wzrok mam coraz słabszy. Wysłałem do Myr po soczewkę, która pomoże mi czytać.

— A jak się ma moja ciotka?

Lord Rodrik westchnął.

— Nadal jest siedem lat ode mnie starsza i sądzi, że to ona powinna być panią Dziesięciu Wież. Gwynesse ma coraz słabszą pamięć, ale o tym nigdy nie zapomina. Opłakuje męża równie gorzko jak w dzień jego śmierci, choć nie zawsze potrafi sobie przypomnieć jego imię.

— Nie jestem pewna, czy kiedykolwiek je znała. — Asha zamknęła księgę z głośnym stukiem. — Czy mojego ojca zamordowano?

— Tak uważa twoja matka.

Były chwile, gdy z chęcią zrobiłaby to sama — pomyślała Asha.

— A jak uważa mój wujaszek?

— Balon spadł na skały, gdy zerwał się pod nim sznurowy most. Nadciągał sztorm i most kołysał się przy każdym podmuchu wichru. — Rodrik wzruszył ramionami. — Tak nam przynajmniej powiedziano. Do twojej matki przyleciał ptak od maestera Wendamyra.

Asha wyjęła z pochwy sztylet i zaczęła nim czyścić paznokcie.

— Minęły trzy lata i Wronie Oko wrócił dokładnie w dzień śmierci mojego ojca.

— Słyszeliśmy, że to było następnego dnia. Gdy Balon zginął, „Cisza" jakoby nadal przebywała na morzu. Mimo to zgadzam się, że Euron wrócił… powiedzmy, w odpowiedniej chwili.

— Ja bym to określiła inaczej. — Asha wbiła sztych sztyletu w blat. — Gdzie są moje okręty? Naliczyłam w porcie czterdzieści drakkarów. To z pewnością za mało, żeby zrzucić Wronie Oko z tronu mojego ojca.

— Rozesłałem wezwanie. W twoim imieniu, z uwagi na miłość, jaką żywię dla ciebie i twojej matki. Ród Harlawów zebrał siły. Stonetree i Volmarkowie również. Jest trochę Myre'ów…

— Wszystko to ludzie z wyspy Harlaw… jednej z siedmiu wysp. Widziałam w komnacie jedną chorągiew Botleyów z Pyke. Gdzie są okręty z Saltcliffe i Orkwood, z Wielkiej i Starej Wyk?

— Baelor Blacktyde przypłynął z Blacktyde, żeby się ze mną naradzić, i zaraz potem odpłynął. — Lord Rodrik zamknął *Księgę zaginionych ksiąg.* — Jest teraz na Starej Wyk.

— Na Starej Wyk? — Asha bała się, że usłyszy, iż wszyscy popłynęli na Pyke, złożyć hołd Wroniemu Oku. — Dlaczego tam?

— Myślałem, że o tym słyszałaś. Aeron Mokra Czupryna zwołał królewski wiec.

Asha odrzuciła głowę do tyłu i roześmiała się głośno.

— Chyba Utopiony Bóg wetknął mu ciernika w dupę. Królewski wiec? Czy to jakiś żart, czy on mówi poważnie?

— Mokra Czupryna nie żartował ani razu od chwili utopienia. A inni kapłani poparli jego wezwanie. Ślepy Beron Blacktyde, Tarle Po Trzykroć Utopiony… nawet Starzec Szara Mewa zszedł ze swojej skały i krąży po całej Harlaw, wzywając ludzi na królewski wiec. Kapitanowie zbierają się już na Starej Wyk.

Asha była zdumiona.

— A czy Wronie Oko zgodził się uczestniczyć w tej świętej farsie i podporządkować się jej wynikom?

— Wronie Oko nie ma zwyczaju mi się zwierzać. Nie otrzymałem od niego żadnej wiadomości od chwili, gdy wezwał mnie na Pyke, żądając złożenia hołdu.

Królewski wiec. To coś nowego... czy raczej coś bardzo starego.

— A mój stryj Victarion? Co on sądzi o pomyśle Mokrej Czupryny?

— Do Victariona wysłano zawiadomienie o śmierci twojego ojca. Nie wątpię, że również o tym królewskim wiecu. Nie potrafię ci powiedzieć nic więcej.

Lepszy królewski wiec niż wojna.

— Chyba ucałuję Mokrą Czuprynę w te jego śmierdzące stopy i wyciągnę wodorosty spomiędzy ich palców. — Asha wyrwała sztylet z blatu i wsadziła go z powrotem do pochwy. — Cholerny królewski wiec!

— Na Starej Wyk — potwierdził lord Rodrik. — Modlę się, by nie okazał się krwawy. Zajrzałem do *Historii ludzi z żelaznego rodu* Haerega. Gdy po raz ostatni królowie morza i królowie skały spotkali się na królewskim wiecu, Urron z Orkmont wypuścił na nich swych toporników i żebra Naggi spłynęły czerwoną krwią. Od owego czarnego dnia ród Greyironów władał niewybrany przez tysiąc lat, aż do przyjścia Andalów.

— Musisz mi pożyczyć tę księgę, wujaszku.

Będzie musiała się dowiedzieć o królewskich wiecach, ile tylko zdoła, zanim dotrze na Starą Wyk.

— Możesz ją przeczytać tutaj. Jest stara i krucha. — Wuj przyjrzał się Ashy, marszcząc brwi. — Arcymaester Rigney napisał ongiś, że historia toczy się kołem, gdyż ludzka natura jest zasadniczo niezmienna. Twierdził, że wszystko, co się kiedyś wydarzyło, musi powtórzyć się w przyszłości. Gdy tylko myślę o Wronim Oku, przypominam sobie te słowa. Dla moich starych uszu nazwisko Euron Greyjoy brzmi prawie tak samo jak Urron Greyiron. Nie popłynę na Starą Wyk. Ty również nie powinnaś tego robić.

— Miałby mnie ominąć pierwszy królewski wiec zwołany od... właściwie od jak dawna, wujaszku? — zapytała z uśmiechem Asha.

— Od czterech tysięcy lat, jeśli wierzyć Haeregowi. Od połowy tego okresu, jeśli przyjmie się argumenty przedstawione przez maestera Denestana w *Pytaniach.* Rejs na Starą Wyk niczemu nie posłuży. To marzenie o królewskim tytule jest tylko szaleństwem, które mamy we krwi. Potrzebna nam ziemia, nie korona. Dopóki Stannis Baratheon i Tywin Lannister walczą ze sobą o Żelazny Tron, mamy niepowtarzalną okazję poprawienia swej sytuacji. Opowiedzmy się za jednym z nich, pomóżmy mu w zwycięstwie naszymi flotami, a potem wdzięczny król nagrodzi nas ziemiami, których tak potrzebujemy.

— Warto się będzie nad tym zastanowić, gdy już zasiądę na Tronie z Morskiego Kamienia — skwitowała Asha.

Jej wuj westchnął.

— Nie będziesz chciała tego słuchać, Asho, ale nie wybiorą cię. Ludźmi z żelaznego rodu nigdy nie władała kobieta. Gwynesse rzeczywiście jest siedem lat ode mnie starsza, ale po śmierci naszego ojca to ja odziedziczyłem Dziesięć Wież. Z tobą będzie tak samo. Jesteś córką Balona, nie jego synem. I masz trzech stryjów.

— Oraz jednego wuja.

— Trzech stryjów, którzy są krakenami. Ja się nie liczę.

— Dla mnie się liczysz. Dopóki mam wujaszka z Dziesięciu Wież, mam Harlaw.

Harlaw nie była największą z Żelaznych Wysp, ale za to najbogatszą i najludniejszą. Potęgi lorda Rodrika nie należało lekceważyć. Na Harlaw ród Harlawów nie miał rywala. Volmarkowie i Stonetree posiadali na wyspie rozległe włości, mogli się też pochwalić sławnymi kapitanami i dzielnymi wojownikami, ale nawet najdzielniejsi z nich chylili kark przed kosą. Kenningowie i Myre'owie, ongiś zawzięci wrogowie, dawno już zamienili się w wasali.

— Kuzyni składają mi hołd lenny i na wojnie dowodzę ich mieczami i łodziami. Ale na królewskim wiecu… — Lord Rodrik potrząsnął głową. — Pod kośćmi Naggi wszyscy kapitanowie są sobie równi. Nie wątpię, że niektórzy z nich wykrzyczą twoje imię. Ale będzie ich za mało. A gdy rozlegną się krzyki wspierające Victariona albo Wronie Oko, niektórzy z ludzi pijących teraz w mojej komnacie przyłączą się do reszty. Powtarzam ci, nie żegluj w ten sztorm. To beznadziejna walka.

— Żadna walka nie jest beznadziejna, dopóki się jej nie stoczy. Moje prawa są najlepsze. Jestem dziedzicem krwi Balona.

— Wciąż jesteś tylko upartym dzieckiem. Pomyśl o swojej biednej matce. Jesteś wszystkim, co zostało Lanny. Jeśli będzie trzeba, podpalę „Czarny Wicher", żeby cię tu zatrzymać.

— Chcesz mnie zmusić do pokonania drogi na Starą Wyk wpław?

— To byłaby długa i zimna droga po koronę, której nie będziesz mogła utrzymać. Twój ojciec miał więcej odwagi niż zdrowego rozsądku. Dawne zwyczaje dobrze służyły wyspom, dopóki byliśmy jednym małym królestwem wśród wielu, ale podbój Aegona położył temu kres. Balon nie chciał zobaczyć tego, co miał wyraźnie przed oczyma. Dawne zwyczaje umarły razem z Harrenem Czarnym i jego synami.

— Wiem o tym. — Asha kochała ojca, ale nie zamierzała okłamywać samej siebie. Balon w wielu sprawach był ślepcem. *To był odważny człowiek, lecz fatalny lord.* — Ale czy to znaczy, że musimy żyć i umierać jako poddani Żelaznego Tronu? Jeśli z prawej burty są skały, a z lewej sztorm, mądry kapitan wybiera trzeci kurs.

— Wskaż mi ten trzeci kurs.

— Zrobię to... na moim wiecu królowej. Wujaszku, jak możesz myśleć o tym, żeby tam nie popłynąć? To będzie żywa historia...

— Wolę martwą historię. Martwą historię spisuje się inkaustem, a żywą krwią.

— Chcesz umrzeć w łożu ze starości jak tchórz?

— Jakżeby inaczej? Ale najpierw wolałbym dokończyć lekturę. — Lord Rodrik podszedł do okna. — Nie zapytałaś o panią matkę.

Bałam się — odpowiedziała mu w duchu.

— Jak ona się czuje? — spytała głośno.

— Lepiej. Może jeszcze przeżyć nas wszystkich. Z pewnością przeżyje ciebie, jeśli będziesz się upierała przy tym szaleństwie. Je więcej niż po przybyciu tutaj i często zdarza się jej przespać całą noc.

— To dobrze.

Podczas ostatnich lat spędzonych na Pyke lady Alannys często nie mogła spać. Wędrowała nocami po korytarzach ze świecą w ręku, szukając synów.

— Maron? — wołała przenikliwym głosem. — Rodrik, gdzie jesteś? Theon, moje maleństwo, chodź do mamy.

Asha nieraz widywała, jak maester wyciągał rano drzazgi ze stóp matki, po tym jak lady Alannys przeszła na bosaka po rozkołysanym moście z desek, kierując się do Morskiej Wieży.

— Pójdę do niej rano.

— Zapyta cię o wieści o Theonie.

Książę Winterfell.

— Co jej powiedziałeś?

— Bardzo niewiele. Właściwie nie było nic do powiedzenia. — Zawahał się. — Jesteś pewna, że on nie żyje?

— Niczego nie jestem pewna.

— Znaleźliście ciało?

— Znaleźliśmy fragmenty wielu ciał. Wilki były tam przed nami, te czworonożne. Nie okazały zbytniego szacunku ciałom swych dwunożnych krewniaków. Rozwłóczyły kości zabitych i porozgryzały je, żeby się dobrać do szpiku. Przyznaję, że trudno się było zorientować, co się tam wydarzyło. Wyglądało to tak, jakby ludzie z północy walczyli między sobą.

— Wrony często toczą ze sobą boje o ciało umarłego i zabijają się o jego oczy. — Lord Rodrik popatrzył na morze, obserwując grę księżycowego blasku na falach. — Mieliśmy jednego króla, a potem pięciu. A teraz widzę tylko wrony, walczące ze sobą o trupa Westeros. — Zamknął okiennice. — Nie płyń na Starą Wyk, Asho. Zostań z matką. Obawiam się, że nie będzie już z nami długo.

Asha przesunęła się na stołku.

— Matka uczyła mnie śmiałości. Jeśli tam nie popłynę, przez całą resztę życia będę się zastanawiała, co by się wydarzyło, gdybym to zrobiła.

— A jeśli tam popłyniesz, reszta twojego życia może okazać się za krótka, żeby się nad czymkolwiek zastanawiać.

— Lepsze to niż aż do śmierci uskarżać się, że Tron z Morskiego Kamienia zgodnie z prawem powinien należeć do mnie. Nie jestem Gwynesse.

Skrzywił się boleśnie, słysząc te słowa.

— Asho, dwóch moich wysokich synów stało się żarciem dla krabów u brzegów Pięknej Wyspy. Wątpliwe, bym miał się jeszcze ożenić. Zostań, a uczynię cię dziedziczką Dziesięciu Wież. Zadowól się tym.

— Dziesięcioma Wieżami? — *Gdybym tylko mogła.* — Twoim kuzynom to się nie spodoba. Rycerzowi, staremu Sigfrydowi, Hothowi Garbusowi…

— Mają własne posiadłości i zamki.

To prawda. Wilgotna ruina, jaką był Dwór Harlawów należała do starego Sigfryda Harlawa zwanego Srebrnowłosym; garbaty Hotho Harlaw miał swą siedzibę w Wieży Przebłysków zbudowanej na szczycie góry na zachodnim wybrzeżu. Rycerz, ser Harras Harlaw, miał swój dwór w Szarym Ogrodzie; Boremund Błękitny władał na szczycie Pagórka Piekielnicy. Każdy z nich był jednak wasalem lorda Rodrika.

— Boremund ma trzech synów, Sigfryd Srebrnowłosy ma wnuków, a Hotho ma ambicje — stwierdziła Asha. — Wszyscy z nich pragną zostać twoimi następcami, nawet Sigfryd. On zamierza żyć wiecznie.

— Lordem Harlaw zostanie po mnie Rycerz — stwierdził jej wuj. — Ale może mieć swą siedzibę w Szarym Ogrodzie równie dobrze, jak tutaj. Złóż ser Harrasowi hołd z tego zamku, a będzie cię bronił.

— Potrafię bronić się sama, wujaszku. Jestem krakenem. Ashą z rodu Greyjoyów. — Wstała. — To zamku mojego ojca pragnę, nie twojego. Te twoje kosy wyglądają na niebezpieczne. Któraś mogłaby spaść i uciąć mi głowę. Nie, wolę zasiąść na Tronie z Morskiego Kamienia.

— W takim razie jesteś tylko kolejną wroną użerającą się z wrzaskiem o padlinę. — Rodrik z powrotem zasiadł za stołem. — Idź już. Chcę wrócić do arcymaestera Marwyna i jego poszukiwań.

— Zawiadom mnie, jeśli znajdzie następną kartę. — Jej wuj był tym, kim był. Nigdy się nie zmieni. *Ale popłynie na Starą Wyk, bez względu na to, co mówi*

Jej ludzie z pewnością już zasiedli do posiłku na dole. Asha wiedziała, że powinna zejść do nich, porozmawiać o zgromadzeniu na Starej Wyk i o tym, co ono dla nich oznacza. Jej załoga z pewnością ją poprze, ale Asha będzie też potrzebowała innych, swych kuzynów z rodu Harlawów, a także Volmarków i Stonetree. *To ich muszę sobie pozyskać.* Zwycięstwo w Deepwood Motte z pewnością doda jej prestiżu, gdy tylko jej ludzie zaczną się nim przechwalać. Załogę „Czarnego Wichru" dokonania jego kapitana-kobiety napełniały przewrotną dumą. Połowa ludzi traktowała ją jak córkę, a druga połowa chciała, żeby rozłożyła dla nich nogi, ale i jedni, i drudzy byli gotowi dla niej zginąć. *Tak jak ja dla nich* — pomyślała, wychodząc przez drzwi na dole na skąpany w blasku księżyca dziedziniec.

— Asha?

Z cieni za studnią wyłonił się jakiś cień.

Jej dłoń natychmiast powędrowała do sztyletu... po chwili jednak światło księżyca przetworzyło mroczną sylwetkę w mężczyznę w foczym futrze. *Kolejny duch.*

— Tris. Myślałam, że spotkam cię w sali.

— Chciałem cię zobaczyć.

— Ciekawe, którą część najbardziej? — zapytała z uśmiechem. — No cóż, stoję przed tobą, całkiem dorosła. Patrz sobie do woli.

— Jesteś już kobietą. — Podszedł bliżej. — I to piękną.

Tristifer Botley przytył nieco od czasów, gdy widziała go po raz ostatni, ale wciąż miał te same rozczochrane włosy oraz oczy wielkie i ufne jak u foki. *To naprawdę słodkie oczy.* Na tym polegał problem z biednym Tristiferem: był za słodki na Żelazne Wyspy. *Ma teraz urodziwą twarz* — pomyślała. Kiedy był chłopcem, szpeciły ją pryszcze. Asha miała ten sam problem i być może to właśnie przyciągnęło ich do siebie.

— Przykro mi z powodu twojego ojca — powiedziała mu.

— I ja opłakuję twojego.

Dlaczego? — omal nie zapytała Asha. To Balon odesłał chłopaka z Pyke, oddając go na wychowanie Baelorowi Blacktyde'owi.

— Czy to prawda, że jesteś teraz lordem Botleyem?

— Przynajmniej z nazwy. Harren zginął w Fosie Cailin. Jeden z błotnych diabłów trafił go zatrutą strzałą. Ale niczym nie władam. Wronie Oko utopił mojego ojca, kiedy ten sprzeciwił się jego pretensjom do tronu, a moim stryjom kazał przysiąc sobie wierność. A potem i tak przyznał połowę ziem ojca zamkowi Iron Holt. Lord Wynch był pierwszym, który ugiął przed nim kolana i nazwał go królem.

Ród Wynchów był jednym ze znaczących rodów na Pyke, ale Asha nie mogła sobie pozwolić na okazanie trwogi.

— Wynch nigdy nie miał odwagi twojego ojca.

— Twój stryj go przekupił — wyjaśnił Tris. — „Cisza" wróciła z wyprawy z ładowniami pełnymi skarbów. Zbroi i pereł, szmaragdów i rubinów, szafirów wielkich jak jaja, worków monet tak ciężkich, że nikt nie zdołałby ich udźwignąć... Wronie Oko wszędzie kupuje sobie przyjaciół. Stryj Germund tytułuje się teraz lordem Botleyem i włada w Lordsporcie jako człowiek twojego stryja.

— Ty jesteś prawowitym lordem Botleyem — zapewniła go. — Kiedy zasiądę na Tronie z Morskiego Kamienia, przywrócę ci ziemie ojca.

— Jak sobie życzysz. Dla mnie to nic nie znaczy. Wyglądasz tak pięknie w świetle księżyca, Asho. Jesteś już dorosłą kobietą, ale pamiętam, jak byłaś chudą dziewczynką o twarzy pełnej pryszczy.

Dlaczego zawsze muszą wspominać o pryszczach?

— Ja również to pamiętam.

Ale dla mnie to znacznie mniej miłe wspomnienie — dodała w myślach. Z pięciu chłopców, których matka sprowadziła na Pyke na wychowanie po tym, jak Ned Stark zabrał jej ostatniego żyjącego syna jako zakładnika, Tris był najbliższy wiekiem Ashy. Nie był pierwszym chłopakiem, z którym się całowała, ale pierwszym, który rozwiązał sznurówki jej kaftana i wetknął pod spód spoconą dłoń, żeby pomacać pączkujące piersi.

Pozwoliłabym mu pomacać więcej, gdyby tylko był śmielszy. Zakwitła podczas wojny i wtedy obudziło się w niej pożądanie, ale nawet wcześniej Asha była ciekawa. *Był blisko, był w moim wieku i był chętny, to wszystko... to i miesięczna krew.* Niemniej jednak nazywała to miłością aż do chwili, gdy Tris zaczął mówić o dzieciach, które mu urodzi: przynajmniej dwunastu synów i, och, kilka córek też.

— Nie chcę mieć dwunastu synów — odpowiedziała. — Pragnę przygód.

Niedługo później maester Qalen przyłapał ich na tych zabawach i młodego Tristifera Botleya odesłano na Blacktyde.

— Pisałem do ciebie listy — mówił Tristifer. — Ale maester Joseran nie chciał ich wysyłać. Kiedyś zapłaciłem jelenia wioślarzowi z kupieckiego statku płynącego do Lordsportu. Obiecał, że przekaże ci list do rąk własnych.

— Oszukał cię. Na pewno wyrzucił list do morza.

— Tego się obawiałem. Nigdy też nie oddawali mi twoich listów.

Bo ich nie pisałam. Prawdę mówiąc, poczuła ulgę, gdy odesłano Trisa. Jego nieudolne poczynania zaczynały już ją nudzić. Z pewnością jednak nie chciałby tego usłyszeć.

— Aeron Mokra Czupryna zwołał królewski wiec. Czy popłyniesz tam, żeby mnie poprzeć?

— Popłynę z tobą wszędzie, ale... lord Blacktyde mówi, że ten wiec to niebezpieczne szaleństwo. Obawia się, że twój stryj zaatakuje zebranych i wymorduje ich, tak jak Urron.

Z pewnością jest na to wystarczająco szalony.

— Ma za mało sił — powiedziała.

— Nie wiesz, ile ma sił. Zbiera ludzi na Pyke. Orkwood z Orkmont dał mu dwadzieścia drakkarów, a Jon Myre Mała Gęba dwanaście. Jest z nimi też Leworęczny Lucas Codd. I Harren Półsiwy, Rudy Wioślarz, Kemmett Pyke Bękart, Rodrik Wolno Urodzony, Torwold Brązowy Ząb…

— Wszystko to mało znaczący ludzie. — Asha znała każdego z nich. — Synowie morskich żon, wnuki poddanych. Coddowie… czy znasz ich powiedzenie?

— „Choć wszyscy nami gardzą" — zacytował Tris. — Ale jeśli złapią cię w swoje sieci, będziesz tak samo martwa, jakby byli władcami smoków. Słyszałem też gorsze wieści. Wronie Oko przywiózł ze wschodu potwory… a nawet czarodziejów.

— Stryjaszek zawsze miał słabość do głupców i dziwolągów — odparła Asha. — Ojciec często się z nim o to spierał. Niech czarodzieje przywołują swoich bogów. Mokra Czupryna wezwie naszego i ich utopi. Czy będę miała twój głos na wiecu królowej, Tris?

— Będziesz miała mnie całego. Należę do ciebie na wieki. Asho, chcę się z tobą ożenić. Twoja pani matka się zgodziła.

Asha stłumiła jęk. *Mogłeś zapytać mnie najpierw… ale moja odpowiedź zapewne spodobałaby ci się znacznie mniej.*

— Nie jestem już drugim synem — ciągnął Tristifer. — Jestem prawowitym lordem Botleyem. Sama tak powiedziałaś. A ty jesteś…

— Kim ja jestem, okaże się na Starej Wyk. Tris, nie jesteśmy już dziećmi, które obmacują się nawzajem i próbują sprawdzić, co da się gdzie wetknąć. Wydaje ci się, że pragniesz mnie poślubić, ale w rzeczywistości wcale byś tego nie chciał.

— Chciałbym. Marzę tylko o tobie, Asho. Przysięgam na kości Naggi, że nigdy nie dotknąłem innej kobiety.

— To idź i dotknij jakiejś. Albo dwóch, albo dziesięciu. Ja dotykałam tylu mężczyzn, że nie potrafię ich zliczyć. Czasami ustami, ale częściej toporem.

Oddała cnotę w wieku szesnastu lat pięknemu marynarzowi o blond włosach, który przypłynął na handlowej galerze z Lys. Znał tylko sześć słów w języku powszechnym, ale jednym z nich było „pierdolić", a to właśnie słowo pragnęła usłyszeć Asha. Miała na tyle rozsądku, by odnaleźć potem leśną czarownicę, która nauczyła ją warzyć miesięczną herbatę, pozwalającą zachować płaski brzuch.

Botley zamrugał powiekami, jakby miał trudności ze zrozumieniem jej słów.

— Myślałem... myślałem, że na mnie zaczekasz. Dlaczego... Potarł usta. — Asho, czy ktoś cię zniewolił?

— Zniewolił mnie tak bardzo, że aż zerwałam z niego bluzę. Nie chciałbyś mnie poślubić, uwierz mi na słowo. Zawsze byłeś słodkim chłopcem, ale ja nie jestem słodką dziewczynką. Gdybyśmy się pobrali, wkrótce byś mnie znienawidził.

— Nigdy. Asho... tak ciebie pragnąłem.

Miała już tego dosyć. Schorowana matka, zamordowany ojciec i plaga stryjów — to wystarczyłoby każdemu. Nie potrzebowała na dokładkę zakochanego szczeniaka.

— Znajdź sobie burdel, Tris. Tam cię wyleczą z tego pragnienia.

— Nie mógłbym... — Tristifer potrząsnął głową. — Jest nam przeznaczone być razem, Asho. Zawsze wiedziałem, że będziesz moją żoną i matką moich synów.

Złapał ją za ramię.

W mgnieniu oka przystawiła mu sztylet do gardła.

— Zabierz rękę albo nie pożyjesz wystarczająco długo, żeby spłodzić syna. Natychmiast. — Gdy jej posłuchał, cofnęła nóż. — Chcesz mieć kobietę, proszę bardzo. Przyślę dziś w nocy jedną do twojego łoża. Możesz udawać, że jest mną, jeśli sprawi ci to przyjemność, ale nie waż się już nigdy mnie obmacywać. Jestem twoją królową, nie żoną. Zapamiętaj to sobie.

Asha schowała sztylet i oddaliła się. Po szyi Tristifera spływała powoli wielka kropla krwi, czarna w bladym świetle księżyca.

CERSEI

— Och, modlę się, by Siedmiu nie dopuściło, żeby w dzień królewskiego ślubu spadł deszcz — mówiła Jocelyn Swyft, czesząc długie, złote loki królowej.

— Nikt nie chce deszczu — zgodziła się Cersei. Osobiście życzyłaby sobie deszczu ze śniegiem, mrozu, gwałtownej wichury oraz piorunów, które zatrzęsłyby posadami Czerwonej Twierdzy. Pragnęła burzy, która dorównałaby gwałtownością jej furii. — Zaciągnij to mocniej — rozkazała. — Mocniej, ty mała idiotko.

To ślub ją tak gniewał, ale głupawa dziewczyna była łatwiejszym celem. Prawa Tommena do Żelaznego Tronu nie były bezpieczne i nie mogła sobie pozwolić na obrażanie Wysogrodu. Nie, dopóki Stannis Baratheon władał Smoczą Skałą i Końcem Burzy, Riverrun pozostawało w rękach buntowników, a żelaźni ludzie grasowali na morzach niczym wilki. Dlatego Jocelyn musiała spożyć potrawę, którą Cersei chętniej zaserwowałaby Margaery Tyrell i jej obrzydliwej, pomarszczonej babci.

Królowa wysłała do kuchni po dwa jaja na twardo, chleb i słoik miodu na śniadanie, ale gdy rozbiła pierwsze jajko i znalazła w nim krwawe, na wpół uformowane kurczę, zrobiło jej się niedobrze.

— Zabierz to i przynieś mi grzanego wina z korzeniami — rozkazała Senelle. Ziąb wnikał w nią aż do kości i miała przed sobą długi, nieprzyjemny dzień.

Jaime również nie poprawił jej nastroju, gdy zjawił się, obleczony w biel i nadal nieogolony, żeby poinformować, w jaki sposób zamierza ochronić jej syna przed otruciem.

— Wyślę do kuchni ludzi, którzy będą się przyglądali przygotowywaniu każdego posiłku — oznajmił. — Złote płaszcze ser Addama będą towarzyszyć służącym niosącym potrawy na stół, by się upewnić, że nikt niczego nie dosypie po drodze. Ser Boros będzie kosztował każdego dania, nim Tommen weźmie cokolwiek do ust. A gdyby wszystko to zawiodło, maester Ballabar usiądzie pod ścianą ze środkami przeczyszczającymi i odtrutkami na dwadzieścia najpospolitszych trucizn. Zapewniam cię, że Tommen będzie bezpieczny.

— Bezpieczny. — To słowo miało gorzki smak na jej języku. Jaime tego nie rozumiał. Ani on, ani nikt inny. Tylko Melara była z nią wówczas w namiocie i słyszała wypowiedziane ochrypłym głosem groźby staruchy, a Melara dawno już nie żyła. — Tyrion nie zabije drugi raz w ten sam sposób. Jest na to za sprytny. Niewykluczone, że siedzi teraz pod podłogą i słucha każdego naszego słowa, planując, jak poderżnie Tommenowi gardło.

— A jeśli nawet, to co? — odparł Jaime. — Bez względu na wszystkie swe plany i tak pozostanie karłem, a Tommena będą strzegli najlepsi rycerze w Westeros. Gwardia Królewska go obroni.

Cersei zerknęła na miejsce, gdzie rękaw białej jedwabnej bluzy jej brata podpięto, by osłonić kikut.

— Pamiętam, jak doskonale ci twoi wspaniali rycerze obronili Joffreya. Chcę, żebyś całą noc był z Tommenem, jasne?

— Postawię strażnika pod jego drzwiami.

Złapała go za ramię.

— Nie strażnika. To masz być ty. I musisz siedzieć w środku.

— Na wypadek gdyby Tyrion wylazł z kominka? Nie zrobi tego.

— Tak ci się zdaje? Chcesz mi wmówić, że znalazłeś już wszystkie tajne przejścia w tych murach? — Oboje wiedzieli, że tak nie było. — Nie zostawię Tommena sam na sam z Margaery, nawet na pół uderzenia serca.

— Nie sam na sam. Będą tam też jej kuzynki.

— I ty również. Rozkazuję ci to w imieniu króla. — Cersei w ogóle nie chciała, żeby Tommen dzielił z żoną łoże, ale Tyrellowie nalegali.

— Mąż i żona muszą spać razem — stwierdziła Królowa Cierni. — Nawet jeśli skończy się tylko na spaniu. Z pewnością łoże Jego Miłości jest wystarczająco duże dla dwojga?

— Niech dzieci ogrzeją się nawzajem w nocy — powtórzyła echem za swą dobrą matką lady Alerie. — W ten sposób zbliżą się do siebie. Margaery często dzieli łoże ze swoimi kuzynkami. Śpiewają, bawią się i szepczą sobie różne sekrety, kiedy zgasną świece.

— Jakie to rozkoszne — zauważyła Cersei. — Proszę bardzo, niech robią to sobie dalej. W Krypcie Dziewic.

— Jestem pewna, że Jej Miłość wie najlepiej — powiedziała do lady Alerie lady Olenna. — W końcu jest matką chłopca. Temu nikt nie zaprzecza. Z pewnością też możemy się porozumieć w sprawie nocy poślubnej? Mężczyzna i kobieta nie powinni spać oddzielnie w noc ślubu. To przyniosłoby pecha ich małżeństwu.

Pewnego dnia nauczę cię, co oznacza słowo „pech" — poprzysięgła sobie królowa.

— Margaery może dzielić łoże z Tommenem przez tę jedną noc — była zmuszona powiedzieć. — Ale nie dłużej.

— Wasza Miłość jest nadzwyczaj łaskawa — odparła Królowa Cierni. Wszyscy uśmiechnęli się do siebie...

Cersei wpiła palce w ramię Jaimego wystarczająco mocno, żeby zostawić siniaki.

— Potrzebuję oczu w tej komnacie — rzekła.

— A co niby miałyby zobaczyć? — zapytał. — Skonsumowanie małżeństwa raczej nam nie grozi. Tommen jest stanowczo zbyt młody.

— A Ossifer Plumm był stanowczo zbyt martwy, co jednak nie przeszkodziło mu zostać ojcem, nieprawdaż?

— Kim był Ossifer Plumm? — zapytał jej brat ze zdziwioną miną. — Ojcem lorda Philipa... czy kim?

Jest prawie takim samym nieukiem jak Robert. Cały rozum miał w prawej dłoni.

— Zapomnij o Plummie. Pamiętaj tylko, co ci powiedziałam. Przysięgnij, że zostaniesz z Tommenem aż do wschodu słońca.

— Wedle rozkazu — odparł, jakby jej obawy były nieuzasadnione. — Czy nadal masz zamiar spalić Wieżę Namiestnika?

— Po uczcie weselnej. — To był jedyny element dzisiejszych uroczystości, który mógł jej sprawić przyjemność. — W tej wieży zamordowano naszego pana ojca. Nie mogę znieść jej widoku. A jeśli bogowie będą łaskawi, może dym wykurzy z gruzów parę szczurów.

Jaime zatoczył oczyma.

— Masz na myśli Tyriona.

— Jego, lorda Varysa i tego klucznika.

— Gdyby któryś z nich ukrywał się w wieży, znaleźlibyśmy go. Przez prawie cały księżyc mała armia trudziła się tam z kilofami i młotami. Przebijaliśmy się przez ściany, pruliśmy podłogi i odkryliśmy chyba z pół setki tajnych przejść.

— Równie dobrze może tam być drugie tyle dalszych. — Niektóre z tych tuneli okazały się tak wąskie, że Jaime musiał korzystać z usług paziów i chłopców stajennych, by je zbadać. Znaleźli korytarz wiodący do ciemnicy oraz kamienną studnię, która sprawiała wrażenie bezdennej. Natknęli się na komnatę pełną czaszek i pożółkłych kości oraz cztery worki zaśniedziałych srebrnych monet z czasów pierwszego króla Viserysa. Znaleźli też tysiąc szczurów… ale nie było wśród nich Tyriona ani Varysa. Jaime zdecydował, że pora przerwać poszukiwania. Jeden z chłopców ugrzązł w wąskim przejściu i musieli go wyciągnąć za nogi, nie zważając na jego wrzaski. Drugi wpadł do szybu i połamał sobie obie nogi. A dwóch strażników zniknęło bez śladu, eksplorując boczny tunel. Niektórzy z ich towarzyszy przysięgali, że słyszeli przez kamień ich słabe głosy, ale gdy ludzie Jaimego zburzyli mur, znaleźli po drugiej stronie tylko ziemię i gruz. — Krasnal jest mały i sprytny. Może nadal czaić się w tunelach. Jeśli rzeczywiście tak jest, ogień go wypłoszy.

— Nawet gdyby Tyrion nadal ukrywał się w zamku, nie będzie go w Wieży Namiestnika. Po naszych poszukiwaniach zostały z niej jedynie gruzy.

— Szkoda, że nie możemy zrobić tego samego z resztą tej paskudnej budowli — poskarżyła się Cersei. — Po wojnie zamierzam wybudować nad rzeką nowy pałac. — Przyśnił się jej przedwczoraj wspaniały, biały zamek otoczony lasami i ogrodami, położony wiele mil od śmierdzącej, hałaśliwej Królewskiej Przystani. — To miasto jest kloaką. Za pół grosika przeniosłabym dwór do Lannisportu i władała królestwem z Casterly Rock.

— To byłoby jeszcze większym szaleństwem niż spalenie Wieży Namiestnika. Dopóki Tommen zasiada na Żelaznym Tronie, ludzie w królestwie widzą w nim prawowitego króla. Jeśli ukryjesz go pod Skałą, stanie się tylko jednym z pretendentów do tronu, nie lepszym od Stannisa.

— Zdaję sobie z tego sprawę — stwierdziła ostrym tonem królowa. — Powiedziałam, że chciałabym przenieść dwór do Lannisportu, nie że to zrobię. Czy zawsze byłeś taki tępy, czy zgłupiałeś po stracie ręki?

Jaime puścił te słowa mimo uszu.

— Jeśli pożar rozniesie się poza wieżę, możesz w rezultacie spalić cały zamek, czy tego chcesz, czy nie. Dziki ogień jest zdradliwy.

— Lord Hallyne zapewnił mnie, że jego piromanci potrafią zapanować nad płomieniami. — Cech Alchemików już od dwóch tygodni warzył nową porcję dzikiego ognia. — Niech ten pożar zobaczą w całej Królewskiej Przystani. To będzie nauczką dla naszych wrogów.

— Mówisz jak Aerys.

Rozdęła nagle nozdrza.

— Uważaj na swe słowa, ser.

— Ja też cię kocham, słodka siostro.

Jak mogłam kochać tę nędzną kreaturę? — zastanawiała się po jego wyjściu. *Był twoim bliźniaczym bratem, twoim cieniem, twoją drugą połową* — wyszeptał drugi głos. *Być może kiedyś tak było* — pomyślała. — *Ale z tym już koniec. Teraz stał się dla mnie obcy.*

W porównaniu ze wspaniałym weseliskiem Joffreya ślub króla Tommena był cichy i skromny. Nikt nie pragnął wystawnych ceremonii, a już szczególnie królowa, i nikt nie chciał za nie płacić, a zwłaszcza Tyrellowie. Młody król pojął więc za żonę Margaery Tyrell w królewskim sepcie Czerwonej Twierdzy, w obecności niespełna setki gości zamiast tysięcy, które widziały, jak jego brat wiąże się węzłem małżeńskim z tą samą kobietą.

Panna młoda była promienna, ciepła i piękna, a pulchny pan młody wciąż jeszcze miał dziecinną buzię. Wyrecytował słowa przysięgi wysokim, młodzieńczym głosem, ślubując miłość i oddanie dwukrotnie owdowiałej córce Mace'a Tyrella. Margaery miała na sobie tę samą suknię, w której wychodziła za Joffreya, zwiewny strój z jedwabiu koloru kości słoniowej, myrijskich koronek i drobnych perełek. Cersei nadal nosiła żałobę po zamordowanym pierworodnym synu. Wdowa po nim mogła się śmiać, pić i tańczyć, nie zważając na wspomnienie o Joffie, ale jego matka nie zapomni o nim tak łatwo.

To nie jest w porządku — myślała. — *Minęło za mało czasu. Rok, dwa lata, to by wystarczyło. Wysogród powinien się zadowolić zaręczynami.* Cersei obejrzała się na Mace'a Tyrella, który stał między żoną a matką. *To ty mnie zmusiłeś do urządzenia tej farsy, wasza lordowska mość. Nieprędko o tym zapomnę.*

Gdy nadszedł czas na zmianę płaszczy, panna młoda opadła z wdziękiem na kolana i Tommen nakrył ją ciężkim, monstrualnym płaszczem ze złotogłowiu, tym samym, który Robert włożył Cersei w dzień ich zaślubin. Na jego plecach wyszyto onyksowymi paciorkami koronowanego jelenia Baratheonów. Cersei chciała wykorzystać piękny płaszcz z czerwonego jedwabiu, którego użył Joffrey.

— Ten płaszcz nosił mój pan ojciec, żeniąc się z panią matką — wyjaśniła Tyrellom, ale Królowa Cierni w tym również pokrzyżowała jej zamiary.

— Mówisz o tym starym łachu? — zapytała paskudna jędza. — Mam wrażenie, że jest trochę wytarty i... śmiem powiedzieć, pechowy. Poza tym, czy prawowitemu synowi króla Roberta nie przystoi raczej jeleń? W moich czasach panna młoda przywdziewała kolory męża, nie jego pani matki.

Dzięki Stannisowi i jego ohydnemu listowi i tak już krążyło zbyt wiele plotek dotyczących pochodzenia Tommena. Cersei nie odważyła się dolewać oliwy do ognia, nalegając, by jego żona przywdziała lannisterską czerwień. Ustąpiła tak uprzejmie, jak tylko mogła, ale widok tego całego złota i onyksu wzbudził jej wściekłość. *Im więcej dajemy Tyrellom, tym więcej od nas żądają.*

Gdy już wypowiedziano wszystkie przysięgi, król i jego nowa królowa wyszli z septu, by odebrać gratulacje.

— Westeros ma teraz dwie królowe, a nowa jest tak samo piękna jak stara — zagrzmiał Lyle Crakehall, głupawy rycerz, który przypominał Cersei jej szczęśliwie zmarłego męża. Miała ochotę go spoliczkować. Gyles Rosby próbował ucałować jej dłoń, ale udało mu się jedynie nakasłać na jej palce. Lord Redwyne pocałował ją w jeden policzek, a Mace Tyrell w oba. Wielki maester Pycelle powiedział Cersei, że nie straciła syna, lecz zyskała córkę. Przynajmniej jednak oszczędzono jej łzawych objęć lady Tandy. Nie pojawiła się żadna z kobiet z rodu Stokeworthów, co bardzo uradowało królową.

Jednym z ostatnich gratulujących był Kevan Lannister.

— Jak rozumiem, zamierzasz nas opuścić i udać się na kolejny ślub — powiedziała królowa.

— Twardy Kamień oczyścił zamek Darry ze złamanych — odparł Kevan. — Czeka tam na nas narzeczona Lancela.

— A czy twoja pani żona będzie wam towarzyszyć?

— W dorzeczu nadal jest zbyt niebezpiecznie. Wciąż jeszcze kręci się tam hołota Vargo Hoata, a Beric Dondarrion wiesza Freyów. Czy to prawda, że przyłączył się do niego Sandor Clegane?

Skąd o tym wie?

— Niektórzy tak powiadają. Dochodzą nas sprzeczne meldunki. — Ostatniej nocy przyleciał ptak z septoru położonego na wyspie przy ujściu Tridentu. Pobliskie miasto Solanki brutalnie złupiła banda wyjętych spod prawa ludzi. Niektórzy z ocalonych twierdzili, że wśród łupieżców był monstrualny mężczyzna w hełmie w kształcie głowy psa. Jakoby zabił on kilkunastu ludzi i zgwałcił dwunastoletnią dziewczynkę. — Z pewnością Lancel będzie pragnął dopaść zarówno Clegane'a, jak i lorda Berica, by przywrócić w dorzeczu królewski pokój.

Ser Kevan patrzył jej przez chwilę w oczy.

— Mój syn nie jest człowiekiem zdolnym sobie poradzić z Sandorem Clegane'em.

W tym jednym przynajmniej się zgadzamy.

— Ale jego ojciec mógłby nim być.

Jej stryj zacisnął mocno usta.

— Jeśli nie potrzebujesz moich usług na Skale…

Potrzebowałam twoich usług tutaj. Cersei mianowała kasztelanem Casterly Rock swego kuzyna, Damiona Lannistera, a namiestnikiem zachodu innego kuzyna, ser Davena Lannistera. *Za bezczelność trzeba płacić, stryju.*

— Jeśli przyniesiesz nam głowę Sandora, nie wątpię, że Jego Miłość okaże się nadzwyczaj łaskawy. Joff mógł lubić tego człowieka, ale Tommen zawsze się go bał… i wygląda na to, że nie bez powodu.

— Kiedy pies dziczeje, winien jest jego pan — odparł ser Kevan. Potem odwrócił się i odszedł.

Jaime odprowadził ją do Małej Komnaty, gdzie przygotowywano ucztę.

— To wszystko twoja wina — wyszeptała do niego. — Powiedziałeś: „To niech się pobiorą". Margaery powinna nosić żałobę po Joffreyu, nie wychodzić za mąż za jego brata. Powinna być chora z żalu, tak samo jak ja. Nie wierzę, że jest dziewicą. Renly miał kutasa, prawda? Był bratem Roberta, musiał mieć kutasa. Jeśli ta obrzydliwa stara wiedźma myśli, że pozwolę mojemu synowi…

— Już wkrótce uwolnisz się od lady Olenny — przerwał jej cicho Jaime. — Jutro wraca do Wysogrodu.

— Tak przynajmniej twierdzi.

Cersei nie ufała żadnym obietnicom Tyrellów.

— Na pewno wyjedzie — zapewnił jej brat. — Mace zabiera połowę sił Tyrellów pod Koniec Burzy, a druga połowa wróci do Reach z ser Garlanem, by wesprzeć jego prawa do Jasnej Wody. Za kilka dni jedynymi różami w Królewskiej Przystani będą Margaery, jej damy i garstka strażników.

— A także ser Loras. Czyżbyś zapomniał o swym zaprzysiężonym bracie?

— Ser Loras jest rycerzem Gwardii Królewskiej.

— Ser Loras jest tak tyrellowski, że szczy różaną wodą. Nie powinno się mu dawać białego płaszcza.

— Przyznaję, że ja bym mu go nie dał, ale nikt nie raczył zapytać mnie o zdanie. Niemniej myślę, że Loras sprawi się nieźle. Ten płaszcz zmienia człowieka.

— Ciebie z pewnością zmienił, i to wcale nie na lepsze.

— Ja też cię kocham, słodka siostro.

Otworzył przed nią drzwi i odprowadził ją do stołu na podwyższeniu, gdzie miała zasiadać obok Tommena. Krzesło Margaery stało pod drugiej stronie krzesła króla, na honorowym miejscu. Gdy młoda królowa weszła do komnaty pod rękę ze swym maleńkim mężem, zatrzymała się, pocałowała Cersei w oba policzki i objęła ją ramionami.

— Wasza Miłość — rzekła dziewczyna, śmiała jak bojowy okrzyk. — Czuję się, jakbym miała drugą matkę. Modlę się, byśmy stały się sobie bardzo bliskie, by połączyła nas miłość do twego słodkiego syna.

— Kochałam obu synów.

— O Joffreya również się modlę — zapewniła Margaery. — Bardzo go kochałam, choć nie miałam okazji go poznać.

Kłamczucha — pomyślała królowa. *Gdybyś kochała go choć przez chwilę, nie śpieszyłabyś się tak haniebnie do ślubu z jego bratem. Chodziło ci tylko o jego koronę.* Za pół grosika spoliczkowałaby rumieniącą się pannę młodą tu na podwyższeniu, na oczach połowy dworu.

Uczta weselna była skromna, podobnie jak uroczystość zaślubin. Wszystko przygotowała lady Alerie. Cersei nie miała sił, by znowu stawić czoło temu przytłaczającemu zadaniu. Zbyt dobrze pamiętała, jak się skończyło wesele Joffreya. Podano tylko siedem dań. W przerwach między nimi Butterbumps i Księżycowy Chłopiec zabawiali gości, a kiedy ci jedli, przygrywali im muzycy. Słuchali dudziarzy i skrzypków, lutni, fletu i harfy. Jedynym minstrelem był jakiś ulubieniec lady Margaery, młody, szykowny fircyk odziany w przeróżne odcienie lazuru, który kazał się zwać Błękitnym Bardem. Zaśpiewał kilka piosenek miłosnych i zakończył występ.

— Cóż za rozczarowanie — poskarżyła się głośno lady Olenna. — Liczyłam na to, że usłyszę *Deszcze Castamere*.

Gdy tylko Cersei spoglądała na starą wiedźmę, przed oczyma jej duszy pojawiała się twarz Maggy Żaby, pomarszczona, straszliwa i mądra. *Wszystkie stare baby wyglądają tak samo* — przekonywała samą siebie. — *Nie ma w tym nic więcej*. W rzeczywistości garbata czarodziejka w niczym nie przypominała Królowej Cierni, lecz z jakiegoś powodu widok złośliwego uśmieszku lady Olenny wystarczał, by obudzić w niej wspomnienie namiotu Maggy. Wciąż jeszcze pamiętała wypełniający go zapach, woń niezwykłych wschodnich przypraw oraz dotyk miękkich dziąseł, gdy starucha ssała krew z palca Cersei. „Królową będziesz — zapowiedziała Maggy z wargami błyszczącymi od czerwonego płynu. — Dopóki nie nadejdzie inna, młodsza i piękniejsza, która cię obali i odbierze ci wszystko, co dla ciebie drogie".

Cersei spojrzała na siedzącą u drugiego boku Tommena Margaery, która śmiała się razem ze swym ojcem. *Jest całkiem niebrzydka* — musiała przyznać. — *Ale to głównie dlatego, że jest młoda. Nawet wiejskie dziewczyny są ładne w pewnym wieku, kiedy są jeszcze świeże, niewinne i niezepsute, a większość z nich ma takie same brązowe włosy i oczy jak ona. Tylko głupiec mógłby twierdzić, że jest piękniejsza ode mnie.* Świat był jednak pełen głupców. Podobnie jak dwór jej syna.

Jej nastrój nie poprawił się, gdy Mace Tyrell wstał, by wznosić toasty. Uniósł wysoko w górę złoty puchar, uśmiechnął się do swej ładnej córeczki i zawołał gromkim głosem.

— Za króla i królową!

Wszystkie owce zabeczały razem z nim.

— Za króla i królową! — wołały, trącając się pucharami. — Za króla i królową!

Nie miała innego wyboru, jak wypić razem z nimi. Cały ten czas żałowała, że jej goście nie mają jednej twarzy, by mogła chlusnąć im winem w oczy i przypomnieć, że to ona jest prawdziwą królową. Wydawało się, że jedynym z tyrellowskich pochlebców, który w ogóle pamiętał o jej istnieniu, był Paxter Redwyne, który wstał i również wzniósł toast, chwiejąc się lekko na nogach.

— Za obie królowe! — wybełkotał. — Za nową i starą!

Cersei wypiła kilka kielichów wina, przesuwając jedzenie na złotym talerzu. Jaime jadł jeszcze mniej i rzadko raczył zajmować przeznaczone mu krzesło na podwyższeniu. *Niepokoi się tak samo jak ja* — uświadomiła sobie królowa, obserwując, jak jej brat krąży po komnacie, odsuwając jedyną ręką arrasy, by się upewnić, że nikt się za nimi nie chowa. Wiedziała, że wokół budynku pełnią straż lannisterscy włócznicy. Jednych drzwi strzegł ser Osmund Kettleblack, a drugich ser Meryn Trant. Balon Swann stał za krzesłem króla, a Loras Tyrell za krzesłem królowej. Nikomu poza białymi rycerzami nie pozwolono wnieść do komnaty miecza.

Mojemu synowi nic nie grozi — powtarzała sobie Cersei. — *Nic złego mu się nie stanie, nie tu i nie teraz.* Mimo to, gdy tylko spojrzała na Tommena, widziała łapiącego się za gardło Joffreya. A gdy chłopiec zaczął kasłać, serce królowej przestało na moment bić. Pobiegła do niego, odpychając na bok służącą.

— To tylko trochę wina wleciało nie w tę dziurkę — zapewniła z uśmiechem Margaery Tyrell. Ujęła Tommena za rączkę i pocałowała w palce.

— Mój kochaniutki musi pić mniejszymi łyczkami. Popatrz, przestraszyłeś panią matkę prawie na śmierć.

— Przepraszam, mamo — powiedział zawstydzony Tommen.

Tego już było dla niej za wiele. *Nie mogę pozwolić, żeby zobaczyli moje łzy* — pomyślała, czując, że zbiera się jej na płacz. Okrążyła ser Meryna Tranta i skryła się w bocznym korytarzu. Stanęła tam samotnie pod łojową świeczką i pozwoliła, by jej ciałem wstrząsnęło łkanie, raz, a potem drugi. *Kobiecie wolno płakać, ale nie królowej.*

— Wasza Miłość? — odezwał się ktoś za jej plecami. — Czy przeszkadzam?

To był kobiecy głos, z wyraźnym wschodnim akcentem. Przez chwilę Cersei obawiała się, że Maggy Żaba przemawia do niej zza grobu. To jednak była tylko żona Merryweathera, piękność o migdałowych oczach, którą lord Orton poślubił na wygnaniu i przywiózł ze sobą do Długiego Stołu.

— W Małej Komnacie jest bardzo duszno — usłyszała swój głos Cersei. — Oczy zaczęły mi łzawić od dymu.

— Mnie również, Wasza Miłość. — Lady Merryweather dorównywała wzrostem królowej, ale miała ciemną, nie jasną karnację — krucze włosy i oliwkową cerę. Była też dziesięć lat młodsza. Podała królowej jasnoniebieską chusteczkę z jedwabiu i koronek. — Ja również mam syna. Wiem, że w dzień jego ślubu będę płakała rzęsistymi łzami.

Cersei otarła policzki, wściekła, że ktoś zobaczył jej łzy.

— Dziękuję — powiedziała chłodno.

— Wasza Miłość... — Kobieta z Myr ściszyła głos. — Jest coś, czego musisz się dowiedzieć. Twoja służąca jest przekupiona. Opowiada lady Margaery o wszystkim, co robisz.

— Senelle? — Królowa poczuła nagle w brzuchu ucisk gniewu. Czy już nikomu nie mogła ufać? — Jesteś tego pewna?

— Każ ją śledzić. Margaery nigdy nie spotyka się z nią osobiście. Kuzynki są jej krukami, przynoszą jej wieści. Czasem Elinor, czasem Alla, a czasem Megga. Wszystkie są z Margaery blisko jak siostry. Spotykają się w sepcie i udają, że się modlą. Ustaw rano na galerii swego człowieka, a zobaczy, jak Senelle szepcze z Meggą pod ołtarzem Dziewicy.

— Jeśli to prawda, dlaczego mi o tym mówisz? Jesteś jedną z dam Margaery. Czemu miałabyś ją zdradzić?

Cersei już jako mała dziewczynka nauczyła się od ojca podejrzliwości. To mogła być jakaś pułapka, mająca na celu wywołanie niezgody między lwem a różą.

— Długi Stół przysięga wierność Wysogrodowi — przyznała kobieta, potrząsając czarnymi włosami. — Ale ja pochodzę z Myr i jestem wierna mężowi i synowi. Pragnę dla nich wszystkiego, co najlepsze.

— Rozumiem.

W ciasnym korytarzu królowa czuła zapach perfum młodszej kobiety, piżmową woń kojarzącą się z mchem, ziemią i dzikimi kwiatami. Przebijał się jednak przez nią zapach ambicji. *Zeznawała na procesie Tyriona* — przypomniała sobie nagle Cersei. — *Widziała, jak Krasnal umieścił truciznę w pucharze Joffa, i nie bała się powiedzieć tego głośno.*

— Zajmę się tym — obiecała Cersei. — Jeśli powiedziałaś prawdę, nie minie cię nagroda.

A jeśli skłamałaś, każę ci wyrwać język, a twojemu panu mężowi odbiorę włości i złoto.

— Wasza Miłość jest łaskawa. I piękna — dodała z uśmiechem lady Merryweather. Zęby miała białe, a usta pełne i ciemne.

Gdy królowa wróciła do Małej Komnaty, zobaczyła, że jej brat niespokojnie spaceruje po pomieszczeniu.

— To był tylko łyk wina, który wpadł nie w tę dziurkę. Ale ja też się przestraszyłem.

— Ściska mnie w brzuchu tak mocno, że nie mogę nic zjeść — warknęła Cersei. — Wino ma smak żółci. Ten ślub był pomyłką.

— Ten ślub był konieczny. Chłopcu nic nie grozi.

— Ty głupcze. Nikt, kto nosi koronę, nigdy nie jest bezpieczny.

Cersei rozejrzała się po sali. Mace Tyrell śmiał się ze swoimi rycerzami. Lordowie Redwyne i Rowan rozmawiali ukradkiem ze sobą. Ser Kevan siedział w głębi sali, spoglądając z ponurą miną na kielich wina, a Lancel szeptał coś do septona.

Senelle napełniała puchary kuzynów panny młodej trunkiem czerwonym jak krew. Wielki maester Pycelle zasnął. *Nie mogę na nikim polegać* — uświadomiła sobie z przygnębieniem. — *Nawet na Jaimem. Będę musiała ich wszystkich usunąć i otoczyć króla swoimi ludźmi.*

Później, gdy już podano i wyniesiono słodycze, orzechy oraz ser, Margaery i Tommen zaczęli tańczyć. Wyglądali dość śmiesznie, wirując na parkiecie. Córka Tyrellów była dobre półtorej stopy wyższa od maleńkiego męża, a do tego Tommen był bardzo niezgrabnym tancerzem, pozbawionym swobodnej gracji Joffreya. Starał się jednak, jak mógł, i najwyraźniej nie zdawał sobie sprawy, że robi z siebie widowisko. Gdy tylko Dziewica Margaery go uwolniła, natychmiast otoczyły go jej kuzynki, domagając się, jedna po drugiej, by Jego Miłość zaszczycił tańcem również i je. *Zanim skończą, będzie się potykał i powłóczył nogami jak głupi* — pomyślała ze złością Cersei, patrząc na to. — *Połowa dworu będzie się z niego śmiała za plecami.*

Alla, Elinor i Megga zatańczyły kolejno z Tommenem, a Margaery tymczasem wyszła na parkiet z ojcem, a potem ze swym bratem, Lorasem. Rycerz Kwiatów był odziany w biały, jedwabny płaszcz spięty pod szyją nefrytową różą. Miał też pas ze złotych róż. *Mogliby być bliźniakami* — stwierdziła w duchu Cersei, patrząc na nich. Ser Loras był rok starszy od siostry, ale oboje mieli takie same duże, brązowe oczy, gęste, brązowe włosy opadające lekkimi lokami na ramiona, tę samą gładką, wolną od skaz cerę. *Porządny wysyp pryszczy nauczyłby oboje pokory.* Loras był wyższy i miał na twarzy trochę miękkich, brązowych kosmyków, a Margaery miała kobiece kształty, ale poza tym byli do siebie bardziej podobni niż Cersei i Jaime. To również irytowało królową.

Z zamyślenia wyrwał ją jej własny brat.

— Czy Wasza Miłość raczy zaszczycić swego białego rycerza tańcem?

Przeszyła go pogardliwym spojrzeniem.

— Miałbyś mnie przyciskać tym kikutem? Nie. Ale pozwolę, żebyś nalał mi wina, jeśli uważasz, że uda ci się go nie rozlać.

— Takiemu kalece jak ja? Marne szanse.

Oddalił się, wznawiając obchód sali. Cersei musiała nalać sobie sama.

Odmówiła również Mace'owi Tyrellowi, a potem Lancelowi. Pozostali wyciągnęli właściwe wnioski i nikt już nie prosił jej do tańca. *Nasi wierni przyjaciele i lojalni lordowie.* Nie mogła ufać nawet ludziom z zachodu, zaprzysiężonym mieczom i chorążym jej ojca. Nie, jeśli stryj Kevan spiskował z jej wrogami...

Margaery tańczyła ze swą kuzynką Allą, a Megga z ser Talladem Wysokim. Inna kuzynka, Elinor, popijała wino z młodym, przystojnym Bękartem z Driftmarku, Aurane'em Watersem. Królowa już po raz kolejny zwróciła uwagę na Watersa, szczupłego młodzieńca o szarozielonych oczach i długich, srebrnozłotych włosach. Gdy zobaczyła go po raz pierwszy, przez pół uderzenia serca myślała, że Rhaegar Targaryen powstał z prochu. *To przez te włosy* — powiedziała sobie. — *Nie jest nawet w połowie tak urodziwy jak Rhaegar. Ma za wąską twarz i ten dołek na podbródku.* Niemniej jednak w żyłach Velaryonów płynęła krew dawnej Valyrii i niektórzy z nich mieli srebrzyste włosy smoczych królów.

Tommen wrócił na miejsce, by zjeść trochę jabłecznika. Krzesło jej stryja było puste, Cersei znalazła go w kącie, gdzie rozmawiał z ożywieniem z synem Mace'a Tyrella, Garlanem. *Co mają sobie do powiedzenia?* W Reach mogli sobie zwać ser Garlana dzielnym, ale ona ufała mu równie mało jak Margaery czy Lorasowi. Nie zapomniała o złotej monecie, którą maester Qyburn znalazł pod nocnikiem zaginionego klucznika. *Złota dłoń z Wysogrodu.* Gdy Senelle przyszła nalać jej wina, królowa musiała się powstrzymywać, żeby nie złapać jej za gardło i nie udusić. *Nie waż się do mnie uśmiechać, ty mała zdradziecka suko. Będziesz jeszcze błagała mnie o łaskę.*

— Myślę, że Jej Miłość ma już dosyć wina — usłyszała głos swego brata Jaimego.

Nie — pomyślała królowa. — *Całego wina na świecie byłoby za mało, by pomóc mi przetrwać ten ślub.* Zerwała się tak szybko, że omal nie upadła. Jaime złapał ją za ramię i podtrzymał. Wyrwała mu się i splotła razem dłonie. Muzyka przestała grać, głosy ucichły.

— Lordowie i damy — zawołała głośno Cersei. — Bądźcie tak łaskawi i wyjdźcie ze mną na dwór, byśmy mogli zapalić świeczkę na cześć związku między Wysogrodem a Casterly Rock oraz nowej epoki pokoju i dobrobytu dla naszych Siedmiu Królestw.

Wieża Namiestnika była ciemna i opuszczona. Po dębowych drzwiach i okiennicach zostały tylko ziejące dziury. Jednakże nawet wzgardzona i obrócona w ruinę górowała nad zewnętrznym dziedzińcem. Wychodząc z Małej Komnaty, goście weselni przechodzili w jej cieniu. Cersei uniosła wzrok i zobaczyła zębate blanki wieży sięgające ku księżycowi w pełni. Przez chwilę zastanawiała się, ilu namiestników służących ilu królom mieszkało tu w ciągu trzech minionych stuleci.

W odległości stu jardów od wieży zaczerpnęła tchu, żeby powstrzymać zawroty głowy.

— Lordzie Hallyne! Możesz zaczynać

— *Hmmmmmm* — odparł piromanta Hallyne, machając trzymaną w ręce pochodnią. Stojący na murach łucznicy napięli łuki i wystrzelili kilkanaście płonących strzał, które wpadły do środka przez otwory okien.

Wieża zajęła się z głośnym *puff*. W pół uderzenia serca jej wnętrze rozjarzyło się światłem: czerwonym, żółtym, pomarańczowym… a także zielonym, ciemną, złowrogą zielenią, barwą żółci, nefrytu i szczyn piromantów. Alchemicy nazywali je „substancją", ale prości ludzie używali określenia „dziki ogień". W Wieży Namiestnika umieszczono pięćdziesiąt garnków substancji, a do tego kłody, beczki ze smołą oraz większą część ziemskiego dobytku karła zwanego Tyrionem Lannisterem.

Królowa czuła żar tych zielonych płomieni. Piromanci mawiali, że tylko trzy rzeczy płoną goręcej od ich substancji: smoczy ogień, ognie we wnętrzu ziemi i słońce latem. Niektóre z dam westchnęły, gdy w oknach pojawiły się pierwsze płomienie, liżące mury na zewnątrz niczym długie zielone języki. Inni goście zakrzyknęli radośnie, wznosząc toasty.

To jest piękne — pomyślała. — *Piękne jak Joffrey, gdy podali mi go po urodzeniu.* Żaden mężczyzna nie dał jej takiego szczęścia jak Joff, gdy po raz pierwszy zaczął ssać jej pierś.

Tommen gapił się na pożar, zafascynowany i przerażony aż do chwili, gdy Margaery szepnęła mu coś do ucha i chłopiec się roześmiał. Niektórzy z rycerzy zakładali się o to, ile czasu minie, nim wieża się zawali. Lord Hallyne nucił coś pod nosem, kołysząc się na piętach.

Cersei myślała o wszystkich królewskich namiestnikach, których znała: Owenie Merryweatherze. Jonie Conningtonie, Qarltonie Chelstedzie, Jonie Arrynie, Eddardzie Starku, swym bracie Tyrionie. I o swym ojcu, lordzie Tywinie Lannisterze, o nim przede wszystkim. — *Wszyscy oni teraz płoną* — powiedziała sobie, napawając się tą myślą. *Wszyscy umarli i trawią ich płomienie, razem z ich spiskami, knowaniami i zdradami. To jest mój dzień. Mój zamek i moje królestwo.*

Wieża Namiestnika jęknęła nagle, tak głośno, że wszyscy przerwali rozmowy. Kamienne mury pękły i część blanków zwaliła się na ziemię z łoskotem, który wstrząsnął wzgórzem. W górę wzbiła się chmura pyłu i dymu. Przez wyłom do środka napłynęło świeże powietrze, a zielone płomienie strzeliły wyżej ku niebu, owijając się wokół siebie. Tommen odsunął się trwożnie, ale Margaery wzięła go za rękę.

— Popatrz, ogień tańczy — powiedziała. — Tak samo jak my tańczyliśmy, kochanie.

— Aha. — Jego głos był pełen zachwytu. — Mamo, popatrz, ogień tańczy.

— Widzę. Lordzie Hallyne, jak długo będzie trwał pożar?

— Całą noc, Wasza Miłość.

— Przyznaję, że to ładna świeczka — odezwała się lady Olenna Tyrell, która stała wsparta na lasce między Lewym a Prawym. — Myślę, że pali się na tyle jasno, że możemy bezpiecznie iść spać. Stare kości łatwo się męczą, a młodzi mieli dość wrażeń jak na jedną noc. Pora już położyć króla i królową do łoża.

— Tak jest. — Cersei skinęła na Jaimego. — Lordzie dowódco, odprowadź Jego Miłość i jego małą królową do łoża, jeśli łaska.

— Wedle rozkazu. Czy ciebie również?

— Nie ma potrzeby. — Cersei czuła się zbyt ożywiona, by zasnąć. Dziki ogień oczyścił ją, wypalił z niej gniew i strach, wypełnił ją determinacją. — Ten pożar jest bardzo ładny. Popatrzę na niego jeszcze przez chwilę.

Jaime zawahał się.

— Nie powinnaś zostawać sama.

— Nie będę sama. Ser Osmund zostanie ze mną i zadba o moje bezpieczeństwo. Twój zaprzysiężony brat.

— Jeśli Wasza Miłość tego pragnie — zgodził się Kettleblack.

— Pragnę.

Cersei wzięła go pod rękę i razem wpatrzyli się w szalejące płomienie.

ZBRUKANY RYCERZ

Noc była niezwykle chłodna, nawet jak na jesień. W zaułkach dął silny, wilgotny wiatr, niosący ze sobą pył pozostały po dniu. *Północny wiatr, pełen chłodu.* Ser Arys Oakheart postawił kaptur, żeby osłonić twarz. Nie mógł pozwolić, by ktoś go rozpoznał. Przed dwoma tygodniami w mieście cieni zamordowano kupca, nieszkodliwego człowieka, który przybył do Dorne po owoce, ale zamiast daktyli znalazł śmierć. Jego jedyna zbrodnia polegała na tym, że pochodził z Królewskiej Przystani.

Ja byłbym dla tłuszczy trudniejszym przeciwnikiem. Niemalże ucieszyłby się z ataku. Opuścił dłoń, by pogłaskać delikatnie rękojeść miecza, na wpół ukrytego w fałdach luźnych, lnianych szat: zewnętrznej z turkusowymi paskami i rzędami złotych słońc oraz lżejszej, pomarańczowej, którą miał pod spodem. Dornijski strój był wygodny, ale jego ojciec byłby przerażony, gdyby dożył tej chwili i zobaczył syna w podobnym przyodziewku. Pochodził z Reach i Dornijczycy byli dla niego odwiecznymi wrogami, o czym świadczyły arrasy wiszące w Starym Dębie. Arys musiał jedynie przymknąć oczy, by znowu je zobaczyć. Lord Edgerran Hojny siedział na tronie, a u jego stóp leżały głowy stu Dornijczyków. Tarczę z trzema liśćmi przebiły w Książęcym Wąwozie dornijskie włócznie. Alester dął ostatkiem sił w róg. Ser Olyvar Zielony Dąb, cały w bieli, konał u stóp Młodego Smoka. *Dorne nie jest dobrym miejscem dla żadnego z Oakheartów.*

Nawet przed śmiercią księcia Oberyna rycerz czuł się nieswojo, gdy tylko opuszczał Słoneczną Włócznię, by spacerować uliczkami miasta cieni. Dokądkolwiek się udał, czuł na sobie spojrzenia małych, czarnych dornijskich oczu, spoglądających nań z ledwie skrywaną wrogością. Sprzedawcy przy każdej okazji starali się go oszukać, a niekiedy zastanawiał się, czy oberżyści nie plują mu do trunków. Pewnego razu grupa obdartych wyrostków zaczęła go obrzucać kamieniami, aż wreszcie wydobył miecz i ich przegonił. Śmierć Czerwonej Żmii rozsierdziła Dornijczyków jeszcze bardziej, choć na ulicach uspokoiło się nieco, gdy książę Doran nakazał zamknąć Żmijowe Bękarcice w wieży. Mimo to, gdyby pojawił się w mieście cieni w białym płaszczu, sam prosiłby się o atak. Przywiózł do Dorne trzy takie płaszcze, dwa wełniane — jeden cienki i jeden gruby — trzeci zaś uszyty z pięknego, białego jedwabiu. Czuł się nagi, gdy nie miał któregoś z nich na ramionach.

Lepiej nagi niż martwy — powiedział sobie. — *Nadal jestem rycerzem Gwardii Królewskiej, nawet jeśli nie noszę płaszcza. Będzie musiała to uszanować. Wszystko jej wytłumaczę.* Źle uczynił, że pozwolił się w to wciągnąć, ale minstrele zapewniali, że miłość może zrobić głupca z każdego mężczyzny.

Miasto cieni pod Słoneczną Włócznią podczas upałów często wydawało się opustoszałe. Na zakurzonych ulicach poruszały się jedynie brzęczące muchy, ale gdy tylko nastał wieczór, te same ulice wypełniały się życiem. Ser Arys słyszał ciche dźwięki muzyki dobiegające zza żaluzji okien, pod którymi przechodził. Gdzieś wybijano na tamburynach szybki rytm tańca włóczni, który był pulsem nocy. W miejscu, gdzie trzy zaułki spotykały się pod drugim z Krętych Murów, ladacznica odziana tylko w klejnoty i oliwę nawoływała z balkonu klientów. Popatrzył na nią, zgarbił się i ruszył dalej pod wiatr. *My, mężczyźni, jesteśmy tacy słabi. Nasze ciała nas zdradzają, nawet tych najszlachetniejszych.* Pomyślał o królu Baelorze Błogosławionym, który głodował aż do zemdlenia, by opanować żądze, które okrywały go wstydem. Czy on będzie musiał zrobić to samo?

W nakrytym łukiem przejściu stał niski mężczyzna piekący na ruszcie kawałki węża. Przyrumienione odwracał szczypcami. Oczy rycerza zaszły łzami od woni ostrych sosów. Ser Arys słyszał, że najlepszy wężowy sos powinien zawierać kropelkę jadu jako dodatek do ziaren gorczycy i smoczej papryki. Myrcella polubiła dornijską kuchnię równie szybko jak swego dornijskiego księcia, i ser Arys od czasu do czasu próbował jakiegoś dania, by zrobić jej przyjemność. Wszystkie potrawy parzyły go w usta, zmuszając do popijania ich winem, a kiedy wychodziły na zewnątrz drugim końcem, parzyły jeszcze bardziej. Ale jego mała księżniczka była zachwycona.

Zostawił ją w jej komnatach, pochyloną nad planszą do gry naprzeciwko księcia Trystane'a. Oboje przesuwali zdobne pionki po kwadratach z nefrytu, krwawnika i lazurytu. Myrcella lekko rozchylała pełne usta i mrużyła w skupieniu powieki zielonych oczu. Gra nazywała się *cyvasse* i przybyła do Miasta z Desek na handlowej galerze z Volantis. Sieroty spopularyzowały ją nad całą Zieloną Krwią, a dornijski dwór oszalał na jej punkcie.

Ser Arysa gra przyprawiała o ból głowy. Było w niej dziesięć różnych bierek, a każda miała inne moce i atrybuty. Wygląd planszy zmieniał się z każdą partią, zależnie od tego, gdzie gracze ustanowili swą bazę. Książę Trystane natychmiast zapalił się do tej gry, a Myrcella również się jej nauczyła, by móc z nim grać. Nie miała jeszcze jedenastu lat, jej narzeczony miał trzynaście, ale mimo to ostatnio ona częściej wygrywała. Trystane nie miał nic przeciwko temu. Dzieci nie mogłyby się bardziej różnić od siebie. On miał oliwkową cerę i proste, czarne włosy, a ona była blada jak mleko i miała gęste blond loki. Ona była jasna, on ciemny, zupełnie jak królowa Cersei i król Robert. Ser Arys modlił się, by Myrcella znalazła ze swym dornijskim chłopcem więcej radości niż jej matka ze swym lordem burzy.

Nie czuł się spokojny, zostawiając ją, choć wewnątrz zamku nic nie powinno jej grozić. Do komnaty Myrcelli w Wieży Słońca prowadziło tylko dwoje drzwi i ser Arys cały czas trzymał pod nimi po dwóch ludzi, lannisterskich strażników domowych, którzy przybyli z nim z Królewskiej Przystani. Byli zaprawieni w bojach, twardzi i niezachwianie wierni. Myrcella miała też swoje służące i septę Eglantine, a Trystane'owi towarzyszył ser Gascoyne znad Zielonej Krwi, jego zaprzysiężona tarcza. *Nikt nie będzie jej niepokoił* — powiedział sobie ser Arys. — *A za dwa tygodnie wszyscy znajdziemy się w bezpiecznym miejscu.*

Obiecał mu to książę Doran. Choć Arys był wstrząśnięty widokiem kalectwa dornijskiego księcia, nie wątpił w jego słowo.

— Przykro mi, że nie mogłem do tej pory spotkać się z tobą ani z księżniczką Myrcellą — oznajmił Martell, gdy Arysa wpuszczono do jego samotni. — Ufam, że moja córka Arianne miło przywitała cię w Dorne, ser.

— Przywitała, mój książę — odparł Arys, modląc się o to, by nie zdradził go rumieniec.

— Nasz kraj jest surowy i biedny, ale ma w sobie piękno. Szkoda, że nie będziesz miał okazji zobaczyć niczego poza Królewską Włócznią, ale obawiam się, że ani ty, ani twoja księżniczka nie bylibyście bezpieczni poza tymi murami. Dornijczycy są zapalczywym narodem, szybko wpadają w gniew i niełatwo wybaczają. Uradowałoby moje serce, gdybym mógł cię zapewnić, że tylko Żmijowe Bękarcice pragnęły wojny, ale nie zamierzam cię okłamywać, ser. Słyszałeś, jak moi prostaczkowie domagali się na ulicach, bym zwołał włócznie. Obawiam się, że połowa moich lordów pragnie tego samego.

— A ty, mój książę? — ośmielił się zapytać rycerz.

— Matka już dawno mnie nauczyła, że tylko szaleńcy walczą, gdy nie mają szans na zwycięstwo. — Jeśli książę Doran poczuł się urażony tak obcesowym pytaniem, ukrył to dobrze. — Ale pokój jest kruchy... tak jak twoja księżniczka.

— Tylko bestia skrzywdziłaby małą dziewczynkę.

— Moja siostra Elia też miała małą dziewczynkę. Nazywała się Rhaenys i również była księżniczką. — Książę westchnął. — Ci, którzy pragną przebić nożem księżniczkę Myrcellę, nie żywią do niej żadnej urazy, podobnie jak ser Amory Lorch nie żywił jej do Rhaenys, jeśli to rzeczywiście on ją zamordował. Chcą po prostu zmusić mnie do działania, gdyby bowiem Myrcellę zabito w Dorne, gdy była pod moją opieką, któż uwierzyłby w moje zaprzeczenia?

— Nikt nie skrzywdzi Myrcelli, dopóki ja żyję.

— To szlachetna przysięga — rzekł Doran Martell z bladym uśmiechem. — Ale jesteś tylko jednym człowiekiem, ser. Miałem nadzieję, że uwięzienie moich nieprzejednanych bratanic pomoże uspokoić nastroje, lecz po prostu zapędziliśmy karaluchy z powrotem pod sitowie. Co noc słyszę, jak szepczą i ostrzą noże.

On się boi — uświadomił sobie wówczas ser Arys. — *Spójrz, ręka mu drży. Książę Dorne jest przerażony.*

Zabrakło mu słów.

— Wybacz, ser — ciągnął książę Doran. — Jestem słabego zdrowia i czasami... Słoneczna Włócznia męczy mnie swym hałasem, brudem i smrodem. Gdy tylko pozwolą mi na to obowiązki, zamierzam wrócić do Wodnych Ogrodów. Zabiorę tam ze sobą księżniczkę Myrcellę. — Nim rycerz zdążył zaprotestować, książę uniósł rękę. Kostki dłoni miał zaczerwienione i obrzękłe. — Ty również pojedziesz z nami. A także jej septa, służące i strażnicy. Mury Słonecznej Włóczni są potężne, ale za nimi leży miasto cieni. Nawet do samego zamku co dzień przychodzą setki obcych. Ogrody są moim azylem. Książę Maron zbudował je dla swojej targaryeńskiej żony, by uczcić zaślubiny Dorne z Siedmioma Królestwami. Jesienią jest tam naprawdę pięknie... gorące dni, chłodne noce, słona bryza od morza, fontanny i baseny... są tam też inne dzieci, szlachetnie urodzeni chłopcy i dziewczęta. Myrcella znajdzie towarzyszy równych jej wiekiem. Nie będzie samotna.

— Skoro tak mówisz.

Słowa księcia niosły się echem w jego głowie. „Będzie tam bezpieczna". Ale dlaczego Doran Martell nalegał, by Arys nie zawiadamiał Królewskiej Przystani o przenosinach? *Myrcella będzie najbezpieczniejsza, jeśli nikt nie będzie wiedział, gdzie przebywa.* Ser Arys zgodził się na to, ale jaki miał wybór? Był rycerzem Gwardii Królewskiej, lecz — jak powiedział książę — był też tylko jednym człowiekiem.

Zaułek przeszedł nagle w skąpany w blasku księżyca dziedziniec. *Napisała: miń sklep producenta świec, przejdź przez bramę i wejdź na krótkie zewnętrzne schody.* Jednym pchnięciem otworzył bramę i ruszył po wytartych stopniach ku nieoznaczonym drzwiom. *Czy powinienem zapukać?* — pomyślał. Popchnął drzwi i znalazł się w wielkim, mrocznym pomieszczeniu o niskim suficie. Oświetlała je para wonnych świec migoczących w niszach grubych, ziemnych ścian. Zobaczył zdobne myrijskie dywany pod swymi sandałami, wiszący na ścianie arras i łoże.

— Pani? — zawołał. — Gdzie jesteś?

— Tutaj — odpowiedziała, wychodząc z cienia za drzwiami. Wokół jej prawego przedramienia owijał się zdobny wąż. Łuski z miedzi i ze złota błyskały, gdy się poruszała. Nie miała na sobie nic więcej.

Nie — pragnął jej powiedzieć. — *Przyszedłem tylko po to, by ci powiedzieć, że muszę wyjechać.* Gdy jednak zobaczył, jak jej skóra błyszczy w blasku świec, odebrało mu mowę. W gardle miał sucho jak na dornijskiej pustyni. Stał bez słowa, napawając się wspaniałością jej ciała, dołeczkiem u podstawy szyi, krągłymi, pełnymi piersiami o wielkich, ciemnych sutkach, cudownymi krzywiznami talii i bioder. Niespodziewanie dla samego siebie wziął ją w ramiona, a ona zaczęła ściągać z niego ubranie. Gdy dotarła do spodniej bluzy, złapała ją w ramionach i rozerwała jedwab aż do pępka. Arys już jednak o to nie dbał. Jej skóra była gładka, ciepła w dotyku jak piasek spieczony dornijskim słońcem. Uniósł jej głowę i poszukał warg. Rozchyliła usta do pocałunku, a jej piersi wypełniły mu dłonie. Poczuł, jak jej sutki sztywnieją, gdy głaskał je kciukami. Czarne, gęste włosy pachniały orchideami. Od tej mrocznej, ziemistej woni członek stanął mu tak mocno, że był bliski bólu.

— Dotknij mnie, ser — wyszeptała mu do ucha. Jego dłoń powędrowała w dół, by odnaleźć słodkie, wilgotne miejsce w gęstwie czarnych włosów.

— Tak, tutaj — szepnęła, wsuwając jego palec do środka. —

Więcej, och, więcej, tak, mój słodki, mój rycerzu, mój rycerzu, mój słodki biały rycerzu, tak, tak, pragnę cię. — Dłoń kobiety wprowadziła go w nią, a potem przesunęła się za plecy, żeby przyciągnąć go bliżej. — Głębiej — wyszeptała. — Tak, och.

Oplotła go nogami, które wydawały się silne jak stal. Przeorała paznokciami jego plecy, gdy wszedł w nią głębiej, ale nie przestawał, aż wreszcie krzyknęła i wygięła pod nim plecy. W tej samej chwili znalazła jego sutki i ściskała je palcami, aż wypuścił w nią nasienie. *Mógłbym teraz umrzeć szczęśliwy* — pomyślał rycerz. Na kilkanaście uderzeń serca zaznał spokoju.

Ale nie umarł.

Jego pożądanie było głębokie i bezgraniczne jak morze, lecz gdy nadszedł odpływ, skały wstydu i poczucia winy sterczały ku niebu równie ostre jak zawsze. Fale mogły je na pewien czas zakryć, jednak one czekały pod spodem, twarde, czarne i śliskie od szlamu. *Co ja robię?* — zapytał sam siebie. — *Jestem rycerzem Gwardii Królewskiej.* Zsunął się z niej, położył na plecach i wpatrzył w sufit. Była na nim wielka szczelina, biegnąca od ściany do ściany. Do tej pory jej nie zauważył, podobnie jak tego, że arras przedstawia Nymerię i jej dziesięć tysięcy okrętów. *Widzę tylko ją. Przez okno mógłby zaglądać smok, a ja nie zauważyłbym nic oprócz jej piersi, twarzy i uśmiechu.*

— Mam wino — wyszeptała z twarzą wtuloną w jego szyję. Przesunęła dłonią po jego piersi. — Jesteś spragniony?

— Nie.

Odsunął się od niej i usiadł na brzegu łoża. Drżał, choć w pomieszczeniu było gorąco.

— Krwawisz — zauważyła. — Za mocno cię podrapałam.

Kiedy dotknęła jego pleców, wzdrygnął się, jakby jej palce były gorące jak ogień.

— Nie. — Wstał. — Starczy już tego.

— Mam balsam. Na zadrapania.

Ale nie masz żadnego na wstyd.

— Zadrapania to drobiazg. Wybacz, pani, muszę już iść…

— Tak szybko? — Miała ochrypły głos, szerokie usta stworzone do szeptów, pełne wargi spragnione pocałunków. Jej gęste, czarne włosy opadały kaskadą poniżej ramion, aż na pełne piersi, układając się w wielkie, luźne loki. Nawet włosy na jej wzgórku były miękkie i kręcone. — Zostań dziś ze mną na noc, ser. Mogę cię wiele nauczyć.

— Już nauczyłem się od ciebie za dużo.

— Miałam wrażenie, że z radością odbierasz te lekcje, ser. Czy jesteś pewien, że nie wybierasz się do jakiegoś innego łoża, do innej kobiety? Powiedz, kim ona jest. Będę z nią walczyła o ciebie, z nagą piersią i nożem w dłoni. — Uśmiechnęła się. — Chyba że jest Żmijową Bękarcicą. W takim przypadku możemy się tobą dzielić. Kocham moje kuzynki.

— Wiesz, że nie mam żadnej innej kobiety. Tylko... obowiązek.

Przetoczyła się na bok, wsparła na łokciu i spojrzała na niego. Jej wielkie, czarne oczy lśniły w blasku świec.

— Tę francowatą sukę? Znam ją. Jest między nogami sucha jak popiół, a jej pocałunki spływają krwią. Niech tym razem śpi sama. Zostań dzisiaj ze mną.

— Moje miejsce jest w pałacu.

Westchnęła.

— Z twoją drugą księżniczką. Zaraz zrobię się o nią zazdrosna. Chyba kochasz ją bardziej ode mnie. Jest dla ciebie stanowczo zbyt młoda. Potrzebujesz kobiety, nie małej dziewczynki... ale mogę udawać niewiniątko, jeśli to cię podnieca.

— Nie powinnaś mówić takich rzeczy. — *Pamiętaj, że jest Dornijką.* W Reach ludzie mawiali, że to miejscowa kuchnia sprawia, iż Dornijczycy są tak bardzo porywczy, a ich kobiety szalone i rozwiązłe. *Ostra papryka i niezwykłe przyprawy rozgrzewają krew. To przez nie nie może się powstrzymać.* — Kocham Myrcellę jak córkę. — Nigdy nie będzie mógł mieć własnej córki, podobnie jak żony. Zastępował mu je piękny biały płaszcz. — Mamy się przenieść do Wodnych Ogrodów.

— Prędzej czy później — zgodziła się. — Ale mojemu ojcu wszystko zajmuje cztery razy więcej czasu, niżby należało. Jeśli mówi, że zamierza wyjechać jutro, z pewnością pojedziecie tam przed upływem dwóch tygodni. Uwierz mi, że w Ogrodach będziesz się czuł samotny. Gdzie się podział ten rycerski młodzian, który mówił, że pragnie spędzić resztę życia w moich ramionach?

— Byłem wtedy pijany.

— Wypiłeś trzy kielichy rozwodnionego wina.

— Byłem pijany tobą. Minęło dziesięć lat, odkąd... nie tknąłem żadnej kobiety od chwili, gdy przywdziałem biel. Nie miałem pojęcia, czym może być miłość, ale teraz... boję się.

— Cóż mogłoby wystraszyć mojego białego rycerza?

— Boję się o mój honor — odparł. — I o twój także.

— O swój honor sama potrafię zadbać. — Dotknęła palcem piersi, kreśląc powoli krąg wokół sutki. — I o swoją przyjemność też, jeśli będzie trzeba. Jestem dorosłą kobietą.

Była nią z całą pewnością. Gdy leżała tak na piernacie, uśmiechając się grzesznie i bawiąc własną piersią... czy żyła kiedyś kobieta o sutkach tak wielkich i wrażliwych? Gdy tylko na nie spojrzał, natychmiast pragnął je pochwycić, ssać je, aż zrobią się twarde, wilgotne i błyszczące...

Rycerz odwrócił wzrok. Jego bielizna leżała na dywanie. Schylił się, żeby ją podnieść.

— Ręce ci drżą — zauważyła. — Chyba wolałyby mnie pieścić. Czy musisz się ubierać tak pośpiesznie, ser? Wolę cię bez odzienia. Gdy leżymy nago w łożu, odsłania się prawda o nas. Jesteśmy mężczyzną i kobietą, kochankami, jednym ciałem, tak sobie bliskimi, jak to tylko możliwe. Szaty czynią z nas innych ludzi. Wolę być ciałem i krwią niż jedwabiami i klejnotami, a ty... nie jesteś swym białym płaszczem, ser...

— Jestem — zaprzeczył ser Arys. — Jestem moim płaszczem. To musi się skończyć, dla dobra nas obojga. Jeśli sprawa się wyda...

— Ludzie uznają, że miałeś szczęście.

— Uznają, że jestem wiarołomcą. A co będzie, jeśli ktoś powtórzy twojemu ojcu, że cię zhańbiłem?

— O moim ojcu można powiedzieć wiele rzeczy, ale nikt nigdy nie nazwał go głupcem. Bękart z Bożejłaski zabrał mi dziewictwo, gdy oboje mieliśmy po czternaście lat. Wiesz, co zrobił mój ojciec, kiedy się o tym dowiedział? — Chwyciła narzutę w garść i podciągnęła ją pod brodę, by ukryć swą nagość. — Nic. Mój ojciec jest bardzo dobry w nierobieniu niczego. Nazywa to myśleniem. Powiedz mi, ser, moją hańbą się martwisz czy własną?

— Hańbą nas obojga. — Zabolało go to oskarżenie. — Dlatego właśnie to musi się skończyć.

— Już to mówiłeś.

Tak, i to szczerze. Ale jestem słaby. W przeciwnym razie nie byłoby mnie tu teraz. Nie mógł jej tego jednak powiedzieć. Była z tych kobiet, które gardzą słabością. Wyczuwał to. *Ma w sobie więcej ze stryja niż z ojca.* Odwrócił się i znalazł na krześle pasiastą spodnią bluzę z jedwabiu. Arianne rozerwała tkaninę aż do pępka, a potem ściągnęła ją z niego przez głowę.

— Jest zniszczona — poskarżył się. — Jak mam ją teraz włożyć?

— Tyłem na przód — poradziła. — Gdy już się ubierzesz, nikt nie zauważy rozdarcia. Być może twoja mała księżniczka zaszyje ją dla ciebie. A może mam wysłać do Wodnych Ogrodów nową?

— Nie przysyłaj mi żadnych darów. — To tylko przyciągnęłoby uwagę. Strzepnął bluzę i wciągnął ją przez głowę, tyłem na przód. Dotyk jedwabiu był chłodny, choć tkanina przylegała do podrapanych pleców. Ale na drogę do pałacu wystarczy. — Chcę tylko skończyć z tym… tym…

— Czy tak postępuje rycerz, ser? Zraniłeś mnie. Zaczynam podejrzewać, że wszystkie twe zapewnienia o miłości były kłamstwem.

Nigdy nie mógłbym cię okłamać. Ser Arys czuł się tak, jakby go spoliczkowała.

— Dlaczego miałbym się wyrzec honoru, jeśli nie z miłości? Kiedy jestem z tobą, ledwie… ledwie mogę myśleć, jesteś wszystkim, o czym kiedykolwiek marzyłem, ale…

— Słowa to tylko wiatr. Jeśli naprawdę mnie kochasz, nie opuszczaj mnie.

— Przysięgałem…

— …że się nie ożenisz ani nie spłodzisz dzieci. No cóż, piłam miesięczną herbatę i wiesz, że nie mogę za ciebie wyjść. — Uśmiechnęła się. — Chociaż mógłbyś mnie przekonać, bym cię uczyniła swym faworytem.

— Stroisz sobie ze mnie żarty.

— Może troszeczkę. Wydaje ci się, że jesteś jedynym rycerzem Gwardii Królewskiej, jaki kochał kobietę?

— Nigdy nie brakowało ludzi, którym łatwiej przychodziło składanie przysiąg niż ich dotrzymywanie — przyznał. Ser Boros Blount często bywał na Jedwabnej, a ser Preston Greenfield zwykł odwiedzać dom pewnego bławatnika pod jego nieobecność, ale Arys nie zamierzał zawstydzać swych braci, rozpowiadając o ich przewinach. — Ser Terrence'a Toyne'a znaleziono w łożu z kochanką króla — rzekł tylko. — Przysięgał, że to była miłość, ale oboje przypłacili sprawę życiem. Doprowadzili do upadku jego rodu i śmierci najszlachetniejszego rycerza w historii.

— Tak, a co z Lucamore'em Lubieżnym i jego trzema żonami oraz szesnaściorgiem dzieci? Ta pieśń zawsze mnie rozśmiesza.

— Rzeczywistość była mniej zabawna. Za życia nie nazywano go Lucamore'em Lubieżnym. Zwał się ser Lucamore'em Silnym i całe jego życie było kłamstwem. Gdy odkryto oszustwa, których się dopuścił, jego właśni zaprzysiężeni bracia go wykastrowali, Stary Król wysłał go na Mur, a szesnaścioro dzieci płakało po ojcu. Nie był prawdziwym rycerzem, podobnie jak Terrence Toyne…

— A Smoczy Rycerz? — Odrzuciła narzutę na bok i opuściła nogi na podłogę. — Sam powiedziałeś, że był najszlachetniejszym rycerzem w historii. A mimo to dzielił łoże ze swą królową i zrobił jej dziecko.

— Nie wierzę w to — odparł urażony. — Opowieść o zdradzie, której dopuścił się książę Aemon z królową Naerys, jest tylko opowieścią, łgarstwem, które rozpowszechnił jego brat, ponieważ chciał wydziedziczyć prawowitego syna na rzecz bękarta. Aegona nie bez powodu nazwano Niegodnym. — Znalazł pas i włożył go. Wyglądał on dziwacznie na tle jedwabnej dornijskiej bluzy, ale znajomy ciężar miecza i sztyletu przypomniał Arysowi, kim jest. — Nie chcę, żeby zapamiętano mnie jako ser Arysa Niegodnego — oznajmił. — Nie zbrukam swego płaszcza.

— Tak, tak — mruknęła. — Tego pięknego, białego płaszcza. Zapominasz, że mój stryjeczny dziadek nosił taki sam. Zginął, kiedy byłam jeszcze mała, ale nadal go pamiętam. Był wysoki jak wieża i łaskotał mnie tak mocno, że ze śmiechu nie mogłam oddychać.

— Nie miałem zaszczytu poznać księcia Lewyna, ale wszyscy się zgadzają, że był wielkim rycerzem — stwierdził Arys.

— Wielkim rycerzem, który miał faworytę. Jest teraz starą kobietą, lecz ludzie mówią, że w latach młodości była niezwykle piękna.

Książę Lewyn? Tej opowieści ser Arys nie znał. Był wstrząśnięty. O zdradzie Terrence'a Toyne'a i o oszustwach Lucamore'a Lubieżnego napisano w Białej Księdze, ale na stronicy poświęconej księciu Lewynowi nie wspominano o żadnej kobiecie.

— Zawsze powtarzał, że o wartości mężczyzny decyduje miecz, który nosi w ręku, nie ten, który ma między nogami — ciągnęła. — Oszczędź mi więc świętoszkowatego gadania o zbrukanych płaszczach. To nie nasza miłość cię hańbi, ale potwory, którym służyłeś, i bydlęta, które zwiesz braćmi.

To było boleśnie bliskie prawdy.

— Robert nie był potworem.

— Wspiął się na tron po trupach dzieci — przypomniała. — Choć przyznaję, że nie był Joffreyem.

Joffrey. Był przystojnym chłopakiem, wysokim i silnym jak na swój wiek, ale to wszystko, co dało się o nim powiedzieć dobrego. Ser Arys wciąż się wstydził, wspominając, ile razy uderzył biedną Starkównę na rozkaz chłopaka. Gdy Tyrion wybrał go na towarzysza Myrcelli, Arys zapalił dziękczynną świeczkę dla Wojownika.

— Joffrey nie żyje. Otruł go Krasnal. — Nigdy by nie pomyślał, że karzeł jest zdolny do tak okropnego czynu. — Królem jest teraz Tommen, a on nie jest swoim bratem.

— Ani swoją siostrą.

To była prawda. Tommen był malcem o dobrym sercu i zawsze starał się spisać jak najlepiej, ale kiedy ser Arys widział go po raz ostatni, chłopiec płakał na molu. Myrcella nie uroniła ani jednej łzy, mimo że to ona opuszczała dom, by przypieczętować sojusz swym dziewictwem. Prawda wyglądała tak, że księżniczka była odważniejsza od brata, a do tego bystrzejsza i bardziej pewna siebie. Jej umysł pracował szybciej, a uprzejme słowa były bardziej wygładzone. Nie bała się nikogo, nawet Joffreya. *To kobiety są silniejszą płcią.*

Arys miał na myśli nie tylko Myrcellę, lecz również jej matkę i swoją własną, Królową Cierni, i ładne, śmiertelnie groźne Żmijowe Bękarcice Czerwonej Żmii. A także księżniczkę Arianne Martell, ją przede wszystkim.

— Nie chcę twierdzić, że się mylisz... — zaczął ochrypłym głosem.

— Nie chcesz? Nie możesz! Myrcella lepiej się nadaje na władcę...

— Syn dziedziczy przed córką.

— Dlaczego? Jaki bóg tak zrządził? Ja jestem dziedziczką ojca. Czy mam się wyrzec swych praw na rzecz braci?

— Wypaczasz sens moich słów. Nie powiedziałem... Dornijskie prawa są inne. Siedmioma Królestwami nigdy nie władała królowa.

— Pierwszy Viserys chciał, żeby tron po nim odziedziczyła jego córka Rhaenyra. Czy temu zaprzeczysz? Ale gdy król leżał na łożu śmierci, lord dowódca jego Gwardii Królewskiej zdecydował, że powinno być inaczej.

Ser Criston Cole. Criston Twórca Królów poszczuł brata

przeciw siostrze i doprowadził do podziału w Gwardii Królewskiej, prowokując straszliwą wojnę, którą minstrele zwali Tańcem Smoków. Niektórzy twierdzili, że jego motywem była ambicja, ponieważ książę Aegon był bardziej uległy niż jego uparta starsza siostra. Inni przypisywali mu szlachetniejsze pobudki, utrzymując, że bronił pradawnego andalskiego zwyczaju. Nieliczni szeptali też, że ser Criston był kochankiem księżniczki Rhaenyry, zanim przywdział biel, i pragnął zemsty na kobiecie, która nim wzgardziła.

— Twórca Królów stał się przyczyną wielkich nieszczęść — przyznał ser Arys — i zapłacił za to straszliwą cenę, ale…

— …ale być może Siedmiu przysłało cię tu po to, by jeden biały rycerz mógł naprawić to, co inny zepsuł. Wiesz, że gdy mój ojciec wróci do Wodnych Ogrodów, zamierza zabrać ze sobą Myrcellę?

— Żeby uchronić ją przed tymi, którzy chcą jej zrobić krzywdę.

— Nie. Żeby uchronić ją przed tymi, którzy chcą ją ukoronować. Książę Oberyn Czerwona Żmija sam założyłby jej na głowę koronę, gdyby jeszcze żył, ale mojemu ojcu brak na to odwagi. — Arianne wstała. — Mówisz, że kochasz tę dziewczynkę jak własną córkę. Czy pozwoliłbyś, żeby twoją córkę pozbawiono należnych jej praw i zamknięto w więzieniu?

— Wodne Ogrody nie są więzieniem — sprzeciwił się bez przekonania Arys.

— Wydaje ci się, że w więzieniu nie może być fontann ani drzew figowych? Gdy już księżniczka tam się znajdzie, nie pozwolą jej wyjechać. I tobie również nie. Hotah już tego dopilnuje. Nie znasz go tak dobrze jak ja. Jest straszny, jeśli go rozgniewać.

Ser Arys zmarszczył brwi. Potężny norvoshijski kapitan o naznaczonej blizną twarzy zawsze budził w nim głęboki niepokój. *Powiadają, że sypia z tą wielką halabardą* — przypomniał sobie.

— Czego ode mnie pragniesz?

— Tylko tego, co przysiągłeś czynić. Osłaniaj Myrcellę nawet za cenę życia. Broń jej… i jej praw. Włóż jej koronę na głowę.

— Przysięgałem!

— Joffreyowi, nie Tommenowi.

— Tak, ale… Tommen ma dobre serce. Będzie lepszym królem niż Joffrey.

— Ale nie lepszym niż Myrcella. Ona również go kocha. Wiem, że nie pozwoli, by stała mu się krzywda. Koniec Burzy prawnie należy do niego, jako że lord Renly nie pozostawił dziedzica, a lord Stannis został pozbawiony praw. Z czasem chłopiec odziedziczy też Casterly Rock po swej pani matce. Będzie największym lordem w królestwie… ale to Myrcella powinna zasiąść na Żelaznym Tronie.

— Prawo… nie wiem…

— Ale ja wiem. — Kiedy stała, gęste, czarne włosy opadały jej aż do krzyża. — Aegon Smok powołał Gwardię Królewską i spisał jej śluby, ale to, co wprowadził jeden król, drugi może odwołać… albo zmienić. Dawniej gwardziści królewscy służyli dożywotnio, lecz Joffrey odwołał ser Barristana, żeby móc dać płaszcz swemu psu. Myrcella będzie chciała twego szczęścia i mnie również lubi. Jeśli ją poprosimy, pozwoli nam się pobrać. — Arianne objęła go ramionami i wtuliła twarz w jego pierś. Czubek jej głowy znajdował się tuż pod jego podbródkiem. — Możesz mieć i mnie, i swój biały płaszcz, jeśli tego właśnie pragniesz.

Rozdziera mnie na strzępy.

— Wiesz, że pragnę, ale…

— Jestem księżniczką Dorne — przerwała mu swym lekko zachrypniętym głosem. — Nie godzi się, byś zmuszał mnie do błagania.

Ser Arys czuł zapach perfum na jej włosach i serce bijące w jej piersi. Jego ciało reagowało na tę bliskość i nie wątpił, że Arianne to poczuła. Kiedy objął jej ramiona, zorientował się, że kobieta drży.

— Arianne? Moja księżniczko? Co się stało, kochanie?

— Czy muszę ci to tłumaczyć, ser? Boję się. Mówisz „kochanie", ale mi odmawiasz, choć tak rozpaczliwie cię potrzebuję. Co w tym złego, że pragnę mieć rycerza, by mnie ochraniał?

Nigdy jeszcze nie słyszał w jej głosie takiej bezradności.

— Nic — zapewnił. — Ale masz przecież strażników ojca. Dlaczego...

— Właśnie ich się boję. — Przez chwilę wydawała się młodsza od Myrcelli. — To oni zakuli w łańcuchy moje słodkie kuzynki.

— Nie w łańcuchy. Ponoć zapewniono im wszelkie wygody.

Roześmiała się gorzko.

— Widziałeś je? Nie pozwala mi się z nimi zobaczyć. Wiedziałeś o tym?

— Dopuściły się zdrady... podżegały do wojny...

— Loreza ma sześć lat, Dorea osiem. Do jakiej wojny mogły podżegać? Ale mój ojciec uwięził je razem z siostrami. Widziałeś go. Strach nawet silnych ludzi skłania do uczynków, których normalnie by nie popełnili, a mój ojciec nigdy nie był silny. Arysie, moje serce, wysłuchaj mnie w imię miłości, którą ponoć mnie darzysz. Nigdy nie byłam tak nieustraszona jak moje kuzynki, gdyż zrodziłam się ze słabszego nasienia, ale Tyene i ja jesteśmy w tym samym wieku i od dziecka byłyśmy sobie bliskie jak siostry. Nie mamy przed sobą tajemnic. Jeśli ją można uwięzić, to mnie również, i to z tego samego powodu... Myrcelli.

— Twój ojciec nigdy by tego nie zrobił.

— Nie znasz go. Odkąd przybyłam na ten świat bez kutasa, nieustannie go rozczarowuję. Kilkakrotnie próbował mnie wydać za bezzębnych starców, a każdy z nich był bardziej odrażający od poprzedniego. Przyznaję, że nie rozkazał mi za nich wyjść, niemniej same te propozycje świadczą, jak marne ma o mnie zdanie.

— Ale jesteś jego dziedziczką.

— Na pewno?

— Powierzył ci władzę w Słonecznej Włóczni, gdy wyjechał do Wodnych Ogrodów, nieprawdaż?

— Władzę? Bynajmniej. Zostawił mi swego kuzyna ser Manfreya jako kasztelana, starego, ślepego Ricassa jako seneszala, swych rządców, żeby pobierali cła i podatki, które liczy jego skarbniczka Alyse Ladybright, szeryfów, by strzegli porządku w mieście cieni, swych sędziów i wreszcie maestera Mylesa, który zajmował się wszystkimi listami niewymagającymi osobistej uwagi księcia. A nad nimi wszystkimi postawił Czerwoną Żmiję. Ja odpowiadałam za uczty, zabawy i przyjmowanie czcigodnych gości. Oberyn co tydzień odwiedzał Wodne Ogrody, a mnie ojciec wzywał tam dwa razy do roku. Jasno dał mi do zrozumienia, że nie jestem dziedzicem, którego pragnął. Krępują go nasze prawa, ale wiem, że wolałby, aby dziedziczył po nim mój brat.

— Twój brat? — Ser Arys ujął Arianne za podbródek i uniósł jej głowę, żeby spojrzeć kobiecie w oczy. — Z pewnością nie mówisz o Trystanie? To jeszcze chłopiec.

— Nie o Trysie. O Quentynie. — Jej oczy były śmiałe, niewzruszone i czarne jak grzech. — Znam prawdę już od czternastego roku życia, od dnia, gdy poszłam do samotni ojca, żeby pocałować go na dobranoc, a jego tam nie było. Później się dowiedziałam, że wezwała go matka. Zostawił zapaloną świecę. Kiedy podeszłam bliżej, by ją zdmuchnąć, znalazłam obok niej niedokończony list do mojego brata Quentyna, który przebywał w Yronwood. Ojciec pisał mu, że musi robić wszystko, czego żądają od niego maester i dowódca zbrojnych, bo: „pewnego dnia będziesz zasiadał tam, gdzie ja siedzę teraz, i władał całym Dorne, a władca musi być silny na ciele i na umyśle". — Po miękkim policzku Arianne spłynęła łza. — To słowa mojego ojca, spisane jego własną ręką. Wypaliły się w mojej pamięci. Tamtej nocy długo płakałam i przez wiele następnych nocy również.

Ser Arys nigdy jeszcze nie spotkał Quentyna Martella. Książę od najmłodszych lat był podopiecznym lorda Yronwooda, służył mu jako paź, a potem jako giermek, a nawet pozwolił, żeby to on pasował go na rycerza, nie Czerwona Żmija. *Gdybym był ojcem, też wolałbym, żeby syn po mnie dziedziczył* — pomyślał Arys, słyszał jednak ból w głosie Arianne i zdawał sobie sprawę, że gdyby powiedział to na głos, straciłby ją.

— Być może źle zrozumiałaś jego słowa — rzekł. — Byłaś jeszcze dzieckiem. Być może książę chciał tylko skłonić twego brata do większej pilności.

— Tak sądzisz? To powiedz mi, gdzie jest teraz Quentyn?

— Książę przebywa z zastępem lorda Yronwooda na Szlaku Kości — odparł ser Arys z ostrożnością w głosie. To właśnie usłyszał po przybyciu do Dorne od staruszka, który był kasztelanem Słonecznej Włóczni. Maester o jedwabistej brodzie powiedział mu to samo.

— Mój ojciec chce, byśmy tak sądzili, ale mam przyjaciół, którzy mówią co innego — sprzeciwiła się Arianne. — Mój brat wybrał się za wąskie morze w przebraniu zwykłego kupca. W jakim celu?

— Skąd mam wiedzieć? Mógł mieć ze sto różnych powodów.

— Albo tylko jeden. Czy słyszałeś, że Złota Kompania zerwała kontrakt z Myr?

— Najemnicy bardzo często zrywają kontrakty.

— Nie Złota Kompania. „Nasze słowo jest pewne jak złoto". Tak brzmi ich przechwałka od czasów Bittersteela. Myr jest na krawędzi wojny z Lys i Tyrosh. Czemu mieliby zrywać kontrakt, który zapewniał im dobrą zapłatę i perspektywę bogatych łupów?

— Może Lys obiecało im więcej pieniędzy. Albo Tyrosh.

— Nie — zaprzeczyła. — Mogłabym w to uwierzyć, gdyby chodziło o inną wolną kompanię. Większość z nich gotowa jest przejść na drugą stronę za pół grosika. Ale Złota Kompania jest inna. To bractwo wygnańców i ich synów, zjednoczone przez marzenie Bittersteela. Pragną nie tylko złota, lecz przede wszystkim domu. Lord Yronwood wie o tym równie dobrze jak ja. Jego przodkowie walczyli u boku Bittersteela podczas trzech rebelii Blackfyre'ów. — Ujęła ser Arysa za rękę i oplotła palce wokół jego palców. — Widziałeś kiedyś herb rodu Tolandów ze Wzgórza Duchów?

Musiał się chwilę zastanowić.

— Smok pożerający własny ogon?

— Ten smok to czas. Nie ma początku ani końca i dlatego wszystko zawsze powraca. Anders Yronwood jest Cristonem Cole'em narodzonym na nowo. Szepcze mojemu bratu do ucha, że to on powinien władać po naszym ojcu, że nie godzi się, by mężczyzna klękał przed kobietą... i że zwłaszcza Arianne nie nadaje się na władczynię, bo jest samowolna i rozwiązła. — Potrząsnęła włosami w wyzywającym geście. — Twoje dwie księżniczki łączy wspólna sprawa, ser... i łączy je też rycerz, który twierdzi, że kocha obie, ale nie chce za nie walczyć.

— Zrobię to. — Ser Arys opadł na jedno kolano. — Myrcella jest starsza i lepiej się nadaje do noszenia korony. Kto będzie bronił jej praw, jeśli nie jej gwardzista królewski? Mój miecz, moje życie, mój honor, wszystko to należy do niej... i do ciebie, słodyczy mojego serca... Przysięgam, że żaden mężczyzna nie ukradnie twojego dziedzictwa, dopóki mam siłę, by unieść miecz. Należę do ciebie. Czego ode mnie żądasz?

— Wszystkiego. — Uklękła i pocałowała go w usta. — Wszystkiego, mój ukochany, moja prawdziwa miłości na wieki... ale najpierw...

— Proś, o co chcesz, a dostaniesz to.

— Myrcelli.

BRIENNE

Kamienny murek był stary i kruszył się, ale na jego widok włoski na karku Brienne stanęły dęba.

Tam właśnie ukrywali się łucznicy, którzy zabili biednego Cleosa Freya — pomyślała… ale pół mili dalej minęła kolejny murek, który wyglądał bardzo podobnie i straciła pewność. Droga wiła się i zakręcała, a nagie brązowe drzewa wyglądały inaczej niż zielone, które pamiętała. Czy minęła już miejsce, gdzie ser Jaime wyszarpnął z pochwy miecz kuzyna? Gdzie był las, w którym walczyli? Strumyk, w którym ich miecze uderzały o siebie, a woda bryzgała na boki, aż wreszcie przyciągnęli uwagę Dzielnych Kompanionów?

— Pani? Ser? — Podrick nigdy nie był pewny, jak się do niej zwracać. — Czego szukasz?

Duchów.

— Muru, obok którego kiedyś przejeżdżałam. To nieważne. — *Ser Jaime miał jeszcze wówczas dwie ręce. Jakże go nienawidziłam za jego szyderstwa i uśmieszki.* — Bądź cicho, Podrick. W tym lesie mogą się jeszcze ukrywać banici.

Chłopak popatrzył na nagie brązowe gałęzie, wilgotne liście zaścielające ziemię, błotnistą drogę przed nimi.

— Mam miecz. Mogę walczyć.

Ale niezbyt dobrze. Brienne nie wątpiła w odwagę chłopaka, tylko w jego umiejętności. Może i był giermkiem, przynajmniej z nazwy, lecz ludzie, którym służył, zaniedbali swe obowiązki wobec niego.

Po drodze z Duskendale wyciągnęła z chłopaka jego historię, kawałek po kawałku. Pochodził z młodszej gałęzi rodu Payne'ów, zubożałej odrośli wywodzącej się z lędźwi młodszego syna. Jego ojciec całe życie służył jako giermek bogatszym kuzynom i spłodził Podricka z córką producenta świec, z którą się ożenił, nim zginął podczas buntu Greyjoyów. Matka, kiedy chłopiec miał cztery latka, zostawiła go jednemu z tych kuzynów i uciekła z wędrownym minstrelem, który zrobił jej kolejnego dzieciaka. Podrick nie pamiętał, jak wyglądała. Ser Cedric Payne był jedyną osobą w jego życiu, która pełniła funkcję rodzica, choć z wyjąkanych przez Podricka słów wynikało, że kuzyn Cedric traktował go raczej jak służącego niż jak syna. Gdy Casterly Rock zwołało chorągwie, rycerz zabrał chłopaka ze sobą, by opiekował się jego koniem i czyścił mu kolczugę. Potem ser Cedric zginął w dorzeczu, walcząc w armii lorda Tywina.

Chłopak został sam, był daleko od domu i nie miał grosza przy duszy, przystał więc do grubego, wędrownego rycerza zwanego ser Lorimerem Brzuchem. Służył on w kontyngencie lorda Lefforda i jego zadaniem była ochrona taborów.

— Chłopcy, którzy pilnują prowiantu, zawsze jadają najlepiej — mawiał ser Lorimer, aż do chwili, gdy złapano go z soloną szynką, którą ukradł z osobistej spiżarni lorda Tywina. Tywin Lannister postanowił go powiesić ku przestrodze dla innych rabusiów. Podrick jadł szynkę razem z nim i mógłby też zawisnąć, ale uratowało go nazwisko. Zaopiekował się nim ser Kevan Lannister, który po pewnym czasie oddał go jako giermka swemu bratankowi Tyrionowi.

Ser Cedric nauczył Podricka szczotkować konia i sprawdzać, czy nie ma kamyków w podkowach, a ser Lorimer nauczył go kraść, ale żaden z nich nie przywiązywał zbytniej wagi do nauki władania mieczem. Krasnal przynajmniej wysłał go do dowódcy zbrojnych Czerwonej Twierdzy i chłopak trochę się u niego podszkolił. Jednakże ser Aron Santagar zginął podczas zamieszek chlebowych i to był koniec nauki Podricka.

Brienne wycięła ze spadłych gałęzi dwa drewniane miecze, chcąc się przekonać, ile potrafi chłopak. Z przyjemnością przekonała się, że jest powolny w mowie, ale szybki w dłoni. Był nieustraszony i skory do nauki, lecz także niedożywiony i chudy, a do tego stanowczo za słaby. Jeśli rzeczywiście przeżył bitwę nad Czarnym Nurtem, tak jak twierdził, to z pewnością tylko dlatego, że nikt nie uważał, by warto go było zabić.

— Możesz zwać się giermkiem — powiedziała mu. — Ale widziałam paziów połowę młodszych od ciebie, którzy mogliby cię stłuc na kwaśne jabłko. Jeśli ze mną zostaniesz, będziesz prawie co noc zasypiał z pęcherzami na dłoniach i siniakami na ramionach, a do tego będziesz tak zesztywniały i obolały, że ledwie będziesz mógł zasnąć. Wcale tego nie chcesz.

— Chcę — upierał się chłopak. — Chcę. Pęcherzy i siniaków. To znaczy nie chcę, ale chcę. Ser. Pani.

Do tej pory oboje dotrzymywali słowa. Podrick się nie skarżył. Za każdym razem, gdy na prawej dłoni zrobił mu się nowy pęcherz, czuł potrzebę, by go jej z dumą pokazać. Dbał też o ich konie. *Nadal nie jest prawdziwym giermkiem* — powtarzała sobie. — *Ale i ja nie jestem rycerzem, bez względu na to, ile razy powie do mnie „ser”*. Odesłałaby go, ale nie miał dokąd pójść. Poza tym, choć Podrick zapewniał, że nie ma pojęcia, dokąd uciekła Sansa, mógł wiedzieć więcej, niż mu się zdawało. Jakaś przypadkowo rzucona, na wpół zapamiętana uwaga mogła się okazać kluczem do jej poszukiwań.

— Ser? Pani? — Podrick wyciągnął rękę. — Przed nami jest wóz.

Brienne też go widziała: drewniany wehikuł o dwóch kołach i wysokich burtach. Mężczyzna i kobieta ciągnęli za postronki, wlokąc wóz wzdłuż kolein w stronę Stawu Dziewic. *Wyglądają na wieśniaków*.

— Jedź powoli — nakazała chłopcu. — Mogą nas wziąć za banitów. Nie mów więcej, niż musisz i bądź uprzejmy.

— Tak jest, ser. Będę uprzejmy. Pani.

Chłopak sprawiał wrażenie niemal dumnego na myśl, że mogą go wziąć za banitę.

Wieśniacy spoglądali nieufnie na zbliżających się kłusem jeźdźców, ale gdy Brienne zapewniła, że nie zrobią im nic złego, pozwolili jej jechać obok wozu.

— Mieliśmy kiedyś wołu — opowiadał stary mężczyzna, gdy brnęli przez porośnięte zielskiem pola, bajora miękkiego błota i spalone, poczerniałe pnie drzew — ale zabrały go wilki. — Twarz miał poczerwieniałą z wysiłku. — Wzięły też naszą córkę i użyły jej po swojemu, lecz po bitwie pod Duskendale wróciła. Wół już nie wrócił. Pewnie go zjadły.

Kobieta miała niewiele do dodania. Była młodsza od swego towarzysza o jakieś dwadzieścia lat, ale nie odzywała się ani słowem, a tylko patrzyła na Brienne jak na dwugłowe cielę. Dziewica z Tarthu dobrze znała takie spojrzenia. Lady Stark odnosiła się do niej z szacunkiem, ale większość kobiet była równie okrutna jak mężczyźni. Nie potrafiłaby powiedzieć, kto sprawiał jej więcej bólu: ładne dziewczęta o ostrych języczkach i złośliwym śmieszku czy damy o zimnym spojrzeniu, ukrywające pogardę za maską uprzejmości. A kobiety z ludu czasem bywały jeszcze gorsze.

— Kiedy ostatnio byłam w Stawie Dziewic, miasto leżało w ruinach — powiedziała. — Bramy były zburzone, a połowa budynków spłonęła.

— Trochę je odbudowali. Ten Tarly to twardy człowiek, ale jest odważniejszym lordem niż Mooton. W lasach nadal grasują banici, ale jest ich już mniej. Tarly wyłapał najgorszych z nich i skrócił o głowę tym swoim wielkim mieczem. — Odwrócił głowę i splunął. — A ty nie widziałaś na drodze żadnych zbójców?

— Nie.

Nie tym razem. Im bardziej oddalali się od Duskendale, tym większe pustki panowały na trakcie. Od czasu do czasu widywali wędrowców, którzy jednak znikali w lesie, nim zdążyli ich dogonić. Jedynym wyjątkiem był wysoki, brodaty septon, który prowadził na południe czterdziestu ludzi o obolałych stopach. Mijane przez nich gospody były splądrowane i porzucone bądź też zamieniły się w zbrojne obozy. Wczoraj napotkali jeden z patroli lorda Randylla, grupę jeźdźców uzbrojonych w łuki i kopie. Zbrojni otoczyli ich, a kapitan wypytał Brienne, ale po chwili pozwolił im ruszyć w dalszą drogę.

— Uważaj, kobieto — ostrzegł ją. — Następni ludzie, jakich spotkasz na trakcie, mogą nie być tak uczciwi jak moje chłopaki. Ogar przekroczył Trident na czele stu banitów. Ponoć gwałcą wszystkie napotkane dziewki i odcinają im cycki jako trofea.

Brienne czuła się zobowiązana przekazać to ostrzeżenie wieśniakowi i jego żonie. Mężczyzna skinął głową, słysząc jej słowa, ale potem splunął po raz drugi i powiedział:

— Psy, wilki i lwy, niech Inni porwą ich wszystkich. Ci banici nie odważą się zbliżyć do Stawu Dziewic, dopóki włada tam lord Tarly.

Brienne znała lorda Randylla Tarly'ego z czasów, gdy towarzyszyła zastępowi króla Renly'ego. Choć nie była w stanie go polubić, nie mogła zapomnieć, że ma wobec niego dług. *Jeśli bogowie będą łaskawi, miniemy Staw Dziewic, zanim się dowie, że tu jestem.*

— Po zakończeniu walk miasteczko wróci do lorda Mootona — poinformowała wieśniaka. — Król ułaskawił jego lordowską mość.

— Ułaskawił? — Staruszek parsknął śmiechem. — A co on takiego zrobił? Siedział na dupie w swoim cholernym zamku? Wysłał zbrojnych do Riverrun, ale sam tam nie pojechał. Jego miasto złupiły lwy, potem wilki, a po nich najemnicy, a jego lordowska mość siedział sobie bezpiecznie za murami. Jego brat by tak nie postąpił. Ser Myles był śmiały jak się patrzy, ale zabił go ten Robert.

Znowu duchy — pomyślała Brienne.

— Szukam siostry, ładnej trzynastoletniej dziewicy. Może ją widziałeś?

— Nie widziałem żadnych dziewic, ładnych ani brzydkich.

Nikt nie widział. Musiała jednak pytać dalej.

— Córka Mootona jest dziewicą — ciągnął wieśniak. — Przynajmniej do chwili pokładzin. Te jaja są na jej ślub. Wychodzi za syna Tarly'ego. Kucharze będą potrzebowali jaj na torty.

— To prawda.

Syn lorda Tarly'ego. Młody Dickon ma się ożenić. Spróbowała sobie przypomnieć, ile chłopiec ma lat. Osiem albo dziesięć. Brienne zaręczono w wieku siedmiu lat z chłopcem trzy lata od niej starszym, młodszym synem lorda Carona. To był nieśmiały chłopak z pieprzykiem nad górną wargą. Spotkali się tylko raz, z okazji zaręczyn. Dwa lata później chłopak już nie żył. Zabrała go ta sama gorączka, na którą zmarli lord i lady Caron oraz ich córki. Gdyby przeżył, wzięliby ślub rok po tym, jak Brienne zakwitła po raz pierwszy, i całe jej życie wyglądałoby inaczej. Nie jechałaby teraz traktem, ubrana w męską kolczugę i z mieczem u boku, szukając dziecka martwej kobiety. Najpewniej siedziałaby w Nocnej Pieśni, opatulając w powijaki dziecko i karmiąc piersią drugie. To nie była dla Brienne nowa myśl. Zawsze budziła w niej lekki smutek, lecz również niejaką ulgę.

Gdy wyjechali spomiędzy poczerniałych drzew i ujrzeli przed sobą Staw Dziewic, słońce na wpół skryło się za ławicą chmur. Za miasteczkiem ciągnęły się głębokie wody zatoki. Brienne natychmiast zauważyła, że bramy odbudowano i wzmocniono, a po zbudowanych z różowego kamienia murach znowu chodzą kusznicy. Nad wieżą bramną powiewała królewska chorągiew Tommena: czarny jeleń i złoty lew, walczące, na polu podzielonym na złote i karmazynowe. Inne chorągwie zdobił myśliwy Tarlych, ale czerwonego łososia rodu Mootonów było widać tylko na ich zamku na wzgórzu.

Pod opuszczaną kratą stało dwunastu strażników z halabardami. Noszone przez nich godła świadczyły, że są ludźmi lorda Tarly'ego, choć żaden z nich nie miał na piersi herbu Tarlych. Brienne wypatrzyła dwa centaury, błyskawicę, błękitnego chrząszcza i zieloną strzałę, ale nie było tam pieszego myśliwego z Horn Hill. Sierżant nosił na piersi pawia, lecz jaskrawy ogon ptaka wyblakł w blasku słońca. Kiedy wieśniacy zatrzymali wóz, zagwizdał głośno.

— A cóż to? Jaja? — Podrzucił jedno z nich, złapał je i uśmiechnął się szeroko. — Weźmiemy je.

— Nasze jaja są przeznaczone dla lorda Mootona — pisnął staruszek. — Do weselnych tortów i tak dalej.

— To niech twoje kury zniosą ich więcej. Od pół roku nie jadłem jajka. Masz, żebyś nie mówił, że ci nie zapłaciliśmy.

Rzucił staremu pod nogi garść miedziaków.

— To za mało — odezwała się żona wieśniaka. — Stanowczo za mało.

— A ja mówię, że wystarczy — oznajmił sierżant. — Za jaja i za ciebie. Dawajcie ją, chłopaki. Jest za młoda dla tego starucha.

Dwaj wartownicy oparli halabardy o mur i odciągnęli opierającą się kobietę od wozu. Mężczyzna przyglądał się temu z poszarzałą twarzą, ale nie odważył się odezwać.

Brienne spięła klacz i podjechała bliżej.

— Puszczajcie ją.

Słysząc jej głos, zbrojni zawahali się na chwilę i kobieta zdołała się wyrwać.

— To nie twoja sprawa — oznajmił jeden z żołnierzy. — Nie wtrącaj się, dziewko.

Brienne wyjęła miecz.

— No, no — odezwał się sierżant. — Naga stal. Chyba czuję zapach banity. Wiesz, co lord Tarly robi z takimi jak ty?

Zacisnął dłoń, w której trzymał jajo, i żółtko wypłynęło mu między palcami.

— Wiem, co lord Randyll robi z banitami — potwierdziła Brienne. — I wiem też, co robi z gwałcicielami.

Miała nadzieję, że jego imię ich zastraszy, ale sierżant strzepnął tylko resztki jaja z palców i rozkazał swym ludziom ustawić się w krąg. Brienne ze wszystkich stron otoczyły stalowe ostrza.

— Co powiedziałaś, dziewko? Co lord Tarly robi z…

— …gwałcicielami — dokończył inny, niższy głos. — Kastruje ich albo wysyła na Mur. Czasami i jedno, i drugie. A złodziejom ucina palce.

Z wieży bramnej wyszedł leniwym krokiem młody mężczyzna z mieczem u pasa. Opończa, którą narzucił na zbroję, była ongiś biała, ów kolor prześwitywał jeszcze tu i tam między plamami od trawy i zakrzepłej krwi. Na piersi nosił herb: upolowanego brązowego jelenia, związanego i zwisającego z tyczki.

To on — pomyślała. Jego głos był dla niej jak cios w brzuch, a jego twarz jak nóż wbity w trzewia.

— Ser Hyle — przywitała go chłodno.

— Lepiej ją zostawcie, chłopaki — ostrzegł wartowników ser Hyle Hunt. — To jest Brienne Ślicznotka, zwana też piękną Brienne, Dziewica z Tarthu. Zabiła króla Renly'ego i połowę jego Tęczowej Gwardii. Jest równie wredna jak brzydka, a nikt nie jest od niej brzydszy, może oprócz ciebie Szczochu, ale twój ojciec był zadem tura, więc jesteś usprawiedliwiony. Natomiast jej ojciec to Gwiazda Wieczorna z Tarthu.

Wartownicy ryknęli śmiechem, jednak opuścili halabardy.

— A czy nie powinniśmy jej aresztować, ser? — zapytał sierżant. — Za zabójstwo Renly'ego?

— A dlaczego? Renly był buntownikiem. Tak jak my wszyscy. Co do jednego byliśmy buntownikami, ale teraz jesteśmy wiernymi chłopakami Tommena. — Rycerz skinął na wieśniaków, nakazując im wjechać do środka. — Zarządca jego lordowskiej mości ucieszy się z tych jajek. Znajdziecie go na rynku.

Wieśniak potarł czoło kostkami dłoni.

— Dziękuję, panie. Od razu widać, że jesteś prawdziwym rycerzem. Chodź, żono.

Złapali za postronki i z łoskotem przejechali przez bramę.

Brienne ruszyła za nimi, a Podrick podążał tuż za nią. *Prawdziwy rycerz* — pomyślała, marszcząc brwi. Gdy już znalazła się w mieście, ściągnęła wodze. Z lewej strony widziała ruiny stajni. Po drugiej stronie błotnistego zaułka, na balkonie burdelu, stały trzy na wpół rozebrane kurwy, szepczące coś do siebie. Jedna z nich przypominała nieco markietankę, która podeszła kiedyś do Brienne i zapytała ją, czy ma w spodniach cipę czy kutasa.

— To chyba najpaskudniejszy koń, jakiego w życiu widziałem — zauważył ser Hyle, wskazując na wierzchowca Podricka. — Dziwię się, że ty na nim nie jeździsz, pani. Czy zamierzasz mi podziękować za pomoc?

Brienne zsunęła się z siodła. Była o głowę wyższa od ser Hyle'a.

— Pewnego dnia podziękuję ci w walce zbiorowej, ser.

— Tak jak podziękowałaś Rudemu Ronnetowi? — zapytał ze śmiechem Hunt. Jego śmiech był dźwięczny i piękny, choć twarz miał niełądną. Brienne myślała ongiś, że to uczciwa twarz, dopóki nie wyprowadził jej z błędu. Miał potargane, brązowe włosy, orzechowe oczy i małą bliznę przy lewym uchu, a także dołek na brodzie i krzywy nos. Za to śmiał się często i ładnie.

— Czy nie powinieneś pilnować bramy?

Wykrzywił twarz w grymasie.

— Mój kuzyn Alyn pojechał ścigać banitów. Z pewnością wróci z głową Ogara i będzie się mógł przechwalać zdobytą chwałą. A ja dzięki tobie muszę pilnować bramy. Mam nadzieję, że się z tego cieszysz, moja piękna. Czego szukasz?

— Stajni.

— Jest przy wschodniej bramie. Spalona.

Widzę to.

— Powiedziałeś im… byłam z królem Renlym, kiedy zginął, ale to jakieś czary go zabiły, ser. Przysięgam na mój miecz.

Dotknęła rękojeści, gotowa walczyć, gdyby Hunt zarzucił jej kłamstwo prosto w oczy,

— Ehe, i to Rycerz Kwiatów poszatkował Tęczową Gwardię. Dobrego dnia mogłoby ci się udać pokonać ser Emmona. Był zbyt porywczy i łatwo się męczył. Ale Royce'a? Nie ma mowy. Ser Robar był dwa razy lepszym szermierzem od ciebie… ale ty nie jesteś szermierzem, prawda? Więc właściwie kim? Szermierką? Zastanawiam się, co cię sprowadza do Stawu Dziewic?

Szukam siostry, trzynastoletniej dziewicy. Omal nie powiedziała tego na głos, ale ser Hyle z pewnością wiedział, że nie miała żadnej siostry.

— Muszę się spotkać z pewnym mężczyzną w gospodzie „Pod Śmierdzącą Gęsią".

— Zawsze myślałem, że pięknej Brienne nie obchodzą mężczyźni. — Jego uśmiech miał w sobie nutę okrucieństwa. — „Pod Śmierdzącą Gęsią". To trafnie dobrana nazwa... przynajmniej jeśli chodzi o „śmierdzącą". Gospoda jest obok portu. Najpierw chodź ze mną spotkać się z jego lordowską mością.

Brienne nie bała się ser Hyle'a, ale był on jednym z kapitanów Randylla Tarly'ego. Wystarczy, żeby gwizdnął, a setka ludzi przybiegnie mu z pomocą.

— Czy mam być aresztowana?

— Za Renly'ego? A kim on był? Od tego czasu przeszliśmy na służbę innego króla, niektórzy z nas dwukrotnie. Nikogo to nie obchodzi, nikt o tym nie pamięta. — Dotknął lekko jej ramienia. — Tędy, proszę.

Wyszarpnęła się.

— Byłabym wdzięczna, gdybyś mnie nie dotykał.

— Nareszcie wdzięczność — rzekł, uśmiechając się z przekąsem.

Kiedy poprzednio była w Stawie Dziewic, miasto leżało w gruzach. Zastała tu tylko puste ulice i spalone domy. Teraz na ulicach było pełno świń i dzieci, a większość spalonych budynków rozebrano. Miejsce niektórych z nich zajęły ogródki warzywne, gdzie indziej zaś rozbili swe namioty kupcy albo rycerze. Brienne zauważyła też, że buduje się nowe domy. Na miejscu spalonej drewnianej gospody powstawała kamienna, a miejski sept kryto dachówką. W chłodnym jesiennym powietrzu rozchodziły się dźwięki pił i młotów. Na ulicach widać było ludzi z deskami i wyładowane kamieniami wozy. Wielu pracujących nosiło na piersiach pieszego myśliwego.

— Żołnierze odbudowują miasto — zauważyła ze zdziwieniem.

— Nie wątpię, że woleliby grać w kości, pić i ruchać dziewki, ale lord Randyll nie uznaje bezczynności.

Spodziewała się, że Hunt zaprowadzi ją do zamku, on jednak skierował się w stronę ruchliwego portu. Brienne z zadowoleniem zauważyła, że do Stawu Dziewic wrócili kupcy.

W porcie stały galera, galeasa i wielka dwumasztowa koga, a także około dwudziestu małych łodzi rybackich. W zatoce widziała kolejnych rybaków. *Jeśli „Pod Śmierdzącą Gęsią" niczego się nie dowiem, wsiądę na statek* — zdecydowała. Do Gulltown nie było daleko, a stamtąd z łatwością będzie mogła dotrzeć do Orlego Gniazda.

Znaleźli lorda Tarly'ego na rybnym targu, gdzie wymierzał sprawiedliwość.

Na brzegu zbudowano podwyższenie, z którego jego lordowska mość mógł spoglądać z góry na oskarżonych. Po jego lewej stronie stała szubienica ze sznurami dla dwudziestu ludzi. Dyndały na niej cztery trupy. Jeden wyglądał świeżo, ale pozostałe trzy z pewnością wisiały tu już od dłuższego czasu. Na jednym z rozkładających się nieboszczyków przysiadła wrona odrywająca z niego ochłapy mięsa. Pozostałe ptaszyska rozpierzchły się, uciekając przed mieszczanami, którzy zgromadzili się tu w nadziei, że zobaczą, jak kogoś wieszają.

Lord Randyll dzielił podwyższenie z lordem Mootonem, bladym, tłustym mężczyzną odzianym w biały wams, czerwone spodnie i gronostajowe futro, które spiął na ramieniu broszą z czerwonego złota w kształcie łososia. Tarly miał na sobie kolczugę i skórzany kaftan oraz napierśnik z szarej stali. Zza jego lewego ramienia sterczała rękojeść wielkiego, dwuręcznego miecza. Zwał się on Jad Serca i był dumą jego rodu. Kiedy się zbliżyli, sądzono właśnie jakiegoś młodzieńca w płaszczu z samodziału i brudnym kaftanie.

— Nie zrobiłem nikomu krzywdy, panie — mówił. — Zabrałem tylko to, co zostawili septonowie, kiedy uciekli. Jeśli musisz mi za to uciąć palec, to trudno.

— Zgodnie ze zwyczajem złodziejowi ucina się palec — odparł twardym głosem lord Tarly. — Ale ten, kto okrada sept, okrada bogów. — Spojrzał na swego kapitana straży. — Siedem palców. Zostawcie mu kciuki.

— Siedem?

Złodziej pobladł. Gdy żołnierze go złapali, próbował się

wyrywać, ale niemrawo, jakby już był okaleczony. Patrząc nań, Brienne nie mogła nie pomyśleć o ser Jaimem, o tym, jak krzyknął, gdy Zollo uderzył *arakhem*.

Następny w kolejce był piekarz oskarżony o dosypywanie trocin do mąki. Lord Randyll skazał go na pięćdziesiąt srebrnych jeleni grzywny. Gdy piekarz przysiągł, że nie ma tyle srebra, jego lordowska mość oznajmił mu, że może otrzymać uderzenie biczem za każdą brakującą monetę. Potem przyszła kolej na wychudłą kurwę o poszarzałej twarzy, oskarżoną o zarażenie francą czterech żołnierzy Tarly'ego.

— Wymyjcie jej intymne części ługiem i zamknijcie ją w lochu — rozkazał lord Randyll. Gdy jego ludzie odprowadzali łkającą kobietę, jego lordowska mość zauważył Brienne, która stała na brzegu tłumu między Podrickiem a ser Hyle'em. Zmarszczył brwi na jej widok, ale w jego oczach nie pojawił się błysk rozpoznania.

Potem przyprowadzono marynarza z galeasy. Oskarżał go łucznik z garnizonu lorda Mootona. Miał obandażowaną dłoń, a na piersi nosił łososia.

— Wasza lordowska mość, jeśli łaska, ten kurwi syn przebił mi dłoń sztyletem. Powiedział, że oszukiwałem przy grze w kości.

Lord Tarly oderwał spojrzenie od Brienne i popatrzył na stojących przed nim mężczyzn.

— A oszukiwałeś?

— Nie, wasza lordowska mość. Nigdy.

— Za kradzież każę ci uciąć palec. Jeśli mnie okłamiesz, zawiśniesz. Czy mam kazać przynieść te kości?

— Kości? — Łucznik zerknął na Mootona, ale lord Stawu Dziewic gapił się na rybackie łodzie. Mężczyzna przełknął ślinę. — Możliwe, że... te kości... to prawda, że zawsze przynosiły mi szczęście, ale...

Tarly usłyszał już wystarczająco wiele.

— Utnijcie mu mały palec. Może wybrać, z której dłoni. Drugą przebijcie gwoździem. — Wstał. — Na dzisiaj koniec. Odprowadźcie resztę do lochu. Zajmę się nimi jutro.

Wezwał gestem ser Hyle'a i Brienne podążyła za nim.

— Panie — powiedziała, zatrzymując się przed Tarlym. Poczuła się, jakby znowu miała osiem lat.

— Witaj, pani. Czemu zawdzięczam ten… zaszczyt?

— Nakazano mi odnaleźć… odnaleźć…

Zawahała się.

— Jak zdołasz go odnaleźć, jeśli nie wiesz, jak się nazywa? Czy zabiłaś lorda Renly'ego?

— Nie.

Tarly zastanowił się nad jej odpowiedzią.

Osądza mnie, tak jak sądził tamtych — przeszło jej przez myśl.

— To prawda — zdecydował wreszcie. — Ty tylko pozwoliłaś, żeby zginął.

Renly skonał w jej ramionach, jego krew splamiła jej strój. Brienne wzdrygnęła się trwożnie.

— To były czary. Nigdy bym…

— Nigdy? — Jego głos był ostry jak smagnięcie biczem. — To prawda. Nigdy nie powinnaś przywdziewać zbroi ani przypasywać miecza. Nie powinnaś opuszczać dworu ojca. To jest wojna, nie bal dożynkowy. Na wszystkich bogów, powinienem cię odesłać z powrotem do Tarthu.

— Jeśli to zrobisz, odpowiesz przed tronem. — Głos Brienne był wysoki i dziewczęcy, choć starała się mu nadać nieustraszone brzmienie. — Podrick. W moich jukach znajdziesz dokument. Przynieś go jego lordowskiej mości.

Tarly z kwaśną miną rozwinął list. Czytając, poruszał ustami.

— W służbie królowi. O co tu chodzi?

Jeśli mnie okłamiesz, zawiśniesz — pomyślał.

— O S… Sansę Stark.

— Gdyby tu była, wiedziałbym o tym. Idę o zakład, że uciekła na północ. Będzie chciała znaleźć schronienie u któregoś z chorążych ojca. Musi tylko uważać, by wybrać właściwego.

— Mogła też udać się do Doliny — odezwała się Brienne. — Do ciotki.

Lord Randyll obrzucił ją pogardliwym spojrzeniem.

— Lady Lysa nie żyje. Jakiś minstrel zepchnął ją z góry. Orlim Gniazdem włada teraz Littlefinger… ale to nie potrwa długo. Lordowie Doliny nie są z tych, którzy uginają kolan przed zarozumiałym parweniuszem, nieznającym się na niczym poza liczeniem miedziaków. — Oddał jej list. — Jedź, dokąd zapragniesz, i rób, co chcesz… ale kiedy cię zgwałcą, nie szukaj u mnie sprawiedliwości. Sama ściągniesz na siebie ten los swym szaleństwem. — Tarly zerknął na ser Hyle'a. — A ty powinieneś pilnować bramy, ser. Wydałem ci rozkaz, prawda?

— Wydałeś, panie — przyznał Hyle Hunt — ale myślałem…

— Za dużo myślisz — skwitował lord Tarly i oddalił się.

Lysa Tully nie żyje. Brienne stała pod szubienicą, ściskając w dłoni cenny dokument. Tłum się rozproszył i wrony wróciły do swej uczty. *Minstrel zepchnął ją z góry.* Czy siostra lady Catelyn również stała się pożywieniem dla wron?

— Wspominałaś o gospodzie „Pod Śmierdzącą Gęsią", pani — odezwał się ser Hyle. — Jeśli chcesz, wskażę ci…

— Wracaj do swojej bramy.

Przez jego twarz przemknął wyraz irytacji. *To nieładna twarz, a nie uczciwa.*

— Jeśli tego sobie życzysz.

— Życzę sobie.

— To była tylko zabawa, dla zabicia czasu. Nie chcieliśmy zrobić nic złego. — Zawahał się. — Wiesz, że Ben nie żyje? Zabili go nad Czarnym Nurtem. Farrow też, i Will Bocian. A Mark Mullendore został ranny i trzeba mu było uciąć rękę w łokciu.

I świetnie — chciała powiedzieć Brienne. — *Zasłużył na to.* Przypomniała sobie jednak, jak Mullendore siedział przed namiotem z odzianą w maleńką kolczugę małpką na ramieniu i oboje stroili do siebie miny. Jak to Catelyn Stark nazwała ich wtedy pod Gorzkim Mostem? „Rycerze lata". Teraz nadeszła jesień, a oni spadali jak liście.

Odwróciła się plecami do Hyle'a Hunta.

— Chodź, Podrick.

Chłopak potruchtał za nią, prowadząc konie.

— Czy znajdziemy teraz tę gospodę „Pod Śmierdzącą Gęsią”?

— Ja ją znajdę. Ty pójdziesz do stajni przy wschodniej bramie. Zapytaj stajennego, czy jest tu jakaś gospoda, w której moglibyśmy zatrzymać się na noc.

— Zrobię to, ser. Pani. — Podrick patrzył pod nogi, od czasu do czasu kopiąc kamienie. — Czy wiesz, gdzie jest ta gospoda? Pod tą gęsią? To znaczy „Pod Śmierdzącą Gęsią”?

— Nie wiem.

— Powiedział, że nam pokaże. Ten rycerz. Ser Kyle.

— Hyle.

— Hyle. Co on ci zrobił, ser? To znaczy pani?

Chłopak kiepsko się wysławia, ale wcale nie jest głupi.

— Pod Wysogrodem, gdy król Renly zwołał chorągwie, niektórzy z mężczyzn zrobili sobie ze mnie zabawę. Ser Hyle był jednym z nich. To była okrutna zabawa, bolesna i niegodna rycerzy. — Zatrzymała się. — Wschodnia brama jest tam. Zaczekaj na mnie pod nią.

— Jak rozkażesz, pani. Ser.

Nad drzwiami gospody „Pod Śmierdzącą Gęsią” nie wisiał żaden szyld. Brienne potrzebowała prawie godziny, żeby ją znaleźć. Znajdowała się pod stajnią końskiego rzeźnika i do środka wchodziło się po drewnianych stopniach. W piwnicy panował półmrok, a sufit był niski. Wchodząc, Brienne uderzyła głową o belkę. Nie było tu widać żadnych gęsi. Na klepisku stało kilka stołków, pod jedną z ziemnych ścian ustawiono ławę. Za stoły służyły stare beczułki po winie, poszarzałe i podziurawione przez korniki. Wszystko przenikał zapowiedziany w nazwie smród. Przeważał odór wina, wilgoci i pleśni, ale wyczuła również fetor wychodka i lekką nutę cmentarza.

Jedynymi gośćmi było trzech siedzących w kącie tyroshijskich marynarzy o zielonych i fioletowych brodach, którzy powarkiwali coś do siebie. Przyjrzeli się jej pobieżnie i jeden z nich powiedział coś, co rozśmieszyło pozostałych. Właścicielka stała za deską wspartą na dwóch beczkach. Była pękata, blada i łysiała, a pod jej brudnym fartuchem kołysały się wielkie, miękkie piersi. Wyglądała, jakby bogowie zrobili ją z surowego ciasta.

Brienne nie odważyła się prosić w takim miejscu o wodę, zamówiła więc kielich wina.

— Szukam człowieka zwanego Zręcznym Dickiem — oznajmiła.

— To Dick Crabb. Przychodzi tu prawie co wieczór. — Kobieta przyjrzała się zbroi i mieczowi Brienne. — Jeśli chcesz go załatwić tym mieczem, zrób to gdzie indziej. Nie chcemy żadnych kłopotów z lordem Tarlym.

— Chcę tylko z nim porozmawiać. Czemu miałabym go skrzywdzić?

Kobieta wzruszyła ramionami.

— Będę wdzięczna, jeśli skiniesz głową, kiedy tu przyjdzie.

— Jak bardzo wdzięczna?

Brienne położyła miedzianą gwiazdę na desce między nimi, a potem w cieniu znalazła sobie miejsce z dobrym widokiem na schody.

Spróbowała wina. Zostawiało na języku oleisty posmak i pływał w nim włos. *Włos wątły jak moje nadzieje odnalezienia Sansy* — pomyślała, wyciągając go. Poszukiwania ser Dontosa okazały się bezowocne, a po śmierci lady Lysy Dolina nie wydawała się już zbyt prawdopodobnym schronieniem. *Gdzie jesteś, lady Sanso? Czy uciekłaś do domu, do Winterfell, czy jesteś ze swoim mężem, jak wydaje się myśleć Podrick?* Brienne nie miała ochoty udawać się w pościg za dziewczyną na drugi brzeg wąskiego morza, gdzie nawet język byłby dla niej obcy. *Byłabym tam jeszcze gorszym odmieńcem, chrząkającym i pomagającym sobie gestami, żeby ludzie go zrozumieli. Śmialiby się tam ze mnie, tak samo jak w Wysogrodzie.*

Na to wspomnienie na jej policzki wypełzł rumieniec.

Gdy Renly włożył koronę, Dziewica z Tarthu wyruszyła w podróż przez całe Reach, by do niego dołączyć. Sam król przywitał ją uprzejmie i pozwolić wstąpić na swą służbę, ale jego lordowie i rycerze zachowali się inaczej. Brienne nie liczyła na ciepłe przywitanie. Była przygotowana na chłód, drwiny i wrogość. Znała już smak każdego z tych dań. To nie pogarda wielu zbijała ją z tropu i czyniła bezbronną, lecz dobroć nielicznych. Dziewica z Tarthu była trzykrotnie zaręczona, ale nim przybyła do Wysogrodu, nikt nigdy się do niej nie zalecał.

Pierwszy był Wielki Ben Brodacz, jeden z nielicznych mężczyzn w obozie Renly'ego przewyższających ją wzrostem. Przysłał Brienne swego giermka, żeby wyczyścił zbroję kobiety, podarował jej też srebrny róg do picia. Ser Edmund Ambrose przelicytował go, przysyłając kwiaty i zapraszając na przejażdżkę. Ser Hyle Hunt był jeszcze lepszy. Podarował Brienne pięknie ilustrowaną księgę zawierającą sto opowieści o rycerskich czynach. Przynosił jej koniom jabłka i marchewki, a jej samej podarował niebieskie labry na hełm. Powtarzał obozowe plotki i rozśmieszał ją bystrymi, zjadliwymi uwagami. Pewnego dnia ćwiczył z nią nawet, co znaczyło dla Brienne więcej niż cała reszta.

Myślała, że to z jego powodu inni również zaczęli traktować ją uprzejmie. *A nawet bardziej niż uprzejmie.* Mężczyźni bili się o miejsce przy stole obok niej, proponowali, że naleją wina albo podadzą słodycze. Ser Richard Farrow grał na lutni miłosne pieśni pod jej namiotem. Ser Hugh Beesbury przyniósł jej garnuszek miodu „słodkiego jak dziewczęta z Tarthu". Ser Mark Mullendore rozśmieszał ją figlami swej małpki, niezwykłego czarno-białego zwierzątka z Wysp Letnich. Wędrowny rycerz zwany Willem Bocianem chciał jej pomasować ramiona, gdy miała kurcze.

Odmówiła mu. Odmówiła im wszystkim. Gdy ser Owen Inchfield złapał ją pewnej nocy i pocałował, przewróciła go na tyłek prosto w ognisko. Potem przyjrzała się sobie w zwierciadle. Twarz miała szeroką i piegowatą jak zawsze, zęby wystające, wargi grube, a żuchwę wydatną. Była brzydka. Pragnęła tylko zostać rycerzem i służyć królowi Renly'emu, ale teraz...

W końcu nie była jedyną kobietą w obozie. Nawet markietanki były od niej ładniejsze, a w zamku, gdzie lord Tyrell co wieczór wydawał ucztę na cześć króla Renly'ego, szlachetnie urodzone dziewczęta i piękne damy tańczyły przy muzyce dud, rogów i harf. *Dlaczego jesteś dla mnie uprzejmy?* — chciała krzyknąć za każdym razem, gdy jakiś nieznajomy rycerz prawił jej komplementy. *Czego ode mnie chcesz?*

Randyll Tarly rozwiązał tę zagadkę i wysłał dwóch swych zbrojnych do jej namiotu. Jego synek Dickon podsłuchał czterech rycerzy, którzy rozmawiali ze sobą ze śmiechem, siodłając konie, i powtórzył wszystko panu ojcu.

To był zakład.

Tarly wyjaśnił jej, że sprawę zaczęło trzech młodszych wiekiem rycerzy w jego służbie: Ambrose, Brodacz i Hyle Hunt. Gdy jednak wieści rozeszły się po obozie, do zabawy przyłączyli się kolejni. Każdy musiał zapłacić złotego smoka, by się wkupić, a cała suma miała przypaść w nagrodzie temu, kto pozbawi ją dziewictwa.

— Położyłem kres tej zabawie — oznajmił Tarly. — Niektórzy z tych… współzawodników są mniej honorowi od innych, a stawka z dnia na dzień stawała się coraz większa. Było tylko kwestią czasu, nim któryś z nich postanowiłby zdobyć nagrodę siłą.

— To rycerze — zdumiała się Brienne. — Namaszczeni rycerze.

— I honorowi ludzie. To ty jesteś winna.

Wzdrygnęła się, słysząc to oskarżenie.

— Ja nigdy… panie, nie zrobiłam nic, by ich zachęcić.

— Zachęcasz ich samą swą obecnością. Jeśli kobieta zachowuje się jak dziewka obozowa, nie może protestować, gdy tak ją traktują. Wojskowy obóz nie jest miejscem dla dziewicy. Jeśli choć trochę obchodzi cię własna cześć i honor twego rodu, zdejmiesz tę zbroję, wrócisz do domu i będziesz błagała ojca o znalezienie męża.

— Przybyłam tu, żeby walczyć — nie ustępowała. — Żeby być rycerzem.

— Bogowie stworzyli mężczyzn do walki, a kobiety do rodzenia dzieci — odparł Randyll Tarly. — Kobieta toczy swe bitwy w połogu.

Ktoś schodził po schodach. Brienne odsunęła wino na bok. Do gospody wszedł obdarty, chudy mężczyzna o ostrych rysach twarzy i brudnych, brązowych włosach. Przyjrzał się pobieżnie tyroshijskim marynarzom i uważniej Brienne, a potem podszedł do deski.

— Wina — zażądał. — Tylko niech to nie będą te twoje końskie szczyny.

Karczmarka spojrzała na Brienne i skinęła głową.

— Postawię ci wino — zawołała Brienne — jeśli zamienisz ze mną słówko.

Mężczyzna przyjrzał się jej nieufnie.

— Słówko? Znam dużo słówek. — Usiadł na stołku naprzeciwko niej. — Powiedz, co chcesz usłyszeć, pani, a Zręczny Dick to powie.

— Słyszałam, że oszukałeś błazna.

Obdarty mężczyzna w zamyśleniu pociągnął łyk wina.

— Może i tak było. — Miał na sobie wyblakły, podarty wams, z którego zerwano znak jakiegoś lorda. — A kto chce się tego dowiedzieć?

— Król Robert.

Położyła na beczce między nimi srebrną monetę. Na jednej jej stronie wyobrażono profil króla Roberta, a na drugiej jelenia.

— Naprawdę? — Mężczyzna wziął monetę w palce i zakręcił nią z uśmiechem. — Chciałbym zobaczyć królewski taniec, hej nonny, hej nonny, hej nonny ho. Może i widziałem tego twojego błazna.

— A czy towarzyszyła mu dziewczyna?

— Dwie dziewczyny — odpowiedział natychmiast.

— Dwie?

Czy ta druga to mogła być Arya?

— No więc — odparł Dick — nie widziałem tych słodziutkich stworzeń, ale on chciał kupić transport dla trzech osób.

— Transport dokąd?

— Na drugi brzeg morza, jeśli dobrze pamiętam.

— A czy przypominasz sobie, jak wyglądał?

— Jak błazen. — Złapał monetę, która zaczęła już zwalniać, i schował ją jednym ruchem. — Przestraszony błazen.

— A czego się bał?

Mężczyzna wzruszył ramionami.

— Tego nie mówił, ale Zręczny Dick zna woń strachu. Przychodził tu prawie co wieczór, stawiał marynarzom wino, żartował i śpiewał piosenki. Jednakże pewnego wieczoru zajrzeli tu ludzie z myśliwym na piersiach i nasz błazen zrobił się blady jak mleko. Siedział cichutko, dopóki sobie nie poszli. — Dick przysunął stołek bliżej. — Żołnierze tego Tarly'ego cały czas łażą po porcie, obserwując każdy statek. Jeśli ktoś szuka jelenia, idzie do lasu. A jeśli szuka statku, idzie do portu. Twój błazen nie ośmielił się tego zrobić, więc zaproponowałem, że mu pomogę.

— A w jaki sposób?

— W taki, który kosztuje więcej niż jednego srebrnego jelenia.

— Odpowiedz mi, to dostaniesz drugiego.

— Najpierw mi go pokaż — zażądał Dick. Brienne położyła na beczce drugą monetę. Mężczyzna zakręciwszy nią, schował ją z uśmiechem. — Jeśli człowiek nie może przyjść do statków, statki muszą przyjść do niego. Powiedziałem mu, że znam miejsce, w którym może się to wydarzyć. Ukryte miejsce.

Ramiona Brienne pokryła gęsia skórka.

— Zatoczka przemytników. Wysłałeś błazna do zatoczki przemytników.

— Jego i te dwie dziewczyny. — Zachichotał. — Kłopot w tym, że tam, gdzie ich wysłałem, statki już od dawna nie przypływają. Od jakichś trzydziestu lat. — Podrapał się po nosie. — A kim on jest dla ciebie?

— Te dziewczyny to moje siostry.

— Naprawdę? Biedactwa. Też kiedyś miałem siostrę. Była chuda i miała guzowate kolana, ale kiedy wyrosły jej cycki, syn rycerza dostał się między jej nogi. Kiedy ją ostatnio widziałem, wybierała się do Królewskiej Przystani zarabiać na życie na plecach.

— Dokąd ich wysłałeś?

Dick znowu wzruszył ramionami.

— Dokąd?

Brienne położyła na beczce kolejnego jelenia.

Przesunął monetę palcem w jej stronę.

— W miejsce, którego jeleń nigdy nie znajdzie... ale smok mógłby.

Uświadomiła sobie, że srebro nie skłoni go do wyjawienia prawdy. *Złoto mogłoby tego dokonać albo nie. Pewniejsza byłaby stal.* Brienne dotknęła sztyletu, lecz po chwili wahania sięgnęła do mieszka. Wydobyła stamtąd złotego smoka i położyła go na beczce.

— Dokąd?

Obdartus złapał monetę i ugryzł ją.

— Słodka. Przypomina mi Szczypcowy Przylądek. On leży na północ stąd. To dzika kraina, pełna wzgórz i mokradeł, ale tak się składa, że stamtąd pochodzę. Nazywam się Dick Crabb, choć na ogół zwą mnie Zręcznym Dickiem.

Brienne mu się nie przedstawiła.

— Ale gdzie na Szczypcowym Przylądku?

— W Szeptach. Słyszałaś o Clarensie Crabbie?

— Nie.

To go wyraźnie zaskoczyło.

— Ser Clarence Crabb. W moich żyłach płynie jego krew. Miał osiem stóp wzrostu i był tak silny, że jedną ręką wyrywał sosny z korzeniami i ciskał nimi na pół mili. Żaden koń nie mógł go unieść i musiał jeździć na turze.

— A co to ma wspólnego z tą zatoczką?

— Jego żona była leśną czarownicą. Gdy tylko ser Clarence zabił człowieka, przynosił do domu jego głowę, a żona całowała ją w usta i przywracała do życia. Byli wśród nich lordowie, czarodzieje, sławni rycerze i piraci, a nawet król Duskendale.

Udzielali staremu Crabbowi dobrych rad. Jako że byli tylko głowami, nie mogli mówić zbyt głośno, ale nie potrafili też się zamknąć. Kiedy ktoś jest głową, gadanie to dla niego jedyna rozrywka. Dlatego twierdzy Crabba nadano nazwę Szeptów. Nadal ją nosi, choć już od tysiąca lat leży w gruzach. To odludne miejsce. — Mężczyzna przesunął zręcznie monetą wzdłuż kostek dłoni. — Jeden smok czuje się samotny. Ale dziesięć...

— Dziesięć smoków to majątek. Masz mnie za głupią?

— Nie, ale mogę cię zaprowadzić do głupiego błazna. — Moneta tańczyła to w jedną, to w drugą stronę. — Mogę cię zaprowadzić do Szeptów, pani.

Brienne nie podobało się, że jego palce tak szybko obracają złotą monetą. Ale...

— Sześć smoków, jeśli znajdziemy moją siostrę. Dwa, jeśli znajdziemy tylko błazna. Nic, jeśli nie znajdziemy nic.

Crabb wzruszył ramionami.

— Sześć wystarczy. Może być.

Za szybko. Złapała go za nadgarstek, nim zdążył schować smoka.

— Nie próbuj mnie oszukać. Niech ci się nie zdaje, że będę łatwą ofiarą.

Kiedy go puściła, Crabb potarł rękę.

— Krwawe szczochy — zaklął. — To boli.

— Przepraszam. Moja siostra ma trzynaście lat. Muszę ją odnaleźć, zanim...

— ...zanim jakiś rycerz dobierze się do jej szpary. Tak, rozumiem. Możesz ją uważać za uratowaną. Zręczny Dick jest z tobą. Spotkamy się o brzasku przy wschodniej bramie. Muszę sobie znaleźć konia.

SAMWELL

Na morzu Samwell Tarly cierpiał na zieloną chorobę.

Nie chodziło tylko o to, że bał się utonąć, choć ten lęk z pewnością też nie był bez znaczenia. Najgorszy był ruch statku, przechylający się pod jego stopami pokład.

— Czuję niepokój w brzuchu — wyznał Dareonowi tego samego dnia, gdy statek wypłynął ze Wschodniej Strażnicy.

— Przy takim wielkim brzuszysku to musi być kupa niepokoju, Zabójco — zauważył minstrel, klepiąc go po plecach.

Sam spróbował robić odważną minę, choćby ze względu na Goździk. Dziewczyna nigdy jeszcze nie widziała morza. Kiedy brnęli przez śniegi po ucieczce z Twierdzy Crastera, minęli kilka jezior i nawet one wydały się jej cudem. Gdy „Kos" odbił od brzegu, Goździk zaczęła dygotać, a po jej skrytej pod kapturem twarzy spłynęły wielkie, słone łzy.

— Bogowie, bądźcie łaskawi — usłyszał jej szept Sam. Wschodnia Strażnica zniknęła szybko, a Mur robił się coraz mniejszy i mniejszy, aż wreszcie jego również stracili z oczu. Potem rozszalał się wicher. Żagle miały wyblakły szary odcień czarnego płaszcza, który zbyt często prano, a twarz Goździk pobielała ze strachu.

— To dobry statek — próbował ją uspokajać Sam. — Nie musisz się bać.

Dziewczyna spojrzała tylko na niego, przytuliła mocniej dziecko i uciekła.

Sam zacisnął mocno dłonie na nadburciu i wpatrzył się w wiosła. Ich miarowy, jednostajny ruch wydawał mu się z jakiegoś powodu piękny. Lepsze to niż gapić się na wodę. Gdy tylko na nią spojrzał, zaraz nachodziły go myśli o utonięciu.

Kiedy był małym chłopcem, pan ojciec spróbował nauczyć go pływać w ten sposób, że wrzucił go do stawu pod Horn Hill. Woda dostała się chłopcu do nosa, ust i płuc, a kiedy ser Hyle go wyciągnął, Sam kasłał potem i charczał całymi godzinami. Nigdy już nie odważył się zanurzyć głębiej niż do pasa.

Zatoka Fok była znacznie głębsza, a do tego mniej przyjazna niż rybny staw pod zamkiem jego ojca. Jej szarozielone wody były lekko wzburzone, a przy lesistym brzegu, wzdłuż którego płynęli, było pełno skał i wirów. Nawet gdyby jakimś cudem udało mu się dopłynąć tak daleko, fale na pewno cisnęłyby nim o kamienie, rozbijając mu głowę na drobne kawałeczki.

— Wypatrujesz syren, Zabójco? — zapytał Dareon, zauważywszy, że Sam gapi się na zatokę. Młody przystojny minstrel ze Wschodniej Strażnicy miał jasne włosy i orzechowe oczy. Przypominał raczej jakiegoś obleczonego w ciemny strój księcia niż czarnego brata.

— Nie.

Młodzieniec nie wiedział, czego wypatruje ani co właściwie robi na tym statku. *Płynę do cytadeli, żeby wykuć łańcuch i zostać maesterem* — powiedział sobie. — *W ten sposób będę mógł lepiej służyć Nocnej Straży.* Ta myśl budziła w nim jednak tylko znużenie. Nie chciał zostać maesterem i nosić na szyi ciężkiego, zimnego w dotyku łańcucha. Nie chciał też opuszczać braci z Nocnej Straży, jedynych przyjaciół, jakich miał w życiu. A już z pewnością nie chciał spojrzeć w oczy ojcu, który wysłał go na Mur, żeby tam zginął.

Dla jego towarzyszy wyglądało to inaczej. Dla nich podróż skończy się szczęśliwie. Goździk znajdzie się w Horn Hill i całe Westeros oddzieli ją od koszmarów, których świadkiem była w nawiedzanym lesie. Zostanie dziewką służebną w zamku jego ojca. Będzie jej tam ciepło i nie zazna głodu. Stanie się częścią wielkiego świata, o jakim nie mogła nawet marzyć jako żona Crastera. Zobaczy, jak jej syn wyrośnie na dużego, silnego mężczyznę, zostanie łowczym, stajennym albo kowalem. A jeśli chłopak wykaże się zdolnościami do władania bronią, jakiś rycerz może go nawet przyjąć na giermka.

Maester Aemon również udawał się w lepsze miejsce. Miło było pomyśleć, że spędzi resztę czasu, jaki mu został, na radowaniu się ciepłą pogodą Starego Miasta, rozmowach z innymi maesterami oraz dzieleniu się mądrością z akolitami i nowicjuszami. Zasłużył sobie na odpoczynek, po stokroć zasłużył.

Nawet Dareon będzie szczęśliwszy. Zawsze zapewniał, że nie jest winny gwałtu, za który wysłano go na Mur. Utrzymywał, że jego miejsce jest na dworze jakiegoś lorda, któremu mógłby śpiewać do wieczerzy. Teraz otrzyma taką szansę. Jon mianował go werbownikiem. Miał zastąpić człowieka o imieniu Yoren, który zaginął i zapewne już nie żył. Jego zadaniem będzie wędrówka po Siedmiu Królestwach i śpiewanie o dzielnych czynach Nocnej Straży, a od czasu do czasu przyprowadzanie na Mur nowych rekrutów.

Nikt nie przeczył, że czeka ich długa, trudna podróż, ale dla pozostałych zakończy się ona szczęśliwie. Ta myśl pocieszała Sama. *Robię to dla nich* — powtarzał sobie. — *Dla Nocnej Straży i szczęśliwego końca.* Im jednak dłużej patrzył na morze, tym zimniejsze i głębsze mu się wydawało.

Ale gdy na nie nie patrzył, było jeszcze gorzej. Sam uświadomił to sobie, wróciwszy do ciasnej kajuty pod kasztelem rufowym, którą dzielili ze sobą wszyscy pasażerowie. Spróbował zapomnieć o nieprzyjemnym wrażeniu w żołądku, rozmawiając z Goździk, która karmiła dziecko piersią.

— Tym statkiem dopłyniemy aż do Braavos — powiedział. — Tam znajdziemy następny, który zabierze nas do Starego Miasta. Kiedy byłem małym chłopcem, czytałem książkę o Braavos. Całe miasto zbudowano na stu małych wysepkach w lagunie. Mają tam tytana, kamiennego człowieka wysokiego na kilkaset stóp. Nie używają koni tylko łodzi, a ich komedianci odgrywają zapisane historie, zamiast po prostu improwizować głupie farsy. Jedzenie też jest bardzo dobre, zwłaszcza ryby. Mają tam najróżniejsze małże, węgorze i ostrygi, prosto z laguny. Zapewne spędzimy tam kilka dni, zanim znajdziemy statek. Jeśli tak będzie, będziemy mogli obejrzeć przedstawienie i zjeść trochę ostryg.

Myślał, że to ją podekscytuje. Nie mógłby pomylić się bardziej.

— Jeśli tego chcesz, panie — rzekła Goździk, kierując nań pozbawione wyrazu oczy, spoglądające zza kosmyków niemytych włosów.

— A czego ty chcesz?

— Niczego.

Odwróciła się od Sama i przełożyła synka od jednej piersi do drugiej.

Ruchy statku nie pozwalały jajecznicy na boczku i podsmażanemu chlebowi, które zjadł Sam przed odpłynięciem, spoczywać spokojnie w żołądku. Nagle poczuł, że nie wytrzyma w kajucie ani chwili dłużej. Wstał i wszedł po drabinie na pokład, by oddać śniadanie morzu. Mdłości były tak silne, że Sam nie zastanowił się, w którą stronę wieje wiatr, wychylił się przez niewłaściwy reling i w rezultacie cały się zabrudził. Mimo to poczuł się potem znacznie lepiej… choć nie na długo.

Statek nazywał się „Kos" i był największą z galer Nocnej Straży. Cotter Pyke powiedział maesterowi Aemonowi we Wschodniej Strażnicy, że „Wrona Burzy" i „Szpon" są szybsze, ale to okręty wojenne, smukłe i śmigłe drapieżne ptaki z otwartymi pokładami dla wioślarzy. „Kos" lepiej sobie radził na burzliwych wodach wąskiego morza za Skagos.

— Doszły nas wieści o sztormach — ostrzegł ich Pyke. — Zimowe sztormy są gorsze, ale jesienne zdarzają się częściej.

Pierwsze dziesięć dni minęło w miarę spokojnie. „Kos" płynął przez Zatokę Fok i nigdy nie tracili lądu z oczu. Kiedy wiał wiatr, było zimno, ale zapach soli w powietrzu miał w sobie coś uspokajającego. Sam prawie w ogóle nie mógł jeść, a nawet gdy zdołał coś przełknąć, nie zostawało to w żołądku zbyt długo. Poza tym czuł się jednak nie najgorzej. Starał się dodać Goździk odwagi i rozweselić ją jakoś, ale okazało się to trudne. Nie chciała wychodzić na pokład, bez względu na to, jak usilnie ją namawiał. Wydawało się, że woli siedzieć po ciemku z synkiem. Niemowlę znosiło podróż morską równie kiepsko jak matka. Kiedy nie płakało, wymiotowało mlekiem. Ciągle miało też biegunkę. Pobrudziło futro, w które owijała je Goździk, żeby nie zmarzło, a kajutę wypełniał smród jego kup, nieznikający bez względu na to, ile łojowych świeczek zapalał Sam.

Na świeżym powietrzu było przyjemniej, zwłaszcza gdy Dareon śpiewał. Wioślarze „Kosa" znali minstrela i Dareon przygrywał im przy pracy. Znał wszystkie ich ulubione pieśni: smutne, jak *Dzień, w którym powiesili Czarnego Robina*, *Lament syreny* i *Jesień mojego dnia*, wesołe, jak *Żelazne kopie* i *Siedem mieczów dla siedmiu synów*, a także sprośne, jak *Kolacja damy*, *Jej mały kwiatuszek* i *Meggett była wesołą dziewczyną*. Kiedy zaśpiewał *Niedźwiedzia i dziewicę cud*, wszyscy wioślarze darli się razem z nim i wydawało się, że „Kos" leci ponad falami. Dareon nie władał mieczem zbyt biegle — Sam wiedział o tym, bo ćwiczyli razem pod nadzorem Allisera Thorne'a — ale za to głos miał piękny. Maester Aemon powiedział kiedyś, że to miód wylany na huk gromu. Dareon umiał też grać na drewnianej harfie i skrzypkach, a nawet pisał własne pieśni, choć Sam nie uważał ich za szczególnie dobre. Niemniej jednak przyjemnie było go słuchać, mimo że skrzynia, na której siedział, była twarda, a drewno pokrywy rozszczepiało się na drzazgi. Sam cieszył się, że ma takie tłuste pośladki. *Grubasy zawsze noszą poduszkę ze sobą* — pomyślał.

Maester Aemon również wolał spędzać dni na pokładzie. Siedział pod stertą futer, kierując spojrzenie na wodę.

— Na co on patrzy? — zdziwił się pewnego dnia Dareon. — Dla niego jest tu tak samo ciemno jak w kajucie.

Staruszek go usłyszał. Choć oczy Aemona przesłoniło bielmo, jego uszy były w porządku.

— Nie urodziłem się ślepy — przypomniał im. — Kiedy ostatnio tędy przepływałem, widziałem każdą skałę, drzewo i grzbiet fali. Patrzyłem na szare mewy, które leciały za nami.

Miałem wówczas trzydzieści pięć lat i od szesnastu lat nosiłem łańcuch maestera. Jajo chciał, żebym mu pomagał we władaniu królestwem, ale ja wiedziałem, że moje miejsce jest tutaj. Odesłał mnie na północ na pokładzie „Złotego Smoka" i uparł się, żeby jego przyjaciel, ser Duncan, odwiózł mnie bezpiecznie do Wschodniej Strażnicy. Żadnego rekruta nie dostarczono na Mur z taką pompą od czasu, gdy Nymeria przysłała Straży sześciu królów w złotych łańcuchach. Jajo opróżnił też lochy, żebym nie musiał składać ślubów sam. Nazwał tych więźniów moją honorową strażą. Jednym z nich był sam Brynden Rivers. Potem wybrano go na lorda dowódcę.

— Bloodraven? — zdumiał się Dareon. — Znam o nim pieśń. *Tysiąc oczu i jedno*. Myślałem, że on żył sto lat temu.

— Tak jak wszyscy z nas. Kiedyś byłem tak samo młody jak ty teraz.

Te słowa wyraźnie go zasmuciły. Zakasłał, zamknął oczy i zasnął, kołysząc się pod futrami w rytm ruchów pokładu.

Żeglowali pod szarym niebem, na wschód, na południe, a potem znowu na wschód, w miarę jak Zatoka Fok otwierała się coraz szerzej wokół nich. Kapitan, posiwiały brat o brzuchu jak beczułka *ale*, nosił czarny strój tak wystrzępiony i wyblakły, że załoga zwała go Starym Obdartusem. Odzywał się bardzo rzadko. Zastępował go w tym pierwszy oficer. Jego przekleństwa niosły się w słonym powietrzu, gdy tylko wiatr słabł albo wioślarze zaczynali się ociągać. Rano wszyscy jedli owsiankę, po południu grochówkę, a wieczorem soloną wołowinę, solonego dorsza i soloną baraninę, które popijali *ale*. Dareon śpiewał, Sam rzygał, Goździk płakała i karmiła dziecko, maester Aemon spał i drżał z zimna, a wicher z dnia na dzień stawał się coraz zimniejszy i bardziej porywisty.

I tak jednak Sam czuł się lepiej niż podczas swej poprzedniej morskiej podróży. Kiedy miał dziesięć lat, popłynął na galeasie lorda Redwyne'a, „Królowej Arbor". Okręt był pięć razy większy od „Kosa" i prezentował się wspaniale. Miał trzy wielkie burgundowe żagle i szeregi wioseł, lśniące złotym i białym blaskiem w świetle słońca. Gdy wypływał ze Starego Miasta, kołysał się na falach tak pięknie, że Sam aż wstrzymywał oddech z wrażenia… to jednak było ostatnie miłe wspomnienie, jakie zachował z Cieśnin Redwyne'ów. Ku wielkiemu niesmakowi swego ojca ciągle chorował na morzu, podobnie jak obecnie.

A gdy dopłynęli do Arbor, zrobiło się jeszcze gorzej. Bliźniaczy synowie lorda Redwyne'a natychmiast poczuli do niego pogardę. Co rano znajdowali nowe sposoby, by go upokorzyć podczas ćwiczeń na dziedzińcu. Trzeciego dnia Horas Redwyne kazał mu kwiczeć jak świnia, kiedy błagał go o łaskę. Piątego dnia brat Horasa, Hobber, przebrał dziewkę kuchenną w swoją zbroję i kazał jej okładać Sama drewnianym mieczem, aż biedak się rozpłakał. Kiedy okazało się, że to dziewczyna, wszyscy giermkowie, paziowie i chłopcy stajenni pękali ze śmiechu.

— Chłopak musi się trochę zaprawić, to wszystko — oznajmił wieczorem jego ojciec lordowi Redwyne'owi, ale trefniś tego drugiego zagrzechotał tylko swą grzechotką i zawołał:

— Ehe, zaprawić! Najlepsza będzie szczypta pieprzu, parę ząbków czosnku i jabłko w ustach.

Lord Randyll zabronił potem Samowi jeść jabłka, dopóki nie opuszczą domu Paxtera Redwyne'a. Podczas rejsu powrotnego chłopak również chorował, ale tak się cieszył z powrotu do domu, że smak wymiocin w gardle sprawiał mu niemal przyjemność. Dopiero w Horn Hill matka powiedziała mu, że ojciec zamierzał go tam zostawić.

— Horas miał tu wrócić zamiast ciebie, a ty zostałbyś w Arbor jako paź i podczaszy lorda Paxtera. Gdyby był zadowolony z twoich usług, zaręczyłbyś się z jego córką. — Sam do dziś pamiętał dotyk dłoni matki, która ścierała mu łzy z twarzy kawałkiem koronki zwilżonym śliną. — Mój biedny Sam — szeptała. — Mój biedny, biedny Sam.

Miło będzie znowu ją zobaczyć — pomyślał, trzymając się relingu „Kosa" i spoglądając na fale tłukące o kamienisty brzeg. — *Jeśli ujrzy mnie w czerni, może nawet będzie dumna. Mógł-*

bym jej powiedzieć: „Jestem teraz mężczyzną, mamo, zarządcą i człowiekiem z Nocnej Straży. Bracia zwą mnie czasem Zabójcą. Zobaczy się też z Dickonem i z siostrami. *Powiem im: „Patrzcie, jednak się okazało, że do czegoś się nadaję".*

Ale gdyby pojechał do Horn Hill, mógłby tam też spotkać ojca.

Na tę myśl znowu dopadły go mdłości. Sam wychylił się za burtę i zwymiotował... ale nie pod wiatr. Tym razem wybrał właściwą stronę. Robił się coraz lepszy w rzyganiu.

Tak przynajmniej sądził do chwili, gdy „Kos" oddalił się od lądu i ruszył na wschód przez zatokę, zmierzając ku brzegom Skagos.

Wielka, górzysta wyspa znajdowała się u wylotu Zatoki Fok. Była surowa, niegościnna i zaludniona przez barbarzyńców. Sam czytał, że mieszkają oni w jaskiniach oraz posępnych górskich twierdzach, a do walki dosiadają kudłatych jednorożców. Słowo „skagos" znaczyło w starym języku kamień. Skagosowie nazywali siebie zrodzonymi z kamienia, ale inni ludzie z północy zwali ich Skaggami i nie przepadali za nimi zbytnio. Przed zaledwie stu laty na Skagos wybuchł bunt. Jego stłumienie wymagało wielu lat i kosztowało życie lorda Winterfell oraz setek jego zaprzysiężonych ludzi. Niektóre pieśni zapewniały, że Skaggowie są kanibalami. Ich wojownicy zjadali ponoć serca i wątroby zabitych przeciwników. W starożytnych czasach Skagosowie pożeglowali na pobliską wyspę Skane, porwali tamtejsze kobiety, a mężczyzn zabili i zjedli na kamienistej plaży. Uczta trwała dwa tygodnie, a Skane po dziś dzień pozostała niezamieszkana.

Dareon również znał te pieśni. Gdy ujrzeli przed sobą posępne szare szczyty Skagos, podszedł do stojącego na dziobie „Kosa" Sama.

— Jeśli bogowie będą łaskawi, może uda się nam zobaczyć jednorożca — powiedział.

— Jeśli kapitan będzie łaskawy, nie podpłyniemy tak blisko. Prądy przy brzegach Skagos są zdradliwe, a skały mogą rozbić kadłub jak jajko. Ale lepiej nie mów o tym Goździk. I tak już się boi.

— Ona i ten jej płaczliwy bachor. Nie wiem, które z nich robi więcej hałasu. Przestaje się drzeć tylko wtedy, gdy dziewczyna da mu cyca, a wtedy to ona płacze.

Sam również to zauważył.

— Może dziecko sprawia jej ból — zasugerował nieprzekonująco. — Jeśli wyrzynają mu się ząbki...

Dareon szarpnął jednym palcem struny lutni, wydobywając z nich wzgardliwy dźwięk.

— Myślałem, że dzicy są odważniejsi.

— Goździk jest odważna — obruszył się Sam, choć musiał przyznać, że nigdy jeszcze nie widział jej w tak kiepskim stanie. Mimo że na ogół ukrywała twarz i nie lubiła palić w kajucie świec, zauważył, że jej oczy są zawsze czerwone, a policzki mokre od łez. Gdy jednak pytał ją, co się stało, potrząsała tylko głową, zmuszając go do poszukiwania odpowiedzi na własną rękę.

— Po prostu boi się morza — tłumaczył Dareonowi. — Przed przybyciem na Mur znała tylko Twierdzę Crastera i okalający ją las. Wątpię, by kiedykolwiek oddaliła się dalej niż półtorej mili od miejsca, gdzie się urodziła. Zna rzeki i strumienie, ale jezioro pierwszy raz zobaczyła, kiedy szliśmy w stronę Muru, a morze... morze jest straszne.

— Jeszcze nawet nie straciliśmy lądu z oczu.

— Ale stracimy.

Sam również nieszczególnie się cieszył tą perspektywą.

— Z pewnością Zabójca nie wystraszył się odrobiny wody.

— Ja się nie boję — skłamał Sam. — Ale Goździk... może zagrałbyś dziecku parę kołysanek. To by pomogło mu zasnąć.

Dareon wykrzywił usta z niesmaku.

— Najpierw musiałaby mu wetknąć korek w dupę. Nie mogę wytrzymać tego smrodu.

Następnego dnia zaczął padać deszcz, a morze zrobiło się bardziej burzliwe.

— Lepiej zejdźmy pod pokład — poradził Sam Aemonowi. — Tam jest sucho.

Stary maester uśmiechnął się jednak tylko.

— Przyjemnie jest poczuć deszcz na twarzy, Sam — odparł. — Jest całkiem jak łzy. Proszę, pozwól mi zostać jeszcze chwilę. Nie płakałem już od bardzo dawna.

Jeśli stary i wątły maester Aemon zamierzał zostać na pokładzie, Sam nie miał innego wyboru, jak zrobić to samo. Siedział obok staruszka przez blisko godzinę, opatulony w płaszcz, który powoli nasiąkał lekkim, miarowym deszczem. Wydawało się, że Aemonowi deszcz nie przeszkadza. Staruszek zamknął z westchnieniem oczy, a Sam przysunął się do niego, by choć trochę osłonić go przed wiatrem. *Niedługo poprosi mnie, żebym go zaniósł do kajuty* — powiedział sobie. — *Musi to zrobić.* Ale maester nadal milczał, a po pewnym czasie gdzieś daleko na wschodzie uderzył grom.

— Musimy zejść pod pokład — odezwał się Sam, drżąc z zimna. Maester Aemon nie odpowiedział. Sam dopiero wtedy uświadomił sobie, że staruszek zasnął. — Maesterze — zawołał, potrząsając nim delikatnie za ramię. — Maesterze Aemonie, zbudź się.

Aemon otworzył ślepe, białe oczy.

— Jajo? — zapytał. Po policzkach spływał mu deszcz. — Jajo, śniło mi się, że byłem stary.

Sam nie wiedział, co robić. Klęknął, uniósł staruszka w obu ramionach i zaniósł go pod pokład. Nikt nigdy nie zwał go silnym, a deszcz, którym nasiąknął czarny strój maestera, uczynił go dwa razy cięższym, ale Aemon i tak ważył nie więcej niż dziecko.

Kiedy Sam wszedł do kajuty, niosąc w ramionach Aemona, zobaczył, że Goździk pozwoliła wszystkim świecom zgasnąć. Dziecko spało, a dziewczyna zwinęła się w kącie, łkając cicho w fałdy obszernego, czarnego płaszcza, który jej dał.

— Pomóż mi — rozkazał nerwowo. — Trzeba go wytrzeć i ogrzać.

Wstała natychmiast. Razem zdjęli ze starego maestera mokre ubranie i położyli go pod stertą futer. Skórę miał wilgotną i zimną.

— Połóż się obok niego — polecił Sam. — Obejmij go. Ogrzej swoim ciałem. Trzeba go ogrzać. — To również zrobiła, nie odzywając się ani słowem, choć przez cały czas pociągała nosem.

— Gdzie Dareon? — zapytał Sam. — Gdybyśmy byli razem, byłoby nam cieplej. Powinien dołączyć do nas.

Ruszył z powrotem na górę, żeby poszukać minstrela, gdy nagle pokład uniósł się pod nim, a potem opadł mu spod nóg. Goździk zawyła, Sam stracił równowagę i zwalił się ciężko na deski, a niemowlę obudziło się z krzykiem.

Gdy próbował się podnieść, statek zakołysał się znowu. Dzika dziewczyna poleciała prosto w jego ramiona. Wczepiła się w niego tak gwałtownie, że Sam ledwie mógł oddychać.

— Nie bój się — uspokajał ją. — To tylko przygoda. Pewnego dnia będziesz mogła o niej opowiedzieć synowi.

Na te słowa Goździk wbiła paznokcie jeszcze głębiej w jego ramię. Całe jej ciało zadrżało od spazmatycznego łkania. *Cokolwiek powiem, tylko pogarsza to sprawę* — skarcił siebie w duchu. Przytulił mocno dziewczynę, skrępowany dotykiem jej wyczuwalnych przez szatę piersi. Choć bał się straszliwie, to i tak wystarczyło, żeby mu stanął. *Ona to poczuje* — pomyślał zawstydzony, ale Goździk niczego po sobie nie okazała, tylko przytuliła się jeszcze mocniej.

Potem wszystkie dni stały się jedną niewyraźną plamą. Nigdy nie widzieli słońca. Za dnia było szaro, a nocą panowała nieprzenikniona ciemność, mącona tylko błyskawicami rozświetlającymi niebo nad szczytami Skagos. Wszyscy byli straszliwie głodni, ale żadne nie mogło jeść. Kapitan otworzył beczułkę ognistego wina, żeby dodać sił wioślarzom. Sam również wypił kubeczek i westchnął, gdy gorące węże wpełzły mu przez gardło do klatki piersiowej. Dareon także polubił ten trunek i od tej pory rzadko bywał trzeźwy.

Żagle to rozwijano, to znowu zwijano. Jeden z nich zerwał się z masztu i umknął z wiatrem niczym ogromny szary ptak. Gdy „Kos" mijał południowe wybrzeże Skagos, zobaczyli na skałach wrak galery. Część ciał marynarzy fale wyrzuciły na brzeg, gdzie hołd oddały im gawrony i kraby.

— Cholera, za blisko — mruknął Stary Obdartus na ten widok. — Jeden solidniejszy podmuch i wylądujemy obok nich.

Choć wioślarze byli wykończeni, znowu zabrali się do roboty i statek popłynął na południe, ku wąskiemu morzu. Po chwili Skagos została z tyłu, przeradzając się w kilka ciemnych sylwetek widocznych na tle nieba. Mogły to być chmury burzowe, szczyty wysokich gór albo i jedno, i drugie. Potem przez osiem dni i siedem nocy żeglowali spokojnie i bez przeszkód.

Później nadeszły kolejne sztormy, gorsze niż poprzednie.

Czy to były trzy burze, czy tylko jedna, przedzielona okresami ciszy? Sam tego nie wiedział, choć rozpaczliwie próbował wzbudzić w sobie zainteresowanie tym problemem.

— Co to ma za znaczenie? — krzyknął w pewnej chwili na niego Dareon, gdy wszyscy siedzieli w kajucie. *Nie ma żadnego* — chciał mu odpowiedzieć Sam. — *Ale dopóki się nad tym zastanawiam, nie myślę o tym, że mogę utonąć, że chce mi się rzygać albo że maester Aemon ma dreszcze.*

— Nie ma żadnego — zdołał wykrztusić. Resztę jego słów zagłuszył grzmot. Pokład przechylił się, przewracając go na bok. Goździk łkała, dziecko się darło, a z góry dobiegały wrzaski poganiającego załogę Starego Obdartusa, obszarpanego kapitana, który nigdy się nie odzywał.

Nienawidzę morza — myślał Sam. — *Nienawidzę morza, nienawidzę morza, nienawidzę morza.* Następna błyskawica była tak jasna, że jej blask rozświetlił kajutę, przedostając się do środka przez szpary między deskami. *To dobry solidny statek, dobry solidny statek, dobry solidny statek* — powtarzał sobie. — *Nie zatonie. Wcale się nie boję.*

Podczas jednego z okresów ciszy między szkwałami, gdy Sam zaciskał ze wszystkich sił dłonie na relingu, rozpaczliwie pragnąc zwymiotować, usłyszał, jak niektórzy z marynarzy szemrzą, że takie są skutki wpuszczenia na pokład kobiety, i to w dodatku dzikiej.

— Pierdoliła się z własnym ojcem — powiedział jeden z nich, gdy wiatr znowu zaczął się wzmagać. — To gorsze niż kurestwo. Gorsze niż wszystko. Wszyscy pójdziemy na dno, jeśli nie pozbędziemy się jej i tego jej przeklętego bękarta.

Sam nie odważył się stawić im czoła. To byli starsi mężczyźni, twardzi i żylaści. Ramiona i bary mieli potężne od lat pracy przy wiosłach. Naostrzył jednak nóż, a gdy tylko Goździk wychodziła z kajuty załatwić potrzebę, nie odstępował jej na krok.

Nawet Dareon nie miał nic dobrego do powiedzenia o dzikiej dziewczynie. Pewnego razu, za namową Sama, minstrel zgodził się zaśpiewać dziecku kołysankę, ale w połowie pierwszej zwrotki Goździk rozpłakała się niepowstrzymanie.

— Na siedem cholernych piekieł — warknął Dareon. — Czy nie możesz przestać płakać chociaż na chwilę potrzebną, by wysłuchać pieśni?

— Zaśpiewaj dla niej — błagał Sam.

— Ona nie potrzebuje pieśni — złościł się minstrel. — Trzeba jej dać porządnego klapsa albo zdrowo wyruchać. Zejdź mi z drogi, Zabójco.

Odepchnął młodzieńca na bok i wyszedł z kajuty, by poszukać pocieszenia w kubku ognistego wina i towarzystwie wioślarzy.

Sam był bliski obłędu. Prawie już się przyzwyczaił do smrodu, ale sztormy i płacz Goździk spowodowały, że od kilku dni nie zmrużył oka.

— Nie mógłbyś jej czegoś podać? — zapytał bardzo cicho maestera Aemona, gdy tylko się zorientował, że staruszek nie śpi. — Jakiegoś zioła albo eliksiru, żeby tak się nie bała?

— To nie strach słyszysz — wyjaśnił maester. — To dźwięk żalu, a na to nie pomoże żaden eliksir. Łzy muszą z niej wypłynąć, Sam. Nie zdołasz ich zahamować.

— Płynie w bezpieczne miejsce — sprzeciwił się młodzieniec, nic nie rozumiejąc. — Będzie jej tam ciepło. Jaki ma powód do żalu?

— Sam — wyszeptał staruszek — masz dwoje zdrowych oczu, a nic nie widzisz. Jest matką i płacze za dzieckiem.

— Chłopczyk ma zieloną chorobę i tyle. Tak jak my wszyscy. Kiedy dopłyniemy do Braavos…

— …to nadal będzie syn Dalli, a nie dziecko z jej ciała.

Minęła chwila, nim Sam zrozumiał, co sugeruje Aemon.

— To niemożliwe… ona nigdy… to musi być jej synek. Goździk nigdy by się nie zgodziła wyjechać bez niego.

— Karmiła obu chłopców i obu pokochała — odparł Aemon. — Ale nie w tym samym stopniu. Żadna matka nie kocha wszystkich swych dzieci tak samo, nawet Matka Na Górze. Jestem pewien, że nie zostawiła dziecka z własnej woli. Mogę tylko zgadywać, jakich gróźb i jakich obietnic użył Lord Dowódca… ale z pewnością padły i groźby, i obietnice.

— Nie — sprzeciwił się Sam. — To niemożliwe. Jon nigdy by…

— Jon nigdy by tego nie zrobił, ale lord Snow to co innego. Czasami nie ma dobrego wyboru, Sam, i trzeba wybrać to, co przyniesie mniej smutku.

Nie ma dobrego wyboru. Sam pomyślał o wszystkim, co przeszli z Goździk. Twierdza Crastera i śmierć Starego Niedźwiedzia, śnieg, lód i mroźne wichry, niekończące się dni wędrówki, upiory w Białymdrzewie, Zimnoręki i drzewo kruków, Mur, Mur, Mur, Czarna Brama pod ziemią. I po co było to wszystko? *Nie ma dobrego wyboru i nie ma szczęśliwych końców.*

Chciało mu się krzyczeć. Chciało mu się wyć, łkać albo skulić się i skomleć. *Zamienił dzieci* — powiedział sobie. — *Zamienił je po to, żeby ratować małego księcia, ukryć go przed ogniem lady Melisandre i ferworem ludzi królowej. Ukryć go przed ich czerwonym bogiem. A jeśli spalą chłopczyka Goździk, kogo to obejdzie? Nikogo oprócz niej. Był tylko bękartem Crastera, ohydnym owocem kazirodztwa, a nie synem króla za Mu-*

rem. Nie nadaje się na zakładnika ani na ofiarę. Nie ma z niego żadnego pożytku. Nawet nie nadano mu imienia.

Sam powlókł się bez słowa na pokład, żeby zwymiotować, ale żołądek miał już zupełnie pusty. Nadeszła noc, dziwnie pogodna, jakiej nie widzieli już od wielu dni. Morze było czarne niczym smoła. Wioślarze odpoczywali przy wiosłach. Paru z nich spało na ławach. Wiatr wypełniał żagle, a na północy Sam widział nawet trochę gwiazd, a także czerwonego wędrowca, którego wolni ludzie zwali Złodziejem. *To powinna być moja gwiazda* — pomyślał z przygnębieniem. — *Pomogłem zrobić Jona Lordem Dowódcą i przyprowadziłem do niego Goździk z dzieckiem. Nie ma szczęśliwych końców.*

— Zabójco. — Dareon pojawił się nagle obok, nieświadomy dręczącego Sama bólu. — Nareszcie mamy słodką noc. Popatrz, widać gwiazdy. Może nawet zobaczymy kawałek księżyca. Możliwe, że najgorsze już za nami.

— Nie. — Sam wytarł nos i wskazał grubym palcem na południe, gdzie zbierała się ciemność. — Spójrz tam — dodał. Gdy tylko wypowiedział te słowa, rozbłysła błyskawica, nagła, bezgłośna i oślepiająco jasna. Rozświetliła na pół uderzenia serca chmury, góry wyrastające z gór, fioletowe, czerwone i żółte, wyższe od całego świata. — Najgorsze nie jest jeszcze za nami. Najgorsze dopiero się zaczyna i nie ma szczęśliwych końców.

— Bogowie bądźcie łaskawi — zawołał ze śmiechem Dareon. — Zabójco, ależ z ciebie tchórz.

JAIME

Lord Tywin Lannister wjechał do miasta na grzbiecie ogiera. Jego pokryta karmazynową emalią zbroja błyszczała, wysadzana klejnotami i inkrustowana złotem. Opuszczał je w wysokim wozie nakrytym karmazynowymi chorągwiami, a jego kości strzegło sześć milczących sióstr.

Orszak pogrzebowy opuścił Królewską Przystań przez Bramę Bogów, która była szersza i wspanialsza od Lwiej Bramy, Jaime uważał jednak, że to nie była właściwa decyzja. Jego ojciec był lwem, nikt nie mógł temu zaprzeczyć, ale nawet lord Tywin nigdy nie twierdził, że jest bogiem.

Wóz otaczała straż honorowa złożona z pięćdziesięciu rycerzy. Na ich kopiach powiewały karmazynowe proporce. Tuż na nimi podążali lordowie zachodu. Ich chorągwie łopotały głośno na wietrze, a konie tańczyły nerwowo. Zmierzając kłusem ku przodowi kolumny, Jaime mijał dziki, borsuki i chrząszcze, zieloną strzałę i czerwonego wołu, skrzyżowane halabardy i skrzyżowane włócznie, drzewnego kota, truskawkę, rękaw, a także cztery słońca na czterodzielnej tarczy.

Lord Brax miał na sobie jasnoszary wams podszyty srebrnogłowiem, a nad sercem przypiął ametystowego jednorożca. Lord Jast wdział czarną, stalową zbroję, na której napierśniku widniały trzy inkrustowane złotem głowy lwów. Gdyby sądzić z wyglądu, pogłoski o jego śmierci nie były zbytnio przesadzone. Rany i niewola uczyniły z niego cień człowieka, jakim był poprzednio. Lord Banefort zniósł wojnę lepiej i sprawiał wrażenie gotowego w każdej chwili na nią wrócić. Plumm miał strój koloru fioletowego, Prester we wzór heraldycznego gronostaja, a Moreland rdzawo-zielony… ale wszyscy włożyli na wierzch płaszcze z karmazynowego jedwabiu, by uhonorować człowieka, którego odprowadzali do domu.

Za lordami podążało stu kuszników i trzystu zbrojnych. Oni również mieli na plecach karmazynowe płaszcze. W swym białym płaszczu i białej zbroi łuskowej Jaime czuł się nie na miejscu w tej rzece czerwieni.

Stryj też nic ułatwił mu zadania.

— Lordzie dowódco — przywitał go ser Kevan, gdy Jaime podjechał na czoło kolumny. — Czy Jej Miłość ma dla mnie jakiś ostatni rozkaz?

— Nie przyjechałem tu w imieniu Cersei. — Za ich plecami zahuczał bęben, powolny, miarowy, grobowy werbel. *Trup* — zdawał się mówić. *Trup, trup.* — Chciałem się pożegnać. Był moim ojcem.

— Jej również.

— Nie jestem Cersei. Mam brodę, a ona ma piersi. Jeśli nadal ci się mylimy, stryjaszku, policz nasze ręce. Cersei ma dwie.

— Oboje lubicie drwiny — poskarżył się jego stryj. — Zachowaj swoje szyderstwa dla siebie, ser. Ja za nimi nie przepadam.

— Jak sobie życzysz. — *Nie idzie tak dobrze, jak na to liczyłem* — pomyślał. — Cersei z pewnością zamierzała się z tobą pożegnać, ale ma wiele pilnych obowiązków.

Ser Kevan prychnął pogardliwie.

— Tak jak my wszyscy. A jak się miewa nasz król?

To pytanie zabrzmiało w jego ustach jak wyrzut.

— Nie najgorzej — odparł Jaime, zepchnięty do defensywy. — Rano jest z nim Balon Swann. To dobry i waleczny rycerz.

— Kiedyś można było to samo powiedzieć o wszystkich, którzy nosili białe płaszcze.

Nikt nie wybiera sobie braci — pomyślał Jaime. — *Pozwól mi mianować nowych ludzi, a Gwardia Królewska znowu będzie wielka.* Te słowa nie wydawały mu się jednak przekonujące. W ustach człowieka zwanego przez wszystkich Królobójcą zabrzmiałyby jak czcza przechwałka. *Człowieka, który ma gówno zamiast honoru.* Jaime nie skomentował uwagi stryja. Nie przyjechał tu, by się z nim kłócić.

— Ser — rzekł tylko — musisz zawrzeć pokój z Cersei.

— A toczymy wojnę? Nikt mi o tym nie powiedział.

Jaime zignorował te słowa.

— Spory między Lannisterami pomagają tylko wrogom naszego rodu.

— Jeśli jest między nami jakiś spór, to nie z mojej winy. Cersei pragnie rządzić. Proszę bardzo. Królestwo należy do niej. Proszę tylko, by zostawiła mnie w spokoju. Moje miejsce jest w Darry, u boku syna. Trzeba odbudować zamek, obsiać pola i zapewnić ludziom ochronę. — Parsknął gorzkim śmiechem. — Twoja siostra nie dała mi nic innego do roboty, więc równie dobrze mogę ożenić Lancela. Jego narzeczona czeka na nas niecierpliwie w Darry

Jego wdowa z Bliźniaków. Lancel jechał dziesięć stóp za nimi. Ze swymi zapadniętymi oczami i suchymi, białymi włosami wyglądał starzej niż lord Jast. Jaime czuł na jego widok świerzbienie w fantomowych palcach. „Pierdoliła się z Lancelem, Osmundem Kettleblackiem, a całkiem możliwe, że również z Księżycowym Chłopcem". Nie potrafił już zliczyć, ile razy próbował się rozmówić z Lancelem, ale nigdy nie udawało mu się złapać go samego. Zawsze towarzyszył mu ojciec albo jakiś septon. *Może i jest synem Kevana, ale ma w żyłach mleko. Tyrion mnie okłamał. Chciał mnie zranić i tyle.*

Jaime zapomniał o kuzynie i z powrotem spojrzał na stryja.

— Zostaniesz po ślubie w Darry?

— Może na pewien czas. Wygląda na to, że nad Tridentem grasuje Sandor Clegane. Twoja siostra pragnie dostać jego głowę. Niewykluczone, że przyłączył się do Dondarriona.

Jaime słyszał o tym, co wydarzyło się w Solankach. Słyszało już o tym pół królestwa. Atak był niezwykle brutalny. Zgwałcone i okaleczone kobiety, dzieci zamordowane w ramionach matek, połowa miasta puszczona z dymem.

— W Stawie Dziewic jest Randyll Tarly. Niech on się policzy z banitami. Wolałbym cię widzieć pod Riverrun.

— Tam dowodzi ser Daven. Namiestnik zachodu. On mnie nie potrzebuje. W przeciwieństwie do Lancela.

— Skoro tak mówisz, stryju. — Jaimemu huczało w głowie w rytmie tożsamym z rytmem bębna. *Trup, trup, trup.* — Lepiej zabierz ze sobą swoich rycerzy.

Stryj obrzucił go chłodnym spojrzeniem.

— Czy to miała być groźba?

Groźba? Jaime zapomniał języka w gębie na tę sugestię.

— Ostrzeżenie. Chciałem tylko... Sandor jest niebezpieczny.

— Wieszałem już banitów i rycerzy rabusiów, kiedy ty jeszcze srałeś w powijaki. Nie zamierzam wyruszyć w pościg za Clegane'em i Dondarrionem w pojedynkę, jeśli tego się obawiasz, ser. Nie każdy Lannister jest żądnym chwały głupcem.

Stryjaszku, mam wrażenie, że pijesz do mnie.

— Addam Marbrand mógłby się policzyć z tymi banitami równie skutecznie jak ty. Podobnie jak Brax, Banefort, Plumm, każdy z nich. Ale żaden z nich nie byłby dobrym królewskim namiestnikiem.

— Twoja siostra zna moje warunki. Nie zmieniły się. Powiedz jej to, gdy następnym razem odwiedzisz jej sypialnię.

Ser Kevan wbił pięty w boki rumaka i pogalopował naprzód, nagle kładąc kres rozmowie.

Jaime nie próbował go ścigać. Czuł w brakującej dłoni nerwowe drżenie. Żywił dotąd płonną nadzieję, że Cersei źle zrozumiała słowa Kevana, nie ulegało jednak wątpliwości, że tak nie było. *Wie o nas dwojgu. I o Tommenie oraz Myrcelli. A Cersei wie, że on wie.* Ser Kevan był Lannisterem z Casterly Rock. Jaime nie potrafił uwierzyć, że jego siostra mogłaby go skrzywdzić, ale... *Myliłem się co do Tyriona, czemu nie miałbym się mylić co do Cersei?* Jeśli synowie zabijali ojców, cóż mogłoby powstrzymać bratanicę przed zleceniem zabójstwa stryja? *Niewygodnego stryja, który wie za dużo.* Być może jednak Cersei liczyła na to, że Ogar wykona robotę za nią. Gdyby Sandor Clegane usiekł ser Kevana, nie musiałaby brudzić sobie rąk. *Zrobi to, jeśli się spotkają.* Kevan Lannister ongiś sprawnie władał mieczem, ale nie był już młody, a Ogar…

Kolumna go doścignęła.

— Lancel — zawołał Jaime, gdy kuzyn mijał go w towarzystwie dwóch septonów. — Kuzynku. Chciałem ci pogratulować małżeństwa. Żałuję tylko, że obowiązki nie pozwalają mi być na weselu.

— Trzeba strzec Jego Miłości.

— Będziemy go strzegli. Ale szkoda, że nie zobaczę waszych pokładzin. Jak rozumiem, to będzie twoje pierwsze małżeństwo, a jej drugie. Jestem pewien, że twoja pani z przyjemnością pokaże ci, co się gdzie wkłada.

Te sprośne słowa wywołały śmiech kilku lordów oraz pełne dezaprobaty spojrzenia towarzyszących Lancelowi septonów. Kuzyn Jaimego poruszył się nerwowo w siodle.

— Wiem wszystko, czego potrzeba, by wykonać mężowski obowiązek, ser.

— Tego właśnie pragnie panna młoda w noc poślubną — odparł Jaime. — Męża, który wie, jak wykonać obowiązek.

Na policzkach Lancela rozlał się rumieniec.

— Modlę się za ciebie, kuzynie. I za Jej Miłość królową. Niech Starucha zaprowadzi ją do mądrości i niech Wojownik jej broni.

— A po co Cersei Wojownik? Ma mnie.

Jaime zawrócił konia. Jego biały płaszcz łopotał na wietrze. *Krasnal kłamał. Cersei prędzej wpuściłaby między nogi trupa Roberta niż takiego pobożnego durnia jak Lancel. Tyrion, ty złośliwy skurwielu, trzeba było wymyślić coś bardziej prawdopodobnego.* Przemknął obok wozu ze zwłokami swego pana ojca i pocwałował w stronę miasta.

Gdy Jaime Lannister wracał do Czerwonej Twierdzy zbudowanej na szczycie Wielkiego Wzgórza Aegona, ulice Królewskiej Przystani niemal całkowicie opustoszały. Większość żołnierzy tłoczących się zwykle w jaskiniach gry i garkuchniach opuściła miasto. Garlan Dzielny zabrał ze sobą połowę wojsk Tyrellów do Wysogrodu. Jego pani matka i babcia pojechały z nim. Druga połowa pomaszerowała pod Koniec Burzy z Mace'em Tyrellem i Mathisem Rowanem.

Jeśli zaś chodzi o oddziały Lannisterów, dwa tysiące doświadczonych żołnierzy nadal obozowało pod miejskimi murami, czekając na przybycie floty Paxtera Redwyne'a, która miała ich przetransportować na Smoczą Skałę. Lord Stannis, odpływając na północ, najwyraźniej zostawił tam tylko niewielki garnizon, Cersei uznała więc, że dwa tysiące ludzi wystarczy z nawiązką.

Reszta zachodnich żołnierzy wróciła do żon i dzieci. Musieli odbudować domy, obsiać pola i zebrać ostatnie plony. Przed ich odejściem Cersei zabrała Tommena na objazd obozów, żeby mogli pożegnać się z małym królem. Nigdy nie wyglądała piękniej niż owego dnia. Uśmiechała się promiennie, a jej złote włosy lśniły w blasku jesiennego słońca. Cokolwiek złego można by powiedzieć o jego siostrze, potrafiła wzbudzać miłość w mężczyznach, jeśli tylko jej się chciało.

Jaime wjechał do zamku i ujrzał na zewnętrznym dziedzińcu dwudziestu paru rycerzy ćwiczących ataki kopią na manekin. *Tego również nie mogę już robić* — pomyślał. Kopia była cięższa i mniej poręczna niż miecz, a z mieczem miał wystarczająco wiele trudności. Pewnie mógłby ją trzymać w lewej ręce, ale wtedy musiałby przenieść tarczę na prawą. Podczas turnieju rycerz zawsze miał przeciwnika z lewej. Z tarczy na prawej ręce byłoby tyle samo pożytku, co z sutków na napierśniku. *Nie, turnieje już się dla mnie skończyły* — dodał w duchu, zsiadając z konia... lecz mimo to zatrzymał się, żeby chwilę popatrzeć.

Ser Tallad Wysoki spadł z konia, gdy wypełniony piaskiem worek zatoczył krąg i trafił go w głowę. Silny Dzik uderzył w tarczę tak mocno, że aż pękła. Dzieła zniszczenia dokończył Kennos z Kayce. Dla ser Dermota z Deszczowego Lasu zawieszono nową tarczę. Kopia Lamberta Turnberry'ego tylko się o nią otarła, ale Bezbrody Jon Bettley, Humfrey Swyft i Alyn

Stackspear wszyscy trafiali w nią pewnie, a Rudy Ronnet Connington złamał kopię. Potem konia dosiadł Rycerz Kwiatów i zawstydził wszystkich poprzedników.

Jaime zawsze był zdania, że walka turniejowa w trzech czwartych polega na umiejętności konnej jazdy. Ser Loras jeździł wspaniale, a kopią władał tak biegle, jakby się z nią urodził... co z pewnością mogło tłumaczyć wiecznie zbolałą minę jego matki. *Trafia dokładnie tam, gdzie chce trafić, i utrzymuje równowagę jak kot. Być może wcale nie przypadkiem udało mu się wysadzić mnie z siodła.* Szkoda, że nie będzie już miał szansy zmierzyć się z chłopakiem po raz drugi. Potrząsnął głową i zostawił rycerzy ich zabawie.

Cersei siedziała w swej samotni w Warowni Maegora. Towarzyszyli jej Tommen i ciemnowłosa myrijska żona lorda Merryweathera. Wszyscy troje śmiali się, spoglądając na wielkiego maestera Pycelle'a.

— Czyżby umknął mi jakiś zabawny żart? — zapytał Jaime, wchodząc do komnaty.

— Spójrz, Wasza Miłość — mruknęła zmysłowo lady Merryweather. — Wrócił twój dzielny brat.

— A przynajmniej jego większa część — dodała Cersei.

Jaime uświadomił sobie, że królowa jest wstawiona. Cersei zawsze teraz miała pod ręką dzbanek wina, choć kiedyś pogardzała Robertem Baratheonem, zwąc go pijakiem. Jaimemu to się nie podobało, lecz ostatnio nie był zadowolony z niczego, co robiła jego siostra.

— Wielki maesterze — rzekła Cersei. — Podziel się tą wiadomością z lordem dowódcą, jeśli łaska.

Pycelle robił wrażenie rozpaczliwie skrępowanego.

— Przyleciał ptak — zaczął. — Ze Stokeworth. Lady Tanda przysłała wiadomość, że jej córka urodziła zdrowego, silnego syna.

— Nigdy się nie domyślisz, jakie imię wybrali dla małego bękarta, bracie — dodała Cersei.

— O ile sobie przypominam, chcieli go nazwać Tywin.

— Tak, ale im zabroniłam — wyjaśniła królowa. — Powiedziałam Falyse, że nie pozwolę, by szlachetne imię mojego ojca nosił bękarci pomiot jakiegoś świniopasa i przygłupiej maciory.

— Lady Stokeworth zapewnia, że to nie ona wybrała imię — wtrącił wielki maester Pycelle. Na jego pomarszczonym czole lśniły kropelki potu. — Napisała, że zrobił to mąż Lollys. Ten Bronn hmm... najwyraźniej... no więc...

— Tyrion — domyślił się Jaime. — Dał dziecku na imię Tyrion?

Staruszek skinął z drżeniem głową, ocierając czoło rękawem szaty.

Jaime nie mógł powstrzymać śmiechu.

— Widzisz, słodka siostro? Wszędzie szukałaś Tyriona, a on cały ten czas ukrywał się w macicy Lollys.

— Bardzo zabawne — warknęła Cersei. — Obaj z Bronnem jesteście bardzo zabawni. Z pewnością bękart ssie teraz jeden z cycków Głupiej Lollys, a najemnik przygląda się temu, uśmiechając się szyderczo na myśli o swej bezczelności.

— Być może dziecko przypomina w jakiś sposób twojego brata — zasugerowała lady Merryweather. — Może urodziło się zdeformowane albo bez nosa.

Roześmiała się gardłowo.

— Wyślemy kochanemu bobaskowi podarunek — oznajmiła królowa. — Prawda, Tommen?

— Może kotka?

— Lepiej lwiątko — zasugerowała lady Merryweather. „Żeby rozerwało mu gardziołko", zdawał się mówić jej uśmiech.

— Miałam na myśli inny rodzaj podarunku — stwierdziła Cersei.

Zapewne nowego ojczyma. Jaime znał ten wyraz oczu swej siostry. Widywał go już niejednokrotnie, ostatnio zaraz po ślubie Tommena, gdy spaliła Wieżę Namiestnika. Na twarze gości padł wówczas zielony blask dzikiego ognia i wszyscy wyglądali jak gnijące trupy, banda radosnych upiorów. Niektóre ze zwłok były jednak ładniejsze od pozostałych. Nawet w tym złowróżbnym blasku Cersei wyglądała pięknie. Jedną rękę trzymała na piersi, usta miała lekko rozchylone, a zielone oczy błyszczały. *Ona płacze* — uświadomił sobie wówczas Jaime, nie potrafił jednak określić, czy to łzy żalu czy ekstazy.

Ten widok zaniepokoił go, przypomniał mu o Aerysie Targaryenie, którego zawsze podniecał ogień. Król nie mógł mieć tajemnic przed swymi gwardzistami. W ostatnich latach panowania Aerysa stosunki między nim a jego królową były napięte. Spali oddzielnie, za dnia zaś unikali się nawzajem. Jednakże gdy Aerys palił kogoś na stosie, nocą królowa zawsze miała gościa. Kiedy spalił swego namiestnika od buzdyganu i sztyletu, Jaime i Jon Darry stali na straży przed sypialnią, gdy król zaspokajał swe żądze.

— To boli — skarżyła się Rhaella głosem przebijającym się przez dębowe drzwi. — To boli.

Z jakiegoś dziwacznego powodu to było jeszcze gorsze niż krzyki lorda Chelsteda.

— Jej również przysięgaliśmy bronić — poczuł się w końcu zmuszony powiedzieć Jaime.

— Przysięgaliśmy — potwierdził Darry. — Ale nie przed nim.

Jaime widział potem Rhaellę tylko raz, rankiem dnia, gdy odpłynęła na Smoczą Skałę. Odziana w płaszcz z kapturem królowa wsiadła do królewskiego domu na kołach, który przewiózł ją z Wielkiego Wzgórza Aegona na statek. Słyszał potem szepty jej służek. Kobiety mówiły, że Rhaella wyglądała, jakby zaatakowała ją jakaś bestia, która podrapała jej uda i pogryzła piersi. *Bestia w koronie* — pomyślał Jaime.

Pod koniec Obłąkany Król bał się tak bardzo, że nie pozwalał w swej obecności nosić miecza nikomu poza królewskimi gwardzistami. Brodę miał brudną i skołtunioną, jego włosy przerodziły się w srebrnozłotą gęstwę sięgającą pasa, a paznokcie w długie na dziewięć cali, popękane szpony. Mimo to wciąż dręczyły go miecze, te, przed którymi nie mógł uciec, miecze

Żelaznego Tronu. Na rękach i nogach zawsze miał pełno strupów oraz gojących się skaleczeń.

Niech zostanie królem zwęglonych kości i pieczonego mięsa — przypomniał sobie słowa Aerysa Jaime, patrząc na uśmiech siostry. — *Niech zostanie królem popiołów.*

— Wasza Miłość, czy moglibyśmy porozmawiać w cztery oczy? — zapytał.

— Jak sobie życzysz. Tommenie, pora na dzisiejsze lekcje. Pójdź z wielkim maesterem.

— Tak, mamo. Uczymy się o Baelorze Błogosławionym.

Lady Merryweather również wyszła, najpierw ucałowawszy królową w oba policzki.

— Czy mam wrócić na kolację, Wasza Miłość?

— Byłabym bardzo niezadowolona, gdybyś tego nie zrobiła.

Jaime nie mógł nie zauważyć, jak Myrijka porusza biodrami. *Uwodzi każdym swym krokiem.* Gdy zamknęła za sobą drzwi, odchrząknął.

— Najpierw ci Kettleblackowie, potem Qyburn, a teraz ona. Otaczasz się dziwną menażerią, słodka siostro.

— Bardzo polubiłam lady Taenę. Ona mnie bawi.

— Jest jedną z towarzyszek Margaery Tyrell — przypomniał jej. — Powtarza wszystko swej małej królowej.

— Oczywiście. — Cersei podeszła do kredensu nalać sobie jeszcze wina. — Margaery była zachwycona, gdy ją poprosiłam, by pozwoliła lady Taenie zostać moją towarzyszką. Szkoda, że jej nie słyszałeś. „Będzie dla ciebie siostrą, tak jak była nią dla mnie. Pewnie, że się zgadzam! Ja mam jeszcze kuzynki i inne damy". Nasza mała królowa nie chce, żebym była samotna.

— Jeśli wiesz, że cię szpieguje, to dlaczego ją przyjęłaś?

— Margaery wcale nie jest taka sprytna, jak jej się zdaje. Nie ma pojęcia, jaką słodką żmiją jest ta myrijska zdzira. Taena powtarza małej królowej to, co chcę, żeby usłyszała. Czasami to nawet jest prawda. — W oczach Cersei pojawił się figlarny błysk. — A mnie opowiada o wszystkim, co robi Dziewica Margaery.

— Naprawdę? Ile właściwie wiesz o tej kobiecie?

— Wiem, że jest matką, ma młodego syna i pragnie, by zaszedł wysoko. Zrobi, co będzie konieczne, by osiągnąć ten cel. Wszystkie matki są takie same. Lady Merryweather może być żmiją, ale z pewnością nie jest głupia. Wie, że mogę dla niej zrobić więcej niż Margaery, więc stara się być dla mnie użyteczna. Zdziwiłbyś się, ilu ciekawych rzeczy się od niej dowiedziałam.

— Na przykład?

Cersei usiadła przy oknie.

— Czy wiesz, że Królowa Cierni trzyma w swym domu na kołach skrzynię z monetami? To stare złoto z czasów sprzed podboju. Jeśli jakiś kupiec jest na tyle nierozsądny, by zażądać zapłaty w złotych monetach, płaci mu dłońmi z Wysogrodu, które ważą połowę mniej od naszych smoków. A który kupiec odważyłby się poskarżyć, że oszukała go pani matka Mace'a Tyrella? — Popiła łyk wina. — Jak ci się podobała przejażdżka?

— Nasz stryj zauważył twoją nieobecność.

— Nie obchodzi mnie, co zauważył.

— A powinno. Mógłby być dla ciebie użyteczny. Jeśli nie pod Riverrun albo w Skale, to na północy, podczas wojny z lordem Stannisem. Ojciec zawsze polegał na Kevanie, gdy...

— Naszym namiestnikiem północy jest Roose Bolton. On sobie poradzi ze Stannisem.

— Lord Bolton jest uwięziony na południe od Przesmyku. W Fosie Cailin siedzą żelaźni ludzie, którzy zagradzają mu drogę na północ.

— To już nie potrwa długo. Bękarci syn Boltona wkrótce usunie tę drobną przeszkodę. Siły lorda Boltona wzmocnią dwa tysiące Freyów pod dowództwem synów lorda Waldera, Hosteena i Aenysa. To powinno z nawiązką wystarczyć, żeby rozprawić się ze Stannisem i kilkoma tysiącami jego złamanych.

— Ser Kevan...

— ...będzie miał pod dostatkiem roboty w Darry. Musi nauczyć Lancela podcierać tyłek. Śmierć ojca odebrała mu wolę. To znużony starzec. Daven i Damion będą nam służyli lepiej.

— Dadzą sobie radę. — Jaime nie miał nic przeciwko swym kuzynom. — Nadal jednak potrzebujesz namiestnika. Jeśli nie twój stryj, to kto?

Jego siostra parsknęła śmiechem.

— Nie bój się, nie ty. Może mąż Taeny? Jego dziadek był namiestnikiem za czasów Aerysa.

Namiestnik od rogu obfitości. Jaime dobrze pamiętał Owena Merryweathera. Był sympatyczny, ale nieudolny.

— O ile sobie przypominam, spisał się tak dobrze, że Aerys go wygnał i skonfiskował jego ziemie.

— Robert mu je zwrócił. Przynajmniej część. Taena ucieszyłaby się, gdyby Orton odzyskał resztę.

— Chodzi ci o to, by sprawić przyjemność jakiejś myrijskiej kurwie? A ja myślałem, że mówimy o władaniu królestwem.

— Ja władam królestwem.

To prawda, niech nas Siedmiu ma w swojej opiece. Jego siostra chętnie się uważała za Tywina z cyckami, ale była w błędzie. Ich ojciec był nieustępliwy i nieubłagany niczym lodowiec, a ona była czystym dzikim ogniem, zwłaszcza gdy coś pokrzyżowało jej plany. Kiedy się dowiedziała, że Stannis opuścił Smoczą Skałę, ucieszyła się jak mała dziewczynka. Była przekonana, że dał w końcu za wygraną i pożeglował na wygnanie. Gdy zaś z północy nadeszły wieści, że pojawił się na Murze, wpadła w przerażającą furię. *Nie jest głupia, ale brakuje jej zdrowego rozsądku i cierpliwości.*

— Potrzebujesz silnego namiestnika, żeby ci pomógł.

— To słabi władcy potrzebują silnych namiestników, tak jak Aerys potrzebował naszego ojca. Silnemu władcy wystarczy pilny sługa, który będzie wykonywał jego rozkazy. — Zakręciła winem w kielichu. — Lord Hallyne nadawałby się w sam raz. Nie byłby pierwszym piromantą, któremu powierzono godność królewskiego namiestnika.

To prawda. Poprzedniego zabiłem.

— Słyszałem, że chcesz zrobić Aurane'a Watersa starszym nad okrętami.

— Czyżby ktoś mnie szpiegował?

Jaime nie odpowiedział.

— Waters świetnie pasuje na ten urząd — ciągnęła Cersei, odrzucając włosy do tyłu. — Połowę życia spędził na pokładach statków.

— Połowę życia? Nie może mieć więcej niż dwadzieścia lat.

— Dwadzieścia dwa. I co z tego? Ojciec nie miał nawet dwudziestu jeden, kiedy Aerys mianował go namiestnikiem. Najwyższy czas, żeby wokół Tommena pojawili się jacyś młodzi mężczyźni zamiast tych wszystkich siwych starców. Aurane jest silny i pełen wigoru.

Silny, pełen wigoru i przystojny — pomyślał Jaime. — *Pierdoliła się z Lancelem, Osmundem Kettleblackiem, a całkiem możliwe, że również z Księżycowym Chłopcem...*

— Lepszym kandydatem byłby Paxter Redwyne. Dowodzi największą flotą z Westeros. Aurane mógłby dowodzić jednoosobową łodzią, ale najpierw musiałabyś mu ją kupić.

— Jesteś dziecinny, Jaime. Redwyne to chorąży Tyrella i siostrzeniec tej jego ohydnej matki. Nie chcę w mojej radzie żadnego sługusa lorda Tyrella.

— Chciałaś powiedzieć w radzie Tommena.

— Wiesz, co chciałam powiedzieć.

Aż za dobrze.

— Wiem, że Aurane Waters jest złym kandydatem, a Hallyne jeszcze gorszym. Jeśli zaś chodzi o Qyburna... bogowie, bądźcie łaskawi, Cersei, on służył w kompanii Vargo Hoata! Cytadela pozbawiła go łańcucha!

— To szare owce. Qyburn jest dla mnie nadzwyczaj użyteczny. Jest też lojalny, a to więcej, niż mogę powiedzieć o własnej rodzinie.

Jeśli będziesz dalej tak postępować słodka siostro, wrony sprawią sobie ucztę z nas wszystkich.

— Cersei, posłuchaj, co mówisz. Widzisz karłów w każdym

cieniu i robisz wrogów z przyjaciół. Stryj Kevan nie jest twoim wrogiem. Ja nie jestem twoim wrogiem.

Wykrzywiła twarz w grymasie furii.

— Błagałam cię o pomoc. Padłam przed tobą na kolana, a ty mi odmówiłeś.

— Moje śluby…

— …nie powstrzymały cię przed zabiciem Aerysa. Słowa to tylko wiatr. Mogłeś mieć mnie, ale wybrałeś płaszcz. Wynoś się.

— Siostro…

— Powiedziałam, wynoś się. Niedobrze mi się robi od patrzenia na ten twój brzydki kikut. Wynoś się!

Chlusnęła mu winem w twarz. Chybiła, ale Jaime pojął aluzję.

Gdy zapadł wieczór, siedział sam w głównej sali Wieży Białego Miecza nad kielichem czerwonego dornijskiego i Białą Księgą. Kiedy odwrócił kikutem kolejną stronicę, do środka wszedł Rycerz Kwiatów. Loras zdjął płaszcz, odpiął pas i powiesił je na kołku obok płaszcza i pasa Jaimego.

— Widziałem cię dziś na dziedzińcu — przywitał go Jaime. — Dobrze się spisałeś.

— Z pewnością lepiej niż dobrze.

Ser Loras nalał sobie wina i usiadł po drugiej stronie stołu w kształcie półksiężyca.

— Skromniejszy człowiek mógłby odpowiedzieć „wasza lordowska mość jest zbyt łaskawy" albo „miałem dobrego wierzchowca".

— Koń był zadowalający, a wasza lordowska mość jest równie łaskawy jak ja jestem skromny. — Loras wskazał na wolumin. — Lord Renly zawsze mawiał, że księgi są dobre dla maesterów.

— Ta jest dobra dla nas. Są tu spisane dzieje wszystkich, którzy nosili białe płaszcze.

— Zaglądałem do niej. Tarcze są ładne. Wolę książki, w których jest więcej obrazków. Lord Renly miał kilka książek z rysunkami, od których każdy septon by oślepł.

Jaime nie mógł powstrzymać uśmiechu.

— W tej nie znajdziesz takich rzeczy, ser, ale spisane tu historie otworzą ci oczy. Dobrze jest poznać dzieje tych, którzy byli przed nami.

— Znam ich. Książę Aemon Smoczy Rycerz, ser Ryam Redwyne, Wielkie Serce, Barristan Śmiały…

— Gwayne Corbray, Alyn Connington, Demon z Darry, tak jest. Z pewnością słyszałeś również o Lucamorze Silnym.

— Ser Lucamorze Lubieżnym? — zapytał Loras z wesołością w głosie. — Miał trzy żony i trzydzieścioro dzieci, tak? Ucięli mu kutasa. Czy mam ci zaśpiewać tę piosenkę, wasza lordowska mość?

— A ser Terrence Toyne?

— Spał z królewską metresą i umarł w cierpieniach. Płynie z tego nauczka, że jeśli mężczyzna nosi białe spodnie, powinien mocno zaciągać sznurówki.

— A Gyles Szary Płaszcz? Orivel Otwartoręki?

— Gyles był zdrajcą, a Orivel tchórzem. Obaj zhańbili swe białe płaszcze. Czyżby wasza lordowska mość coś sugerował?

— Bynajmniej. Nie doszukuj się obrazy tam, gdzie jej nie ma, ser. A co z Długim Tomem Costayne'em?

Ser Loras potrząsnął głową.

— Był rycerzem Gwardii Królewskiej przez sześćdziesiąt lat.

— Kiedy to było? Nigdy nie…

— A ser Donnel z Duskendale?

— Mogłem słyszeć to imię, ale…

— Addison Hill? Biała Sowa, Michael Mertyns? Jeffory Norcross? Zwali go Niekapitulującym. Rudy Robert Flowers? Co możesz mi o nich powiedzieć?

— Flowers to bękarcie nazwisko. Hill również.

— Mimo to obaj zostali lordami dowódcami Gwardii Królewskiej. Ich historie znajdziesz w tej księdze. Jest tu też Rolland Darke. Przede mną był najmłodszym rycerzem, który służył w Gwardii. Dano mu płaszcz na pole bitwy i poległ przed upływem godziny.

— To chyba nie był zbyt dobry.

— Wystarczająco dobry. On zginął, ale jego król ocalał. Białe płaszcze nosiło wielu odważnych ludzi, lecz o większości z nich zapomniano.

— Widocznie na to zasłużyli. O bohaterach zawsze będzie się pamiętać. O najlepszych.

— I o najgorszych. — *To znaczy, że jeden z nas zapewne przetrwa w pieśni* — pomyślał Jaime. — A także o kilku takich, którzy mieli w sobie trochę jednego i drugiego. — Postukał palcem w stronicę, którą czytał. — Jak on.

— Kto to? — Ser Loras wyciągnął szyję nad stołem. — Dziesięć czarnych kręgów na szkarłatnym polu. Nie znam tego herbu.

— Należał do Cristona Cole'a, który służył pierwszemu Viserysowi i drugiemu Aegonowi. Jaime zamknął Białą Księgę. — Zwali go Twórcą Królów.

CERSEI

Trzech przeklętych głupców ze skórzanym workiem — pomyślała królowa, gdy padli przed nią na kolana. Ich wygląd nie dawał jej zbyt wiele nadziei. *Ale pewnie zawsze jest jakaś szansa.*

— Wasza Miłość — odezwał się cichym głosem Qyburn. — Mała rada…

— …zaczeka, aż raczę przyjść. Niewykluczone, że będziemy mogli jej zanieść wieści o śmierci zdrajcy.

Na drugim końcu miasta dzwony w Sepcie Baelora zabrzmiały żałobną muzyką. *Dla ciebie nikt nie uderzy w dzwony, Tyrionie* — powiedziała w duchu Cersei — *zanurzę twój paskudny łeb w smole, a wypaczone ciało oddam psom.*

— Wstańcie — rozkazała kandydatom na lordów. — Pokażcie, co mi przynieśliście.

Trzech brzydkich mężczyzn w podartych ubraniach podniosło się z klęczek. Jeden z nich miał czyrak na karku, a żaden nie mył się od co najmniej pół roku. Bawiła ją perspektywa przyznania takim jak oni tytułów lordowskich. *Sadzałabym ich na ucztach obok Margaery.* Gdy przywódca trójki rozwiązał sznurki i wsadził łapę do worka, salę audiencyjną wypełnił smród przywodzący na myśl fetor rozkładającej się róży. Głowa, którą wyjął, była szarozielona i łaziły po niej czerwie. *Śmierdzi jak ojciec.* Dorcas wciągnęła gwałtownie powietrze, a Jocelyn zasłoniła usta dłonią i zwymiotowała.

Cersei spojrzała ze spokojem na trofeum.

— Zabiliście niewłaściwego karła — stwierdziła po chwili, cedząc słowa z wyraźną niechęcią.

— Nieprawda — ośmielił się sprzeciwić jeden z głupców. — To musi być on. Zobacz, to karzeł. Tylko trochę zgnił, ot co.

— Wyrósł mu też nowy nos — zauważyła Cersei. — I to dość pokaźny. Tyrionowi odcięto nos podczas bitwy.

Trzej mężczyźni wymienili spojrzenia.

— Nikt nam o tym nie powiedział — stwierdził ten trzymający głowę w ręku. — Ten tutaj szedł sobie śmiało traktem, jakby nigdy nic, taki brzydki karzeł... więc pomyśleliśmy sobie...

— Mówił, że jest wróblem — dodał ten z czyrakiem. — A ty powiedziałeś, że kłamie — oskarżył trzeciego.

Królową rozgniewała myśl, że przez tę komediancką farsę jej mała rada musiała czekać.

— Zmarnowaliście mój czas i zabiliście niewinnego człowieka. Powinnam kazać was ściąć. — Ale gdyby to zrobiła, następny kandydat na lorda mógłby się zawahać i pozwolić Krasnalowi wymknąć się z sieci. Prędzej pozwoli, by stos zabitych karłów sięgnął dziesięciu stóp wysokości, niż do tego dopuści. — Precz mi z oczu.

— Tak jest, Wasza Miłość — rzekł ten z czyrakiem. — Błagamy o wybaczenie.

— Mamy zostawić głowę? — zapytał ten, który ją trzymał.

— Oddaj ją ser Merynowi. Nie, w worku, przygłupie. O, tak. Ser Osmundzie, wyprowadź ich.

Trant wyniósł trofeum, a Kettleblack wyprowadził łowców głów. Jedynym śladem po ich wizycie było śniadanie lady Jocelyn leżące na posadzce.

— Sprzątnij to natychmiast — rozkazała królowa. To była już trzecia głowa, którą jej przyniesiono. *Ten przynajmniej był karłem.* Poprzednia ofiara była po prostu brzydkim dzieckiem.

— Nie obawiaj się, ktoś na pewno znajdzie Krasnala — zapewnił ser Osmund. — A wtedy go zabijemy i będzie po wszystkim.

Naprawdę? — zwątpiła w myślach. Ostatniej nocy Cersei śniła się starucha, jej guzowate policzki i ochrypły głos. W Lannisporcie zwano ją Maggy Żabą. *Gdyby ojciec wiedział, co mi powiedziała, kazałby jej wyrwać język.* Cersei nigdy nie wspominała o tym nikomu, nawet Jaimemu. *Melara twierdziła, że jeśli nigdy nie będziemy rozmawiać o jej przepowiedniach, zapomnimy o nich. Zapewniała, że zapomniana przepowiednia nie może się sprawdzić.*

— Kazałem swoim informatorom wszędzie węszyć za Krasnalem, Wasza Miłość — odezwał się Qyburn. Przebrał się w strój bardzo podobny do szat maestera, ale biały, nie szary, niepokalany jak płaszcze Gwardii Królewskiej. Jego rąbek, rękawy i sztywny, wysoki kołnierz zdobiły złote spirale, Qyburn przepasał się też złotą szarfą. — W Starym Mieście, Gulltown, Dorne, nawet w Wolnych Miastach. Dokądkolwiek by umknął, moi szeptacze go odnajdą.

— Zakładasz, że opuścił Królewską Przystań. Równie dobrze może się ukrywać w Sepcie Baelora. Niewykluczone, że to on kołysze się na sznurach dzwonów i produkuje ten okropny hałas. — Cersei wykrzywiła twarz i pozwoliła, by Dorcas pomogła jej wstać. — Chodź, mój panie. Moja rada czeka. — Wzięła Qyburna pod rękę i oboje ruszyli w dół schodów. — Załatwiłeś tę drobną sprawę, którą ci zleciłam?

— Tak, Wasza Miłość. Przepraszam, że to tak długo trwało. To bardzo wielka głowa. Chrząszcze potrzebowały wielu godzin, by usunąć całe ciało. W charakterze zadośćuczynienia wyłożyłem filcem szkatułę z hebanu i srebra. Czaszka będzie się w niej pięknie prezentowała.

— Wystarczyłby płócienny worek. Książę Doran chce dostać jego głowę. Figę go obchodzi, w jakim opakowaniu mu ją przyślemy.

Na dziedzińcu dźwięk dzwonów był jeszcze głośniejszy. *To był tylko Wielki Septon. Jak długo będziemy musieli to znosić?* Dźwięk był bardziej melodyjny niż krzyki Góry, które słyszała do niedawna, ale...

Wydawało się, że Qyburn czyta w jej myślach.

— Dzwony ucichną o zachodzie słońca, Wasza Miłość.

— To będzie wielka ulga. A skąd o tym wiesz?

— Jest moim zadaniem wiedzieć różne rzeczy.

Skinęła głową. *Varys przekonał nas wszystkich, że jest niezastą-*

piony. Ależ z nas byli głupcy. Gdy tylko królowa ogłosiła, że Qyburn zajął miejsce eunucha, najróżniejsze robactwo bezzwłocznie zaczęło się do niego zgłaszać, by zamienić swe szepty na kilka monet. *To wszystko było zasługą srebra, nie Pająka. Qyburn sprawi się równie dobrze.* Gorąco pragnęła zobaczyć minę, jaką zrobi Pycelle w chwili, gdy Qyburn usiądzie na swym miejscu.

Gdy mała rada miała spotkanie, pod drzwiami zawsze pełnił straż rycerz Gwardii Królewskiej. Dzisiaj był nim ser Boros Blount.

— Ser Borosie — przywitała go miłym tonem królowa. — Masz dzisiaj taką szarą cerę. Czyżbyś zjadł coś niedobrego?

Jaime uczynił Blounta królewskim kosztującym potrawy. *To smakowite zadanie, ale mało zaszczytne dla rycerza.* Blount był bardzo niezadowolony z tej nominacji. Gdy otwierał drzwi przed królową i jej towarzyszem, jego obwisłe policzki drżały.

Weszła do komnaty, a członkowie rady ucichli. Lord Gyles przywitał ją kaszlem, wystarczająco głośnym, by obudzić Pycelle'a. Pozostali wstali z krzeseł, powtarzając uprzejme słowa. Cersei pozwoliła sobie na bledziutki uśmieszek.

— Szlachetni panowie, wybaczcie mi spóźnienie.

— Jesteśmy tu po to, by służyć Waszej Miłości — oznajmił ser Harys Swyft. — Z przyjemnością zaczekaliśmy na twoje przyjście,

— Jestem pewna, że wszyscy znacie lorda Qyburna.

Wielki maester Pycelle nie rozczarował królowej

— Lorda Qyburna? — zdołał wykrztusić. Twarz zrobiła mu się zupełnie fioletowa. — Wasza Miłość, to... maester składa święte śluby, przysięga, że nie przyjmie włości ani tytułów...

— Wasza Cytadela odebrała mu łańcuch — przypomniała Pycelle'owi Cersei. — Jeśli nie jest maesterem, nie mogą go obowiązywać śluby. Eunucha również zwaliśmy lordem, jak pamiętasz.

— Ten człowiek... nie zasługuje... — oburzył się Pycelle.

— Nie mów, kto na co zasługuje. Nie po tej śmierdzącej farsie, jaką zrobiłeś ze zwłok mojego ojca.

— Wasza Miłość z pewnością nie sądzi... — Uniósł pokrytą starczymi plamami dłoń, jakby chciał się osłonić przed ciosem. — Milczące siostry usunęły trzewia i narządy wewnętrzne lorda Tywina, wyciągnęły z niego krew... podjęto wszelkie możliwe starania... wypchano ciało solami i wonnymi ziołami...

— Oszczędź mi odrażających szczegółów. Czułam efekty waszych starań. Uzdrowicielskie umiejętności lorda Qyburna uratowały życie mojemu bratu i nie wątpię, że będzie on służył królowi lepiej niż ten mizdrzący się eunuch. Lordzie Qyburnie, czy znasz pozostałych członków rady?

— Byłbym kiepskim informatorem, gdybym ich nie znał, Wasza Miłość.

Qyburn zajął miejsce między Ortonem Merryweatherem a Gylesem Rosbym.

Moja rada. Cersei wyrwała z korzeniami wszystkie róże i usunęła też ludzi, którzy coś zawdzięczali jej stryjowi bądź braciom, zastępując ich takimi, którzy będą wierni tylko jej. Nadała im nawet nowe tytuły, zapożyczone z Wolnych Miast. Królowa nie będzie miała na swym dworze żadnych „starszych" od niej. Orton Merryweather był jej najwyższym sędzią, Gyles Rosby lordem skarbnikiem, a Aurane Waters, młody przystojny Bękart z Driftmarku, zostanie wielkim admirałem.

Jej namiestnikiem został zaś ser Harys Swyft.

Tam, gdzie inni mężczyźni mają podbródek, skórę pulchnego, łysego i służalczego Swyfta porastał niedorzeczny, biały meszek. Na pięknym, żółtym wamsie wyszyto mu lazurytowymi paciorkami niebieskiego kogucika, herb jego rodu. Na wams narzucił błękitny płaszcz z aksamitu, ozdobiony setką złotych dłoni. Ser Harys ucieszył się z nominacji. Był za głupi, by sobie uświadomić, że jest raczej zakładnikiem niż namiestnikiem. Jego córka była żoną jej stryja, a Kevan kochał swą panią, choć nie miała podbródka ani biustu, a za to nogi krótkie jak u kury. Dopóki Cersei miała w ręku ser Harysa, Kevan Lannister dobrze się zastanowi, nim odważy się jej sprzeciwić. *Co prawda, dobry ojciec nie jest idealnym zakładnikiem, ale lepsza wątła tarcza niż żadna.*

— Czy król do nas dołączy? — zapytał Orton Merryweather.

— Mój syn bawi się ze swoją małą królową. Na razie jego ulubionym królewskim obowiązkiem jest stemplowanie papierów królewską pieczęcią. Jego Miłość jest jeszcze za młody, żeby zrozumieć sprawy państwowe.

— A nasz dzielny lord dowódca?

— Ser Jaime udał się do swego zbrojmistrza dopasować nową rękę. Wiem, że wszyscy mieliśmy już dość widoku tego brzydkiego kikuta. Śmiem też twierdzić, że nasze obrady wydałyby się mojemu bratu równie nudne jak Tommenowi. — Aurane Waters zachichotał na te słowa.

Świetnie — pomyślała Cersei. — *Im częściej się z niego śmieją, tym mniej jest groźny. Niech się śmieją.*

— Czy mamy tu wino? — spytała na głos.

— Mamy, Wasza Miłość. — Orton Merryweather nie był urodziwym mężczyzną. Miał wielki, kluchowaty nochal i rozczochraną, pomarańczoworudą czuprynę. Nigdy jednak nie zapominał o uprzejmości. — Czerwone dornijskie, złote arborskie i świetny słodki hipokras z Wysogrodu.

— Chyba napiję się złotego. Dornijskie wina wydają mi się kwaśne jak sami Dornijczycy.

Merryweather nalał jej wina.

— Może zaczniemy od nich — zaproponowała Cersei.

Usta wielkiego maestera Pycelle'a wciąż drżały, lecz mimo to zdołał odzyskać głos.

— Jak rozkażesz. Książę Doran kazał aresztować buntownicze bękarcie córki swego brata, ale w Słonecznej Włóczni nadal jest niespokojnie. Książę pisze, że nie zdoła uspokoić wzburzonych wód, jeśli nie otrzyma obiecanej sprawiedliwości.

— Oczywiście. — *Ten książę jest naprawdę uciążliwy* — przemknęło jej przez myśl. — Jego długie oczekiwanie dobiegło już niemal końca. Wysyłam do Słonecznej Włóczni Balona Swanna, który odda mu głowę Gregora Clegane'a.

Ser Balon miał też do wykonania inne zadanie, ale o nim lepiej było nie wspominać.

— Ach. — Ser Harys Swyft pociągnął się za śmieszną bródkę, chwytając ją między kciukiem a palcem wskazującym. — To znaczy, że on nie żyje? Ser Gregor?

— Tak sądzę, panie — odparł ze śmiertelną powagą Aurane Waters. — Słyszałem, że ucięcie głowy często kończy się śmiercią.

Cersei nagrodziła go uśmiechem. Lubiła odrobinę humoru, pod warunkiem że nie ona była jego celem.

— Ser Gregor umarł z powodu ran, tak jak przewidział wielki maester Pycelle.

Pycelle odkaszlnął głośno i popatrzył ze złością na Qyburna.

— Włócznia była zatruta. Nikt nie mógł go uratować.

— Tak mi mówiłeś. Pamiętam to dobrze. — Królowa spojrzała na swego namiestnika. — O czym rozmawialiście, kiedy przyszłam, ser Harysie?

— O wróblach, Wasza Miłość. Septon Raynard mówi, że jest ich już w mieście około dwóch tysięcy i co dzień przybywają następni. Ich przywódcy mówią o zagładzie i o czcicielach demonów...

Cersei pociągnęła łyk wina. *To bardzo dobrze.*

— Powiedziałabym, że już najwyższy czas. Jakbyś nazwał tego czerwonego boga, któremu oddaje cześć Stannis, jeśli nie demonem? Wiara powinna się sprzeciwiać takiemu złu.

To Qyburn zwrócił na to jej uwagę. Był bardzo bystry.

— Obawiam się, że nasz zmarły Wielki Septon był stanowczo zbyt tolerancyjny — ciągnęła. — Starość pozbawiła go sił i przyćmiła mu wzrok.

— To był stary, zmęczony człowiek, Wasza Miłość. — Qyburn uśmiechnął się do Pycelle'a. — Jego zgon nie powinien być zaskoczeniem. Nikt z nas nie może prosić o więcej niż spokojna śmierć podczas snu, w podeszłym wieku.

— To prawda — zgodziła się Cersei. — Ale miejmy nadzieję, że jego następca będzie miał więcej wigoru. Moi przyjaciele na drugim wzgórzu mówią mi, że zapewne zostanie nim Torbert albo Raynard.

Wielki maester Pycelle odchrząknął.

— Ja również mam przyjaciół wśród Najpobożniejszych i oni wymieniają imię septona Ollidora.

— Nie zapominajmy też o tym Luceonie — wtrącił Qyburn. — Wczoraj wieczorem ugościł trzydziestu Najpobożniejszych pieczonym prosięciem i złotym arborskim, a za dnia rozdaje suchary biednym, by dowieść swej pobożności.

Aurane Waters sprawiał wrażenie równie znudzonego tą gadaniną o septonach jak Cersei. Kiedy przyjrzała mu się z bliska, okazało się, że jego włosy są raczej srebrne niż złote, a oczy ma szarozielone, nie fioletowe, jak książę Rhaegar. Mimo to podobieństwo… Zastanawiała się, czy Waters zgoliłby dla niej brodę. Choć był dziesięć lat od niej młodszy, pragnął jej, Cersei potrafiła to odczytać z tego, jak na nią patrzył. Mężczyźni spoglądali tak na nią już od czasu, gdy zaczęły jej wyrastać piersi. *Mówili, że to dlatego, iż jestem taka piękna, ale Jaime również był piękny, a nigdy tak na niego nie patrzyli.* W młodości nieraz przebierała się dla zabawy w strój brata. Zawsze była zdumiona tym, jak odmiennie traktowali ją mężczyźni, gdy myśleli, że mają do czynienia z Jaimem. Nawet sam lord Tywin…

Pycelle i Merryweather nadal kłócili się o to, kto zapewne zostanie nowym Wielkim Septonem.

— Każdy z nich będzie równie dobry — oznajmiła nagle królowa. — Jednak ten, kto włoży kryształową koronę, będzie musiał obłożyć Krasnala klątwą.

Poprzedni Wielki Septon zachował podejrzane milczenie w sprawie Tyriona.

— A jeśli chodzi o te różowe wróble, dopóki nie namawiają do zdrady, są problemem Wiary, nie naszym — skwitowała.

Lord Orton i ser Harys zgodzili się z nią szeptem. Gyles Rosby spróbował zrobić to samo, ale przeszkodził mu atak kaszlu. Cersei odwróciła z niesmakiem wzrok, gdy wypluł grudkę krwawej flegmy.

— Maesterze, przyniosłeś nam list z Doliny?

— Przyniosłem, Wasza Miłość. — Pycelle wydobył go z leżącej przed nim sterty papierów i wygładził. — To raczej deklaracja niż list. Podpisali ją w Runestone Spiżowy Yohn Royce, lady Waynwood, lordowie Hunter, Retford i Belmore oraz Simon Templeton, Rycerz z Dziewięciu Gwiazd. Wszyscy przystawili swe pieczęcie. Piszą…

Same bzdury.

— Możecie panowie przeczytać ten list, jeśli chcecie. Royce i ci pozostali zbierają ludzi pod Orlim Gniazdem. Zamierzają pozbawić Littlefingera pozycji lorda protektora Doliny, jeśli okaże się to konieczne, siłą. Pytanie brzmi: Czy mamy im na to pozwolić?

— A czy lord Baelish prosił nas o pomoc? — zapytał Harys Swyft.

— Jak dotąd nie. Prawdę mówiąc, nie wydaje się, by zbytnio się tym przejmował. W swym ostatnim liście wspomniał o buntownikach tylko mimochodem, zanim poprosił mnie o przysłanie jakichś starych arrasów Roberta.

Ser Harys pociągnął się za bródkę

— A czy ci lordowie podpisani pod deklaracją apelują o królewskie wsparcie?

— Również nie.

— W takim razie… być może nie musimy nic robić.

— Wojna w Dolinie byłaby nadzwyczaj tragiczna — zauważył Pycelle.

— Wojna? — Orton Merryweather parsknął śmiechem. — Lord Baelish to bardzo dowcipny człowiek, ale wojny nie toczy się na zabawne uwagi. Zresztą jakie ma znaczenie, kto jest regentem małego lorda Roberta, dopóki Dolina płaci należne podatki?

Nie ma żadnego — zdecydowała w myślach Cersei. Prawdę mówiąc, z Littlefingera było więcej pożytku na dworze. *Miał dar do znajdowania złota i nigdy nie kasłał.*

— Lord Orton mnie przekonał. Maesterze Pycelle, zawiadom podpisanych pod deklaracją lordów, że Petyrowi nie może się stać krzywda. Poza tym korona zaakceptuje wszelkie postanowienia, jakie podejmą w sprawie zarządzania Doliną do czasu osiągnięcia pełnoletności przez Roberta Arryna.

— Oczywiście, Wasza Miłość.

— Czy możemy porozmawiać o flocie? — odezwał się Aurane Waters. — Z piekła na Czarnym Nurcie ocalał niespełna tuzin naszych okrętów. Musimy odbudować morską potęgę.

— Morska potęga jest bardzo istotna — zgodził się Merryweather, kiwając głową. — Ale czy nie możemy wykorzystać żelaznych ludzi? Wrogów naszych wrogów? Czego zażądałby od nas Tron z Morskiego Kamienia w zamian za sojusz?

— Żelaźni ludzie żądają północy — wyjaśnił wielki maester Pycelle. — A szlachetny ojciec naszej królowej obiecał ją rodowi Boltonów.

— To bardzo niedogodne — zmartwił się Merryweather. — Niemniej jednak północ jest wielka. Można by ją podzielić. Niekoniecznie na zawsze. Bolton mógłby na to przystać, gdybyśmy zapewnili, że po pokonaniu Stannisa wesprzemy go całą swą siłą.

— Słyszałem, że Balon Greyjoy nie żyje — wtrącił ser Harys Swyft. — Czy wiemy, kto włada teraz na wyspach? Czy lord Balon miał syna?

— Leo? — wykasłał lord Gyles. — Theo?

— Theon Greyjoy wychowywał się w Winterfell jako podopieczny Eddarda Starka — odezwał się Qyburn. — Wątpliwe, by był nam przyjacielem.

— Słyszałem, że go zabito — dodał Merryweather.

— Czy był tylko jeden syn? — Ser Harys Swyft znowu pociągnął się za bródkę. — Bracia. Byli też bracia, prawda?

Varys by to wiedział — pomyślała poirytowana Cersei.

— Nie zamierzam kłaść się do łoża ze zgrają nędznych kałamarnic. Na nie też przyjdzie kolej, gdy tylko uporamy się ze Stannisem. Potrzebujemy własnej floty.

— Proponuję, byśmy zbudowali nowe dromony — podjął Aurane Waters. — Na początek dziesięć.

— A skąd weźmiemy na to pieniądze? — zainteresował się Pycelle.

Lord Gyles uznał to za zaproszenie do kolejnego ataku kaszlu. Na jego ustach znowu pojawiła się różowa plwocina, którą wytarł czerwoną, jedwabną chusteczką.

— Nie ma... — zdołał wykrztusić, nim kaszel pochłonął jego słowa. — Nie... nie ma...

Ser Harys zdołał jakoś zrozumieć, co chciał powiedzieć Rosby.

— Dochody korony nigdy nie były większe — sprzeciwił się. — Ser Kevan powiedział mi to osobiście.

— ...wydatki... złote płaszcze... — wycharczał lord Gyles.

Cersei słyszała już przedtem jego obiekcje.

— Lord skarbnik próbuje nam powiedzieć, że mamy za dużo złotych płaszczy i za mało złota. — Kasłanie Rosby'ego zaczynało ją irytować. *Być może Garth Sprośny wcale nie byłby taki zły.* — Choć dochody korony są duże, nie wystarczają na pokrycie długów zaciągniętych przez Roberta. W związku z tym postanowiłam odłożyć do chwili zakończenia wojny spłatę sum, jakie jesteśmy winni Świętej Wierze i Żelaznemu Bankowi z Braavos. — Nowy Wielki Septon z pewnością załamie święte ręce, a Braavosowie będą lamentować wniebogłosy, ale co z tego? — Zaoszczędzone w ten sposób pieniądze wykorzystamy na budowę nowej floty.

— Wasza Miłość jest nadzwyczaj roztropna — stwierdził lord Merryweather. — To mądre pociągnięcie. I konieczne, do czasu zakończenia wojny. Popieram tę propozycję.

— Ja również — zgodził się ser Harys.

— Wasza Miłość — odezwał się drżącym głosem Pycelle. — Obawiam się, że to spowoduje więcej kłopotów, niż ci się zdaje. Żelazny Bank...

— Nadal znajduje się w Braavos, daleko za morzem. Braavosowie dostaną złoto, maesterze. Lannister zawsze płaci swe długi.

— Braavosowie też mają swoje powiedzenie. — Ozdobiony

klejnotami łańcuch Pycelle'a zadźwięczał cicho. — Brzmi ono: „Żelazny Bank otrzyma swą należność".

— Żelazny Bank otrzyma swą należność, kiedy powiem, że tak się stanie. Do tego czasu będzie musiał poczekać z szacunkiem. Lordzie Watersie, możesz rozpocząć budowę tych dromon.

— Znakomicie, Wasza Miłość.

Ser Harys przerzucił papiery.

— Kolejna sprawa… otrzymaliśmy list od lorda Freya, który zgłasza pretensje…

— Ilu jeszcze ziem i zaszczytów żąda? — warknęła królowa. — Jego matka chyba miała trzy cycki.

— Wasze lordowskie moście mogą o tym nie wiedzieć — zaczął Qyburn. — Jednakże w winnych szynkach i garkuchniach miasta nie brakuje takich, którzy sugerują, że korona mogła mieć coś wspólnego ze zbrodnią lorda Waldera.

Pozostali członkowie rady popatrzyli na niego niepewnie.

— Mówisz o Krwawych Godach? — zapytał Aurane Waters.

— Zbrodnią? — powtórzył ser Harys.

Pycelle odchrząknął hałaśliwie, a lord Gyles zakasłał.

— Szczególnie głośno wypowiadają się te wróble — ostrzegł ich Qyburn. — Twierdzą, że Krwawe Gody były zniewagą dla praw boskich i ludzkich, a wszyscy, którzy przyłożyli do nich ręki, będą potępieni.

Cersei szybko zorientowała się, co chciał powiedzieć.

— Lord Walder musi wkrótce stanąć przed sądem Ojca. Jest już bardzo stary. Niech wróble plują na pamięć o nim. To nas nie dotyczy.

— Tak jest — zgodził się ser Harys.

— W istocie — poparł go lord Merryweather.

— Nikt tak z pewnością nie sądzi — dołączył do nich Pycelle.

Lord Gyles zakasłał.

— Odrobina plwociny na grobie lorda Waldera z pewnością nie przeszkodzi robakom — przyznał Qyburn. — Ale dobrze by było, gdyby kogoś ukarano za Krwawe Gody. Kilka freyowskich głów bardzo by pomogło w uspokojeniu północy.

— Lord Walder nigdy się nie zgodzi poświęcić nikogo z rodziny — sprzeciwił się Pycelle.

— W rzeczy samej — przyznała Cersei. — Choć jego następcy mogą mieć mniej skrupułów. Miejmy nadzieję, że lord Walder będzie tak uprzejmy i niedługo umrze. Nowy lord Przeprawy z radością pozbędzie się niedogodnych przyrodnich braci, kłopotliwych kuzynów i knujących spiski sióstr, ogłaszając ich wszystkich winnymi.

— Zanim doczekamy się śmierci lorda Waldera, chciałbym poruszyć jeszcze jedną sprawę — wtrącił Aurane Waters. — Złota Kompania zerwała kontrakt z Myr. Ludzie w porcie powiadają, że to lord Stannis ją wynajął i przewozi ją teraz przez morze.

— A czym miałby jej zapłacić? — zapytał Merryweather. — Śniegiem? Nie darmo zwą ją Złotą Kompanią. Ile złota ma Stannis?

— Niewiele — zapewniła Cersei. — Lord Qyburn rozmawiał z marynarzami z myrijskiej galery kotwiczącej w zatoce. Zapewniają, że Złota Kompania maszeruje do Volantis. Jeśli chce się przeprawić do Westeros, to zmierza w niewłaściwym kierunku.

— Może najemnikom znudziła się walka po przegranej stronie — zasugerował lord Merryweather.

— W tym jest trochę prawdy — zgodziła się królowa. — Tylko ślepiec mógłby nie zauważyć, że nasza wojna jest już właściwie wygrana. Lord Tyrell oblega Koniec Burzy, a Riverrun — Freyowie i mój kuzyn Daven, nasz nowy namiestnik zachodu. Okręty lorda Redwyne'a przepłynęły już Cieśninę Tarthańską i zmierzają szybko na północ. Na Smoczej Skale została tylko garstka rybackich łodzi i nikt nie przeszkodzi Redwyne'owi w lądowaniu. Zamek może się bronić przez pewien czas, ale jeśli opanujemy port, będziemy mogli odciąć garnizon od morza. Potem zostanie nam już tylko sam Stannis.

— Jeśli wierzyć lordowi Janosowi, próbuje się sprzymierzyć z dzikimi — ostrzegł wielki maester Pycelle.

— To tylko odziani w skóry barbarzyńcy — stwierdził lord Merryweather. — Lord Stannis musi być naprawdę zdesperowany, jeśli szuka takich sojuszników.

— Zdesperowany i głupi — zgodziła się królowa. — Ludzie z północy nienawidzą dzikich. Roose Bolton nie powinien mieć trudności z pozyskaniem ich dla naszej sprawy. Część z nich już połączyła siły z jego bękarcim synem, by uwolnić Fosę Cailin od tych przeklętych żelaznych ludzi i utorować lordowi Boltonowi drogę powrotu. Umber, Ryswell... zapomniałam pozostałych nazwisk. Nawet Biały Port jest już na progu przejścia na naszą stronę. Jego lord zgodził się wydać obie swoje wnuczki za naszych przyjaciół Freyów i otworzyć port dla naszych okrętów.

— Myślałem, że nie mamy żadnych okrętów — zdziwił się ser Harys.

— Wyman Manderly był wiernym chorążym Eddarda Starka — przypomniał wielki maester Pycelle. — Czy takiemu człowiekowi można ufać?

Nikomu nie można ufać.

— To stary, przerażony grubas. Niemniej w jednej sprawie okazał się nieustępliwy. Upiera się, że nie ugnie przed nami kolan, dopóki nie zwrócimy mu jego dziedzica.

— A czy go mamy? — zapytał ser Harys.

— Jeśli jeszcze żyje, jest w Harrenhal. Gregor Clegane wziął go do niewoli. — Góra nie zawsze dobrze obchodził się z jeńcami, nawet jeśli byli warci sporego okupu. — Jeśli nie żyje, to pewnie będziemy musieli wysłać lordowi Manderly'emu głowy tych, którzy ich zabili, razem z naszymi najserdeczniejszymi przeprosinami.

Jeśli jedna głowa wystarczy, by przebłagać księcia Dorne, cały ich worek z pewnością powinien zadowolić odzianego w focze futra grubasa z północy.

— A czy lord Stannis również nie spróbuje zdobyć poparcia Białego Portu?

— Och, już próbował. Lord Manderly przesłał nam jego listy, a jemu udzielił wymijających odpowiedzi. Stannis żąda mieczy i srebra Białego Portu, a w zamian oferuje... no cóż, nic. — Będzie musiała któregoś dnia zapalić świecę dla Nieznajomego za to, że zabrał Renly'ego, a zostawił Stannisa. Gdyby postąpił na odwrót, jej życie byłoby trudniejsze. — Dziś rano przyleciał kolejny ptak. Stannis przysłał swojego przemytnika cebuli, żeby negocjował z Białym Portem w jego imieniu. Manderly zamknął nędznika w celi. Pyta nas, co ma z nim zrobić.

— Niech go tu przyśle, żebyśmy go mogli wziąć na spytki — zasugerował lord Merryweather. — On może wiedzieć sporo ciekawych rzeczy.

— Niech zginie — sprzeciwił się Qyburn. — Jego śmierć stanie się nauczką dla ludzi z północy. Pokaże im, jaki los czeka zdrajców.

— Zgadzam się — rzekła królowa. — Poleciłam lordowi Manderly'emu natychmiast go ściąć. To powinno położyć kres szansom Stannisa na poparcie Białego Portu.

— Stannis będzie potrzebował nowego namiestnika — zauważył z chichotem Aurane Waters. — Może tym razem to będzie rzepowy rycerz?

— Rzepowy rycerz? — zdziwił się ser Harys Swyft. — A kto to taki? Nigdy o nim nie słyszałem.

Waters nie odpowiedział, zatoczył tylko oczyma.

— A jeśli lord Manderly odmówi? — zapytał Merryweather.

— Nie ośmieli się. Głowa cebulowego rycerza jest monetą, za którą może kupić życie syna. — Cersei uśmiechnęła się. — Stary, spasiony głupiec mógł być na swój sposób wierny Starkom, ale skoro wilki z Winterfell wytępiono...

— Wasza Miłość zapomina o lady Sansie — zauważył Pycelle.

Cersei obruszyła się wyraźnie.

— Z całą pewnością nie zapomniałam o tej małej wilczycy. — Nie chciała nawet wypowiadać imienia dziewczyny. — Powinnam była zamknąć ją w ciemnicy jako córkę zdrajcy, ale zamiast tego przyjęłam ją w poczet swych domowników. Dałam jej dach nad głową i miejsce przy ognisku domowym, pozwoliłam się bawić z moimi dziećmi. Karmiłam ją, ubierałam, próbowałam nauczyć choć trochę o świecie, i jak mi odpłaciła za dobroć? Pomogła zamordować mojego syna. Kiedy znajdziemy Krasnala, znajdziemy też lady Sansę. Ona żyje... ale zapewniam was, że zanim z nią skończę, będzie śpiewała do Nieznajomego, błagając o jego pocałunek.

Zapadła pełna skrępowania cisza. *Wszyscy połknęli języki, czy co?* — pomyślała poirytowana Cersei. To wystarczyło, by ją skłonić do zastanowienia się, po co w ogóle zawracała sobie głowę radą.

— Tak czy inaczej — ciągnęła królowa — młodsza córka lorda Eddarda towarzyszy lordowi Boltonowi i gdy tylko padnie Fosa Cailin, wyjdzie za jego syna Ramsaya. — Jeżeli dziewczyna zagra swą rolę wystarczająco dobrze, by potwierdzić prawa Boltonów do Winterfell, żadnego z nich nie będzie obchodziło, że w rzeczywistości jest bachorem jakiegoś zarządcy wyszukanym przez Littlefingera. — Jeśli północ musi mieć Starka, damy jej go. — Pozwoliła, by lord Merryweather znowu napełnił jej kielich. — Na Murze pojawił się jednak kolejny problem. Braciom z Nocnej Straży odebrało rozum. Wybrali bękarta Neda Starka na Lorda Dowódcę.

— Chłopak nosi nazwisko Snow — dodał bez potrzeby Pycelle.

— Widziałam go kiedyś w Winterfell — kontynuowała królowa. — Choć Starkowie ze wszystkich sił starali się go ukryć. Jest bardzo podobny do ojca.

Bękarty jej męża również go przypominały, ale Robert miał przynajmniej tyle przyzwoitości, żeby je ukrywać. Pewnego razu, po tej nieszczęsnej sprawie z kotem, wspomniał, że chciałby sprowadzić na dwór jakąś swoją nieprawo urodzoną córkę.

— Zrobisz, jak chcesz — powiedziała mu wtedy. — Możesz się jednak przekonać, że miasto nie jest zdrowym miejscem dla dorastającej dziewczyny.

Siniaka, którego zarobiła dzięki tym słowom, trudno było ukryć przed Jaimem, nie było wszak już więcej mowy o bękarciej córce. *Catelyn Tully była myszką. W przeciwnym razie udusiłaby tego Jona Snow w kołysce, zamiast zostawić to odrażające zadanie mnie.*

— Snow podziela też upodobanie lorda Eddarda do zdrady — dodała Cersei. — Ojciec chciał oddać królestwo Stannisowi, a syn oddał mu ziemie i zamki.

— Nocna Straż przysięga nie brać udziału w wojnach toczonych w Siedmiu Królestwach — przypomniał Pycelle. — Czarni bracia byli wierni tej tradycji przez tysiąclecia.

— Aż do tej pory — stwierdziła Cersei. — Bękart zapewnia nas w liście, że Nocna Straż nie opowiada się po niczyjej stronie, ale jego czyny zadają kłam tym słowom. Dał Stannisowi jadło i schronienie, a mimo to ma czelność prosić nas o ludzi i broń.

— To skandal — oburzył się lord Merryweather. — Nie możemy pozwolić, by Nocna Straż dodała swe siły do sił lorda Stannisa.

— Trzeba ogłosić tego Snowa zdrajcą i buntownikiem — zgodził się ser Harys Swyft. — Czarni bracia muszą go usunąć.

Wielki maester Pycelle z namaszczeniem pokiwał głową.

— Proponuję, byśmy zawiadomili Czarny Zamek, że nie wyślemy na Mur więcej ludzi, dopóki Snow pozostanie Lordem Dowódcą.

— Do naszych nowych dromon będzie potrzeba wioślarzy — ucieszył się Aurane Waters. — Polećmy lordom, żeby od tej pory wysyłali kłusowników i złodziei do nas, zamiast na Mur.

Qyburn pochylił się z uśmiechem.

— Nocna Straż broni nas wszystkich przed snarkami i grumkinami. Szlachetni panowie, uważam, że musimy pomóc dzielnym czarnym braciom.

Cersei przeszyła go ostrym spojrzeniem.

— Co chcesz przez to powiedzieć?

— Tylko jedno — odparł Qyburn. — Nocna Straż już od lat błagała nas o ludzi. Lord Stannis spełnił prośbę czarnych braci. Czy król Tommen może postąpić inaczej? Jego Miłość powinien wysłać na Mur stu ludzi. Pozornie po to, by przywdziali czerń, ale w rzeczywistości…

— Po to, by usunąć Jona Snowa — dokończyła z zachwytem w głosie Cersei. — *Wiedziałam, że dobrze zrobiłam, mianując go członkiem rady.* — Tak właśnie uczynimy. — Roześmiała się głośno. *Jeśli ten bękart rzeczywiście jest synem swego ojca, nie będzie nic podejrzewał. Być może nawet mi podziękuje, zanim nóż znajdzie się między jego żebrami.* — Oczywiście trzeba to będzie zrobić ostrożnie. Zostawcie resztę mnie, szlachetni panowie. — Królowa była zadowolona. Tak właśnie powinno się traktować wrogów. Sztyletem, nie deklaracją. — Wykonaliśmy dziś dobrą robotę, wasze lordowskie moście. Dziękuję wam. Czy jest coś jeszcze?

— Jedna sprawa, Wasza Miłość — odezwał się Aurane Waters przepraszającym tonem. — Nie chcę marnować czasu rady na drobiazgi, ale ostatnio po porcie krążą dziwne pogłoski. Powtarzają je marynarze ze wschodu. Mówią o smokach…

— A z pewnością również o mantykorach i brodatych grumkinach? — Cersei zachichotała. — Wróć do mnie, kiedy usłyszysz pogłoski o karłach, mój panie.

Wstała, by dać znak, że spotkanie skończone.

Gdy Cersei wyszła z komnat rady, dął porywisty jesienny wiatr. Nad miastem nadal unosił się dźwięk żałobnej pieśni dzwonów od Baelora Błogosławionego. Na dziedzińcu około czterdziestu rycerzy okładało się nawzajem mieczami i tarczami, zwiększając jeszcze hałas. Ser Boros Blount odprowadził królową do jej komnat, gdzie znalazła lady Merryweather chichoczącą z Jocelyn i Dorcas.

— Co was tak śmieszy? — zapytała.

— Bliźniacy Redwyne'owie — wyjaśniła Taena. — Obaj zakochali się w lady Margaery. Do tej pory bili się o to, który z nich zostanie następnym lordem Arbor, a teraz obaj zamierzają wstąpić do Gwardii Królewskiej, żeby być bliżej małej królowej.

— Redwyne'owie zawsze mieli więcej piegów niż rozumu.

— Dobrze jednak było o tym wiedzieć. *Gdyby udało się przyłapać Horrora albo Bobera w łożu z Margaery...* Cersei zadała sobie pytanie, czy mała królowa lubi piegi. — Dorcas, przyprowadź mi ser Osneya Kettleblacka.

Dorcas zaczerwieniła się.

— Wedle rozkazu.

Kiedy dziewczyna wyszła, Taena Merryweather obrzuciła królową pytającym spojrzeniem.

— Dlaczego tak się zarumieniła?

— Z miłości. — Tym razem to Cersei parsknęła śmiechem. — Spodobał się jej nasz ser Osney. — To był najmłodszy z Kettleblacków, ten gładko wygolony. Miał takie same czarne włosy i haczykowaty nos jak jego brat Osmund i uśmiechał się równie swobodnie, ale policzek przecinały mu trzy długie szramy, pamiątka po jednej z kurew Tyriona. — Chyba przypadły jej do gustu te blizny.

W ciemnych oczach lady Merryweather pojawił się figlarny błysk.

— Oczywiście. Blizny przydają mężczyźnie groźnego wyglądu, a niebezpieczeństwo jest ekscytujące.

— Szokujesz mnie, pani — rzekła żartobliwym tonem królowa. — Jeśli ekscytuje cię niebezpieczeństwo, dlaczego wyszłaś za lorda Ortona? To prawda, że wszyscy go kochamy, ale…

Petyr zauważył kiedyś, że róg obfitości — herb rodu Merryweatherów — świetnie pasuje do lorda Ortona, gdyż ma on włosy koloru marchewki, nos jak burak i grochówkę zamiast mózgu.

Taena parsknęła śmiechem.

— To prawda, że mój pan mąż ma w sobie więcej obfitości niż groźby. Ale… mam nadzieję, że Wasza Miłość nie pomyśli o mnie źle, ale nie przyszłam do łoża Ortona jako dziewica.

W Wolnych Miastach wszystkie jesteście kurwami, czyż nie tak? Dobrze było o tym wiedzieć. Być może pewnego dnia będzie mogła zrobić użytek z tej informacji.

— Powiedz mi, proszę, kim był ten tak... niebezpieczny kochanek?

Gdy Taena się rumieniła, jej oliwkowa skóra robiła się jeszcze ciemniejsza.

— Och, nie powinnam była o tym wspominać. Wasza Miłość dochowa mojej tajemnicy, prawda?

— Mężczyźni mają blizny, kobiety sekrety.

Cersei pocałowała ją w policzek. *Wkrótce wyciągnę z ciebie jego imię* — zapewniła w duchu.

Gdy wróciła Dorcas razem z ser Osneyem Kettleblackiem, królowa odesłała obie kobiety.

— Usiądź proszę ze mną przy oknie, ser Osneyu. Wypijesz kielich wina? — Nalała sama sobie i jemu. — Twój płaszcz jest znoszony. Mam ochotę dać ci nowy.

— Biały? Kto umarł?

— Jak dotąd nikt — odparła królowa. — Czyżbyś pragnął dołączyć do swego brata Osmunda w Gwardii Królewskiej?

— Wolałbym zostać gwardzistą królowej, jeśli Wasza Miłość pozwoli.

Gdy Osney się uśmiechał, blizny na jego policzku robiły się jaskrawoczerwone.

Cersei przebiegła po nich palcami.

— Śmiało przemawiasz, ser. Mogę przez ciebie znowu się zapomnieć.

— To świetnie. — Ser Osney złapał ją za rękę i pocałował gwałtownie w palce. — Moja słodka królowo

— Jesteś niegodziwy — wyszeptała Cersei. — Podejrzewam, że nie jesteś prawdziwym rycerzem. — Pozwoliła, by dotknął przez jedwab jej piersi. — Wystarczy.

— Nie wystarczy. Pragnę cię.

— Już mnie miałeś.

— Tylko raz.

Złapał ją za lewą pierś i uścisnął niezgrabnie. Ten gest przypomniał jej Roberta.

— Jedna dobra noc dla jednego dobrego rycerza. Wyświadczyłeś mi rycerską przysługę i otrzymałeś nagrodę. — Przesunęła palcami po sznurówkach jego spodni, czując, jak jego członek zesztywniał pod spodem. — Chyba widziałam wczoraj rano, że masz nowego konia.

— Tego czarnego ogiera? Ehe. To dar od mojego brata Osfryda. Nadałem mu imię Zmrok.

Jak cudownie oryginalnie.

— To dobry wierzchowiec do walki, ale dla przyjemności nie ma to jak przejażdżka na młodej, ognistej klaczy. — Uśmiechnęła się do niego i uścisnęła go mocno. — Powiedz mi szczerze, uważasz, że nasza nowa królowa jest ładna?

Ser Osney odsunął się z wyraźną nieufnością.

— Pewnie tak. Jak na młodą dziewczynę. Ale ja wolę dojrzałe kobiety.

— Czemu nie miałbyś mieć obu? — wyszeptała. — Zerwij dla mnie małą różę, a przekonasz się, że potrafię być wdzięczna.

— Małą… masz na myśli Margaery? — Zapał ser Osneya sflaczał wyczuwalnie. — Ona jest żoną króla. Czy nie było już takiego królewskiego gwardzisty, który stracił głowę za sypianie z królewską żoną?

— To było przed wiekami. — *Była kochanką króla, nie jego żoną, a głowa była jedyną rzeczą, której nie stracił. Aegon poćwiartował go, kawałek po kawałku, i kazał tej kobiecie na to patrzeć.* Cersei jednak nie chciała, by Osney rozpamiętywał owo nieprzyjemne wydarzenie sprzed lat. — I Tommen nie jest Aegonem Niegodnym. Nie obawiaj się, zrobi, co mu każę. Chcę, żeby to Margaery straciła głowę, nie ty.

Zaniemówił na chwilę.

— Chciałaś powiedzieć „dziewictwo"?

— To też. Zakładając, że jeszcze je ma. — Ponownie przebiegła palcami po jego bliznach. — A może uważasz, iż Margaery nie ulegnie twym… urokom?

— Ona mnie lubi — zapewnił Osney z urazą w oczach. — Te jej kuzynki zawsze się ze mnie nabijają z powodu nosa. Mówią, że jest za wielki i tak dalej. Ostatnio, kiedy Megga to zrobiła, Margaery kazała im przestać i powiedziała, że mam piękną twarz.

— Sam widzisz.

— Widzę — zgodził się z powątpiewaniem w głosie. — Ale co mam zrobić, jeśli ona… jeśli… my…

— Jeśli to zrobicie? — Cersei uśmiechnęła się do niego złowieszczo. — Spanie z królową to zdrada. Tommen nie będzie miał innego wyboru, jak wysłać cię na Mur.

— Na Mur? — powtórzył przerażony Kettleblack.

Ledwie zdołała powstrzymać się od śmiechu. *Lepiej uważać. Mężczyźni nie znoszą, jak się z nich śmiać.*

— Czarny płaszcz będzie świetnie pasował do twoich oczu i do tych czarnych włosów.

— Z Muru nikt nie wraca.

— Ty wrócisz. Musisz tylko zabić chłopaka.

— Jakiego chłopaka?

— Bękarta, który sprzymierzył się ze Stannisem. Jest młody i niedoświadczony, a ty będziesz miał stu ludzi.

Kettleblack się bał, czuła woń jego strachu, był jednak zbyt dumny, by się do tego przyznać. *Wszyscy mężczyźni są tacy sami.*

— Zabiłem tylu chłopaków, że nie potrafię ich zliczyć — zapewnił. — Czy król mnie ułaskawi, kiedy już to zrobię?

— A na dodatek otrzymasz tytuł lordowski. — *Chyba że bracia Snowa najpierw cię powieszą.* — Królowa powinna mieć małżonka. To musi być ktoś, kto nie zna strachu.

— Lord Kettleblack? — Na jego twarzy powoli pojawił się uśmiech. Jego blizny zapłonęły czerwienią. — Ehe, to mi się podoba. Lordowski lord…

— …godny, by kochać królową.

Zmarszczył brwi.

— Na Murze jest zimno.

— Ale ja jestem ciepła. — Cersei objęła jego szyję. — Weź dziewczynę do łoża i zabij chłopaka, a będę twoja. Czy wystarczy ci odwagi?

Osney zastanawiał się przez chwilę, a potem skinął głową.

— Jestem twój.

— To prawda, ser. — Pocałowała go i pozwoliła mu poczuć przez chwilę smak języka, po czym się odsunęła. — Na razie wystarczy. Reszta musi zaczekać. Czy przyśnię ci się dziś w nocy?

— Ehe — potwierdził ochrypłym głosem.

— A kiedy będziesz leżał w łożu z Dziewicą Margaery? — dopytywała się żartobliwie. — Czy tkwiąc w niej, będziesz marzył o mnie?

— Będę — zapewnił Osney Kettleblack.

— Znakomicie.

Po wyjściu Kettleblacka Cersei wezwała Jocelyn, żeby uczesała jej włosy. Gdy dziewczyna wzięła się do roboty, królowa zdjęła pantofle i przeciągnęła się jak kot. *Jestem do tego stworzona* — powiedziała sobie. Najbardziej cieszyła ją elegancja jej własnego planu. Nawet Mace Tyrell nie ośmieli się stanąć w obronie ukochanej córeczki, jeśli przyłapie się ją na gorącym uczynku z kimś takim jak Osney Kettleblack. Ani Stannis Baratheon, ani Jon Snow nie będą mieli powodu zastanawiać się, dlaczego wysłała Osneya na Mur. Musi pamiętać, żeby to ser Osmund przyłapał swego brata z małą królową. W ten sposób na lojalność pozostałych Kettleblacków nie padnie cień. *Gdyby ojciec mógł mnie teraz widzieć, nie śpieszyłby się tak bardzo do wydania mnie za mąż. Jaka szkoda, że nie żyje. On, Robert, Jon Arryn, Ned Stark, Renly Baratheon, wszyscy nie żyją. Został tylko Tyrion, ale i on nie na długo.*

Nocą królowa wezwała do swej sypialni lady Merryweather.

— Wypijesz kielich wina? — zapytała.

— Mały. — Myrijka parsknęła śmiechem. — Albo duży.

— Chcę, żebyś rano odwiedziła moją dobrą córkę — oznajmiła Cersei, gdy Dorcas ubierała ją w koszulę nocną.

— Lady Margaery zawsze się cieszy na mój widok.

— Wiem o tym. — Uwadze królowej nie umknęło, w jaki sposób Taena mówi o małej żonie Tommena. — Powiedz jej, że wysłałam siedem woskowych świec do Septu Baelora, by uczcić pamięć naszego drogiego Wielkiego Septona.

Taena wybuchnęła śmiechem.

— W takim przypadku Margaery na pewno kupi siedemdziesiąt siedem świec, żeby nie pozwolić się wyprzedzić.

— Byłabym bardzo poirytowana, gdyby tego nie zrobiła — odparła z uśmiechem królowa. — Powiedz jej też, że ma skrytego wielbiciela, rycerza, któremu jej uroda tak zawróciła w głowie, że nie może spać nocami.

— A czy mogę zapytać Waszą Miłość, który to rycerz? — W wielkich ciemnych oczach Taeny pojawiły się figlarne błyski. — Czy to możliwe, że to ser Osney?

— Niewykluczone — przyznała królowa. — Ale nie zdradzaj jej tego zbyt szybko. Niech wyciągnie z ciebie to imię. Zrobisz to?

— Jeśli tego chcesz. Pragnę jedynie cię zadowolić, Wasza Miłość.

Na dworze wiał zimny wicher. Siedziały razem aż do rana, pijąc złote arborskie i opowiadając sobie różne historie. Taena się upiła i Cersei wyciągnęła z niej imię sekretnego kochanka. To był myrijski kapitan, na wpół pirat, który miał czarne włosy opadające do ramion i bliznę biegnącą od podbródka do ucha.

— Sto razy mówiłam mu „nie", a on powtarzał „tak" — wyznała młodsza kobieta. — Aż wreszcie ja też powiedziałam „tak". Był z tych mężczyzn, którym nie sposób odmówić.

— Znam takich — zgodziła się królowa, uśmiechając się z przekąsem.

— Czyżby Wasza Miłość też kiedyś miała takiego mężczyznę?

— Roberta — skłamała, myśląc o Jaimem.

Ale gdy zamknęła oczy, przyśnił się jej drugi brat, razem z trzema głupcami, od których zaczął się jej dzień. We śnie to głowę Tyriona przynieśli jej w worku. Kazała ją pokryć brązem i trzymała w nocniku.

ŻELAZNY KAPITAN

Dął północny wiatr, gdy „Żelazne Zwycięstwo" minęło przylądek i wpłynęło do świętej zatoki zwanej Kołyską Naggi.

Victarion podszedł do Nute'a Balwierza, który stał na dziobie. Przed nimi majaczył święty brzeg Starej Wyk oraz porośnięte trawą wzgórze, na którym żebra Naggi sterczały z ziemi niczym pnie potężnych białych drzew, grube jak maszt dromony i dwukrotnie od niego wyższe.

Kości komnaty Szarego Króla. Victarion czuł wypełniającą to miejsce magię.

— Pod tymi kośćmi stał Balon, gdy po raz pierwszy ogłosił się królem — wspominał. — Przysiągł, że odzyska dla nas nasze swobody, a Tarle Po Trzykroć Utopiony włożył mu na głowę koronę z wyrzuconego przez morze drewna. Ludzie krzyczeli: „Balon! Balon! Balon królem!".

— Twoje imię będą wykrzykiwali równie głośno — zapewnił Nute.

Victarion skinął głową, choć nie podzielał pewności Balwierza. *Balon miał trzech synów i córkę, którą kochał.*

To właśnie powiedział swym kapitanom w Fosie Cailin, gdy zaczęli go namawiać, by sięgnął po Tron z Morskiego Kamienia.

— Synowie Balona nie żyją — rzekł na to Rudy Ralf Stonehouse. — Asha zaś jest kobietą. Byłeś silną prawą ręką brata i musisz podnieść miecz, który on wypuścił.

Victarion przypomniał, że Balon rozkazał im bronić Fosy przed ludźmi z północy, ale Ralf Kenning odpowiedział:

— Wilki są rozbite, panie. Co nam przyjdzie z tego, że zdobędziemy to bagno, jeśli stracimy wyspy?

— Wronie Oko zbyt długo przebywał poza wyspami — dodał Ralf Chromy. — Nie zna nas.

Euron Greyjoy, Król Wysp i Północy.

Ta myśl przebudziła w jego sercu zastarzały gniew, ale z drugiej strony…

— Słowa to tylko wiatr — oznajmił Victarion. — A dobry wiatr to jedynie taki, który wypełnia nasze żagle. Chcecie, żebym walczył z Wronim Okiem? Brat przeciw bratu, jedni ludzie z żelaznego rodu przeciw innym?

Euron był starszy od niego, bez względu na to, ile złej krwi było między nimi. *Nikt nie jest bardziej przeklęty niż zabójca krewnych.*

Gdy jednak nadeszły wieści od Mokrej Czupryny, który zwołał królewski wiec, wszystko się zmieniło. *Aeron przemawia głosem Utopionego Boga* — powiedział sobie Victarion. — *A jeśli Utopiony Bóg pragnie, żebym to ja zasiadł na Tronie z Morskiego Kamienia...* Następnego dnia przekazał dowództwo nad Fosą Cailin Ralfowi Kenningowi i wyruszył w stronę Gorączki. Żelazna Flota czekała tam ukryta pośród trzcin i wierzb. Burzliwe morza i kapryśne wiatry sprawiły, że nieco się spóźnił, ale stracił tylko jeden drakkar i wrócił już do domu.

„Żałoba" i „Żelazna Zemsta" minęły przylądek tuż za „Żelaznym Zwycięstwem". Za nimi płynęły „Twarda Ręka", „Żelazny Wicher", „Szary Duch", „Lord Quellon", „Lord Vickon", „Lord Dagon" i cała reszta, dziewięć dziesiątych Żelaznej Floty. Płynęli z wieczornym przypływem w nierównym szeregu ciągnącym się na przestrzeni wielu mil. Widok ich żagli wypełniał serce Victariona Greyjoya radością. Żaden mężczyzna nigdy nie kochał swoich żon nawet w połowie tak mocno, jak lord kapitan kochał swe okręty.

Drakkary leżały wzdłuż świętej plaży Starej Wyk tak daleko, jak okiem sięgnąć. Ich maszty sięgały ku niebu niczym włócznie. Na głębszych wodach stały pryzy: kogi, karaki i dromony zdobyte na wojennych wyprawach, za duże, by można je było wyciągnąć na brzeg. Na dziobach, rufach i masztach powiewały znajome chorągwie.

— Czy to „Morska Pieśń" Lorda Harlawa? — zapytał Nute, wytężając wzrok. Balwierz był krępym mężczyzną o krzywych nogach i długich ramionach, ale jego oczy nie były już takie dobre jak w latach młodości. W dawnych czasach rzucał toporem tak celnie, że powiadano, iż potrafił ogolić nim człowieka.

— Tak, to „Morska Pieśń". — Wygląda na to, że Rodrik Czytacz porzucił swe księgi. — A tam jest „Władca Gromu" starego Drumma, a obok niego „Żeglarz Nocy" Blacktyde'a.

Victarion miał równie dobry wzrok jak zawsze. Choć żagle były zwinięte, a flagi zwisały luźno, potrafił rozpoznać wszystkie okręty, jak przystało lordowi kapitanowi Żelaznej Floty.

— Widzę też „Srebrną Płetwę". To jakiś kuzyn Sawane'a Botleya.

Victarion słyszał, że Wronie Oko utopił lorda Botleya, a jego dziedzic zginął w Fosie Cailin, ale byli też bracia i inni synowie. *Ilu? Czterech? Nie, pięciu, a żaden z nich nie ma powodu, by kochać Wronie Oko.*

I wtedy ją zobaczył, jednomasztową galerę, smukłą i niską, o kadłubie pomalowanym na ciemnoczerwono. Jej żagle, teraz zwinięte, były czarne jak bezgwiezdne niebo. Nawet stojąc na kotwicy, „Cisza" wydawała się szybka i okrutna. Na dziobie miała czarną, żelazną dziewicę wyciągającą jedno ramię. Talia galionu była smukła, piersi wysoko, dumnie uniesione, a nogi długie i kształtne. Z głowy spływała fala potarganych wiatrem włosów z żelaza. Oczy figury zrobiono z macicy perłowej, ale nie miała ust.

Victarion zacisnął pięści. Pobił nimi na śmierć czterech mężczyzn, a także jedną żonę. Choć jego włosy upstrzyła już siwizna, nadal był silny jak zawsze. Miał pierś szeroką jak u byka, a brzuch płaski niczym młody chłopak. „Zabójca krewnych jest przeklęty w oczach bogów i ludzi" — Balon przypomniał mu o tym owego dnia, gdy wysłał Wronie Oko na morze.

— On tu jest — powiedział Balwierzowi. — Zwińcie żagle. Podpłyniemy do brzegu na samych wiosłach. Niech „Żałoba" i „Żelazna Zemsta" zajmą pozycje między „Ciszą" a morzem. Reszta floty niech zamknie zatokę. Nikt jej nie opuści bez mojego rozkazu, czy to człowiek, czy wrona.

Ludzie na brzegu zauważyli ich żagle. Nad zatoką poniosły się krzyki witających ich przyjaciół i krewnych. Ale na pokładzie „Ciszy" nikt nie krzyczał. Mieszana załoga złożona z niemowów i kundli przyglądała się bez słowa podpływającemu coraz bliżej „Żelaznemu Zwycięstwu". Na Victariona gapili się mężczyźni czarni jak smoła i inni, przysadziści i kudłaci jak małpy z Sothoryos. *Potwory* — pomyślał.

Rzucili kotwicę w odległości dwudziestu jardów od „Ciszy".

— Spuśćcie łódź. Popłynę na brzeg.

Zapiął pas, a wioślarze zajęli miejsca. U jednego biodra miał miecz, a u drugiego sztylet. Nute Balwierz zapiął mu pod szyją płaszcz lorda kapitana. Uszyto go z dziewięciu warstw złotogłowia, nadając mu kształt krakena Greyjoyów. Macki opadały aż do butów. Pod płaszczem Victarion miał ciężką, szarą kolczugę, założoną na czarną, utwardzaną skórę. W Fosie Cailin nauczył się nosić zbroję dniem i nocą. Obolałe ramiona i plecy łatwiej było znieść niż krew płynącą z kiszek. Wystarczyło, żeby zatruta strzała błotnych diabłów tylko zadrapała człowieka, a po kilku godzinach krzyczał już z bólu, gdy życie wyciekało zeń czerwonobrązowym strumieniem. *Policzę się z błotnymi diabłami, bez względu na to, kto zasiądzie na Tronie z Morskiego Kamienia.*

Na głowę włożył wysoki, czarny hełm wykuty na podobieństwo krakena. Jego ramiona osłaniały policzki, spotykając się pod brodą. Łódź była już gotowa.

— Powierzam te skrzynie twej opiece — powiedział Nute'owi Victarion, przechodząc przez burtę. — Pamiętaj strzec ich pilnie.

Od skrzyń zależało bardzo wiele.

— Wedle rozkazu, Wasza Miłość.

Victarion wykrzywił ze złością twarz.

— Nie jestem jeszcze królem.

Zszedł do łodzi.

Aeron Mokra Czupryna czekał na niego w falach przyboju z bukłakiem przerzuconym przez ramię. Kapłan był chudy i wysoki, choć niższy od Victariona. Nos sterczał z jego kościstej twarzy niczym płetwa rekina, oczy zaś miał szare jak żelazo. Broda sięgała mu do pasa, a splątane sznury włosów uderzały od tyłu w jego nogi, kołysząc się na wietrze.

— Bracie — przywitał go, kiedy ich kostki omyły białe, zimne fale. — To, co jest martwe, nie może umrzeć.

— Lecz odradza się, twardsze i silniejsze.

Victarion zdjął hełm i klęknął. Słona woda wypełniła jego buty i zmoczyła spodnie, gdy Aeron wylał mu strumień na czoło. Potem pomodlili się razem.

— Gdzie jest nasz brat, Wronie Oko? — zapytał lord kapitan, gdy już skończyli modlitwy.

— W tym wielkim namiocie ze złotogłowia, z którego dobiega największy hałas. Otacza się bezbożnikami i potworami, jeszcze gorszymi niż przedtem. Krew naszego ojca wyrodziła się w nim.

— I krew naszej matki również. — Victarion nie chciał mówić o zabijaniu krewnych, nie w tym świętym miejscu pod kośćmi Naggi i komnatą Szarego Króla, ale nieraz śnił nocami o tym, jak rozbija uśmiechniętą twarz Eurona żelazną pięścią, aż zła krew jego brata spływa na ziemię, czerwona i swobodna. *Nie wolno mi tego zrobić. Przysięgałem Balonowi.* — Czy wszyscy przybyli? — zapytał kapłana.

— Wszyscy, którzy się liczą. Kapitanowie i królowie. — Na Żelaznych Wyspach byli oni jednym i tym samym, gdyż każdy kapitan był królem na pokładzie swego statku, a każdy król musiał być kapitanem. — Czy pragniesz sięgnąć po koronę naszego ojca?

Victarion wyobraził sobie, jak zasiada na Tronie z Morskiego Kamienia.

— Jeśli Utopiony Bóg zechce.

— Fale przemówią — zapewnił Aeron Mokra Czupryna, odwracając się. — Słuchaj fal, bracie.

— Tak.

Zadał sobie pytanie, jak zabrzmiałoby jego imię, gdyby wypowiedziały je fale, a potem wykrzyczeli chórem kapitanowie i królowie. *Jeśli ten kielich przypadnie mnie, nie będę się uchylał.*

Wokół zgromadził się tłum tych, którzy życzyli mu szczęścia i pragnęli zdobyć jego przychylność. Widział ludzi ze wszystkich wysp: Blacktyde'ów, Tawneyów, Orkwoodów, Stonetree, Wynchów i wielu innych. Zjawili się Goodbrotherowie ze Starej Wyk, Goodbrotherowie z Wielkiej Wyk i Goodbrotherowie z Orkmont. Byli tu również Coddowie, choć wszyscy przyzwoici ludzie nimi gardzili. Skromni Shepherdowie, Weaverowie i Netleyowie ocierali się w tłumie o ludzi z dumnych, starożytnych rodów. Byli tu nawet jeszcze skromniejsi Humble'owie, potomkowie poddanych i morskich żon. Jakiś Volmark poklepał Victariona po plecach, a dwóch Sparrów wcisnęło mu w dłonie bukłak z winem. Pociągnął długi łyk, otarł usta i poszedł z nimi ku ich ogniskom, by wysłuchać opowieści o wojnie, koronach i łupach, o chwale i wolności, jaką przyniesie jego panowanie.

Nocą ludzie z Żelaznej Floty rozbili tuż nad linią zasięgu wód przypływu wielki namiot z żaglowego płótna, by Victarion mógł ugościć pół setki sławnych kapitanów pieczonym koźlęciem, solonym dorszem i homarami. Aeron również się zjawił. Zjadł trochę ryby, popijając ją wodą, podczas gdy kapitanowie wyżłopali tyle *ale*, że mogłaby na nim pływać cała Żelazna Flota. Wielu obiecało go poprzeć: Fralegg Silny, Bystry Alvyn Sharp, garbaty Hotho Harlaw. Hotho zaproponował, by jego córka została królową Victariona.

— Nie miałem szczęścia do żon — odparł ten. Pierwsza umarła w połogu, dając mu martwo urodzoną córeczkę. Drugą zabiła franca. A trzecią…

– Król musi mieć dziedzica — upierał się Hotho. — Wronie Oko będzie mógł pokazać królewskiemu wiecowi trzech synów.

— Bękartów i kundli. Ile lat ma ta córka?

— Dwanaście — odparł Hotho. — Jest ładna i płodna. Niedawno zakwitła, a włosy ma koloru miodu. Piersi ma jeszcze małe, ale biodra dobre. Jest bardziej podobna do matki niż do mnie.

Victarion wiedział, iż miało to znaczyć, że dziewczyna nie jest garbata. Jednakże gdy próbował ją sobie wyobrazić, widział tylko żonę, którą zabił. Łkał przy każdym ciosie, jaki jej zadawał, a potem zaniósł ją na skały i oddał krabom.

— Z chęcią przyjrzę się dziewczynie, gdy już włożę koronę — zapewnił. Hotho nie śmiał liczyć na więcej, oddalił się więc ukontentowany.

Baelora Blacktyde'a trudniej było zadowolić. Zajął na uczcie miejsce obok Victariona, odziany w bluzę z jagnięcej wełny w czarno-zielony wzór herbowej popielicy. Był urodziwy i miał gładko wygoloną twarz, a sobolowe futro spiął srebrną siedmioramienną gwiazdą. Przez osiem lat był zakładnikiem w Starym Mieście i wrócił stamtąd jako czciciel siedmiu bogów z zielonych krain.

— Balon był szalony, Aeron jest jeszcze bardziej szalony, a Euron najbardziej szalony z nich wszystkich — stwierdził lord Baelor. — A co z tobą, lordzie kapitanie? Jeśli wykrzyczę twoje imię, czy położysz kres tej obłąkanej wojnie?

Victarion zmarszczył brwi.

— Chcesz, żebym ugiął kolan?

— Jeśli będzie trzeba. Sami nie zdołamy się oprzeć całemu Westeros. Król Robert dowiódł tego, ku naszemu żalowi. Balon mówił, że zapłaci żelazem za wolność, ale nasze kobiety okupiły jego koronę pustymi łożami. Moja matka była jedną z nich. Dawne zwyczaje umarły.

— To, co jest martwe, nie może umrzeć, lecz odradza się twardsze i silniejsze. Za sto lat ludzie będą śpiewali pieśni wysławiające Balona Śmiałego.

— Lepiej nazwij go Balonem Twórcą Wdów. Z chęcią zamieniłbym tę jego wolność na ojca. Masz może jakiegoś na zbyciu?

Victarion nie odpowiedział. Blacktyde prychnął pogardliwie i oddalił się.

W namiocie zrobiło się gorąco. Wypełniał go dym. Dwaj synowie Gorolda Goodbrothera podczas bójki przewrócili stół; Will Humble przegrał zakład i musiał zjeść but; Mały Lenwood Tawney grał na skrzypkach, a Romny Weaver śpiewał *Krwawy puchar*, *Stalowy deszcz* i inne stare łupieżcze pieśni. Qarl Panienka i Eldred Codd tańczyli taniec palców. Gdy jeden z palców Eldreda wylądował w pucharze wina Ralfa Chromego, rozległ się gromki ryk śmiechu.

Victarion usłyszał, że jedną ze śmiejących się jest kobieta. Wstał i wypatrzył ją obok poły namiotu. Wyszeptała do ucha Qarlowi Panience coś, co jego również rozśmieszyło. Victarion miał nadzieję, że nie będzie tak głupia, by tu przybyć, lecz mimo to uśmiechnął się na jej widok.

— Asha — zawołał rozkazującym tonem. — Bratanico.

Podeszła do niego. Była szczupła i gibka. Miała na sobie buty z cholewami, pełne plam od soli, zielone wełniane spodnie, brązową bluzę z podszewką i skórzaną kamizelkę bez rękawów. Połowa jej sznurówek była rozwiązana.

— Stryjaszku. — Asha Greyjoy była wysoka jak na kobietę, ale musiała wspiąć się na palce, by pocałować go w policzek. — Cieszę się, że cię widzę na moim wiecu królowej.

— Wiecu królowej? — Victarion ryknął śmiechem. — Upiłaś się, bratanico? Siadaj. Nie widziałem na plaży twojego „Czarnego Wichru".

— Zostawiłam go pod zamkiem Norne'a Goodbrothera i konno przyjechałam na drugi koniec wyspy. — Usiadła na stołku i poczęstowała się winem Nute'a Balwierza, nie pytając o pozwolenie. Nute się nie sprzeciwiał, gdyż już jakiś czas temu zapadł w pijacki sen. — Kto broni Fosy?

— Ralf Kenning. Po śmierci Młodego Wilka zagrażają nam tylko błotne diabły.

— Starkowie nie są jedynym rodem na północy. Żelazny Tron mianował lorda Dreadfort jej namiestnikiem.

— Chcesz mnie uczyć prowadzenia wojny? Toczyłem bitwy, gdy ty jeszcze ssałaś pierś matki.

— I przegrywałeś je — zauważyła Asha, pociągając kolejny łyk wina.

Victarion nie lubił, gdy mu przypominano o Pięknej Wyspie.

— Każdy mężczyzna powinien w młodości przegrać bitwę, żeby na starość nie przegrać wojny. Mam nadzieję, że nie masz zamiaru ubiegać się o koronę?

— A jeśli mam? — zapytała z drwiącym uśmiechem.

— Są tu mężczyźni pamiętający, jak byłaś małą dziewczynką, która pływała nago w morzu i bawiła się lalką.

— Bawiłam się też toporami.

— To prawda — musiał przyznać. — Ale kobiecie potrzebny jest mąż, nie korona. Kiedy zostanę królem, znajdę ci męża.

— Stryjaszek jest dla mnie bardzo hojny. Czy mam ci znaleźć ładną żonę, kiedy zostanę królową?

— Nie mam szczęścia do żon. Jak długo już tu jesteś?

— Wystarczająco długo, by się zorientować, że stryj Mokra Czupryna obudził więcej, niż się spodziewał. Drumm zamierza się zgłosić i słyszano też, jak Tarle Po Trzykroć Utopiony mówił, że prawdziwym dziedzicem czarnej dynastii jest Maron Volmark.

— Król musi być krakenem.

— Wronie Oko jest krakenem. Starszy brat dziedziczy przed młodszym. — Asha pochyliła się do jego ucha. — Ale ja jestem dzieckiem z ciała króla Balona, więc mam pierwszeństwo przed wami obydwoma. Wysłuchaj mnie, stryjaszku...

Wtem jednak zapadła cisza. Śpiewy umilkły, Mały Lenwood Tawney opuścił skrzypce, mężczyźni odwrócili głowy. Ucichł nawet brzęk talerzy i noży.

Do namiotu weszło kilkunastu ludzi. Victarion zobaczył Jona Myre'a Małą Gębę, Torwolda Brązowego Zęba i Leworęcznego Lucasa Codda. Germund Botley krzyżował ramiona na pozłacanym napierśniku, który zdobył na lannisterskim kapitanie podczas pierwszego buntu Balona. Obok niego stał Orkwood z Orkmont. Za ich plecami zatrzymali się Kamienna Ręka, Quellon Humble oraz Rudy Wioślarz o płomiennych włosach splecionych w warkocze. Byli tam też Ralf Pasterz, Ralf z Lordsportu i Qarl Poddany.

A także Wronie Oko, Euron Greyjoy.

Nie zmienił się — pomyślał Victarion. — *Wygląda tak samo jak owego dnia, gdy roześmiał mi się w twarz i odpłynął.* Euron był najprzystojniejszym z synów lorda Quellona i trzy lata wygnania nie zmieniły tego faktu. Włosy nadal miał czarne jak morze o północy, bez jednej białej nitki, cerę gładką i bladą, a brodę brązową i krótko przystrzyżoną. Na lewym oku nosił czarną, skórzaną przepaskę, prawe zaś miał błękitne jak niebo latem.

Jego uśmiechnięte oko — pomyślał Victarion.

— Wronie Oko — przywitał go.

— Król Wronie Oko, bracie.

Euron uśmiechnął się. Jego wargi wydawały się bardzo ciemne w świetle lamp, granatowe jak pokryte siniakami.

— Króla może wybrać tylko królewski wiec. — Mokra Czupryna wstał. — Bezbożnik nie może...

— ...zasiadać na Tronie z Morskiego Kamienia, wiem. — Euron rozejrzał się po namiocie. — Tak się składa, że ostatnio zasiadałem na nim często. Jakoś się nie sprzeciwiał. — Jego uśmiechnięte oko błyszczało. — Któż wie więcej o bogach ode mnie? Bogowie koni i ognia, bogowie zrobieni ze złota o oczach z klejnotów, bogowie wystrugani z cedrowego drewna, bogowie wykuci w górskich stokach, niewidzialni bogowie powietrza... znam ich wszystkich. Widziałem, jak wyznawcy przystrajali ich kwiatami i przelewali w imię bogów krew kóz, byków albo dzieci. Słyszałem też modlitwy, w pięćdziesięciu różnych językach. Ulecz moją uschniętą nogę, spraw, żeby dziewczyna mnie pokochała, daj mi zdrowego syna. Zbaw mnie, pociesz mnie, daj mi bogactwo... uchroń mnie! Uchroń mnie przed wrogami, przed ciemnością, przed krabami rozszarpującymi brzuch od środka, przed władcami koni, przed łowcami niewolników, przed najemnikami u moich drzwi. Uchroń mnie przed „Ciszą". — Ryknął śmiechem. — Bezbożnik? Ależ Aeronie, jestem najpobożniejszym człowiekiem, jaki kiedykolwiek wędrował po morzach! Ty służysz jednemu bogowi, Mokra Czupryno, a ja służyłem dziesięciu tysiącom różnych bogów. Od Ib po Asshai, gdy tylko ludzie ujrzą moje żagle, natychmiast zaczynają się modlić!

Kapłan uniósł kościsty palec.

— Modlą się do drzew, bożków ze złota i okropieństw z kozimi głowami. Do fałszywych bogów...

— Tak jest — zgodził się Euron. — I za ten grzech zabijam ich wszystkich. Wylewam ich krew do morza i zostawiam w krzyczących kobietach swe nasienie. Ich mali bogowie nie potrafią mnie powstrzymać, nie ulega więc wątpliwości, że są fałszywi. Jestem jeszcze pobożniejszy od ciebie, Aeronie. Być może to ty powinieneś klęknąć przede mną i poprosić o błogosławieństwo.

Rudy Wioślarz ryknął głośnym śmiechem na te słowa, a pozostali towarzysze Wroniego Oka podążyli za jego przykładem.

— Głupcy — warknął kapłan. — Głupcy, poddani i ślepcy, oto kim jesteście. Czy nie widzicie, kto przed wami stoi?

— Król — odparł Quellon Humble.

Mokra Czupryna splunął i wyszedł w noc.

Po jego odejściu Euron skierował uśmiechnięte oko na Victariona.

— Lordzie kapitanie, czy nie przywitasz dawno niewidzianego brata? A ty, Asho? Jak się miewa twoja pani matka?

— Kiepsko — odparła Asha. — Ktoś uczynił ją wdową.

Euron wzruszył ramionami.

— Słyszałem, że to Bóg Sztormów strącił Balona z mostu. Czyżby ktoś go zabił? Podaj mi imię winowajcy, bratanico, bym mógł wywrzeć na nim zemstę.

Asha wstała ze stołka.

— Znasz jego imię równie dobrze jak ja. Nie było cię przez trzy lata, a potem „Cisza" powróciła dzień po śmierci mojego ojca.

— Oskarżasz mnie? — zapytał spokojnie Euron.

— A powinnam?

Victarion zmarszczył brwi, słysząc ostry ton głosu Ashy. Niebezpiecznie było tak przemawiać do Wroniego Oka, nawet gdy jego uśmiechnięte oko lśniło wesołym blaskiem.

— Czy rozkazuję wiatrom? — zapytał Wronie Oko swych totumfackich.

— Nie, Wasza Miłość — zaprzeczył Orkwood z Orkmont.

— Nikt z ludzi nie może im rozkazywać — dodał Germund Botley.

— Gdybyś tylko to potrafił — rozmarzył się Rudy Wioślarz. — Mógłbyś wtedy pożeglować, dokąd byś zapragnął, i nie musiałbyś się obawiać ciszy morskiej.

— Widzisz, odpowiedziało ci trzech odważnych ludzi — stwierdził Euron. — W chwili śmierci Balona „Cisza" była na morzu. Jeśli wątpisz w słowo stryja, pozwolę ci wypytać moją załogę.

— Załogę niemowów? Dużo mi to pomoże.

— Najbardziej pomógłby ci mąż. — Euron ponownie spojrzał na swych zwolenników. — Torwoldzie, powiedz mi, bo zapomniałem. Czy masz żonę?

— Tylko jedną.

Torwold Brązowy Ząb uśmiechnął się, demonstrując, w jaki sposób zasłużył na swe imię.

— Ja jestem nieżonaty — zgłosił się Leworęczny Lucas Codd.

— I nie bez powodu — zauważyła Asha. — Coddami gardzą również wszystkie kobiety. Nie patrz na mnie tak smutno, Lucasie. Zawsze zostaje ci twoja sławna ręka.

Wykonała znaczący ruch pięścią.

Codd zaklął, ale Wronie Oko powstrzymał go, opierając mu rękę na piersi.

— Czy to było uprzejme, Asho? Zraniłaś Lucasa do żywego.

— To łatwiejsze, niż zranić go w małego. Rzucam toporem nie gorzej niż najlepsi z mężczyzn, ale kiedy cel jest taki maleńki…

— Dziewczyna się zapomina — warknął Jon Myre Mała Gęba. — Balon pozwolił jej uważać się za mężczyznę.

— Twój ojciec popełnił ten sam błąd z tobą — odcięła się Asha.

— Oddaj ją mnie, Euronie — zasugerował Rudy Wioślarz. — Stłukę jej tyłek, aż zrobi się czerwony jak moje włosy.

— Tylko spróbuj — odparła Asha. — A od tej pory będziemy cię zwać Rudym Eunuchem. — Wzięła w rękę toporek, podrzuciła go i złapała zręcznie. — To jest mój mąż, stryjaszku. Każdy mężczyzna, który mnie pragnie, musi z nim omówić sprawę.

Victarion walnął pięścią w stół.

— Nie pozwolę tu na przelew krwi. Euronie, zabierz swoich… zauszników… i odjedźcie stąd.

— Liczyłem na cieplejsze powitanie, bracie. Jestem od ciebie starszy… a wkrótce zostanę twym prawowitym królem.

Twarz Victariona pociemniała.

— Kiedy królewski wiec przemówi, przekonamy się, kto będzie nosił koronę z wyrzuconego przez morze drewna.

— W tej jednej sprawie się zgadzamy.

Euron uniósł dwa palce do przepaski na lewym oku i opuścił namiot. Jego ludzie podążali za nim jak kundle. Jeszcze przez długi czas po ich wyjściu utrzymywała się cisza. Wreszcie Mały Lenwood Tawney wziął w ręce skrzypki. Znowu popłynęły wino i *ale*, lecz część gości opuściło pragnienie. Eldred Codd wymknął się na dwór, ściskając zranioną dłoń. Wkrótce w ślad za nim ruszyli Will Humble, Hotho Harlaw i znaczna część Goodbrotherów.

— Stryjaszku. — Asha położyła dłoń na jego ramieniu. — Przejdź się ze mną, jeśli łaska.

Na dworze dął coraz mocniejszy wiatr. Przed bladą twarzą księżyca przesuwały się gnane nim chmury. Wyglądały trochę jak galery rozpędzające się przed taranowaniem. Gwiazd było niewiele i świeciły słabo. Całą plażę zajmowały drakkary. Ich wysokie maszty wznosiły się nad falami przyboju niczym las. Victarion słyszał poskrzypywanie zapadających się w piasek kadłubów, brzęk lin, łopotanie flag. Dalej, na głębszych wodach, kołysały się na kotwicach większe okręty.

— Powiedz mi prawdę, stryjaszku — zaczęła Asha. — Dlaczego Euron opuścił nas wtedy tak nagle?

— Wronie Oko często wypływał na łupieżcze wyprawy.

— Ale nie na tak długo.

— Popłynął „Ciszą" na wschód. To daleka podróż.

— Pytałam, dlaczego odpłynął, nie dokąd.

Victarion nie odpowiedział.

— Nie było mnie tu, gdy „Cisza" opuściła wyspy — ciągnęła Asha. — Wybrałam się „Czarnym Wichrem" za Arbor, na Stopnie, żeby ukraść lyseńskim piratom trochę błyskotek. A kiedy wróciłam, Eurona już tu nie było, a twoja nowa żona nie żyła.

— To była tylko morska żona.

Nie tknął kobiety, odkąd oddał ją krabom. *Kiedy zostanę królem, będę musiał wziąć sobie żonę. Prawdziwą żonę, która będzie moją królową i urodzi mi synów. Król potrzebuje dziedzica.*

— Ojciec nie chciał mi nic o niej powiedzieć — nie ustępowała Asha.

— Nie ma sensu mówić o tym, czego nikt nie może zmienić. — Znużył go już ten temat. — Widziałem drakkar Czytacza.

— Potrzeba było całego mojego uroku, żeby wywabić go z Wieży Ksiąg.

A więc Harlawowie należą do niej. Victarion zasępił się jeszcze bardziej.

— Nie masz szans na zdobycie tronu. Jesteś kobietą.

— Czy to dlatego zawsze przegrywam zawody w szczaniu na odległość? — zapytała ze śmiechem Asha. — Stryjaszku, przyznaję to ze smutkiem, ale niewykluczone, że masz rację. Piłam z kapitanami i królami przez cztery dni i cztery noce, słuchając tego, co mówili... i czego nie chcieli powiedzieć. Moi ludzie są za mną i wielu Harlawów również. Mam też Trisa Botleya i kilku innych. To za mało. — Kopnęła kamień, który wpadł do morza między dwoma drakkarami. — Mogłabym się zgodzić wykrzyczeć imię mojego stryjaszka.

— Ale którego? Masz trzech stryjów.

— I jednego wuja. Stryjaszku, wysłuchaj mnie. Sama włożę ci na głowę koronę z wyrzuconego przez morze drewna... pod warunkiem że zgodzisz się podzielić ze mną władzą.

— Podzielić się władzą? A jak to miałoby wyglądać?

Gadała od rzeczy. *Czyżby chciała zostać moją królową?* — pomyślał Victarion. Złapał się na tym, że spogląda na Ashę w sposób, w jaki nigdy dotąd na nią nie patrzył. Poczuł, że członek zaczyna mu sztywnieć. *Jest córką Balona* — skarcił sam siebie. Pamiętał, jak była małą dziewczynką i rzucała toporkiem w drzwi. Skrzyżował ramiona na piersi.

— Na Tronie z Morskiego Kamienia jest miejsce tylko dla jednego.

— Więc usiądź na nim, stryjaszku — odparła Asha. — A ja będę stała za tobą, by strzec twoich pleców i szeptać ci do ucha. Żaden król nie może władać sam. Nawet gdy na Żelaznym Tronie zasiadały smoki, miały ludzi do pomocy. Królewskich namiestników, zwanych też królewskimi rękami. Uczyń mnie swoim namiestnikiem, stryjaszku.

Żaden król wysp nigdy nie potrzebował namiestnika, a już zwłaszcza takiego, który byłby kobietą. *Kapitanowie i królowie drwiliby ze mnie, gdy tylko by sobie wypili.*

— A czemu chciałabyś nim zostać?

— Po to, by skończyć z tą wojną, zanim ona nas zgubi. Zdobyliśmy już wszystko, co możliwe do zdobycia... i stracimy to równie szybko, chyba że zawrzemy pokój. Traktowałam lady

Glover z najwyższą uprzejmością i ona przysięga, że jej pan mąż zgodzi się ze mną pertraktować. Zapewnia, że jeśli oddamy Deepwood Motte, Torrhen's Square i Fosę Cailin, ludzie z północy odstąpią nam Przylądek Morskiego Smoka i cały Kamienny Brzeg. To rzadko zaludnione ziemie, a obszarem dziesięciokrotnie przewyższają wszystkie wyspy razem wzięte. Wymiana zakładników przypieczętuje pakt i każda ze stron zobowiąże się pomóc drugiej w wypadku, gdyby Żelazny Tron...

Victarion zachichotał.

— Ta lady Glover ma cię chyba za głupią, bratanico. Przylądek Morskiego Smoka i Kamienny Brzeg już należą do nas. Po co mielibyśmy cokolwiek oddawać? Winterfell puszczono z dymem, a Młody Wilk stracił głowę i gnije w ziemi. Będziemy mieli całą północ. Spełni się marzenie twego pana ojca.

— Jeśli drakkary nauczą się pływać po lesie, to być może. Rybak może złapać na hak szarego lewiatana, ale jeśli szybko go nie odetnie, bestia wciągnie go w głębinę. Północ jest za duża, byśmy zdołali ją utrzymać, i ma zbyt wielu mieszkańców.

— Wracaj do swych lalek, bratanico. Zostaw wygrywanie wojen wojownikom. — Victarion zacisnął pięści i podsunął je jej pod nos. — Mam dwie ręce. Żaden mężczyzna nie potrzebuje trzech.

— Ale znam mężczyznę, który potrzebuje rodu Harlawów.

— Hotho Garbus obiecał mi swoją córkę. Jeśli uczynię ją swą królową, będę miał Harlawów.

To niemile zaskoczyło dziewczynę.

— Rodem Harlawów włada lord Rodrik.

— Rodrik nie ma córek, tylko księgi. Hotho zostanie jego dziedzicem, a ja zostanę królem. — Gdy wypowiedział te słowa, nagle wydały mu się prawdziwe. — Wronie Oko zbyt długo przebywał poza wyspami.

— Niektórzy z daleka wydają się więksi — ostrzegła go Asha. — Przejdź się między ogniskami, jeśli się odważysz, i posłuchaj. Ludzie nie opowiadają sobie o twojej sile ani o mojej legendarnej urodzie. Mówią tylko o Wronim Oku... o odległych krainach, które poznał, kobietach, które gwałcił, mężczyznach, których zabijał, i miastach, które łupił, tak jak spalił flotę lorda Tywina w Lannisporcie…

— To ja spaliłem flotę lwa — obruszył się Victarion. — Własnymi rękami cisnąłem pierwszą pochodnię na jego okręt flagowy.

— Ale Wronie Oko stworzył plan ataku. — Asha położyła dłoń na jego ramieniu. — I to on zabił twoją żonę, prawda?

Balon zabronił im wspominać o tym komukolwiek, ale Balon już nie żył.

— Zrobił jej dzieciaka i zmusił mnie, żebym ja ją zabił. Z nim również bym się policzył, ale Balon zabronił zabijania krewnych w swoim zamku. Wygnał Eurona, zabraniając mu wracać…

— …dopóki Balon będzie żył?

Victarion spojrzał na swe pięści.

— Przyprawiła mi rogi. Nie miałem wyboru.

Gdyby sprawa się wydała, ludzie śmialiby się ze mnie, tak jak Wronie Oko się śmiał, kiedy go oskarżyłem.

— Przyszła do mnie chętna i wilgotna — pochwalił się wówczas. — Wygląda na to, że Victarion jest duży wszędzie, tylko nie tam, gdzie to naprawdę ważne.

Tego jednak nie mógł wyjawić bratanicy.

— Żal mi ciebie — powiedziała Asha. — A jej jeszcze bardziej… ale nie zostawiasz mi innego wyboru, jak stanąć do walki o Tron z Morskiego Kamienia.

Nie masz szans.

— To twój język i wolno ci go strzępić po próżnicy, kobieto.

— Istotnie — przyznała i zostawiła go.

UTOPIONY

Dopiero wtedy, gdy kończyny całkowicie odrętwiały mu z zimna, Aeron Greyjoy wyszedł na brzeg i przywdział szaty.

Uciekł przed Wronim Okiem, jakby nadal był słaby, ale kiedy fale zamknęły się nad jego głową, przypomniały mu po raz kolejny, że tamten człowiek już nie żyje. *Narodziłem się na nowo z morza, twardszy i silniejszy.* Nie bał się teraz żadnego śmiertelnika, nie obawiał się również ciemności ani kości swej duszy, tych okropnych szarych kości. Dźwięk otwieranych drzwi, zgrzyt zardzewiałych zawiasów.

Kapłańskie szaty chrzęściły, kiedy je wkładał, wciąż jeszcze sztywne od soli po poprzednim praniu dwa tygodnie temu. Wełna przylegała mu do mokrej piersi, wchłaniając ściekającą z włosów wodę. Aeron napełnił bukłak i przerzucił go sobie przez ramię.

Gdy szedł plażą, w ciemności wpadł na niego utopiony, który poszedł załatwić naturalną potrzebę.

— Mokra Czupryna — wyszeptał. Aeron położył dłoń na jego czole, pobłogosławił go i ruszył w dalszą drogę. Grunt wznosił się pod jego stopami, z początku łagodnie, potem bardziej stromo. Gdy kapłan poczuł między palcami krótką trawę, uświadomił sobie, że zostawił już plażę za sobą. Wspinał się powoli coraz wyżej, nasłuchując szumu fal. *Morze nigdy się nie męczy. Ja muszę być równie niestrudzony*

Na szczycie wzgórza z ziemi wyłaniały się czterdzieści cztery monstrualne kamienne żebra przypominające jasne pnie wielkich drzew. Serce zabiło mu szybciej na ten widok. Nagga była pierwszą z morskich smoków, najpotężniejszą z tych zrodzonych z fal bestii. Żywiła się krakenami i lewiatanami, a rozgniewana potrafiła zatapiać całe wyspy. Mimo to Szary Król zdołał ją zabić, a Utopiony Bóg zamienił jej kości w kamień, by ludzie nigdy nie przestawali się zdumiewać odwagą pierwszego z królów. Żebra Naggi stały się belkami i kolumnami jego długiej komnaty, a jej szczęki jego tronem. *Panował tu przez tysiąc siedem lat* — przypomniał sobie Aeron. — *Tu właśnie pojął za żonę syrenę i tu planował swe wojny z Bogiem Sztormów. Stąd władał kamieniem i morzem, odziany w szaty utkane z wodorostów, z wysoką, jasną koroną z zębów Naggi na głowie.*

To jednak było w zaraniu dni, gdy na ziemi i morzu żyli jeszcze potężni ludzie. Komnatę ogrzewał żywy ogień Naggi, który Szary Król uczynił swym poddanym. Na ścianach wisiały miłe dla oka arrasy utkane ze srebrnych wodorostów. Wojownicy Szarego Króla posilali się darami morza, siedząc na rzeźbionych z macicy perłowej tronach za stołem w kształcie wielkiej rozgwiazdy. *Ale cała ta chwała już minęła.* Ludzie byli teraz mniejsi, a ich życie stało się krótsze. Po śmierci Szarego Króla, Bóg Sztormów zatopił ogień Naggi, trony i arrasy skradziono, a dach i ściany zbutwiały. Nawet wielkie siedzisko Szarego Króla wykonane z kłów pochłonęło morze. Tylko kości Naggi przetrwały po dziś dzień, przypominając ludziom z żelaznego rodu o minionych cudach.

To wystarczy — pomyślał Aeron Greyjoy.

W skalnym szczycie wzniesienia wykuto dziewięć szerokich, kamiennych stopni. Za nimi ciągnęły się wietrzne wzgórza Starej Wyk, a w oddali piętrzyły się góry, czarne i okrutne. Aeron zatrzymał się tam, gdzie ongiś były drzwi, odkorkował bukłak, pociągnął łyk słonej wody i zwrócił się twarzą ku morzu. *Z morza się zrodziliśmy i do morza musimy wrócić.* Nawet tutaj słyszał nieustanny łoskot fal i czuł moc boga, który żył pod powierzchnią. Aeron padł na kolana. *Przysłałeś do mnie swój lud* — modlił się. — *Wszyscy opuścili swe dwory i chaty, zamki i twierdze, przybyli tutaj, do kości Naggi, ze wszystkich wiosek rybackich i ukrytych dolin. A teraz daj im mądrość, by poznali prawdziwego króla, gdy stanie przed nimi, a także siłę, by mog-*

li odrzucić fałszywego. Modlił się całą noc, gdy bowiem był w nim bóg, Aeron Greyjoy nie potrzebował snu, tak jak nie potrzebowały go fale czy morskie ryby.

Kiedy na świat zakradły się pierwsze promienie słońca, ciemne chmury mknęły po niebie, niesione wiatrem. Czarne niebo zrobiło się szare jak łupek; czarne morze przybrało szarozieloną barwę; czarne góry Wielkiej Wyk po drugiej stronie zatoki zalśniły niebieskozielonymi odcieniami żołnierskich sosen. Gdy na świat wróciły kolory, na masztach rozbłysło sto łopoczących na wietrze flag. Aeron ujrzał srebrną rybę Botleyów, krwawy księżyc Wynchów, ciemnozielone drzewa Orkwoodów. Widział wojenne rogi, lewiatany i kosy, wszędzie pełno też było wielkich, złotych krakenów. Na dole przebudzili się poddani i morskie żony, którzy rozpalili ognie i zaczęli czyścić ryby na posiłek dla kapitanów i królów. Światło jutrzenki dotknęło kamienistej plaży; Aeron patrzył, jak ludzie budzą się ze snu, zrzucają z siebie focze skóry i domagają się pierwszego rogu *ale*. *Napijcie się do syta* — pomyślał. — *Dziś czeka nas praca na rzecz boga.*

Morze również się budziło. Wicher się wzmagał i coraz większe fale bryzgały pianą na drakkary. *Utopiony Bóg się budzi* — pomyślał Aeron. Słyszał jego głos dobiegający z morskich głębin. *Będę dziś z tobą, mój silny i wierny sługo* — obiecał bóg. — *Żaden bezbożnik nie zasiądzie na moim Tronie z Morskiego Kamienia.*

Tu właśnie, pod łukiem żeber Naggi, znaleźli Aerona jego utopieni. Mokra Czupryna stał bez ruchu, a jego długie, czarne włosy powiewały na wietrze.

— Czy już czas? — zapytał Rus. Aeron skinął głową.

— Już czas — odpowiedział. — Idźcie dać sygnał.

Utopieni zabrali swe pałki z wyrzuconego przez morze drewna i zaczęli stukać nimi, schodząc ze zbocza. Dołączyli do nich inni i hałas wypełnił całą plażę. Stukot i łoskot był przeraźliwy, jakby sto drzew biło się ze sobą, tłukąc o siebie konarami. Zagrały również kotły: *bum-bum-bum-bum-bum, bum-bum-bum-bum-bum*. Zagrał róg, a po nim drugi: *AAAAAuuuuuuuuuuu.*

Ludzie odchodzili od ognisk, kierując się ku kościom komnaty Szarego Króla: wioślarze, sternicy, wytwórcy żagli, cieśle, wojownicy z toporami i rybacy z sieciami. Niektórym towarzyszyli służący im poddani, innym morskie żony. Jeszcze inni, którzy zbyt często żeglowali do zielonych krain, przyprowadzili ze sobą maesterów, minstreli i rycerzy. Zwykli ludzie ustawili się w półksiężyc wokół podstawy wzgórza, poddani, dzieci i kobiety zostali z tyłu, a kapitanowie i królowie ruszyli ku szczytowi. Aeron Mokra Czupryna wypatrzył zawsze wesołego Sigfry'ego Stonetree, Andrika Nieuśmiechniętego, rycerza ser Harrasa Harlawa. Lord Baelor Blacktyde, w swym sobolowym futrze, stał obok Stonehouse'a odzianego w wystrzępione focze futra. Victarion przerastał wzrostem wszystkich oprócz Andrika. Brat Aerona nie włożył hełmu, ale poza tym przywdział pełną zbroję. Z jego ramion zwisał złoty, krakenowy płaszcz. *On zostanie naszym królem. Nikt, kto go ujrzy, nie mógłby w to wątpić.*

Gdy Mokra Czupryna uniósł kościste dłonie, kotły i rogi umilkły. Utopieni opuścili pałki, a gwar rozmów ucichł. Słychać było tylko łoskot fal. Tego ryku nikt z ludzi nie zdoła uciszyć.

— Z morza się zrodziliśmy i do morza wszyscy wrócimy. — Aeron zaczął cicho, by zebrani musieli wytężyć słuch. — Bóg Sztormów w swym gniewie strącił Balona z jego zamku, ale nasz król ucztuje teraz w podwodnych komnatach Utopionego Boga. — W tym momencie uniósł ręce. — Balon nie żyje! Król nie żyje!

— Król nie żyje! — powtórzyli chórem jego utopieni.

— Ale to, co jest martwe, nie może umrzeć, lecz odradza się, twardsze i silniejsze! — przypomniał im. — Balon dokonał żywota, Balon, mój brat, który przestrzegał dawnych zwyczajów i płacił za wszystko żelazem. Balon Odważny, Balon Błogosławiony, Balon Dwukrotnie Ukoronowany, który zwrócił nam naszą wolność i naszego boga. Balon nie żyje… ale żelazny król nadejdzie znowu, by usiąść na Tronie z Morskiego Kamienia i władać wyspami.

— Król nadejdzie znowu! — odpowiedział chór. — Nadejdzie znowu!

— Nadejdzie. Musi nadejść. — Głos Aerona brzmiał gromko jak huk fal. — Ale kto nim będzie? Kto zasiądzie na miejscu Balona? Kto będzie władał tymi świętymi wyspami? Czy ten człowiek jest dziś wśród nas? — Kapłan rozpostarł szeroko ręce. — Kto zostanie naszym królem?

Na jego głos odpowiedział krzyk mewy. W tłumie nastało poruszenie, jakby ludzie budzili się ze snu. Spoglądali na sąsiadów, by się przekonać, który z nich odważy się zażądać korony dla siebie. *Wronie Oko nigdy nie był cierpliwy* — powtarzał sobie Aeron Mokra Czupryna. — *Może przemówi pierwszy.* To by go zgubiło. Kapitanowie i królowie pokonali długą drogę, by dotrzeć na tę ucztę, i nie wybiorą pierwszego dania, które otrzymają. *Będą chcieli posmakować wszystkich, kąsek tego, kawałek tamtego, aż wreszcie znajdą potrawę, która przypadnie im do gustu najbardziej.*

Euron z pewnością również o tym wiedział. Stał pośród swych niemowów i potworów, krzyżując ramiona na piersiach. Na wołanie Aerona odpowiedziały tylko wiatr i fale.

— Ludzie z żelaznego rodu muszą mieć króla — podjął kapłan po długiej przerwie. — Pytam po raz drugi. Kto zostanie naszym królem?

— Ja — odpowiedział ktoś na dole.

— Gylbert! — rozległ się natychmiast ochrypły krzyk. — Gylbert królem!

Kapitanowie i królowie rozstąpili się, by przepuścić pretendenta i jego popleczników, którzy weszli na wzgórze i zatrzymali się obok Aerona pod żebrami Naggi.

Kandydat na króla był wysokim, chudym lordem o melancholijnym licu. Zapadnięte policzki miał gładko wygolone. Jego trzech popleczników zajęło miejsca dwa stopnie poniżej, dzierżąc jego miecz, tarczę i chorągiew. Wyglądali równie osobliwie jak ich wysoki lord i Aeron doszedł do wniosku, że są jego synami. Jeden z nich rozwinął chorągiew, na której wyobrażono wielki czarny drakkar na tle zachodzącego słońca.

— Jestem Gylbert Farwynd, lord Samotnego Światła — przedstawił się wiecowi kandydat.

Aeron znał paru Farwyndów. To byli dziwaczni ludzie, których posiadłości znajdowały się na zachodnich brzegach Wielkiej Wyk oraz na położonych dalej wysepkach, skałach tak małych, że mogły utrzymać tylko jedno gospodarstwo. Samotne Światło było najdalszą z nich, leżało osiem dni żeglugi na północny zachód, pośród kolonii fok i lwów morskich na bezkresnym, szarym oceanie. Mieszkający tam Farwyndowie byli jeszcze dziwniejsi od pozostałych. Niektórzy opowiadali że są zmiennoskórymi, piekielnymi stworami potrafiącymi przybrać postać lwów morskich, morsów, a nawet wielorybów plamistych, wilków otwartego morza.

Lord Gylbert zaczął mówić. Opowiadał o cudownej krainie leżącej za Morzem Zachodzącego Słońca, gdzie nie było zimy ani niedostatku, a śmierć traciła swą władzę.

— Uczyńcie mnie swym królem, a zaprowadzę was tam — zawołał. — Zbudujemy dziesięć tysięcy okrętów, jak ongiś Nymeria, i pożeglujemy ze wszystkimi naszymi ludźmi do krainy za zachodzącym słońcem. Tam każdy mężczyzna będzie królem, a każda niewiasta królową.

Aeron zauważył, że oczy Farwynda raz są szare, raz niebieskie, zmienne jak morze. *To oczy szaleńca* — pomyślał. — *Oczy głupca.* Wizja, o której mówił, była z pewnością fortelem uknutym przez Boga Sztormów, by wywabić ludzi z żelaznego rodu ku zgubie. Wśród darów, jakie przynieśli zwolennicy Farwynda na królewski wiec, znajdowały się focze skóry, kły morsów, pierścienie na ramiona z wielorybiej kości, wojenne rogi z okuciami z brązu. Kapitanowie popatrzyli na dary i odwrócili się, zostawiając je niżej postawionym ludziom. Gdy głupiec skończył mówić, a poplecznicy wykrzyczeli jego imię, poparli ich jedynie Farwyndowie, a i to nie wszyscy.

— Gylbert! Gylbert królem! — wołali, lecz ich głosy szybko ucichły. Nad nimi krążyła krzycząca głośno mewa. Gdy lord Samotnego Światła zaczął schodzić ze wzgórza, ptak wylądował na jednym z żeber Naggi.

Aeron Mokra Czupryna ponownie zwrócił się w stronę tłumu.

— Pytam po raz kolejny. Kto zostanie naszym królem?

— Ja! — zagrzmiał niski głos i tłum znowu się rozstąpił.

Pretendenta wniesiono na wzgórze na krześle z wyrzuconego przez morze drewna, spoczywającym na ramionach jego wnuków. Był potężnym starcem odzianym w futro białego niedźwiedzia. Ważył dwadzieścia kamieni i liczył sobie dziewięćdziesiąt lat. Jego włosy były równie białe jak futro, które nosił, a długa broda okrywała go niczym koc, sięgając aż po uda. Trudno było ocenić, gdzie kończy się broda, a zaczyna futro. Choć każdy z jego wnuków był potężnym mężczyzną, niełatwo im było wnieść ciężar na strome kamienne stopnie. Postawili go przed komnatą Szarego Króla i zatrzymali się poniżej jako jego poplecznicy.

Przed sześćdziesięciu laty mógłby zdobyć uznanie wiecu — pomyślał Aeron. — *Ale jego czas dawno już minął.*

— Tak jest, ja! — ryknął starzec głosem potężnym jak jego postać. — Czemu by nie? Któż mógłby być lepszy? Jestem Erik Ironmaker, jeśli niektórzy z was są ślepi. Erik Sprawiedliwy. Erik Rozbijacz Kowadeł. Pokaż im mój młot, Thormorze.

Jeden z popleczników uniósł nad głowę monstrualny młot o rękojeści owiniętej w starą skórę. Jego głowicę stanowiła bryła stali wielkości bochna chleba.

— Nie potrafię zliczyć, ile rąk rozbiłem na miazgę tym młotem — ciągnął Erik. — Ale może jacyś złodzieje to wam powiedzą. Nie potrafię też zliczyć, ile głów rozbiłem o swe kowadło, ale może jakieś wdowy to wam powiedzą. Mógłbym wam opowiedzieć o wszystkich czynach, jakimi wsławiłem się w bitwach, ale mam już osiemdziesiąt osiem lat i nie pożyję wystarczająco długo, by dokończyć opowieść. Jeśli starość równa się mądrości, nikt nie jest ode mnie mądrzejszy. Jeśli tusza ozna-

cza siłę, nikt nie jest ode mnie silniejszy. Chcecie króla, który ma dziedziców? Dorobiłem się tylu, że nie potrafię ich zliczyć. Król Erik, tak jest, to brzmi nieźle. Powtórzcie to za mną: Erik! Erik Rozbijacz Kowadeł! Erik królem!

Jego wnukowie podjęli okrzyk, a ich synowie wystąpili z tłumu, niosąc na ramionach skrzynie. Wysypali z nich na kamienne stopnie deszcz srebra, brązu i stali: pierścienie na ramiona, naszyjniki, sztylety, noże i toporki. Kilku kapitanów chwyciło najcenniejsze z darów i dodało swe głosy do narastającego chóru. Gdy jednak zaczął on przybierać na sile, rozległ się kobiecy głos:

— Eriku!

Mężczyźni rozstąpili się, by przepuścić wołającą.

— Eriku, wstań! — zażądała kobieta, stawiając nogę na najniższym stopniu.

Zapadła cisza. Wiatr wiał, fale uderzały o brzeg, a ludzie szeptali sobie do uszu. Erik Ironmaker spojrzał z góry na Ashę Greyjoy.

— Dziewczyno! Po trzykroć przeklęta dziewczyno! Co powiedziałaś?

— Eriku, wstań! — zawołała. — Zrób to, a wykrzyczę twe imię razem ze wszystkimi. Wstań, a pierwsza za tobą podążę. Pragniesz korony, to wstań i weź ją.

Stojący w tłumie Wronie Oko ryknął śmiechem. Erik przeszył go pełnym złości spojrzeniem. Zacisnął potężne dłonie na poręczach swego tronu. Jego twarz zrobiła się czerwona, a potem fioletowa. Ramiona starego drżały z wysiłku. Aeron widział grubą siną żyłę, która pulsowała w szyi Erika, gdy próbował się podnieść. Przez chwilę wydawało się, że może się to udać, ale nagle zabrakło mu tchu i zwalił się z jękiem na poduszkę. Euron roześmiał się jeszcze głośniej. Potężnie zbudowany mężczyzna zwiesił głowę i w mgnieniu oka zmienił się w zgrzybiałego starca. Wnukowie znieśli go na dół.

— Kto będzie władał ludźmi z żelaznego rodu? — zapytał po raz kolejny Aeron Mokra Czupryna. — Kto zostanie naszym królem?

Ludzie popatrzyli na siebie nawzajem. Niektórzy spoglądali na Eurona, inni na Victariona, a nieliczni na Ashę. Zielone fale rozbijały się o drakkary, omywając je białą pianą. Znowu rozległ się smętny, ochrypły krzyk mewy.

— Wystąp, Victarionie — zawołał Merlyn. — Skończmy z tą komediancką farsą.

— Zrobię to, gdy będę gotowy — odparł Victarion.

Ucieszyło to Aerona. *Lepiej, żeby zaczekał* — pomyślał.

Potem wystąpił Drumm, kolejny starzec, choć nie tak wiekowy jak Erik. Wdrapał się na wzgórze o własnych siłach, a u pasa miał Krwawy Deszcz, swój sławny miecz, wykuty z valyriańskiej stali w czasach przed Zagładą. Za popleczników miał znaczących ludzi. Towarzyszyli mu dwaj synowie, Denys i Donel, którzy byli dobrymi wojownikami, a między nimi stanął Andrik Nieuśmiechnięty, olbrzym o ramionach grubych jak pnie drzew. Dobrze świadczyło o Drummie, że ktoś taki zgodził się go poprzeć.

— Gdzie jest napisane, że nasz król musi być krakenem? — zaczął Drumm. — Kto dał Pyke prawo do sprawowania nad nami rządów? Największą z wysp jest Wielka Wyk, najbogatszą Harlaw, a najświętszą Stara Wyk. To prawda, że gdy czarną dynastię pochłonął smoczy ogień, ludzie z żelaznego rodu oddali władzę Vickonowi Greyjoyowi… ale był on ich lordem, nie królem.

To był dobry początek. Aeron usłyszał okrzyki aprobaty, które jednak ucichły, gdy staruszek zaczął opowiadać o chwale Drummów. Mówił o Dale'u Straszliwym, o Rorynie Łupieżcy, o stu synach Gormonda Drumma Starego Ojca. Wyciągnął z pochwy Krwawy Deszcz i opowiedział, jak Hilmar Drumm Sprytny odebrał go zakutemu w zbroję rycerzowi, mając za broń tylko pomysłowość i drewnianą pałkę. Mówił o dawno zaginionych okrętach i o bitwach stoczonych przed ośmiuset laty. Tłum zaczął się w końcu niecierpliwić. Drumm gadał i gadał, a potem gadał jeszcze trochę.

Gdy zaś otwarto jego skrzynie, kapitanowie ujrzeli, że przyniósł im skąpe dary. *Nikt nigdy nie zdobył tronu brązem* — pomyślał Mokra Czupryna. Okrzyki: „Drumm! Drumm! Drumm!" ucichły szybko, przyznając mu rację.

Aeron poczuł ucisk w brzuchu. Wydawało mu się, że fale są głośniejsze niż dotąd. *Już czas* — pomyślał. — *Czas, by Victarion wystąpił.*

— Kto zostanie naszym królem? — zawołał po raz kolejny. Tym razem jednak jego gwałtowne czarne oczy odszukały w tłumie brata. — Z lędźwi Quellona Greyjoya zrodziło się dziewięciu synów, ale jeden był z nich najsilniejszy i nie znał strachu.

Victarion spojrzał mu w oczy i skinął głową. Kapitanowie rozstąpili się przed nim, pozwalając mu wejść na górę.

— Bracie, pobłogosław mnie — poprosił, dotarłszy na szczyt. Ukląkł i pochylił głowę. Aeron, otworzywszy bukłak, wylał mu na czoło strumień morskiej wody.

— To, co jest martwe, nie może umrzeć — rzekł kapłan.

— Lecz odradza się, twardsze i silniejsze — odpowiedział pretendent.

Gdy Victarion wstał, ustawili się przed nim jego poplecznicy: Ralf Chromy, Rudy Ralf Stonehouse i Nute Balwierz. Wszyscy byli sławnymi wojownikami. Stonehouse trzymał chorągiew Greyjoyów — złotego krakena na polu czarnym jak morze o północy. Gdy tylko go rozwinął, kapitanowie i królowie zaczęli wykrzykiwać imię lorda kapitana.

— Wszyscy mnie znacie — zaczął Victarion, gdy już się uspokoili. — Jeśli chcecie słodkich słówek, zwróćcie się do kogo innego. Nie mam języka minstrela. Mam topór i mam dwie ręce. — Uniósł potężne, zakute w pancerne rękawice łapska, by im je pokazać, a Nute Balwierz zademonstrował jego topór, straszliwy stalowy oręż. — Byłem lojalnym bratem — ciągnął Victarion. — Gdy Balon brał ślub, to mnie wysłał na Harlaw po narzeczoną. Dowodziłem jego drakkarami w wielu bitwach i przegrałem tylko jedną z nich. Kiedy Balon po raz pierwszy włożył na głowę koronę, to ja popłynąłem do Lannisportu i przypaliłem ogon lwu. Kiedy włożył ją po raz drugi, rozkazał mi obedrzeć ze skóry Młodego Wilka, by nie wrócił z wyciem do domu. Dostaniecie ode mnie więcej tego, co dostaliście od Balona. To wszystko, co mam do powiedzenia.

— Victarion! Victarion! Victarion królem! — zaczęli skandować poplecznicy, a jego ludzie na dole wysypali ze skrzyń bogate łupy. Na ziemię posypała się kaskada srebra, złota i klejnotów. Kapitanowie przepychali się, walcząc o najcenniejsze z nich.

— Victarion! Victarion! Victarion królem! — krzyczeli. Aeron obserwował Wronie Oko. *Czy przemówi teraz, czy pozwoli, żeby królewski wiec przebiegł zgodnie z naturalną koleją rzeczy?* Orkwood z Orkmont szeptał coś Euronowi do ucha.

Ale Wronie Oko nie położył kresu krzykom. Zrobiła to kobieta. Włożyła dwa palce do ust i zagwizdała. Ostry, przenikliwy dźwięk przebił się przez tumult równie łatwo, jak nóż przecina twaróg.

— Stryjaszku! Stryjaszku! — Schyliła się, podniosła wygięty, złoty naszyjnik i wbiegła na schody. Nute złapał ją za ramię i przez pół uderzenia serca Aeron miał nadzieję, że poplecznicy jego brata nie pozwolą jej przemówić. Asha wyrwała się jednak Balwierzowi i powiedziała Rudemu Ralfowi coś, co sprawiło, że zszedł jej z drogi. Gdy wchodziła na szczyt, krzyki umilkły. Była córką Balona Greyjoya i tłum chciał wysłuchać, co ma do przekazania.

— To miło, że przyniosłeś tak hojne dary na mój wiec królowej, stryjaszku — rzekła Victarionowi. — Nie musiałeś jednak zakładać zbroi. Obiecuję, że nie zrobię ci krzywdy. — Asha spojrzała na kapitanów. — Nikt nie jest odważniejszy od mojego stryjaszka, nikt nie jest od niego silniejszy ani nie walczy równie zawzięcie. Potrafi też policzyć do dziesięciu równie szybko jak każdy. Widziałam, jak to robi… choć gdy musi policzyć do dwudziestu, zdejmuje buty.

Ludzie ryknęli śmiechem.

— Ale nie ma synów — ciągnęła. — Wszystkie jego żony umierają. Wronie Oko jest od niego starszy i ma lepsze prawa…

— Tak jest! — zawołał stojący na dole Rudy Wioślarz.

— Ach, ale moje prawa są jeszcze lepsze. — Asha włożyła sobie naszyjnik na bakier na głowę, tak że blask złota padał na jej ciemne włosy. — Brat Balona nie może mieć pierwszeństwa przed jego synem!

— Synowie Balona nie żyją — zawołał Ralf Chromy. — Widzę tu tylko jego córkę!

— Córkę? — Asha wsunęła sobie rękę pod kaftan. — Oho! Co to takiego? Czy mam je wam pokazać? Niektórzy z was pewnie nie widzieli czegoś takiego, odkąd przestali pić mleko matki.

Zebrani znowu ryknęli śmiechem.

— Król z cyckami to coś straszliwego, czyż nie tak mówi pieśń? — zapytała Asha. — Ralf, tu mnie masz, faktycznie jestem kobietą... choć nie starą babą jak ty. Ralf Chromy... czy może raczej Ralf Obwisły? — Asha wyjęła sztylet spomiędzy piersi. — Jestem też matką, a to jest moje dzieciątko! — Uniosła wysoko nóż. — A ci ludzie to moi poplecznicy.

Przepchnęli się między trójką ludzi Victariona i stanęli poniżej Ashy. Qarl Panienka, Tristifer Botley i rycerz ser Harras Harlaw, którego miecz, Zmierzch, był równie sławny jak Krwawy Deszcz Dunstana Drumma.

— Mój stryjaszek powiedział, że go znacie. Mnie znacie również...

— Chcę cię poznać lepiej — zawołał ktoś.

— Idź do domu poznać własną żonę — odcięła się Asha. — Stryjaszek mówi, że da wam więcej tego samego, co dostaliście od mojego ojca. A co to właściwie było? Złoto i chwała, powiedzą niektórzy. Wolność, która zawsze jest słodka. Tak jest, Balon dał nam to wszystko... a także wdowy, jak powie wam lord Blacktyde. Ilu z was spalono domy, gdy nadszedł Robert? Ilu wam zgwałcono i splugawiono córki? Spalone miasta i zburzone zamki, oto, co dał wam mój ojciec. Dał wam porażkę. Mój stryjaszek chce wam dać więcej tego samego. Ale nie ja.

— A co ty chcesz nam dać? — zapytał Lucas Codd. — Dzierganie?

— Tak jest, Lucasie. Wydziergam nam królestwo. — Przerzuciła sztylet z ręki do ręki. Musimy wyciągnąć naukę z losu Młodego Wilka, który wygrał każdą ze swych bitew… i stracił wszystko.

— Wilk nie jest krakenem — sprzeciwił się Victarion. — Co kraken złapał, tego już nie wypuści, choćby był to drakkar albo lewiatan.

— A co my złapaliśmy, stryjaszku? Północ? A czymże ona jest, jeśli nie niezliczonymi milami ziemi położonej daleko od szumu morskich fal? Zdobyliśmy Fosę Cailin, Deepwood Motte, Torrhen's Square, nawet Winterfell i co z tego mamy? — Skinęła dłonią i ludzie z jej „Czarnego Wichru" wystąpili z tłumu, dźwigając na ramionach skrzynie z dębiny i żelaza. — Przynoszę wam bogactwo Kamiennego Brzegu — oznajmiła Asha, gdy otworzyli pierwszą z nich. Posypała się z niej lawina kamyków, które spadały kaskadą po schodach, szarych, czarnych i białych kamyków wygładzonych przez morze. — Przynoszę wam bogactwa Deepwood Motte — dodała. Otwarto drugą skrzynię i wysypały się z niej sosnowe szyszki, które odbijały się od schodów i znikały w tłumie. — A na koniec złoto Winterfell. — Z trzeciej skrzyni wyleciały złote rzepy, okrągłe, twarde i wielkie jak głowa mężczyzny. Asha nadziała jedną z nich na sztylet. — Harmundzie Sharp — zawołała — oto, za co twój syn Harrag zginął w Winterfell. — Zdjęła rzepę z noża i rzuciła mu ją. — Wydaje mi się, że masz też innych synów. Jeśli chcesz zamienić ich życie na rzepy, wykrzycz imię mojego stryjaszka.

— A jeśli wykrzyczę twoje? — zapytał Harmund. — Co dostaniemy wtedy?

— Pokój — odparła Asha. — Ziemię. Zwycięstwo. Dam wam Przylądek Morskiego Smoka i Kamienny Brzeg, czarną ziemię, wysokie sosny i tyle kamieni, że każdy młodszy syn będzie mógł wybudować sobie dwór. Dostaniecie też ludzi z północy… jako przyjaciół, którzy wesprą nas w walce z Żelaznym Tronem. Wybór jest prosty. Dajcie koronę mnie, a będziemy mieli pokój i zwycięstwo. Albo ukoronujcie mojego stryjaszka i dostaniemy wojnę i klęskę. — Schowała sztylet. — Co wybieracie, żelaźni ludzie?

— Zwycięstwo! — zawołał Rodrik Czytacz, otaczając usta dłońmi. — Zwycięstwo i Asha!

— Asha! — powtórzył echem lord Baelor Blacktyde. — Asha królową!

Załoga Ashy podjęła okrzyk:

— Asha! Asha! Asha królową!

Tupali nogami, potrząsali pięściami i wrzeszczeli. Mokra Czupryna słuchał tego z niedowierzaniem. *Chce zostawić dzieło ojca niedokończone!* Mimo to Tristifer Botley krzyczał dla niej, podobnie jak wielu Harlawów, część Goodbrotherów, lord Merlyn o czerwonej twarzy, tak wielu ludzi, że kapłan nie wierzył własnym uszom... krzyczeli dla kobiety!

Inni jednak milczeli albo mruczeli coś do sąsiadów.

— Nie chcemy tchórzowskiego pokoju! — ryknął Ralf Chromy.

— Victarion! Victarion! Victarion! — wrzeszczał Rudy Ralf Stonehouse, machając nad głową chorągwią Greyjoyów. Ludzie zaczęli się przepychać. Ktoś rzucił w Ashę szyszką. Kiedy się uchyliła, prowizoryczna korona spadła jej z głowy. Kapłan przez chwilę odnosił wrażenie, że stoi na szczycie ogromnego mrowiska, a u jego stóp roją się tysiące mrówek. Ludzie krzyczeli „Asha!" albo „Victarion!". Wydawało się, że za chwilę pochłonie ich gwałtowna burza. *Jest wśród nas Bóg Sztormów* — pomyślał kapłan. — *To on szerzy gniew i spory.*

I nagle przez rejwach przedarł się dźwięk rogu, ostry jak pchnięcie mieczem.

Brzmiał melodyjnie i złowróżbnie niczym rozedrgany, gorący krzyk. Aeron miał wrażenie, że kości wewnątrz jego ciała wibrują od niego. Ton niósł się długo w wilgotnym morskim powietrzu:

AaaaRRIIiiiiiiiiiii.

Wszyscy zwrócili spojrzenia w tamtą stronę. Na rogu grał

jeden z kundli Eurona, monstrualny mężczyzna o wygolonej głowie. Na jego ramionach lśniły pierścienie ze złota, nefrytu i gagatu, a na szerokiej piersi miał wytatuowanego jakiegoś drapieżnego ptaka o szponach ociekających krwią.

AaaaRRRIIiiiiiiiiiii.

Róg był błyszczący, czarny i kręty, wyższy od mężczyzny, który trzymał go w obu rękach. Na okuciach z czerwonego złota i czarnej stali wyryto starożytne, valyriańskie znaki, które zdawały się gorzeć czerwonym blaskiem, gdy dźwięk przybierał na sile.

AaaaaaaRRRIIIIIIiiiiiiiiiiiiii.

To był straszliwy dźwięk, wycie bólu i wściekłości, które zdawało się parzyć uszy. Aeron Mokra Czupryna zakrył je, modląc się o to, by Utopiony Bóg przysłał potężną falę, która roztrzaska i uciszy złowrogi instrument. Jego wrzask brzmiał jednak i brzmiał. *To piekielny róg* — pragnął zawołać kapłan, choć nikt by go nie usłyszał. Wytatuowany mężczyzna wydął policzki tak bardzo, że wydawało się, iż zaraz mu pękną. Mięśnie na jego piersi poruszały się w ten sposób, iż patrzący odnosił wrażenie, że ptak za chwilę oderwie się od jego piersi i odleci. Znaki płonęły już jasno, każda linia i litera migotała białym ogniem. Dźwięk brzmiał i brzmiał, odbijając się echem od wyjących wzgórz za ich plecami, niósł się ponad wodami Kołyski Naggi i odbijał od gór Wielkiej Wyk. Trwał i trwał, trwał bez końca, aż wreszcie wypełnił sobą cały mokry świat.

Gdy już wydawało się, że nigdy się nie skończy, umilkł.

Wytatuowanemu mężczyźnie zabrakło wreszcie tchu w piersiach. Zachwiał się na nogach i omal nie upadł. Kapłan zauważył, że Orkwood z Orkmont złapał go za jedno ramię, by go podtrzymać, a Leworęczny Lucas Codd wziął z jego rąk czarny, kręty róg. Biła z niego wąska smużka dymu, a na ustach człowieka, który w niego dął, widać było krew i pęcherze. Ptak na jego piersi również krwawił.

Euron Greyjoy wspiął się powoli na wzgórze. Wszyscy patrzyli na niego. Krążąca w górze mewa nie przestawała się drzeć. *Bezbożnik nie może zasiadać na Tronie z Morskiego Kamienia* — pomyślał Aeron, wiedział jednak, że musi pozwolić bratu przemówić. Poruszał ustami w bezgłośnej modlitwie.

Poplecznicy Ashy usunęli się na bok, podobnie jak poplecznicy Victariona. Kapłan cofnął się o krok i położył dłoń na zimnym szorstkim kamieniu żeber Naggi. Wronie Oko zatrzymał się na szczycie schodów, u drzwi komnaty Szarego Króla, i skierował uśmiechnięte oko na kapitanów i królów. Aeron czuł jednak również spojrzenie jego drugiego oka, tego, które zawsze ukrywał.

— Żelaźni ludzie — zaczął Euron Greyjoy. — Słyszeliście mój róg. A teraz wysłuchajcie moich słów. Jestem bratem Balona, najstarszym żyjącym synem Quellona. W moich żyłach płynie krew lorda Vickona i krew Starego Krakena. Ja jednak pożeglowałem dalej niż którykolwiek z nich. Tylko jeden żyjący kraken nigdy nie poznał smaku porażki. Tylko jeden nigdy nie ugiął kolan. Tylko jeden dopłynął do Asshai przy Cieniu, gdzie ujrzał cuda i okropności wykraczające poza wszelkie wyobrażenie…

— Jeśli tak ci się podobało w Cieniu, to wracaj tam — zawołał różowolicy Qarl Panienka, jeden z popleczników Ashy.

Wronie Oko zignorował jego słowa.

— Mój młodszy brat chciałby dokończyć wojnę Balona i zdobyć północ. Moja słodka bratanica chce nam dać pokój i sosnowe szyszki. — Rozciągnął w uśmiechu sine usta. — Asha woli zwycięstwo od klęski, a Victarion pragnie królestwa, nie kilku marnych jardów ziemi. Ja dam wam obie te rzeczy. Zwiecie mnie Wronim Okiem, któż jednak ma wzrok bystrzejszy niż wrona? Po każdej bitwie te ptaki zlatują się setkami i tysiącami, by nasycić się ciałami zabitych. Wrona potrafi dostrzec śmierć z daleka. Dlatego mówię wam, że całe Westeros umiera. Ci, którzy pójdą za mną, będą ucztować aż po kres swych dni. Jesteśmy ludźmi z żelaznego rodu i ongiś byliśmy zdobywcami. Nasza władza sięgała wszędzie, gdzie było słychać szum fal. Mój brat chciałby, żebyście się zadowolili zimną i smętną północą, a moja bratanica oferuje wam jeszcze mniej, ja zaś dam wam Lannisport, Wysogród, Arbor, Stare Miasto, dorzecze i Reach, królewski las i deszczowy las, Dorne i pogranicze, Góry Księżycowe i Dolinę Arrynów, Tarth i Stopnie. Powiadam wam, weźmy to wszystko! Zawładnijmy całym Westeros. — Zerknął na kapłana. — Ku większej chwale Utopionego Boga, oczywiście.

Na pół uderzenia serca nawet Aeron dał się porwać tym śmiałym słowom. Kapłan marzył o tym samym, gdy po raz pierwszy ujrzał na niebie czerwoną kometę. *Zaniesiemy do zielonych krain ogień i miecz, wykorzenimy siedmiu bogów i ich septonów, a także białe drzewa północy...*

— Wronie Oko — zawołała Asha. — Czyżbyś zostawił rozum w Asshai? Jeśli nie możemy utrzymać północy, a wiesz, że to prawda, jak zamierzasz podbić całe Siedem Królestw?

— Już kiedyś to zrobiono. Czyżby Balon nie nauczył swojej córeczki niczego o wojnie? Victarionie, córka naszego brata chyba nigdy nie słyszała o Aegonie Zdobywcy.

— O Aegonie? — Victarion skrzyżował ręce na napierśniku. — A co Zdobywca ma wspólnego z nami?

— Wiem o wojnie równie wiele, co ty, Wronie Oko — odparła Asha. — Aegon Targaryen zdobył Westeros, bo miał smoki.

— My również będziemy je mieć — zapewnił Euron Greyjoy. — Ten róg, który słyszeliście, znalazłem w dymiących ruinach Valyrii, gdzie nikt oprócz mnie nie ośmielił się zapuścić. Słyszeliście jego zew i poczuliście jego moc. To smoczy róg o okuciach z czerwonego złota i valyriańskiej stali, na których wyryto magiczne znaki. Pradawni władcy smoków dęli w takie rogi, nim pochłonęła ich Zagłada. Żelaźni ludzie, dzięki temu rogowi mogę zmusić do posłuszeństwa smoki.

Asha roześmiała się w głos.

— Bardziej przydałby ci się róg zmuszający do posłuszeństwa kozy, Wronie Oko. Nie ma już smoków.

— W tym względzie również się mylisz, dziewczyno. Są

jeszcze trzy i wiem, gdzie można je znaleźć. Z pewnością jest to warte korony z wyrzuconego przez morze drewna.

— Euron! — zawołał Leworęczny Lucas Codd.

— Euron! Wronie Oko! Euron! — poparł go Rudy Wioślarz.

Niemowy i kundle z załogi „Ciszy" otworzyli skrzynie Eurona i wysypali przed kapitanów i królów jego dary. Kapłan usłyszał głos Hotho Harlawa, który wypełnił swe dłonie złotem. Gorold Goodbrother również krzyczał, i Erik Rozbijacz Kowadeł.

— Euron! Euron! Euron! — wołanie przybierało na mocy, przechodząc w ryk. — Euron! Euron! Wronie Oko! Euron królem! — głos ogarniał swym echem wzgórze Naggi niczym zew Boga Sztormów wstrząsający chmurami. — Euron! Euron! Euron! Euron! Euron! Euron!

Nawet kapłan może zwątpić. Nawet prorok może poznać strach. Aeron Mokra Czupryna sięgnął w głąb siebie, szukając swego boga, i znalazł tam tylko ciszę. Choć tysiąc głosów wykrzykiwało imię jego brata, on słyszał jedynie skrzypienie żelaznych zawiasów.

BRIENNE

Na wschód od Stawu Dziewic wzgórza były zupełnie dzikie. Sosny otaczały ich ze wszystkich stron niczym zastęp milczących, szarozielonych żołnierzy.

Zręczny Dick zapewniał, że przybrzeżny trakt jest najkrótszą i najłatwiejszą drogą do celu, rzadko więc tracili z oczu zatokę. Miasteczka i wioski, które mijali, były coraz mniejsze i położone coraz dalej od siebie. O zmierzchu poszukają jakiejś gospody. Crabb będzie dzielił wspólne łoże z innymi wędrowcami, a Brienne weźmie pokój razem z Podrickiem.

— Byłoby taniej, gdybyśmy wszyscy leżeli w tym samym łożu — upierał się Zręczny Dick. — Mogłabyś położyć między nami miecz. Stary Dick jest zupełnie nieszkodliwy. Rycerski jak prawdziwy rycerz i tak uczciwy jak dzień jest długi.

— Dni mamy coraz krótsze — zauważyła Brienne.

— Może i tak. Jeśli nie ufasz mi w łożu, mogę się położyć na podłodze, pani.

— Nie w moim pokoju.

Potrząsnął głową.

— Można by pomyśleć, że mi nie ufasz.

— Na zaufanie trzeba zasłużyć. Podobnie jak na złoto.

— Skoro tak mówisz, pani, ale na północy, gdy trakt się skończy, będziesz musiała zaufać Dickowi. Gdybym zapragnął zabrać ci złoto pod groźbą miecza, któż mógłby mnie powstrzymać?

— Nie masz miecza — przypomniała mu Brienne. — A ja mam.

Zamknęła drzwi i stała pod nimi, nasłuchując, dopóki się nie upewniła, że sobie poszedł. Dick Crabb mógł być zręczny, ale nie był Jaimem Lannisterem. Nie był też Szaloną Myszą czy nawet Humfreyem Wagstaffem. Był chudy i niedożywiony, a do tego nie miał zbroi, a tylko wgnieciony, zardzewiały półhełm, zamiast miecza nosił stary, wyszczerbiony sztylet. Dopóki Brienne nie zaśnie, nie będzie dla niej zagrożeniem.

— Podrick — odezwała się. — Nadejdzie czas, gdy nie znajdziemy już schronienia w gospodach. Nie ufam naszemu przewodnikowi. Kiedy rozbijemy obóz, czy potrafisz stać na straży, gdy ja będę spała?

— Czy potrafię nie zasnąć, pani? Ser? — Zastanowił się. — Mam miecz. Jeśli Crabb spróbuje cię skrzywdzić, mogę go zabić.

— Nie — sprzeciwiła się z powagą. — Zabraniam ci z nim walczyć. Masz tylko mieć go na oku, gdy będę spała, i obudzić mnie, jeśli zrobi coś podejrzanego. Przekonasz się, że budzę się szybko.

Crabb pokazał swe prawdziwe oblicze następnego dnia, gdy zatrzymali się, by napoić konie. Brienne musiała pójść w krzaki, żeby opróżnić pęcherz. Kiedy przykucnęła, usłyszała głos Podricka.

— Co tam robisz? Zmiataj stamtąd.

Brienne zrobiła, co trzeba, podciągnęła spodnie, wróciła na trakt i zobaczyła, że Zręczny Dick ma palce brudne od mąki.

— Nie znajdziesz w moich jukach żadnych smoków — oznajmiła mu. — Złoto noszę przy sobie.

Część miała w mieszku u pasa, a resztę ukryła w paru kieszeniach w podszewce ubrania. Gruba sakwa w jukach była pełna wielkich i małych miedziaków, groszy, półgroszy i gwiazd… a także drobno zmielonej mąki, która czyniła ją jeszcze grubszą. Mąkę kupiła od kucharza „Pod Siedmioma Mieczami", rankiem, gdy opuszczała Duskendale.

— Dick nie chciał zrobić nic złego, pani. — Poruszył przyprószonymi mąką palcami, by pokazać, że nie ma broni. — Chciałem tylko sprawdzić, czy masz te smoki, które mi obiecałaś. Na świecie pełno jest kłamców gotowych oszukać uczciwego człowieka. Nie mówię, że ty się do nich zaliczasz.

Brienne żywiła nadzieję, że Crabb okaże się lepszym przewodnikiem niż złodziejem.

— Lepiej już ruszajmy — rzuciła, dosiadając konia.

Po drodze Dick często podśpiewywał, ale nigdy nie były to całe pieśni, tylko kawałek tej, a potem zwrotka tamtej. Podejrzewała, że próbuje ją oczarować, osłabić jej czujność. Niekiedy usiłował namówić Brienne i Podricka, żeby śpiewali razem z nim, lecz bez powodzenia. Podrick był zbyt nieśmiały i do tego się jąkał, a Brienne nie śpiewała. *Czy śpiewałaś dla ojca?* — zapytała ją kiedyś w Riverrun lady Stark. — *Czy śpiewałaś dla lorda Renly'ego?* Nie zrobiła tego ani razu, choć tak bardzo pragnęła... Kiedy Zręczny Dick nie śpiewał, zaczynał gadać, opowiadając im historie ze Szczypcowego Przylądka. Mówił, że każda posępna dolina miała ongiś swojego lorda, a wszystkich ich łączyła tylko nieufność wobec obcych. W ich żyłach płynęła mroczna, gęsta krew Pierwszych Ludzi.

— Andalowie próbowali zdobyć Szczypce, lecz wykrwawiliśmy ich w dolinach i utopiliśmy w bagnach. Ale czego ich synowie nie zdołali zdobyć mieczami, ich córki zawojowały pocałunkami. Wżenili się w rody, których nie zdołali pokonać, tak jest.

Szczypcowy Przylądek próbowali sobie podporządkować królowie z rodu Darklynów z Duskendale, podobnie jak Mootonowie ze Stawu Dziewic, a w późniejszych czasach wyniośli Celtigarowie z Krabowej Wyspy. Szczypcarze znali jednak swe bagna i lasy lepiej, niż mogli je poznać obcy, gdy nieprzyjaciel naciskał na nich mocno, znikali w jaskiniach przeszywających ich wzgórza. Kiedy nie walczyli z najeźdźcami, toczyli wojny między sobą. Tutejsze wendety były głębokie i złowrogie niczym mokradła dzielące od siebie poszczególne wzniesienia. Od czasu do czasu jakiemuś bohaterowi udawało się zaprowadzić na przylądku pokój, lecz nigdy nie trwał on dłużej niż jego życie. Lord Lucifer Hardy był wielkim bohaterem, podobnie jak bracia Brune. Stary Łamignat był jeszcze większy od nich, ale najpotężniejsi ze wszystkich byli Crabbowie. Dick nie chciał uwierzyć, że Brienne nigdy nie słyszała o ser Clarensie Crabbie i jego czynach.

— Czemu miałabym kłamać? — zapytała. — Każda okolica ma swoich lokalnych bohaterów. Tam, skąd pochodzę, minstrele śpiewają o ser Galladonie z Morne, Doskonałym Rycerzu.

— Ser Galladonie skąd? — Prychnął pogardliwie. — Nigdy o nim nie słyszałem. Dlaczego był taki cholernie doskonały?

— Ser Galladon był tak wielkim bohaterem, że sama Dziewica oddała mu serce. Na znak swej miłości podarowała mu zaczarowany miecz. Nazywał się Sprawiedliwa Panna. Żaden zwyczajny miecz nie mógł się oprzeć Sprawiedliwej Pannie ani żadna tarcza nie mogła znieść jej pocałunku. Ser Galladon nosił ją z dumą, ale wydobył ją tylko trzy razy. Nie chciał jej używać przeciwko śmiertelnikom, gdyż tak potężny oręż uczyniłby walkę nieuczciwą.

Crabbowi wydawało się to bardzo zabawne.

— Doskonały Rycerz? Chyba raczej Doskonały Głupiec. Co za pożytek z magicznego miecza, jeśli się nim nie walczy, do cholery?

— Honor — odparła. — Pożytkiem jest honor.

Crabb roześmiał się jeszcze głośniej.

— Ser Clarence Crabb wytarłby sobie włochate dupsko twoim Doskonałym Rycerzem, pani. Gdyby się kiedyś spotkali, na półce w Szeptach wylądowałaby kolejna zakrwawiona głowa, jeśli mnie o to pytasz. Na pewno powtarzałaby w kółko innym głowom: „Może trzeba było wyjąć ten magiczny miecz. Może trzeba było wyjąć ten cholerny magiczny miecz".

Brienne nie mogła powstrzymać uśmiechu.

— Kto wie — przyznała. — Ale ser Galladon nie był głupi. Gdyby spotkał się z przeciwnikiem wysokim na osiem stóp i dosiadającym tura, mógłby wydobyć Sprawiedliwą Pannę. Ponoć zabił nią kiedyś smoka.

Na Zręcznym Dicku nie zrobiło to wrażenia.

— Łamignat też kiedyś walczył ze smokiem, ale nie potrzebował do tego magicznego miecza. Po prostu powiązał mu szyję w supły i gdy smok próbował zionąć ogniem, parzył sobie dupsko.

— A co zrobił Łamignat, gdy przybył Aegon z siostrami? — zapytała Brienne.

— Już nie żył. Z pewnością o tym wiesz, pani. — Crabb zerknął na nią z ukosa. — Aegon przysłał na Szczypce swą siostrę, tę Visenyę. Lordowie słyszeli już o końcu Harrena. Nie byli głupcami, więc złożyli miecze u jej stóp. Królowa przyjęła ich na służbę i powiedziała, że nie są już wasalami Stawu Dziewic, Krabowej Wyspy ani Duskendale. Ale to nie powstrzymuje tych cholernych Celtigarów przed przysyłaniem na wschodni brzeg swych poborców podatków. Jeśli lord Celtigar przyśle wystarczająco wielu, niektórzy do niego wracają... w przeciwnym razie kłaniamy się tylko własnym lordom i królowi. Prawdziwemu królowi, nie Robertowi i jemu podobnym. — Splunął. — Crabbowie, Brune'owie i Boggsowie walczyli nad Tridentem u boku księcia Rhaegara. Mieliśmy też gwardzistów królewskich. Hardy'ego, Cave'a, Pyne'a i trzech Crabbów. Clementa, Ruperta i Clarence'a Niskiego. Miał sześć stóp wzrostu, ale był niski w porównaniu z prawdziwym ser Clarence'em. Na Szczypcach wszyscy dochowujemy wierności smokom.

W miarę jak posuwali się na północny wschód, ruch na trakcie coraz bardziej malał. Po pewnym czasie zostawili za sobą ostatnią gospodę. Zielsko na przybrzeżnym trakcie niemal całkowicie zasłaniało koleiny. Nocą zatrzymali się w wiosce rybackiej. Brienne zapłaciła wieśniakom kilka miedziaków, żeby pozwolili im przespać się w stodole. Weszła z Podrickiem na stryszek i wciągnęła drabinę za sobą.

— Jeśli zostawisz mnie samego na dole, mogę ci ukraść te cholerne konie — zawołał Crabb. — Lepiej je też wprowadź na stryszek, pani.

Zignorowała go.

— W nocy będzie lało — poskarżył się. — Będzie wielka, zimna ulewa. Ty i Pods będziecie sobie spali w ciepełku, a biedny stary Dick będzie drżał z zimna na dole. — Potrząsnął głową, mamrocząc coś pod nosem, i umościł sobie posłanie na stercie siana. — Nigdy jeszcze nie spotkałem tak nieufnej panny.

Brienne zwinęła się pod płaszczem. Podrick ziewnął u jej boku. *Nie zawsze taka byłam* — mogłaby krzyknąć do Crabba. — *Kiedy byłam mała, myślałam, że wszyscy mężczyźni są tak samo szlachetni jak mój ojciec.* Nawet ci, którzy jej powtarzali, jaka jest ładna, jaka wysoka i bystra, jak wdzięcznie tańczy. Dopiero septa Roelle otworzyła jej oczy.

— Mówią to tylko po to, żeby wkupić się w łaski twojego pana ojca — wyjaśniła jej. — Prawdę powie ci zwierciadło, nie języki mężczyzn.

To była brutalna lekcja, która doprowadziła Brienne do płaczu, ale przydała się jej w Wysogrodzie, gdy ser Hyle i jego przyjaciele urządzili sobie z niej zabawę. *Na tym świecie panna musi być nieufna, bo inaczej szybko utraci cnotę* — pomyślała, gdy rozpadał się deszcz.

Podczas walki zbiorowej pod Gorzkim Mostem wyszukiwała swych zalotników, by kolejno stłuc ich na kwaśne jabłko. Farrowa, Ambrose'a i Brodacza, Marka Mullendore'a, Raymonda Naylanda i Willa Bociana. Stratowała Harry'ego Sawyera i rozbiła hełm Robina Pottera, zostawiając paskudną bliznę. A gdy padł już ostatni z nich, Matka zesłała jej Conningtona. Tym razem ser Ronnet miał w ręku miecz, nie różę. Każdy cios, który mu zadała, był słodszy niż pocałunek.

Ostatnim, na którego spadł owego dnia jej gniew, był Loras Tyrell. Nigdy się do niej nie zalecał, prawie w ogóle na nią nie patrzył, ale miał wówczas na tarczy trzy złote róże, a Brienne nienawidziła róż. Ich widok doprowadził ją do furii i dał jej siłę. Nocą śniła jej się walka, którą wówczas stoczyła, i ser Jaime zapinający na jej ramionach tęczowy płaszcz.

Rankiem nadal padało. Gdy jedli śniadanie, Zręczny Dick zasugerował, żeby zaczekali na poprawę pogody.

— A kiedy to się stanie? Jutro? Za dwa tygodnie? Gdy powróci lato? Nie. Mamy płaszcze, a przed nami wiele mil drogi.

Lało przez cały dzień. Wąska ścieżka, którą jechali, szybko

zamieniła się w błoto. Wszystkie drzewa miały już ogołocone gałęzie, a padający bez przerwy deszcz przerodził spadłe liście w mokrą, brązową matę. Płaszcz Dicka przesiąkł szybko, choć był podszyty skórkami wiewiórek. Brienne widziała, że ich przewodnik drży. Na chwilę ogarnęła ją litość. *Wyraźnie widać, że nie jadał zbyt dobrze.* Zastanawiała się, czy rzeczywiście jest tu gdzieś zatoczka przemytników albo ruiny zamku zwanego Szeptami. Głodni ludzie są zdolni do desperackich uczynków. Wszystko to mógł być podstęp. Usta wypełniał jej kwaśny smak podejrzenia.

Przez pewien czas wydawało się, że jedynym dźwiękiem na świecie jest nieustanny szum deszczu. Zręczny Dick wlókł się uparcie naprzód. Brienne przyglądała mu się uważnie, zauważając, że garbi się w siodle, jakby mógł się w ten sposób uchronić przed zmoknięciem. Tym razem, gdy zapadł zmrok, w pobliżu nie było żadnej wioski. Nie było tu też drzew, pod którymi mogliby się schronić. Byli zmuszeni rozbić obóz pośród skał, w odległości pięćdziesięciu jardów od morskiego brzegu. Skały przynajmniej osłonią ich przed wiatrem.

— Lepiej stójmy dziś na straży, pani — ostrzegł ją, gdy próbowała rozpalić ognisko z wyrzuconego przez morze drewna. — W takim miejscu mogą być mlaskacze.

— Mlaskacze?

Brienne obrzuciła go podejrzliwym spojrzeniem.

— Potwory — wyjaśnił z zadowoloną miną Zręczny Dick. — Wyglądają jak człowiek, chyba że podejdzie się blisko, ale mają za duże głowy, a tam, gdzie prawdziwemu człowiekowi wyrastają włosy, mają łuski. Są białe jak rybie brzuchy, a między palcami rosną im błony. Zawsze są wilgotne i cuchną rybami, ale w tych ich żabich gębach kryją się szeregi zielonych zębów ostrych jak igły. Niektórzy powiadają, że wytępili je Pierwsi Ludzie, ale nie wierzcie w to. Przychodzą nocami i kradną niegrzeczne dzieci. Kiedy chodzą na tych swoich błoniastych stopach, słychać ciche *mlasku-mlasku*. Dziewczynki sobie zatrzymują, żeby móc się rozmnażać, ale chłopców zjadają. Rozszarpują ich ostrymi, zielonymi zębami. — Uśmiechnął się do Podricka. — Zjedzą cię, chłopcze. Zjedzą cię na surowo.

— Jeśli spróbują to zrobić, zabiję je — odparł chłopak, dotykając miecza.

— Możesz spróbować. Mlaskacze nie giną łatwo. — Mrugnął do Brienne. — A czy ty jesteś niegrzeczną dziewczynką, pani?

— Nie jestem.

Tylko głupią. Drewno było zbyt wilgotne, żeby się palić. Buchnęła z niego odrobina dymu, ale na tym się skończyło. Zdegustowana Brienne oparła się plecami o skałę, przykryła płaszczem i pogodziła z perspektywą zimnej, mokrej nocy. Przeżuła pasek twardej, solonej wołowiny, marząc o gorącym posiłku, a Zręczny Dick opowiadał, jak ser Clarence Crabb walczył z królem mlaskaczy. *Potrafi opowiadać historie* — przyznała w duchu. — *Ale Mark Mullendore też był zabawny i miał tę śmieszną małpkę.*

Było za wilgotno, by mogli zobaczyć zachód słońca, zbyt szaro, by zdołali ujrzeć wschód księżyca. Noc była czarna i bezgwiezdna. Crabbowi zabrakło w końcu opowieści i położył się spać. Podrick wkrótce również zaczął chrapać. Brienne siedziała oparta o skałę, słuchając szumu fal. *Czy jesteś blisko morza, Sanso?* — zastanawiała się. *Czy czekasz w Szeptach na statek, który nigdy nie przypłynie? Kto jest z tobą? Błazen chciał kupić transport dla trzech osób. Czy Krasnal dołączył do ciebie i ser Dontosa, czy może znalazłaś siostrę?*

Dzień był długi i Brienne czuła się zmęczona. Choć siedziała wsparta o skałę, a wokół pluskał cicho deszcz, poczuła, że powieki jej opadają. Dwukrotnie zapadła w drzemkę. Za drugim razem obudziła się raptownie. Serce jej tłukło ze strachu. Kończyny miała zesztywniałe, a płaszcz owinął się jej wokół kostek. Zrzuciła go z nóg i wstała. Zręczny Dick spał pod skałą, na wpół pogrzebany w ciężkim, wilgotnym piasku. *Sen. To był sen.*

Być może popełniła błąd, porzucając ser Creightona i ser Illifera. Obaj robili wrażenie uczciwych ludzi. *Gdyby tylko Jaime mógł być ze mną* — pomyślała... ale on był rycerzem Gwardii Królewskiej i jego miejsce było u boku króla. A poza tym to Renly'ego pragnęła. *Przysięgłam, że będę go chronić i zawiodłam. A potem przysięgłam go pomścić i tej przysięgi również nie dotrzymałam. Zamiast to uczynić, uciekłam z lady Catelyn, a potem ją również zawiodłam.* Wiatr zmienił kierunek i krople deszczu padały jej prosto w twarz.

Następnego dnia trakt przeszedł w kamienistą ścieżkę, a potem w jej ledwie widoczny ślad. Około południa zakończył się nagle u stóp wyrzeźbionego wiatrem urwiska. Na jego szczycie wznosił się mały zameczek spoglądający z góry na morskie fale. Na tle ciemnoszarego nieba rysowały się trzy krzywe wieże.

— Czy to są Szepty? — zapytał Podrick.

— A czy to wygląda jak cholerne ruiny? — warknął Crabb. — To Dyre Den, siedziba starego lorda Brune'a. Tu kończy się droga. Od tej pory będziemy jechać przez las.

Brienne przyjrzała się urwisku.

— Jak mamy się dostać na górę?

— To łatwe. — Crabb zawrócił konia. — Trzymaj się blisko Dicka. Ostatnich mogą dopaść mlaskacze.

Okazało się, że na szczyt urwiska prowadzi stroma, kamienista ścieżka ukryta w skalnej rozpadlinie. Większa jej część była naturalna, ale tu i ówdzie w skale wykuto stopnie mające ułatwić wspinaczkę. Z obu stron wędrowców otaczały strome, skalne ściany uformowane przez stulecia wystawiania na wiatr i bryzgi. W niektórych miejscach urwiska przybierały fantastyczne kształty. Podczas wspinaczki Zręczny Dick pokazał im kilka takich miejsc.

— Widzisz, to głowa ogra — powiedział i Brienne uśmiechnęła się na jej widok. — A tam jest kamienny smok. Drugie skrzydło mu odpadło, kiedy mój ojciec był jeszcze dzieckiem. A znowu tam to wymiona, obwisłe jak cycki starej baby.

Popatrzył na jej pierś.

— Ser? Pani? — odezwał się Podrick. — Widzę jeźdźca.

— Gdzie?

Żadna ze skał nie przypominała jej człowieka na koniu.

— Na drodze. Nie kamiennego jeźdźca. Prawdziwego. Śledzi nas. Tam.

Chłopak wyciągnął rękę.

Brienne obróciła się w siodle. Wspięli się już tak wysoko, że ich wzrok sięgał na wiele mil. Jeździec podążał tą samą drogą, co oni, dwie albo trzy mile z tyłu. *Znowu?* — pomyślała. Zerknęła podejrzliwie na Zręcznego Dicka.

— Nie patrz tak na mnie — obruszył się Crabb. — Zręczny Dick nie ma z tym nic wspólnego. To pewnie jakiś człowiek Brune'a, wracający z wojen. Albo może wędrowny minstrel. — Odwrócił się i splunął. — Jedno jest cholernie pewne. To nie mlaskacz. One nie jeżdżą konno.

— Rzeczywiście — potwierdziła Brienne. Przynajmniej w tej sprawie mogli się zgodzić.

Ostatnie sto stóp wspinaczki okazało się najbardziej strome i zdradliwe. Spod końskich kopyt sypały się luźne kamyki, osuwające się ze stukotem w dół. Gdy wynurzyli się ze skalnej rozpadliny, znaleźli się pod murami zamku. Ujrzeli na górze czyjąś twarz, która zaraz zniknęła. Brienne miała wrażenie, że to była kobieta, i wspomniała o tym Zręcznemu Dickowi.

Crabb zgodził się z nią.

— Brune jest za stary, żeby się wspinać na mury, a jego synowie i wnuki pojechali na wojny. W zamku zostały tylko dziewki i parę zasmarkanych bachorów.

Brienne miała na końcu języka pytanie, za którym królem opowiada się lord Brune, ale to już nie miało znaczenia. Synowie Brune'a wyjechali, niektórzy z nich mogą już nie wrócić. *Nie znajdziemy tu dziś gościny.* Zamek pełen starców, kobiet i dzieci raczej nie otworzy bram przed uzbrojonymi nieznajomymi.

— Mówisz o lordzie Brunie, jakbyś go znał — zauważyła.

— Może i kiedyś go znałem.

Przyjrzała się przodowi jego wamsu. Na piersi zwisały z niego nitki i było tam widać ciemną plamę, ślad po oderwanym godle. Nie ulegało wątpliwości, że jej przewodnik jest dezerterem. Czy podążający za nimi jeździec mógł być jednym z jego towarzyszy broni?

— Lepiej jedźmy dalej — nalegał Crabb — bo Brune zacznie się zastanawiać, co robimy pod jego murami. Z cholernej kuszy nawet dziewka potrafi wystrzelić. — Ich przewodnik wskazał na lesiste wapienne wzgórza ciągnące się za zamkiem. — Dalej nie będzie już dróg, tylko strumienie i wydeptane przez zwierzynę ścieżki. Bez obaw, pani. Zręczny Dick zna te okolice.

Tego właśnie bała się Brienne. Na szczycie urwiska dął silny wiatr, ale ona czuła tylko woń pułapki.

— A co z tym jeźdźcem?

Wkrótce wespnie się w ślad za nimi na urwisko, chyba że jego koń potrafi jeździć po falach.

— A co ma być? Jeśli to jakiś przygłup ze Stawu Dziewic, to pewnie nawet nie znajdzie cholernej drogi na szczyt. A nawet gdyby ją znalazł, zgubimy go w lesie. Tam już nie będzie miał traktu.

Tylko nasze ślady. Brienne zmarszczyła brwi, zastanawiając się, czy nie lepiej byłoby spotkać jeźdźca tutaj, z mieczem w dłoni. *Wyszłabym na głupią, gdyby się okazało, że to wędrowny minstrel albo jeden z synów lorda Brune'a.* Doszła do wniosku, że Crabb ma rację. *Zajmę się nim jutro, jeśli nadal będzie za nami jechał.*

— Jak sobie życzysz — rzekła, kierując klacz w stronę lasu.

Zamek lorda Brune'a został z tyłu i wkrótce stracili go z oczu. Ze wszystkich stron otoczyły ich drzewa strażnicze i żołnierskie sosny, wyniosłe, odziane w zieleń włócznie sięgające ku niebu. Ziemię zaścielała warstwa spadłych igieł, gruba jak zamkowy mur, usiana gdzieniegdzie szyszkami. Konie posuwały się naprzód zupełnie bezgłośnie. Deszcz trochę popadał, na chwilę przestał, a potem zaczął padać znowu, ale pod osłoną drzew nie czuli go prawie wcale.

Posuwali się teraz naprzód znacznie wolniej. Klacz Brienne brnęła przez zielony półmrok, klucząc między drzewami. Kobieta uświadomiła sobie, że bardzo łatwo byłoby tu zabłądzić. Las we wszystkich kierunkach wyglądał tak samo. Nawet powietrze było szarozielone i nieruchome. Konary sosen drapały jej ramiona, ocierając się z hałasem o świeżo pomalowaną tarczę. Ten niesamowity spokój z każdą godziną coraz bardziej irytował Brienne.

Zręczny Dick również okazywał niepokój. Gdy zbliżał się wieczór, spróbował zaśpiewać.

— *Był sobie niedźwiedź, wierz, jeśli chcesz, czarno-brązowy kudłaty zwierz* — zanucił słabym, ochrypłym głosem. Sosnowy las pochłonął jego słowa, tak jak pochłaniał wiatr i deszcz. Po chwili Crabb dał sobie spokój.

— Tu jest niedobrze — odezwał się nagle Podrick. — To złe miejsce.

Brienne odnosiła takie samo wrażenie, ale lepiej było nie mówić tego głośno.

— W sosnowym lesie zawsze jest ponuro, ale las to w końcu tylko las. Nie ma tu nic, czego musielibyśmy się bać.

— A mlaskacze? I głowy?

— Bystry chłopak — zauważył ze śmiechem Zręczny Dick.

Brienne obrzuciła go poirytowanym spojrzeniem.

— Nie ma żadnych mlaskaczy ani głów.

To wjeżdżali na wzgórza, to znowu z nich zjeżdżali. Brienne zaczęła się modlić, by Zręczny Dick okazał się uczciwym człowiekiem i by wiedział, dokąd ich prowadzi. Nie była nawet pewna, czy trafiłaby bez jego pomocy z powrotem do morza. Dniem i nocą niebo zasnuwały chmury. Nie było widać słońca ani gwiazd, które pomogłyby jej znaleźć drogę.

Tego dnia rozbili obóz wcześniej, kiedy zjechali ze wzgórza i znaleźli się na skraju zielonych, lśniących moczarów. W szarozielonym świetle wieczoru teren przed nimi wydawał się pewny, ale kiedy spróbowali tamtędy przejechać, okazało się, że konie zapadają się po pęciny. Musieli zawrócić na twardszy grunt.

— Nic nie szkodzi — uspokoił ich Crabb. — Wrócimy na wzgórze i pojedziemy inną drogą.

Następny dzień wyglądał tak samo. Otaczały ich sosny i mokradła, niebo było ciemne, od czasu do czasu padał deszcz, mijali leje krasowe, jaskinie i omszałe ruiny starożytnych twierdz. Każda kupa kamieni miała swoją historię i Zręczny Dick opowiadał im je wszystkie. Jeśli mu wierzyć, ludzie ze Szczypcowego Przylądka podlewali swe sosny własną krwią. Brienne w końcu zaczęła tracić cierpliwość.

— Jak długo jeszcze? — zapytała. — Z pewnością widzieliśmy już wszystkie drzewa na Szczypcowym Przylądku.

— Nie wszystkie — zaprzeczył Crabb. — Już niedaleko. Spójrz, las robi się coraz rzadszy. Jesteśmy blisko wąskiego morza.

Pewnie okaże się, że ten błazen, którego mi obiecał, to moje własne odbicie w stawie — pomyślała Brienne. Pokonała już jednak bardzo długą drogę i nie było sensu zawracać. Niemniej nie mogła zaprzeczyć, że czuje się zmęczona. Jej uda zrobiły się od siodła twarde jak żelazo, a do tego ostatnio przesypiała każdej nocy tylko po cztery godziny, każąc Podrickowi stać na straży. Była przekonana, że jeśli Zręczny Dick zamierzał ich zamordować, spróbuje to zrobić właśnie tutaj, w okolicy, którą znał najlepiej. Być może prowadził ich do jakiejś jaskini zbójców, gdzie czekali jego kuzyni, równie zdradzieccy jak on. A może po prostu zataczał kręgi, czekając, aż dogoni ich ten jeździec. Nie widzieli go, odkąd minęli zamek lorda Brune'a, ale to wcale nie znaczyło, że nieznajomy zrezygnował z pościgu.

Niewykluczone, że będę zmuszona go zabić — powiedziała sobie pewnej nocy, chodząc wokół obozu. Zrobiło się jej niedobrze na samą myśl o tym. Stary dowódca zbrojnych, który uczył ją walki, zawsze powątpiewał, czy jest wystarczająco twarda.

— Masz ramiona silne jak mężczyzna — powtarzał jej nieraz ser Goodwin — ale serce miękkie jak każda dziewczyna. Co innego ćwiczyć na dziedzińcu ze stępionym mieczem w dłoni, a co innego wbić przeciwnikowi w brzuch długi na stopę kawał zaostrzonej stali i patrzeć, jak jego oczy gasną.

Chcąc nauczyć Brienne twardości, ser Goodwin nieraz wysyłał ją do rzeźnika jej ojca, żeby zabijała jagnięta i prosięta. Prosięta piszczały, a jagnięta beczały głosami przerażonych dzieci. Gdy Brienne kończyła robotę, oczy miała pełne łez, a ubranie tak zakrwawione, że musiała je oddawać służącej do spalenia. Mimo to ser Goodwin wciąż nie był przekonany.

— Prosię to prosię. Z człowiekiem jest inaczej. Kiedy byłem giermkiem, młodym jak ty teraz, miałem przyjaciela, silnego, szybkiego i zręcznego chłopaka. Na dziedzińcu nie miał sobie równych. Nikt z nas nie wątpił, że pewnego dnia wyrośnie z niego wspaniały rycerz. Ale potem na Stopniach wybuchła wojna. Widziałem, jak mój przyjaciel obalił wroga na kolana i wytrącił mu topór z rąk, ale kiedy mógł już z nim skończyć, zawahał się na pół uderzenia serca. Na wojnie pół uderzenia serca to całe życie. Przeciwnik wyciągnął sztylet i znalazł szczelinę w jego zbroi. Cała siła, szybkość, męstwo i z trudem zdobyte umiejętności... wszystko to okazało się warte mniej niż pierdnięcie komedianta, ponieważ przestraszył się zabicia człowieka. Zapamiętaj to sobie, dziewczyno.

Będę o tym pamiętała — obiecała jego cieniowi w sosnowym lesie. Usiadła na skale, wyciągnęła miecz i zaczęła go ostrzyć. *Będę o tym pamiętała i będę się modliła o to, żeby się nie przestraszyć.*

Nadszedł kolejny dzień, posępny, zimny i pochmurny. Nie widzieli słońca, ale gdy nocny mrok przeszedł w szarość, Brienne uświadomiła sobie, że pora znowu siodłać konie. Po chwili ruszyli w dalszą drogę. Zręczny Dick jechał przodem, Brienne tuż za nim, a Podrick zamykał kolumnę na swym koniku.

Zamek pojawił się przed nimi bez ostrzeżenia. W jednej chwili byli w głębi lasu i ze wszystkich stron otaczały ich ciągnące się na przestrzeni długich mil sosny. Potem minęli głaz i ujrzeli przed sobą wolną przestrzeń. Po jakiejś mili las skończył się nagle. Dalej było niebo, morze... i ruiny starożytnego zamku zbudowanego na krawędzi urwiska, porzuconego i porośniętego zielskiem.

— Szepty — oznajmił Zręczny Dick. — Wytężcie słuch, a usłyszycie głowy.

Podrick rozdziawił usta.

— Słyszę je.

Brienne również słyszała ten dźwięk. Słaby, szemrzący szept, który zdawał się dobiegać nie tylko z zamku, lecz również spod ziemi. W miarę jak zbliżali się do krawędzi urwiska, dźwięk stawał się coraz głośniejszy, aż wreszcie uświadomiła sobie, że to morze. Fale wżarły się w skały pod ich stopami i przelewały się teraz łoskotem przez groty i tunele głęboko pod ziemią.

— Nie ma żadnych głów — zapewniła. — To tylko szum fal.

— Fale nie szepczą. To głowy.

Zamek był stary, zbudowany z niepołączonych zaprawą kamieni, a każdy z nich był inny od poprzedniego. W szczelinach między głazami rosły gęste kępy mchu, a spomiędzy fundamentów wyrastały drzewa. W starych zamkach z reguły były boże gaje. Szepty sprawiały wrażenie, że nie zostało z nich prawie nic poza bożym gajem. Brienne zsunęła się z siodła i podprowadziła klacz bliżej krawędzi urwiska w miejscu, gdzie zawalił się mur kurtynowy. Kamienne rumowisko porastały kępy trującego, czerwonego bluszczu. Przywiązała konia do drzewa i podeszła tak blisko skraju przepaści, jak tylko się odważyła. Pięćdziesiąt stóp niżej fale tłukły o szczątki zburzonej wieży. Za nią Brienne wypatrzyła wylot wielkiej jaskini.

— To była stara latarnia morska — wyjaśnił Zręczny Dick, zatrzymując się za nią. — Zawaliła się, kiedy byłem o połowę młodszy niż Pods teraz. Były tu stopnie schodzące do zatoczki, ale kiedy urwisko się osypało, szlag je trafił. Przemytnicy przestali tu potem przypływać. Były czasy, kiedy mogli wpłynąć łodziami do samej zatoczki, ale to się skończyło. Widzisz?

Jedną ręką dotknął jej pleców, a drugą wyciągnął przed siebie.

Brienne nagle dostała gęsiej skórki. *Jedno pchnięcie i będę na dole razem z tą wieżą.* Odsunęła się.

— Trzymaj łapy przy sobie.

Crabb skrzywił się.

— Ja tylko…

— Nie obchodzi mnie, co ty tylko. Gdzie jest brama?

— Po drugiej stronie. — Dick zawahał się. — Ten twój błazen nie jest mściwy, prawda? — zapytał nerwowo. — No wiesz, nocą pomyślałem sobie, że na pewno jest zły na starego Zręcznego Dicka z powodu tej mapy, którą mu sprzedałem, no i dlatego że nie wspomniałem, iż przemytnicy już tu nie przypływają.

— Gdy już dostaniesz ode mnie złoto, będziesz mógł mu zwrócić wszystko, co dał ci za twoją pomoc. — Brienne nie potrafiła sobie wyobrazić, by Dontos Hollard mógł być groźny. — Pod warunkiem że istotnie tu jest.

Okrążyli mury. Zamek był trójkątny, a w każdym jego rogu wznosiła się kwadratowa baszta. Brama zbutwiała już paskudnie. Gdy Brienne pociągnęła za skrzydło, mokre drewno pękło i rozszczepiło się, tworząc długie drzazgi. Połowa wrót zwaliła się na nią. W środku dostrzegała tylko zielony półmrok. Las przedostał się przez mury, zajmując donżon i zewnętrzny dziedziniec. Za bramą była jednak opuszczana krata. Jej zęby wbiły się głęboko w miękką, błotnistą ziemię. Żelazo było czerwone od rdzy, ale krata wytrzymała, gdy Brienne nią potrząsnęła.

— Nikt nie korzystał z tej bramy od bardzo dawna.

— Mógłbym się wdrapać na górę — zaproponował Podrick. — Po urwisku. Tam, gdzie mur się zawalił.

— To zbyt niebezpieczne. Te kamienie wyglądają mi na luźne, a czerwony bluszcz jest trujący. Gdzieś musi być tylna furta.

Znaleźli ją po północnej stronie zamku, niemal całkowicie ukrytą za wielkim gąszczem jeżyn. Wszystkie jagody zebrano, a połowę krzewów wycięto, by utorować drogę do drzwi. Widok połamanych gałęzi zaniepokoił Brienne.

— Ktoś niedawno tędy przechodził.

— Twój błazen i te dziewczyny — odparł Crabb. — Mówiłem ci.

Sansa? Brienne nie potrafiła w to uwierzyć. Nawet taki opój jak Dontos Hollard nie byłby aż tak nierozsądny, by zabrać ją w równie ponure miejsce. Coś w tych ruinach budziło jej obawy. Nie znajdzie tu młodej Starkówny… ale musi się im przyjrzeć. *Ktoś tu niedawno był* — pomyślała. — *Ktoś, kto ma powód, by się ukrywać.*

— Wchodzę do środka — oznajmiła. — Crabb, chodź ze mną. Podrick, ty popilnuj koni.

— Ja też chcę z tobą iść. Jestem giermkiem. Umiem walczyć.

— Dlatego właśnie chcę, żebyś tu został. W tych lasach mogą być zbójcy. Nie możemy zostawić koni bez opieki.

Podrick zaszurał nogą o skałę.

— Jak sobie życzysz.

Brienne przedarła się przez gąszcz jeżyn i pociągnęła za zardzewiały, żelazny pierścień. Furta opierała się przez chwilę, a potem otworzyła się z głośnym protestem zawiasów. Włoski na karku Brienne stanęły dęba od tego dźwięku. Wyciągnęła miecz. Choć miała na sobie kolczugę i utwardzaną skórę, czuła się naga.

— Ruszaj, pani — ponaglał ją idący za nią Zręczny Dick. — Na co czekasz? Stary Crabb nie żyje już od tysiąca lat.

Na co właściwie czekała? Brienne powiedziała sobie, że zachowuje się głupio. Ten dźwięk to był tylko szum morza, niosący się nigdy niemilknącym echem w jaskiniach pod zamkiem, nasilający się i słabnący z każdą falą. Niemniej rzeczywiście brzmiał jak szept. Przez chwilę wydawało się jej niemal, że widzi głowy leżące na półkach i rozmawiające cicho.

— Trzeba było wyjąć ten miecz — powtarzała jedna z nich. — Trzeba było wyjąć ten magiczny miecz.

— Podrick — zawołała. — Mam w posłaniu miecz w pochwie. Przynieś mi go.

— Tak jest, ser. Pani. Już idę.

Chłopak oddalił się biegiem.

— Miecz? — Zręczny Dick podrapał się za uchem. — Masz już jeden miecz w dłoni. Po co ci drugi?

— Ten będzie dla ciebie.

Brienne podała mu go rękojeścią naprzód.

— Naprawdę? — Crabb wyciągnął niepewnie rękę, jakby oręż mógł go ugryźć. — Nieufna panna chce dać staremu Dickowi miecz?

— Potrafisz się nim posługiwać?

— Jestem Crabbem. — Wyrwał jej miecz z dłoni. — W moich żyłach płynie krew ser Clarence'a. — Przeciął orężem powietrze i uśmiechnął się do niej. — Niektórzy powiadają, że to miecz czyni człowieka lordem.

Wrócił Podrick Payne. Trzymał Wiernego Przysiędze w dwóch rękach tak ostrożnie, jakby niósł dziecko. Zręczny Dick zagwizdał na widok zdobnej pochwy z szeregiem lwich głów, ale ucichł, kiedy Brienne wyjęła miecz i przeszyła nim powietrze. *Nawet jego świst jest ostrzejszy niż w przypadku zwykłej broni* — pomyślała.

— Chodź ze mną — poleciła Crabbowi. Przeszła bokiem przez furtę, pochylając głowę pod łukiem.

Ujrzała przed sobą porośnięty lasem zewnętrzny dziedziniec. Po lewej miała główną bramę oraz zawalone ruiny czegoś, co mogło kiedyś być stajnią. Z połowy boksów wychylały się drzewka, inne wyrastały nad suchą, brązową strzechę. Po prawej widziała zbutwiałe, drewniane schody, prowadzące do ciemnego lochu albo piwnicy. Tam, gdzie kiedyś był donżon, leżała wielka sterta gruzu, porośnięta zielonym i fioletowym mchem. Na całym dziedzińcu pełno było chwastów i sosnowych igieł. Wszędzie widziała mnóstwo żołnierskich sosen rosnących w poważnych szeregach. Pomiędzy nimi stał blady intruz, młode, smukłe czardrzewo o pniu białym jak niewinna dziewica. Jego szeroko rozłożone konary pokrywały ciemnoczerwone liście. Dalej było tylko puste niebo i morze, widoczne w luce w murze...

…a także pozostałości ogniska.

Natarczywe szepty niepokoiły jej uszy. Brienne uklękła obok ogniska. Uniosła poczerniały patyk, powąchała go i pogrzebała w popiele. *Dziś w nocy ktoś próbował się tu ogrzać. Albo może wysłać sygnał do przepływającego statku.*

— Heeeeej — zawołał Zręczny Dick. — Jest tu kto?

— Bądź cicho — rozkazała.

— Ktoś może się tu ukrywać. Może chce się nam lepiej przyjrzeć, zanim się pokaże? — Podszedł do prowadzących pod ziemię schodów i zajrzał w ciemność. — Heeeeej — zawołał znowu. — Czy jest tam ktoś?

Wtem Brienne zauważyła kołyszące się drzewko. Z krzaków wynurzył się mężczyzna, tak brudny, że wydawało się, iż wyrósł prosto z ziemi. W ręce ściskał złamany miecz, ale to jego twarz przyciągnęła jej uwagę, małe oczka i szerokie, płaskie nozdrza.

Znała ten nos. Znała te oczy. Przyjaciele zwali tego człowieka Pygiem.

Wydawało się, że wszystko wydarzyło się w ciągu jednego uderzenia serca. Drugi mężczyzna wylazł z otworu studni, nie wywołując więcej hałasu niż wąż pełznący po stercie wilgotnych liści. Na głowie miał żelazny półhełm owinięty w brudny, czerwony jedwab, a w dłoni dzierżył krótką, grubą włócznię do rzucania. Tego Brienne również znała. Za jej plecami rozległ się szelest. Spomiędzy czerwonych liści spojrzała na nią kolejna twarz. Crabb, który stał pod czardrzewem, spojrzał w górę i ją zobaczył.

— Tutaj — zawołał do Brienne. — Tu jest twój błazen.

— Dick, do mnie — rozkazała nerwowo.

Shagwell zeskoczył z drzewa z głośnym śmiechem. Miał na sobie błazeński strój, ale tak wyblakły i brudny, że był raczej brązowy niż szary czy różowy. Zamiast grzechotki trzymał w ręce morgensztern — trzy kolczaste kule połączone łańcuchami z drewnianą rękojeścią. Zamachnął się z całej siły, zataczając niski krąg, i jedno z kolan Crabba rozpryskało się w fontannie krwi i kości.

— Jakie to śmieszne — zawył Shagwell, gdy Dick padł na ziemię. Miecz, który dostał od Brienne, wypadł mu z ręki i zniknął w chaszczach. Crabb wił się z bólu na ziemi, krzycząc i ściskając zdruzgotane kolano.

— Och, spójrzcie — zawołał Shagwell — to Szmugler Dick, ten sam, który narysował nam mapę. Czyżby pokonał tak długą drogę, żeby oddać nam złoto?

— Proszę — jęczał Dick. — Proszę, nie, moja noga...

— Boli? Mogę tak zrobić, żeby przestało.

— Zostaw go — warknęła Brienne.

— Nie! — wrzasnął Dick, unosząc zakrwawione ręce, żeby zasłonić głowę. Shagwell zakręcił morgenszternem i uderzył nim w sam środek twarzy Crabba. Rozległ się przyprawiający o mdłości trzask. W ciszy, która zapadła później, Brienne słyszała bicie własnego serca.

— Niedobry Shags — skarcił błazna mężczyzna, który wylazł ze studni. Na widok twarzy Brienne ryknął głośnym śmiechem. — To znowu ty, kobieto? Polujesz na nas czy po prostu chciałaś znowu zobaczyć nasze miłe gęby?

Shagwell tańczył, przestępując z nogi na nogę i wymachując morgenszternem.

— To dla mnie tu przyszła. Śni o mnie każdej nocy, gdy wsadza sobie palce w szparę. Ona mnie pragnie, chłopaki, wielka kobyła stęskniła się za wesołym Shagsem! Wyrucham ją w dupę i wypełnię błazeńskim nasieniem, żeby urodziła małego Shagwelka.

— Do tego celu służy inna dziura, Shags — wycedził Timeon z dornijskim akcentem.

— To chyba będę ją musiał wyruchać we wszystkie dziury. Żeby się upewnić.

Przesunął się w jej prawą stronę, a Pyg zachodził Brienne od lewej, zmuszając ją do cofania się ku urwisku. *Transport dla trzech osób* — przypomniała sobie.

— Jest was tylko trzech.

Timeon wzruszył ramionami.

— Po ucieczce z Harrenhal wszyscy poszliśmy swoimi drogami. Urswyck i jego banda ruszyli na południe, do Starego Miasta. Rorge uważał, że uda mu się uciec przez Solanki. Ja i moje chłopaki pojechaliśmy do Stawu Dziewic, ale nie mogliśmy się nawet zbliżyć do statku. — Dornijczyk uniósł włócznię. — Varga załatwiłaś tym swoim ugryzieniem. Ucho zrobiło mu się czarne i płynęła z niego ropa. Rorge i Urswyck chcieli zmiatać, ale Kozioł powtarzał, że musi bronić zamku. Upierał się, że jest lordem Harrenhal i nikt mu go nie odbierze. Seplenił przy tym jak zawsze. Słyszeliśmy, że Góra zabił go po kawałeczku. Jednego dnia ręka, następnego noga, ucinał mu je zgrabnie. Bandażowali Kozłu kikuty, żeby nie wyciągnął za szybko kopyt. Kutasa Góra chciał zachować na koniec, ale przyleciał ptak z wezwaniem do Królewskiej Przystani, więc dobił Varga i odjechał.

— Nie ścigam was. Szukam… — omal nie powiedziała „siostry" — …błazna.

— Ja jestem błaznem — oznajmił radośnie Shagwell.

— Ale nie tym — odparła Brienne. — Ten, którego szukam, podróżuje w towarzystwie szlachetnie urodzonej dziewczyny. Córki lorda Starka z Winterfell.

— W takim razie to Ogara powinnaś szukać — stwierdził Timeon. — Ale tak się składa, że jego też tu nie ma. Jesteśmy tylko my.

— Sandora Clegane'a? — zdziwiła się Brienne. — Jak to?

— To on ma Starkównę. Słyszałem, że wędrowała do Riverrun, a on ją ukradł. Cholerny pies.

Do Riverrun — pomyślała Brienne. — *Wędrowała do Riverrun. Do wuja i wujecznego dziadka.*

— Skąd o tym wiesz?

— Od jednego z ludzi Berica. Lord błyskawica również jej szuka. Rozesłał swych ludzi wzdłuż całego Tridentu. Węszą za nią wszędzie. Złapaliśmy trzech po ucieczce z Harrenhal i wyciągnęliśmy całą historię z jednego z nich, zanim umarł.

— Mógł was okłamać.

— Mógł, ale nie okłamał. Później się dowiedzieliśmy, że Ogar zabił trzech ludzi swego brata w gospodzie na skrzyżowaniu dróg. Dziewczyna była wtedy z nim. Zanim Rorge zabił oberżystę, ten przysięgał, że to prawda. Kurwy powiedziały to samo. Wszystkie były brzydkie jak noc. Nie takie brzydkie jak ty, ale…

Próbuje odwrócić moją uwagę — uświadomiła sobie Brienne. — *Chce mnie uśpić swoim głosem.* Pyg podchodził coraz bliżej. Shagwell skoczył w jej stronę. Odsunęła się od nich. *Jeśli im pozwolę, zagonią mnie pod urwisko.*

— Nie zbliżajcie się — ostrzegła ich.

— Chyba wyrucham cię w nos, dziewko — oznajmił Shagwell. — Czy to nie będzie śmieszne?

— Ma bardzo małego kutasa — wyjaśnił Timeon. — Odłóż ten ładny miecz, a potraktujemy cię łagodnie, kobieto. Potrzebujemy złota, żeby zapłacić przemytnikom, to wszystko.

— A jeśli oddam złoto, pozwolicie nam odejść?

— Pozwolimy — zapewnił z uśmiechem Timeon. — Jak tylko wszyscy cię wyruchamy. Zapłacimy ci jak uczciwej kurwie. Po srebrniku od każdego razu. Albo zabierzemy ci złoto, i tak cię zgwałcimy, a potem załatwimy cię jak Góra lorda Varga. Jaki masz wybór?

— Taki.

Brienne rzuciła się na Pyga.

Uniósł złamany miecz, żeby osłonić twarz, ale ona uderzyła nisko. Wierny Przysiędze przebił kurtę, bluzę, skórę i mięśnie wbijając się w udo najemnika. Pyg zatoczył się do tyłu, gdy noga załamała się pod nim. Jego zgruchotany miecz zgrzytnął o jej kolczugę i Pyg wylądował na plecach. Brienne wbiła mu sztych swego oręża w gardło, obróciła miecz i wyciągnęła go, a potem odwróciła się szybko, w tej samej chwili, gdy włócznia Timeona pomknęła prosto ku jej twarzy. *Nie przestraszyłam się* — pomyślała, gdy po jej twarzy spłynęła czerwona krew. — *Widziałeś, ser Goodwinie?*

Choć włócznia ją skaleczyła, Brienne prawie nie czuła bólu.

— Kolej na ciebie — oznajmiła Timeonowi. Dornijczyk wyciągnął drugą włócznię, krótszą i grubszą od pierwszej.

— No, rzucaj — dodała.

— Żebyś mogła się uchylić, a potem zaatakować? Zginąłbym jak Pyg. Nie ma mowy. Załatw ją, Shags.

— To ty ją załatw — zaprotestował Shagwell. — Widziałeś, co zrobiła z Pygiem? Jest szalona od miesięcznej krwi.

Błazna miała za plecami, a Timeona z przodu. Bez względu na to, w którą stronę się zwróci, jeden zawsze będzie z tyłu.

— Załatw ją — nalegał Timeon. — Będziesz mógł wyruchać jej trupa.

— Och, naprawdę mnie kochasz.

Shagwell zakręcił morgenszternem.

Wybierz jednego z nich — powiedziała sobie Brienne. — *Wybierz jednego i zabij go szybko.* Nagle znikąd wyleciał kamień i trafił Shagwella w głowę. Brienne nie wahała się ani chwili. Rzuciła się na Timeona.

Był lepszy od Pyga, ale miał tylko krótką włócznię do rzucania, a ona — miecz z valyriańskiej stali. Wierny Przysiędze ożył w jej dłoniach. Nigdy jeszcze nie była tak szybka. Miecz zamienił się w szarą plamę. Timeon zranił ją w bark, ale ona obcięła mu ucho i pół policzka, odrąbała grot włóczni i wbiła długi na stopę kawał prążkowanej stali w brzuch najemnika, przebijając ogniwa kolczugi.

Timeon próbował jeszcze walczyć, gdy wyszarpnęła zeń miecz. Zbrocza Wiernego Przysiędze spływały czerwoną krwią. Dornijczyk sięgnął do pasa i wyciągnął sztylet, więc ucięła mu rękę. *To było za Jaimego.*

— Matko, zmiłuj się — wydyszał najemnik. Krew płynęła mu z ust i z kikuta. — Skończ z tym. Wyślij mnie do Dorne, ty cholerna suko.

Zrobiła to.

Kiedy się odwróciła, Shagwell klęczał na ziemi, z oszołomioną miną szukając morgenszterna. Gdy spróbował wstać, w ucho trafił go kolejny kamień. Podrick przelazł przez resztki muru i stał teraz pośród bluszczu ze złowrogą miną. W ręce ściskał kolejny kamień.

— Mówiłem ci, że potrafię walczyć! — zawołał.

Shagwell próbował odczołgać się od niej.

— Poddaję się — wołał. — Poddaję się. Nie możesz skrzywdzić słodkiego Shagwella. Jestem za śmieszny, żeby umrzeć.

— Nie jesteś lepszy od tamtych. Kradłeś, gwałciłeś i mordowałeś.

— Och, tak, tak, nie przeczę temu… ale ja jestem zabawny, umiem wesoło tańczyć i opowiadać dowcipy. Dzięki mnie mężczyźni się śmieją.

— A kobiety płaczą.

— Czy to moja wina? Kobiety nie mają poczucia humoru.

Brienne opuściła Wiernego Przysiędze.

— Wykop grób. Tutaj, pod czardrzewem.

Wskazała na nie mieczem.

— Nie mam łopaty.

— Masz dwie ręce.

Jedną więcej, niż zostawiliście Jaimemu.

— Po co się trudzić? Zostaw ich wronom.

— Timeon i Pyg mogą być żarciem dla wron. Zręczny Dick będzie miał grób. Był Crabbem. To jego zamek.

Ziemia była mokra od deszczu, lecz mimo to wykopanie grobu zajęło błaznowi resztę dnia. Kiedy skończył, zapadał już zmierzch. Ręce miał krwawe i pokryte pęcherzami. Brienne schowała Wiernego Przysiędze, uniosła Dicka Crabba w ramionach i zaniosła do mogiły. Jego twarz wyglądała okropnie.

— Przykro mi, że ci nie ufałam. Nie potrafię już nikomu zaufać.

Uklękła, by złożyć ciało do grobu.

Błazen na pewno zaatakuje teraz, kiedy jestem odwrócona plecami — pomyślała.

Usłyszała jego ciężki oddech pół uderzenia serca przed tym, nim Podrick ostrzegł ją krzykiem. Shagwell ściskał w garści kamień. Brienne miała w rękawie sztylet.

Sztylet prawie zawsze wygrywa z kamieniem.

Odtrąciła jego rękę na bok i wbiła mu nóż w brzuch.

— Śmiej się — warknęła, ale on tylko jęknął. — Śmiej się — powtórzyła, łapiąc go jedną ręką za gardło, a drugą ponownie wbijając mu sztylet. — Śmiej się! — powtarzała raz po raz, aż jej ręka zrobiła się czerwona po nadgarstek, a jej omal nie zadławił smród konającego błazna. Ale Shagwell się nie roześmiał. Słyszała tylko własne łkanie. Gdy to sobie uświadomiła, odrzuciła z drżeniem nóż.

Podrick pomógł jej złożyć Zręcznego Dicka w grobie. Kiedy skończyli, wzeszedł już księżyc. Brienne strzepnęła ziemię z dłoni i wrzuciła do dołu dwa złote smoki.

— Dlaczego to zrobiłaś, pani? Ser? — zapytał Pod.

— To nagroda, jaką mu obiecałam za odnalezienie błazna.

Za ich plecami rozległ się śmiech. Wyszarpnęła z pochwy Wiernego Przysiędze i odwróciła się błyskawicznie, spodziewając się ujrzeć kolejnych Krwawych Komediantów… ale to był tylko Hyle Hunt, który siedział ze skrzyżowanymi nogami na rozsypującym się murze.

— Jeśli w piekle są burdele, ten nędznik na pewno ci podziękuje — stwierdził rycerz. — W przeciwnym razie to tylko marnowanie dobrego złota.

— Zawsze dotrzymuję obietnicy. A co ty tu robisz?

— Lord Randyll rozkazał mi pojechać za tobą. Gdyby jakimś nieprawdopodobnym trafem udało ci się odnaleźć Sansę Stark, miałem ją odwieźć do Stawu Dziewic. Nie obawiaj się, zabronił mi cię skrzywdzić.

Brienne prychnęła pogardliwie.

— Jakbyś był w stanie.

— I co teraz uczynisz, pani?

— Zakopię go.

— Mówiłem o dziewczynie. O lady Sansie.

Brienne zastanawiała się przez chwilę.

— Jeśli wierzyć Timeonowi, zmierzała do Riverrun. Gdzieś po drodze porwał ją Ogar. Jeśli go znajdę…

— Zabije cię.

— Albo ja jego — odparła. — Pomożesz mi pochować biednego Crabba, ser?

— Żaden prawdziwy rycerz nie mógłby odmówić tak pięknej damie.

Ser Hyle zszedł z muru i razem zasypali ziemią Zręcznego Dicka. Księżyc wznosił się coraz wyżej na niebie, a pod ziemią głowy zapomnianych królów wiodły szeptem rozmowę o tajemnicach.

TWÓRCZYNI KRÓLOWYCH

Pod palącym słońcem Dorne miarą bogactwa było nie tylko złoto, lecz również woda. Każdej studni pilnie strzeżono. Jednakże studnia w Shandystone wyschła już przed stu laty i jej strażnicy oddalili się w bardziej wilgotne okolice, porzucając skromną warownię ze żłobionymi kolumnami i potrójnymi łukami. Potem wróciły tu piaski.

Arianne Martell przybyła na miejsce z Dreyem i Sylvą, gdy słońce już zachodziło. Niebo na zachodzie przerodziło się w złoto-fioletowy arras, a chmury rozświetlała karmazynowa łuna. Ruiny również zdawały się świecić: zwalone kolumny skąpał różowawy blask, po spękanych posadzkach pełzały czerwone cienie, a sam piasek zmienił kolor ze złotego na pomarańczowy, a potem na fioletowy, w miarę jak robiło się coraz ciemniej. Garin zjawił się kilka godzin przedtem, a rycerz zwany Ciemną Gwiazdą poprzedniego dnia.

— Jak tu pięknie — zauważył Drey, gdy pomagał Garinowi napoić konie. Przywieźli ze sobą własne zapasy wody. Piaskowe rumaki z Dorne były szybkie i niestrudzone, mogły pokonać wiele mil więcej niż zwykłe konie, lecz nawet one nie mogły się obyć bez wody.

— Skąd znasz to miejsce?

— Stryj mnie tu kiedyś przywiózł, z Tyene i Sarellą. — Arianne uśmiechnęła się na to wspomnienie. — Złapał kilka żmij i pokazał Tyene, jak najbezpieczniej wytaczać z nich jad. Sarella zaglądała pod kamienie, czyściła mozaiki z piasku i chciała się dowiedzieć wszystkiego, co tylko można wiedzieć o ludziach, którzy tu mieszkali.

— A co ty robiłaś, księżniczko? — zapytała Cętkowana Sylva.

Siedziałam przy studni i wyobrażałam sobie, że przywiózł mnie tu jakiś rycerz rabuś, by mnie zniewolić — pomyślała. — *Wysoki, twardy mężczyzna o czarnych oczach i zakolach na czole.* Zaniepokoiło ją to wspomnienie.

— Marzyłam — odpowiedziała. — A kiedy słońce zaszło, usiadłam ze skrzyżowanymi nogami u stóp stryja i poprosiłam, żeby mi opowiedział jakąś historię.

— Książę Oberyn znał mnóstwo historii. — Garin był z nimi owego dnia. Był mlecznym bratem Arianne i jej nierozłącznym towarzyszem, odkąd oboje nauczyli się chodzić. — Pamiętam, że opowiedział nam o księciu Garinie, tym, na którego cześć nadano mi imię.

— Garinie Wielkim, cudzie Rhoyne — podpowiedział Drey.

— Tak, właśnie o nim. Tym, który sprawił, że Valyrianie zadrżeli.

— Zadrżeli — zgodził się ser Gerold. — Ale potem go zabili. Gdybym ja poprowadził ćwierć miliona ludzi na śmierć, to czy też nazwano by mnie Geroldem Wielkim? — Prychnął pogardliwie. — Chyba zostanę przy Ciemnej Gwieździe. To przynajmniej jestem ja, nikt inny.

Wyjął miecz, usiadł na brzegu wyschniętej studni i zaczął ostrzyć broń osełką.

Arianne przyglądała mu się nieufnie. *Jest szlachetnie urodzony i mógłby się nadawać na księcia małżonka* — pomyślała. — *Ojciec zwątpiłby w mój zdrowy rozsądek, ale nasze dzieci byłyby piękne jak władcy smoków.* Jeśli w Dorne był jakiś przystojniejszy mężczyzna, Arianne go nie znała. Ser Gerold Dayne miał orli nos, wydatne kości policzkowe i silną żuchwę. Twarz miał gładko wygoloną, ale gęste włosy opadały mu na kołnierz niczym srebrny lodowiec, przedzielony w połowie czarną jak noc smużką. *Ale ma okrutne usta i jeszcze okrutniejszy język.* Gdy tak siedział na tle zachodzącego słońca, zajęty ostrzeniem miecza, jego oczy wydawały się czarne, ale Arianne widziała je kiedyś z bliska i wiedziała, że są fioletowe. *Ciemnofioletowe. Ciemne i gniewne.*

Na pewno poczuł jej spojrzenie, gdyż oderwał wzrok od miecza, popatrzył jej w oczy i uśmiechnął się. Arianne poczuła przypływ ciepła na twarzy. *Niepotrzebnie go w to wciągnęłam. Jeśli choć spojrzy na mnie w ten sposób, gdy będzie tu Arys, na piasek poleje się krew.* Nie potrafiła powiedzieć czyja. Zgodnie z tradycją w Gwardii Królewskiej służyli najlepsi rycerze w całych Siedmiu Królestwach... ale Ciemna Gwiazda to był Ciemna Gwiazda.

Na dornijskich piaskach nocą szybko robiło się zimno. Garin zebrał dla nich drewno, zbielałe gałęzie drzew, które uschły przed stu laty. Drey rozpalił ognisko, pogwizdując pod nosem, gdy krzesał iskry.

Kiedy podpałka już się zajęła, usiedli wokół ogniska, podając sobie z ręki do ręki bukłak z letnim winem... wszyscy oprócz Ciemnej Gwiazdy, który wolał pić niesłodzoną cytrynową wodę. Garin był bardzo ożywiony i zabawiał wszystkich najnowszymi wieściami z Miasta z Desek położonego u ujścia Zielonej Krwi. Sieroty z rzeki przypływały tam, by handlować z ludźmi z karak, kog i galer przybywających z drugiego brzegu wąskiego morza. Jeśli wierzyć marynarzom, na wschodzie działo się mnóstwo cudownych i straszliwych rzeczy: bunt niewolników w Astaporze, smoki w Qarthu, szara zaraza w Yi Ti. Na Wyspach Bazyliszkowych pojawił się nowy król korsarzy, który napadł na Miasto Wysokich Drzew, a w Qohorze wyznawcy czerwonych kapłanów wywołali zamieszki i próbowali spalić Czarnego Kozła.

— A Złota Kompania zerwała kontakt z Myr, chociaż Myrijczycy właśnie wybierają się na wojnę z Lys.

— Przekupili ich Lyseńczycy — zasugerowała Sylva.

— Bystrzy Lyseńczycy — dodał Drey. — Bystrzy, tchórzliwi Lyseńczycy.

Arianne wiedziała, że to nieprawda. *Jeśli Quentyn będzie miał za sobą Złotą Kompanię...* „Pod złotymi płaszczami, ostra stal" — tak brzmiało ich zawołanie. *Będziesz potrzebował ostrej stali i jeszcze paru rzeczy, bracie, jeśli zamierzasz pozbawić mnie dziedzictwa.* Dornijczycy kochali Arianne, a Quentyna słabo znali. Żadna kompania najemników tego nie zmieni.

Ser Gerold wstał.

— Chyba pójdę się odlać.

— Uważaj, gdzie stawiasz nogi — ostrzegł go Drey. — Minęło już sporo czasu, odkąd książę Oberyn wytaczał jad z miejscowych żmij.

— W dzieciństwie byłem karmiony jadem, Dalt. Każda żmija, która mnie ugryzie, gorzko tego pożałuje.

Kiedy odszedł, pozostali wymienili spojrzenia.

— Wybacz, księżniczko — rzekł cicho Garin — ale nie lubię tego człowieka.

— A szkoda — zauważył Drey — bo mam wrażenie, że się w tobie podkochuje.

— Potrzebujemy go — przypomniała im Arianne. — Niewykluczone, że będzie nam potrzebny jego miecz, a z całą pewnością jego zamek.

— Wysoki Azyl nie jest jedynym zamkiem w Dorne — przypomniała Cętkowana Sylva. — Masz też innych rycerzy, którzy cię kochają. Drey jest rycerzem.

— Jestem — potwierdził Drey. — Mam pięknego konia i bardzo piękny miecz, a odwagą nie ustępuję… no, jest kilku takich, którym ustępuję.

— Chyba raczej kilkuset, ser — zauważył Garin.

Arianne pozwoliła im się poprzekomarzać. Drey i Cętkowana Sylva byli jej najbliższymi przyjaciółmi, pomijając kuzynkę Tyene, a Garin dokuczał jej już od czasu, gdy oboje ssali piersi jego matki. W tej chwili jednak nie miała nastroju do żartów. Słońce już zaszło i na niebie było pełno gwiazd. *Jest ich tak dużo* — pomyślała. Oparła się plecami o żłobkowaną kolumnę, zastanawiając się, czy jej brat patrzy teraz na te same gwiazdy, gdziekolwiek mógł być. *Widzisz tę białą, Quentynie? To jasna gwiazda Nymerii, a ten mleczny pas za nią to jej dziesięć tysięcy okrętów. Ogień żadnego mężczyzny nigdy nie płonął jaśniej niż ogień Nymerii. Ja nie będę od niej gorsza. Nie ograbisz mnie z mojego dziedzictwa!*

Quentyn był bardzo młody, gdy wysłano go do Yronwooda, według ich matki za młody. Norvoshijczycy nie oddawali dzieci na wychowanie i lady Mellario nigdy nie wybaczyła księciu Doranowi tego, że zabrał jej syna. Arianne podsłuchała kiedyś, jak powiedział:

— Mnie to się również nie podoba, ale jest między nami dług krwi, a lord Ormond nie przyjmie żadnej innej zapłaty.

— Zapłaty? — krzyknęła jej matka. — To twój syn. Jaki ojciec płaci długi krwią swojej krwi?

— Książę — odpowiedział Doran Martell.

Książę Doran nadal utrzymywał, że jej brat jest z lordem Yronwoodem, ale matka Garina widziała go w Mieście z Desek, gdzie udawał kupca. Jeden z jego towarzyszy miał leniwe oko, tak samo jak Cletus Yronwood, niewyżyty syn lorda Andersa. Towarzyszył im również maester, znający wiele języków. *Mój brat nie jest taki bystry, jak mu się wydaje. Bystrzejszy człowiek wypłynąłby ze Starego Miasta, nawet gdyby miało to oznaczać dłuższą podróż. W Starym Mieście mógłby go nikt nie poznać.* Arianne miała przyjaciół wśród sierot z Miasta z Desek i niektórzy z nich zainteresowali się, dlaczego książę i lordowski syn podróżują pod fałszywymi nazwiskami, chcąc się przeprawić na drugi brzeg wąskiego morza. Jeden z nich zakradł się nocą przez okno do pokoju Quentyna, otworzył wytrychem zameczek jego pancernej skrzynki i znalazł ukryte wewnątrz zwoje.

Arianne oddałaby bardzo wiele, żeby mieć pewność, iż ta potajemna wyprawa za wąskie morze była pomysłem samego Quentyna… ale zwoje, które miał ze sobą, zapieczętowano słońcem i włócznią Dorne. Kuzyn Garina nie odważył się złamać pieczęci, żeby je przeczytać, ale…

— Księżniczko.

Ser Gerold Dayne stał za jej plecami, pół w blasku gwiazd, a pół w cieniu.

— I jak ci się lało? — zapytała figlarnym tonem Arianne.

— Piaski okazały należytą wdzięczność. — Dayne postawił stopę na głowie posągu, który mógł ongiś wyobrażać Dziewicę, ale piaski pochłonęły jego twarz. — A kiedy lałem, przyszło mi do głowy, że ten twój plan może ci nie dać tego, czego pragniesz.

— A czego twoim zdaniem pragnę, ser?

— Uwolnienia Żmijowych Bękarcic. Zemsty za Oberyna i Elię. Czy znam tę pieśń? Chcesz poczuć smak lwiej krwi.

Tak, chcę tego wszystkiego, a także mojego dziedzictwa. Pragnę Słonecznej Włóczni i tronu ojca. Pragnę Dorne.

— Chcę sprawiedliwości.

— Zwij to, jak chcesz. Ukoronowanie tej dziewczynki będzie tylko czczym gestem. Ona nigdy nie zasiądzie na Żelaznym Tronie, a ty nie wywołasz wojny, której pragniesz. Lwa nie da się tak łatwo sprowokować.

— Lew nie żyje, a kto wie, które ze swych młodych wybierze lwica?

— To, które przebywa w jej legowisku. — Ser Gerold wyciągnął miecz. Klinga zalśniła w świetle gwiazd, ostra jak kłamstwa. — Oto, jak zaczyna się wojny. Nie złotą koroną, lecz stalowym ostrzem.

Nie morduję dzieci.

— Odłóż ten miecz. Myrcella jest pod moją opieką. Poza tym świetnie wiesz, że ser Arys nie pozwoli, by jego księżniczce stała się krzywda.

— Nie wiem, pani. Wiem tylko, że Dayne'owie zabijali Oakheartów już od kilku tysięcy lat.

Jego arogancja zaparła jej dech w piersiach.

— Mam wrażenie, że Oakheartowie zabijali Dayne'ów od równie długiego czasu.

— Wszyscy mamy swoje rodzinne tradycje. — Ciemna Gwiazda schował miecz. — Księżyc wschodzi. Widzę, że twój wspaniały rycerz już się zbliża.

Miał bystry wzrok. Rzeczywiście okazało się, że jeźdźcem dosiadającym dużej siwej klaczy jest ser Arys. Gdy mknął po piasku, jego biały płaszcz powiewał radośnie. Księżniczka Myrcella siedziała za nim, opatulona w szatę z kapturem okrywającym jej złote loki.

Ser Arys pomógł jej zsiąść, a Drey opadł przed nią na jedno kolano.

— Wasza Miłość.

— Pani — rzekła Cętkowana Sylva, klękając obok niego.

— Królowo, należę do ciebie — powiedział Garin i osunął się na oba kolana.

Zdezorientowana Myrcella złapała Arysa Oakhearta za ramię.

— Dlaczego nazywają mnie Waszą Miłością? — zapytała płaczliwym głosem. — Ser Arysie, co to za miejsce i kim są ci ludzie?

Czy nic jej nie powiedział? Arianne podeszła bliżej, zamiatając wokół jedwabiem. Uśmiechnęła się, by uspokoić dziewczynkę.

— To moi dobrzy i wierni przyjaciele, Wasza Miłość… i chcą zostać też twoimi przyjaciółmi.

— Księżniczka Arianne? — Dziewczynka zarzuciła jej ramiona na szyję. — Dlaczego nazywają mnie królową? Czy coś się stało Tommenowi?

— Zadał się ze złymi ludźmi, Wasza Miłość — odpowiedziała Arianne. — Obawiam się, że uknuli razem spisek, żeby ukraść ci tron.

— Ukraść tron? Żelazny Tron? — zapytała jeszcze bardziej zdezorientowana dziewczynka. — On go wcale nie ukradł. Przecież Tommen jest…

— Z pewnością młodszy od ciebie?

— Jestem starsza o rok.

— To znaczy, że Żelazny Tron prawnie należy do ciebie — wyjaśniła Arianne. — Twój brat jest tylko małym chłopcem, nie możesz mieć do niego pretensji. Ma złych doradców… ale ty masz przyjaciół. Czy mogę ci ich przedstawić? — Ujęła dziewczynkę za rękę. — Wasza Miłość, oto ser Andrey Dalt, dziedzic Cytrynowego Lasu.

— Przyjaciele mówią mi Drey — oznajmił. — I byłbym wielce zaszczycony, gdyby Wasza Miłość zwracała się do mnie tak samo.

Choć Drey miał otwartą twarz i uśmiechał się ze swobodą, Myrcella popatrzyła na niego nieufnie.

— Dopóki cię nie poznam, muszę ci mówić „ser".

— Jak Wasza Miłość woli. Tak czy inaczej, należę do ciebie.

Sylva odchrząknęła.

— Czy mogę ci przedstawić lady Sylvę Santagar, królowo? — powiedziała Arianne. — Moją najmilszą Cętkowaną Sylvę?

— Dlaczego cię tak nazywają? — zapytała Myrcella.

— Dlatego, że mam piegi, Wasza Miłość — wyjaśniła Sylva — choć wszyscy udają, że to dlatego, iż jestem dziedziczką Cętkowanego Lasu.

Potem przyszła kolej na Garina, smagłego mężczyznę o gibkich kończynach i długim nosie, noszącego w uchu kolczyk z nefrytem.

— A to jest Garin, nasza wesoła sierota, która zawsze mnie rozśmiesza — oznajmiła Arianne. — Jego matka była moją mamką.

— Przykro mi, że umarła — rzekła Myrcella.

— Nie umarła, słodka królowo. — Garin błysnął złotym zębem; kupiła mu go Arianne, żeby zastąpić ten, który wybiła. — Księżniczka chciała powiedzieć, że jestem jedną z sierot z Zielonej Krwi.

Myrcella będzie miała czas, by podczas podróży w górę rzeki poznać historię sierot. Arianne podprowadziła przyszłą królową do ostatniego z członków małej grupy.

— A na koniec najdzielniejszy z nas. Przedstawiam ci ser Gerolda Dayne'a, rycerza ze Starfall.

Ser Gerold opadł na jedno kolano i obrzucił dziewczynkę chłodnym spojrzeniem. W jego ciemnych oczach odbijał się blask księżyca.

— Żył kiedyś ser Arthur Dayne — zauważyła Myrcella. — Był rycerzem Gwardii Królewskiej w czasach Obłąkanego Króla Aerysa.

— Był Mieczem Poranka. Ale już nie żyje.

— Czy teraz ty jesteś Mieczem Poranka?

— Nie. Ludzie zwą mnie Ciemną Gwiazdą i moją porą jest noc.

Arianne odciągnęła od niego dziewczynkę.

— Na pewno jesteś głodna. Mamy daktyle, ser, oliwki i słodką cytrynową wodę do popicia. Ale nie powinnaś jeść ani pić za dużo. Po krótkim odpoczynku musimy ruszyć w drogę. Tutaj, na piaskach, zawsze lepiej jest podróżować nocą, zanim słońce wzejdzie. To zdrowsze dla koni.

— I dla jeźdźców — dodała Cętkowana Sylva. — Chodź, Wasza Miłość, ogrzej się. Będę zaszczycona, jeśli pozwolisz, bym ci usługiwała.

Sylva poprowadziła dziewczynkę w stronę ogniska. Arianne nagle zauważyła, że za jej plecami stoi ser Gerold.

— Mój ród liczy sobie dziesięć tysięcy lat. Jego historia sięga zarania dziejów. Dlaczego mój kuzyn jest jedynym Dayne'em, o którym ludzie pamiętają?

— Był wielkim rycerzem — wtrącił ser Arys Oakheart.

— Miał wielki miecz — zauważył Ciemna Gwiazda.

— I wielkie serce. — Ser Arys dotknął ramienia Arianne. — Księżniczko, zamień, proszę, ze mną słówko.

— Chodź. — Poprowadziła go głębiej w ruiny. Pod płaszczem rycerz miał wams ze złotogłowia, na którym wyhaftowano trzy zielone, dębowe liście jego rodu. Na głowę włożył lekki, stalowy hełm z wyszczerbionym kolcem, wokół którego owiązał sobie na dornijską modłę żółtą chustkę. Można by go wziąć za rycerza z Dorne, gdyby nie płaszcz. Uszyto go z lśniącego, białego jedwabiu, był jasny jak księżycowy blask, a przy tym lekki jak piórko. *Od razu widać, że to płaszcz Gwardii Królewskiej. Rycerski dureń.*

— Ile wie dziewczynka? — spytała Arianne.

— Niewiele. Przed opuszczeniem Królewskiej Przystani wuj przypomniał jej, że jestem jej obrońcą, i wszelkie rozkazy, jakie mogę wydawać, mają na celu jej bezpieczeństwo. Słyszała też ludzi na ulicach, domagających się krzykiem zemsty. Wiedziała, że to nie zabawa. Jest odważna i mądra ponad swoje lata. Zrobiła wszystko, co kazałem, nie zadając żadnych pytań. — Rycerz ujął Arianne za ramię i rozejrzał się wokół. — Są też inne wieści, które powinnaś usłyszeć. Tywin Lannister nie żyje.

To był szok.

— Nie żyje?

— Zamordował go Krasnal. Regentką została królowa.

— Naprawdę? — *Kobieta na Żelaznym Tronie?* Arianne zastanawiała się nad tym przez chwilę, a potem doszła do wniosku, że tak będzie lepiej. Jeśli lordowie Siedmiu Królestw przyzwyczają się do rządów królowej Cersei, łatwiej im będzie ugiąć kolan przed królową Myrcellą. Poza tym lord Tywin był niebezpiecznym przeciwnikiem. Bez niego wrogowie Dorne będą znacznie słabsi. *Lannisterowie zabijają Lannisterów, jakie to słodkie.* — A co się stało z karłem?

— Uciekł — odparł ser Arys. — Cersei obiecała tytuł lordowski temu, kto przyniesie jej jego głowę. — Gdy tak stali na pokrytych naniesionym przez wiatr piaskiem płytkach wewnętrznego dziedzińca, rycerz popchnął nagle Arianne pod kolumnę, żeby ją pocałować, a jego dłoń powędrowała do jej piersi. Pocałunek był długi i namiętny. Oakheart uniósłby spódnice księżniczki, ale wyrwała mu się ze śmiechem.

— Widzę, że tworzenie królowych cię podnieca, ser, ale nie mamy teraz na to czasu. Obiecuję, że później to zrobimy. — Dotknęła jego policzka. — Miałeś jakieś trudności?

— Tylko z Trystane'em. Chciał siedzieć przy łożu Myrcelli i grać z nią w *cyvasse*.

— Mówiłam ci, że przeszedł już czerwone plamy, kiedy miał cztery lata. Na to choruje się tylko raz. Trzeba było powiedzieć, że Myrcella ma szarą łuszczycę. To by go odstraszyło.

— Chłopaka być może, ale nie maestera twojego ojca.

— Caleotte'a? Czy próbował ją zobaczyć?

— Nie od chwili, gdy opisałem czerwone plamy na jej twarzy. Powiedział, że nic się nie da zrobić, a choroba musi przejść sama. Dał mi słoiczek maści łagodzącej swędzenie.

Nikt, kto nie miał jeszcze dziesięciu lat, nigdy nie umarł na czerwone plamy, ale u dorosłych ta choroba mogła być śmiertelna, a maester Caleotte nie przeszedł jej w dzieciństwie. Arianne dowiedziała się o tym, gdy sama na nią zachorowała w wieku ośmiu lat.

— Znakomicie — ucieszyła się. — A co ze służącą? Czy wygląda przekonująco?

— Z daleka. Krasnal wybrał ją w tym właśnie celu, choć miał pod ręką wiele szlachetniej urodzonych dziewcząt. Myrcella pomogła jej zrobić loki i sama namalowała jej na twarzy kropki. Są dalekimi kuzynkami. W Lannisporcie roi się od Lannych, Lannettów, Lantellów i mniej znacznych Lannisterów, a połowa z nich ma blond włosy. Ubrana w nocną koszulę Myrcelli, z maścią maestera na twarzy… w ciemnym pokoju mogłaby oszukać nawet mnie. Znacznie trudniej było znaleźć następcę dla mnie. Dake jest najbliższy mi wzrostem, ale za gruby, więc ubrałem w moją zbroję Roldera i kazałem mu nie unosić zasłony hełmu. Jest trzy cale niższy ode mnie, ale może nikt tego nie zauważy, jeśli nie będę stał obok niego. Zresztą ma cały czas siedzieć w komnatach Myrcelli.

— Potrzebujemy tylko kilku dni. Potem księżniczka znajdzie się poza zasięgiem mojego ojca.

— To znaczy gdzie? — Przyciągnął Arianne do siebie i wtulił twarz w jej szyję. — Nie sądzisz, że pora już, byś wtajemniczyła mnie w resztę swojego planu?

Odepchnęła go ze śmiechem.

— Nie, pora już, byśmy ruszyli w drogę.

Gdy opuścili piaszczyste ruiny Shandystone, zmierzając na południe i na zachód, księżyc był koroną na głowie Księżycowej Panny. Arianne i ser Arys podążali przodem, a Myrcella jechała między nimi na rozbrykanej klaczy. Garin i Cętkowana Sylva byli tuż za nimi, a kolumnę zamykało dwóch dornijskich rycerzy. *Jest nas siedmioro* — uświadomiła sobie nagle Arianne. Nie zastanawiała się nad tym do tej pory, ale wydawało się, że to dobry omen dla ich sprawy. *Siedmioro jeźdźców na drodze do chwały. Pewne-*

go dnia minstrele uczynią nas nieśmiertelnymi. Drey chciał, żeby było ich więcej, ale w takim przypadku mogliby przyciągnąć niepożądaną uwagę, a do tego każdy dodatkowy człowiek zwiększał ryzyko zdrady. *Tego przynajmniej nauczyłam się od ojca.* Nawet gdy Doran Martell był młodszy i zdrowszy, miał ostrożną naturę milczka lubiącego tajemnice. *Pora już, by odłożył swe brzemię, ale nie pozwolę, aby znieważano jego honor albo jego osobę.* Odeśle ojca do Wodnych Ogrodów, by mógł w spokoju przeżyć lata, jakie jeszcze mu pozostały, otoczony roześmianymi dziećmi oraz zapachem limon i pomarańcz. *Tak jest, a Quentyn będzie mógł dotrzymać mu towarzystwa. Gdy już ukoronuję Myrcellę i uwolnię Żmijowe Bękarcice, całe Dorne zbierze się pod moimi chorągwiami.* Yronwoodowie mogą się opowiedzieć za Quentynem, ale sami nie będą stanowili zagrożenia. Gdyby przeszli na stronę Tommena i Lannisterów, Arianne rozkaże Ciemnej Gwieździe wyciąć ich w pień.

— Jestem zmęczona — poskarżyła się Myrcella po kilku godzinach spędzonych w siodle. — Czy jeszcze daleko? Dokąd jedziemy?

— Księżniczka Arianne wiezie Waszą Miłość w bezpieczne miejsce — zapewnił ser Arys.

— To długa podróż — przyznała Arianne. — Ale gdy już dotrzemy do Zielonej Krwi, będzie nam łatwiej. Będą tam na nas czekali pobratymcy Garina, sieroty z rzeki. Oni mieszkają na popychanych tyczkami łodziach i wędrują na nich po rzece oraz jej dopływach. Łowią ryby, zrywają owoce i podejmują się wszelkich prac, jakie trzeba akurat wykonać.

— Tak jest — zawołał radosnym głosem Garin. — A do tego śpiewamy, bawimy się i tańczymy na wodzie. Wiemy też bardzo dużo o uzdrawianiu. Moja matka jest najlepszą położną w całym Westeros, a ojciec potrafi usuwać brodawki.

— Jak możecie być sierotami, jeśli macie matki i ojców? — zapytała dziewczynka.

— Są Rhoynarami — wyjaśniła Arianne. — Ich matką była rzeka Rhoyne.

— Myślałam, że wszyscy jesteście Rhoynarami — zdziwiła się Myrcella. — Wszyscy Dornijczycy.

— Jesteśmy nimi w części, Wasza Miłość. W moich żyłach płynie krew Nymerii, podobnie jak krew Morsa Martella, dornijskiego lorda, za którego wyszła. W dzień ich ślubu Nymeria spaliła swoje okręty, żeby jej ludzie zrozumieli, iż nie ma już dla nich powrotu. Większość ucieszyła się na widok płomieni, gdyż przed przybyciem do Dorne ich podróże były długie i straszliwe. Bardzo wielu towarzyszy zabrały im sztormy, choroby i handlarze niewolników. Nielicznych jednak okryło to żałobą. Nie kochali tej suchej, czerwonej krainy ani jej boga o siedmiu twarzach. Pozostali przy dawnych zwyczajach, zbudowali sobie łodzie z pozostałości kadłubów spalonych okrętów i zostali sierotami z Zielonej Krwi. Matka, o której śpiewają, nie jest naszą Matką. To Matka Rhoyne, której wody karmiły ich od zarania dni.

— Słyszałem, że Rhoynarzy oddawali cześć żółwiemu bogu — wtrącił ser Arys.

— Starzec z Rzeki jest pomniejszym bóstwem — wyjaśnił Garin. — On również zrodził się z Matki Rzeki i walczył z Królem Krabem o panowanie nad wszystkim, co żyje w jej falach.

— Aha — rzekła Myrcella.

— Słyszałem, że Wasza Miłość również toczyła straszliwe bitwy — ciągnął Drey swym najradośniejszym tonem. — Ponoć nie okazałaś naszemu księciu Trystane'owi miłosierdzia przy stole do gry w *cyvasse*.

— Oz zawsze rozstawia swoje bierki tak samo. Góry z przodu, a słonie w przełęczach — wyjaśniła Myrcella. — Więc wysyłam smoka, żeby zjadł jego słonie.

— Czy twoja przyboczna też gra? — zapytał Drey.

— Rosamund? Nie. Próbowałam ją nauczyć, ale powiedziała, że zasady są zbyt skomplikowane.

— Czy ona również pochodzi z rodu Lannisterów? — dociekała lady Sylva.

— Lannisterów z Lannisportu, nie z Casterly Rock. Włosy ma takiego samego koloru co ja, ale proste, nie kręcone. Rosamund nie jest właściwie do mnie podobna, lecz kiedy się przebierze w moje ubranie, ludzie, którzy nas nie znają, biorą ją za mnie.

— Robiłyście to już przedtem?

— Och, tak. Zamieniłyśmy się miejscami na „Morskim Jerzyku", po drodze do Braavos. Septa Eglantine ufarbowała mi włosy na brązowo. Mówiła, że to tylko zabawa, ale chodziło o moje bezpieczeństwo w przypadku, gdyby statek wpadł w ręce stryja Stannisa.

Dziewczynka była już wyraźnie zmęczona, Arianne zarządziła więc postój. Ponownie napoili konie i odpoczęli chwilę, jedząc ser i owoce. Myrcella podzieliła się pomarańczą z Cętkowaną Sylvą, a Garin jadł oliwki, spluwając pestkami w stronę Dreya.

Arianne miała nadzieję, że dotrą do rzeki przed wschodem słońca, ale wyruszyli w drogę ze znacznym opóźnieniem i nie dotarli jeszcze na miejsce, gdy niebo na wschodzie zrobiło się czerwone. Ciemna Gwiazda podjechał do niej galopem.

— Księżniczko, radziłbym zwiększyć tempo, chyba że chcesz jednak zabić dziecko. Nie mamy namiotów, a za dnia piaski nie okazują litości.

— Znam piaski równie dobrze, jak ty, ser — odparła. Zrobiła jednak tak, jak mówił. To było okrutne dla koni, ale lepiej stracić sześć wierzchowców niż jedną księżniczkę.

Wkrótce zaczął dąć wiatr z zachodu, gorący, suchy i niosący ze sobą chmury piasku. Arianne zakryła twarz zasłoną. Była ona uszyta z błyszczącego jedwabiu, na górze jasnozielonego, a na dole żółtego. Kolory płynnie przechodziły w siebie. Małe, zielone perełki, które dodawały tkaninie ciężaru, grzechotały cicho o siebie podczas jazdy.

— Wiem, dlaczego moja księżniczka nosi zasłonę — odezwał się ser Arys, gdy Arianne przytwierdzała ją do miedzianego hełmu. — W przeciwnym razie jej uroda zaćmiłaby słońce na niebie.

Nie mogła powstrzymać śmiechu.

— Nie. Twoja księżniczka nosi zasłonę po to, żeby uchronić oczy przed blaskiem, a usta przed piachem. Powinieneś pójść za jej przykładem, ser.

Zastanawiała się, jak długo jej biały rycerz pracował nad tym niewyszukanym komplementem. Ser Arys był miłym towarzyszem w łożu, lecz dowcip był mu obcy.

Jej Dornijczycy również zakryli twarze, a Cętkowana Sylva pomogła to zrobić małej księżniczce, ale ser Arys nadal był uparty. Wkrótce po twarzy spływał mu pot, a jego policzki zrobiły się różowe. *Jeśli to potrwa dłużej, upiecze się w tym grubym ubraniu* — pomyślała. Nie byłby to pierwszy taki przypadek. W minionych stuleciach niejedna armia przeszła przez Książęcy Wąwóz pod powiewającymi dumnie chorągwiami po to tylko, by ugotować się na gorących czerwonych piaskach Dorne. Młody Smok napisał ongiś w swym chełpliwym *Podboju Dorne*: „Ród Martellów ma w herbie włócznię i słońce, dwie ulubione bronie Dornijczyków, ale to słońce jest groźniejszą z nich".

Na szczęście nie musieli jechać przez głęboką pustynię. Zmierzali tylko skrajem suchych ziem. Gdy Arianne zauważyła kołującego wysoko na bezchmurnym niebie jastrzębia, uświadomiła sobie, że najgorsze już za nimi. Wkrótce ujrzeli przed sobą drzewo. Było sękate, powyginane i miało tyle samo cierni, co liści. Ten gatunek drzew zwano piaskowymi żebrakami. Jego obecność znaczyła jednak, że woda jest już blisko.

— Jesteśmy już prawie na miejscu, Wasza Miłość — zapewnił radosnym tonem Garin, gdy przed nimi pojawiły się następne piaskowe żebraki. Koryto wyschniętego strumienia zarastał prawdziwy gąszcz tych drzew. Promienie słońca uderzały w wędrowców z siłą młota, ale nie miało to znaczenia, gdyż kres podróży był już blisko. Zatrzymali się, by znowu napoić konie, sami też wypili sporo wody z bukłaków i zmoczyli zasłony na twarzach. Potem ponownie dosiedli koni i rozpoczęli ostatni etap drogi. Po półtorej mili jechali po diabelskiej trawie i mijali gaje oliwne. Za linią kamienistych wzgórz trawa stała się bujniejsza i bardziej zielona. Były tam też cytrynowe sady, nawadniane pajęczą siecią starych kanałów. Zielony blask rzeki pierwszy wypatrzył Garin. Krzyknął głośno na ten widok i popędził naprzód.

Arianne Martell przeprawiała się kiedyś przez Mander. Pojechała tam z trzema Żmijowymi Bękarcicami odwiedzić matkę Tyene. W porównaniu z tamtym potężnym szlakiem wodnym Zielona Krew ledwie zasługiwała na nazwę rzeki… lecz mimo to była życiem Dorne. Zawdzięczała swą nazwę ciemnozielonym, ospałym wodom, ale gdy podjechali bliżej, blask słońca zabarwił rzekę na złoto. Arianne rzadko widywała słodsze widoki. *Następny etap podróży powinien być powolny i łatwy* — pomyślała. — *W górę Zielonej Krwi do Vaith, tak daleko, jak zdołamy dopłynąć łodzią.* To da jej czas potrzebny, by przygotować Myrcellę na wszystko, co ma się wydarzyć. Za Vaith ciągnęła się głęboka pustynia. Będą potrzebowali pomocy z Piaskowca i Hellholtu, żeby się przez nią przedostać, ale Arianne nie wątpiła, że otrzymają tę pomoc. Czerwoną Żmiję oddano na wychowanie do Piaskowca, a jego faworyta Ellaria Sand była naturalną córką lorda Ullera. Cztery ze Żmijowych Bękarcic były jego wnuczkami. *Ukoronuję Myrcellę w Hellholcie i tam zwołam chorągwie.*

Znaleźli łódź półtorej mili w dół rzeki, ukrytą pod zwisającymi gałęziami wielkiej, zielonej wierzby. Stateczki sierot były niskie i szerokie, a do tego miały bardzo małe zanurzenie. Młody Smok zwał je pogardliwie „budami zbudowanymi na tratwach", ale to nie było sprawiedliwe. Większość z nich — poza tymi, które należały do najbiedniejszych sierot — była pięknie rzeźbiona i malowana. Tę pokrywała farba o różnych odcieniach zieleni, jej drewnianemu rumplowi nadano kształt syreny, a zza relingów wyglądały rybie oblicza. Na pokładach łodzi walały się tyczki, liny i dzbany z oliwą, a na dziobie i rufie kołysały się żelazne lampy. Arianne nie widziała jednak żadnych sierot. *Gdzie jest załoga?* — zadała sobie pytanie.

Garin ściągnął wodze pod wierzbą.

— Wstawać, rybiookie śpiochy — zawołał, zeskakując z siodła. — Przybyła wasza królowa i należy się jej królewskie przywitanie. No, wstawać, chcemy usłyszeć pieśni i skosztować słodkiego wina! W gębie mi…

Drzwi na łodzi otworzyły się z głośnym trzaskiem. W blask słońca wyszedł Areo Hotah z halabardą w rękach.

Garin zatrzymał się raptownie. Arianne poczuła się tak, jakby oberwała tą halabardą w brzuch. *To nie tak miało się skończyć. To nie powinno się wydarzyć.*

— To ostatnia twarz, jaką miałem nadzieję tu ujrzeć — odezwał się Drey. Arianne zrozumiała, że musi działać.

— W nogi! — krzyknęła, skacząc na siodło. — Arysie, broń księżniczki…

Hotah uderzył drzewcem halabardy w pokład. Zza zdobnych relingów wynurzyło się kilkunastu zbrojnych z włóczniami bądź kuszami. Na dachu łodzi pojawili się następni.

— Poddaj się, księżniczko — zawołał kapitan. — W przeciwnym razie będę musiał zabić wszystkich poza dzieckiem i tobą. Tak rozkazał twój ojciec.

Księżniczka Myrcella siedziała nieruchomo na koniu. Garin odsunął się powoli od łodzi, trzymając ręce uniesione. Drey odpiął pas.

— Chyba najrozsądniej będzie się poddać — zawołał do Arianne, rzucając miecz na ziemię.

— Nie! — Ser Arys Oakheart zajął pozycję między Arianne a kuszami. W jego dłoni zalśnił miecz. Rycerz wsunął lewe ramię z rzemienie tarczy. — Nie dostaniecie jej, dopóki oddycham.

Szalony głupcze, co ty wyprawiasz? — zdążyła tylko pomyśleć Arianne.

Ciemna Gwiazda zaśmiał się w głos.

— Jesteś ślepy czy głupi, Oakheart? Jest ich zbyt wielu. Odłóż miecz.

— Zrób, jak ci powiedział, ser Arysie — poparł go Drey.

Mają nas, ser — mogłaby do niego zawołać. — *Twoja śmierć nie zwróci nam wolności. Poddaj się, jeśli kochasz swoją księżniczkę.* Ale gdy spróbowała się odezwać, słowa uwięzły jej w gardle.

Ser Arys Oakheart obrzucił ją ostatnim, tęsknym spojrzeniem, a potem wbił złote ostrogi w końskie boki i rzucił się do szarży.

Popędził prosto na łódź. Biały płaszcz powiewał za nim. Arianne Martell nigdy dotąd nie widziała, by ktoś zrobił coś choć w połowie tak odważnego czy choć w połowie tak głupiego.

— Nieeee! — zawołała, ale było już za późno. Wystrzeliła z brzękiem kusza, a potem druga. Hotah wydał rykiem rozkaz. Przy strzałach z tak bliskiej odległości zbroja białego rycerza równie dobrze mogłaby być zrobiona z papieru. Pierwszy bełt przebił ciężką dębową tarczę, przybijając ją do ramienia. Drugi musnął jego skroń. Włócznia trafiła rumaka ser Arysa w bok, ale koń się nie zatrzymał. Wpadł na trap, chwiejąc się na nogach.

— Nie — krzyczała jakaś dziewczyna, jakaś głupia, mała dziewczynka. — Nie, proszę, to nie tak miało być.

Arianne słyszała też ochrypły ze strachu krzyk Myrcelli.

Miecz ser Arysa uderzył w prawo, potem w lewo, i dwóch włóczników padło na pokład. Jego wierzchowiec stanął dęba i kopnął w twarz kusznika, który próbował nałożyć nowy bełt. Pozostali kusznicy nie przestawali jednak strzelać i w wielkiego rumaka wbiły się kolejne pociski. Ich impet był tak wielki, że koń przewrócił się na bok. Zwierzę straciło równowagę i zwaliło się na pokład, ale Arys Oakheart zdołał w jakiś sposób zeskoczyć. Udało mu się nawet nie wypuścić miecza. Podniósł się na kolana przy konającym rumaku...

...i zobaczył stojącego nad sobą Areo Hotaha.

Biały rycerz uniósł miecz, ale zbyt wolno. Halabarda Hotaha ucięła mu prawe ramię w stawie barkowym. Trysnęła krew, broń uniosła się w górę i opuściła ponownie w straszliwym dwuręcznym uderzeniu. Ucięta głowa Arysa Oakhearta pofrunęła w powietrze. Wylądowała w trzcinach i Zielona Krew z cichym pluskiem pochłonęła czerwoną.

Arianne nie pamiętała, w której chwili zsiadła z konia. Być może z niego spadła. Tego również nie pamiętała. Nagle zorientowała się, że wspiera się na rękach i kolanach, drżąc, łkając i zwracając kolację. *Nie* — mogła tylko pomyśleć. — *Nikomu nic się nie miało stać, wszystko zaplanowałam, byłam taka ostrożna.* Usłyszała ryk Areo Hotaha:

— Za nim. Nie może uciec. Za nim!

Myrcella leżała na ziemi, drżąc i krzycząc. Zasłoniła jasną twarz dłońmi, a spomiędzy palców wypływała jej krew. Arianne nic nie rozumiała. Jedni ludzie dosiadali koni, a inni otoczyli ją i jej towarzyszy, ale nic z tego nie miało sensu. To był sen, jakiś straszliwy, krwawy koszmar. *To nie może dziać się naprawdę. Wkrótce się obudzę i będę się śmiała z nocnych lęków.*

Kiedy wiązali jej ręce za plecami, nie stawiała oporu. Jeden ze zbrojnych podniósł ją szarpnięciem na nogi. Był ubrany w barwy jej ojca. Drugi pochylił się i wyjął z buta Arianne nóż do rzucania, podarunek od jej kuzynki, lady Nym.

Areo Hotah wziął nóż w rękę i popatrzył na niego z zasępioną miną.

— Książę rozkazał zawieźć cię do Słonecznej Włóczni — oznajmił. Na policzkach i czole miał plamki krwi Arysa Oakhearta. — Przykro mi, mała księżniczko.

Arianne uniosła zalaną łzami twarz.

— Jak się dowiedział? — zapytała kapitana. — Byłam taka ostrożna. Jak się dowiedział?

— Ktoś zdradził. — Hotah wzruszył ramionami. — Zawsze ktoś zdradza.

ARYA

Co noc przed snem wyszeptywała w poduszkę swą modlitwę.

— Ser Gregor — mówiła. — Dunsen, Raff Słodyczek, ser Ilyn, ser Meryn, królowa Cersei.

Wyszeptałaby też imiona Freyów z Przeprawy, gdyby tylko je znała. *Pewnego dnia je poznam* — obiecała sobie. — *I wtedy zabiję wszystkich.*

Żaden szept nie był jednak tak cichy, by pozostać niesłyszany w Domu Czerni i Bieli.

— Dziecko — zapytał jej pewnego dnia miły staruszek. — Co to za imiona szepczesz co noc?

— Nie szepczę żadnych imion — odpowiedziała.

— Kłamiesz. Wszyscy ludzie kłamią, kiedy się boją. Niektórzy mówią wiele kłamstw, a inni mało. Jeszcze inni mają tylko jedno wielkie kłamstwo i powtarzają je tak często, aż sami niemal zaczynają w nie wierzyć... ale jakaś maleńka część ich jaźni nadal wie, że to nieprawda i można to wyczytać z ich twarzy. Opowiedz mi o tych imionach.

Przygryzła wargę.

— One są nieważne.

— Są ważne — nie ustępował miły staruszek. — Opowiedz mi o nich, dziecko.

Opowiedz mi albo cię wygnamy — usłyszała w głowie.

— To ludzie, których nienawidzę. Chcę, żeby umarli.

— W tym domu słyszymy wiele takich modlitw.

— Wiem o tym — przyznała Arya. Jaqen H'ghar spełnił kiedyś dla niej trzy z nich. *Musiałam tylko szepnąć mu do ucha...*

— Czy po to właśnie do nas przyszłaś? — pytał dalej miły

staruszek. — Chcesz poznać nasze umiejętności, by móc zabić tych, których nienawidzisz?

Arya nie wiedziała, co na to powiedzieć.

— Być może.

— W takim razie trafiłaś w niewłaściwe miejsce. Nie ty będziesz decydowała, kto będzie żył, a kto umrze. Ten dar należy do Tego o Wielu Twarzach. My jesteśmy jedynie jego sługami i przysięgamy spełniać jego wolę.

— Ach. — Arya zerknęła na posągi stojące pod ścianami, na palące się u ich stóp świece. — A który to bóg?

— Ależ wszyscy z nich — odparł kapłan w czarno-białych szatach.

Nigdy nie powiedział Aryi, jak ma na imię. Nie zrobiła tego również dziewczynka o wielkich oczach i zapadniętych policzkach, która przypominała jej inne dziecko, o imieniu Łasica. Podobnie jak Arya dziewczynka mieszkała w podziemiach świątyni, razem z trzema akolitami, dwoma służącymi oraz kucharką imieniem Umma. Umma lubiła mówić przy pracy, ale Arya nie rozumiała ani słowa. Pozostali nie mieli żadnych imion bądź też nie chcieli ich jej zdradzić. Jeden ze służących był bardzo stary, a plecy miał zgarbione w pałąk. Drugi miał rumianą twarz, z uszu zaś wyrastały mu włosy. Arya myślała, że są niemowami, dopóki pewnego dnia nie usłyszała, jak się modlą. Akolici byli młodsi. Najstarszy z nich był w wieku jej ojca, a dwaj pozostali nie mogli być wiele starsi od Sansy, która była kiedyś jej siostrą. Akolici również ubierali się na czarno i biało, ale ich szaty nie miały kapturów i były czarne po lewej, a białe po prawej, na odwrót niż u miłego staruszka i dziewczynki. Aryi dano strój służącego: bluzę z niebarwionej wełny, workowate spodnie, lnianą bieliznę i płócienne pantofle.

Tylko miły staruszek znał język powszechny.

— Kim jesteś? — pytał ją codziennie.

— Nikim — odpowiadała, choć była ongiś Aryą z rodu Starków, Aryą Wszędobylską, Aryą Końską Gębą. Była też Arrym, Łasicą, Gołąbkiem, Solą, Nan, która była podczaszym lorda

Boltona, szarą myszką, owcą, duchem Harrenhal... ale nie naprawdę, nie w głębi serca. Tam zawsze pozostała Aryą z Winterfell, córką lorda Eddarda Starka i lady Catelyn, która miała ongiś braci zwanych Robbem, Branem i Rickonem, siostrę zwaną Sansą, wilkorzycę zwaną Nymerią i przyrodniego brata zwanego Jonem Snow. W głębi serca nadal była kimś... ale nie taką odpowiedź pragnął usłyszeć.

Nie mając wspólnego języka z pozostałymi, nie mogła porozmawiać z żadnym z nich. Słuchała jednak ich słów i powtarzała je, zajmując się swoimi zadaniami. Choć najmłodszy z akolitów był ślepy, to on zajmował się świecami. Chodził korytarzami świątyni w miękkich pantoflach, otoczony szeptami staruszek, które codziennie przychodziły tu się modlić. Mimo że akolita nie miał oczu, zawsze wiedział, które świece zgasły.

— Kieruje się węchem — wyjaśnił miły staruszek. — Ponadto wokół palącej się świecy powietrze jest cieplejsze.

Rozkazał Aryi zamknąć oczy i spróbować zrobić to samo.

Modlili się o świcie przed śniadaniem, klęcząc wokół czarnej sadzawki. Niekiedy modlitwę prowadził miły staruszek, a niekiedy dziewczynka. Arya znała po braavosku tylko kilka słów, tych, które brzmiały tak samo, jak po starovalyriańsku. Dlatego odmawiała do Boga o Wielu Twarzach własną modlitwę, tę, która brzmiała: „Ser Gregor, Dunsen, Raff Słodyczek, ser Ilyn, ser Meryn, królowa Cersei". Modliła się po cichu. Jeśli Bóg o Wielu Twarzach był prawdziwym bogiem, z pewnością ją usłyszy.

Dom Czerni i Bieli codziennie odwiedzali wierni. Większość przychodziła tu sama: zapalali świece pod jednym albo drugim ołtarzem, modlili się przy sadzawce i czasem też płakali. Niektórzy pili z czarnego kielicha i kładli się spać, ale większość tego nie robiła. Nie było tu żadnych nabożeństw, pieśni ani peanów wznoszonych do boga. W świątyni nigdy nie panował tłok. Od czasu do czasu któryś z wiernych prosił o spotkanie z kapłanem i miły staruszek albo dziewczynka prowadzili go na dół, do sanktuarium, ale to nie zdarzało się często.

Pod ścianami stało trzydziestu różnych bogów otoczonych świecami. Arya spostrzegła, że staruszki najbardziej lubią Płaczącą Kobietę, bogacze Lwa Nocy, a ubodzy Zakapturzonego Wędrowca. Żołnierze palili świeczki dla Bakkalona, Bladego Dzieciątka, a marynarze dla Księżycolicej Dziewicy i Króla Merlingów. Nieznajomy również miał tu swój posąg, ale prawie nikt do niego nie przychodził. Miły staruszek powiedział, że to nie ma znaczenia.

— On ma wiele twarzy i wiele uszu, żeby słyszeć.

Pod wzgórzem, na którym stała świątynia, biegło mnóstwo wykutych w skale tuneli. Kapłani i akolici spali w celach na pierwszym poziomie, Arya i służący na drugim. Na najgłębiej położony poziom wolno było schodzić jedynie kapłanom. Tam właśnie znajdowało się święte sanktuarium.

Gdy Arya nie była zajęta pracą, mogła wałęsać się swobodnie po kryptach i magazynach, pod warunkiem że nie opuszczała świątyni ani nie schodziła na trzeci poziom piwnic. Znalazła pokój pełen broni i zbroi: zdobnych hełmów, niezwykłych starych napierśników i mieczy, sztyletów, kusz i długich włóczni o grotach ukształtowanych na podobieństwo liści. W innej krypcie walało się mnóstwo ubrań; grube futra i wspaniałe jedwabie w kilkudziesięciu różnych kolorach spoczywały obok cuchnących łachmanów i wytartych ubrań z samodziału. *Gdzieś tu musi być również skarbiec* — doszła do wniosku Arya. Wyobraziła sobie stosy złotych naczyń, worki srebrnych monet, szafiry błękitne jak morze, sznury wielkich, zielonych pereł.

Pewnego dnia miły staruszek znalazł ją niespodziewanie i zapytał, co tu robi. Arya odpowiedziała mu, że zabłądziła.

— Kłamiesz. Co gorsza, kłamiesz kiepsko. Kim jesteś?

— Nikim.

— Kolejne kłamstwo — stwierdził z westchnieniem.

Weese zbiłby Aryę do krwi, gdyby ją przyłapał na kłamstwie, ale w Domu Czerni i Bieli było inaczej. Kiedy pomagała w kuchni, Umma czasami przyłożyła jej łyżką, jeśli Arya weszła jej w drogę, ale poza tym nikt nie podniósł na nią ręki. *Oni podnoszą ręce tylko po to, żeby zabijać* — pomyślała.

Porozumienie z kucharką nie sprawiało jej trudności. Umma wkładała jej nóż do ręki i wskazywała na cebulę, a dziewczynka ją kroiła. Umma popychała Aryę ku bryle ciasta, a ona ją ugniatała, dopóki kucharka nie powiedziała „przestań" (to było pierwsze braavoskie słowo, którego się nauczyła). Umma wręczała jej rybę, a Arya patroszyła ją, filetowała i obtaczała w tłuczonych przez kucharkę orzechach. W słonawych wodach wokół Braavos roiło się od najróżniejszego rodzaju ryb i małży. Tak jej powiedział miły staruszek. Na południu do laguny wpadała brązowa, ospale tocząca swe wody rzeka, która przepływała przez rozległe obszary porośnięte trzcinami, przybrzeżne równiny błotne oraz baseny pływowe. Było tam mnóstwo sercówek i innych małży, piżmowych ryb, żab i żółwi, krabów błotnych, krabów lamparcich i krabów wspinaczy, węgorzy czerwonych, czarnych i pręgowanych, minogów oraz ostryg. Wszystkie te stworzenia często się pojawiały na rzeźbionym, drewnianym stole, przy którym spożywali posiłki ludzie służący Bogu o Wielu Twarzach. Umma niekiedy doprawiała ryby morską solą i mielonym pieprzem albo piekła węgorze z siekanym czosnkiem. Przy wyjątkowych okazjach używała nawet szafranu. *Gorącej Bułce by się tu spodobało* — pomyślała Arya.

Kolacja była jej ulubioną porą dnia. Minęło wiele czasu, odkąd codziennie kładła się spać z pełnym żołądkiem. Czasami miły staruszek wieczorami pozwalał jej zadawać sobie pytania. Pewnego razu zapytała go, dlaczego ludzie przychodzący do świątyni zawsze są tacy pogodni. W jej ojczyźnie ludzie bali się śmierci. Pamiętała, jak pryszczaty giermek płakał, kiedy pchnęła go mieczem w brzuch, albo jak ser Amory Lorch błagał o łaskę, gdy Kozioł rzucił go na pożarcie niedźwiedziowi. Pamiętała wioskę przy Oku Boga, gdzie wieśniacy krzyczeli, płakali i jęczeli, kiedy Łaskotek pytał ich o złoto.

— Śmierć nie jest takim złym losem — wyjaśnił miły staruszek. — To Jego dar dla nas, kres bólu i niedostatku. W dzień naszych narodzin Bóg o Wielu Twarzach zsyła każdemu z nas czarnego anioła, który kroczy przez życie u naszego boku. Gdy nasze grzechy i cierpienia stają się tak straszliwe, że nie możemy już ich znieść, anioł bierze nas za rękę i prowadzi do krain nocy, gdzie gwiazdy zawsze świecą jasno. Ci, którzy przychodzą pić z czarnego kielicha, szukają swych aniołów. Jeśli się boją, uspokaja ich blask świec. O czym myślisz, kiedy czujesz zapach palącej się świecy, dziecko?

O Winterfell — mogłaby mu powiedzieć. — *Czuję woń śniegu, dymu i sosnowych igieł. Woń stajni. Słyszę śmiech Hodora, szczęk broni Robba i Jona walczących na dziedzińcu i głos Sansy śpiewającej o jakiejś głupiej, pięknej damie. Czuję zapach krypt, w których siedzą kamienni królowie, zapach pieczonego chleba. Czuję boży gaj. Czuję moją wilczycę. Czuję zapach jej futra, jakby nadal była ze mną.*

— Nie czuję żadnych zapachów — odpowiedziała.

— Kłamiesz — odparł. — Ale możesz zachować swe tajemnice, jeśli tego pragniesz, Aryo z rodu Starków. — Nazywał ją tak tylko wtedy, gdy był z niej niezadowolony. — Wiesz, że możesz stąd odejść. Nie jesteś jedną z nas, jeszcze nie. Gdy tylko zechcesz, możesz wrócić do domu.

— Ale powiedziałeś, że jeśli to zrobię, nie będzie już dla mnie powrotu.

— Właśnie.

Posmutniała, słysząc to słowo. *Syrio często tak mówił* — przypomniała sobie. — *Zawsze to powtarzał.* Syrio Forel nauczył ją pracować Igłą i zginął za nią.

— Nie chcę stąd odchodzić.

— To zostań... ale pamiętaj, że Dom Czerni i Bieli to nie przytulisko dla sierot. Pod tym dachem wszyscy muszą służyć. *Valar dohaeris,* jak tu mawiamy. Zostań, jeśli chcesz, ale wiedz, że będziemy od ciebie żądać posłuszeństwa. Zawsze i we wszystkim. Jeśli nie potrafisz być posłuszna, będziesz musiała odejść.

— Potrafię być posłuszna.

— Przekonamy się.

Oprócz pomagania Ummie zlecano jej też inne zadania. Zamiatała podłogę w świątyni, usługiwała innym podczas posiłków, sortowała ubrania umarłych, opróżniała ich sakiewki i liczyła niezwykłe monety. Co rano towarzyszyła miłemu staruszkowi, który dokonywał obchodu świątyni w poszukiwaniu zwłok. *Cicha jak cień* — powtarzała sobie, wspominając Syria. Nosiła lampę o grubych, żelaznych przesłonach i przy każdej niszy otwierała lekko jedną z nich, by sprawdzić, czy nie ma tam trupa.

Zawsze było łatwo je znaleźć. Ludzie przychodzili do Domu Czerni i Bieli, modlili się godzinę, dzień albo rok, pili słodką, ciemną wodę z sadzawki i kładli się na kamiennym łożu pod posągiem tego czy tamtego boga. Zamykali oczy, zasypiali i nigdy już się nie budzili.

— Dar Boga o Wielu Twarzach miewa najróżniejsze postacie — wyjaśnił miły staruszek — ale tutaj zawsze przychodzi łagodnie.

Gdy znaleźli ciało, odmawiał modlitwę i upewniał się, że życie faktycznie z niego uszło. Potem Arya szła po służących, którzy przenosili umarłych do krypt, gdzie akolici rozbierali ich i myli. Ubrania, pieniądze i kosztowności lądowały w koszu, a potem je sortowano, natomiast zimne ciała znoszono do dolnego sanktuarium, do którego mogli wchodzić jedynie kapłani. Aryi nie powiedziano, co się tam z nimi dzieje. Pewnego razu, gdy jadła kolację, nawiedziło ją straszliwe podejrzenie. Odłożyła nóż i popatrzyła nieufnie na kawałek białawego mięsa. Miły staruszek zauważył przerażenie na jej twarzy.

— To wieprzowina, dziecko — uspokoił ją. — Tylko wieprzowina.

Kamienne łoże przypominało jej Harrenhal i to, na którym sypiała, gdy szorowała schody dla Weese'a. Materac był tu wypchany szmatami, nie słomą, i był bardziej nierówny od tego z Harrenhal, ale za to mniej drapał. Wolno jej było mieć tyle grubych, wełnianych koców, ile tylko zapragnęła — czerwonych, zielonych i w kratkę — a na dodatek cela należała wyłącznie do niej. Trzymała w niej swoje skarby: srebrny widelec, kapelusz z opadającym rondem, rękawiczki bez palców — prezenty od marynarzy z „Córki Tytana" — sztylet, buty, pas, mały zapasik monet, ubranie, w którym tu dotarła…

A także Igłę.

Choć obowiązki pozostawiały jej mało czasu na pracę z nią, ćwiczyła, kiedy tylko mogła, walcząc z cieniem w blasku niebieskiej świecy. Pewnej nocy idąca korytarzem dziewczynka zauważyła ćwiczącą Aryę. Nie odezwała się ani słowem, ale następnego dnia miły staruszek odprowadził dziewczynkę do celi.

— Musisz się pozbyć tego wszystkiego — oznajmił, wskazując na jej skarby,

— Są moje — zaprotestowała zrozpaczona Arya.

— A kim ty jesteś?

— Nikim.

Wziął w rękę srebrny widelec.

— To należy do Aryi z rodu Starków. Wszystkie te rzeczy do niej należą. Tu nie ma dla nich miejsca. Nie ma miejsca dla niej. Ona nosi zbyt dumne nazwisko, a do tego domu duma nie ma wstępu. Jesteśmy sługami.

— Przecież służę — sprzeciwiła się urażona. Lubiła ten widelec.

— Bawisz się w sługę, ale w głębi serca nadal pozostajesz córką lorda. Przybierałaś inne imiona, lecz nosiłaś je lekko, jak suknię. Pod spodem zawsze ukrywała się Arya.

— Nie noszę sukien. W głupiej sukni nie można walczyć.

— Dlaczego pragniesz walczyć? Czy jesteś jakimś zbirem, włóczącym się po zaułkach w poszukiwaniu krwi? — Westchnął. — Zanim wypijesz z zimnego kielicha, musisz oddać wszystko, czym jesteś, Temu o Wielu Twarzach. Swe ciało. Swą duszę. Samą siebie. Jeśli nie potrafisz się na to zdobyć, będziesz musiała opuścić to miejsce.

— Żelazna moneta…

— Była zapłatą za podróż tutaj. Od chwili przybycia musisz płacić sama, a koszt jest wielki.

— Nie mam złota.

— Tego, co tu oferujemy, nie można kupić za złoto. Ceną jesteś ty cała. Ludzie wędrują wieloma ścieżkami przez padół łez i bólu, ale nasza droga jest najtrudniejsza. Niewielu jest takich, którzy są stworzeni, by nią zmierzać. Wymaga to niezwykłej siły ciała i ducha, a także serca zarówno twardego, jak i silnego.

Ja mam dziurę tam, gdzie powinno być serce — pomyślała. — *I nie mam dokąd pójść.*

— Jestem silna — zapewniła. — Tak samo silna jak ty. I twarda też.

— Jesteś przekonana, że to jedyne miejsce dla ciebie. — To było tak, jakby słyszał jej myśli. — Mylisz się. Łatwiejszą służbę znalazłabyś w domu jakiegoś kupca. A może wolałabyś zostać kurtyzaną i słuchać pieśni wysławiających twą urodę? Powiedz tylko słowo, a wyślemy cię do Czarnej Perły albo Córki Zmierzchu. Będziesz spała na płatkach róż i nosiła jedwabne spódnice szeleszczące podczas chodzenia, a wielcy lordowie zrujnują się, by kupić twoją dziewiczą krew. Jeśli zaś to małżeństwa i dzieci pragniesz, powiedz, a znajdziemy dla ciebie męża. Jakiegoś uczciwego ucznia cechowego, bogatego starca, żeglarza, kogo tylko zapragniesz.

Nie chciała żadnej z tych rzeczy. Potrząsnęła bez słowa głową.

— A może to o Westeros marzysz, dziecko? „Jasna Pani" Luca Prestayna odpływa jutro do Gulltown, Duskendale, Królewskiej Przystani i Tyrosh. Czy mamy ci załatwić miejsce na pokładzie?

— Dopiero co przypłynęłam z Westeros. — Czasami wydawało się jej, że minęło tysiąc lat, odkąd uciekła z Królewskiej Przystani, a momentami miała wrażenie, że to było wczoraj, wiedziała jednak, że nie może tam wrócić. — Odejdę, jeśli mnie nie chcesz, ale tam nie popłynę.

— Nie ma znaczenia, czego ja chcę — odparł miły staruszek. — Niewykluczone, że Bóg o Wielu Twarzach przyprowadził cię tu, byś stała się jego instrumentem, ale gdy na ciebie patrzę, widzę tylko dziecko... a co gorsza dziewczynkę. W ciągu stuleci wielu służyło Temu o Wielu Twarzach, ale tylko garstka Jego sług była kobietami. Kobiety przynoszą życie na świat, a my przynosimy dar śmierci. Nikt nie może robić obu tych rzeczy jednocześnie.

Próbuje mnie wystraszyć — pomyślała Arya. — *Tak jak wtedy z tym robakiem.*

— Nie dbam o to.

— A powinnaś. Jeśli zostaniesz, Bóg o Wielu Twarzach zabierze ci uszy, nos i język. Zabierze ci te smutne, szare oczy, które tak wiele widziały. Zabierze ci dłonie, stopy, ręce, nogi i części intymne. Zabierze twoje nadzieje i marzenia, miłości i nienawiści. Ci, którzy wstępują na Jego służbę, muszą się wyrzec wszystkiego, co czyni ich tym, kim są. Czy potrafisz to uczynić? — Ujął podbródek Aryi w dłoń i zajrzał jej w oczy tak głęboko, że aż zadrżała. — Nie — zdecydował. — Nie potrafisz.

Arya odtrąciła jego dłoń.

— Potrafiłabym, gdybym zechciała.

— Powiedziała Arya z rodu Starków, pożeraczka grobowych robaków.

— Potrafię się wyrzec wszystkiego, czego zechcę!

— To zacznij od nich — rzekł, wskazując na jej skarby.

Nocą po kolacji Arya wróciła do celi, zdjęła szatę i wyszeptała swoje imiona, ale sen nie chciał przyjść. Rzucała się na wypchanym szmatami materacu, przygryzając wargę. Czuła dziurę, jaką miała w miejscu, gdzie kiedyś było serce.

Ciemną nocą wstała, włożyła ubranie, w którym przybyła z Westeros, i zapięła pas. Igła wisiała u jej jednego biodra, a sztylet u drugiego. W kapeluszu na głowie, z rękawicami bez palców zatkniętymi za pas i srebrnym widelcem w ręku zeszła ukradkiem po schodach. *Tu nie ma miejsca dla Aryi z rodu Starków* — myślała. Miejsce dla Aryi było w Winterfell, ale Winterfell już nie istniało. *Kiedy spada śnieg i wieje biały wiatr, samotny wilk umie-*

ra, ale stado przeżyje. Ale ona nie miała już stada. Ser Ilyn, ser Meryn i królowa zabili jej stado, a kiedy próbowała założyć nowe, wszyscy od niej uciekli — Gorąca Bułka, Gendry, Yoren, Lommy Zielona Łapka, nawet Harwin, który służył kiedyś jej ojcu. Otworzyła drzwi i wymknęła się w noc.

Opuściła świątynię po raz pierwszy od chwili, gdy do niej przyszła. Niebo było zachmurzone, a mgła pokrywała ziemię na podobieństwo szarego, wystrzępionego koca. Z prawej dobiegał plusk wioseł. *Braavos, Ukryte Miasto* — pomyślała. Ta nazwa wydawała się trafna. Zeszła po stromych schodach do krytej przystani. Wokół jej stóp kłębiła się mgła. Była tak gęsta, że Arya nawet nie widziała wody. Słyszała jednak jej plusk o kamienne nabrzeże. W oddali widać było przebijające się przez mrok światło. *Nocny ogień w świątyni czerwonych kapłanów* — pomyślała.

Na brzegu zatrzymała się, ściskając w dłoni srebrny widelec. To było prawdziwe, lite srebro. *Nie należy do mnie. To Soli go dano.* Rzuciła go do wody. Rozległ się cichy plusk.

Po widelcu poszedł kapelusz, a następnie rękawiczki. One również były własnością Soli. Wysypała zawartość sakiewki na dłoń, pięć srebrnych jeleni, dziewięć miedzianych gwiazd, trochę groszy, półgroszy i miedziaków. Rozsypała je na wodzie. Potem buty. Te zrobiły najgłośniejszy plusk. Za butami podążył sztylet, zabrany łucznikowi, który błagał Ogara o dar łaski. Jej pas również powędrował do kanału. Płaszcz, bluza, spodnie, bielizna. Wszystko. Wszystko oprócz Igły.

Arya stała na skraju nabrzeża, blada i pokryta gęsią skórką. Drżała we mgle. Wydawało jej się, że Igła szepcze do niej. *Zadajesz cios ostrym końcem* — powtarzała w jej głowie. — *Nie mów o tym Sansie!* Na klindze był znak Mikkena. *To tylko miecz.* Jeśli będzie potrzebowała miecza, w podziemiach świątyni znajdzie ich setkę. Co więcej, Igła była za mała jak na porządny miecz i właściwie należało ją zwać zabawką Arya była jeszcze głupiutką dziewczynką, kiedy Jon kazał ją dla niej zrobić.

— To tylko miecz — powiedziała, tym razem na głos.

...ale to nie była prawda.

Igła to był Robb, Bran i Rickon, jej matka i ojciec, a nawet Sansa. To były szare mury Winterfell i śmiech jego mieszkańców. To był padający latem śnieg, opowieści Starej Niani, drzewo serce z jego czerwonymi liśćmi i straszną twarzą, ciepła woń ziemi w szklarniach, dźwięk północnego wiatru szarpiącego okiennicami w jej sypialni. To był uśmiech Jona Snowa. *Mierzwił mi włosy i nazywał mnie „siostrzyczką"* — przypomniała sobie. Nagle oczy zaszły jej łzami.

Polliver ukradł Aryi miecz, gdy ludzie Góry wzięli ją do niewoli, ale odzyskała go, kiedy weszli z Ogarem do gospody na rozstajach dróg. *Bogowie chcieli, żebym ją miała.* Nie Siedmiu ani nie Ten o Wielu Twarzach, ale bogowie jej ojca, dawni bogowie północy. *Bóg o Wielu Twarzach może zabrać resztę* — pomyślała. — *Ale tego nie dostanie.*

Weszła na schody naga jak w dzień imienia, ściskając w dłoni Igłę. Gdy znalazła się w połowie ich wysokości, jeden z kamieni zakołysał się pod jej stopą. Arya uklękła i wsadziła palce w szpary. Z początku kamień nie chciał się ruszyć, ale ona nie ustępowała, wygrzebując zaprawę paznokciami, aż wreszcie przesunął się lekko. Arya chrząknęła, złapała go w obie dłonie i pociągnęła. Ukazała się szczelina.

— Będziesz tu bezpieczna — powiedziała Igle. — Nikt poza mną nie będzie wiedział, gdzie jesteś.

Schowała miecz w pochwie za stopień, a potem wepchnęła kamień z powrotem na miejsce, tak że wyglądał jak pozostałe. Wracając do świątyni, liczyła stopnie, żeby wiedzieć, gdzie znaleźć miecz. Pewnego dnia może jej być potrzebny.

— Pewnego dnia — wyszeptała do siebie.

Nie powiedziała miłemu staruszkowi, co zrobiła, ale on i tak wiedział. Następnego dnia po kolacji przyszedł do jej celi.

— Dziecko — rzekł — usiądź ze mną, proszę. Chcę ci opowiedzieć historię.

— A jaką? — zapytała nieufnie.

— Historię naszego powstania. Jeśli chcesz zostać jedną

z nas, lepiej, żebyś wiedziała, kim jesteśmy i skąd się wzięliśmy. Inni mogą szeptać o Ludziach Bez Twarzy z Braavos, ale my jesteśmy starsi niż Ukryte Miasto. Istnieliśmy jeszcze przed zbudowaniem Tytana, przed Zdjęciem Maski Uthera, przed Założeniem. Zakwitliśmy w Braavos, pośród mgieł północy, ale korzenie zapuściliśmy w Valyrii, pośród nieszczęsnych niewolników trudzących się w głębokich kopalniach pod Czternastoma Płomieniami, które w dawnych czasach rozświetlały noce we Włościach. W kopalniach na ogół jest zimno i wilgotno, jako że wykuwa się je w martwym kamieniu, ale Czternaście Płomieni było żywymi górami. Miały serca z ognia i przeszywały je żyły stopionej skały. Dlatego w kopalniach dawnej Valyrii zawsze panował żar, a robiło się w nich coraz goręcej, w miarę jak szyby sięgały coraz głębiej pod ziemię. Niewolnicy pracowali niczym w piecu. Otaczające ich skały były zbyt gorące, by mogli ich dotykać. Przesycone smrodem siarki powietrze paliło płuca. Na poparzonych podeszwach stóp robiły się im pęcherze, nawet gdy nosili sandały o najgrubszych podeszwach. Czasami, gdy przebili się przez ścianę, zamiast złota znajdowali po drugiej stronie parę, wrzącą wodę albo stopioną skałę. Niektóre z szybów były tak niskie, że niewolnicy nie mogli w nich stanąć i musieli się czołgać albo pochylać. A w czerwonej ciemności były też żmije.

— Jadowite? — zapytała Arya, marszcząc brwi.

— Ogniste żmije. Niektórzy mówią, że są spokrewnione ze smokami, bo taka żmija również zionie ogniem, tyle że zamiast latać w powietrzu, drąży tunele w skale i ziemi. Jeśli wierzyć najstarszym opowieściom, żmije żyły pod Czternastoma Płomieniami jeszcze przed nadejściem smoków. Młode sztuki są nie większe niż twoja chuda ręka, ale z czasem potrafią wyrastać do ogromnych rozmiarów i nie darzą miłością ludzi.

— Zabijały niewolników?

— W szybach, gdzie skały były popękane albo pełne dziur, często znajdowano czarne, spalone ciała. Mimo to kopalnie sięgały wciąż głębiej. Niewolnicy ginęli dziesiątkami, ale panów to nie obchodziło. Czerwone złoto, żółte złoto i srebro były dla nich cenniejsze od życia niewolników, gdyż w dawnych Włościach niewolnicy byli tani. Podczas wojen Valyrianie zdobywali ich tysiące, a podczas pokoju rozmnażali ich, choć tylko najkrnąbrniejszych wysyłali do kopalń, by umierali w czerwonej ciemności.

— A czy niewolnicy nie próbowali się buntować?

— Niektórzy próbowali. W kopalniach bunty zdarzały się często, ale z reguły nic nie osiągały. Władcy smoków z dawnych Włości władali potężną magią i niebezpiecznie było się im sprzeciwiać. Jednym z tych, którzy to uczynili, był pierwszy Człowiek Bez Twarzy.

— Kim on był? — palnęła Arya, zanim zdążyła się zastanowić.

— Nikim — odpowiedział miły staruszek. — Niektórzy powiadają, że on również był niewolnikiem. Inni zapewniają, że był szlachetnie urodzonym synem pana na włościach. Jeszcze inni twierdzą, że był nadzorcą, który ulitował się nad niewolnikami. Prawda wygląda tak, że nikt tego nie wie. Kimkolwiek był, przychodził do niewolników i wysłuchiwał ich modłów. W kopalniach trudzili się ludzie ze stu różnych narodów i każdy z nich modlił się do swego boga w innym języku, ale wszyscy prosili o to samo. O wyzwolenie, kres bólu. To mała i prosta rzecz, ale ich bogowie nie odpowiadali i niewolnicy musieli cierpieć dalej. „Czy wszyscy ci bogowie są głusi?" — zadawał sobie pytanie pierwszy Człowiek Bez Twarzy...aż wreszcie pewnego dnia w czerwonej ciemności doznał objawienia. Bogowie mają swe instrumenty, ludzi, którzy im służą i pomagają spełniać ich wolę na Ziemi. Niewolnicy wznosili błagania nie do stu różnych bogów, jak mu się zdawało, lecz do jednego boga o stu różnych twarzach… a on był jego instrumentem. Tej pierwszej nocy wybrał najbardziej nieszczęśliwego z niewolników, tego, który najszczerzej błagał o wyzwolenie, i uwolnił go z więzów. Tak oto przyznano dar po raz pierwszy.

Arya odsunęła się od miłego staruszka.

— Zabił niewolnika? — To nie wydawało się jej w porządku. — Powinien był zabić panów!

— Im również przyniósł dar... ale to już opowieść na inny dzień. Lepiej jej nikomu nie powtarzać. — Uniósł głowę. — Kim jesteś, dziecko?

— Nikim.

— Kłamiesz.

— Skąd wiesz? Czy to magia?

— Człowiek nie musi być czarodziejem, żeby odróżnić prawdę od fałszu. Wystarczy mieć oczy. Trzeba się nauczyć czytać z twarzy. Patrz na oczy. Na usta. Na mięśnie tutaj, w kącikach żuchwy, i tutaj, gdzie szyja łączy się z barkami. — Dotknął jej lekko dwoma palcami. — Niektórzy kłamcy mrugają. Inni wytrzeszczają oczy. Inni odwracają wzrok. Jeszcze inni oblizują wargi. Wielu zasłania usta, zanim powie kłamstwo, jakby chcieli w ten sposób je ukryć. Inne znaki są subtelniejsze, ale zawsze można je dostrzec. Fałszywy i szczery uśmiech mogą wyglądać podobnie, ale różnią się od siebie jak zmierzch od świtu. Potrafisz odróżnić zmierzch od świtu?

Arya skinęła głową, choć wcale nie była tego pewna.

— W takim razie możesz się nauczyć dostrzegać kłamstwo... a gdy już osiągniesz ten cel, żadna tajemnica nie będzie przed tobą bezpieczna.

— Naucz mnie tego.

Zostanie nikim, jeśli to będzie konieczne. Gdy ktoś był nikim, nie miał w sobie dziur.

— Ona cię tego nauczy — oznajmił miły staruszek. Pod drzwiami celi pojawiła się dziewczynka. — Zacznie od nauki braavoskiego. Co z ciebie za pożytek, jeśli nie potrafisz się z nikim dogadać? A ty nauczysz ją własnego języka. Obie będziecie się uczyły od siebie. Zrobisz to?

— Tak — odpowiedziała i w tej chwili stała się nowicjuszką w Domu Czerni i Bieli. Zabrano jej strój służącej, a w zamian otrzymała czarno-białą szatę, miękką jak stary czerwony koc, którym przykrywała się w Winterfell. Pod spodem nosiła bieliznę z pięknego, białego lnu oraz czarną spodnią bluzę, która opadała poniżej kolan.

Od tej pory Arya z dziewczynką spędzały czas na dotykaniu i wskazywaniu różnych rzeczy. Starały się nawzajem nauczyć swych ojczystych języków. Zaczęły od najprostszych słów, jak kubek, świeca i but, potem przeszły do bardziej skomplikowanych, a wreszcie do zdań. Kiedyś Syrio Forel polecił Aryi stać na jednej nodze, aż zaczęła drżeć. Później kazał jej ganiać koty. Tańczyła wodny taniec na gałęziach drzew, trzymając w ręce zastępujący miecz kij. Wszystkie te zadania były trudne, ale to było trudniejsze.

Nawet szycie było ciekawsze od obcych języków — powiedziała sobie, gdy pewnej nocy zapomniała połowy słów, które powinna znać, a drugą połowę wymawiała tak źle, że dziewczynka się z niej śmiała. *Moje zdania są tak samo pokraczne, jak kiedyś moje hafty.* Gdyby dziewczynka nie była taka mała i zagłodzona, Arya mogłaby ją zdzielić w tę głupią twarz. Powstrzymywała się jednak przed tym, przygryzając wargę. *Jestem za głupia, żeby się nauczyć, i za głupia, żeby dać za wygraną.*

Dziewczynce nauka języka powszechnego szła szybciej. Pewnego dnia, podczas kolacji, spojrzała nagle na Aryę i zapytała:

— Kim jesteś?

— Nikim — odparła Arya po braavosku.

— Kłamiesz — stwierdziła dziewczynka. — Musisz kłamać dobrzej.

Arya parsknęła śmiechem.

— Dobrzej? Mówi się lepiej, głupia.

— Lepiej głupia. Pokażę ci.

Następnego dnia zaczęły zabawę w kłamstwa. Zadawały sobie na zmianę pytania i odpowiadały na nie, czasami zgodnie z prawdą, a czasami nie. Pytająca musiała wskazać, co jest prawdą, a co fałszem. Dziewczynka zawsze znała odpowiedź, a Arya musiała zgadywać. W większości przypadków się myliła.

— Ile masz lat? — zapytała ją kiedyś dziewczynka w języku powszechnym.

— Dziesięć — odparła Arya, unosząc dziesięć palców. Myślała, że nadal ma dziesięć, chociaż nie miała pewności. Braavosowie liczyli dni inaczej, niż robiono to w Westeros. Niewykluczone, że jej dzień imienia już minął.

Dziewczynka skinęła głową. Arya odpowiedziała tym samym gestem.

— A ile ty masz lat? — zapytała po braavosku, najlepiej, jak potrafiła.

Dziewczynka uniosła dziesięć palców. Potem znowu dziesięć i jeszcze raz dziesięć. A na koniec sześć. Jej twarz była gładka jak stojąca woda. *Nie może mieć trzydziestu sześciu lat* — pomyślała Arya. — *Jest małą dziewczynką.*

— Kłamiesz — zdecydowała. Dziewczynka potrząsnęła głową i znowu pokazała jej palce: dziesięć i dziesięć, i dziesięć, i sześć. Potem powiedziała słowa znaczące „trzydzieści sześć" i kazała Aryi je powtórzyć.

Następnego dnia Arya powtórzyła miłemu staruszkowi, czego dowiedziała się od dziewczynki.

— To nie było kłamstwo — zapewnił ze śmiechem kapłan. — Ta, którą zwiesz dziewczynką, jest już dorosłą kobietą i spędziła całe życie na służbie Temu o Wielu Twarzach. Oddała Mu wszystko, czym była, wszystko, czym mogła się stać, wszystkie życia, które w sobie nosiła.

Arya przygryzła wargę.

— Czy ja też będę taka jak ona?

— Nie — odpowiedział. — Chyba że tego właśnie zapragniesz. To trucizny uczyniły ją taką, jaka jest teraz.

Trucizny. Arya wszystko zrozumiała. Co wieczór po modlitwie dziewczynka opróżniała zawartość kamiennego dzbana do czarnej sadzawki.

Dziewczynka i miły staruszek nie byli jedynymi sługami Boga o Wielu Twarzach. Od czasu do czasu Dom Czerni i Bieli odwiedzali też inni. Grubas miał czarne oczy o przeszywającym spojrzeniu, haczykowaty nos i szerokie usta pełne żółtych zębów. Srogolicy nigdy się nie uśmiechał, oczy miał jasne, a wargi grube i ciemne. Przystojniak za każdym razem miał brodę innego koloru i nos o innym kształcie, ale zawsze był urodziwy. Ci trzej zjawiali się najczęściej, ale byli też inni: zezowaty, paniątko, głodomór. Pewnego dnia grubas i zezowaty zjawili się jednocześnie. Umma poleciła Aryi nalewać im wina.

— Kiedy nie będziesz im usługiwała, musisz stać nieruchomo jak wykuta z kamienia — poinstruował ją miły staruszek. — Potrafisz to zrobić?

— Tak.

„Zanim nauczysz się poruszać, musisz się nauczyć stać nieruchomo". Tak jej mówił Syrio Forel, dawno temu w Królewskiej Przystani. Służyła też Roose'owi Boltonowi jako podczaszy w Harrenhal, a on kazałby obedrzeć ze skóry służącego, który rozlałby wino.

— Znakomicie — ucieszył się miły staruszek. — Najlepiej by było, gdybyś stała się też ślepa i głucha. Możesz usłyszeć różne rzeczy, ale musisz pozwolić, żeby wpadały ci jednym uchem, a wylatywały drugim. Nie słuchaj tego, co będą mówili.

Arya usłyszała tej nocy bardzo wiele, ale rozmowę toczono prawie wyłącznie po braavosku i rozumiała najwyżej jedno słowo na dziesięć. *Nieruchoma jak kamień* — powtarzała sobie. Najtrudniej było powstrzymać się przed ziewaniem. Nim noc dobiegła końca, umysł Aryi powędrował daleko. Stała w komnacie z dzbanem w dłoniach, ale wydawało jej się, że jest wilkiem i biega swobodnie po skąpanym w blasku księżyca lesie, a za nią podąża wyjące stado.

— Czy wszyscy ci mężczyźni są kapłanami? — zapytała miłego staruszka. — Czy to ich prawdziwe twarze?

— A jak myślisz, dziecko?

Myślała, że nie są prawdziwe.

— Czy Jaqen H'ghar też jest kapłanem? Może wiesz, czy wróci do Braavos?

— Kto? — zapytał z całkowitą niewinnością.

— Jaqen H'ghar. On dał mi żelazną monetę.

— Nie znam nikogo o takim nazwisku, dziecko.

— Zapytałam go, w jaki sposób zmienia twarz, a on mi odpowiedział, że to nie jest trudniejsze niż zmiana imienia, jeśli zna się sposób.

— Naprawdę?

— Pokażesz mi, jak się zmienia twarz?

— Jeśli tego pragniesz. — Ujął podbródek Aryi w dłoń i obrócił jej głowę. — Nadmij policzki i wysuń język.

Arya wykonała polecenie.

— Proszę bardzo. Zmieniłaś swoją twarz.

— Nie o to mi chodziło. Jaqen używał magii.

— Czary kosztują drogo, dziecko. Potrzeba lat modlitw, ofiar i nauki, by rzucić odpowiedni urok.

— Lat? — powtórzyła zatrwożona.

— Gdyby to było łatwe, wszyscy by to robili. Zanim zaczniesz biegać, musisz nauczyć się chodzić. Po co używać zaklęć, kiedy wystarczą sztuczki komediantów?

— Sztuczek komediantów też nie znam.

— Na początek poćwicz robienie min. Pod powierzchnią twarzy masz mięśnie. Naucz się robić z nich użytek. To twoja twarz. Twoje policzki, usta i uszy. Uśmiechy i smutne grymasy nie powinny zaskakiwać cię jak nagłe szkwały. Uśmiech powinien być sługą i zjawiać się tylko wtedy, gdy go wezwiesz. Naucz się panować nad swoją twarzą.

— Pokaż mi, jak to zrobić.

— Nadmij policzki.

Zrobiła to.

— Unieś brwi. Nie, wyżej.

To również zrobiła.

— Świetnie. A teraz przekonamy się, jak długo potrafisz tak wytrzymać. To nie będzie trwało długo. Jutro spróbuj znowu. Znajdziesz w kryptach myrijskie zwierciadło. Ćwicz przed nim godzinę dziennie. Oczy, nozdrza, policzki, uszy, usta, naucz się panować nad nimi wszystkimi. — Znowu ujął jej podbródek. — Kim jesteś, dziecko?

— Nikim.

— Kłamstwo. Małe, żałosne kłamstwo, dziecko.

Następnego dnia znalazła myrijskie zwierciadło i każdego ranka oraz wieczoru siadała przed nimi ze świecami po obu stronach, żeby robić miny. *Naucz się panować nad twarzą* — powtarzała sobie — *a będziesz mogła kłamać.*

Wkrótce potem miły staruszek rozkazał jej pomagać innym akolitom w przygotowywaniu trupów. Praca nie była nawet w przybliżeniu tak ciężka, jak szorowanie schodów dla Weese'a. Czasami, jeśli umarły był wysoki albo gruby, musiała się męczyć z ciężkim ciałem, ale na ogół były to tylko stare, suche kości owinięte w pomarszczoną skórę. Arya przyglądała się nieboszczykom, gdy ich myła, zastanawiając się, co ich skłoniło do przyjścia do czarnej sadzawki. Przypomniała sobie opowieść, którą słyszała od Starej Niani. Ponoć podczas długiej zimy mężczyźni, którzy przeżyli już swoje lata, oznajmiali nieraz nagle, że wyruszają na polowanie. *Ich córki płakały, a synowie zwracali twarze w stronę kominka* — słyszała w myślach głos staruszki. — *Ale nikt ich nie powstrzymywał ani nie pytał, na jaką zwierzynę zamierzają polować, gdy śnieg jest taki głęboki i wyje zimny wicher.* Zastanawiała się, co mówią swym synom i córkom starzy Braavosowie, zanim pójdą do Domu Czerni i Bieli.

Minął cykl księżyca, a potem drugi, lecz Arya nigdy go nie oglądała. Służyła, myła umarłych, robiła miny przed lustrem, uczyła się braavoskiego i starała się pamiętać, że jest nikim.

Pewnego dnia wezwał ją miły staruszek.

— Masz przerażający akcent — stwierdził. — Niemniej poznałaś już wystarczająco wiele słów, by jakoś przekazać ludziom, czego pragniesz. Pora, żebyś opuściła nas na pewien czas. Jeśli masz naprawdę poznać nasz język, musisz posługiwać się nim codziennie od świtu do zmierzchu. Będziesz musiała odejść.

— Kiedy? — zapytała. — Dokąd?

— Zaraz — odpowiedział. — Za tymi murami znajdziesz sto wysp Braavos na morzu. Znasz już słowa oznaczające małże, sercówki i ostrygi, prawda?

— Prawda.

Powtórzyła je najlepiej, jak potrafiła.

Jej staranny braavoski wywołał uśmiech na jego twarzy.

— Dasz sobie radę. W porcie pod Zatopionym Miastem znajdziesz handlarza ryb imieniem Brusco. To dobry człowiek, ale ma chore plecy. Potrzebna mu dziewczynka, która będzie pchała jego taczkę i sprzedawała sercówki, małże oraz ostrygi marynarzom ze statków. Ty będziesz tą dziewczynką. Rozumiesz?

— Tak.

— A jeśli cię o to zapyta, kim jesteś?

— Nikim.

— Nie. Tak nie może być, nie poza tym domem.

Zawahała się.

— Mogłabym być Solą. Z Solanek.

— Solę znają Ternesio Terys i ludzie z „Córki Tytana". Mówisz z charakterystycznym akcentem, więc musisz być dziewczynką z Westeros... ale sądzę, że inną dziewczynką.

— Przygryzła wargę.

— Czy mogę się nazywać Cat?

— Cat. — Zastanowił się. — Tak. W Braavos jest pełno kotów. Jednego więcej nikt nie zauważy. Jesteś Cat, sierota z...

— Królewskiej Przystani.

Była dwa razy z ojcem w Białym Porcie, ale Królewską Przystań znała lepiej.

— Właśnie. Twój ojciec był wiosłomistrzem na galerze. Kiedy twoja matka umarła, zabrał cię ze sobą na morze. Potem on również umarł, a jego kapitan uznał, że nie ma z ciebie żadnego pożytku, więc wysadził cię na ląd w Braavos. A jak się nazywał jego statek?

— „Nymeria" — odpowiedziała natychmiast.

Nocą opuściła Dom Czerni i Bieli. U prawego biodra miała długi, żelazny nóż schowany pod płaszczem, wyblakłym, połatanym łachem, jaki mogłaby nosić sierota. Buty uwierały ją w palce, a bluzę miała tak wytartą, że wiatr przenikał przez nią z łatwością. Czekało jednak na nią Braavos. Nocne powietrze przesycała woń dymu, soli i ryb. Kanały były kręte, a zaułki jeszcze bardziej kręte od kanałów. Mężczyźni obrzucali ją zaciekawionymi spojrzeniami, a żebrzące dzieci wykrzykiwały słowa, których nie rozumiała. Po chwili zupełnie zgubiła drogę.

— Ser Gregor — recytowała, przechodząc przez kamienny most wsparty na czterech łukach. Z jego najwyższego punktu widziała maszty statków stojących w Porcie Łachmaniarza. — Dunsen, Raff Słodyczek, ser Ilyn, ser Meryn, królowa Cersei. — Zaczął padać deszcz. Arya uniosła twarz ku niebu, pozwalając, by krople spływały po jej policzkach. Czuła się tak szczęśliwa, że miała ochotę zatańczyć. — *Valar morghulis* — zakończyła. — *Valar morghulis, valar morghulis.*

ALAYNE

Gdy przez okno wpadły do środka promienie wschodzącego słońca, Alayne usiadła na łożu i przeciągnęła się. Gretchel usłyszała, że dziewczyna się poruszyła, i wstała, by przynieść jej szlafrok. Nocą w komnacie zrobiło się zimno. *Gdy zima złapie nas w swój uścisk, będzie gorzej* — pomyślała. — *Będzie tu wtedy zimno jak w grobie.* Włożyła szlafrok i przewiązała go sobie w talii.

— Ogień już prawie wygasł — zauważyła. — Dołóż kłodę do kominka, jeśli łaska.

— Jak sobie życzysz, pani — odparła staruszka.

Komnaty Alayne w Wieży Dziewicy były większe i urządzone bardziej luksusowo niż mała sypialnia, którą zajmowała za życia lady Lysy. Miała teraz własną garderobę i wychodek, a także rzeźbiony z białego kamienia balkon wychodzący na Dolinę. Gretchel zajęła się kominkiem, Alayne zaś podeszła boso do drzwi na balkon i wyszła na zewnątrz. Kamień pod jej stopami był zimny, a wiatr dął silnie, jak zwykle tutaj, ale widok sprawił, że na pół uderzenia serca zapomniała o tym wszystkim. Wieża Dziewicy była wysunięta najdalej na wschód z siedmiu smukłych wież Orlego Gniazda, więc Alayne widziała przed sobą Dolinę. Jej lasy, rzeki i pola rysowały się mgliście w świetle poranka. Góry wyglądały w blasku wstającego słońca jak wykute ze szczerego złota.

Jak tu pięknie — pomyślała. Majaczył nad nią pokryty śniegiem szczyt Kopii Olbrzyma, gigant z kamienia i lodu, przy którym przycupnięty na jego ramieniu zamek wydawał się maleństwem. Nad przepaścią, do której latem spływały Łzy Alyssy, zwisały sople długie na dwadzieścia stóp. Nad zamarzniętym wodospadem szybował sokół, szeroko rozpościerający błękitne skrzydła na tle porannego nieba. *Gdybym tylko ja miała skrzydła.*

Wsparła dłonie na rzeźbionej, kamiennej balustradzie i nakazała sobie spojrzeć w dół. Widziała Niebo, położone sześćset stóp niżej, oraz wykute w stoku kamienne stopnie, krętą drogę, która mijała Śnieg i Kamień, schodząc aż na dno Doliny. Widziała wieże i donżony Księżycowych Bram, maleńkie jak dziecinne zabawki. Pod ich murami budziły się już armie Lordów Deklarantów. Żołnierze wychodzili z namiotów niczym mrówki wyłażące z mrowiska. *Gdyby tylko naprawdę byli mrówkami* — roiła sobie. — *Moglibyśmy ich wtedy rozdeptać.*

Młody lord Hunter i jego pospolite ruszenie przedwczoraj dołączyli do pozostałych. Nestor Royce zamknął przed nimi bramy, ale jego garnizon składał się z niespełna trzystu ludzi. Każdy z Lordów Deklarantów, a było ich w sumie sześciu, przyprowadził ze sobą tysiąc. Alayne znała ich nazwiska równie dobrze jak własne. Benedar Belmore, lord Mocnej Pieśni. Symond Templeton, rycerz z Dziewięciu Gwiazd. Horton Redfort, lord Redfortu. Anya Waynwood, pani Żelaznych Dębów. Gilwood Hunter, zwany przez wszystkich młodym lordem Hunterem, lord Longbow Hall. I Yohn Royce, najpotężniejszy z nich wszystkich, groźny Spiżowy Yohn, lord Runestone, kuzyn Nestora i głowa starszej gałęzi rodu Royce'ów. Tych sześcioro zebrało się w Runestone po upadku Lysy Arryn i zawarło pakt, przysięgając bronić lorda Roberta, Doliny i siebie nawzajem. W ich deklaracji ani słowem nie wspomniano o lordzie protektorze, mówiono za to o „nierządzie", któremu trzeba położyć kres, a także o „fałszywych przyjaciołach i złych doradcach".

Jej nogi owiał nagle zimny podmuch i dziewczyna wróciła do środka, żeby wybrać suknię, w której zje śniadanie. Petyr podarował Alayne garderobę nieżyjącej żony, całe mnóstwo jedwabi, atłasów, aksamitów i futer. Nigdy nawet nie marzyła o podobnym bogactwie, ale większość owych strojów była dla niej stanowczo za duża. Lady Lysa bardzo utyła podczas swych licznych ciąż, poronień i porodów martwych dzieci. Jednakże kilka najstarszych sukni uszyto dla młodej Lysy Tully z Riverrun, a inne Gretchel zdołała przerobić, by pasowały na Alayne, która w wieku trzynastu lat miała prawie równie długie nogi, jak jej ciotka w wieku lat dwudziestu.

Dziś rano spojrzenie dziewczyny przyciągnęła dwubarwna suknia w kolorach Tullych — czerwonym i niebieskim — podszyta futrem popielic. Gretchel pomogła jej wsunąć ramiona w szerokie, dzwonowate rękawy, zawiązała sznurówki na plecach, a potem uczesała i spięła jej włosy. Przed pójściem do łóżka Alayne przyciemniła je po raz kolejny. Farba, którą dostała od ciotki, zmieniała błyszczącą kasztanowatą barwę jej włosów na ciemny brąz, ale nim minęło wiele czasu, włosy u korzeni znowu zaczynały się robić rude. *A co zrobię, kiedy farba się skończy?* Sprowadzano ją z Tyrosh, na drugim brzegu wąskiego morza.

Gdy Alayne zeszła na śniadanie, ponownie uderzyła ją panująca w Orlim Gnieździe cisza. W całych Siedmiu Królestwach nie było cichszego zamku. Służący byli tu nieliczni i starzy, rozmawiali przyciszonymi głosami, żeby nie ekscytować młodego lorda. Na górze nie trzymano koni, nie było warczących i szczekających psów ani rycerzy ćwiczących na dziedzińcu. Nawet kroki chodzących po jasnych, kamiennych korytarzach strażników wydawały się dziwnie przytłumione. Słyszała zawodzenie wichru wokół wież, ale to było wszystko. Gdy przybyła do Orlego Gniazda, ciszę mąciło jeszcze szemranie Łez Alyssy, ale wodospad już zamarzł. Gretchel powiedziała, że będzie milczał aż do wiosny.

Alayne znalazła lorda Roberta samego w Porannej Komnacie nad kuchniami. Chłopiec apatycznie grzebał łyżką w misce owsianki z miodem.

— Chciałem dostać jajka — poskarżył się Alayne. — Chciałem dostać trzy jajka na miękko i odrobinę boczku.

Nie mieli w zamku jajek ani boczku. W spichrzach Orlego Gniazda było tyle owsa, kukurydzy i jęczmienia, że wystarczy im na cały rok, ale świeże produkty dostarczała im z dna Doliny nieprawo urodzona dziewczyna — Mya Stone. Ponieważ u podstawy góry rozbili obóz Lordowie Deklaranci, Mya nie mogła się dostać na górę. Lord Belmore, który dotarł tam pierwszy, wysłał na górę kruka z wiadomością, że nie wpuści prowiantu do Orlego Gniazda, dopóki Littlefinger nie odeśle im lorda Roberta. To nie było właściwie oblężenie, jeszcze nie, ale niewiele brakowało.

— Kiedy przyjedzie Mya, dostaniesz tyle jajek, ile tylko zechcesz — obiecała małemu paniątku Alayne. — Przywiezie jajka, masło, melony i różne inne smakołyki.

Chłopiec nie dał się udobruchać.

— Chciałem dostać jajka dzisiaj.

— Słowiczku, przecież wiesz, że nie mamy jajek. Proszę, zjedz owsiankę, jest bardzo smaczna.

Alayne zjadła łyżkę swojej, żeby go zachęcić.

Robert poruszał łyżką w misce, ale nie unosił jej do ust.

— Nie jestem głodny — zdecydował wreszcie. — Chcę wrócić do łóżka. Nocą w ogóle nie spałem. Słyszałem śpiew. Maester Colemon dał mi sennego wina, ale i tak go słyszałem.

Alayne odłożyła łyżkę.

— Gdyby było słychać jakiś śpiew, na pewno nie umknąłby mojej uwadze. To był tylko zły sen.

— Nie. To nie był sen. — Oczy chłopca zaszły łzami. — Marillion znowu śpiewał. Twój ojciec mówi, że on nie żyje, ale to nieprawda.

— Prawda. — Bała się, gdy opowiadał takie rzeczy. *Jest drobny i chorowity, co będzie, jeśli okaże się też obłąkany?* — Słowiczku, to prawda. Marillion za bardzo kochał twoją panią matkę i nie potrafił żyć z tym, co jej uczynił. Dlatego odszedł w niebo. — Alayne nie widziała ciała minstrela, podobnie jak Robert, ale nie wątpiła w fakt jego śmierci. *Zabili go Lordowie Deklaranci ze swoim głupim paktem.* — On nie żyje, naprawdę.

— Ale ja słyszę go co noc. Nawet kiedy zamknę okiennice i przykryję głowę poduszką. Twój ojciec powinien mu wyciąć język. Mówiłem, żeby to zrobił, ale on nie chciał.

Potrzebował języka, by się przyznać.

— Bądź grzecznym chłopcem i zjedz owsiankę — błagała Alayne. — Proszę. Za mnie?

— Nie chcę owsianki. — Robert cisnął łyżką o ścianę. Odbiła się od arrasu, zostawiając na białym, jedwabnym księżycu plamę owsianki. — Lord chce jajek!

— Lord zje owsiankę i będzie się cieszył, że ją ma — dobiegł zza ich pleców głos Petyra.

Alayne odwróciła się i zobaczyła, że w łuku drzwi stoi Petyr w towarzystwie maestera Colemona.

— Powinieneś słuchać lorda protektora, wasza lordowska mość — odezwał się maester. — Twoi lordowie chorążowie wybierają się na górę, żeby złożyć ci hołd. Będziesz musiał być silny.

Robert potarł lewe oko kostką dłoni.

— Odeślij ich. Nie chcę ich widzieć. Jeśli tu przyjdą, każę im frunąć.

— To bardzo kusząca propozycja, panie, ale obawiam się, że zagwarantowałem im bezpieczeństwo — odparł Petyr. — Tak czy inaczej, jest za późno, żeby ich zawrócić. Zapewne dotarli już do Kamienia.

— Dlaczego nie dadzą nam spokoju? — załkała Alayne. — Nie zrobiliśmy im nic złego. Czego od nas chcą?

— Lorda Roberta. Jego i Doliny. — Petyr rozciągnął usta w uśmiechu. — Będzie ich ośmioro. Lord Nestor prowadzi ich na górę. Jest z nimi Lyn Corbray. Ser Lyn nie jest człowiekiem, który pozwoliłby, żeby ominęła go szansa na przelew krwi.

Jego słowa nie uspokoiły zbytnio jej obaw. Lyn Corbray zabił w pojedynkach prawie tyle samo ludzi, co w bitwach. Alayne wiedziała, że zdobył ostrogi podczas buntu Roberta. Walczył najpierw przeciwko lordowi Jonowi Arrynowi u bram Gulltown, a potem pod jego chorągwiami nad Tridentem, gdzie powalił księcia Lewyna z Dorne, białego rycerza z Gwardii Królewskiej. Petyr powiedział jej, że książę Lewyn był już poważnie ranny w chwili, gdy fala bitwy poniosła go na spotkanie ze Smętną Damą.

— Lepiej jednak nie wspominać o tym szczególe Corbrayowi — dodał. — Ci, którzy to robią, otrzymują wkrótce szansę spotkania Martella w komnatach piekła i zapytania go, jak było naprawdę.

Jeśli choć połowa z tego, co usłyszała od strażników lorda Roberta, była prawdą, Lyn Corbray był bardziej niebezpieczny niż wszystkich sześciu Lordów Deklarantów razem wziętych.

— Dlaczego jest z nimi? — zapytała. — Myślałam, że Corbrayowie cię popierają.

— Lord Lyonel Corbray jest przychylnie nastawiony do moich rządów — wyjaśnił Petyr — ale jego brat chodzi własnymi drogami. Nad Tridentem, gdy ich ojciec został ranny, to Lyn chwycił w dłoń Smętną Damę i zabił człowieka, który go powalił. Potem Lyonel zaniósł starego lorda na tyły, do maesterów, a Lyn poprowadził szarżę przeciwko Dornijczykom zagrażającym lewej flance Roberta, rozbił ich w perzynę i zabił Lewyna Martella. Dlatego gdy stary lord Corbray umarł, zapisał Damę młodszemu synowi. Lyonel otrzymał w spadku jego ziemie, tytuł, zamek i wszystkie pieniądze, ale nadal uważa, że pozbawiono go dziedzictwa, natomiast ser Lyn… no cóż, kocha Lyonela równie mocno jak mnie. Pragnął ręki Lysy dla siebie.

— Nie lubię ser Lyna — upierał się Robert. — Nie chcę, żeby tu przychodził. Odeślij go na dół. Nie powiedziałem, że może tu przyjść. Nie tutaj. Matka mówiła, że Orle Gniazdo jest niezdobyte.

— Twoja matka nie żyje, wasza lordowska mość. Dopóki nie ukończysz szesnastu lat, ja władam Orlim Gniazdem. — Petyr spojrzał na przygarbioną służącą, która czekała przy kuchennych schodach. — Melo, przynieś nową łyżkę. Jego lordowska mość chce zjeść owsiankę.

— Nie chcę! Niech owsianka frunie!

Tym razem Robert rzucił miską pełną owsianki z miodem. Petyr Baelish uchylił się zgrabnie, ale maester Colemon nie był wystarczająco szybki. Drewniana miska trafiła go prosto w pierś, a jej zawartość oblała mu twarz i ramiona. Colemon pisnął w niegodny maestera sposób, a Alayne odwróciła się, by uspokoić małe paniątko. Było już jednak za późno. Robert dostał ataku. Zaczął wymachiwać rękami, przewrócił dzbanek z mlekiem, potem spróbował wstać, zwalił krzesło na podłogę i runął na nie. Jedną nogą kopnął Alayne w brzuch tak mocno, że zaparło jej dech w piersiach.

— Och, bogowie, bądźcie łaskawi — usłyszała pełen niesmaku głos Petyra.

Maester Colemon uklęknął nad swym podopiecznym, szepcząc uspokajające słowa. Na twarzy i we włosach miał pełno owsianki. Jedna bryłka spływała mu powoli po prawym policzku niczym kluchowata, szarobrązowa łza. *Nie jest tak źle jak poprzednim razem* — pomyślała Alayne, starając się wzbudzić w sobie nadzieję. Gdy drgawki ustąpiły, pojawiło się dwóch wezwanych przez Petyra zbrojnych w błękitnych płaszczach i srebrnych, kolczych koszulach.

— Zanieście go do łoża i przystawcie mu pijawki — rozkazał lord protektor. Wyższy z mężczyzn uniósł chłopca w ramionach. *Mogłabym go zanieść sama* — pomyślała Alayne. — *Waży nie więcej od lalki.*

Colemon został jeszcze przez chwilę, zanim poszedł za nimi.

— Panie, lepiej byłoby przełożyć te rokowania na inny dzień. Po śmierci lady Lysy ataki jego lordowskiej mości się nasiliły. Są częstsze i bardziej gwałtowne. Puszczam mu krew tak często, jak się odważę. Podaję mu też senne wino i makowe mleko, żeby pomóc mu zasnąć, ale…

— Śpi dwanaście godzin na dobę — przerwał mu Petyr. — Chcę, żeby od czasu do czasu się budził.

Maester przeczesał włosy palcami, strącając na posadzkę grudki owsianki.

— Lady Lysa dawała jego lordowskiej mości piersi, gdy tylko stawał się zbyt podekscytowany. Arcymaester Ebrose twierdzi, że mleko matki ma wiele zdrowotnych właściwości.

— Czy tak brzmi twoja rada, maesterze? Mamy znaleźć mamkę dla lorda Orlego Gniazda i obrońcy Doliny? A kiedy go odstawimy od piersi? W dzień jego ślubu? W ten sposób mógłby przejść bezpośrednio od cycków mamki do cycków żony. — Lord Petyr skwitował śmiechem ten pomysł. — Nie sądzę. Sugeruję, byś znalazł jakieś inne wyjście. Chłopiec lubi słodycze, prawda?

— Słodycze? — powtórzył Colemon.

— Słodycze. Ciasta, torty, dżemy, galaretki, plastry miodu. Może dodać mu do mleka szczyptę senniczki, próbowałeś tego? Tylko szczyptę, żeby go uspokoić i powstrzymać te okropne drgawki.

— Szczyptę? — Maester przełknął ślinę, poruszając grdyką. — Maleńką szczyptę... być może, być może. Nie za wiele i nie nazbyt często, tak jest, mógłbym spróbować...

— Szczyptę — powtórzył lord Petyr. — Potem zaś przyprowadź go na spotkanie z lordami.

— Jak rozkażesz, panie.

Maester opuścił w pośpiechu komnatę, przy każdym kroku pobrzękując cicho łańcuchem.

— Ojcze — zapytała Alayne, gdy Colemon wyszedł — zjesz trochę owsianki?

— Nie cierpię owsianki. — Popatrzył na nią oczyma Littlefingera. — Wolałbym otrzymać na śniadanie pocałunek.

Prawdziwa córka nigdy nie odmówiłaby ojcu pocałunku, Alayne podeszła więc do niego i cmoknęła go lekko w policzek, a potem odsunęła się szybko.

— Jesteś taka... posłuszna. — Usta Littlefingera się uśmiechały, ale jego oczy zachowały powagę. — No cóż, tak się składa, że mam dla ciebie inne zadania. Powiedz kucharce, żeby zagrzała trochę czerwonego wina z miodem i rodzynkami. Nasi goście będą zmarznięci i spragnieni po długiej wspinaczce. Masz przyjść i podać im posiłek. Wino, chleb i ser. Jaki ser jeszcze mamy?

— Ostry biały i śmierdzący pleśniowy.

— Biały. Lepiej też się przebierz.

Alayne spojrzała na swą suknię w ciemnych, niebiesko-czerwonych barwach Riverrun.

— Czy ta suknia jest za bardzo…

— Za bardzo Tully'owska. Lordowie Deklaranci nie będą zadowoleni, gdy zobaczą, że moja bękarcia córka paraduje w sukniach mojej zmarłej żony. Wybierz sobie coś innego. Czy muszę ci przypominać, żebyś unikała błękitnego i kremowego?

— Nie musisz. — To były kolory rodu Arrynów. — Powiedziałeś ośmioro… czy jednym z nich jest Spiżowy Yohn?

— Jedynym, który się liczy.

— Spiżowy Yohn mnie zna — przypomniała mu. — Był gościem w Winterfell, kiedy jego syn jechał na północ, żeby przywdziać czerń. — Przypominała sobie niejasno, że zakochała się wówczas szaleńczo w ser Waymarze. To jednak było bardzo dawno temu, była jeszcze głupiutką dziewczynką. — I to nie był jedyny raz. Lord Royce widział… widział Sansę Stark również w Królewskiej Przystani, podczas turnieju namiestnika.

Petyr uniósł palcem jej podbródek.

— Nie wątpię, że Royce zauważył tę piękną buzię, ale to była tylko jedna twarz z tysiąca. Mężczyzna walczący w turnieju ma ważniejsze sprawy na głowie niż jakieś dziecko w tłumie. A w Winterfell Sansa była małą dziewczynką o kasztanowatych włosach. Moja córka jest wysoką, piękną panną, a włosy ma brązowe. Ludzie widzą to, co spodziewają się zobaczyć, Alayne. — Pocałował ją w nos. — Każ Maddy rozpalić ogień w samotni. Tam przyjmę Lordów Deklarantów.

— Nie w Górnej Komnacie?

— Nie. Bogowie brońcie, żeby mieli mnie zobaczyć w pobliżu wysokiego tronu Arrynów. Mogliby pomyśleć, że zamierzam na nim usiąść. Pośladki tak nisko urodzone jak moje nie mogą aspirować do równie szlachetnych poduszek.

— W samotni. — Powinna na tym poprzestać, ale słowa same wyszły z jej ust. — Jeśli oddasz im Roberta…

— I Dolinę?

— Dolinę już mają.

— Och, znaczną jej część. Ale nie całą. W Gulltown mnie kochają i mam też trochę przyjaciół wśród lordów. Graftona,

Lynderly'ego, Lyonela Corbraya... choć przyznaję, że nie mogą się oni mierzyć z Lordami Deklarantami. Dokąd jednak mielibyśmy się udać, Alayne? Z powrotem do mojej potężnej twierdzy na Paluchach?

Zastanawiała się nad tym problemem,

— Joffrey dał ci Harrenhal. Jesteś lordem tego zamku.

— Tytularnym. Potrzebowałem wspaniałej siedziby, żeby ożenić się z Lysą, a Lannisterowie nie chcieli mi dać Casterly Rock.

— Tak, ale to twój zamek.

— Cóż to za wspaniałe zamczysko... ogromne komnaty i sypiące się w gruzy wieże, duchy i przeciągi... piekielnie kosztowne do ogrzania i niemożliwe do obsadzenia... jest też drobna kwestia klątwy.

— Klątwy są tylko w pieśniach i opowieściach.

To go z jakiegoś powodu rozbawiło.

— Czyżby ktoś ułożył pieśń o tym, jak Gregor Clegane umarł od ciosu zatrutej włóczni? Albo o tym najemniku, który był przed nim? Ser Gregor uciął mu członki, kawałek po kawałku. Tamten z kolei odebrał zamek ser Amory'emu Lorchowi, który dostał go od lorda Tywina. Pierwszego z nich zabił niedźwiedź, a drugiego twój karzeł. Słyszałem, że lady Whent również umarła. Lothstonowie, Strongowie, Harrowayowie... każda ręka, która dotknęła Harrenhal, uschła.

— To oddaj zamek lordowi Freyowi.

Petyr ryknął śmiechem.

— Może i tak zrobię. Albo jeszcze lepiej, naszej słodkiej Cersei. Chociaż nie powinienem o niej mówić źle. Przysłała mi naprawdę wspaniałe arrasy. Czy to nie miło z jej strony?

Alayne zesztywniała na dźwięk imienia królowej.

— Ona nie jest miła. Boję się jej. Gdyby się dowiedziała, gdzie jestem...

— Mógłbym być zmuszony usunąć ją z gry wcześniej, niż planowałem. Zakładając, że nie usunie się sama. — Petyr rozciągnął usta w prowokującym uśmieszku. — W grze o tron nawet najskromniejsze pionki są obdarzone własną wolą i czasami nie chcą wykonać posunięć, które dla nich zaplanowaliśmy. Zapamiętaj to sobie, Alayne. Tej lekcji Cersei Lannister do tej pory sobie nie przyswoiła. A teraz, czy nie czekają na ciebie obowiązki?

Rzeczywiście czekały. Najpierw zajęła się winem, potem znalazła odpowiedni krąg ostrego, białego sera i kazała kucharce upiec chleb dla dwudziestu osób na wypadek, gdyby Lordom Deklarantom towarzyszyło więcej ludzi, niż przewidywali. *Gdy już zjedzą nasz chleb i naszą sól, będą naszymi gośćmi i nie będą mogli zrobić nam krzywdy.* Freyowie złamali wszelkie prawa gościnności, mordując w Bliźniakach jej panią matkę i brata, nie potrafiła jednak uwierzyć, by lord tak szlachetny, jak Yohn Royce, zniżył się do podobnego uczynku.

Potem przyszła kolej na samotnię. Na podłodze leżał tam myrijski dywan, nie trzeba więc było rozrzucać sitowia. Alayne poprosiła dwóch służących, żeby rozstawili stół na kozłach i przynieśli osiem ciężkich, dębowych, obitych skórą krzeseł. Podczas uczty ustawiłaby jedno z przodu stołu, jedno z tyłu i po trzy z boków, ale to nie była uczta. Kazała ludziom ustawić sześć krzeseł po jednej stronie, a dwa po drugiej. Lordowie Deklaranci zapewne dotarli już do Śniegu. Wspinaczka do zamku zajmowała większą część dnia, nawet na mułach. Na piechotę większość ludzi potrzebowała kilku dni.

Niewykluczone, że lordowie zechcą rozmawiać do późnej nocy. Będą im potrzebne nowe świece. Gdy Maddy rozpaliła już ogień, Alayne wysłała ją na dół po wonne, woskowe świece, które lord Waxley podarował lady Lysie, ubiegając się o jej rękę. Potem dziewczyna wróciła do kuchni, by się upewnić, że wino i chleb są już gotowe. Wyglądało na to, że wszystko idzie dobrze. Będzie miała jeszcze czas, żeby się wykąpać, umyć włosy i przebrać.

Zastanawiała się nad suknią z fioletowego jedwabiu i nad drugą, z ciemnoniebieskiego aksamitu ze srebrzystymi wszywkami, która podkreśliłaby kolor jej oczu, na koniec przypomniała sobie jednak, że Alayne jest nieprawo urodzona i nie powinna ubierać się lepiej, niż pozwala na to jej pozycja. Wybrała suknię z jagnięcej wełny, ciemnobrązową i prosto uszytą. Na jej gorseciku, rękawach oraz rąbku wyhaftowano złotą nicią liście i pnącza. To był skromny ubiór,. odpowiedni dla kogoś takiego jak Alayne, niewiele kosztowniejszy niż coś, co mogłaby nosić służąca. Petyr podarował jej też wszystkie klejnoty lady Lysy i dziewczyna przymierzyła kilka z nich, ale wydawały się jej zbyt ostentacyjne. Na koniec zdecydowała się na prostą wstążkę barwy jesiennego złota. Gdy Gretchel przyniosła jej posrebrzane zwierciadło Lysy, okazało się, że ten kolor znakomicie pasuje do gęstych, ciemnobrązowych włosów Alayne. *Lord Royce w życiu mnie nie pozna* — pomyślała. — *Sama z trudem się poznaję.*

Czując się prawie tak samo śmiała jak Petyr Baelish, Alayne Stone uzbroiła się w swój uśmiech i zeszła na dół na spotkanie gości.

Orle Gniazdo było jedynym zamkiem w Siedmiu Królestwach, w którym główne wejście ulokowano niżej niż lochy. Strome, kamienne stopnie wykute w górskim zboczu mijały zamki Kamień i Śnieg, ale kończyły się na Niebie. Ostatnie sześćset stóp stanowiła pionowa skała. Wszyscy goście musieli zsiąść z mułów i dokonać wyboru. Mogli pokonać ten odcinek w kołyszącym się drewnianym koszu używanym do przewożenia zapasów albo wspiąć się po skalnym kominie, czepiając się wykutych tam uchwytów.

Lord Redfort i lady Waynwood, najstarsi z Lordów Deklarantów, wybrali jazdę w koszu, który następnie opuszczono na kołowrocie, żeby zabrać grubego lorda Belmore'a. Pozostali lordowie woleli wspinaczkę. Alayne spotkała ich w Półksiężycowej Komnacie, przy ciepłym kominku. Przywitała ich w imieniu lorda Roberta i podała im chleb, ser oraz grzane wino w srebrnych kielichach.

Petyr przyniósł jej wcześniej herbarz do przestudiowania, poznała ich więc po znakach, nawet jeśli nie po twarzach. Ten z czerwonym zamkiem to z pewnością był Redfort; niski mężczyzna o siwej, przystrzyżonej brodzie i łagodnym spojrzeniu. Lady Anya była jedyną kobietą wśród Lordów Deklarantów. Miała na sobie ciemnozielony płaszcz, na którym wyszyto gagatowymi paciorkami złamane koło Waynwoodów. Sześć srebrnych dzwonów na fioletowym tle to był Belmore. Miał gruszkowaty brzuch i zaokrąglone ramiona. Jego broda była rudawosiwym okropieństwem wyrastającym z niezliczonych podbródków. Kontrastował z nim Symond Templeton, czarnowłosy i pełen ostrych krawędzi. Orli nos i lodowate, niebieskie oczy nadawały rycerzowi z Dziewięciu Gwiazd wygląd wytwornego drapieżnego ptaka. Na wamsie nosił dziewięć czarnych gwiazd na tle złotego krzyża ukośnego. Gronostajowy płaszcz młodego lorda Huntera zbił Alayne z tropu, lecz po chwili zauważyła spinającą go broszę w kształcie pięciu skrzyżowanych srebrnych strzał. Według jej oceny był bliższy pięćdziesiątki niż czterdziestki. Jego ojciec władał Longbow Hall przez blisko sześćdziesiąt lat, a potem zmarł tak nagle, że niektórzy szeptali, iż nowy lord przyśpieszył chwilę objęcia dziedzictwa. Hunter miał policzki i nos czerwone jak jabłka, co świadczyło o pewnym upodobaniu do wina. Pamiętała, by napełniać mu kielich, gdy tylko go opróżnił.

Najmłodszy z członków towarzystwa miał wyszyte na piersiach trzy kruki. Każdy z nich ściskał w szponach krwawoczerwone serce. Brązowe włosy sięgały mu do ramion, a jeden kosmyk opadał na czoło. *Ser Lyn Corbray* — pomyślała Alayne, spoglądając z niepokojem na jego twardo zaciśnięte usta i niespokojne oczy.

Na koniec zjawili się Royce'owie, lord Nestor i Spiżowy Yohn. Lord Runestone był wysoki jak Ogar. Choć włosy miał siwe, a twarz pooraną bruzdami, lord Yohn nadal sprawiał wrażenie, że większość młodszych mężczyzn mógłby złamać wpół w swych wielkich, sękatych dłoniach. Jego poważna, pokryta zmarszczkami twarz przywołała wspomnienia Sansy z czasów, gdy widziała go w Winterfell. Pamiętała, jak siedział za stołem, rozmawiając cicho z jej matką. Słyszała jego grzmiący głos odbijający się od murów, gdy wracał z polowania z koziołkiem sarny przytroczonym za siodłem. Widziała go na dziedzińcu, z ćwiczebnym mieczem w dłoni, gdy powalił na ziemię jej ojca, a potem pokonał również ser Rodrika. *Pozna mnie. Jak mógłby mnie nie poznać?* Zastanawiała się, czy nie rzucić się do jego stóp i nie błagać o opiekę. *Nie walczył za Robba, czemu miałby walczyć za mnie? Wojna się skończyła, Winterfell upadło.*

— Lordzie Royce — zagadnęła nieśmiało. — Wypijesz kielich wina, żeby się rozgrzać?

Spiżowy Yohn miał ciemnoszare oczy, ukryte pod najbardziej krzaczastymi brwiami, jakie w życiu widziała. Kiedy na nią spojrzał, w ich kącikach pojawiły się maleńkie zmarszczki.

— Czy cię znam, dziewczyno?

Alayne poczuła się, jakby połknęła język, ale uratował ją lord Nestor.

— Alayne jest naturalną córką lorda protektora — wyjaśnił kuzynowi.

— Paluszek Littlefingera nie pozostawał bezczynny — zauważył Lyn Corbray z łobuzerskim uśmiechem. Belmore ryknął śmiechem, a Alayne poczuła, że jej policzki się rumienią.

— Ile masz lat, dziecko? — zapytała lady Waynwood.

— Cz… czternaście, pani. — Na moment zapomniała, ile lat powinna mieć Alayne. — I nie jestem dzieckiem, ale dziewicą, która już zakwitła.

— Mam jednak nadzieję, że dziewicą to jesteś?

Bujne wąsy młodego lorda Huntera całkowicie zasłaniały usta.

— Jeszcze — stwierdził Lyn Corbray, jakby dziewczyny tu nie było. — Sądzę, że jej kwiatek wkrótce dojrzeje do zerwania.

— Czy tak wygląda uprzejmość w Heart's Home? — Włosy Anyi Waynwood siwiały, wokół oczu miała zmarszczki, a pod podbródkiem kobiety zwisała luźna skóra, nie sposób jednak byłoby nie zauważyć otaczającej jej aury szlachetności. — Dziewczyna jest młoda, dobrze wychowana i wiele wycierpiała. Pilnuj swojego języka, ser.

— Mój język to tylko moja sprawa — odciął się Corbray. —

Lepiej pilnuj swojego, pani. Nigdy nie lubiłem pouczania. Może o tym zaświadczyć całkiem sporo nieboszczyków.

Lady Waynwood odwróciła się od niego.

— Lepiej zaprowadź nas do ojca, Alayne. Im szybciej z tym skończymy, tym lepiej.

— Lord protektor czeka na was w samotni. Raczcie, proszę, pójść za mną.

Z Półksiężycowej Komnaty prowadziły strome marmurowe schody mijające stryszki i lochy, a także przechodzące pod trzema otworami machikuł. Lordowie Deklaranci udawali, że ich nie widzą. Belmore wkrótce zaczął sapać jak miech, a twarz Redforta zrobiła się szara niczym popiół. Stojący na szczycie schodów strażnicy unieśli przed nimi kratę.

— Tędy, jeśli łaska.

Alayne poprowadziła ich arkadą, w której wisiało kilkanaście wspaniałych arrasów. Przed samotnią stał ser Lothor Brune, który otworzył gościom drzwi i wszedł za nimi do środka.

Petyr siedział za stołem, patrząc na biały jak śnieg dokument. Obok niego stał kielich wina. Lord Baelish zerknął na wchodzących do komnaty Lordów Deklarantów.

— Witajcie, panowie. I ty również, pani. Wiem, że droga na górę jest męcząca. Siadajcie, proszę. Alayne, moja słodka, nalej wina naszym szlachetnym gościom.

— Proszę bardzo, ojcze.

Z zadowoleniem zauważyła, że świece zapalono. W samotni pachniało gałką muszkatołową oraz innymi drogimi przyprawami. Alayne poszła po dzban, a goście zasiedli obok siebie... wszyscy oprócz Nestora Royce'a, który po chwili wahania okrążył stół i zajął miejsce obok lorda Petyra, oraz Lyna Corbraya, który stanął obok kominka. Gdy grzał ręce przy ogniu, rubin w kształcie serca wprawiony w gałkę jego miecza lśnił czerwonym blaskiem. Alayne zauważyła, że uśmiechnął się do ser Lothora Brune'a. *Ser Lyn jest bardzo przystojny, jak na starszego mężczyznę* — pomyślała. — *Ale nie podoba mi się jego uśmiech.*

— Właśnie czytałem tę waszą interesującą deklarację — zaczął Petyr. — Jest naprawdę znakomita. Maester, który ją napisał, musi mieć dar do słów. Szkoda, że mnie również nie poprosiliście o podpis.

To ich zaskoczyło.

— Ciebie? — zdumiał się Belmore. — O podpis?

— Władam gęsim piórem nie gorzej niż inni, a nikt nie kocha lorda Roberta bardziej ode mnie. Jeśli zaś chodzi o fałszywych przyjaciół i złych doradców, to jak najbardziej jestem za tym, żeby ich przegnać. Panowie, całym sercem was popieram. Błagam, pokażcie mi, gdzie mam się podpisać.

Alayne, która właśnie nalewała wina, usłyszała chichot Lyna Corbraya. Pozostali wyraźnie zapomnieli języka w gębie. Wreszcie Spiżowy Yohn strzelił palcami.

— Nie przybyliśmy tu po twój podpis — oznajmił. — Nie zamierzamy też przerzucać się z tobą słówkami, Littlefinger.

— Wielka szkoda. Bardzo lubię się nimi przerzucać. — Petyr odłożył dokument na stół. — Jak sobie życzysz. Mówmy szczerze. Czego ode mnie chcecie, panowie i pani?

— Od ciebie nie chcemy niczego. — Symond Templeton przeszył lorda protektora spojrzeniem zimnych niebieskich oczu. — Poza tym, żebyś stąd wyjechał.

— Wyjechał? — Lord Petyr udał zaskoczenie. — A dokąd miałbym się udać?

— Korona uczyniła cię lordem Harrenhal — przypomniał młody lord Hunter. — To powinno wystarczyć każdemu.

— Dorzecze potrzebuje lorda — poparł go stary Horton Redfort. — Riverrun jest oblężone, Brackenowie i Blackwoodowie toczą ze sobą otwartą wojnę, a po obu brzegach Tridentu krążą swobodnie banici, zabijając i kradnąc do woli. Wszędzie krajobraz szpecą niepogrzebane trupy.

— To brzmi niezwykle atrakcyjnie, lordzie Redfort — odparł Petyr — ale tak się składa, że mam tu pilne obowiązki. Nie możemy też zapominać o lordzie Robercie. Czy chcecie, żebym zabrał chorowite dziecko tam, gdzie trwają takie rzezie?

— Jego lordowska mość zostanie w Dolinie — oznajmił Yohn Royce. — Zamierzam zabrać go ze sobą do Runestone i wychować na rycerza, z którego Jon Arryn byłby dumny.

— Dlaczego do Runestone? — zastanawiał się Petyr. — Czemu nie do Żelaznych Dębów albo do Redfortu? Czemu nie do Longbow Hall?

— Każdy z tych zamków byłby równie dobry — stwierdził lord Belmore. — Jego lordowska mość będzie je odwiedzał po kolei.

— Naprawdę? — zapytał Petyr z nutą powątpiewania w głosie.

Lady Waynwood westchnęła.

— Lordzie Petyrze, jeśli chcesz nas ze sobą skłócić, możesz sobie oszczędzić fatygi. W tej sprawie przemawiamy jednym głosem. Runestone odpowiada nam wszystkim. Lord Yohn wychował trzech wspaniałych synów. Nikt nie byłby lepszym opiekunem dla naszego młodego lorda. Maester Helliweg jest znacznie starszy i bardziej doświadczony niż twój maester Colemon, lepiej więc sobie poradzi z dolegliwościami lorda Roberta. W Runestone chłopak nauczy się sztuki wojny od Silnego Sama Stone'a. Nikt nie znalazłby lepszego nauczyciela. W sprawach duchowych jego przewodnikiem będzie septon Lucos. Znajdzie tam też innych chłopców w swoim wieku, którzy będą dla niego lepszym towarzystwem niż stare baby i najemnicy otaczający go obecnie.

Petyr Baelish pociągnął się za brodę.

— Nie przeczę, że jego lordowska mość potrzebuje towarzystwa, jednakże Alayne trudno nazwać starą babą. Lord Robert bardzo polubił moją córkę. Z radością sam wam o tym powie. Tak się też składa, że poprosiłem lorda Graftona i lorda Lynderly'ego, by przysłali mi synów na wychowanie. Obaj mają chłopców w wieku Roberta.

Lyn Corbray ryknął śmiechem.

— Dwa szczeniaki od dwóch piesków pokojowych.

— Robert powinien mieć też za towarzysza starszego chłopaka. Powiedzmy, jakiegoś obiecującego giermka. Kogoś, kogo mógłby podziwiać i starać się naśladować. — Petyr spojrzał na lady Waynwood. — Masz w Żelaznych Dębach takiego chłopaka, pani. Być może zgodziłabyś się przysłać mi Harrolda Hardynga?

— Lordzie Petyrze — odparła Anya Waynwood z rozbawioną miną. — Nigdy jeszcze nie spotkałam tak zuchwałego złodzieja jak ty.

— Wcale nie zamierzam ci ukraść chłopaka — sprzeciwił się Petyr. — Uważam tylko, że powinni się zaprzyjaźnić z lordem Robertem.

Spiżowy Yohn Royce pochylił się nad blatem.

— To byłoby słuszne i godziwe, gdyby lord Robert zaprzyjaźnił się z młodym Harrym i zrobi to… w Runestone, jako mój podopieczny i giermek.

— Oddaj nam chłopca — zażądał lord Belmore — a będziesz mógł swobodnie odjechać do swej właściwej siedziby, Harrenhal.

Petyr spojrzał na niego z lekkim wyrzutem.

— Sugerujesz, że w przeciwnym razie może mi się stać krzywda, panie? Nie rozumiem, dlaczego. Moja zmarła żona zdawała się uważać, że to tu jest moja właściwa siedziba.

— Lordzie Baelish — rzekła lady Waynwood. — Lysa Tully była wdową po Jonie Arrynie i matką jego dziecka. Władała tu jako regentka. Ty… bądźmy szczerzy, nie jesteś Arrynem, a w żyłach lorda Roberta nie płynie twoja krew. Jakim prawem miałbyś sprawować tu rządy?

— O ile sobie przypominam, Lysa mianowała mnie lordem protektorem.

— Lysa Tully nie pochodziła z Doliny i nie miała prawa decydować o naszych sprawach.

— A co z lordem Robertem? — zapytał Petyr. — Czy wasza lordowska mość powie również, że Lysa nie miała prawa decydować o losie własnego syna?

— Miałem ongiś nadzieję, że sam poślubię lady Lysę — odezwał się nagle na cały głos Nestor Royce, który do tej pory milczał. — Podobnie jak ojciec lorda Huntera i syn lady Anyi. Corbray przez pół roku nie odstępował jej niemal ani na chwilę. Gdyby wybrała któregoś z nas, nikt nie kwestionowałby jego prawa do tytułu lorda protektora. Tak się jednak składa, że wybrała lorda Littlefingera i powierzyła syna jego opiece.

— On był również synem Jona Arryna, kuzynie — przypomniał kasztelanowi Spiżowy Yohn, spoglądając nań z niezadowoleniem. — Jego miejsce jest w Dolinie.

— Orle Gniazdo jest częścią Doliny tak samo jak Runestone — zauważył Petyr, udając zdziwienie. — Czyżby ktoś je przesunął?

— Drwij sobie, ile chcesz, Littlefinger — warknął lord Belmore. — Wyjedziemy stąd z chłopcem.

— Nie chciałbym cię rozczarować, lordzie Belmore, ale mój pasierb zostanie tu ze mną. Jak wszyscy wiecie, nie jest zbyt zdrowym dzieckiem. Taka podróż byłaby dla niego wielkim obciążeniem. Nie mogę na to pozwolić jako jego ojczym i lord protektor.

Symond Templeton odchrząknął.

— Każdy z nas ma u stóp tej góry tysiąc ludzi, Littlefinger.

— Cóż za wspaniałe miejsce na obóz dla nich.

— Jeśli będzie trzeba, możemy wezwać znacznie więcej.

— Grozisz mi wojną, ser?

Petyr bynajmniej nie sprawiał wrażenia wystraszonego.

— Musisz nam oddać lorda Roberta — oznajmił Spiżowy Yohn.

Przez chwilę wydawało się, że nastąpił impas, nagle jednak Lyn Corbray odwrócił się od kominka.

— Niedobrze mi się robi od tego całego gadania. Littlefinger przekona was, żebyście oddali mu bieliznę, jeśli będziecie go słuchać wystarczająco długo. Ten spór można rozstrzygnąć tylko stalą.

Wyciągnął oręż.

Petyr rozłożył ręce.

— Nie mam miecza, ser.

— Łatwo można temu zaradzić. — Po ciemnoszarej klindze oręża Corbraya pełgało światło świec. Stal była tak ciemna, że przywodziła Sansie na myśl Lód, miecz jej ojca. — Twój jabłkożerca go ma. Powiedz mu, żeby dał ci swój albo łap za ten sztylet.

Alayne zauważyła, że Lothor Brune wyciąga miecz, ale nim klingi zdążyły się skrzyżować, Spiżowy Yohn wstał w gniewie.

— Schowaj stal, ser! Jesteś Corbrayem czy Freyem? Jesteśmy tu gośćmi.

Lady Waynwood wydęła usta.

— Tak się nie godzi — dodała.

— Schowaj miecz, Corbray — poparł ich młody lord Hunter. — Przynosisz wstyd nam wszystkim.

— Daj spokój, Lyn — skarcił go Redfort łagodniejszym tonem. — To nic nie da. Połóż Smętną Damę do łoża.

— Moja dama jest spragniona — nie ustępował ser Lyn. — Gdy zaproszę ją do tańca, lubi skosztować kropelkę krwi.

— Tym razem będzie musiała obyć się smakiem.

Spiżowy Yohn stanął Corbrayowi na drodze.

— Lordowie Deklaranci — żachnął się Lyn Corbray. — Powinniście byli nazwać się Sześcioma Starymi Babami.

Wsunął ciemny miecz z powrotem do pochwy i wyszedł, odpychając Brune'a na bok, jakby go tu nie było. Alayne słuchała jego oddalających się kroków.

Anya Waynwood i Horton Redfort wymienili spojrzenia. Hunter dopił wino i uniósł kielich do napełnienia.

— Lordzie Baelish — odezwał się ser Symond — musisz nam wybaczyć jego zachowanie.

— Muszę? — Głos Littlefingera stał się zupełnie zimny. — To wy go tu przyprowadziliście.

— Nie było naszym zamiarem... — zaczął Spiżowy Yohn Royce.

— Wy go tu przyprowadziliście. Mógłbym wezwać straże i aresztować was wszystkich.

Hunter zerwał się z krzesła tak raptownie, że omal nie wytrącił dzbana z rąk Alayne.

— Zagwarantowałeś nam bezpieczeństwo!

— To prawda. Ciesz się, że mam więcej honoru niż niektórzy z was. — Alayne nigdy nie słyszała w głosie Petyra takiego gniewu. — Przeczytałem waszą deklarację i wysłuchałem waszych żądań. A teraz wy wysłuchajcie moich. Zabierzcie swoje armie spod tej góry. Wracajcie do domów i zostawcie mojego syna w spokoju. Nie przeczę, iż rzeczywiście mieliśmy tu do czynienia z nierządem, ale to była wina Lysy, nie moja. Dajcie mi rok, a obiecuję, że przy pomocy lorda Nestora spowoduję, że nikt z was nie będzie miał powodu do skarg.

— Dlaczego mielibyśmy ci zaufać? — zapytał Belmore.

— Śmiesz zwać mnie niegodnym zaufania? To nie ja wydobyłem stal podczas rokowań. Pisaliście, że chcecie bronić lorda Roberta, ale odmawiacie mu jedzenia. To musi się skończyć. Nie jestem wojownikiem, ale będę walczył, jeśli nie położycie kresu temu oblężeniu. W Dolinie są oprócz was inni lordowie i Królewska Przystań również przyśle mi ludzi. Jeśli to wojny chcecie, powiedzcie to otwarcie, a Dolina spłynie krwią.

Alayne zauważyła, że w oczach Lordów Deklarantów pojawiło się zwątpienie.

— Rok to nie tak długo — zauważył lord Redfort z niepewnością w głosie. — Być może... gdybyś... udzielił nam zapewnień...

— Nikt z nas nie chce wojny — przyznała lady Waynwood. — Jesień ma się ku końcowi i musimy się przygotować do zimy.

Belmore odchrząknął.

— Po upływie roku...

— ...jeśli nie zdołam przywrócić porządku w Dolinie, dobrowolnie zrezygnuję z tytułu lorda protektora — obiecał Petyr.

— Uważam, że to bardzo uczciwa propozycja — wtrącił lord Nestor Royce.

— Nie może być żadnego odwetu — nalegał Templeton. — Żadnego gadania o zdradzie czy buncie. To również będziesz musiał przysiąc.

— Z chęcią — zgodził się Petyr. — Pragnę mieć przyjaciół, nie wrogów. Ułaskawię was wszystkich, jeśli chcecie, na piśmie. Nawet Lyna Corbraya. Jego brat to szlachetny człowiek. Nie ma potrzeby okrywać wstydem szlachetnego rodu.

Lady Waynwood spojrzała na pozostałych Lordów Deklarantów.

— Panowie, może byśmy się naradzili?

— Nie ma potrzeby. To oczywiste, że wygrał. — Szare oczy Spiżowego Yohna spojrzały na Petyra Baelisha. — Nie jestem tym zachwycony, ale wygląda na to, że dostaniesz ten swój rok. Dobrze go wykorzystaj, panie. Nie wszyscy z nas dali się nabrać.

Otworzył drzwi tak gwałtownie, że omal nie wyrwał ich z zawiasów.

Później urządzono coś w rodzaju uczty, choć Petyr był zmuszony przepraszać gości za skromne jadło. Przyprowadzono Roberta, ubranego w kremowo-błękitny wams. Chłopiec grzecznie odegrał rolę małego lorda. Spiżowy Yohn nie był przy tym obecny, gdyż opuścił już Orle Gniazdo, ruszając w długą podróż na dół, podobnie jak ser Lyn Corbray przed nim. Pozostali lordowie zostali do rana.

Zaczarował ich — pomyślała Alayne, gdy leżała nocą w łożu, słuchając zawodzącego za oknami wichru. Potem zrodziło się w niej podejrzenie. Nie potrafiła powiedzieć, skąd się wzięło, ale nie pozwalało jej zasnąć. Rzucała się w pościeli i obracała z boku na bok, ogryzając je w myślach, jak pies ogryza starą kość. W końcu wstała i ubrała się, zostawiając Gretchel jej snom.

Petyr jeszcze nie spał. Skrobał jakiś list.

— Alayne — przywitał ją. — Moja słodka. Co cię tu sprowadza tak późno?

— Musiałam się dowiedzieć. Co się stanie za rok?

Odłożył gęsie pióro.

— Redfort i Waynwood są starzy. Jedno z nich albo oboje mogą umrzeć. Gilwooda Huntera zamordują bracia. Najprawdopodobniej młody Harlan, który był sprawcą śmierci lorda Eona. Od rzemyczka do koniczka, jak zawsze mawiam. Belmore jest skorumpowany i można go kupić. Z Templetonem się zaprzyjaźnię. Obawiam się, że dla Spiżowego Yohna nadal będę wrogiem, ale jeśli zostanie sam, nie będzie zbyt wielkim zagrożeniem.

— A ser Lyn Corbray?

W jego oczach tańczył blask świec.

— Ser Lyn pozostanie moim nieprzejednanym wrogiem. Będzie mówił o mnie z pogardą i nienawiścią każdemu, kogo spotka, i przyłączał się ze swym mieczem do każdego tajnego spisku przeciwko mnie.

Wtedy właśnie podejrzenie zamieniło się w pewność.

— A jak go nagrodzisz za tę przysługę?

Littlefinger roześmiał się w głos.

— Złotem, chłopcami i obietnicami, oczywiście. Ser Lyn jest człowiekiem o nieskomplikowanych upodobaniach, słodziutka. Lubi tylko złoto, chłopców i zabijanie.

CERSEI

Król wydął usta.

— Chcę siedzieć na Żelaznym Tronie — oznajmił. — Joffowi zawsze na to pozwalałaś.

— Joffrey miał dwanaście lat.

— Ale ja jestem królem. Tron należy do mnie.

— Kto ci to powiedział?

Cersei zaczerpnęła głęboko tchu, by Dorcas mogła mocniej zaciągnąć sznurówki. Była dużą dziewczyną, znacznie silniejszą niż Senelle, ale też bardziej niezgrabną.

Twarz chłopca poczerwieniała.

— Nikt.

— Nikt? Czy tak nazywasz swoją panią żonę? — Królowa czuła w całym tym buncie rękę Margaery Tyrell. — Jeśli mnie okłamiesz, nie będę miała innego wyboru, jak wysłać po Pate'a i kazać go wychłostać do krwi. — Pate był chłopcem do bicia Tommena, tak jak poprzednio Joffreya. — Czy tego właśnie chcesz?

— Nie — mruknął naburmuszony król.

— Kto ci to powiedział?

Zaszurał nogami.

— Lady Margaery.

Wiedział, że w obecności matki lepiej nie nazywać jej królową.

— Tak lepiej. Tommenie, muszę podjąć ważne decyzje w sprawach, które są dla ciebie jeszcze stanowczo za trudne. Nie chcę, żeby głupiutki chłopczyk wiercił się na tronie za moimi plecami i zadawał mi dziecinne pytania. Pewnie Margaery uważa też, że powinieneś uczestniczyć w spotkaniach mojej rady?

— Tak — przyznał. — Mówi, że muszę się nauczyć, jak być królem.

— Kiedy urośniesz, będziesz mógł uczestniczyć w tylu sesjach rady, w ilu tylko zechcesz — obiecała Cersei. — Zapewniam, że szybko się nimi znudzisz. Robert zawsze spał podczas tych narad. — *O ile w ogóle chciało mu się przyjść* — pomyślała. — Wolał polowania, a nudne spotkania zostawiał staremu lordowi Arrynowi. Pamiętasz go?

— Umarł na ból brzucha.

— To prawda. Biedak. Jeśli tak bardzo chcesz się uczyć, może powinieneś nauczyć się imion wszystkich królów Westeros oraz nazwisk namiestników, którzy im służyli. Jutro będziesz mógł mi je wyrecytować.

— Tak, mamo — odparł potulnie.

— Jesteś grzecznym chłopcem.

Cersei sprawowała władzę i nie zamierzała jej oddać, dopóki Tommen nie będzie pełnoletni. *Może zaczekać. Ja również czekałam. Czekałam połowę życia.* Grała posłuszną córkę, wstydliwą pannę młodą, wyrozumiałą żonę. Znosiła pijackie karesy Roberta, zazdrość Jaimego, drwiny Renly'ego, Varysa z jego chichotem, nieustannie zgrzytającego zębami Stannisa. Rywalizowała z Jonem Arrynem, Nedem Starkiem i swym obmierzłym, zdradzieckim, krwiożerczym, karłowatym bratem, cały czas obiecując sobie, że pewnego dnia przyjdzie kolej na nią. *Jeśli Margaery Tyrell wydaje się, że ukradnie mi moją godzinę w blasku słońca, lepiej niech się dobrze zastanowi.*

Niemniej jednak, źle było zaczynać dzień w ten sposób i nastrój Cersei nie poprawił się szybko. Resztę poranka spędziła z lordem Gylesem i jego księgami, słuchając jego kaszlu oraz ględzenia o gwiazdach, jeleniach i smokach. Potem przyszedł lord Waters, który zameldował, że trzy pierwsze dromony są już prawie gotowe. Błagał ją o więcej złota, by wykończyć je ze splendorem, na jaki zasługiwały. Królowa z przyjemnością spełniła tę prośbę. Południowy posiłek spożyła w towarzystwie członków cechów kupieckich, przyglądając się pląsom Księżycowego Chłopca i słuchając ich skarg na wróble, wałęsające się po ulicach i śpiące na placach. *Mogę być zmuszona użyć złotych płaszczy, żeby przegnać te wróble z miasta* — pomyślała, gdy nagle przyszedł Pycelle.

Wielki maester zachowywał się ostatnio na spotkaniach rady coraz zrzędliwiej. Podczas ostatniej sesji skarżył się gorzko na ludzi, których Aurane Waters wybrał na kapitanów swych nowych dromon. Waters zamierzał powierzyć dowództwo młodym, natomiast Pycelle opowiadał się za doświadczeniem, argumentując, że dowództwo okrętów powinno przypaść kapitanom, którzy ocaleli z ognia na Czarnym Nurcie. Nazwał ich „doświadczonymi ludźmi, którzy dowiedli swej lojalności", Cersei jednak stwierdziła, że są za starzy, i stanęła po stronie lorda Watersa.

— Ci kapitanowie dowiedli tylko tego, że potrafią pływać — oznajmiła. — Matka nigdy nie powinna przeżyć dzieci, a kapitan nie powinien przeżyć swego okrętu.

Pycelle źle przyjął te słowa.

Dzisiaj jednak był w mniej cholerycznym nastroju. Zdołał nawet rozciągnąć usta w czymś w rodzaju drżącego uśmiechu.

— Wasza Miłość, przynoszę radosne wieści — oznajmił. — Wyman Manderly wykonał twój rozkaz i ściął cebulowego rycerza lorda Stannisa.

— Czy wiemy to z całą pewnością?

— Jego głowę i ręce zatknięto na murach Białego Portu. Lord Wyman przysięga, że tak uczynił, a Freyowie to potwierdzają. Widzieli głowę z cebulą w ustach, a także dłonie. Jedna z nich miała krótsze palce.

— Znakomicie — ucieszyła się Cersei. — Wyślij ptaka do Manderly'ego i poinformuj go, że skoro dowiódł swej lojalności, bezzwłocznie zwrócimy mu syna.

Do Białego Portu wkrótce powróci królewski pokój, a Roose Bolton i jego bękart maszerowali już na Fosę Cailin z dwóch stron. Gdy tylko ją zdobędą, połączą swe siły i przegonią żelaznych ludzi również z Torrhen's Square oraz Deepwood Motte.

To powinno zdobyć dla nich poparcie pozostałych chorążych Neda Starka, gdy nadejdzie czas, by wyruszyć przeciwko lordowi Stannisowi.

Tymczasem na południu Mace Tyrell rozbił miasto namiotów pod murami Końca Burzy. Miał dwa tuziny mangoneli, które ciskały kamienie w potężne mury zamku, jak dotąd bez większych rezultatów. *Wielki wojownik lord Tyrell* — pomyślała królowa. — *Powinien mieć w herbie siedzącego na dupie grubasa.*

Po południu udzieliła audiencji ponuremu posłowi z Braavos. Cersei odwlekała tę chwilę przez całe dwa tygodnie. Z chęcią zaczekałaby i rok, ale lord Gyles mówił, że nie poradzi już sobie dłużej z Braavosem. Królowa zaczynała się zastanawiać, czy Gyles w ogóle potrafi cokolwiek poza kasłaniem.

Braavos nazywał się Noho Dimittis. *Irytujący człowiek o irytującym nazwisku.* Jego głos również działał jej na nerwy. Cersei poruszała się nerwowo na krześle podczas jego przemowy, zastanawiając się, jak długo będzie musiała znosić ten napastliwy ton. Za jej plecami majaczył Żelazny Tron. Jego ciernie i ostrza rzucały na podłogę powykręcane cienie. Tylko król albo jego namiestnik mogli zasiadać na Żelaznym Tronie. Cersei siedziała u jego stóp, na krześle z pozłacanego drewna, wyściełanym karmazynowymi poduszkami.

Gdy Braavos przerwał, by zaczerpnąć oddechu, postanowiła wykorzystać szansę.

— To raczej sprawa dla lorda skarbnika.

Ta odpowiedź wyraźnie nie przypadła do gustu szlachetnemu Nohowi.

— Rozmawiałem z lordem Gylesem już sześć razy. On tylko kaszle i przedstawia kolejne wymówki, Wasza Miłość, a złota nadal nie widać.

— Porozmawiaj z nim po raz siódmy — zasugerowała miłym tonem Cersei. — Liczba siedem jest święta dla naszych bogów.

— Widzę, że Wasza Miłość raczy żartować.

— Kiedy żartuję, zawsze się uśmiecham. Czy widzisz

uśmiech na mojej twarzy? Czy słyszysz śmiech? Zapewniam cię, że kiedy żartuję, ludzie się śmieją.

— Król Robert...

— ...nie żyje — przerwała mu ostro. — Żelazny Bank otrzyma należne złoto, gdy tylko położymy kres obecnemu buntowi.

Miał czelność spojrzeć na nią groźnie.

— Wasza Miłość...

— Audiencja skończona. — Cersei zniosła już dziś wystarczająco wiele. — Ser Merynie, wskaż szlachetnemu Noho Dimittisowi drogę do wyjścia. Ser Osmundzie, możesz mnie odprowadzić do moich komnat.

Wkrótce przybędą goście. Musiała się wykąpać i przebrać. Kolacja również zapowiadała się nudno. Nawet władanie jednym królestwem było ciężką pracą, a co dopiero mówić o siedmiu królestwach.

Ser Osmund szedł za nią po schodach, wysoki, szczupły i odziany w biały płaszcz Gwardii Królewskiej. Gdy Cersei upewniła się, że nikt ich nie widzi, wzięła go pod rękę.

— Powiedz, proszę, jak się powodzi twemu młodszemu bratu?

— Hmm... nie najgorzej, ale... — odparł ser Osmund z wyraźnie zmieszaną miną.

— Ale? Ale co? — królowa pozwoliła, by w jej głosie zabrzmiała nuta gniewu. — Muszę wyznać, że zaczyna mi brakować cierpliwości dla naszego drogiego Osneya. Już najwyższy czas, żeby ujeździł tę młodą klacz. Mianowałam go zaprzysiężoną tarczą Tommena, by mógł codziennie spędzać trochę czasu w towarzystwie Margaery. Powinien już zerwać tę różę. Czyżby mała królowa była ślepa na jego uroki?

— Jego urokom nic nie brakuje. W końcu jest Kettleblackiem, czyż nie tak? Za pozwoleniem. — Ser Osmund przebiegł palcami po czarnych, wysmarowanych oliwą włosach. — To ona sprawia kłopoty.

— A niby dlaczego? — Królowa zaczynała wątpić w możliwości ser Osneya. Niewykluczone, że inny mężczyzna bardziej przypadłby Margaery do gustu. *Aurane Waters z tymi swoimi srebrzystymi włosami albo wielkie, potężne chłopisko jak ser Tallad.* — Może dziewczyna wolałaby kogoś innego? Czy nie podoba jej się jego twarz?

— Podoba się. Opowiadał mi, że przedwczoraj dotknęła jego blizn i zapytała: „Po jakiej kobiecie to pamiątka?". Osney nigdy jej nie mówił, że to była kobieta, ale ona i tak wiedziała. Może ktoś jej powiedział. Osney twierdzi też, że ona stale go dotyka, kiedy rozmawiają. Poprawia mu zapinkę płaszcza, odgarnia włosy i tak dalej. Pewnego razu na strzelnicy prosiła, żeby jej pokazał, jak się trzyma łuk, i musiał ją objąć ramionami. Osney opowiada sprośne żarty, a ona się śmieje i odpowiada mu jeszcze sprośniejszymi. Nie, z pewnością go pragnie, ale...

— Ale? — powtórzyła Cersei.

— Ale nigdy nie są ze sobą sami. Król prawie zawsze jest z nimi, a kiedy go nie ma, jest ktoś inny. Dwie jej damy dzielą z nią łoże, co noc inne. Dwie kolejne przynoszą śniadanie i pomagają się ubierać. Modli się ze swoją septą, czyta z kuzynką Elinor, śpiewa z kuzynką Allą, szyje z kuzynką Meggą. Kiedy nie poluje z sokołami w towarzystwie Janny Fossoway i Merry Crane, to gra w „Zdobądź mój zamek" z małą Bulwerówną. Gdy wybiera się na przejażdżkę, zawsze zabiera ze sobą świtę. Cztery albo pięć dam i przynajmniej tuzin strażników. I zawsze są przy niej mężczyźni, nawet w Krypcie Dziewic.

— Mężczyźni. — To już było coś. Rysowały się możliwości. — A co to za mężczyźni, jeśli łaska?

Ser Osmund wzruszył ramionami.

— Minstrele. Szaleje na punkcie minstreli, żonglerów i tak dalej. Rycerze, którzy przyłażą podziwiać jej kuzynki. Osney mówi, że najgorszy jest ser Tallad. Ten wielki głąb nie wie, czy to Elinor, czy Alli pragnie, ale wie, że pragnie jej piekielnie mocno. Przychodzą też bliźniacy Redwyne'owie. Bober przynosi kwiaty i owoce, a Horror zaczął grać na lutni. Z tego, co mówi Osney, słodsze dźwięki wydają duszone koty. Zawsze też kręci się tam ten Letniak.

— Jalabhar Xho? — Cersei prychnęła pogardliwie. — Na pewno żebrze o złoto i miecze, żeby odzyskać swój kraj.

Bez względu na swe klejnoty i pióra Xho był niewiele więcej niż szlachetnie urodzonym nędzarzem. Robert mógłby położyć kres jego natręctwu jednym stanowczym „nie", ale jej prostackiemu, zapijaczonemu mężowi spodobała się myśl o podboju Wysp Letnich. Z pewnością marzył o brązowoskórych dziewkach z czarnymi jak węgiel sutkami, nagich pod płaszczami z piór. Dlatego zamiast „nie" Robert zawsze mówił Jalabharowi „w następnym roku", ale z jakiegoś powodu ten następny rok nigdy nie nadszedł.

— Nie wiem, czy żebrze, Wasza Miłość — odparł ser Osmund. — Osney mówił, że uczy wszystkich języka letniego. To znaczy nie Osneya, ale kró... klacz i jej kuzynki.

— Koń mówiący w języku letnim wywołałby wielką sensację — rzekła z przekąsem królowa. — Powiedz bratu, żeby dobrze ostrzył ostrogi. Znajdę jakiś sposób, by mógł wkrótce dosiąść tej klaczy, możesz być pewien.

— Powtórzę mu, Wasza Miłość. Ma wielką ochotę na tę przejażdżkę, niech ci się nie zdaje, że nie ma. Z tej klaczy jest ładniutkie maleństwo.

To na mnie ma ochotę, ty durniu — pomyślała królowa. — *Od Margaery pragnie jedynie tytułu lordowskiego, który znajdzie między jej nogami.* Choć lubiła Osmunda, niekiedy wydawał się jej tak samo tępy jak Robert. *Mam nadzieję, że jego miecz jest szybszy od jego dowcipu. Pewnego dnia Tommen może go potrzebować.*

Gdy przechodzili w cieniu ruin Wieży Namiestnika, usłyszeli nagle głośny aplauz. Po drugiej stronie dziedzińca jakiś giermek zaatakował manekin, który zakręcił się gwałtownie. Najgłośniej krzyczała Margaery Tyrell i jej kury. *Wiele wrzasku o taki drobiazg. Można by pomyśleć, że chłopak zwyciężył w turnieju.* Nagle zauważyła ze zdumieniem, że to Tommen dosiada rumaka. Miał na sobie pozłacaną zbroję płytową.

Królowa nie miała innego wyboru, jak uśmiechnąć się i ruszyć w stronę syna. Gdy do niego dotarła, Rycerz Kwiatów pomagał mu zsiąść z konia. Chłopiec dyszał z podniecenia.

— Widzieliście? — pytał wszystkich. — Zrobiłem dokładnie tak, jak mówił ser Loras. Widziałeś, ser Osneyu?

— Widziałem — potwierdził Osney Kettleblack. — To był piękny widok.

— Siedzisz na koniu lepiej ode mnie, panie — dodał ser Dermot.

— Złamałem kopię. Ser Lorasie, słyszałeś?

— Trzask był głośny jak uderzenie gromu. — Biały płaszcz ser Lorasa spinała na ramieniu róża z nefrytu i złota. Wiatr powiewał jego pięknie ufryzowanymi, brązowymi lokami. — Jechałeś wspaniale, ale jeden raz nie wystarczy. Musisz ćwiczyć codziennie, aż będziesz za każdym razem trafiał w cel, a kopia stanie się częścią twojego ciała, tak samo jak ramię.

— Chcę ćwiczyć.

— Byłeś wspaniały. — Margaery opadła na jedno kolano, pocałowała króla w policzek i objęła go ramieniem. — Bracie, lepiej uważaj — ostrzegła Lorasa. — Jestem pewna, że za kilka lat mój dzielny mąż wysadzi cię z siodła.

Jej trzy kuzynki zgodziły się z tą opinią, a mała okropna Bulwerówna zaczęła skakać jak szalona, krzycząc:

— Tommen będzie mistrzem, mistrzem, mistrzem.

— Kiedy dorośnie — oznajmiła Cersei.

Uśmiechy zwiędły niczym róże dotknięte pocałunkiem mrozu. Stara septa o naznaczonej dziobami twarzy pierwsza opadła na jedno kolano. Reszta poszła za jej przykładem, pomijając małą królową i jej brata.

Tommen nie zauważył chłodu, który nagle wypełnił powietrze.

— Mamo, widziałaś mnie? — zawołał radośnie. — Złamałem kopię o tarczę, a worek mnie nie trafił!

— Patrzyłam z drugiej strony dziedzińca. Świetnie się spisałeś, Tommenie. Tego od ciebie oczekuję. Masz turniejową walkę we krwi. Pewnego dnia nikt nie będzie się mógł z tobą równać w szrankach, tak jak z twoim ojcem.

— Nikt mu się nie oprze. — Margaery Tyrell uśmiechnęła się nieśmiało do królowej. — Nie wiedziałam, że król Robert był mistrzem kopii. Powiedz nam, proszę, Wasza Miłość, w jakich turniejach zwyciężył? Jakich wielkich rycerzy wysadził z siodła? Król powinien usłyszeć o triumfach ojca.

Na szyję Cersei wystąpił rumieniec. Dziewczyna ją przyłapała. Prawda wyglądała tak, że Robert Baratheon nie radził sobie za dobrze w szrankach. Na turniejach zdecydowanie wolał walkę zbiorową, podczas której mógł stępionym toporem albo młotem stłuc przeciwników do krwi. To o Jaimem myślała. *Nigdy dotąd się tak nie zapominałam.*

— Robert zwyciężył w turnieju nad Tridentem — musiała odpowiedzieć. — Pokonał księcia Rhaegara i nazwał mnie swoją królową miłości i piękna. Dziwię się, że nie znasz tej historii, dobra córko. — Nie dała Margaery czasu na odpowiedź. — Ser Osmundzie, bądź tak dobry i pomóż mojemu synowi zdjąć zbroję. Ser Lorasie, chodź ze mną. Muszę zamienić z tobą słówko.

Rycerz Kwiatów nie miał innego wyboru, jak podążyć za nią niczym szczeniak, którym był. Cersei zaczekała, aż znajdą się na serpentynowych schodach, nim go zapytała:

— Czyj to był pomysł, jeśli łaska?

— Mojej siostry — przyznał. — Ser Tallad, ser Dermot i ser Portifer atakowali manekin i królowa zasugerowała, że Jego Miłość również mógłby spróbować.

Nazywa ją tak po to, by mnie drażnić.

— A na czym polegała twoja rola?

— Pomogłem Jego Miłości włożyć zbroję i pokazałem mu, jak trzymać kopię — odpowiedział.

— Ten koń był dla niego stanowczo za duży. Co by się stało, gdyby spadł? Albo gdyby worek z piaskiem rozbił mu głowę?

— Siniaki i rozbite wargi to element rycerskiego rzemiosła.

— Zaczynam rozumieć, dlaczego twój brat jest kaleką. — Z zadowoleniem zauważyła, że te słowa starły uśmiech z jego ust. — Być może mój brat nie wytłumaczył ci, na czym polegają twoje obowiązki. Masz bronić mojego syna przed jego wrogami. Nauka rycerskich umiejętności jest zadaniem dowódcy zbrojnych.

— W Czerwonej Twierdzy od śmierci Arona Santagara nie ma dowódcy zbrojnych — zauważył ser Loras z nutą wyrzutu w głosie. — Jego Miłość ma prawie dziewięć lat i pragnie się uczyć. W tym wieku powinien już być giermkiem. Potrzebuje nauczyciela.

I dostanie go, ale nie będziesz nim ty.

— Powiedz mi, jeśli łaska, czyim giermkiem ty byłeś, ser? — zapytała słodko. — Lorda Renly'ego, nieprawdaż?

— Miałem ten zaszczyt.

— Tak też myślałam. — Cersei wiedziała, jak bliskie więzi łączą giermków z rycerzami, którym służyli. Nie chciała, żeby Tommen był tak blisko z Lorasem Tyrellem. Rycerz Kwiatów nie był wzorem do naśladowania dla żadnego chłopca. — Faktycznie zaniedbałam swe obowiązki. Muszę władać królestwem, toczyć wojnę i opłakiwać ojca. Dlatego zapomniałam o kluczowej sprawie, jaką jest mianowanie nowego dowódcy zbrojnych. Bezzwłocznie naprawię ten błąd.

Ser Loras odgarnął brązowy lok, który opadał mu na czoło.

— Wasza Miłość nie znajdzie nikogo, kto władałby mieczem i kopią choć w połowie tak dobrze jak ja.

Jesteśmy skromni, co?

— Tommen jest twoim królem, nie giermkiem. Masz za niego walczyć i jeśli będzie trzeba zginąć. Nic więcej.

Zostawiła go na moście zwodzonym nad suchą fosą z jej żelaznymi kolcami i sama weszła do Warowni Maegora. *Gdzie mam znaleźć dowódcę zbrojnych?* — zastanawiała się, wspinając się do swych komnat. Odrzuciła kandydaturę ser Lorasa i nie odważy się teraz zwrócić do żadnego innego rycerza Gwardii Królewskiej. To byłoby solą wtartą w ranę i z pewnością rozgniewałoby Wysogród. *Ser Tallad? Ser Dermot? Musi być ktoś odpowiedni.* Tommen polubił swą nową zaprzysiężoną tarczę, ale Osney okazał się w sprawie Dziewicy Margaery mniej zaradny, niż na to liczyła, a dla jego brata Osfryda przeznaczyła inną pozycję. Szkoda, że Ogar się wściekł. Tommen zawsze bał się ochrypłego głosu i poparzonej twarzy Sandora Clegane'a, a jego pogarda byłaby znakomitym antidotum na głupawą rycerskość Lorasa Tyrella.

Aron Santagar był Dornijczykiem — przypomniała sobie Cersei. — *Mogłabym posłać do Dorne.* Słoneczną Włócznię dzieliły z Wysogrodem stulecia krwi i wojen. *Tak jest, Dornijczyk mógłby znakomicie odpowiadać moim potrzebom. W Dorne na pewno są jacyś dobrzy szermierze.*

Gdy Cersei weszła do samotni, zastała tam lorda Qyburna, który siedział na ławeczce w oknie wykuszowym, pogrążony w lekturze.

— Jeśli Wasza Miłość raczy, mam raporty.

— Kolejne zdrady i spiski? — zapytała Cersei. — Miałam bardzo długi i męczący dzień. Mów szybko.

Uśmiechnął się współczująco.

— Jak sobie życzysz. Krążą wieści, że archont Tyrosh przedstawił Lys warunki mające położyć kres ich obecnej wojnie handlowej. Opowiadano, że Myr przyłączy się do konfliktu po stronie Tyroshijczyków, ale po utracie Złotej Kompanii Myrijczycy nie wierzą...

— Nie obchodzi mnie, w co wierzą Myrijczycy. — Wolne Miasta wiecznie toczyły ze sobą wojny, ale dla Westeros znaczyło to bardzo niewiele. — Czy masz jakieś ważniejsze wieści?

— Wygląda na to, że bunt niewolników z Astaporu rozszerzył się na Meereen. Marynarze z kilkunastu różnych statków opowiadają o smokach...

— Chyba o harpiach. W Meereen są harpie. — Zapamiętała to skądś. Meereen leżało na drugim końcu świata, na wschód od Valyrii. — Niech niewolnicy się buntują. Czemu miałoby mnie to obchodzić? W Westeros nie mamy niewolników. Czy masz dla mnie coś jeszcze?

— Trochę wieści z Dorne, które mogą cię zainteresować.

Książę Doran aresztował ser Daemona Sanda, bękarta, który był ongiś giermkiem Czerwonej Żmii.

— Pamiętam go. — Ser Daemon był jednym z dornijskim rycerzy, którzy towarzyszyli księciu Oberynowi w Królewskiej Przystani. — A cóż on takiego uczynił?

— Domagał się uwolnienia córek księcia Oberyna.

— To głupio z jego strony.

— Nasi przyjaciele w Dorne — ciągnął lord Qyburn — informują nas również, że córkę rycerza z Cętkowanego Lasu niespodziewanie zaręczono z lordem Estermontem. Jeszcze tej samej nocy wysłano ją do Zielonego Kamienia i ponoć ślub już się odbył.

— Bękart w brzuchu mógłby to tłumaczyć — zauważyła Cersei, bawiąc się lokiem swych włosów. — Ile lat ma wstydliwa panna młoda?

— Dwadzieścia trzy, Wasza Miłość. Natomiast lord Estermont...

— ...ma co najmniej siedemdziesiąt. Zdaję sobie z tego sprawę.

Estermontowie byli jej dobrymi kuzynami poprzez Roberta, którego ojciec w nagłym ataku chuci albo szaleństwa pojął za żonę jedną z nich. Gdy Cersei wyszła za króla, jego matka dawno już nie żyła, ale dwaj jej bracia przybyli na ślub i zostali na całe pół roku. Robert uparł się potem, że odwzajemni wizytę i zawlókł ją ze sobą na Estermont, górzystą wysepkę położoną nieopodal Przylądka Gniewu. Dwa nudne, deszczowe tygodnie, które Cersei spędziła w Zielonym Kamieniu, zamku rodu Estermontów, były najdłuższe w jej młodym życiu. Jaime już na pierwszy rzut oka przezwał zamek „Zielonym Gównem", a Cersei wkrótce podchwyciła tę nazwę. Spędzała tam dni, patrząc, jak jej mąż poluje z sokołami, pije z wujami i tłucze do nieprzytomności rozmaitych kuzynów na dziedzińcu Zielonego Gówna.

Była tam również kuzynka, mała, krępa wdowa o piersiach wielkich jak melony. Jej mąż i ojciec zginęli w oblężonym Końcu Burzy.

— Jej ojciec był dla mnie dobry — poinformował żonę Robert. — Często bawiłem się z nią, kiedy byliśmy mali.

Nie potrzebował wiele czasu, by znowu zacząć się z nią bawić. Gdy tylko Cersei zamknęła oczy, król wymykał się, by pocieszyć samotne biedactwo. Pewnej nocy Cersei kazała Jaimemu śledzić Roberta, by potwierdzić swe podejrzenia. Kiedy jej brat wrócił, zapytał ją, czy chce, żeby zabił Roberta.

— Nie — odpowiedziała. — Chcę, żebyś przyprawił mu rogi.

Lubiła sobie wyobrażać, że właśnie owej nocy został poczęty Joffrey.

— Eldon Estermont wziął sobie żonę pięćdziesiąt lat młodszą od siebie — powiedziała Qyburnowi. — Dlaczego powinno mnie to obchodzić?

Wzruszył ramionami.

— Nie mówię, że powinno… ale Daemon Sand i ta dziewczyna to bliscy przyjaciele córki księcia Dorana, Arianne. Tak przynajmniej zapewniają Dornijczycy. Być może to nic nie znaczy, ale uznałem, że Wasza Miłość powinna o tym wiedzieć.

— Teraz już wiem. — Zaczynała tracić cierpliwość. — Czy jest coś jeszcze?

— Jeden drobiazg. — Uśmiechnął się przepraszająco i opowiedział jej o przedstawieniu kukiełkowym, które ostatnio zyskało popularność wśród prostaczków w Królewskiej Przystani. W tym przedstawieniu królestwem zwierząt władało stado butnych lwów. — Kukiełkowe lwy stają się w tej zdradzieckiej opowieści coraz bardziej chciwe i aroganckie, aż wreszcie zaczynają pożerać poddanych. Gdy szlachetny jeleń się temu sprzeciwia, lwy pożerają jego również i głośnym rykiem oznajmiają, że mają do tego prawo, ponieważ są najpotężniejszymi ze zwierząt.

— I to już koniec? — zapytała Cersei z wesołością w głosie. Jeśli spojrzeć na przedstawienie we właściwym świetle, można było je uznać za zbawienne ostrzeżenie.

— Nie, Wasza Miłość. Na koniec z jaja wykluwa się smok, który pożera wszystkie lwy.

Takie zakończenie zmieniało zwykłą bezczelność w zdradę.

— Bezmyślni głupcy. Tylko kretyni ryzykowaliby głowy dla drewnianego smoka. — Rozważała sprawę przez chwilę. — Wyślij na te przedstawienia kilku swoich szeptaczy. Niech zapiszą, kto na nie przychodzi. Jeśli znajdą tam jakichś znaczących ludzi, chcę poznać ich nazwiska.

— A co z nimi zrobimy, jeśli mogę być tak śmiały?

— Znaczne osobistości zapłacą grzywny. Połowa ich majątku powinna wystarczyć, by udzielić im surowej nauczki i wypełnić nasze kufry, nie wpędzając winnych w ruinę. Ci, którzy są za biedni, żeby zapłacić, mogą utracić oko za to, że przyglądali się zdradzie. Komedianci pójdą pod topór.

— Jest ich czworo. Być może Wasza Miłość byłaby tak łaskawa i oddała mi dwoje dla moich celów. Zwłaszcza kobieta byłaby bardzo…

— Dałam ci Senelle — przerwała mu ostrym tonem królowa.

— Niestety, biedna dziewczyna jest już bardzo… wycieńczona.

Cersei wolała o tym nie myśleć. Senelle poszła z nią ufnie, sądząc, że ma usługiwać przy posiłku. Nawet gdy Qyburn zapiął łańcuch na jej nadgarstku, sprawiała wrażenie, że nic nie rozumie. Królowej nadal robiło się niedobrze na to wspomnienie. *W celach było okropnie zimno. Nawet pochodnie migotały. I ten ohydny stwór krzyczący w ciemności...*

— Zgoda, dostaniesz kobietę. Nawet dwie, jeśli chcesz. Ale najpierw muszę poznać nazwiska.

— Wedle rozkazu.

Qyburn wyszedł.

Słońce już zachodziło. Dorcas przygotowała dla niej kąpiel. Królowa z zadowoleniem zanurzyła się w ciepłej wodzie, zastanawiając się nad tym, co powie zaproszonym na kolację gościom, gdy drzwi się otworzyły i do środka wpadł Jaime. Jej brat wyprosił z komnaty Jocelyn i Dorcas. Nie był tak niepokalanie czysty jak zazwyczaj i zalatywało od niego koniem. Towarzyszył mu Tommen.

— Słodka siostro — rzekł Jaime. — Król pragnie zamienić z tobą słówko.

Złote loki Cersei pływały na wodzie. W powietrzu unosiła się para. Po policzku królowej spłynęła kropla potu.

— Tommenie? — zapytała Cersei niebezpiecznie cichym głosem. — Co znowu się stało?

Chłopiec znał ten ton. Cofnął się trwożnie.

— Jego Miłość chce jutro dosiąść swego białego rumaka — oznajmił Jaime. — Żeby uczyć się władania kopią.

Cersei usiadła w balii.

— Nie będzie żadnych ćwiczeń.

— Będą. — Tommen wysunął dolną wargę. — Muszę ćwiczyć codziennie.

— I tak się stanie — zapewniła królowa — gdy tylko znajdziemy odpowiedniego dowódcę zbrojnych, który zajmie się twoim szkoleniem.

— Nie chcę żadnego odpowiedniego dowódcy zbrojnych. Chcę ser Lorasa.

— Masz zbyt wysoką opinię o tym chłopaku. Wiem, że twoja mała żona wypełniła ci głowę głupimi opowieściami o jego nadzwyczajnych talentach, ale Osmund Kettleblack jest trzy razy lepszym rycerzem.

Jaime roześmiał się w głos.

— Nie ten Osmund Kettleblack, którego znam.

Mogłaby go udusić. *Być może powinnam rozkazać ser Lorasowi, żeby pozwolił ser Osmundowi wysadzić się z siodła.* To mogłoby oduczyć Tommena tego głupiego podziwu. *Wystarczy zasolić ślimaka i zawstydzić bohatera, a zaraz się skurczą.*

— Wyślę po jakiegoś Dornijczyka, żeby cię uczył. Dornijczycy są najlepszymi rycerzami w Siedmiu Królestwach.

— Nieprawda — zaprzeczył Tommen. — Zresztą nie chcę żadnego głupiego Dornijczyka. Chcę ser Lorasa. To rozkaz.

Jaime znowu się roześmiał. *W ogóle mi nie pomaga. Czy to go bawi?* Królowa rozchlapała gniewnie wodę.

— Czy muszę wysłać po Pate'a? Nie możesz mi rozkazywać. Jestem twoją matką.

— Tak, ale ja jestem królem. Margaery mówi, że wszyscy muszą spełniać wolę króla. Chcę, żeby jutro osiodłano mojego białego rumaka i żeby ser Loras uczył mnie posługiwania się kopią. Chcę też dostać kotka i nie chcę jeść buraków.

Skrzyżował ramiona na piersi.

Jaime nie przestawał się śmiać, ale królowa go ignorowała.

— Tommenie, podejdź bliżej. — Kiedy się odsunął, westchnęła. — Boisz się? Król nie powinien okazywać strachu.

Chłopiec ze spuszczonym spojrzeniem podszedł do balii. Cersei wyciągnęła rękę i pogłaskała go po złotych włoskach.

— Jesteś królem, lecz również małym chłopcem. Dopóki nie osiągniesz pełnoletności, ja sprawuję rządy. Obiecuję, że nauczysz się władać kopią, ale nie od Lorasa. Rycerze Gwardii Królewskiej mają ważniejsze obowiązki niż zabawy z dziećmi. Zapytaj lorda dowódcy. Czyż nie tak, ser?

— Bardzo ważne obowiązki. — Jaime uśmiechnął się półgębkiem. — Na przykład objeżdżanie miejskich murów.

Tommen był bliski łez.

— A czy mogę chociaż dostać kotka?

— Niewykluczone — zgodziła się królowa. — Pod warunkiem że nie usłyszę już więcej bzdur o walce na kopie. Możesz mi to obiecać?

Zaszurał nogami.

— Tak.

— Bardzo dobrze. A teraz uciekaj. Wkrótce przyjdą tu goście.

Tommen pobiegł ku drzwiom, lecz zanim opuścił komnatę, zatrzymał się i obejrzał za siebie.

— Kiedy już obejmę rządy, wyjmę buraki spod prawa.

Jej brat kikutem zamknął za nim drzwi.

— Wasza Miłość — zaczął, gdy zostali sami — zastanawiam się, czy jesteś pijana czy po prostu głupia.

Ponownie rozpryskała wodę, mocząc stopy Jaimego.

— Pilnuj swojego języka albo…

— Albo co? Wyślesz mnie na kolejny obchód murów? — Usiadł, krzyżując nogi. — Twoje cholerne mury są w porządku. Sprawdziłem każdy ich cal i przyjrzałem się też wszystkim siedmiu bramom. Zawiasy w Żelaznej Bramie zardzewiały, a Królewską i Błotnistą trzeba zastąpić nowymi, bo tarany Stannisa paskudnie je poobijały. Mury są równie silne jak zawsze… ale być może Wasza Miłość zapomniała, że nasi przyjaciele z Wysogrodu są w mieście?

— O niczym nie zapominam — odpowiedziała, myśląc o pewnej złotej monecie, która po jednej stronie miała dłoń, a po drugiej profil zapomnianego króla. *Skąd pod nocnikiem jakiegoś nędznego klucznika wzięła się taka moneta? Skąd ktoś taki jak Rugen miał złoto z Wysogrodu?*

— Pierwszy raz słyszę o nowym dowódcy zbrojnych. Będziesz musiała długo szukać, żeby znaleźć lepszego rycerza niż Loras Tyrell. Ser Loras jest…

— Wiem, kim on jest. Nie chcę, żeby się zbliżał do mojego syna.

Woda w balii zaczynała już stygnąć.

— Zna swoje obowiązki i nikt nie włada kopią lepiej…

— Ty byłeś od niego lepszy, zanim straciłeś rękę. Ser Barristan też, kiedy był młody. Arthur Dayne był lepszy, a książę Rhaegar mógłby się mierzyć nawet z nim. Nie opowiadaj mi bzdur o tym, jaki z niego wojowniczy kwiatek. To tylko chłopak.

Miała już dosyć tego, że Jaime ciągle się jej sprzeciwiał. Gdy Tywin Lannister coś powiedział, ludzie go słuchali. A gdy Cersei zabierała głos, uważali, że mogą swobodnie jej doradzać, zaprzeczać jej słowom, a nawet jej odmawiać. *Wszystko dlatego, że jestem kobietą* — pomyślała. — *Dlatego że nie mogę z nimi walczyć mieczem. Nawet Robertowi okazywali więcej szacunku niż mnie, mimo że był tylko durnym pijanicą.* Nie będzie tego znosiła, a już zwłaszcza od Jaimego. *Muszę się go pozbyć, i to jak najszybciej.* Kiedyś marzyła, że będą razem władali Siedmioma Królestwami, ale Jaime stał się raczej zawadą niż pomocą.

Cersei wyszła z balii. Woda spływała po jej nogach i skapywała z włosów.

— Gdy będę chciała usłyszeć twoją radę, poproszę o nią. Zostaw mnie, ser. Muszę się ubrać.

— Wiem, masz gości na kolacji. Cóż to znowu za spisek? Jest ich tyle, że się pogubiłem.

Zerknął na wodę perlącą się na złotych włosach między jej nogami.

— Tęsknisz za tym, co utraciłeś, bracie?

Jaime uniósł wzrok.

— Ja też cię kocham, słodka siostro. Ale jesteś idiotką. Piękną, złotą idiotką.

Zabolały ją te słowa. *W Zielonym Kamieniu nazywałeś mnie czulszymi słowami, tej nocy, gdy zasiałeś Joffa w moim brzuchu* — pomyślała.

— Wynoś się.

Odwróciła się do niego plecami i słuchała, jak wychodzi, przytrzymując drzwi kikutem.

Jocelyn upewniła się, że wszystko jest gotowe do kolacji, a Dorcas pomogła królowej przywdziać nową suknię. Zszyto ją z pasów błyszczącego, zielonego atłasu i miękkiego, czarnego aksamitu, a nad gorsecikiem miała zdobną, czarną myrijską koronkę. Myrijskie koronki były drogie, ale królowa zawsze musiała wyglądać pięknie, a niektóre stare suknie Cersei skurczyły się przez te przeklęte praczki i już na nią nie pasowały. Miała ochotę wychłostać kobiety za taką nieostrożność, ale Taena ubłagała ją, żeby okazała łaskę.

— Prostaczkowie będą cię bardziej kochać, jeśli będziesz miłosierna — powiedziała. Dlatego Cersei rozkazała potrącić kobietom wartość sukni z zarobków, co było znacznie bardziej eleganckim rozwiązaniem.

Dorcas włożyła jej w rękę srebrne zwierciadło. *Świetnie* — pomyślała królowa, spoglądając na swe odbicie. Dobrze było wreszcie skończyć z żałobą. W czerni jej cera wydawała się zbyt blada. *Szkoda, że nie zjem tej kolacji z lady Merryweather.* Miała za sobą długi dzień, a dowcip Taeny zawsze poprawiał jej humor. Cersei nie miała tak bliskiej przyjaciółki od czasu Melary Hetherspoon, a Melara okazała się chciwą, zdradziecką suką o ambicjach wykraczających ponad jej pozycję. *Nie powinnam myśleć o niej źle. Utopiła się, a przedtem nauczyłam się od niej, że nie mogę ufać nikomu oprócz Jaimego.*

Gdy przyszła do samotni, jej goście dobrali się już do hipokrasu. *Lady Falyse nie tylko wygląda, lecz również pije jak ryba* — pomyślała Cersei na widok opróżnionego do połowy dzbanka.

— Słodka Falyse — zawołała, całując ją w policzek. — I dzielny ser Balman. Tak mi smutno z powodu twojej drogiej matki. Jak się miewa nasza lady Tanda?

Lady Falyse sprawiała wrażenie gotowej się rozpłakać.

— Wasza Miłość jest bardzo łaskawa. Maester Frenken mówi, że złamała sobie biodro podczas upadku. Zrobił, co mógł. Teraz się modlimy, ale…

Módlcie się, ile chcecie. I tak umrze przed upływem księżyca. Kobiety w wieku Tandy Stokeworth nie przeżywały złamania biodra.

— Dołączę swoje modlitwy do waszych — zapewniła Cersei. — Lord Qyburn powiedział mi, że Tanda spadła z konia.

— Popręg pękł podczas jazdy — wyjaśnił ser Balman Byrch. — Chłopiec stajenny powinien był zauważyć przetarty rzemień. Ukarano go.

— Mam nadzieję, że surowo. — Królowa usiadła i wskazała gestem, by jej goście zrobili to samo. — Wypijesz jeszcze kielich hipokrasu, Falyse? Przypominam sobie, że zawsze go lubiłaś.

— To dla mnie zaszczyt, że Wasza Miłość o tym pamięta.

Jak mogłabym zapomnieć? — pomyślała Cersei. — *Jaime mówił, że to cud, iż nie szczasz tym trunkiem.*

— Jaką mieliście podróż?

— Uciążliwą — poskarżyła się Falyse. — Przez większą

część dnia padało. Myśleliśmy, że zatrzymamy się na noc w Rosby, ale młody podopieczny lorda Gylesa odmówił nam gościny. — Pociągnęła nosem. — Zapamiętaj sobie moje słowa, kiedy Gyles umrze, ten nieprawo urodzony nikczemnik ucieknie z jego złotem. Może nawet spróbować zagarnąć ziemie i tytuł lordowski, choć zgodnie z prawem po śmierci Gylesa Rosby powinno przypaść nam. Moja pani matka była ciotką jego drugiej żony i kuzynką trzeciego stopnia samego Gylesa.

Czy masz w herbie jagnię czy jakąś chciwą małpę, moja droga? — zadała sobie pytanie Cersei.

— Lord Gyles wyglądał, jakby miał zaraz umrzeć, odkąd go znam, ale nadal jest z nami i mam nadzieję, że będzie jeszcze przez długie lata. — Uśmiechnęła się miło. — Nie wątpię, że jego kasłanie odprowadzi nas wszystkich do grobu.

— To możliwe — zgodził się ser Balman. — Podopieczny Rosby'ego nie był jedynym, który zatruwał nam życie, Wasza Miłość. Napotkaliśmy na trakcie wagabundów. Brudnych, obdartych drabów z toporami i skórzanymi tarczami. Niektórzy mieli wyszyte na kaftanach święte siedmioramienne gwiazdy, ale i tak wyglądali złowrogo.

— Jestem pewna, że byli zawszeni — dodała Falyse.

— Zwą się wróblami — wyjaśniła Cersei. — To prawdziwa plaga. Nasz nowy Wielki Septon będzie musiał jakoś się z nimi uporać, gdy już go ukoronują. W przeciwnym razie ja to zrobię.

— A czy już wybrano Jego Wielką Świątobliwość? — zainteresowała się Falyse.

— Nie — musiała przyznać Cersei. — Septon Ollidor był blisko celu, ale kilku tych wróbli poszło za nim do burdelu i wyciągnęło go gołego na ulicę. Najpewniejszym kandydatem wydaje się teraz Luceon, lecz nasi przyjaciele na drugim wzgórzu mówią nam, że brakuje mu jeszcze kilku głosów do wymaganej liczby.

— Niech Starucha rzuci na ich obrady światło swej złotej lampy mądrości — wygłosiła nabożną sentencję Falyse.

Ser Balman poruszył się nerwowo na krześle.

— Wasza Miłość, to krępująca sprawa, ale... nie chciałbym, byś żywiła do nas urazę. Zapewniam cię, że ani moja dobra żona, ani jej matka nie miały nic wspólnego z imieniem tego bękarta. Lollys to proste stworzenie, a jej mąż ma skłonność do nieprzyjemnych żartów. Mówiłem mu, żeby wybrał dla chłopca jakieś stosowniejsze imię, ale mnie wyśmiał.

Królowa wypiła łyk trunku, przyglądając się z uwagą ser Balmanowi. Okrył się kiedyś sławą w turniejach i był jednym z najprzystojniejszych rycerzy w Siedmiu Królestwach. Nadal miał wspaniałe wąsy, lecz poza tym nie starzał się ładnie. Jego faliste blond włosy przerzedziły się mocno, a pod wamsem zaznaczał się spory brzuszek. *Nie jest bynajmniej doskonałym narzędziem* — pomyślała. — *Powinien jednak wystarczyć.*

— Przed przybyciem smoków imię Tyrion nadawano królom. Krasnal okrył je hańbą, ale być może to dziecko zdoła przywrócić mu honor. — *Pod warunkiem że bękart pożyje wystarczająco długo.* — Wiem, że to nie wasza wina. Lady Tanda jest dla mnie jak siostra, której nigdy nie miałam, a ty, Falyse... — Głos jej się załamał. — Wybacz. Żyję w strachu.

Falyse otworzyła i zamknęła usta, co nadało jej wygląd wyjątkowo głupiej ryby.

— W... w strachu, Wasza Miłość?

— Od chwili śmierci Joffreya ani razu nie przespałam całej nocy. — Cersei wypełniła kielichy hipokrasem. — Przyjaciele... mam nadzieję, że jesteście moimi przyjaciółmi? I króla Tommena też?

— To słodki chłopiec — oświadczył ser Balman. — Wasza Miłość, słowa rodu Stokeworthów brzmią „Dumni ze swej wierności".

— Gdybyż tylko było więcej takich jak ty, ser. Wyznam ci prawdę. Bardzo mnie niepokoi ten Bronn znad Czarnego Nurtu.

Mąż i żona wymienili spojrzenia.

— Jest bezczelny i nieokrzesany, Wasza Miłość — przyznała Falyse. — A do tego ma plugawy język.

— Nie jest prawdziwym rycerzem — dodał ser Balman.

— Nie jest. — Cersei uśmiechnęła się do niego radośnie. — A ty jesteś człowiekiem, który potrafi poznać prawdziwego rycerza. Pamiętam, że widziałam cię w turnieju... kiedy to spisałeś się tak wspaniale, ser?

Uśmiechnął się skromnie.

— W Duskendale sześć lat temu? Nie, tam cię nie było, bo inaczej z pewnością ukoronowano by cię na królową miłości i piękna. A może to był turniej w Lannisporcie po buncie Greyjoya? Wysadziłem tam z siodła sporo dobrych rycerzy...

— Właśnie ten. — Jej twarz przybrała nagle poważny wyraz. — Krasnal zniknął w noc śmierci mojego ojca, zostawiając za sobą dwóch uczciwych kluczników w kałużach krwi. Niektórzy utrzymują, że uciekł za wąskie morze, ale nie jestem tego pewna. Karzeł jest sprytny. Być może nadal czai się w pobliżu, planując dalsze morderstwa. Być może ukrywa go jakiś przyjaciel.

— Bronn?

Ser Balman pogładził się po krzaczastych wąsach.

— Zawsze był człowiekiem Krasnala. Jeden Nieznajomy wie, ilu ludzi wysłał do piekła na rozkaz Tyriona.

— Wasza Miłość, jestem przekonany, że zauważyłbym karła ukrywającego się na naszych ziemiach.

— Mój brat jest mały. Stworzono go do ukrywania się. — Cersei pozwoliła, by jej dłoń zadrżała. — Imię dla dziecka to drobiazg... ale nieukarana bezczelność prowadzi do buntu. Qyburn powiedział mi, że ten Bronn gromadzi najemników.

— Przyjął na służbę czterech rycerzy — potwierdziła Falyse.

Ser Balman prychnął pogardliwie.

— Moja dobra żona schlebia tym ludziom, zwąc ich rycerzami. To tylko pasowani najemnicy. Żaden z nich nie ma w sobie krzty rycerskości.

— Tego się obawiałam. Bronn zbiera ludzi dla karła. Niech Siedmiu chroni mojego małego synka. Krasnal go zabije, tak jak zabił jego brata. — Załkała. — Przyjaciele, mój honor jest w waszych rękach... ale cóż znaczy honor królowej w porównaniu z lękiem matki?

— Mów śmiało, Wasza Miłość — uspokoił ją ser Balman. — Twoje słowa nie opuszczą tej komnaty.

Cersei wyciągnęła rękę nad blatem i uścisnęła jego dłoń.

— Le... lepiej bym spała, gdyby doszły mnie wieści, że ser Bronna spotkał... wypadek... być może na polowaniu.

— Śmiertelny wypadek? — zapytał ser Balman po chwili zastanowienia.

Nie, chcę, żebyś mu złamał paluszek — pomyślała z przekąsem. Musiała przygryźć wargę. *Moi wrogowie są wszędzie, a moi przyjaciele to głupcy.*

— Błagam, ser — wyszeptała. — Nie każ mi powiedzieć tego...

— Rozumiem.

Ser Balman uniósł palec.

Rzepa pojęłaby to szybciej.

— Zaiste jesteś prawdziwym rycerzem, ser. Odpowiedzią na modlitwy przerażonej matki. — Cersei pocałowała go. — Zrób to szybko, jeśli łaska. Bronn na razie ma tylko kilku ludzi, ale jeśli nie będziemy działać, z pewnością zgromadzi więcej. — Pocałowała Falyse. — Nigdy o tym nie zapomnę. Stokeworthowie są moimi prawdziwymi przyjaciółmi. „Dumni ze swej wierności". Daję wam słowo, że gdy już to się stanie, znajdziemy Lollys lepszego męża. — *Być może Kettleblacka.* — My, Lannisterowie, zawsze płacimy swe długi.

Potem był już tylko hipokras, buraki z masłem, świeżo upieczony chleb, szczupak smażony w ziołach i dzicze żeberka. Po śmierci Roberta Cersei bardzo polubiła mięso dzika. Towarzystwo nie przeszkadzało jej zbytnio, choć Falyse uśmiechała się głupkowato, a ser Balman cały czas się przechwalał. Minęła północ, nim wreszcie zdołała się ich pozbyć. Ser Balman ciągle domagał się kolejnego dzbanka, a królowa doszła do wniosku, że rozsądniej będzie mu nie odmawiać. *Mogłabym wynająć do tego celu Człowieka Bez Twarzy za połowę sumy, którą wydałam na hipokras* — pomyślała, gdy wreszcie sobie poszli.

O tej porze jej syn spał już smacznie, ale Cersei zajrzała do niego, zanim sama położyła się do łóżka, i ze zdziwieniem zauważyła śpiące przy chłopcu trzy czarne kotki.

— Skąd one się wzięły? — zapytała stojącego na straży przed komnatą ser Meryna Tranta.

— Dostał je od małej królowej. Chciała mu dać tylko jednego, ale on nie potrafił zdecydować, który podoba mu się najbardziej.

Lepsze to niż wycinanie ich z kocicy sztyletem. Nieudolne uwodzicielskie zabiegi Margaery były tak łatwe do przejrzenia, że aż śmieszne. *Jest za młody na pocałunki, więc daje mu kocięta.* Cersei wolałaby jednak, żeby nie były czarne. Czarne koty przynosiły pecha. Mała córka Rhaegara przekonała się o tym właśnie w tym zamku. *Byłaby moją córką, gdyby Obłąkany Król nie zadrwił okrutnie z mojego ojca.* To z pewnością szaleństwo skłoniło Aerysa do odrzucenia córki lorda Tywina, zabrania mu syna i ożenienia własnego syna z chorowitą dornijską księżniczką o czarnych oczach i płaskim biuście.

Wspomnienie tej zniewagi nadal ją bolało, choć minęło już tak wiele lat. Przez wiele wieczorów przyglądała się księciu Rhaegarowi, który siedział w komnacie, grając na harfie o srebrnych strunach swoimi długimi, pięknymi palcami. Czy kiedykolwiek żył na świecie równie piękny mężczyzna? *Był kimś więcej niż zwykły człowiek. W jego żyłach płynęła krew dawnej Valyrii, krew smoków i bogów.* Kiedy była małą dziewczynką, ojciec obiecał jej, że wyjdzie za Rhaegara. Miała wtedy sześć, najwyżej siedem lat.

— Nikomu o tym nie mów, dziecko — poprosił ją z tym swoim sekretnym uśmiechem, którego nikt poza Cersei nigdy nie oglądał. — Nie wspominaj o tym, dopóki Jego Miłość nie zgodzi się na zaręczyny. Na razie musi to pozostać naszą tajemnicą.

Tak też zrobiła, choć kiedyś narysowała siebie siedzącą na

smoku za Rhaegarem, z ramionami ciasno oplecionymi wokół jego piersi. Gdy Jaime znalazł rysunek, powiedziała mu, że to królowa Alysanne i król Jaehaerys.

Miała dziesięć lat, gdy wreszcie ujrzała swego księcia na własne oczy, podczas turnieju, który urządził jej pan ojciec, by przywitać króla Aerysa na zachodzie. Pod murami Lannisportu ustawiono trybuny, a aplauz prostaczków odbijał się od Casterly Rock z siłą grzmotu. *Przywitali ojca dwukrotnie głośniej niż króla* — przypomniała sobie królowa. — *Ale brawa dla księcia Rhaegara były jeszcze dwa razy głośniejsze.*

Rhaegar Targaryen miał wówczas siedemnaście lat i dopiero niedawno został rycerzem. Wjechał galopem w szranki, odziany w czarną zbroję płytową nałożoną na złotą kolczugę. Za jego hełmem powiewały długie proporce z czerwonego, złotego i pomarańczowego jedwabiu, wyglądające jak płomienie. Dwaj jej stryjowie padli trafieni jego kopią, a wraz z nimi kilkunastu najlepszych rycerzy jej ojca, kwiat zachodu. Nocą książę grał na srebrnej harfie i Cersei płakała, słuchając jego muzyki. Gdy mu ją przedstawiono, omal nie utonęła w głębinach jego fioletowych oczu. *Zraniono go, ale ja uleczę jego rany, kiedy się pobierzemy* — pomyślała wówczas. W porównaniu z Rhaegarem nawet jej piękny Jaime wydawał się zwykłym niedorostkiem. *Książę będzie moim mężem* — myślała, oszołomiona z radości. — *A kiedy stary król umrze, zostanę królową.* Ciotka Cersei wyznała jej tę prawdę przed turniejem.

— Musisz być dziś szczególnie piękna — rzekła lady Genna, poprawiając jej suknię — bo na pożegnalnej uczcie w końcu ogłosi się twe zaręczyny z księciem Rhaegarem.

Cersei była owego dnia taka szczęśliwa. Gdyby nie to, nigdy nie odważyłaby się odwiedzić namiotu Maggy Żaby. Zrobiła to tylko po to, by pokazać Jeyne i Melarze, że lwica nie boi się niczego. *Miałam zostać królową. Dlaczego miałabym się bać jakiejś starej, ohydnej baby?* Gdy wspominała tę przepowiednię, wciąż przebiegały ją ciarki, nawet teraz, po tylu latach. *Jeyne uciekła z namiotu, krzycząc ze strachu* — wspominała królowa. — *Ale Melara została i ja również. Pozwoliłyśmy jej skosztować naszej krwi i śmiałyśmy się z tych głupich przepowiedni. Nic z tego, co powiedziała, nie miało sensu.* Cersei miała zostać żoną księcia Rhaegara, bez względu na jej gadanie. Tak obiecał jej ojciec, a słowo Tywina Lannistera było warte tyle, co złoto.

Gdy turniej się skończył, odechciało się jej śmiać. Nie było pożegnalnej uczty ani toastów mających uczcić jej zaręczyny z księciem Rhaegarem. Było tylko zimne milczenie i lodowate spojrzenia wymieniane między królem a jej ojcem. Potem, gdy Aerys, jego syn i wszyscy towarzyszący im dzielni rycerze ruszyli z powrotem do Królewskiej Przystani, zapłakana Cersei przyszła do ciotki, nic nie rozumiejąc.

— Twój ojciec zaproponował małżeństwo — odpowiedziała lady Genna. — Jednak Aerys nie chciał o tym słyszeć. Król powiedział mu: „Jesteś moim najzdolniejszym sługą, Tywinie, ale nikt nie żeni swego dziedzica z córką sługi". Wytrzyj łzy, maleńka. Widziałaś kiedyś, żeby lwica płakała? Twój ojciec znajdzie dla ciebie innego mężczyznę, lepszego niż Rhaegar.

Ciotka jednak kłamała, a ojciec ją zawiódł, tak samo jak Jaime rozczarowywał ją teraz. *Ojciec nie znalazł lepszego mężczyzny. Dał mi Roberta, a klątwa Maggy rozkwitła niczym zatruty kwiat.* Gdyby tylko Cersei poślubiła Rhaegara, tak jak pragnęli bogowie, na pewno nawet nie spojrzałby na młodą wilczycę. *Rhaegar byłby dziś naszym królem, a ja byłabym królową, matką jego synów.*

Nigdy nie wybaczyła Robertowi, że go zabił.

Ale przecież lwy nie potrafiły wybaczać. Wkrótce przekona się o tym ser Bronn znad Czarnego Nurtu.

Północ
LODOWY
BRZEG
LODOWA ZATOKA
Wyspa Niedźwiedzia
Wieża Cieni
Czarny Zamek
Wschodnia Strażnica
ZATOKA FOK
Skane
Ostatnia Rzeka
Długie Jezioro
Karhold
Lonely Hilss
Dreadfort
PN
Płacząca Woda
Wilczy Las
Winterfell
Biały Nóż
Królewski Trakt
Torrhen's Square
KRAINA KURHANÓW
Złamana Gałąź
Ramsgate
Barrowton
Biały Port
Wdowia Strażnica
Fosa Cailin
Oldcastle
ZIMNA WODA
PRZESMYK
Sisterton
Strażnica nad Szarą Wodą
Trzy Siostry
Paluchy
Bliźniaki
Żelazne Wyspy
Blacktyde
Orkmont
Seagard
Zielone Widły
Niebieskie Widły
Orle Gniazdo
DOLINA ARRYNÓW
Krwawa Brama
Słony Klif
Pyke
Riverrun
Czerwone Widły
Map by James Sinclair

Południe
królewski trakt
Trzy Siostry
Paluchy
Zimna Rzeka
Sunkenwood
Bliźniaki
Żelazne Wyspy
Blacktyde
Seagard
Zielone Widły
Mocna Pieśń
DOLINA ARRYNÓW
Orkmont
Niebieskie Widły
Orle Gniazdo
Stara Kotwica
Żelazne Dęby
Pyke
Słony Klif
Trident
Krwawa Brama
Gulltown
Runestone
Fairmarket
Redfort
Banefort
Czerwone Widły
Kamienny Nurt
Zatoka Krabów
Riverrun
Wickenden
Harrenhal
Cicha Wyspa
rzeczny trakt
Złoty Ząb
Pinkmaiden
Oko Boga
Gawronie Gniazdo
Sarsfield
królewski trakt
Poroże
Smocza Skała
Hornvale
Casterly Rock
Głęboka Jaskinia
Lannisport
Ostry Przylądek
złoty trakt
Królewska Przystań
Stonedance
Srebrne Wzgórze
Czarny Nurt
Cornfield
REACH
Crakehall
Tumbleton
nadmorski trakt
Jezioro Czerwone
Goldengrove
Haystack Hall
Tarth
Stary Dąb
Blueburn
Felwood
Trawiasta Dolina
różany trakt
Mander
Długi Stół
Koniec Burzy
trakt oceaniczny
Gniazdo Gryfów
ZATOKA ROZBITKÓW
Cockleswhent
Dornijskie Pogranicze
Deszczowy Dom
Wysogród
Wronie Gniazdo
Kamienny Hełm
Mglisty Las
Horn Hill
Szlak Kości
Przylądek Gniewu
Estermont
Bandallon
Gniazdo Sępów
Wyl
Wyżyny
Królewski Grób
MORZE DORNIJSKIE
Oldtown
Blackmont
Ghaston Grey
Czarna Korona
Skyreach
Tor
Wzgórze Duchów
Trzy Wieże
Wysoki Azyl
Złamane Ramię
Starfall
DORNE
Boża Łaska
Słoneczny Dom
Słoneczna Włócznia
Hellholt
Vaith
Vaith
Słony Brzeg
Cytrynowy Las
Piaskowiec
Arbor
Map by James Sinclair